Sharon Maas

Der Zaubergarten

Sharon Maas

Der Zaubergarten

Roman

Aus dem Englischen
von Gloria Ernst

Blanvalet

Die Originalausgabe erschien 1999 unter dem Titel
»Of Marriageable Age« bei HarperCollins Publishers, London.

Umwelthinweis:
Dieses Buch und der Schutzumschlag wurden auf
chlorfrei gebleichtem Papier gedruckt.
Die Einschrumpffolie (zum Schutz vor Verschmutzung) ist aus
umweltschonender und recyclingfähiger PE-Folie.

Der Blanvalet Verlag
ist ein Unternehmen der Verlagsgruppe Bertelsmann

2. Auflage

Satz: Uhl + Massopust, Aalen
Druck und Bindung: Graph. Großbetrieb Pößneck
Printed in Germany
ISBN 3-7645-0078-6

Allen Raupen und
den Schmetterlingen in ihnen

Danksagung

Mein Dank gilt folgenden Menschen, von denen
jeder einzelne auf die eine oder andere Weise geholfen hat,
dieses Buch zum Leben zu erwecken:
Pratima, die es anregte;
Hilary Johnson, Sarah Molloy und Susan Watt, die
daran glaubten und ihm auf die Welt halfen;
Katherine Prior, die mir in geschichtlichen Dingen half;
Sridhar, meinem ersten Leser und Kritiker, dessen Ermutigung
Gold wert war;
Chris und Zarine für ihre ständige Unterstützung;
Jürgen, Miro und Saskia, meiner Familie,
für das kostbare Geschenk der Zeit.

Erster Teil

1. Kapitel

Nat

Tamil Nadu, Bundesstaat Madras,
1947

Paul war vier Jahre alt, als ihn der *Sahib* von dort, wo die vielen Kinder waren, fortholte. Diesen Tag würde er niemals vergessen. Er wachte von einem dröhnenden Klang auf, als jemand auf einen großen Messinggong schlug: Das war Schwester Maria, die die Kinder weckte. Draußen krächzten aufgeregt die Krähen, so als wüßten sie, daß dies ein besonderer Tag war, und stoben mit flatterndem Flügelschlag davon. Paul kniete sich zum Gebet auf seine Matte, streckte sich, gähnte, stand auf und ging hinaus, um sein Wasser abzuschlagen.

Am Brunnen neben dem Wasserhahn standen gefüllte Eimer bereit, an deren Rand jeweils drei Blechtassen hingen. Die Kinder drängelten sich plappernd und lachend vor, und Paul war wie immer der letzte. Er schöpfte eine Tasse Wasser und goß sich die eine Hälfte davon über die Brust, die andere über den Rücken, so daß seine Haut glänzte und alle seine Körperhärchen aufstanden wie bei einem gerupften Huhn. Er hatte ein Stück Seife ganz für sich allein, das jetzt allerdings nur noch so groß wie eine Ein-Rupien-Münze war. Damit seifte er sich ein, bis er überall mit Schaum bedeckt war. Dann spülte er den Seifenschaum mit drei Tassen kaltem Wasser ab. Das machte er alles ganz allein. Sie mußten beim Baden mit vier Tassen Wasser auskommen, sagte Schwester Bernadette, denn Wasser war kostbar, der Brunnen fast leer, und niemand wußte, ob der Ostmonsun dieses Jahr kommen würde. Wenn dies nicht geschah, nun, dann würden sie sich eben nicht mehr baden können. Schließlich würden sie auch nichts mehr zu trinken haben, und dann würden sie sterben. Paul betete jeden Tag, daß der Monsun kam.

Am Hosenschlitz seiner blauen Shorts fehlte ein Knopf. Er hatte seine Hose einer der feinen Damen in Weiß, die Schwester Bernadette hieß und seine Lieblingsschwester war, gezeigt. Sie hatte gesagt, daß er den verlorenen Knopf suchen sollte. Als er ihn jedoch nicht finden konnte, sagte sie, daß es dann eben auch so gehen müsse, weil sie keine Knöpfe mehr hätten. Auch an seinem weißen Hemd fehlten zwei Knöpfe, aber das war nicht so schlimm wie der fehlende Knopf an seinem Hosenschlitz. Den meisten Kindern fehlten Knöpfe an den Hemden. Wo mochten nur all die verlorenen Knöpfe bleiben? fragte sich Paul manchmal. Wie konnte es sein, daß sie einfach verschwanden und nie wieder gefunden wurden? Einmal hatte er Schwester Bernadette gefragt, wo all die Knöpfe von den Hemden, Kleidern und Shorts der Kinder hinkämen. Schwester Bernadette hatte gelächelt und gesagt, daß vielleicht das Jesuskind die Knöpfe nähme, um damit zu spielen. »Aber wenn das Jesuskind die Knöpfe nimmt, dann ist das Stehlen«, sagte Paul. Schwester Bernadette lächelte nur und korrigierte sich: »Nein, nein, Paul, das Jesuskind stiehlt nicht, es ist der kleine Krishna, der die Knöpfe stiehlt und sie in den Himmel bringt, damit er und das Jesuskind damit spielen können.«

»Das Jesuskind und der kleine Krishna sind sehr gute Freunde«, sagte Schwester Bernadette zu Paul und den anderen Kindern. Schwester Bernadette kannte viele Geschichten vom kleinen Krishna, durfte sie aber nicht erzählen, weil Mutter Immaculata sagte, daß der kleine Krishna ungezogen sei. Er würde nämlich Quark und Butter stehlen, das Jesuskind hingegen sei brav. Deshalb meinte Schwester Bernadette, daß es der kleine Krishna sei, der die Knöpfe stahl, und deshalb durfte sie die Geschichten vom kleinen Krishna nicht erzählen. Aber sie tat es manchmal trotzdem. Heimlich.

Es war noch dunkel, und in der Luft lag nächtliche Kühle; die Krähen flogen schon, und wenn man bis zum Dach hinaufstieg, konnte man im Osten bereits einen rosagelben Schimmer sehen. Sie versammelten sich alle auf dem zentralen Hof zwischen dem Heim und der Schule. Dort mußten sie jetzt still sein, sich in den Sand knien, der Paul an den Knien weh tat, und die Handflächen aneinanderlegen. Mutter Immaculata, die hochgewachsene, dicke Dame in Weiß mit dem großen Holzkreuz auf dem üppigen Busen, die immer so böse dreinsah, daß Paul Angst vor ihr hatte, stellte sich vor sie hin. Sie sprachen dann alle zusammen das Gebet: »Vater unser, der du bist im Himmel ...«

Nach dem Gebet setzten sie sich auf der Schulveranda auf ihre

Matten und frühstückten, einen guten, krümeligen *Iddly* mit einem Löffel *Jaggary.* Dazu gab es süßen Tee mit Milch. Danach sammelte eine Dame im weißen Sari die Teller aus Bananenblättern ein, und eine andere Dame kam mit einem großen Eimer und einer Schöpfkelle und goß den Kindern Wasser über die Hände, um den *Iddly* und den *Jaggary* abzuwaschen. Dann war es Zeit für den Unterricht, der gleich hier auf den Matten stattfand.

An diesem Morgen hatten sie in der ersten Stunde Englisch. Die Lehrerin rief Paul auf, obwohl alle Kinder die Hände gehoben hatten und damit in der Luft herumfuchtelten; alle bis auf zwei oder drei, die das Alphabet noch nicht kannten. Paul aber konnte es aufsagen: »A, B, C, D…«, begann er und zögerte nur ein einziges Mal, und zwar vor dem M, da er das M und das N immer miteinander verwechselte. Diesmal aber sagte er es richtig, und als er fertig war, klatschten die Kinder und die Lehrerin Beifall. In der zweiten und dritten Stunde hatten sie Hindi und Tamil, danach gingen die Jungen und Mädchen auf die Toilette. Sie mußten im Gänsemarsch gehen, wobei sich jedes Kind an den Schultern seines Vordermanns festhielt. Sie durften dabei nicht rennen. Die Toilette, das war das Feld. Man mußte auf die Dornen aufpassen, da Paul jedoch eine dicke Hornhaut an den Füßen hatte, störten ihn die Dornen nicht besonders, es sei denn, er trat sich einmal einen ganz tief ein. Paul weinte nie, wenn das geschah. Er sagte es einfach der Lehrerin, worauf diese ihm den Dorn mit einer rostigen Pinzette, die sie auf dem Sims über dem Fenster aufbewahrte, herauszog. Die Lehrerin war nett. Wenn ein Kind einmal mußte, bekam es von der Lehrerin eine Tasse Wasser, damit es sich den Popo abwaschen konnte, und eine kleine Schaufel, um das Geschäft mit Sand zu bedecken. Man mußte aufpassen, um nicht auf die Häufchen der anderen Kinder zu treten, aber die lagen ohnehin meistens hinter den Büschen und Felsen.

Nach der Toilettenpause ging der Unterricht weiter, dann gab es Mittagessen. Die Kinder saßen auf ihren Matten, während zwei Damen einen Wagen, auf dem ein großer Kessel stand, zwischen den Reihen hindurchschoben. Jedes Kind bekam einen Schlag Reis auf einem Bananenblatt-Teller und dazu einen Löffel *Sambar.* Paul hatte immer solchen Hunger, daß er alles bis aufs letzte Reiskörnchen aufaß und seinen Teller dann noch mit dem Zeigefinger sauberwischte, so daß dieser hinterher wieder leuchtend grün glänzte. Nach dem Mittagessen legten sich die Kinder auf ihre Matten schlafen. Inzwischen stand die Sonne hoch am Himmel, und der Boden war so heiß, daß man sich die Fußsohlen verbrannte. Die Veranda wurde jedoch durch ein Dach aus Palmenblättern beschattet. Der Wind, der durch die Veranda strich, war ebenfalls heiß, machte einen aber auf angenehme Weise schläfrig.

Paul war fast eingeschlafen, als er hörte, wie ein Motorrad mit knatterndem Motor auf den Hof fuhr und der Kies wegspritzte. Er drehte sein Gesicht in Richtung des Geräuschs und öffnete die Augen einen Spalt. Er sah sofort, daß der Fahrer ein *Sahib* war, auch wenn er eine weiße *Lungi* und ein weißes Hemd trug wie die Männer hier, denn sein Gesicht war zwar braun wie bei allen Leuten, aber es war ein rötlichgoldenes Braun. Auch sein Haar war goldbraun, nicht schwarz. Paul hatte noch nie zuvor einen *Sahib* oder eine *Memsahib* gesehen, er kannte sie nur von den Bildern in seinen Schulbüchern. Also tat er jetzt so, als würde er schlafen, während er, durch halbgeschlossene Lider blinzelnd, den *Sahib* beobachtete, als dieser ein Bein über den Sitz des Motorrads schwang, die Maschine auf den Ständer stellte und dann über den Hof ging. Er machte den Eindruck, als würde er erwarten, daß man ihn begrüßte. Paul sah, daß er hinkte und daß er, was wirklich seltsam war, unter seinen *Chappals* Socken trug. Paul hatte in seinem englischen Lesebuch Socken gesehen – *S wie Socke* –, noch nie zuvor hatte er jedoch tatsächlich jemanden welche tragen sehen. Die des *Sahibs* waren grau und hatten einen blauen Streifen.

Mutter Immaculata eilte zu dem Mann hinaus. Der Speckring zwischen ihrer Saribluse und dem Rock wabbelte heftig, während sie rannte. Paul wußte, daß die *Sahibs* sich bei der Begrüßung die Hände schüttelten, dieser *Sahib* jedoch machte vor Mutter Immaculata eine *Pranam,* wobei er seine Handflächen aneinanderlegte, so wie sie es beim Beten auch immer taten. Mutter Immaculata schien das jedoch nicht zu gefallen. Sie streckte die Hand aus, die der Mann ergriff und schüttelte. Paul sah genau zu, denn dies alles war sehr ungewöhnlich und sehr interessant. Was wollte der Mann hier? Manchmal – nicht sehr oft – wurden die Kinder von Frauen und Männern besucht. Paul wußte, daß das die Tanten und Onkel der Kinder waren, wohingegen er selbst weder eine Tante noch einen Onkel hatte. Niemals aber kamen *Sahibs* zu Besuch. War dieser Mann gekommen, um sich ein Kind auszusuchen?

Paul spürte, wie sein Herz schneller zu schlagen begann. Es geschah nur sehr selten, daß sich jemand ein Kind aussuchte, und diesmal war das bestimmt nicht der Fall, denn dann würde den *Sahib* eine Dame begleiten. Einmal, kurz vor Weihnachten, waren ein Mann und eine feine Dame in einem großen schwarzen Auto gekommen. Mutter Immaculata hatte den Kindern tags zuvor erklärt, daß die beiden kämen, um sich ein Kind auszusuchen, weil die Dame ein Kind verloren hatte – was Paul sehr unachtsam von ihr fand, denn er konnte sich zwar vorstellen, daß man einen Knopf verlor, wie aber konnte jemand ein Kind verlieren? Oder hatte es etwa der kleine Krishna gestohlen? – und daß das glückliche Kind dann bei ihnen leben und sie Mama und Papa nennen dürfte. Also waren alle Kinder schreiend, hüpfend und winkend zu den Besuchern hinausgestürzt, hatten sie umringt, hatten an ihrer Kleidung gezerrt und *Namaste! Namaste!* gerufen, weil sie alle ausgesucht werden wollten.

Paul hatte gebetet, daß man ihn aussuchen würde. Es hatte auch so ausgesehen, als würde das geschehen, denn die feine Dame, die traurige Augen hatte und einen purpurfarbenen Sari und viele goldene Armreifen trug, war stehengeblieben, hatte ihn angesehen und gelächelt. »Er hat ein hübsches helles Gesicht«, hörte Paul sie auf englisch sagen. »Stammt er aus dem Norden?« Paul hatte ganz fest gebetet und hatte sogar zu hoffen begonnen, denn er wußte einfach, daß die feine Dame ihn haben wollte.

Mutter Immaculata hatte jedoch entschieden den Kopf geschüttelt. Sie hatte die feine Dame beim Arm genommen und beiseite geführt, während sie ihr, den Kopf zu ihr hinübergeneigt, etwas Schreckliches über Paul erzählte, etwas, das er nicht wissen sollte, etwas, was die feine Dame veranlaßte, verständnisvoll zu nicken und sich ein anderes Kind auszusuchen, ein sehr kleines, eines, das noch so klein war, daß es nicht einmal in die Schule ging. Paul gehörte zu den ältesten Kindern. Wenn er fünf war, würde er nach Madras ins Good Shepherd kommen, ein schreckliches Heim für ältere Kinder, die nie jemand ausgesucht hatte. Mutter Immaculata sagte, daß die Kinder im Good Shepherd Jesu liebe kleinen Lämmer seien. Paul aber wollte kein Lamm sein, er war nämlich ein Junge. Oh, liebes Jesuskind, bitte mach, daß der *Sahib* mich aussucht! Oh, bitte mach, daß er mich aussucht, liebes Jesuskind! betete Paul, dann schlief er ein. Das Jesuskind hatte seine Gebete das letzte Mal nicht erhört, es würde es auch diesmal nicht tun.

Er wachte auf, weil ihn jemand an der Schulter rüttelte und »Paul! Paul!« rief. Paul rieb sich die Augen und sah auf. Es war die Lehrerin, und sie lächelte. Hinter ihr standen der große *Sahib* und Mutter Immaculata. Die beiden redeten miteinander. Der große Mann beobachtete ihn. Paul wagte es nicht zu hoffen. Er wußte, daß Mutter Immaculata dem *Sahib* gleich das schreckliche Geheimnis über ihn erzählen würde, so daß sich der *Sahib* dann voller Abscheu abwenden müßte. Aber nein. Mutter Immaculata kam zu ihm und streckte ihm eine Hand entgegen. Als Paul nicht sofort reagierte, winkte sie ihn ungeduldig herbei und sagte: »Komm, komm, Paul, steh auf, steh auf!« Also rappelte sich Paul auf die Füße. Da stand er nun und starrte den *Sahib* an, der vor ihm aufragte. Der *Sahib* hatte freundliche, graublaue Augen und riesige Hände. Eine davon legte er Paul jetzt auf den Kopf. Sie fühlte sich wie ein schöner, kühler Hut an, ein kühler weißer Hut, wie ihn der *Sahib* auf den Bildern in seinem Schulbuch trug. Dieser *Sahib* aber hatte keinen Hut auf, so als störe ihn die Sonne nicht.

Sie sprachen Englisch, Paul konnte ein wenig davon verstehen. Mutter Immaculata nannte den Mann *Daktah,* was Paul überraschte, denn er war doch gar nicht krank, warum also wollte der *Daktah* ihn sehen? Oder war er gekommen, um Paul eine Nadel in den Arm zu stechen, wie die *Daktahs* das manchmal machten? Und warum hing ihm kein Schlauch aus den Ohren, wie bei dem anderen *Daktah*, der manchmal kam? Paul hoffte, daß der Mann kein *Daktah* war, da er sonst nämlich wieder gehen würde. Er hoffte, daß dieser Mann gekommen war, um sich ein Kind auszusuchen, und daß er, Paul, dieses Kind sein würde.

Der *Sahib* sagte etwas über seine Frau, die gestorben war, und Mutter Immaculata lobte Paul wegen seiner hellen Haut. Sie sagte auch, daß er klug sei.

»Er ist ein kluger Junge«, hörte Paul sie sagen. »Ein sehr kluger Junge«, woraufhin der *Sahib* nickte und zu ihm hinuntersah. Er schien erfreut. »Paul, zähle bis hundert!« sagte Mutter Immaculata. Sofort ratterte Paul die Zahlen von eins bis hundert herunter und machte dabei kaum eine Pause zum Atemholen. Der Mann lächelte ihn währenddessen einfach weiter mit diesem warmen Blick aus seinen graublauen Augen an, so daß Paul sich so wohlig fühlte wie ein Welpe, der sich neben seiner Hundemutter zusammengerollt hat.

Diese Augen erinnerten ihn an etwas sehr Kostbares. Ja – jetzt wußte er es: an den graublauen Wirbel in der Mitte der Murmel, die er in seiner Hosentasche trug. Er griff hinein, um sicherzugehen, daß sie noch da war, und da war sie. Er umschloß sie mit der Hand. Die Murmel war sein Weihnachtsgeschenk gewesen. Jeder Junge hatte eine Murmel bekommen und jedes Mädchen ein Stück Schnur, das zu einer Schlinge zusammengebunden war. Sie spielten damit ein Fadenspiel, Paul war seine Murmel jedoch lieber. Einige der Jungen taten sich zusammen, um mit ihren Murmeln zu spielen, Paul jedoch spielte damit lieber allein im Sand, denn er wollte nicht, daß sie zwischen die anderen geriet, auch wenn er sie immer wiedererkennen würde, weil er so oft in diesen graublauen Wirbel hineingesehen hatte, daß er ihn in- und auswendig kannte. Die Murmel war sein kostbarster Besitz. Er wußte, daß sie ihm Glück bringen würde, und das Glück, das war vielleicht dieser *Sahib*, dessen Augen genau die gleiche Farbe hatten, aber sich dennoch von der Murmel unterschieden, denn sie waren nicht still und kalt wie die Murmel, sondern lebendig und warm. Wenn er in diese Augen sah, dann rührte sich in dieser großen, traurigen Leere in ihm ein kleines Etwas. Wie ein Samenkorn, das zu sprießen beginnt.

Pauls Herz hämmerte so laut, daß er es hören konnte. Er rieb sich an dem Fleck hinter seinem Ohr und betete: Bitte, Jesuskind, oh, bitte, Jesuskind, bitte, bitte Jesuskind; wieder und immer wieder. Er hatte Angst, daß Mutter Immaculata dem *Sahib* von dem schrecklichen Geheimnis erzählen und dieser ihn dann doch nicht auswählen würde.

»... als winziger Säugling, erst wenige Tage alt, eingewickelt in einen schmutzigen alten Sari ... draußen am Tor«, hörte er Mutter Immaculata gerade sagen. Sprach sie von ihm? War er auf diese Weise hierher gekommen? »Ein Zettel mit seinem Namen – Nataraj – stand darauf. Und noch etwas anderes. Widerwärtig, Doktor. Widerwärtig!«

Paul hätte heulen können. Sie hatte es ihm also doch gesagt! Hatte dem *Sahib* von dieser schrecklichen Sache erzählt! Was bedeutete »widerwärtig«? War es schlimmer als schrecklich? Mutter Immaculata machte dabei ein so böses Gesicht, daß es viel schlimmer als schrecklich sein mußte. Jetzt würde der *Sahib*... Aber der Mann hatte seine Hand genommen, sah sie an und streichelte Pauls Finger, während er Mutter Immaculata zuhörte, dabei hin und wieder zu Paul hinuntersah und lächelte, so als würde Mutter Immaculata nur nette Dinge über Paul sagen. Sie wird ihm auch noch erzählen, daß ich einmal im Klassenzimmer Pipi gemacht habe, weil ich nicht mehr warten konnte, dachte Paul. Er fragte sich, ob das schreckliche Geheimnis, das ihn betraf, schlimmer als dieses Ereignis war, und kam zu dem Schluß, daß es nicht sehr viel schlimmer sein konnte. Mutter Immaculata hatte damals gesagt, daß Jesus deswegen ganz, ganz traurig wäre, und hatte ihn einen ganzen Nachmittag lang auf Reiskörnern knien und Ave-Maria beten lassen, damit das Jesuskind wieder froh würde. Bitte, bitte Jesuskind, hämmerte sein Herz, da zog der *Sahib* ihn sachte an der Hand und führte ihn zwischen den schlafenden Kindern hindurch die Veranda hinunter zu Mutter Immaculatas Büro. Paul hielt den *Sahib* ganz fest am Zeigefinger, damit er ihn nicht stehenließ. Sie betraten das Büro. Mutter Immaculata klatschte in die Hände und sagte zu Schwester Maria, die herbeigeeilt war, sie solle zwei Tassen Tee bringen. Der *Sahib* setzte sich an Mutter Immaculatas Schreibtisch und las ein paar Papiere durch, während Pauls Herz lauter denn je schlug, denn es schien, als hätte der *Sahib* ihn völlig vergessen. Dann aber hob der *Sahib* seine rechte Hand, sah Paul an und lachte, weil Paul immer noch mit aller Kraft seinen Finger umklammerte.

»Da werde ich wohl einfach mit der linken Hand unterschreiben müssen«, sagte der *Sahib,* immer noch lächelnd, und unterzeichnete mit seiner freien Hand die Papiere. Mutter Immaculata legte einige davon in eine große Aktenmappe aus Pappe, während der *Sahib* ein anderes unbeholfen mit der linken Hand zusammenfaltete und es in seine Hemdtasche steckte. Dann ging er mit Paul in den sonnigen Hof zu dem Motorrad.

»Bist du schon einmal auf einem Motorrad mitgefahren?« fragte er Paul, der den Kopf schüttelte. »Nun, du wirst allerdings meinen Finger loslassen müssen, damit du hinaufklettern kannst«, sagte der *Sahib*, lachte und löste Pauls Finger einen nach dem anderen von dem seinen. »Du kannst dich während der Fahrt an meinen Handgelenken festhalten ... sieh her, du sitzt vorn. Rutsch einfach noch ein Stückchen vor, damit ich hinter dir Platz habe.«

Der *Sahib* schob das Motorrad von seinem Ständer.

»Warst du schon einmal in Madras, Nataraj?« fragte er, diesmal auf Tamil, während er einen Zipfel seiner *Lungi,* in der er einen Schlüssel eingebunden hatte, aufknotete.

»*Ille, Sahib, sah*«, sagte Paul.

»Also, los geht's«, sagte der *Sahib* auf englisch, band den Saum seiner *Lungi* oberhalb seiner Knie fest und schwang ein Bein über das Motorrad, das Bein, das in einem Fuß aus Holz endete. Den Holzfuß sah Paul aber erst später, als sie in Madras waren und der *Sahib* den grauen Socken auszog.

Der *Sahib* beugte sich vor. »Hör zu«, sagte er, »ich möchte nicht, daß du mich ›Sir‹ nennst. Von jetzt an darfst du Daddy zu mir sagen. Und ich werde dich Nataraj nennen. Nat.«

2. Kapitel

Saroj

Georgetown, Britisch-Guyana, Südamerika, 1956

Ma deutete mit dem Finger in die hinterste Ecke von Mr. Guptas Marktstand, dort wo es ganz dunkel war. »Können Sie mir das zeigen?« hörte Saroj sie fragen. »Nein ... nein, nicht die Vase, was ist das dahinter? DAS... Ja.«

Saroj war zu klein, um über den Ladentisch hinwegsehen zu können, deshalb wußte sie nicht, was Mr. Gupta ihrer Mutter brachte. Selbst als sie sich auf die Zehenspitzen stellte, sah sie nur seine braunen, knochigen Hände, die etwas Langes mit einem Tuch abwischten. Der Gegenstand war schwer. Sie hörte ein polterndes Geräusch, als Mr. Gupta ihn auf den Ladentisch legte. Saroj reckte sich, so hoch sie konnte. Es gelang ihr schließlich, über den Tisch hinwegzuspähen; aber erst, als Ma den Gegenstand hochhob, sah sie, daß es sich um ein Schwert handelte. Ma hielt es lächelnd hoch, drehte und wendete es und fuhr dann mit dem Finger an der Scheide entlang. Sie zog es heraus und prüfte die Klinge mit dem Finger, um zu sehen, ob sie auch scharf war, bevor sie es wieder hineinschob. Sie beugte sich, das Schwert in beiden Händen, zu Saroj herunter, um es ihr zu zeigen. Saroj berührte es. Es fühlte sich hart und kalt an, und sie sah, daß geschwungene Buchstaben ins Metall graviert waren.

»Es stammt aus Rajasthan«, sagte Mr. Gupta. Ma schüttelte den Kopf und meinte: »Wahrscheinlich nicht. Aber es ist wunderschön.« Dann verhandelten sie über den Preis. Ma nahm ihre Geldbörse aus dem Korb und gab Mr. Gupta ein paar rote Scheine. Mr. Gupta fragte, ob er das Schwert einpacken solle, Ma nickte. Mr. Gupta reichte Ma das in Zeitungspapier eingeschlagene Schwert. Dann beugte er sich über den Ladentisch und lächelte Saroj an.

»Na, Kleine, wie heißt du denn?«

Er wußte natürlich, wie sie hieß. Sie hatte es ihm schon viele Male gesagt. Trotzdem nannte sie ihm ihren Namen noch einmal, denn er hatte ihn anscheinend wieder vergessen.

»Sarojini-Balojini-Sapodilla-Mango-ROY!« purzelten die Worte wie von selbst in rhythmischem Sprechgesang aus ihrem Mund. Mr. Gupta kicherte und hielt ihr zwei Dosen hin. Die eine war mit gekringelten Stückchen *Mitthai*, die andere mit rosa-weißen Zuckerkuchen gefüllt. Sarojini nahm zwei Stückchen *Mitthai* und bedankte sich artig.

Die Leute fragten sie immer nach ihrem Namen und lachten, wenn sie antwortete: Sarojini, weil sie Sarojini, abgekürzt Saroj hieß. Balojini, so nannte sie Ganesh immer, weil sich das so schön auf Sarojini reimte: Sarojini-Balojini. Sapodilla, weil sie braun wie die Frucht des Sapodillbaums war (und genauso süß, sagte Ma), Mango, weil sie die am liebsten aß – köstlich-goldene Juli-Mangos, weich-gelb-matschig, die man lutschen konnte, oder grüne geraspelte mit Salz und Pfeffer. Und Roy, weil sie Roy hieß. Wenn man Roy hieß, gehörte man zusammen und war eine Familie, und die Familie bildete das Rückgrat der Gesellschaft. Sagte Baba.

Das Schwert ließ sich schlecht transportieren, da Ma auch noch einen vollen Korb und einen Schirm zu tragen hatte. Also klemmte sie es sich unter den Arm, so daß es in den Falten ihres Saris verschwand, dann gingen sie zur Bushaltestelle und fuhren mit dem Bus nach Hause. Saroj sagte auf dem ganzen Weg kein Wort, weil sie ständig an das Schwert denken mußte. Krieger benutzten Schwerter, um jemanden umzubringen. Aber wen wollte Ma umbringen?

Als sie daheim ankamen, brachte Ma überhaupt niemanden um. Sie polierte das Schwert, bis es glänzte wie Gold, und hängte es dann im *Puja*-Zimmer an die Wand.

Normalerweise fuhren sie nicht mit dem Bus, jedenfalls nicht am Montag, an dem immer Markttag war. Montags ging Ma, in der einen Hand den aufgespannten Schirm, in der anderen den Korb, stets zu Fuß zum Stabroek Market, während Saroj neben ihr hertrippelte. Da sie keine Hand mehr frei hatte, sagte Ma: »Hak dich bei mir ein, Liebes«, und Saroj – jetzt fast fünf Jahre alt und für ihr Alter ziemlich groß – schob ihre Hand in Mas Ellenbeuge. Ma hielt den Schirm über sie beide, während sie den Promenade Garden, der zwischen der Waterloo und der Carmichael Street lag, durchquerten und in die Main Street einbogen.

Saroj mochte den Stabroek Market mit seinen vielen Menschen, Geräuschen und aufregenden Gerüchen, dem Gemüse und Obst, den dicken schwarzen Marktfrauen, die laut ihre Waren anpriesen, den glitschigen sterbenden Fischen, die mit ihren Schwänzen auf die Unterlage klatschten, und den noch lebendigen rosa Krabben in ihren Körben, die einen in den Finger zwickten, wenn man sie anfassen wollte. Man konnte dort Schwerter kaufen und alles, was man sonst noch brauchte, Haarnadeln und Kehrbesen, Babypuder, Hustensaft und Lebersülze. Saroj ging auch gern die Main Street entlang, an dem großen weißen Palast vorbei, in dem man, wenn man Glück hatte, Weiße sehen konnte. Man durfte sie jedoch nicht anstarren, sagte Ma, das sei unhöflich. In der Main Street gab es jede Menge Paläste.

Wenn sie die Augen schloß, hatte Saroj das Gefühl, als würde Georgetown die Arme ausbreiten und sie in seine weiche Umarmung schließen. Wenn sie die Augen dann wieder öffnete und neben Ma herhüpfte, die breiten grünen Alleen entlang, die im Schatten üppiger Flamboyants, übersät mit purpurfarbenen Blüten, lagen, sah ihr Georgetown liebevoll zu, nickte zärtlich und lächelte. Sie fühlte sich wohl, von Licht und Farbe erfüllt. Sie konnte über die kleinen Gräben an den Grasstreifen springen, konnte im Rinnstein kleine Fische oder Kaulquappen fangen. Sie konnte sich hinter den Flamboyants verstecken und einen vorsichtigen Blick hinter die Hibiskushecken, die vor den Häusern standen, werfen. Vielleicht sah sie ja sogar einmal einen der Weißen, die dort wohnten.

Wenn sie an diesen sauberen, weißen Holzhäusern der Main Street vorbeikamen, schienen diese ihr zuzuflüstern, sie solle doch eintreten. Sie sahen aus wie Paläste aus einem Märchen, mit Türmen und Türmchen, unten mit Säulen, oben mit Gitterwerkpaneelen, mit Bögen und Nischen und Demerara-Fenstern, mit Treppen drinnen und draußen, Veranden, Säulengängen und Zäunen. Es waren die Holländer gewesen, die sie auf riesigen Grundstücken erbaut hatten, weil es in diesem flachen Land am Meer, das von der Sonne verwöhnt und vom Wind umschmeichelt war, soviel Platz gab. Die Häuser lagen halb versteckt hinter reichbeblätterten Mangobäumen, Tamarinden und üppigen Büschen und waren von weiten smaragdgrünen Rasenflächen umgeben. Ihre anmutige Eleganz stand im Gegensatz zu dem grünen Überfluß, der sie umgab, den Gärten voller Farben und schwer von Düften, Gärten, in denen Hibiskus- und Oleandersträucher sich über weiße Lattenzäune ergossen und riesige Bougainvilleabüsche an den weißen Mauern hochkletterten und in einer Farborgie aus rosa- und purpurfarbenen Blüten in den strahlendblauen Himmel wuchsen.

Die Häuser in der Waterloo Street waren kleinere Ausgaben der Paläste in der Main Street. Auch ihr eigenes Haus. Ma hatte den Garten in ein Paradies verwandelt: Hinten wuchsen Bougainvilleas, so groß, daß man sich darin verstecken konnte, Krotone und Farne, die einen ruhigen Gegenpol zu den Rosen bildeten. Oleander und Roter Jasmin blühten im Vorgarten und vermischten ihren Duft miteinander. Schulterhohe Weihnachtssterne und lange, schlanke Cannapflanzen säumten den Kiesweg zur Haustür im Turm, gelbe und rosa Hibisken wuchsen am weißen Pfahlzaun, und namenlose langblättrige Pflanzen, in denen Raupen herumkrochen, reichten bis zu den Galeriefenstern hinauf.

Die Raupen schleppten ihre Häuser auf dem Rücken mit sich, schlammigbraune, häßliche Gebilde, die aus Zweigen, trockenen Blattstückchen und klebrigen Fäden bestanden. Wenn man eine Raupe berührte, zog sie sich ihr Haus über den Kopf und war nicht mehr zu sehen. Manche Raupen kamen nie wieder zum Vorschein. Sie lösten sich in nichts auf, und die häßlichen Zweighäuschen hingen dann verlassen an den Blättern. Wenn man sie zusammendrückte, merkte man, daß sich nur Luft darin befand. Aber die Raupen waren nicht einfach verschwunden. Sie hatten sich im Inneren der Häuschen in Schmetterlinge verwandelt, sagte Ma, und deutete auf die bunt schillernden Falter, die durch den Garten gaukelten. »Etwas Häßliches kann innerlich sehr schön sein«, erklärte Ma Saroj. »Das Äußere zählt nicht. Wirklich ist nur das Innere.«

Saroj jagte den Schmetterlingen durch den ganzen Garten hinterher. »Du sollst sie nicht jagen«, sagte Ma. »Bleib einfach still stehen, und wenn du Glück hast, setzt sich einer auf deine Schulter. Schau ...«

Sie stellte sich still wie eine Statue hin, hielt eine Hand hoch, und ein wunderschöner, großer, blauer landete auf ihrem Finger. Ma nahm die Hand herunter und beugte sich zu Saroj herüber, um ihr den Schmetterling zu zeigen. Saroj hielt ihren Finger hin, doch er flog davon. Saroj blieb stocksteif stehen, damit der Schmetterling auf ihr landen konnte, er tat es jedoch nicht.

»Du wünschst es dir zu sehr«, sagte Ma lächelnd. »Du mußt innerlich genauso ruhig sein wie äußerlich. Deine Gedanken jagen ihn noch immer, deshalb hat er Angst vor dir. Wenn du dich selbst jedoch vollkommen zurücknimmst, dann kommt er.«

Im Zentrum des Hauses, im Zentrum von Sarojs Leben, stand Ma. Ma erfüllte die Welt und machte sie gut. Wenn Ma da war, roch das Haus gut. Man fühlte sich wohl. Niemand sonst konnte einem ein solches Wohlgefühl vermitteln wie Ma. Indrani war doof, weil sie nicht mit Saroj spielen wollte; Ganesh war laut; Baba sagte von ihm, er sei ein kleiner Popanz. Popanz kam von Po. Ganesh rutschte auf seinem Po das Treppengeländer hinunter. Manchmal, wenn Baba ihm den Rücken zukehrte, zog Ganesh seine Hosen herunter, zeigte Baba seinen Po und brachte Saroj damit zum Kichern. Po war ein schmutziges Wort. Wenn man jemandem seinen Po zeigte, war man ein Popanz. Saroj wollte auch ein Popanz sein, aber dann würde Baba böse werden. Baba wurde bei fast allem böse. Wenn Baba von der Arbeit nach Hause kam, mußten sie ruhig sein. Saroj mochte Baba nicht besonders, weil er immer schrecklich unfreundlich zu Parvati war. Ma sagte, daß man nicht unfreundlich sein durfte, aber Baba war unfreundlich, sogar zu so netten Menschen wie Parvati.

Parvati verließ das Haus immer, bevor Baba von der Arbeit kam. Eines Tages jedoch kam er früher nach Hause und sagte: »Was macht denn diese Frau hier? Ich habe dir doch gesagt, daß ich sie hier nicht mehr sehen will. Saroj ist schon zu alt für ein Kindermädchen.«

Baba konnte Parvati nicht leiden, weil sie, wie er sagte, Saroj zu sehr verwöhnte, was ihren Charakter verdarb. Saroj fühlte sich entsetzlich, als er das sagte. Etwas Verdorbenes war entsetzlich. Verdorbener Reis auf dem Komposthaufen hatte eine blaue Schimmelschicht. Verdorbene Eier stanken. Verdorbene Mangos waren schleimig und ekelerregend. Sie betrachtete ihr Gesicht im Spiegel, da war jedoch keine blaue Schimmelschicht, auch nichts Schleimiges und Ekelerregendes. Sie schnüffelte an ihren Achseln, aber sie rochen nach Johnson's Babypuder, und der roch gut. Sie zog vor dem Spiegel eine Grimasse. Dann zeigte sie dem Spiegel ihren Popo und tat dabei so, als hätte sie Baba vor sich. Außer Baba mochte Saroj fast alles.

Parvati hatte langes, seidiges schwarzes Haar und nahm Saroj zur Sea Wall mit, wo man aufs weite Meer hinausschauen konnte. Parvati ließ Saroj im Wasser waten. Sie zeigte ihr die Krabben, die sich seitlich aus ihren Löchern schoben und sich dann eilig wieder verkrochen. Sie zeigte Saroj, wie man einen Drachen steigen läßt. Nach Ma mochte Saroj Parvati von allen Menschen auf der Welt am liebsten. Indrani zog Saroj immer wegen Parvati auf: »Baby, Baby«, sang Indrani. »Unser Baby hat ein Kindermädchen!« Sie reckte die Nase in die Luft. »Ich hatte nie ein Kindermädchen, und Ganesh auch nicht. Nur Babys haben Kindermädchen. Du hast immer ein Kindermädchen gehabt, also bist du ein dummes kleines Baby!«

Onkel Balwant kam, um Saroj zu fotografieren. Es war ihr fünfter Geburtstag. Jedesmal, wenn Indrani, Ganesh oder Saroj Geburtstag hatten, kam Onkel Balwant, um ein Familienfoto zu machen. Saroj wollte, daß Parvati mit aufs Foto kam, aber Ma sagte, Parvati dürfe weder zu ihrer Geburtstagsparty kommen noch sich mit ihnen fotografieren lassen, weil Baba das nicht haben wollte. Baba war böse auf Ganesh, weil er genau in dem Augenblick, als Onkel Balwant auf den Auslöser drückte, die Zunge herausgestreckt hatte. Also bekam er keinen Kuchen. Die Fotos wurden alle in ein Album geklebt, und manchmal nahm Ma Saroj auf den Schoß und sah mit ihr zusammen die Fotos an. Auf den ersten Fotos war Saroj nicht zu sehen, weil sie, wie Ma sagte, da noch gar nicht auf der Welt gewesen war. Einige der Bilder waren an einem Strand aufgenommen worden. Ma sagte, daß sich dieser Strand in Trinidad befände, wo früher immer Ganeshs Geburtstag gefeiert worden sei. Saroj wäre in Trinidad geboren, sagte Ma. Jetzt aber fuhren sie nicht mehr nach Trinidad, und das war nicht fair. Der Strand sah nett aus, denn das Meer dort war blau, nicht braun wie der Ozean hier. »Warum fahren wir nicht mehr dorthin, Ma?« fragte Saroj. Ma schüttelte nur stumm den Kopf.

Als Saroj sechs Jahre alt war, wurde Jagan König. Mehrere Onkel waren zum Abendessen gekommen, auch Onkel Basdeo und Onkel Rajpaul. Onkel Basdeo fuchtelte mit einem Flugblatt vor Onkel Rajpauls Gesicht herum und stach mit seinem Zeigefinger Löcher in die Luft. Drei weitere Onkel, Onkel Vijay, Onkel Arjun und Onkel Bolanauth, saßen auf dem abgenutzten Sofa und lachten über irgendeinen Witz, den Onkel Balwant gerade erzählt hatte. Ihnen gegenüber saß Baba in seinem Lehnsessel. Er mochte es nicht, wenn die Onkel Witze erzählten, Onkel Balwant hatte jedoch immer einen Witz auf Lager, deshalb mochte Saroj ihn von allen Onkeln am liebsten.

Saroj half Ma und Indrani, den Tisch abzuräumen. Es waren sämtliche Onkel und Tanten zum Essen gekommen, die Tanten waren jedoch früher nach Hause gegangen und hatten die Onkel für den Abend sich selbst überlassen. Dies nämlich war ein bedeutsamer Tag. Saroj hatte schon den ganzen Tag gespürt, wie sich im Haus eine bedeutungsschwangere Atmosphäre, prickelnd und aufregend, aufbaute. Sie wußte, daß da irgend etwas vor sich ging, hatte aber keine Ahnung, was.

Im Radio knisterte es, die Stimme des Sprechers leierte vor sich hin. Plötzlich sagte Baba: »Pssst! Jetzt kommt es!«, und alle Onkel, die gesessen hatten, sprangen auf, unterbrachen mitten im Satz ihr Gespräch und scharten sich ums Radio, während Onkel Bolanauth am Knopf drehte und die Stimme des Radiosprechers lauter wurde. Dann stießen sie alle einen Triumphschrei aus. *»Jai! Jai! Jai!«*, schrien die Onkel und Baba, schwenkten ihre Fäuste und klopften sich gegenseitig auf den Rücken.

»Was ist passiert?« fragte Saroj. Ma zuckte nur mit den Schultern und verschwand in der Küche. Saroj zupfte Ganesh am Ärmel. »Was ist passiert?« wollte sie wissen. Ganesh war zwei Jahre älter als Saroj und bereits ein junger Mann. Ganesh kannte die Geheimnisse der Onkel.

»Wir haben die Wahl gewonnen!« rief Ganesh. In seinen Augen brannte ein Feuer, das Saroj unerklärlich war. Was war eine Wahl? Und wie kam es, daß sie sie gewonnen hatten? Würde es irgendeinen Preis geben, wie man einen bekam, wenn man in der Schule etwas besonders gut machte oder wenn jemand auf dem May-Day-Jahrmarkt die Tombola gewonnen hatte?

»Nein, es gibt keinen Preis, Sarojini-Balojini«, sagte Ganesh geduldig. Ganesh nahm sich stets die Zeit, ihr etwas zu erklären. Er beugte sich zu ihr herüber und sprach mit ihr, als wären sie beide gleich groß und gleich alt. Er strich ihr liebevoll das Haar aus dem Gesicht und sagte: »Es bedeutet einfach, daß wir Inder gegen die Afrikaner angetreten sind und gewonnen haben.«

»Oh, du meinst ein Rennen... Warum sind wir dann nicht hingegangen und haben zugesehen, anstatt uns das Ganze im Radio anzuhören? Das macht doch viel mehr Spaß...«

»Ja, Saroj, es ist tatsächlich ein bißchen wie ein Rennen, nur daß die Afrikaner und die Inder nicht wirklich um die Wette gelaufen sind, sie wollten nur gewählt werden, und –«

»Was erzählst du dem Kind denn da, Ganesh?« Saroj blickte auf und sah in Babas finsteres Gesicht, in das ärgerliche Gesicht, das er in letzter Zeit immer öfter machte. Ganesh sprang auf. Obwohl er Saroj groß vorkam, reichte er Baba noch nicht einmal bis zur Taille, und so standen sie nun beide da und sahen nach oben, als würden sie einen hohen, weißen Turm betrachten. Saroj wußte, daß sie irgend etwas falsch gemacht hatten, aber sie wußte nicht, was.

»Ich erzähle ihr etwas über die Wahlen, Baba.« Ganesh starrte jetzt seine Füße an und zwirbelte den Zipfel seines *Kurta* zusammen.

»Und was weißt du über die Wahlen, he? Was weißt du darüber? Weißt du irgend etwas? Weißt du überhaupt irgend etwas?«

»Baba, du hast selbst gesagt, wenn Cheddi die Wahl gewinnt, dann werden die Inder regieren!«

»Ja! Und du weißt, was das bedeutet! Das bedeutet, daß das ein großer Tag für uns Inder ist! Ein großer Tag! Es ist der Beginn eines ganz neuen Zeitalters. Was sage ich die ganze Zeit, Balwant, es ist eine rein mathematische Frage… die Inder sind den Afrikanern zahlenmäßig überlegen, und solange die Hindus und Moslems zusammenhalten und ihre Stimme einem einzigen Kandidaten geben, werden wir regieren und diese anmaßenden Afrikaner in die Schranken weisen – das Land geht vor die Hunde, sage ich dir, aber Gott ist auf unserer Seite, und ich sage dir…«

Saroj hörte die Worte, ohne sie zu verstehen, aber sie spürte den Zorn, der sich in ihnen verbarg, und das machte ihr angst. Marxismus-Leninismus. Kommunismus. Moskau. Imperialismus. Kolonialismus. Fasziniert musterte Saroj Babas Gesicht, das inzwischen ganz kupferrot geworden war, während seine Augen Funken sprühten. Sie konnte seinen Zorn aufsteigen spüren wie Magma in einem Vulkan. Da war etwas Undefinierbares, etwas, das direkt unter der Oberfläche kochte. Baba durchlöcherte die Luft mit seinem Zeigefinger, seine Stimme wurde zu einem lauten Stakkato. Saroj dachte, er wäre auf Onkel Balwant wütend. Onkel Balwant blieb jedoch ruhig und gelassen. Er versuchte Baba zu besänftigen, seine Hände streichelten die Luft, während die anderen Onkel einfach dastanden und zuhörten. Baba redete sich mit jedem Wort, das er sagte, mehr in Rage.

Sie sah Ganesh hilflos und ängstlich an. Er nahm sie bei der Hand und lachte, um ihre Angst zu vertreiben, dann führte er sie in die

Küche, wo Ma mit dem Rücken zu ihnen vor einem zischenden Kochtopf stand und *Puris* klopfte.

»Mach dir keine Gedanken wegen Baba, Soji«, beruhigte Ganesh Saroj. »Schau, hier ist ein *Puri,* du kannst ihn in die Hand nehmen, er ist nicht mehr heiß. Weißt du, das ist einfach Politik, ein Spiel, das die Erwachsenen gerne spielen, so wie wir kleinen Kinder mit Spielzeug spielen.«

Nebenan, in einer hübschen, grün-weißen Villa mit vielen Jalousienfenstern und Veranden, wohnten die Camerons. Mr. Cameron war vollkommen schwarz. Er war Afrikaner, sagte Ma, und Afrikaner waren schwarz und hatten krauses Haar. Mr. Camerons Frau, die Saroj Tante Betty nennen durfte, war sehr hübsch. Sie war ebenfalls schwarz, aber nicht ganz so schwarz wie Mr. Cameron. Die Camerons hatten einen riesigen Garten, der ein einziges Gewirr aus Bäumen, Sträuchern und Gebüsch war. Tante Betty hatte, anders als Ma, keine Erfahrung mit dem Gärtnern, deshalb kam einmal pro Woche ein Mann namens Hussein mit einem Eselskarren und einer Ladung Pferdeäpfel und arbeitete eine Stunde lang im Garten. Trotzdem war Tante Bettys Garten immer noch eine Wildnis. Saroj fand ihn aufregend.

Manchmal plauderten Ma und Tante Betty über den Lattenzaun hinweg miteinander und unterhielten sich über die Gärten, das Kochen und die Kinder. Die Camerons hatten drei Kinder, die alle jünger als Saroj waren. Das älteste, ein Junge von gerade vier Jahren, hieß Wayne.

Saroj sah Wayne durch den weißen Lattenzaun hindurch, der die beiden Gärten trennte. Sie entdeckte die einzige lose Latte im Zaun, schob sie beiseite und zwängte sich durch die Lücke.

Nachdem Saroj das Loch im Zaun gefunden hatte, ging sie oft hinüber, um mit Wayne zu spielen. Weder Tante Betty noch Ma hatten etwas dagegen. Tante Betty war wirklich nett. Sie bot ihnen oft Stachelannonensaft, Ananastörtchen und Tamarindenbällchen, Sandwiches mit Guavengelee und eiskaltes Milo an. Wayne kam jedoch nie zum Spielen zu Saroj herüber. Saroj fragte Ma, ob Wayne sie besuchen dürfe, aber Ma sagte nein. Sie sagte, Saroj dürfe nur dann zu Wayne zum Spielen gehen, wenn Baba nicht daheim sei, und sie dürfe Baba nichts davon erzählen. Auch Tante Betty dürfe sie ihm gegenüber niemals erwähnen. Saroj hatte das irgendwie gewußt, noch bevor Ma es ihr gesagt hatte. Sie wußte, was Baba ärgerte. Sie wußte, daß es Dinge gab, die man vor Baba geheimhalten mußte.

Mrs. Cameron spielte mit Saroj, Wayne und ihren beiden kleinen Töchtern Verstecken. Sie erzählte ihnen Geschichten, sang mit ihnen Lieder. Mit Mrs. Cameron war es lustiger als mit Ma. Es war mit ihr sogar lustiger als mit Parvati. Selbst wenn Ma zum Purushottama-Tempel gegangen und Saroj mit Parvati allein war, kroch sie durch den Zaun, um mit Wayne zu spielen. Mit Wayne war es auch lustiger als mit ihrer Cousine Soona, die, wie Baba sagte, ihre Freundin sein sollte. Cousine Soona war aber keine richtige Freundin, weil sie eben ihre Cousine war. Wayne war ihr einziger Freund. Selbst in der Schule hatte sie keine Freunde, weil sie die Kinder, mit denen sie dort spielte, weder mit nach Hause bringen noch besuchen durfte. Das hatte Baba gesagt. Baba erlaubte ihr nur, ihre Verwandten zu besuchen. Cousine Soona war doof.

Eines Nachmittags blies Tante Betty ein Planschbecken aus Plastik auf. Sie stellte es auf den Rasen unter dem Sternapfelbaum, steckte das Ende des Gartenschlauchs hinein, drehte den Wasserhahn im Garten auf und ließ Wasser hinein.

»Ihr könnt das Becken eine Stunde lang für euch allein haben«, sagte sie mit ihrer freundlichen Stimme zu Saroj und Wayne, »aber wenn Caroline und Alison aufwachen, komme ich mit den beiden zu euch heraus, dann müßt ihr das Becken mit ihnen teilen!«

Sie nickten und sahen einander strahlend an. Kaum war Tante Betty im Haus verschwunden, rissen sie sich sämtliche Kleidung vom Leib und planschten nackt und kreischend im kühlen Wasser. Wayne drehte den Wasserhahn auf und jagte Saroj zwischen den Bäumen hindurch, so weit es das Gestrüpp zuließ, und schrie ihr fürchterliche Drohungen hinterher, während sie, vor Vergnügen kreischend, vor dem Wasserstrahl floh. Sie tobten schreiend, kreischend, Kriegsrufe ausstoßend durch den Garten, und es dauerte eine Ewigkeit, bevor Saroj das schreckliche Rufen hörte, das hinter dem Zaun ertönte.

»Sarojini! Komm sofort her!«

Im Nu legte sich ein lähmendes Schweigen über Saroj und Wayne. Sie standen wie versteinert da. Saroj wagte es nicht, Baba anzusehen, aber sie spürte, wie sein Blick auf ihr lag. Dann hörte sie ihn mit einer Stimme, die eine eisige Leere in ihr entstehen ließ, sagen: »Sarojini. Nimm deine Kleider und komm sofort her.«

Sie tat, wie ihr geheißen. Baba packte sie an den Haaren und zwang sie, nackt, wie sie war, vor ihm herzugehen, die Hintertreppe hinauf, durch die Küche, in sein Arbeitszimmer, von dem aus man in den Garten der Camerons sehen konnte. Er nahm den Rohrstock und ließ ihn dreimal durch die Luft sausen. Das schnelle, scharfe Pfeifen ließ ihr das Blut in den Adern gefrieren.

Er prügelte sie im Rhythmus seiner Worte: »Spiel – nie – wieder – mit – den – Negern. Spiel – nie – wieder – mit – den – Negern. Spiel – nie ...« Er prügelte die Worte in sie hinein, in ihre Haut und in ihr Fleisch, in ihr Blut. Sie schrie sich die Seele aus dem Leib, aber niemand hörte sie. Wo waren Indrani und Ganesh? Wo war Ma? Wo war Parvati? Warum kam niemand, um ihr zu helfen?

Während sie schrie, sah sie sein Gesicht. Es war so häßlich. So häßlich, daß sie würgen mußte und die Reste von Tante Bettys Tamarindenbällchen und geronnenes Milo erbrach. Sie spuckte Baba von oben bis unten voll, Baba, der den Gestank und den Dreck ignorierte und weiterprügelte, prügelte, prügelte ...

Als er endlich genug hatte, brachte er sie ins Badezimmer, stellte sie in die Dusche, wusch sie ab, rubbelte sie kurz und schmerzhaft mit dem Handtuch trocken und zog ihr grob ein sauberes, weites Nachthemd über den Kopf. Er schob sie vor sich her in ihr Zimmer, zog den Stuhl an ihrem Schreibtisch hervor, öffnete eine Schublade, holte ein Schreibheft heraus, kramte in einer anderen Schublade nach einem Stift und schrieb dann auf die erste Seite des Heftes: *Ich darf niemals mit Negern spielen.*

»Du schreibst jetzt dieses Heft voll und läßt keine einzige Zeile aus. Und du kriegst erst etwas zu essen und darfst erst ins Bett, wenn du damit fertig bist.«

Als Ma kurz vor Sonnenuntergang nach Hause kam, fand sie Saroj, die Wangen naß vor Tränen, über das aufgeschlagene Heft gebeugt, in das sie sorgfältig die Worte hineinschrieb, die Baba ihr vorgegeben hatte. Sie spürte Mas Hand auf ihrem Kopf und sah von ihrem Heft auf, da schossen noch mehr Tränen aus ihren Augen, ein ganzer Tränenstrom. Sie wurde von Schluchzern geschüttelt.

Ma hob sie vom Stuhl und trug sie ins Bett. Sie zog ihr das Nachthemd aus und drehte sie auf den Bauch, damit sie sich die Wunden ansehen konnte. Dann ging sie erst in ihr eigenes Zimmer, dann in das *Puja*- Zimmer. Saroj wußte, daß sie nach einer ihrer besonderen Arzneien suchte. Als sie zurückkam, mischte sie gerade etwas in einer Tasse zusammen und strich dann mit Fingern, die so leicht und weich wie eine Feder waren, die kühle Paste auf alle ihre Wunden. Saroj lag da und ließ die Paste ihre heilende Wirkung entfalten. Als Ma fertig war, half sie Saroj, sich aufzusetzen, wickelte sie locker in ein Leintuch, nahm sie auf den Schoß und hielt sie in den Armen, schweigend und darauf bedacht, die Wunden nicht zu berühren. Saroj versuchte etwas zu sagen.

»Ich muß weiterschreiben!«

»Nein. Es ist vorbei. Es ist alles zu Ende, Saroj.«

Saroj dachte, jetzt wäre mit Baba alles zu Ende, und jubelte innerlich, denn nun würden sie fortgehen und Baba für immer verlassen. Das war es aber nicht, was Ma gemeint hatte. Sie hatte nur gemeint, daß ihre Bestrafung vorbei sei und daß Baba sie nie wieder schlagen würde, was er auch nicht tat. Aber von diesem Tag an haßte Saroj Baba.

Kurze Zeit später zogen die Camerons weg. Mit Wayne oder den anderen Camerons redete Saroj nie wieder ein Wort. Baba warf Parvati hinaus, weil sie Saroj erlaubt hatte, mit Wayne zu spielen. Saroj sah Parvati nie wieder, und dafür haßte sie Baba am meisten.

Ma machte gerade *Dhal Puris.* Sie warf sie in die Luft und klopfte sie, als sie federleicht wie Blättchen aus geschichteter Seide über ihre Handflächen glitten. Sie rochen nach warmer *Ghee,* weichem gebackenen Teig und aromatischen Gewürzen und waren so zart, daß sie einem im Mund zergingen.

»Ma«, begann Saroj und zupfte Ma an ihrem Sarirock.

Ma sah zu ihr herunter und lächelte. Ihre Arme waren bis zu den Ellbogen weiß von Mehl. »Ja, mein Schatz?«

»Warum sind Neger schlecht?«

Mas Stirn legte sich in Falten, das Lächeln aber blieb auf ihrem Gesicht, während ihre Hände beim Sprechen weiterarbeiteten.

»Du darfst das nicht glauben, Liebes. Glaub das niemals. Niemand ist nur wegen seines Aussehens schlecht. Was in einem Menschen drin ist, das ist es, was zählt.«

»Aber Ma, was ist denn in einem Menschen drin? Wenn Menschen verschieden aussehen, sind sie dann nicht auch innerlich verschieden?«

Ma antwortete nicht. Sie sah jetzt auf ihre Hände, während sie einen Teigball knetete. Saroj glaubte, ihre Mutter hätte sie vergessen, also sagte sie: »Ma?«

Ma wandte ihren Blick wieder Saroj zu. »Ich zeig es dir gleich, Liebes. Laß mich das hier nur noch fertig machen.«

Saroj sah zu, wie der Stapel von *Dhal Puris* zu einem flachen, runden Turm anwuchs. Schließlich erklärte Ma, sie sei fertig, deckte ein Tuch über den Turm und wusch sich die Hände. Dann öffnete sie den Schrank, in dem sie ihre Krüge und Flaschen aufbewahrte, nahm sechs durchsichtige Glaskrüge heraus und stellte sie auf die Arbeitsfläche.

»Siehst du diese Krüge, Saroj? Sind sie alle gleich?«

Saroj schüttelte den Kopf. »Nein, Ma.« Da waren ein niedriger flacher und ein hoher dünner und ein mittelgroßer, dazwischen gab es noch andere Formen.

»In Ordnung. Jetzt stell dir einfach vor, diese Krüge wären Menschen. Menschen mit verschiedener Figur. Kannst du das?« Saroj nickte.

»Gut. Im Augenblick sind diese Körper leer. Aber schau her…«

Ma nahm eine große Glaskanne, füllte sie mit Leitungswasser und goß das Wasser in alle Krüge.

»Siehst du, Saroj? Jetzt sind alle Gefäße voll. All diese Körper leben! Sie haben jetzt das, was wir Geist nennen. Nun, ist dieser Geist in all diesen Gefäßen derselbe oder verschieden?«

»Er ist derselbe, Ma. Also sind Menschen –«

Aber Ma unterbrach sie. »Jetzt sei so gut und hol aus der Vorratskammer die Dose, in der ich meine Farben aufbewahre. Du weißt, welche ich meine, oder?«

Saroj war schon wieder zurück, bevor Ma noch ihren Satz beendet hatte. Ma öffnete die Dose und nahm eines der kleinen Fläschchen mit Farbpulver heraus. Es war kirschrot. Ma hielt das Fläschchen über einen der Krüge und streute ein wenig von dem Pulver ins Wasser. Sofort färbte sich das Wasser rosarot. Ma schraubte das Fläschchen wieder zu und nahm ein anderes aus der Dose. Das Wasser färbte sich limonengrün. Das tat sie sechsmal, und jedesmal nahm das Wasser eine andere Farbe an, so daß da schließlich sechs Krüge von verschiedener Form und Farbe standen.

»So, Saroj, jetzt sag mir: Sind diese Menschen hier im Inneren alle gleich, oder sind sie unterschiedlich?«

Saroj ließ sich Zeit, bevor sie antwortete. Sie runzelte die Stirn und dachte angestrengt nach. Schließlich sagte sie: »Also, in Wirklichkeit sind sie alle gleich, Ma, aber die Farben machen sie unterschiedlich.«

»Ja, aber was ist entscheidender, die Gleichheit oder die Unterschiede?«

Saroj überlegte wieder angestrengt. Dann sagte sie: »Die Gleichheit, Ma. Weil die Gleichheit über den Unterschieden steht. Der Unterschied ist nur das Farbpulver, das du hineingetan hast.«

»Genau. Stell dir all diese Menschen also mit einem Geist vor, der bei allen gleich ist und dennoch verschieden – deshalb, weil die Menschen ganz unterschiedliche Gedanken haben. Manche haben liebevolle Gedanken, manche haben wütende Gedanken, manche haben langweilige Gedanken, manche haben schmutzige Gedanken. Bei den meisten Menschen herrscht ein ziemliches Gedankenchaos – aber bei jedem sind die Gedanken verschieden, und deshalb ist jeder Mensch verschieden. Äußerlich verschieden und innerlich verschieden. Und die Menschen sehen diese Unterschiede bei den anderen, und sie streiten und bekämpfen sich, weil jeder denkt, so wie er ist, ist es richtig. Aber wenn sie hinter all den Unterschieden die Übereinstimmung sehen könnten, die sie alle miteinander verbindet, dann ...«

»Was wäre dann, Ma?«

»Dann wären wir alle sehr weise, Saroj!«

Ma erklärte Saroj, daß es falsch sei, jemanden zu hassen. Sie sagte, man solle alle Menschen lieben, sogar Baba. Auch wenn er sie nicht mit Wayne spielen ließ und Parvati hinausgeworfen hatte. Jeden Abend führte Ma die drei Kinder ins *Puja*-Zimmer, wo sie dann mit gefalteten Händen zusahen, wie sie ein Räucherstäbchen in das kleine ewige Licht hielt, bis das Stäbchen zu glühen anfing und eine dünne Ranke aus beißend süßem Rauch zur Decke aufstieg. Sie fächelte den Weihrauch sanft vor den *Lingam* und bedeutete ihnen dann mit einer Geste, sich hinzusetzen. Dann stellte sie das *Sruti*-Kästchen zwischen ihre gekreuzten Beine und schüttete ihrem Herrn singend ihr Herz aus, und die drei Kinder, die sich auf der Strohmatte um sie geschart hatten, sangen ebenfalls.

Der Gesang schien Mas Lippen zu öffnen, und sie erzählte ihnen Geschichten von den großen Helden und Heldinnen der indischen Mythen und Legenden, von Arjuna und Karna, Rama und Hanuman, Sita und Draupadi, Männern und Frauen der Kriegerkaste, die weder

Schmerz noch Tod gefürchtet und sich jeder Gefahr gestellt hatten. Sie verriet ihnen ein großes Geheimnis, das Geheimnis, wie man keine Schmerzen spürt. Geht hinter den Gedankenkörper, sagte Ma. Tretet in die Stille ein, in der es keinen Schmerz gibt... Indrani hörte nur mit halbem Ohr zu. Sie war die Älteste, die Süße, die Gehorsame. Ganesh hatte beide Ohren weit aufgesperrt, saugte jedes Wort förmlich in sich auf.

Anfangs hatte Saroj auch stets aufmerksam zugehört. Dann aber hatte Baba Dinge getan, die sie ihm nicht verzeihen konnte. Er hatte sie verprügelt, nur weil sie mit Wayne gespielt hatte, und die netten Camerons dazu veranlaßt, wegzuziehen. Er hatte Parvati rausgeworfen. Er entriß sie den Menschen, die sie liebte, und so beschloß sie, ihn zu hassen. Baba war böse, ein tückischer Dämon, schlimmer als Ravana oder einer der Rakshasas, und es gab keinen Krishna, Arjuna oder Rama, der ihn besiegen konnte.

Und so grübelte Saroj, während Ma ihre Geschichten von Liebe und Tapferkeit erzählte, über Baba nach, und ein kleines Samenkorn des Zorns keimte in ihrem Herzen. Sie beobachtete diesen Samen und sah, daß er zum Schößling wurde. Sie hegte und pflegte ihn, und er wuchs. Er hat mir weh getan, sagte sie sich. Eines Tages, wenn ich groß bin, werde ich ihm auch weh tun.

Ma erzählte ihnen von Mahatma Gandhi und dem Weg des gewaltlosen Widerstands. »Findet Frieden in euren Herzen«, sagte sie, »und ihr werdet stärker sein als der heftigste Sturm.« Dummes Zeug, rief Sarojs kleines Kinderherz. Ghandi selbst war eines gewaltsamen Todes gestorben, oder etwa nicht? Selbst ein Kind erkannte, daß Sanftheit Schwäche war. Und so dachte Saroj, während Ma von der Macht der Liebe und Vergebung sprach und sie an das göttliche Erbarmen erinnerte, an die vielarmige Kali, die Göttin der Zerstörung. Sie hatte Kalis Bild im Purushottama-Tempel gesehen und wünschte sich eine Kali in ihrem Leben: Gesicht und Lippen blutverschmiert, um den Hals eine Kette aus Schädeln, eine Machete schwingend, die auf Babas Nacken zielte. Wenn überhaupt, dann war Kali Sarojs erwählte Göttin. Ghandi irrte sich. Man mußte Feuer mit Feuer bekämpfen. Man mußte sich wehren! Seit Saroj fünf Jahre alt war, befand sie sich mit Baba im Kriegszustand. Sie zeigte es anfangs nur noch nicht, denn sie war noch zu klein. Und sie erzählte Ma nichts davon. Ma nämlich würde ihr sagen, sie solle den kleinen Keim des Hasses aus ihrem Herzen ausreißen. Und genau das war es, was Saroj nicht wollte.

3. Kapitel

Savitri

Madras, Indien
1921

Sie war die Tochter des Kochs, sein jüngstes und liebstes Kind, sein Augapfel, der Funke an seinem Scheiterhaufen. In jenem langen, heißen Sommer war sie sechs Jahre alt geworden. Das Haar fiel ihr in zwei dicken schwarzen Zöpfen, die mit etwas Zwirn und Jasmingirlanden zusammengebunden waren, über die Schultern. Sie war dünn, braun und geschmeidig, und trotz der langen, weiten Röcke, die ihr bis zu den Knöcheln reichten, wild wie ein Junge. Sie liebte David und würde ihn immer lieben.

Iyer, der Koch, und seine Frau Nirmala wußten von dieser Liebe und beobachteten sie mit gemischten Gefühlen. Es war nicht gut, wenn Dienstboten und Herren miteinander spielten. Und war Savitri nicht Davids Dienstbotin? Wenn sie selbst Dienstboten waren, war ihre Tochter dann nicht die Dienstbotin des Sohns ihrer Herrschaft? Wie konnte sie also mit dem jungen Herrn befreundet sein? Das schickte sich nicht.

Aber die beiden waren nun einmal Freunde, und es stand Iyer und Nirmala nicht an, zu verbieten, was der junge Herr wünschte und was der Herr und die Herrin erlaubt hatten.

Also ging Savitri in Haus und Garten ihrer Herrschaft ein und aus. Sie verhielt sich überhaupt nicht wie ein Mädchen. Sie kletterte auf Bäume und spielte Kricket, sie traf eine Mango mit einer Steinschleuder genausogut wie David, und ihr Lachen machte in ganz Oleander Gardens dem Gesang der Vögel Konkurrenz. Wenn sie auf einen Baum kletterte, zog sie Rock und Unterrock zwischen ihren Beinen hindurch und steckte den Saum in den Taillenbund. Wenn sie Kricket spielte, raffte sie ihre Röcke, so daß man ihre Knie sah, und sie trug niemals Fußringe, obwohl sie sie eigentlich hätte tragen sollen. Für ein Mädchen benahm sie sich überhaupt höchst unanständig.

Ihre Eltern wußten sich einfach nicht mehr zu helfen, denn wenn sie sie daran erinnerten, daß sie ihre Röcke nicht raffen durfte, sah Savitri sie mit großen unschuldigen Augen an, nickte und versprach ihnen feierlich, es nicht mehr zu tun. Irgendwie vergaß sie ihr Versprechen dann aber immer wieder.

Es gab noch andere Kinder, aber keine wie diese beiden. Savitris Bruder Gopal und die drei übrigen Mani, Natesan und Narayan blieben stets in den Unterkünften der Dienstboten, und das taten auch die Kinder der anderen Hausangestellten. Die Iyers wohnten am hinteren Tor, durch das man auf die Old Market Street hinausgelangte, auf der es genauso hektisch und laut zuging wie auf jeder anderen Straße von Madras. Fairwinds, das Anwesen der Lindsays, endete in einer Reihe von sieben Dienstbotenhäusern, von denen ein jedes ein Tor zur Straße hatte. Von der Old Market Street aus gesehen war die Reihe von kleinen Häusern einfach nur eine Häuserzeile, und niemand, der vorbeiging, ahnte, daß ein jedes Haus auf seiner Rückseite, nach hinten hin, noch ein weiteres Tor hatte, durch das man in ein Paradies gelangte.

Die hintere Auffahrt unterteilte die Häuserzeile der Dienstboten in zwei Abschnitte. Auf der einen Seite wohnten die Iyers – ein wenig vornehmer, ein wenig anders als die anderen, denn sie waren Brahmanen –, Muthu, der Gärtner, mit seiner Familie, Kannan, der *Dhobi*, mit seiner Familie und Pandian, der Chauffeur, mit seiner Familie. Auf der anderen Seite wohnten der Fußbodenfeger Kuppusamy mit seiner Familie und Khan, der ledig war. Khans Aufgabe bestand darin, den Admiral in seinem Rollstuhl herumzufahren. Der Krankenpfleger des Admirals, der Joseph hieß und Christ war, wohnte bei den *Sahibs* im Haus. Niemand, der nicht auch dort arbeitete, durfte das Paradies betreten, schon gar nicht die Kinder – außer eben Savitri.

Die vordere Auffahrt führte auf die Atkinson Avenue hinaus, die Hauptstraße von Oleander Gardens, eine breite, ruhige Straße, die von Palisanderbäumen gesäumt war. Hin und wieder fuhr dort ein Offizier mit Tropenhelm und weißem Drillich aufrecht auf seinem Fahrrad sitzend zum Club, oder es schlenderten zwei *Memsahibs* den Bürgersteig entlang und tauschten dabei Tratsch und Neuigkeiten von zu Hause aus, oder es schob eine *Ayah* einen Kinderwagen die Straße hinunter. Tatsächlich waren die *Ayahs* die einzigen Einheimischen, die man auf der Atkinson Avenue sah – außer natürlich die stolzen Chauffeure jener schwarzen Karossen, die aussahen wie Leichenwagen und protzig in der Straßenmitte dahinglitten, sowie die Wächter, die an den Toren dösten; und jeden Nachmittag um drei Savitri.

Vom Haus bis zur Atkinson Avenue war es ein weiter Weg. Eine lange, sandige Auffahrt zog sich an hohen Bougainvilleabüschen, an Palmen und einem Wald aus Rubiazeen und Palisanderbäumen vorbei. In der Nähe von Vijayans Haus wurde die Auffahrt dann ruhiger, zahmer. Hier war sie von roten, rosa und gelben Hibiskusbüschen, ein paar Oleandersträuchern, roten Jasminbäumen und Cannapflanzen gesäumt. Vijayan und seine Familie wohnten in einem hübschen, weißgekalkten Häuschen neben dem Haupttor. Im Vorgarten wuchsen Ringelblumen und Jasminbüsche; am Brunnen hinter dem Haus, wo Papayabäume standen, wusch Vijayans fröhliche Frau die Wäsche, auch wenn Vijayan nicht auf seinem Posten am Tor saß. Vijayans Hunde bellten jeden an, jeden außer Savitri. Sie liebten sie. Wenn sie vorbeikam, rannten sie auf sie zu, wedelten mit dem Schwanz, sprangen kläffend an ihr hoch und wälzten sich im Sand, damit sie ihnen den Bauch kraulen konnte. Eigentlich hätte sie die Hunde nicht anfassen dürfen, denn sie waren unrein. Sie tat es trotzdem, weil sie sie mochte. Die Hunde wußten das.

Wenn man in die Atkinson Avenue nach links einbog und am Wyndham-Jones-Anwesen vorbeiging, kam man nach fünf Minuten zu einem leuchtend-roten halbkreisförmigen Rondell, wo eine Rubiazee über die Hibiskushecke ragte und ihre Blüten auf dem Gehweg verstreute. Überquerte man die Allee genau an dieser Stelle, stieß man auf einen kleinen Pfad, der zwischen dem Anwesen der Todds und dem der Penningtons hindurchführte. Ging man diesen Pfad weitere zehn Minuten entlang – allerdings ging Savitri nie, sie hüpfte, sie tanzte, sie rannte rückwärts neben David her und sang ihm etwas vor –, kam man zum Strand. Dort konnte man im Indischen Ozean baden. David und Savitri lernten in diesem Sommer schwimmen. Jetzt, solange sie noch Zeit dazu hatten, bevor die Lindsays zur Erholung in die Berge nach Ootacamund fuhren, jetzt, in den wenigen gemeinsamen Wochen, die ihnen noch blieben.

Es war April. Die Hitze war unerträglich, das Wasser jedoch herrlich kühl. Aber das Ganze war einfach ungerecht. Savitri war sicher, daß sie mit Leichtigkeit hätte schwimmen lernen können, denn sie kannte bereits sämtliche Bewegungen und übte sie nachts auf ihrer Matte sitzend: das froschähnliche Zusammenklappen der Beine und die eleganten Bögen der Arme. Sie war neidisch, weil David es bereits von seinem Lehrer, Mr. Baldwin, der ihn am Vormittag manchmal zum Schwimmen mitnahm, gelernt hatte. Sie wollte alles tun, was David tat, absolut alles, deshalb war es einfach ungerecht. Wenn sie wie David Shorts getragen hätte, dann hätte sie natürlich schon lange schwimmen können. Aber sie mußte ja immer diesen langen, angekrausten Rock anziehen, dessen Saum sie zum Schwimmen in ihren Taillenbund stecken mußte, wo er dann immer herausrutschte. Viele Meter Baumwollstoff klebten dann an ihren Beinen, wirbelten dazwischen hin und her oder wickelten sich, fest wie Seile, darum. Und wenn man die Beine nicht frei bewegen konnte – das war klar –, konnte man nicht schwimmen. Es war einfach ungerecht.

»Warum ziehst du deinen Rock denn nicht einfach aus?« sagte David, als sie sich hierüber bei ihm beklagte. Ihm war das Problem durchaus bewußt: Savitri, die jetzt in der knöcheltiefen, ihre Waden umspülenden Brandung stand, sah aus, als hätte sie eine lange Hose an, denn der Rock klebte an ihren Beinen, so daß sie sich kaum bewegen konnte. Wenn sie sich befreien wollte und den Stoff wegzog, klebte er einfach wieder an einer anderen Stelle an ihrem Bein fest. »Meinen Rock ausziehen?« Etwas Derartiges hatte Savitri noch nie gehört. Eine Dame zog ihren Rock oder ihren Sari nicht aus, nicht einmal, wenn sie schlief oder ein Bad nahm. Im Badeareal in der Old Market Street, ein Stück von ihrem Haus entfernt, oder im Badehaus in der Nähe der Dienerquartiere in Fairwinds standen die Damen vollkommen angezogen am Brunnen und begossen sich mit Wasser, daß ihnen die Saris am Körper klebten wie eine zweite Haut. Sie wuschen sich und zogen trockene Saris an, ohne auch nur einen Quadratzentimeter verbotener Haut zu zeigen. Savitri wußte einfach, ohne daß man ihr das ausdrücklich gesagt hätte, daß eine Dame niemals ihre Beine zeigte. Zumindest keinem Mann. Und sie war eine Dame, und David war ein Mann, obwohl er auch ein Kind war und nur drei Monate älter als sie. Ein Kind-Mann. Das war das allererste Mal, daß ihr ein solcher Gedanke gekommen war. Seltsam.

»Das kann ich nicht«, sagte sie zu ihm und wäre dabei rot geworden, wenn sie hätte rot werden können. Daß sie vor David Hemmungen hatte, der schließlich wie ein Bruder war und ihr näher stand als ihre leiblichen Brüder, die sie überhaupt nicht beachteten, erschien ihr ebenfalls seltsam.

»Aber warum denn nicht? Du kannst doch in deiner Unterhose schwimmen, oder?«

Savitri wußte, was Unterhosen waren, denn sie hatte welche auf der Wäscheleine hängen sehen und den *Dhobi* gefragt, was das sei. Er hatte es ihr erklärt. Sie wußte, daß Davids große Schwester Unterhosen trug, und seine Mutter ebenfalls. Auch David und sein Vater trugen welche, allerdings andere als die Damen.

Sie und David standen stocksteif in der Brandung und starrten einander an. Und dann war es David, der rot wurde, so als wäre auch ihm ganz plötzlich zu Bewußtsein gekommen, daß eine Dame sich einem Mann niemals in Unterhosen zeigt.

Zum ersten Mal wurde ihnen bewußt, daß sie nicht gleich waren, sondern verschieden – daß Savitri eine junge Dame war und David ein junger Mann, und ihnen wurden mit einem Schlag all die tieferen Bedeutungen dieses plötzlichen Wissens klar.

»Also, du könntest deinen Rock ja in deine Unterhose stecken«, murmelte David und drehte den Kopf ein wenig weg, weil ihm klarwurde, daß es schon unhöflich war, einer Dame gegenüber das Wort Unterhose auch nur zu erwähnen, und Savitri war eine junge Dame.

»Aber ich habe doch gar keine an!« platzte Savitri heraus und bekam einen Kicheranfall. Da fing auch David plötzlich zu kichern an, denn Unterhosen waren einfach etwas Lächerliches. Mit einemmal waren sie wieder Kinder, nicht Frau, nicht Mann. Sie vergaßen im Lachen ihre Verlegenheit und Befangenheit und waren wieder sie selbst.

»Wir tragen keine!« fügte Savitri hinzu, zog die Schultern ein und hielt die Hand vor den Mund. Sie wußte, daß es gewagt war, so etwas zu sagen, aber sie konnte einfach nicht anders. »Inderinnen tragen keine! Das tun nur die *Memsahibs!*«

Sie hakte ihren Rock auf, ließ ihn zusammen mit dem Unterrock auf den Sand fallen, stieg darüber hinweg, rannte mit David lachend ins Meer und schwamm. Sie vergaß völlig, daß sie um vier Uhr wieder hätte zu Hause sein sollen, weil die Tante eines braven brahmanischen Jungen, eines möglichen Heiratskandidaten, sie in Augenschein nehmen wollte.

Mani entdeckte sie im Meer, wo ihre kleinen Köpfe hinter den weißen Gischtlinien der Brandung auf und ab hüpften, Savitris schwarzer Kopf, Davids blonder. Iyer hatte Mani losgeschickt, um Savitri zu suchen, und Mani hatte ganz Fairwinds nach ihr abgesucht, hatte jeden, der ihm begegnete, gefragt, ob er sie gesehen hätte. Von Vijayan hatte Mani schließlich erfahren, daß die beiden zum Strand gegangen waren. Als er dort eintraf, schwamm Savitri gerade – sie schwamm wirklich! –, und ihr Rock lag samt Unterrock als nasser Haufen am Strand. Mani rief nach Savitri, aber es dauerte lange, bis sie sein Rufen hörte, weil der Wind seine Worte einfach davonblies. Als sie ihn schließlich bemerkte, kam sie aus dem Wasser. Sie hatte nur ihre Bluse an, die naß an ihrer Haut klebte und ihr nicht einmal bis zu den Hüften reichte. Jetzt war sie verlegen, weil Mani, der ihr großer Bruder war, sie nackt sah. Das war verboten. Mani war wütend. Er ohrfeigte sie und befahl ihr, wobei er peinlich vermied, sie anzusehen, den Rock anzuziehen. Dann packte er sie, ohne ihr auch nur die Zeit zu lassen, zurückzulaufen und David zum Abschied zuzuwinken, am Schlafittchen und schleifte sie, tropfnaß, wie sie war, nach Hause.

Mani war zu dumm, um zu erkennen, daß er sie in diesem Zustand nicht hätte nach Hause bringen dürfen. Anstatt Savitri höflich zu entschuldigen und zu warten, bis die Tante des Jungen gegangen war, plauderte er die ganze Geschichte obendrein in deren Gegenwart aus. Die Tante riß die Augen auf, als sie Savitri, klatschnaß wie eine ertrunkene Ratte, vor sich stehen sah. Als sie dann auch noch hörte, daß Savitri ihren Rock ausgezogen hatte, um mit dem Sohn des *Sahibs* schwimmen zu gehen, verabschiedete sie sich eilig. Die Verwandten des Jungen ließen nie wieder etwas von sich hören.

Mani erklärte Iyer, daß David drauf und dran sei, Savitris Charakter zu verderben, und sie damit für eine Ehe ungeeignet wäre. Iyer verbot Savitri daraufhin, mit David zu spielen. Savitri erzählte es David.

In dieser Nacht wartete sie, bis alle schliefen. Da es im April so heiß war, daß man es im Haus nicht mehr aushielt, übernachtete ihre Familie, zum Schutz vor den Moskitos in Leintücher eingewickelt, draußen auf den Veranden. Thatha, ihr Großvater, schlief allein auf der *Tinnai,* der vorderen Veranda. Die anderen Männer schliefen auf der Seitenveranda, während sie und Amma, ihre Mutter, auf der hinteren Veranda, die zum Garten hinausging, schliefen. So leise, als würde man mit einer Pfauenfeder über den Sand streichen, rannte sie die hintere Auffahrt entlang zur Villa und hinten herum zu Davids Fenster, das natürlich weit geöffnet war.

Sie stieß den Schrei des Brainfever-Vogels aus. Savitri konnte alle Vögel und Tiere so gut nachahmen, daß niemand einen Unterschied bemerkte. Sie konnte den Schrei eines Pfauen perfekt imitieren und wie ein Affe oder ein gestreiftes Eichhörnchen schnattern. Der Ruf des Brainfever-Vogels klang bei ihr so echt, daß sie damit jetzt auch nichts ausrichtete: David rührte sich nicht. Sie spähte durch das Fenster ins dunkle Zimmer hinein. Das Fenster war vergittert, deshalb konnte sie nicht hineinklettern; da sie aber wußte, daß Davids Bett gleich daneben stand, streckte sie ihren Arm, so weit es ging, durch die Stäbe und zupfte an seinem Moskitonetz. David rührte sich noch immer nicht, nicht einmal, als sie, so laut sie konnte, seinen Namen flüsterte. Also machte sie sich auf die Suche nach einem langen Stock und fand schließlich einen besonders langen mit einer kleinen gebogenen Klinge am Ende, der dazu diente, Mangos vom Baum zu schneiden. Mit ein wenig Mühe gelang es ihr, ihn so durch die Gitterstäbe zu stecken – mit dem Ende, an dem sich kein Messer befand –, daß sie ihn an der Wand entlangführen konnte. Sie piekte David damit in den Po.

»Au!« rief er und setzte sich ruckartig auf.

Savitri kicherte und sagte seinen Namen, ein wenig lauter diesmal. Als er merkte, daß sie es war, die draußen stand, kam er ans Fenster, und sie sprachen durch das Gitter miteinander.

»Sie suchen einen Mann für mich«, sagte sie, »deshalb darf ich nicht mehr mit dir spielen.«

»Aber das ist doch albern«, meinte David. »Weil ich es nämlich bin, der dich heiraten wird!«

»Ich weiß. Aber sie suchen trotzdem einen Mann.«

»Wie könntest du denn jemand anderen als mich heiraten? Das wirst du doch nicht tun, oder? Versprich mir, daß du es nicht tust.«

»Ich verspreche es dir, David. Ich könnte es einfach nicht. Ich liebe dich mehr als irgend jemanden sonst auf der Welt. Mehr als meine Mutter und meinen Vater. Sogar mehr als Gott.«

»Gut. Dann ist das geklärt. Und ich werde niemanden außer dir heiraten. Ich habe dich nie als Mädchen gesehen, weil du überhaupt nicht wie ein Mädchen bist – du bist nicht wie Maybelline Todd und

Joan Pennington und die anderen. Ich dachte immer, ich würde Mädchen hassen, und deshalb habe ich dich auch nicht als Mädchen betrachtet. Jetzt aber wissen wir es, nicht wahr?«

Savitri nickte ernst in die Dunkelheit hinein.

»Und wir werden viele Kinder haben, nicht war?« sagte David. »Und da...«

Er griff durch die Gitterstäbe und zog ihr Gesicht sanft so nah heran, daß sich die Stäbe in ihre Wangen drückten. Dann beugte er sich vor, drückte der verblüfften Savitri einen Kuß auf die Lippen und sagte: »Da. Jetzt sind wir verlobt. Ich werde dir, sobald ich kann, einen Verlobungsring schenken, und sie werden uns nicht verbieten, miteinander zu spielen. Niemals. Das verspreche ich dir, Savitri. Ich werde das Problem schon lösen. Ich bin der junge Herr, und ich kann tun, was immer ich will.«

4. Kapitel

Nat

Nat träumte, draußen auf der Veranda würde eine Frau stehen und mit hoher, hysterischer Stimme nach seinem Vater rufen. Sie hämmerte schreiend an die Tür, bis der Lärm schließlich die Tiefe seines Schlafs durchdrang, seinen Traum zerriß und das Ganze zur Realität wurde. Er setzte sich auf seinem *Sharpai* auf und rieb sich die Augen, weil sein Vater das Licht angeknipst hatte. Im grellen Schein der Glühbirne, die an der Decke hing, sah er, daß sein Vater sich hastig seine *Lungi* um die Hüften schlang.

»Ich komme«, rief der Doktor der Frau draußen auf Tamil zu. Er nahm seinen Arztkoffer vom Regal, ging zur Tür und schob den Riegel zurück. Nat schlüpfte von seinem *Sharpai* herunter, wickelte sich in seine Decke und tappte zur offenen Tür, um durch das Fliegengitter zu sehen, was da vor sich ging. Sein Vater hatte nun auch das Licht auf der Veranda eingeschaltet. Die Frau hielt, halb unter dem *Pallu* ihres Saris verborgen, ein Bündel im Arm. Nat sah, daß es sich um ein kleines Kind handelte, denn aus den Falten des zerfetzten, schmuddeligen Baumwolltuchs, in das es eingewickelt war, lugte ein kleiner schwarzer Fuß hervor. Sein Vater sprach beruhigend auf die Frau ein und versuchte ihr das Bündel abzunehmen. Sie jedoch wollte nicht loslassen und drückte es noch fester an sich. Sie schrie den Doktor an, als wäre er für den Zustand des Kindes verantwortlich, der, wie Nat wußte, schlimm sein mußte. Wahrscheinlich war das Kind bereits tot, denn wenn die Leute nachts ihre Kinder brachten, war es gewöhnlich schon zu spät.

Vor dem Tor draußen konnte Nat im trüben Licht undeutlich die sperrige Form eines Ochsenkarrens erkennen, der hoch mit Kokospalmwedeln beladen war. Der Ochse stand mit gesenktem Kopf da und versuchte zu schlafen, während der Kutscher, den die Not der Frau nicht berührte, sich bereits auf dem Karren ausgestreckt und mit einem Leintuch zugedeckt hatte. Nat wußte, daß er dort bis zum Morgengrauen schlafen würde, bevor er seine Fahrt, zu welchem

Dorf auch immer, fortsetzte. Dann würde sich der Ochse lethargisch die ungeteerten Straßen entlangschleppen, während der Kutscher auf dem Karren hockte, den Schwanz des Tieres zwischen seinen Zehen hielt und ihn, wenn es ihm gar zu langsam ging, gelegentlich herumdrehte.

Der Doktor überredete die Frau, das Kind auf das hüfthohe *Sharpai* auf der Veranda zu legen. Er beugte sich darüber, wickelte das Tuch ab und sprach mit der Frau, die sich jetzt sichtlich beruhigt hatte. Er stellte ihr Fragen, wobei er mit jener tiefen, warmen Stimme redete, die bei den Dorfbewohnern stets Wunder wirkte. Es war, als begänne der Heilungsprozeß mit ebendieser Wärme, die durch den Kokon der Lethargie und Hoffnungslosigkeit drang, der die Menschen umgab genau wie dieses Kind seine Lumpen, und sie zum Leben erweckte. Oder ihnen, wie jetzt auch dieser völlig verstörten Frau, wohltat wie eine tröstende Hand einem verängstigten Kind und sie so weit beruhigte, daß sie in der Lage waren, die Fragen, die ihnen gestellt wurden, zu beantworten.

Seit wann hatte das Kind die Wunde, wie war es zu dieser Verletzung gekommen? Warum war die Frau nicht eher gekommen, was hatte sie bis dahin unternommen? Von wo kam sie, wie kam sie hierher, womit verdiente ihr Mann den Lebensunterhalt, wie viele Kinder hatte sie? Die Frau antwortete ihm, obwohl sie dabei leise weiterschluchzte. Sie wußte, daß es zu spät war, daß das Kind bereits tot war und nicht einmal der *Sahib Daktah* es ins Leben zurückholen konnte, und Nat wußte das auch. Sein Vater hätte nicht soviel geredet, wenn er noch etwas hätte tun können, um das Kind zu retten. Die Frau wohnte in einem Dorf zwanzig Meilen weiter im Osten, hörte Nat sie sagen. Ihr Mann arbeitete als Tagelöhner im Steinbruch. Sie hatten fünf Kinder, die ihrem Vater alle bei der Arbeit geholfen hatten, und dieses hier war das jüngste. Dem kleinen Jungen war im Steinbruch ein großer Brocken auf den Fuß gefallen und hatte eine böse, klaffende Wunde verursacht. Sie hatte sie selbst zu behandeln versucht, hatte Umschläge aus frischem Kuhdung gemacht, aber es war immer schlimmer geworden. Gestern hatte der Junge dann auch noch Fieber bekommen. Sie hatte naürlich von dem *Daktah Sahib* gehört, wegen ihrer Arbeit hatte sie jedoch unmöglich früher kommen können. Gestern hatte sie sich dann, den kranken Jungen auf dem Arm und begleitet von ihrem zweiten Sohn, der sechs Jahre alt war, auf den Weg gemacht und war den größten Teil der Strecke zu Fuß gelaufen. Als es jedoch langsam dunkel wurde und sie noch immer nicht am Ziel war, hatte sie Angst bekommen und nicht mehr allein weitergehen wollen. Außerdem war der Sechsjährige müde. Also hatte sie dem Fahrer des Ochsenkarrens ihre letzten *Annas* gegeben, damit er sie mitnahm. Sie hatte seit gestern früh nichts mehr gegessen. Der kleine Junge war noch am Leben gewesen, als sie von zu Hause aufgebrochen war, irgendwann im Laufe des vergangenen Tages war er jedoch still gestorben.

»Ich kann nichts mehr für das Kind tun. Es ist von uns gegangen«, hörte Nat seinen Vater sagen, woraufhin die Frau in ein lautes, gequältes Schluchzen ausbrach und sich mit den Fäusten gegen die Stirn zu schlagen begann. Nat wäre am liebsten ins Haus gerannt und hätte sich unter seiner Decke verkrochen, aber er blieb, weil er wußte, daß dies hier auch für seinen Vater schwer war. Außerdem wußte sein Vater, daß er dort im Dunkeln stand und zusah. Bestimmt wollte er, daß er tapfer war, denn vor dem Tod konnte man sich nicht verstekken. Man konnte nur tief in seinem Inneren nach der Kraft suchen, die einem dabei half, ihm entgegenzutreten. Es war ihre Pflicht, die seines Vaters und die seine, dieser Frau in ihrem Kummer beizustehen.

»Wo ist dein anderer Junge?« fragte sein Vater die Frau, die daraufhin auf den Ochsenkarren deutete.

»Er schläft«, antwortete sie.

»Hol ihn her, ihr könnt auf der Veranda übernachten. Morgen lasse ich euch dann wieder nach Hause bringen. Nat, hol die Matten und Decken!«

Sofort öffnete Nat das Fliegengitter und eilte auf die Veranda, hinüber zu jener Ecke, in der sie die zusammengerollten Matten für Besucher aufbewahrten. Er nahm zwei Matten, rollte sie auf dem Betonboden der Veranda aus und legte zwei zusammengefaltete Decken darauf. Dann sah er seinen Vater erwartungsvoll an, obwohl er bereits wußte, was als nächstes kam.

Die Frau, die zu dem Ochsenkarren gegangen war, kehrte jetzt mit dem schlafenden Jungen in ihren Armen zurück und legte ihn auf eine der Matten. Nats Vater deckte ihn mit einer dünnen Decke zu. Nat sah, daß der Junge, obwohl er genauso alt war wie er selbst – sechs –, viel kleiner war als er. Er war zart und dünn, hatte dürre Arme und

Beine, die aussahen, als könnte man sie wie trockene Zweige zerbrechen. Die Frau setzte sich im Schneidersitz neben ihn, hielt das tote Kind unter ihrem Sari wieder an sich gedrückt und weinte leise in sich hinein. Nat vermutete, daß sie in dieser Nacht nicht schlafen würde. Er sah seinen Vater an, der den Kopf schüttelte, was Ja bedeutete, rannte nach drinnen, öffnete den kleinen Kühlschrank und holte die Schüssel mit den *Iddlies* heraus. Er nahm zwei davon, legte sie auf einen Aluminiumteller, goß einen Schöpfer *Sambar* darüber und brachte die *Iddlies* zu der Frau hinaus, die ihn mit tränenüberströmtem Gesicht ansah und den Teller stumm entgegennahm, das Essen aber nicht anrührte. »Ich hebe das für den Jungen auf«, sagte sie zum Doktor und stellte den Teller neben sich auf den Boden. Der Doktor erwiderte, daß der Junge, wenn er aufwachte, auch etwas zu essen bekommen würde, und daß dieser Teller für sie sei. Sie legte als Zeichen des Dankes die Handflächen aneinander, brach ein Stück *Iddly* ab und schob es sich in den Mund. Da es unhöflich war, jemandem beim Essen zuzusehen, kehrten Nat und sein Vater ins Haus zurück und ließen sie allein. Nat ging vor seinem Vater, der die Hand tröstend auf seine Schulter gelegt hatte.

Nat wollte weinen, aber er tat es nicht. Er wollte reden, aber es gab nichts zu sagen. Nat hatte Derartiges schon gesehen, und schlimmer noch, er hatte es schon oft gesehen. Viele Male waren sie von jemandem aus dem Schlaf gerissen worden, der von weit her gekommen war. Gewöhnlich ging es um jemanden, der im Sterben lag, denn wenn das nicht der Fall gewesen wäre, hätte man bis zum Morgen gewartet. Manchmal konnte Nats Vater dem Kranken helfen, manchmal setzte er ihn hinten auf sein Motorrad und brachte ihn ins Krankenhaus in der Stadt, manchmal drückte er Nat eine Taschenlampe in die Hand und schickte ihn los, um Pandu zu wecken, der im Dorf in seiner Fahrradrikscha schlief. Pandu kam dann mit der Rikscha und brachte den Patienten ins Krankenhaus, während Nats Vater auf seinem Motorrad hinterherfuhr. Nat mußte in solchen Fällen daheim bleiben. Er versuchte dann immer, wieder einzuschlafen, was ihm aber nie gelang.

Nat wußte, daß es sein Vater nicht gern sah, wenn er wegen der Notfallpatienten nachts aufstand. Anfangs hatte er deshalb noch in seinem *Sharpai* bleiben müssen, da er jedoch ohnehin nicht schlafen konnte, hatte sein Vater ihm schließlich erlaubt, aufzustehen und ihm zu helfen. Wenn die Behandlung allerdings zu lange dauerte, schickte er ihn wieder ins Bett, was aber nicht hieß, daß Nat auch einschlief. Erst wenn Nat wußte, daß es nichts mehr zu tun gab, weil der Patient gestorben war, weil sein Vater dem Patienten eine Tablette oder eine Spritze gegen die Schmerzen verabreicht hatte, so daß dieser bis zum Morgen schlafen konnte, oder weil der Patient in der Lage war, wieder nach Hause zu gehen, beruhigte sich Nat so weit, daß er einschlafen konnte.

So war es immer gewesen. Seit Nat einen Vater hatte, wußte er, daß die Nächte nicht ihnen gehörten. Aber schließlich gehörte ihnen ohnehin nichts.

Als Nat vor zwei Jahren zum Doktor gekommen war, hatte er sofort bemerkt, daß sein Vater anders war. Das kam daher, daß er ein *Sahib,* und nicht nur irgendein *Sahib,* sondern ein *Daktah Sahib* war. Wo immer sie hingingen, legten die Menschen zum Gruß die Handflächen aneinander und neigten leicht den Kopf. Manchmal bückten sie sich auch und berührten die Füße seines Vaters. Einige Männer legten sich, die Hände auf den Füßen des Doktors, sogar der Länge nach ausgestreckt vor ihm auf den Boden. Manche Frauen kauerten vor ihm nieder und berührten den Boden vor seinen Zehen mit der Stirn. Seinem Vater gefielen diese Demutsbezeigungen keineswegs. Er hatte das den Leuten schon hundertmal gesagt und bückte sich stets, um der betreffenden Person aufzuhelfen, die Leute aber ließen sich nicht davon abhalten.

Als Nat sah, daß sich die Leute vor seinem Vater verneigten, hatte er zuerst gedacht, sein Vater müsse der Herrgott persönlich sein.

»Warum verneigen sie sich vor dir, Daddy? Bist du der liebe Gott?« fragte er, weil er gesehen hatte, wie sich die Leute im großen Tempel in der Stadt vor Shiva, dem Herrn, der im innersten Schrein des Tempels, im Allerheiligsten, wohnte, verbeugten und sich vor ihm auf den Boden warfen genau wie vor seinem Vater. Sein Vater lachte und schüttelte den Kopf.

»Sie sehen Gott in mir und danken Ihm, weil ich sie geheilt habe. Also verneigen sie sich vor Gott in mir, Nat.«

»Aber du heilst sie doch, und nicht Gott!«

»Ja, aber ohne Gottes Hilfe und ohne seine Macht würde mir das nicht gelingen, Nat. Er ist es, der die Menschen durch mich heilt. Es ist eine Gabe, die mir von Gott geschenkt wurde, das heißt jedoch nicht, daß ich selbst Gott bin. Es heißt, daß ich Gott mit meinem ganzen Leben diene, Ihn in jenen, die zu mir kommen, auch in den Allergeringsten, sehen muß und Ihm für Seine Gaben danke.«

Dennoch wußte Nat, daß sein Vater für die Leute Gott war. Er wußte auch, daß sie beide sich von den anderen unterschieden. Es lag nicht nur daran, daß sie keine dunkle Haut hatten und daß sie hochgewachsen und kräftig waren. Man brauchte sich nur das Haus anzusehen, in dem sie wohnten: Es war größer als alle anderen Häuser im Dorf und sehr viel besser, ein weiß gestrichenes Ziegelhaus am Dorfrand, mit einem Flachdach, einer strohgedeckten Veranda, die rings um das Haus lief, und sogar einem Garten. Das Haus verfügte über zwei Zimmer, eine kleine Küche und ein Badezimmer. Der kleinere der beiden Räume diente seinem Vater als Behandlungszimmer für seine Patienten, die stets schon lange vor Tagesanbruch erschienen, sich draußen vor dem Tor auf der staubigen Straße hinhockten und geduldig warteten, bis sie an die Reihe kamen. In dem größeren der beiden Zimmer schliefen Vater und Sohn. Dort standen die beiden *Sharpais,* ein Schrank aus Holz, in dem sie ihre Kleidung aufbewahrten, der Kühlschrank, der zur Hälfte mit Medikamenten gefüllt war, und ein niedriger Schreibtisch aus Holz mit Klappdeckel. Vor diesem Schreibtisch saß Nats Vater im Schneidersitz auf dem mit Matten ausgelegten Boden, wenn er Briefe zu schreiben und geschäftliche Dinge zu erledigen hatte.

Die Fenster zogen sich, in Dreiergruppen übereinander angeordnet, um das Zimmer herum. Sie waren mit hölzernen Fensterläden versehen, die nach innen klappten, so daß man sie öffnen konnte, um den Wind hereinzulassen, oder schließen, um im Winter die Kälte auszusperren. Wenn alle Fenster offen waren, hatte man beinahe den Eindruck, im Freien zu sitzen, denn die Fenster begannen ganz unten in der Wand und reichten bis unter die Decke. Sie waren zum Schutz vor Einbrechern mit Eisenstäben vergittert und wegen der Moskitos und der Affen mit einem Drahtnetz versehen. Wenn die Affen hereinkämen, würden sie das Zimmer verwüsten, sagte Nats Vater. Sie würden alle Bananen stehlen und den Inhalt sämtlicher Krüge mit Reis, Zucker und Mehl auf den Boden ausleeren. Sie würden den Kühlschrank öffnen und die Arzneifläschchen auf den Boden werfen.

Die Affen kamen stets in einer großen Horde, die von einem riesigen Affenkönig angeführt wurde. Die Kinder nannten ihn Ravana. Er pflegte auf dem Mangobaum in der Nähe des Hauses, in dem Nat wohnte, zu hocken und mit finsterem Blick auf das Dorf zu starren. Wenn ihm jemand zu nahe kam, fletschte er fauchend die Zähne und bewegte den Kopf ruckartig vor und zurück. Die anderen Affen, seine Frauen, waren auf den Ästen hinter Ravana im Baum postiert. Einige von ihnen hatten Babys dabei, die sich an ihren Bauch klammerten. Ein paar der Jungen saßen auch neben ihren Müttern im Geäst oder spielten miteinander wie richtige Kinder.

Wenn die Kinder in der Schule saßen oder ihren Eltern auf dem Feld halfen, die Männer bei der Arbeit waren und die Mütter am Brunnen Wasser holten, griffen die Affen an. Dann kletterten sie ganz plötzlich vom Baum herunter und schwärmten auf der Suche nach offenen Türen und Fenstern oder einem unbeaufsichtigten kleinen Kind, das eine Banane in der Hand hielt, durchs Dorf. In den Häusern fanden sie nie viel zu essen, und so zerstörten sie in ihrem Zorn alles, was sich zerstören ließ. Das arme Kind brüllte dann entsetzt los, wenn ihm Ravana oder eine seiner Frauen die Banane aus der Hand riß, woraufhin die Mutter aus dem Haus gestürzt kam, den Affen schreiend Steine hinterherwarf und das kreischende Kind in den Arm nahm. So war es die Aufgabe der Jungen im Dorf, die Affen auf Abstand zu halten.

Mit der Steinschleuder zu schießen gehörte zu den ersten Dingen, die Nat lernte, als er ins Dorf kam. Jetzt war er sechs und traf alles, was er wollte, egal, ob das Ziel sich bewegte oder sehr klein war. Auch eine Affenfrau oben in den Ästen des Mangobaums. Auf Ravana hatte er jedoch noch nie gezielt. Denn wenn Ravana sähe, daß einer der kleineren Jungen einen Stein für seine Schleuder aufhob, um auf ihn zu schießen, würde er diesen Jungen höchstwahrscheinlich angreifen. Er würde ihn anspringen, kratzen und beißen, deshalb war Ravana den größeren Jungen vorbehalten. Wenn alle Jungen gleichzeitig, ihre Steinschleudern schwingend, durchs Dorf stürmten, wenn sie sich alle unter dem Baum versammelten und ihren Schlachtruf ausstießen, wenn sie alle zusammen die Affen mit Steinen beschossen, um den Affen zu zeigen, wer der Stärkere war, dann gab Ravana den Befehl zum Rückzug und führte seine Truppe davon. Das bedeutete, daß die Affen mit voller Geschwindigkeit einen baumlosen Streifen Land überqueren mußten, während sämtliche Dorfjungen, Steine schießend und schreiend, hinter ihnen herjagten. Die Affen waren jedoch schneller als die Jungen und erreichten stets vor ihnen das Wäldchen auf der anderen Seite des Streifens, wo sie dann in den Zweigen verschwanden. Früher oder später kamen sie aber immer wieder zurück.

Nat und sein Vater schliefen auf *Sharpais.* Auf dem Boden, der aus Stein war, lagen Matten. Die anderen Leute im Dorf wohnten in Lehmhütten. Sie verwendeten gewässerten Kuhdung, mit dem sie Wände und Böden verputzten, um sie sauberhalten zu können. Ihre Hütten hatten statt richtiger Türen und Fenster nur Türöffnungen und kleine Löcher in den Wänden, so daß es innen dunkel war. Die Leute schliefen und lebten auf dem Lehmboden.

Lange Drähte auf hohen Stangen führten von der Stadt bis zum Haus, in dem Nat und sein Vater wohnten, und brachten die Glühbirnen zum Brennen und den Kühlschrank zum Laufen. Unter dem Herd standen Gasflaschen; man brauchte nur einen Schalter zu drehen und ein Streichholz anzuzünden, und schon konnte man kochen. Die anderen Dorfbewohner mußten trockenes Holz und Dung sammeln und Dungfladen als Brennmaterial herstellen, bevor sie sich etwas kochen konnten. Sie kleideten sich in Lumpen, und selbst wenn sie ihre Kleidung oft am Wasserbecken wuschen, sie gegen einen Stein schlugen, um den Schmutz herauszuklopfen, sahen sie irgendwie nie wirklich sauber aus. Der Doktor und Nat hingegen brauchten ihre Kleidung nie selbst zu waschen. Einmal pro Woche kam ein *Dhobi,* nahm ihre Schmutzwäsche mit und brachte ihnen die Wäsche frisch gewaschen, gebügelt und ordentlich zu einem Bündel zusammengelegt zurück. Das Bündel roch süß nach dem Seifenpulver, das der Doktor dem *Dhobi* mitgab.

Zwischen Nat und den anderen Kindern bestand jedoch noch ein weiterer großer Unterschied, ein Unterschied, von dem er sich wünschte, es hätte ihn nicht gegeben. Die anderen Kinder besuchten die Dorfschule – wenn sie überhaupt zur Schule gingen, was die meisten ohnehin nicht taten, vor allem die Mädchen nicht. Nat hingegen besuchte die Schule in der Stadt. Jeden Morgen kam Pandu mit seiner Rikscha angefahren; dann nahm Nat seine Tasche vom Haken im Zimmer, stieg in die Rikscha, und Pandu brachte ihn in die Stadt zur staatlichen englischen Mittelschule, wo er Englisch lesen und schreiben lernte, außerdem Tamil und ein wenig Hindi.

Nat war das einzige Kind im ganzen Dorf, das auf diese Schule ging, und Nat fand das ungerecht. Sein Vater aber sagte, dies sei ein

Privileg. Die anderen Kinder paßten auf die Ziegen, Kühe und Babys auf, gingen Dung oder trockene Äste als Brennmaterial sammeln, schnitten Äste von den kleinen Bäumen ab, die das Amt für Wiederaufforstung gepflanzt hatte, holten Wasser, setzten Reisstecklinge oder pflückten Erdnüsse. Und selbst wenn sie tatsächlich einmal zur Schule gingen, kam der Lehrer nicht immer, so daß die Kinder nicht besonders viel lernten. Also ließ Nats Vater ihn jeden Morgen von Pandu in die Stadt fahren. Was wirklich ungerecht war.

Als Nat zu seinem Vater kam, war ihm gleich das Foto einer feinen Dame aufgefallen, das über dem *Sharpai* seines Vaters an der Wand hing. Es war ein großes Foto, fast lebensgroß, das aber nur Kopf und Schultern der Dame zeigte. Die Dame war so schön, daß Nat sie anstarrte und lange Zeit in ihre sanften, dunkel glänzenden Augen sah, die freundlich lächelten und soviel zu sagen schienen. Die Dame war die Ehefrau seines Vaters gewesen, und sie war tot. Sie war keine *Memsahib,* sondern eine indische Dame, denn ihre Haut war dunkel, dunkler noch als die von Nat. Außerdem hatte sie mitten auf ihrer Stirn einen *Tika* und trug einen Sari, dessen freies Ende schräg über ihre Brust und über eine Schulter gelegt war. Wenn Nat noch einen einzigen weiteren Wunsch frei gehabt hätte, so hätte er sich gewünscht, daß diese Dame seine Mutter wäre. Er hätte sich gewünscht, daß sie nicht gestorben sei, sondern hier, in diesem kleinen Haus, mit ihnen zusammengelebt hätte, daß sie für ihn gekocht hätte, wie es andere Mütter taten, und ihn an ihren weichen Busen gedrückt hätte, daß sie seine Haut mit Öl eingerieben hätte, bis sie glänzte, und ihm auf der kühlen Veranda Geschichten erzählt hätte, während er auf ihrem Schoß saß. Wäre sie jedoch noch am Leben gewesen, dann wäre Nat wahrscheinlich gar nicht hier gewesen. Dann nämlich hätte die Dame eigene Kinder gehabt, und Nats Vater hätte sich Nat nicht aus dem Heim holen müssen. Also rief sich Nat immer wieder ins Bewußtsein, welches Glück er gehabt hatte, daß man ihn überhaupt ausgesucht hatte, und ermahnte sich, nicht zuviel an die Dame zu denken und sich vorzustellen, wie es wäre, eine Mutter zu haben, die ihn liebte und sich um ihn kümmerte. Er hatte nun einen Vater, und allein schon damit waren seine Gebete erhört worden.

Die Frau und der Junge frühstückten zusammen mit dem Doktor und Nat. Das Dorf war von Geräuschen erfüllt. Wegen der hohen Mauern aus Kaskaden von Bougainvilleasträuchern, rosa, orange und flammendem Purpur, die das Haus umgaben, konnte man nichts sehen. Man hörte jedoch das Klirren der Metallgefäße, das Zischen der Kokosbesen, das Plätschern von Wasser, das die Mütter vor ihren Hütten versprengten, damit die Mädchen die wundervollen *Kolam*-Bilder in die feuchte Erde vor der Tür zeichnen konnten, wobei sie mit wirbelnden Bewegungen Kreidepulver aus ihren Händen rinnen ließen. Pandus jüngste Tochter Radha, die dreizehn war, kam jeden Morgen zu ihnen herüber, um ihnen ein *Kolam* zu zeichnen. Das war wichtig, denn ein *Kolam* schenkte einem gute Gedanken, wenn man das Haus betrat oder verließ. Der Doktor gab ihr dafür jeden Tag eine Rupie. Sie nahm die Münze mit aneinandergelegten Handflächen entgegen und hob ihre Hände dann zum Dank an die Stirn, bevor sie sich umdrehte und nach Hause rannte, um ihrer Muter beim Kochen zu helfen. Radha ging nicht zur Schule. In ein oder zwei Jahren würde sie heiraten, hoffte Pandu. Sie machten sich Gedanken wegen der Mitgift, weil potentielle Ehemänner sehr unangenehm werden konnten, wenn es um die Mitgift ging. Es war schon bei Pandus älterer Tochter, die vergangenes Jahr geheiratet hatte, schlimm genug gewesen. Der erste Junge, der sich erboten hatte, sie zu heiraten, wollte als Mitgift ein Motorrad haben, aber das hatte sich Pandu natürlich nicht leisten können, und so war aus der Hochzeit nichts geworden. Der nächste Junge wollte eine Armbanduhr haben, aber auch die war für Pandu zu teuer gewesen. Schließlich hatten sie einen Jungen gefunden, der sich mit einem Nylonhemd aus der Stadt zufriedengab, und die Hochzeit hatte stattgefunden. Jetzt aber kam Radha an die Reihe, und Pandu redete, wenn er sich mit dem Doktor unterhielt, von nichts anderem mehr. Seit dem Ärger mit der älteren Tochter (die, um das Ganze noch schlimmer zu machen, nicht einmal besonders hübsch war) hatte der Doktor einer jeden Familie zur Geburt einer Tochter einen Teakschößling geschenkt, den die Familie auf das Feld des Doktors hinter dem Haus pflanzen durfte und den das Mädchen, während es heranwuchs, pflegte. Wenn es ins heiratsfähige Alter kam, war der Schößling zu einem großen Teakbaum geworden, den die Familie für ein *Lakh* Rupien verkaufen konnte. Dies sei zwar keine Lösung, sagte der Doktor, aber so bekamen die Mädchen wenigstens gute Ehemänner. Man könne nur hoffen, daß die Ehemänner das Geld nicht versaufen und ihre Frauen nicht verprügeln würden.

Nun kam Radha mit einem Tablett voller *Upma* wieder, das sie heute zum Frühstück essen wollten und das Pandus Frau Vasantha zubereitet hatte. Der Doktor hatte ihr in aller Frühe eine Nachricht geschickt, daß sie Gäste hätten, also hatte Vasantha so viel gekocht, daß es für alle reichte. Die Frau und der Junge aßen mit großem Appetit. Als sie mit dem Frühstück fertig waren, warteten Pandu und sein Sohn Anand bereits am Tor, Pandu mit seiner Rikscha, um Nat in die Stadt zur Schule zu fahren, und Anand, um die Frau mit dem Motorrad nach Hause zu bringen.

Nats Vater bildete Anand zu seinem Assistenten aus. Manchmal arbeitete Anand in der Praxis, manchmal erledigte er mit dem Motorrad Botengänge. Da Pandu tagsüber in der Stadt arbeitete, holte Anand Medikamente, brachte Patienten ins Krankenhaus. In bestimmten Fällen, wenn der Doktor der Meinung war, sie sollten nicht zu Fuß gehen, brachte Anand auch Angehörige der Kranken nach Hause. Also fuhr Anand die Frau, die das tote Kind in den Armen hielt, während der größere Junge zwischen ihr und ihm saß, in ihr Dorf zurück, was bedeutete, daß der Doktor an diesem Vormittag in der Praxis ohne seinen Assistenten würde auskommen müssen. Das war nicht gut, denn draußen vor dem Tor hockten bereits vier Patienten im Staub, die darauf warteten, daß die Praxis öffnete.

Daß Nat zur Schule in der Stadt anstatt in die Dorfschule gehen mußte, hatte einen Grund. Nats Vater wollte, daß er, wie er es nannte, eine gute Ausbildung bekam. Nat hatte zwar keine Ahnung, was das war, aber er wußte, daß es bedeutete, daß er in die englische Schule in der Stadt gehen mußte und daß er seinen Vater eines Tages würde verlassen müssen, um über das große Meer zu fahren. Eines Tages würde er dann wie sein Vater Doktor sein und in der Praxis arbeiten. Aber das lag noch in ferner, ferner Zukunft.

Er erinnerte sich an diesen einen Morgen, den Morgen, an dem die Frau, deren Kind gerade gestorben war, mit ihnen gefrühstückt hatte, deshalb so gut, weil, kurz nachdem Anand mit der Frau, ihrem toten Kind und dem Jungen abgefahren war, und gerade als er selbst hinter Pandu in die Rikscha steigen wollte, eine andere Rikscha vorfuhr. Es war eine neue gelbe Rikscha. Ein hochgewachsener Mann in einer sehr sauberen schwarzen Hose und einem strahlendweißen, langärmeligen Hemd stieg aus. Dieser Mann war Onkel Gopal. Allerdings wußte Nat das zu diesem Zeitpunkt noch nicht.

Als sein Vater den Mann erblickte, rief er: »Gopal!« Der Mann lachte herzlich und stürzte geradezu in die ausgebreiteten Arme seines Vaters, während er sagte: »O mein Freund, mein lieber Freund, wie ich mich freue, dich wiederzusehen!«

Nat stand da und starrte die beiden an, denn er hatte noch nie zuvor gesehen, daß sein Vater jemanden so begrüßt hatte oder von jemandem so begrüßt worden war. Sein Vater hatte, soweit er wußte, keine Freunde, keine richtigen Freunde jedenfalls, so wie er selbst sie hatte. Die Leute im Dorf verehrten seinen Vater, und das bedeutete, daß sie nicht mit ihm befreundet sein konnten. Während sein Vater mit den Dorfbewohnern Tamil sprach, unterhielt er sich mit Nat auf englisch. Die englische Sprache war ihre eigene, ganz private Welt, die niemand betreten konnte, nicht einmal Anand, obwohl dieser ein paar Brocken Englisch verstand. Jetzt war da jedoch dieser Fremde in seinem strahlendweißen Hemd mit einer Rikscha gekommen, und sein Vater gestattete ihm, ihre private kleine englische Welt zu betreten.

Der Mann, den sein Vater Gopal nannte, wandte sich jetzt mit überaus interessiertem, gespanntem Blick an Nat und sagte: »Und du bist also Nataraj!«, was Nat ungeheuer überraschte, denn wie kam es, daß dieser Mann seinen Namen kannte, einfach so? Dann kniff der Mann Nat in die Backe, quetschte dabei seine Haut zwischen den Fingern zusammen und zog daran herum. Das tat so weh, daß Nat auf der Stelle beschloß, diesen Mann nicht zu mögen. Er war allerdings auch neugierig und hoffte, sein Vater würde ihn an diesem Tag nicht zur Schule schicken, so daß er mehr über diesen Mann erfahren konnte. Kaum hatte er das jedoch gedacht, sagte sein Vater auch schon: »Worauf wartest du noch, Nat? Jetzt sieh zu, daß du in die Schule kommst, sonst wird der Lehrer noch böse! Onkel Gopal wird noch hier sein, wenn du wiederkommst... oder? Ich sehe, daß du einen Koffer mitgebracht hast.«

»Ja, ja, ich hatte gehofft, daß ich eine Weile bleiben könnte... ich habe Kleidung zum Wechseln dabei... und ein Geschenk für Nataraj...« Er wuchtete einen glänzend schwarzen Koffer aus der Rikscha, mit der er gekommen war. Als Nataraj sich in Pandus Rikscha setzte, hörte er seinen Vater sagen: »Aber wie in aller Welt hast du mich gefunden, alter Knabe? Also, ich habe gehört, du...«

Den Rest konnte Nat nicht mehr verstehen, weil Pandu sich inzwischen auf sein Fahrrad gesetzt hatte und jetzt die staubige Straße entlangstrampelte. Nat kniete sich verkehrt herum auf den Sitz und stützte die Arme auf das zusammengefaltete Verdeck der Rikscha. Als er zurückblickte, sah er, wie sich sein Vater zu seinem ersten Patienten hinunterbückte, etwas zu ihm sagte und dann die Hand ausstreckte, um dem alten Mann auf die Füße zu helfen. Onkel Gopal stand am Straßenrand, den glänzend schwarzen Koffer in der Hand und beobachtete seinen Vater, wie er dem alten Mann half, in die Praxis zu humpeln. Auf Onkel Gopals Gesicht lag dabei ein finsterer Ausdruck, der eine kalte, klamme Furcht in Nats Herzen aufsteigen ließ.

5. Kapitel

Saroj

Saroj war gerade dreizehn geworden, als Baba ihr den Fehdehandschuh hinwarf. Dies war der Auftakt zu jener Auseinandersetzung, die sich zum Kampf ihres Lebens entwickeln würde, dem Kampf um ihr Leben. Es geschah am Frühstückstisch.

»Ich habe einen Mann für Sarojini gefunden«, sagte er mit der sonoren, alles übertönenden Stimme, die er nur bei bedeutsamen Gelegenheiten einsetzte. Saroj, die gerade ihr Weetabix mit Milch löffelte, verharrte mitten in der Bewegung. Ihr Gesicht mit dem geöffneten Mund, der auf den Löffel wartete, verwandelte sich in eine Maske des Schreckens.

Babas Worte widersprachen der beiläufigen Art, mit der seine langen, schmalen Hände selbstgefällig Marmelade auf den gebutterten Toast strichen. Er schnitt den Toast in kleine orange-gelb-weiße Vierecke und hob sie mit fast femininem Feingefühl an die Lippen. Seine Finger bewegten sich mit geschickter, spinnenhafter Leichtigkeit. Saroj stellte sich vor, wie sie ein Netz woben. Unheimlich. Sie schauderte und sah weg, wartete auf das, was da kommen sollte.

Alle warteten, aber Baba ließ sich Zeit. Ma sah Saroj an, zog dabei leicht die Augenbrauen hoch, so daß der runde, rote *Tika* zwischen ihnen auf und ab hüpfte. Saroj sah Ganesh an, der wiederum Baba ansah. Dieser fuhr, nachdem er sich der Aufmerksamkeit aller sicher sein konnte, endlich fort: »Immerhin ist sie bald im heiratsfähigen Alter. Ich habe bereits alle notwendigen Erkundigungen eingezogen.«

Inzwischen starrten alle Baba an, alle außer Indrani, die mit einem Ausdruck einstudierter Nonchalance weiter ungerührt Butter auf ihren Toast strich. Sie konnte es sich natürlich leisten, derart blasiert zu sein. Für sie hatte man ja bereits einen Bräutigam ausgesucht, der nun auf sie wartete und der, wie alle sagten, noch dazu eine sehr gute Party war. Erst letzte Woche hatte sie ihren Hochzeitssari bekommen. Einer von Babas entfernten bengalischen Verwandten, den keiner von ihnen, nicht einmal Baba, persönlich kannte, hatte ihn aus Indien um die halbe Welt geschickt.

Baba sah sich in der Runde um und unterwarf seine Familie seiner Autorität. Dann setzte er sich für seine nächste Ankündigung aufrecht hin.

»Ich habe den Ghosh-Jungen ausgewählt.«

Selbst Indrani zog jetzt die Augenbrauen hoch. Baba wartete.

»Die Ghosh-Familie«, gab er das Stichwort, als niemand etwas sagte, niemand nach Luft schnappte, niemand Beifall klatschte, niemand in Ohnmacht fiel. »Ghosh von Ghosh Brothers Dry Goods, dem Textilgeschäft in der Regent Street. Mrs. Ghosh ist Narains zweite Cousine. Sie haben einen Jungen, der genau im richtigen Alter ist.«

Mr. Narain, Halbbrahmane, war Babas Partner in der Kanzlei Narain und Roy in der Robb Street, Georgetowns zweitrenommiertester Anwaltskanzlei, was bedeutete, daß jeder Verwandte von Narain für Babas Kinder gut sein würde und umgekehrt. Narain selbst hatte nur Töchter, eine Tatsache, die allen wohlbekannt war, weil Baba das so oft bedauerte. Zwei Narain-Söhne für zwei Roy-Töchter, das wäre perfekt gewesen. So, wie es sich jetzt verhielt, war Narains jüngste Tochter für Ganesh vorgesehen, und sie waren alle in diesem Wissen aufgewachsen. Saroj wußte, daß es statt einer Hochzeit eine Beerdigung geben würde: nämlich die von Narains Tochter. Ganesh hatte vor, dieses Narain-Mädchen zu ermorden, und Saroj war sich immer noch nicht ganz sicher, ob das wirklich nur ein Scherz war. Sie selbst verehrte Ganesh. Jedes Wort aus seinem Mund war ihr heilig, und mit zwölf, dreizehn erscheint einem alles möglich. Selbst wenn Ganesh scherzte und sie das wußte, tat Saroj gern so, als wäre alles wahr, denn seine Scherze ließen sie ihre innersten Phantasien ausleben.

»Mr. Ghosh stammt aus einer reinen Brahmanenfamilie. Sie kam vor zwei Generationen aus Kalkutta«, verkündete Baba triumphierend. Immer noch brach niemand in Jubel aus.

»Die Ghosh-Familie? Wo wohnen die Leute?« Ma runzelte die Stirn und sah Baba fragend an. Ganesh beugte sich, während ihre Eltern miteinander redeten, zu Saroj hinüber und flüsterte ihr ins Ohr: »Halt die Gosch', Ghosh!« Dabei verdrehte er die Augen.

Sie mußte kichern und hätte sich fast an ihrem Tee verschluckt. Ma und Baba hatten jedoch nichts gemerkt, und so flüsterte sie hinter vorgehaltener Hand zurück: »Hilfst du mir, ihn zu ermorden?«

»Durch langsames Strangulieren.«

»Wo verstecken wir die Leiche?«

»Die Leichen. Wir machen einen Doppelmord daraus... den Ghosh-Jungen und das Narain-Mädchen.«

»Wir pökeln ihre Augen und...«

»Was war das, Sarojini?« Saroj zuckte schuldbewußt zusammen und erwiderte Babas Blick, der stechend und drohend war – dieser Blick läßt einem das Blut in den Adern gefrieren, dachte sie und schauderte. Eher bringe ich dich um, Baba, und das meine ich ernst.

»Nichts, Baba.« Sittsam wandte sie ihren Blick dem Weetabix zu und schob sich einen Löffel davon in den Mund, während sie versuchte, Ganesh zu ignorieren, der sie gerade in den Oberschenkel kniff. Er beugte sich vor, um nach der Teekanne zu greifen, und schüttete Indrani dabei passenderweise ihre ganze Milch übers Kleid. Indranis ärgerlicher Aufschrei und der anschließende Lärm übertönten seine Worte, die er ihr im Ton tiefer Vorbedeutung zuflüsterte: »Auch ich werde die nötigen Nachforschungen anstellen.« Abermals verdrehte er die Augen.

Zu Sarojs Geburtstagsparty, die an diesem Nachmittag stattfand, kamen ungefähr eine Million Leute. Es waren alles Roys, und sie kamen nicht, weil Saroj Geburtstag hatte, sondern wegen Mas berühmter *Samosas*. Außerdem galt es, den neuesten Tratsch auszutauschen. Inzwischen hatte sich die Neuigkeit über den Ghosh-Jungen schon herumgesprochen. Jedesmal, wenn irgendeine Tante Saroj packte, um ihr ein paar Geburtstagsküsse auf die Wange und ein Geschenk in die Hand zu drücken und »Na, wie geht es denn unserem Geburtstagskind?« kreischte, sagte ihr das Glänzen in deren Augen, daß diese Tante darauf brannte, die Neuigkeiten, die sie eben erfahren hatte, brühwarm der nächsten Tante weiterzuerzählen. Kennst du ihn? Seine Mutter? Der zweite Cousin meines Mannes ist mit der Nichte seines Vaters verheiratet... und so weiter und so fort. Sie hatten das bei Indrani alles schon einmal mitgemacht. Saroj gegenüber würden sie den Jungen natürlich nicht erwähnen, das gehörte sich nicht. Saroj sah die Aufregung in diesem erregten Grüppchen von Tanten, das sich zusammenscharte, und erahnte in dem vielsagenden Rascheln der Polyestersaris das Thema, über das sie sich unterhielten. Am liebsten hätte sie sich übergeben. Das Ganze wäre nicht so schlimm gewesen, wenn sie wenigstens anständige Geschenke bekommen hätte, Bücher, Schallplatten oder ähnliches, aber sie brauchte die hübsch eingewickelten und mit Schleifen verzierten Päckchen, die auf einem Ecktisch zu einem protzigen Haufen anwuchsen, nur kurz anzufassen oder kurz anzusehen, um zu wissen, was sich darin befand. Schlüpfer, das Stück zu fünfundzwanzig Cents. Schachteln mit Taschentüchern, das Stück zu fünfundzwanzig Cents. Geldbörsen, das Stück zu fünfundzwanzig Cents. Haarbürstensets, das Stück zu fünfundzwanzig Cents. Das Übliche eben. Die Tanten schenkten gern praktische, nützliche Dinge. Was außer Schlüpfern, Taschentüchern, Geldbörsen und Bürstensets konnte sich ein junges Mädchen wie Saroj denn sonst auch wünschen?

Die dicke Tante Premavati hatte sie noch immer fest in die Arme geschlossen, so daß Saroj mit der Nase an die stachlige Brosche stieß, mit der die Tante ihren Sari auf ihrer parfümierten Schulter befestigt hatte, und dabei den berauschenden Duft von »Evening in Paris« einatmete, da sah sie über ebendiese Schulter hinweg, wie Ganesh ihr aufgeregte Zeichen gab. Sie mußte Tante Premavati noch gute drei Minuten länger zulächeln und zunicken, während diese ihr irgend etwas über den Film erzählte, den sie mit ihrer Tochter in den Bombay Talkies gesehen hatte. Wie gern hätten sie Saroj mitgenommen, der Film hätte ihr bestimmt gefallen, erklärte sie. Hierzu bestand allerdings herzlich wenig Aussicht, denn jeder wußte, daß Baba es seinen Töchtern grundsätzlich nicht erlaubte, ins Kino zu gehen, nicht einmal, wenn ein indischer Film lief.

Dann holte Tante Premavati ein kleines, flaches, rosa eingepacktes Geschenk aus ihrer voluminösen Plastikhandtasche, überreichte es Saroj und sagte: »Hier, mein Liebes, ich hoffe, er paßt dir!« Sie drückte Saroj einen feuchten Geburtstagskuß auf die zögernd dargebotene Wange, kniff sie in die andere Wange und watschelte davon, um mit Tante Rukmini zu plaudern.

Als Saroj sich umdrehte, um Ganesh in die Küche zu folgen, packte eine kleine Hand die ihre. »Tante Saroj, Tante Saroj, du hast mir versprochen, daß du mir hilfst, einen Drachen zu bauen. Der von Shiv Sahai ist schon fertig. Du hast es mir doch versprochen«, piepste ein Stimmchen neben ihr. Sie lächelte, als sie Sahadevas Blick erwiderte. Sahadeva, ihr kleiner Cousin, Shiv Sahais Zwillingsbruder, Onkel Balwants kleiner Sohn. Onkel Balwant und seine Frau waren modern eingestellte Menschen, beide Lehrer, er für Geschichte, sie (nicht mehr berufstätig) für Biologie. Von ihnen bekam Saroj stets richtig tolle Geburtstagsgeschenke: letztes Jahr ein Mikroskop, dieses Jahr einen Chemiebaukasten. Sie sagten, Saroj habe einen mathematischen Verstand, den man fördern müsse, und vor allem nahmen sie sie auch wirklich ernst. Sie lebten in Kingston, in der Nähe der Küste. Saroj besuchte sie ein- oder zweimal in der Woche unter dem Vorwand, den Jungen bei den Hausaufgaben helfen und mit ihrer Cousine Soona spielen zu wollen, die Baba zu ihrer Spielgefährtin bestimmt hatte. Sie kam aber auch zu Besuch, weil sie dann ans Meeresufer entwischen konnte, wo sie auf den Atlantik hinaussah, meilenweit an der Sea Wall entlangrannte und, wenn die Flut sanft heranrollte und am Strand leckte, barfuß und mit gekrümmten Zehen ins schäumende warme, braune Wasser hinauswatete. Der Ozean, das bedeutete Freiheit. Wenn sie am Strand stand und ihren Blick bis zum Horizont schweifen ließ, nach Osten, dann spürte sie, wie tief in ihrem Inneren eine schmerzliche Sehnsucht aufstieg, die sich diesem fernen Horizont entgegenstreckte. Weit, weit hinaus, den unsichtbaren Küsten entgegen, die dahinter lagen, und weiter noch, der Unendlichkeit des Himmels, der Unendlichkeit der Zeit entgegen.

»Ja, ich weiß, Sahadeva. Schau, ich kann jetzt nicht, aber ich rufe dich morgen oder übermorgen an, okay?«

»Versprichst du es mir, Tante?«

»Ich verspreche es dir.« Sie tätschelte ihm den zerzausten kleinen schwarzen Kopf, lächelte wieder und hob die Finger zum Schwur.

»Großes Ehrenwort. Und wir bauen den tollsten Drachen, den es je gegeben hat. Okay?«

»Okay, Tante. Und nächstes Ostern gewinnen wir dann, das weiß ich einfach!« Sahadeva hüpfte davon.

Ganesh war in der Küche verschwunden. Als sie ihn dort fand, leerte er gerade einen Teller mit *Samosas* in seine Schultasche.

»Du hast sie wohl nicht mehr alle, oder was?«

»Ich hab' meine Bücher doch rausgenommen. Komm, wir gehen in den Turm hinauf. Ich werde wahnsinnig, wenn ich noch einen Augenblick länger hierbleibe. Außerdem habe ich Neuigkeiten für dich.«

»In Ordnung, warte eine Minute.« Sie ging zum Kühlschrank, öffnete die Tür, nahm zwei Flaschen Fiz-ee heraus, Orange und Limone, und steckte sie sich vorn ins Kleid. Ganesh grinste.

»Und du glaubst, das fällt niemandem auf? Zwei Grapefruits wären besser. Irgendwie authentischer.«

»Halt den Mund.« Sie zog die Flaschen wieder heraus, denn Ganesh hatte wie immer recht. Er hielt seine Schultasche auf, und sie legte die Flaschen auf die *Samosas*.

»Deine Tasche wird hinterher ganz fettig und voller Krümel sein.«

»Ach, dann schüttle ich sie einfach aus. Okay, gehen wir. Laß dich bloß von keinem aufhalten.«

Ganesh und Saroj schoben sich durch das überfüllte Wohnzimmer, durch das Gemenge mampfender Verwandter, lächelten in dieses und in jenes Gesicht, murmelten »Entschuldigung, Entschuldigung bitte«, bis sie das Treppenhaus erreichten, durch das man sowohl zur Eingangstür hinunter- als auch in den Turm hinaufgelangte.

Die Villa der Familie Roy ruhte auf hohen, dicken Säulen, die verhinderten, daß die Wohnräume während der Regenzeit überflutet wurden. Wo die meisten Häuser jedoch eine offene Treppe hatten, die zur Eingangstür hinaufführte, besaß dieses Haus eine Treppe mit mehreren Absätzen, die in einem Turm untergebracht war. Der Turm stellte die vordere linke Ecke des Hauses dar, ragte ein Stück über das Dach hinaus und endete in einem kleinen, mit Fenstern versehenen Horst, um den sich ein schmaler Umgang zog. Haus und Turm bestanden gänzlich aus Holz, waren horizontal verschalt, in sauberem Weiß gestrichen und großzügig mit Fenstern ausgestattet. Reihen von zwölfteiligen Schiebefenstern, umgeben von schrägen, oben aufgehängten Demerara-Jalousien, sorgten im Haus für Licht und Schatten, für Hitze und Kühle. Am Morgen und am Spätnachmittag standen die Jalousien offen, damit die kühle Atlantikbrise durch die lichtdurchfluteten Zimmer wehen konnte. Wenn die Mittagssonne sengend herabbrannte, schloß Ma die Jalousien und ließ das Haus im kühlen, feuchten Zwielicht hinter den Jalousienwänden still vor sich hinträumen und seine Geheimnisse vor der aufdringlichen, lauten Außenwelt bewahren.

Die Wände des Turmzimmers bestanden jedoch ausschließlich aus Fenstern, die keine Jalousien hatten. Wenn man die Fenster öffnete, blies der Wind durch den Raum, ein reinigender, energischer Wind, der Kummer davonfegte und Sorgen wegblies. Dort oben fühlte man sich groß, frei, stark. Es vermochte einen nichts zu berühren. Dort oben konnte man seinem Schicksal, als ein Roy geboren zu sein, zumindest für eine Weile entfliehen.

Saroj und Ganesh nahmen immer drei Stufen auf einmal. Als sie oben im Turmzimmer angekommen waren, ließen sie sich erleichtert auf die nackten, geschrubbten Bodendielen fallen und schnappten lachend nach Luft.

»Also, was wolltest du mir erzählen?« fragte Saroj schließlich.

»Ich habe heute nachmittag mit Kevin Grant telefoniert. Er kennt ihn.«

»Er kennt wen?«

»Diesen Jungen natürlich, diesen Ghosh-Jungen, deinen zukünftigen Bräutigam. Jetzt hol tief Luft, Saroj, und halt dich fest, hier ist meine Hand, nimm sie und fall bloß nicht in Ohnmacht. Bist du bereit?«

»O Gott, Gan! Sag es mir besser nicht. Er ist ein schielender Zwerg auf einem Einrad. Oder ein fünfzigjähriger Witwer mit falschen Zähnen und schwacher Blase. Baba läßt ihn aus Kalkutta kommen, und er bringt eine Horde von sieben plärrenden, rotznasigen Kindern mit, und …«

»Ganz netter Versuch, aber du liegst meilenweit daneben. Denk dran, das entscheidende Wort ist Junge. Nicht einmal Baba würde jemanden, der über vierzig ist, als Jungen bezeichnen.«

»Also gut. Es ist dieser reizende zehnjährige Knabe, der an der Ecke in der Camp Street Waren verkauft. Baba hat herausgefunden, daß er in Wirklichkeit der illegitime Erbe der Purushottama-Millionen ist, und will einen ehrbaren Mann aus ihm machen, und …«

»Illegitim? Saroj, wo in aller Welt hast du ein so schmutziges Wort gelernt? Um Himmels willen, ich meine, hast du überhaupt eine Ahnung, was das bedeutet? Weiß Baba, daß du dieses Wort kennst?«

»Okay, Gan. Das reicht jetzt. Sag es mir, sonst stürze ich mich auf der Stelle aus dem Fenster: Wer ist es?«

»Also … dann nimm deinen Mut zusammen.«

Sie umklammerte das Geländer, bis sich ihre Fingerknöchel weiß färbten und ihre Arme zu zittern begannen, riß die Augen weit auf und sagte mit zusammengebissenen Zähnen zu Ganesh: »Okay, ich bin bereit. Sag mir die ganze Wahrheit, und dann werde ich dir meine Grabinschrift diktieren.«

»Nun, mit einem Wort, er ist ein Trottel. Ein kleiner Trottel. Er ist fünfzehn und geht in die 5c. Er ist eine kümmerliche kleine Flasche mit vorstehenden Zähnen und zurückgekämmtem, öligem Haar und heißt Keedernat. Aber er will, daß man ihn Keith nennt. Kurz Keet.«

Saroj kicherte und entspannte sich. »Und das ist alles?«

»Reicht dir das denn noch nicht? Mal sehen, vielleicht stinkt er ja. Ich werde am Montag an ihm schnuppern und es dich wissen lassen. Oder vielleicht...«

Saroj schaltete ab. Ganz plötzlich hatte sie keine Lust mehr, dieses Spiel noch länger mitzuspielen. Sie lehnte sich matt gegen die Wand. Auf einmal hatte sie Ganeshs ewige Witzeleien, seine Weigerung, auch nur für einen Moment ernst zu bleiben, satt. Gan hatte sie gelehrt, allem auch eine heitere Seite abzugewinnen, das Leben mit distanziertem Blick zu betrachten und immer zu lachen. Er hatte sie gelehrt, die Welt als Bühne zu sehen, die Gestalten, die sie bevölkerten, als komische Figuren, die ihre Rolle spielten, während sie beide die einzig Wissenden waren, die einzigen mit ausdruckslosem Gesicht, aber kichernder Seele. Sie lavierten sich beide durchs Leben, mokierten sich dabei über dessen Launen und zeigten dessen merkwürdigen Wendungen eine lange Nase. Genauso gefiel Saroj Ganesh, und sie spielte sein Spiel mit. Seinetwegen. Das hieß, sie spielte diese Rolle in seiner Gegenwart. Wenn sie allein war, gelang ihr das nicht, denn es entsprach nicht der Wirklichkeit. Das war nicht sie. Sie spielte die Rolle einer Person, die eine Rolle spielte, und gerade in diesem Augenblick hatte sie ihren Text vergessen, und Gans Soufflieren war vergebens.

Sie sah ihn mit flehentlichem Blick an und bat ihn stumm, doch aufzuhören. Schließlich sagte sie einfach: »Was soll ich machen?«

Sie sah, wie Gans grinsende Lippen das Wort »ermorden« formen wollten, dann aber mußte er den ängstlichen Ausdruck in ihren Augen gesehen haben, denn er hielt plötzlich inne, betrachtete sie schweigend, etwas, was bei ihm nur sehr selten vorkam, und sagte: »Ich weiß es nicht, Saroj. Kannst du dich denn nicht einfach weigern?«

Sie warf ihm einen Blick zu, der vernichtend sein sollte, aber es ist schwer, jemanden vernichtend anzusehen, wenn einen die schiere Verzweiflung gepackt hat.

Sie griff in Ganeshs Tasche, holte die Limonenlimonade und einen Flaschenöffner heraus und entfernte mit einem Klicken den Kronenkorken. Sie trank jedoch nichts. Die Flasche in der Hand, warf sie einen Blick durch das Fenster, das zur Waterloo Street hinausging, auf das imposante Panorama, das Georgetown bot, auf die Baumwipfel, die schwarzen Schieferdächer, den Himmel, die vorbeiziehenden Wolkenfetzen und den Atlantik, der in der Ferne schimmerte.

»Als letzter Ausweg bliebe mir, hier runterzuspringen.«

»So etwas hast du noch nie gesagt, Saroj, und ich will das auch nie wieder von dir hören.«

»Aber wenn ich nichts tue, Gan, wird alles genauso ablaufen wie bei Indrani. Diese ganze Ghosh-Sache wird ins Rollen kommen, an Schwung gewinnen, und eines schönen Tages wache ich dann auf und bin Mrs. Keedernat Ghosh.«

»Schau, Saroj, du darfst das Ganze einfach nicht so schwernehmen. Indrani ist sechzehn. Du wirst ebenfalls sechzehn sein, bevor es wirklich ernst wird. Du hast noch viel Zeit. Was ich allerdings nicht verstehe, ist, warum Baba ausgerechnet den Ghosh-Jungen für dich ausgesucht hat. Ich meine, ein Mädchen wie du, hübsch, aus einer ehrbaren Familie, mit Geld und Verstand – du hättest doch alle Chancen. Warum diese Bescheidenheit? Warum hat er sich zum Beispiel keinen Luckhoo in den Kopf gesetzt?«

Die Familie Luckhoo war Georgetowns bedeutendster Juristen-Clan. Sie hatten wirklich alles: Studienabschlüsse in Oxford und Cambridge, Richterposten, Ritterwürden und ein paar Jungen im heiratsfähigen Alter.

»Also, das ist doch ganz offensichtlich. Glaubst du denn wirklich, daß irgendeiner der Luckhoo-Jungen auch nur im Traum daran denken würde, sich eine Frau aussuchen zu lassen? Ich meine, um Himmels willen, wo leben wir denn, in irgendeinem bengalischen Dorf oder wo? Und was dich angeht... du würdest deine Verlobung mit dem Narain-Mädchen auch nicht auf die leichte Schulter nehmen, wenn du nicht einen Trumpf im Ärmel hättest. Was wirst du also tun? Aber jetzt mal im Ernst!«

»Für mich ist es leichter. Ich werde zum Studieren nach England gehen, und damit lösen sich dann ein paar Probleme ganz von selbst. Alles was ich zu tun brauche, ist, einfach nicht mehr zurückzukommen. Sie werden es schon verschmerzen. Das Gute an diesen langen Verlobungszeiten ist, daß man viel Zeit hat, zu überlegen, wie man aus der ganzen Sache wieder herauskommt. Ich werde ganz einfach von der Bildfläche verschwinden – puff!«

»Vielleicht geht dieser Keedernat-Junge ja auch ins Ausland und kommt nie wieder!«

Ganesh schüttelte den Kopf. Er lehnte sich an eines der Fenster und streckte seine langen, schlanken Beine, die in Jeans steckten, aus. »Das Glück wirst du nicht haben, Saroj. In diesem Fall hätte Baba nämlich einen älteren Burschen für dich ausgesucht, einen, der bereits in England studiert und der in ein paar Jahren wieder zurückkommt. So, wie er das bei Indrani gemacht hat. Dieser Ghosh-Junge wird nächstes Jahr die mittlere Reife machen und dann sofort ins Textilgeschäft seines Daddys einsteigen. Dort arbeitet er dann ein paar Jahre, und wenn er dann achtzehn ist und du sechzehn, wird er dich heiraten.«

Er giff in seine Tasche und holte zwei *Samosas* heraus, warf ihr eines zu und grub seine Zähne in das andere. Ein Ausdruck höchsten Entzückens huschte über sein Gesicht. »Mmm ... Ich wüßte gern, wie Ma es nur immer schafft, daß sie so phantastisch schmecken. Ich habe es selbst immer wieder versucht, aber meine schmecken einfach nicht so gut.«

Saroj spürte einen leichten Anflug von Ärger. Ganesh war so oberflächlich! Wie konnte er nur davon sprechen, daß Saroj diesen Ghosh-Jungen heiraten sollte, und im nächsten Satz von Mas *Samosas* schwärmen!

Ganesh kochte leidenschaftlich gern. Er kochte alles, was auch Ma kochte. Er hatte jedoch dieses gewisse Etwas, diese eine magische Zutat, noch nicht gefunden, die Mas Gerichte zu Kunstwerken machten, während seine eigenen einfach nur gut schmeckten. Ma kannte alle Küchengeheimnisse. Sie wußte, welche Speisen *sattvic* waren und den Geist zu Höhenflügen veranlaßten, welche *rajasic* waren und den Geist vor Erregung zum Sieden brachten, und welche *tamasic* waren. Dies waren die Speisen, die den Geist in schwere, düstere Tiefen zogen. Beim Kochen ging es um die Kontrolle: Man mußte wissen, wann man was hinzuzufügen hatte und wieviel davon, und es durfte dabei kein Gramm mehr sein. Es ging um die Kontrolle von Hitze und Feuchtigkeit. Man mußte die richtigen Temperaturen finden und die Flammen behutsam regulieren, denn das Feuer besaß die Kraft, etwas zu schaffen, genauso wie es die Kraft besaß, etwas zu zerstören. Man mußte mit dem Wasser, das Leben spenden genauso wie vernichten konnte, überaus vorsichtig umgehen, sonst konnte eine Speise schnell verwässert sein. Aber das war alles reine Technik. Ma hingegen fügte dem Ganzen ein Mysterium hinzu. Sie berührte eine jede Zutat, so als würde sie für den Herrgott persönlich kochen, und der erste Löffel eines jeden Gerichts war eine Opfergabe, die menschliche Lippen nicht berühren durften. Ma redete mit dem Essen, sang ihm etwas vor. Ganesh kannte wohl die Technik, nicht aber die Geheimnisse des Kochens.

Saroj wollte sich jetzt aber keinesfalls in eine Diskussion über Mas *Samosas* verwickeln lassen.

»Also, was ist das für eine Flasche?« rief sie. »Allein schon die Tatsache, daß er sich einfach zu meinem Bräutigam bestimmen läßt, beweist doch schon, daß er eine Flasche ist. Jeder Junge mit ein bißchen Selbstachtung würde sich doch weigern.«

»Woher willst du denn wissen, daß er das nicht auch getan hat? Soweit ich weiß, schlägt er in dieser Minute gerade einen Mordskrach und droht, dir die Kehle durchzuschneiden, falls sie ihn zwingen, dich zu heiraten. Aber schließlich hat er dich auch noch nicht gesehen. Dann wird die Sache natürlich völlig anders aussehen.«

»Aber was soll ich denn jetzt machen, Ganesh? Ich kann ihn nicht heiraten. Einmal abgesehen davon, daß er eine Flasche ist, würde ich sowieso niemanden heiraten, den Baba für mich ausgesucht hat, nicht einmal, wenn es Paul McCartney wäre. Ich werde überhaupt nicht heiraten, niemals!«

Ganesh kicherte, denn seine gute Laune stieg durch den Film aus Düsternis, den Saroj über allem ausgebreitet hatte, wie eine Luftblase nach oben. »Du bist eine viel zu begehrenswerte Beute, um niemals zu heiraten, Saroj. Das wäre reine Verschwendung. Wenn Baba auch nur ein bißchen Verstand hätte, würde er dich selbst einen Mann suchen lassen. Du hättest die freie Auswahl – wetten, daß du dich für einen Luckhoo entscheiden würdest? Wenn Baba dich nicht wie ein kostbares Juwel in einem Safe einsperren würde, dann läge dir hier in Georgetown die Hälfte der Jungen lechzend zu Füßen.«

»Sei nicht so ekelhaft. Sag mir einfach, was ich jetzt machen soll.«

»Nun, vielleicht solltest du zuerst einmal mit Ma reden.«

»Mit Ma reden? Bist du verrückt? Ma ist doch *für* arrangierte Ehen, das weißt du doch ganz genau. Sie hat Baba sogar dabei geholfen, für Indrani einen Mann auszusuchen. Außerdem redet Ma sowieso mit niemandem. Ich meine, nicht wirklich.«

»Das stimmt nicht, und das weißt du auch. Mit mir redet sie sehr wohl.«

»Ja, mit dir vielleicht. Aber du und Ma, ihr seid anders, ich meine, ihr seid irgendwie gleich. Ihr lebt beide in einer eigenen Welt und sprecht eine eigene Sprache.«

»Du hast doch niemals auch nur versucht, sie richtig kennenzulernen.«

»Ma ist für mich ein Buch mit sieben Siegeln. Und wenn du es aufschlägst, findest du darin nichts als Aberglauben. Sie ist zu... zu indisch. Es ist, als hätte sie Indien nie verlassen. Sie hat es einfach hierher in Babas Haus mitgebracht, und dort lebt sie nun weiter in ihrem Indien. Ma mit ihrem Purushottama-Tempel, ihrem *Sruti*-Kästchen und dem ganzen Zeug! Sie hat doch keine Ahnung, worum es in der Welt wirklich geht. Sie weiß nicht das Geringste über das moderne Leben oder über mich und darüber, was ich mit meinem Leben anfangen will. Ich glaube, sie hat noch nicht einmal von Pat Boone gehört, geschweige denn von den Beatles. Wie soll ich mit so jemandem denn reden?«

Außer ihrem Haus war der Purushottama-Tempel der Mittelpunkt von Mas Leben – der Tempel und der Stabroek Market. Mr. Purushottama, der Eigentümer des Tempels, war aus Indien eingewandert. Er war mit seinem Vermögen aus Kanpur nach Georgetown gekommen, »um den Stein ins Rollen zu bringen«, wie er es nannte. Er war ein großer, jovialer Mann, der nie etwas anderes als *Kurta*- Pyjamas trug. Er hatte die New Baratha Bank in der High Street eröffnet und alle Inder aufgefordert, nein, ihnen befohlen, dort ihre Ersparnisse anzulegen. Als Dankeschön kaufte er in Brickdam eine Villa in holländischem Kolonialstil, einen grün-weißen Holzbau mit Jalousiefenstern, buntem Glas und einer offenen, mit Geländer und verzierten Säulen versehenen und mit überladenem Gitterwerk und Bögen ausgestatteten Galerie, die sich um den ganzen ersten Stock herumzog. Der untere Teil des Hauses, der Bereich zwischen den Pfeilern, auf denen das Haus ruhte, wurde durch ein vom Boden bis zur Decke reichendes Gitterwerk vor den Augen der Öffentlichkeit abgeschirmt. Zum Garten und zum Hof hinten hinaus war dieser Bereich offen. Hier fanden sämtliche Zeremonien und Feiern statt – Diwali und Phagwah, Krishnas Geburtstag und was immer die Hindus sonst noch feierten. (Mr. Purushottama richtete auch eine Moschee für die Moslems ein, aber das wußte Saroj nicht.)

Der Purushottama-Tempel stand Hindus jeglicher Glaubensrichtung offen. Oben im Haus befanden sich ein *Puja*-Zimmer für Shiva-Verehrer und eines für Krishna-Anhänger. Rama, Kali, Hanuman, Ganesh, Parvati und Lakshmi hatten jeweils einen eigenen Schrein, wo sich die Gläubigen zu jeder Tages- und Nachtzeit versammeln konnten. Ein jedes Zimmer war ein behaglicher kleiner Zufluchtsort mit Teppichen und Wandbehängen aus Indien. Alle Zimmer waren mit Bildern der verschiedenen Gottheiten ausgestattet und mit polierten, glänzenden Messingornamenten versehen. Die Räume waren für gewöhnlich abgedunkelt, die Jalousien geschlossen, die Luft war schwer vom betörenden Duft von Rosen, Jasmin, verbrannter *Ghee* und Weihrauch. Auf jedem Schrein standen kleine Öllampen, deren Flammen im Dämmerlicht vollkommen ruhig brannten und von einem blau-goldenen Hof umgeben waren. Bei religiösen Festen waren stets viele Inder im Tempel. Das Gitterwerk war mit Ketten aus Tagetes behängt, Hibiskusblüten steckten zwischen den hölzernen Latten, und die Luft knisterte vor Festtagsfreude.

Manchmal nahm Ma sie alle zum *Puja* am Shiva-Schrein mit. Baba hatte es gern, wenn sich die ganze Familie – nahe und ferne Verwandte – an den Wochenenden in der Öffentlichkeit zeigte, alle wie aus dem Ei gepellt: Männer und Jungen in tadellosem Weiß und frischgebügelten *Kurta*-Pyjamas, Frauen und Mädchen in ihren buntesten, glänzendsten Saris und Röcken.

Als kleines Kind hatte Saroj den Purushottama-Tempel tatsächlich gemocht. Er erschien ihr als ein Ort voller Geheimnisse und Geschichten, voller tiefer Mysterien, als eine aufregende, exotische Welt, die Äonen von der Wirklichkeit entfernt war. Sie hatte die Farben und Gerüche geliebt, die verschleierten Götterbilder hinter den schweren Vorhängen, das Beten und Singen und die Atmosphäre der unirdischen, vergeistigten Ekstase. All das änderte sich abrupt, als für sie das Zeitalter der Aufklärung anbrach. Jetzt empfand sie den Tempel als Hort des Aberglaubens. Sie mußte immer noch hingehen, da Baba es so wollte, aber es geschah mit gepanzertem Herzen und zynischem Verstand. Götzendienst! Humbug! Hochnäsig und mit verächtlich geschürzten Lippen saß sie ihre Zeit in den *Pujas* und *Kirtans* ab. Ihre Handflächen mochten sich zwar in vorgetäuschter Ehrerbietung aneinanderlegen, ihre Lippen mochten die vorgeschriebenen Antworten murmeln, innerlich wußte sie jedoch, daß das alles eine Lüge war. Es war eine Scheinwelt für Erwachsene.

Und Ma gehörte dieser Welt an, die jeder Vernunft spottete.

Mit dreizehn konnte sich Saroj kaum mehr an die Zeit erinnern, als Ma und sie fast eine Einheit gebildet hatten – eine Zeit, bevor das Denken begann, als lebendig zu sein bedeutete, Mas Gegenwart als warmes, flauschiges Nest wahrzunehmen. Ma, das waren strahlende Augen und ein Lächeln, das einen sanft umfing. Damals hatte sie Ma verehrt, wie alle Kinder ihre Mütter verehren. Scheint nicht jede Mutter ihrem Kind wie Gott zu sein, alles wissend, alles sehend, alles verzeihend? Ma, zu der die Schmetterlinge kamen, die mit den Rosen sprach und sie zum Blühen brachte. Allmächtig. Ma konnte den Sonnenschein herbeizaubern und dunkle Wolken vertreiben. Sie war die vierarmige Göttin Parvati auf ihrem Himmelsthron.

Aber kleine Mädchen werden größer. Sie lernen zu denken und zu argumentieren, ihr Blickwinkel verändert sich, ihr Horizont erweitert sich. Sie gehen zur Schule, sie lesen Bücher und Zeitungen. Ihr Verstand schwimmt sich frei, der Heiligenschein der Mutter verblaßt, zwei ihrer Arme fallen ab, und sie schrumpft auf ihre wahre Größe zusammen. Mit einemmal ist sie menschlich und somit auch fehlbar.

Saroj sah Ma jetzt als das, was sie immer gewesen war: eine ausgezeichnete Köchin, eine gewissenhafte Haushälterin, eine hingebungsvolle Mutter, eine pflichtbewußte Ehefrau, eine leidenschaftliche Hindu. Eine typische Inderin, fügsam, unterwürfig, liebevoll, gut und stark. Stark in dem Sinne, in dem alle Mütter für ihre Kinder stark sind, dennoch aber ein machtloser Geist im Hintergrund, der sich bescheiden unter Babas Fuß duckte. Baba herrschte despotisch, sein Wort war Gesetz, und niemand wagte, sich ihm zu widersetzen, am allerwenigsten Ma.

Ma, die an den seltsamen, archaischen Sitten festhielt, die sie aus dem Land ihrer Vorväter mitgebracht hatte. Eine kleine, stille Frau, von Tradition durchdrungen, die in einer Welt, Lichtjahre von der Realität entfernt, lebte und für die das Zentrum ihres Universums der Purushottama-Tempel war, ein Museum für tote Götzen aus Stein.

»Wenn ich mit ihr reden kann, dann kannst du es auch«, behauptete Ganesh. »So schwierig ist das nicht. Ma weiß mehr, als du denkst. Auch über mich weiß sie mehr, als ich gedacht hatte. Wer, glaubst du, hat mir gesagt, daß ich mir keine Sorgen wegen dem Narain-Mädchen machen soll? Daß ich auf die Universität gehen, mein Leben leben und die ganze Sache einfach einschlafen lassen soll?«

»Ma? Ma hat dir das gesagt? Das soll wohl ein Witz sein!«

Aber Ganesh nickte, und seine Augen lachten.

»Ich konnte es zuerst selbst nicht glauben.«

»Aber ich dachte, Ma wäre die treibende Kraft hinter der ganzen Sache!«

»Nein, das war Baba. Ma hat Baba dabei unterstützt, solange ich keine Einwände hatte. Dann habe ich mit ihr geredet, und da ist sie total umgeschwenkt und hat mir gesagt, ich solle mir keine Sorgen machen, es würde schon alles gut werden.«

»Warum hast du mir das nicht schon früher erzählt?«

»Große Brüder diskutieren nicht alles mit ihren kleinen Schwestern, weißt du. Aber du bist jetzt dreizehn, ein großes Mädchen also, und wirst allmählich auch in die Geheimnisse der Erwachsenen eingeweiht werden. Bei Ma steckt mehr dahinter, als es auf den ersten Blick scheint. Sie steht auf meiner Seite, und sie wird auch auf deiner Seite stehen und dir helfen, wenn du ihr vertraust. Ma ist ziemlich raffiniert, mußt du wissen. Sie weiß ganz genau, wie sie ihren Willen durchsetzen kann.«

Saroj mußte diese Information erst einmal verdauen. Der Ghosh-Junge verschwand aus ihren Gedanken, die sich nun völlig auf Ma richteten. Sie biß in ein weiteres *Samosa,* schloß die Augen und öffnete ihre Sinne, um Ma aus dem feinen Aroma herauszuspüren. Sie überlegte stumm. Das, was Ganesh gesagt hatte, überraschte sie, aber Ganesh war immerhin ein Junge, der geliebte, einzige Sohn. Natürlich würde Ma Partei für ihn ergreifen, ihn in all seinem Tun unterstützen, das war doch selbstverständlich! Da war wohl Gans Phantasie mit ihm durchgegangen – wie üblich.

Nein. Ganesh mußte sich irren. Ma konnte und würde ihr nicht helfen. Sie, Saroj, war ein Mädchen, und das war der entscheidende Unterschied. Die Kindheit war vorbei, jetzt war es Zeit, erwachsen zu werden, Zeit, eine Dame zu werden. Ma machte mit Baba gemeinsame Sache, und Baba hatte etwas ganz Bestimmtes mit ihr vor.

Baba hatte Saroj ihr ganzes Leben lang geformt, damit sie sich in die hinduistische Welt einfügte, damit aus ihr die brave und folgsame Tochter würde, die ihre Kultur forderte, eine getreue Kopie von Ma. Bei Indrani hatte er es genauso gemacht und Erfolg gehabt. Indrani war bereit, den Jungen zu heiraten, den Baba für sie ausgesucht hatte, und mit Saroj sollte nun das gleiche geschehen. Bis jetzt hatte Saroj ihre Feindseligkeit ihrem Vater gegenüber nur heimlich genährt, nach außen hin hatte sie sich gefügig gezeigt. Das war eine Überlebensfrage gewesen.

Jetzt jedoch dachte sie an den Ghosh-Jungen mit seinen vorstehenden Zähnen. Da stieg ganz tief aus ihrem Inneren ein Schrei auf, ein trotziger Schrei, und dieser Schrei kennzeichnete genau den Augenblick, in dem sie mündig wurde: Nein! Das werde ich nicht tun!

Nun würde sie nach außen hin nicht mehr mit dem Kopf nicken, während sie innerlich mit den Zähnen knirschte, denn sie wußte mit einer Gewißheit, die ihr gesamtes Wesen erfüllte und ihr eine freudige, jubelnde Stärke verlieh, daß sie sich einem Schicksal, das Baba ihr bestimmt hatte, nicht, nicht, NICHT fügen würde.

»Der Charakter bestimmt das Schicksal.« Sie sagte es laut.

»Was?« fragte Ganesh.

»Der Charakter bestimmt das Schicksal«, wiederholte sie und lachte ein verrücktes, wildes Lachen, so daß Ganesh das Grinsen verging und er sie verwirrt anstarrte. Das Schicksal ihrer Familie war bis jetzt mehr durch die Kultur als durch den Charakter der Menschen diktiert worden. Die Kultur hatte den Charakter geformt, damit er zu ihren Geboten paßte, so daß Kultur, Charakter und Schicksal zu einem vorherbestimmten, vorhersagbaren Muster miteinander vermischt, vermengt, verwoben waren.

Saroj war ein einzelner, loser Faden, der heraushing. Jetzt war der Zeitpunkt gekommen, wo sie, der Vorlage entsprechend, in das Muster eingearbeitet werden sollte.

Aber sie wollte sich nicht einarbeiten lassen.

Und das bedeutete, daß sie alles abschütteln mußte, wozu man sie erzogen hatte. Sie würde auch die letzte Spur Indiens von ihrer Seele lösen und die Kultur, die Baba und Ma ihr überliefert hatten, aufgeben müssen.

6. Kapitel

Savitri

Der Admiral und seine Frau waren zu sehr mit sich selbst beschäftigt, um zu merken, wie sehr David an Savitri, dem kleinen einheimischen Mädchen, hing. Sie waren froh, daß sie ihn loswaren und er nicht ihre Aufmerksamkeit forderte. Der Admiral war an den Rollstuhl gefesselt, seit sein Schiff in den allerletzten Kriegstagen torpediert worden war und er schwere Verletzungen an Wirbelsäule, Armen und Beinen davongetragen hatte. Einen neuen Lebensinhalt hatte er schließlich darin gefunden, daß er seine Kriegserinnerungen niederschrieb. Alles, was er an menschlicher Gesellschaft wirklich brauchte, waren Joseph, der indische Krankenpfleger, der Christ war, und Khan. Joseph hob ihn morgens aus dem Bett, zog ihn an, fütterte ihn und verabreichte ihm im Laufe des Tages seine verschiedenen Medikamente. Khan schob ihn zur Bibliothek, setzte ihn in den speziellen Stuhl, den der Admiral hatte anfertigen lassen, damit sein Rücken beim Schreiben gestützt wurde, und stand dann bereit, um den großen Fächer zu bewegen und ihm die unendlich vielen Tassen Tee zu bringen, die er zur Inspiration brauchte. Jeden Donnerstag abend half Khan ihm ins Auto, und Pandian, der Chauffeur, fuhr ihn in den Club, wo er sich mit Colonel Hurst traf und einen angenehmen Abend verbrachte. Dort ließen sie den Weltkrieg wiederaufleben und sich ein ausgezeichnetes Abendessen mit einem nicht-vegetarischen Hauptgang schmecken.

Seine Frau gestattete nicht, daß in ihrem Haus Fleisch zubereitet wurde. Sie verbrachte ihre Tage auf ebenso angenehme Weise wie ihr Mann. Ihr Leben drehte sich um die Theosophische Gesellschaft, die ihren Sitz in Adyar hatte. Dort besuchte sie Vorträge, Gesprächsrunden und Seminare oder stöberte einfach in der Bibliothek herum und traf sich mit ihren gleichgesinnten Freundinnen. Sie liebte es, die schattigen Pfade der Gartenanlage in Adyar entlangzuschlendern, unter dem Banyanbaum eine Decke auszubreiten und mit ihrer lieben Freundin Lady Jane Ingram in trauter Zweisamkeit, doch jede für sich, ein Buch zu lesen. Manchmal legten die beiden Damen ihre

Bücher weg, diskutierten freundlich über irgendeinen Aspekt der theosophischen Theorie, der in einem der Bücher zur Sprache gebracht wurde, oder sie lasen einander etwas vor, was sie beide als äußerst inspirierend empfanden. Einmal war sie Annie Besant sogar persönlich begegnet und hatte ein paar Worte mit ihr wechseln können, was die größte Inspiration darstellte, die ihr jemals zuteil geworden war, und zum Thema endloser Gespräche wurde. Von dieser Sache mit der Selbstbestimmung war sie allerdings überhaupt nicht überzeugt. Nein, absolut nicht. Die Inder waren wie kleine Kinder, sie brauchten die wohlwollend führende Hand der Engländer. Sie selbst leistete hier in Fairwinds ihren eigenen kleinen Beitrag. Wo wären die Dienstboten denn ohne sie? Wo wäre Indien denn ohne die Engländer?

Auch zu Hause las sie, auf der kühlen Veranda oder in der Rosenlaube sitzend. Sie schrieb Tagebuch oder empfing ihre Freundinnen, die durchaus nicht alle Theosophinnen waren. Sie sorgte dafür, daß die Gärten und das Haus gepflegt waren, denn sie war auf beides sehr stolz. Vom Garten aus war das Haus tatsächlich nicht zu sehen; es wurde buchstäblich begraben unter den riesigen Bougainvilleas, die sich an Spalieren und Bäumen hinaufrankten und die Veranda, die das Haus umgab, wie eine Mauer umschlossen. Das Haus selbst besaß ein flaches Madrasdach, dessen Ränder in schräge Schieferflächen übergingen und sich über die Veranden herunterzogen. Hier hatte Mrs. Lindsay Korbstühle und Tische in Gruppen arrangiert, wo sie und ihre Freundinnen im Kühlen sitzen und die schwache Brise genießen konnten, die vom Ozean her wehte, während sie liebenswürdig über Kinder und Diener plauderten.

Auf dem Grundstück von Fairwinds konnte man sich tatsächlich verlaufen, denn es war das weitläufigste Anwesen in ganz Oleander Gardens. Der Garten wurde von Muthu und seiner stets wechselnden Truppe von Boys – von denen ein jeder, egal wie alt, automatisch Boy genannt wurde – aufs beste in Ordnung gehalten, aber es waren wahrscheinlich nur Savitri und David, die jede Ecke und jeden Winkel kannten. Selbst Muthu blieb nämlich stets auf jener Seite des Gartens, die sich diesseits des Bachs befand. Der Bach, der parallel zur Atkinson Avenue und der Old Market Street verlief, führte mitten durch den Garten. Während des Monsuns trat er über seine Ufer und schwoll dann zu einem rasch dahinschießenden Strom an. Den Rest des Jahres war das tief eingeschnittene Bachbett ausgetrocknet und voller Steine und Sedimente. An manchen Stellen, wo das andere Ufer nicht von dornigem Gebüsch bewachsen war, konnte man hinüberspringen. Auf der anderen Seite war pure Wildnis, die von Muthu nicht bearbeitet wurde, obwohl er jenseits des Bachs in den Dienstbotenunterkünften wohnte, die auf die Old Market Street hinausgingen. Schlangen, Skorpione und anderes entsetzliches Getier lebten dort unter den Steinen, in Erdlöchern und unter Büschen. David hatte großen Respekt vor diesen Tieren und trug deshalb stets Schuhe, ganz gleich, ob er sich nun im hinteren oder im vorderen Teil des Gartens aufhielt, Savitri jedoch ging überall barfuß, ohne jemals gebissen oder gestochen worden zu sein.

Die Gartenseite von Fairwinds wurde aufs peinlichste von Unkraut freigehalten. Zwischen allen Blumenbeeten war Sand gestreut, um eine Atmosphäre kühler, sauberer Vornehmheit zu schaffen, aus der Schlangen und Skorpione verbannt waren. Es war für Mrs. Lindsay ein erhebendes Gefühl, in Fairwinds herumzuspazieren und dafür zu sorgen, daß der Garten grünte und blühte, auf der Veranda zu stehen und einen Boy mit einem Händeklatschen herbeizurufen oder sich über die kleinen Stapel von Kleidung zu beugen, die der *Dhobi* hingelegt hatte, und nachzuzählen, ob er auch nichts gestohlen hatte.

Sie führte stets eine genaue Liste, was sie an schmutziger Wäsche weggegeben hatte und was an sauberer Wäsche zurückkam. In all den Jahren war zwar nicht einmal ein Taschentuch verschwunden, aber das lag, wie sie sich sicher war, allein an ihrer Wachsamkeit. Kannan drückte sich nämlich nicht nur ärgerlich vage aus, er war auch noch Analphabet, so daß sie ihm nicht einmal eine Liste der Wäschestücke mitgeben konnte. Er behielt alles im Gedächtnis.

»Ich habe dir am Montag drei Unterhemden gegeben«, sagte sie jetzt und zog dabei ihre Liste zu Rate. »Du hast aber nur zwei wiedergebracht.«

»Sie mir gegeben drei Unterhemden, Ma'am?« Kannan sah ehrlich verblüfft aus, kratzte sich an der Stirn und stellte im Geiste ein paar Berechnungen an. Dann erhellte sich sein Gesicht, und er erwiderte freudig: »Ja, Ma'am, ich waschen, *naligi* bringen!«

»Nein, nicht *naligi* bringen! Du gehen, kommen, *heute* bringen!« sagte Mrs. Lindsay streng und verfiel der Verständlichkeit halber ins Pidgin-Englisch. Kannan zupfte an seinem Bart, rückte seinen Turban zurecht, schüttelte den Kopf zustimmend von einer Seite zur anderen und sagte: »Schuldigung, Ma'am, ich heute bringen. Abend.« Mrs. Lindsay legte ärgerlich ihre Stirn in Falten. Wann würde das Personal endlich lernen, daß den Kopf zu schütteln *nein* bedeutete und nicht *ja?* Sie öffnete den Mund, um Kannan daran zu erinnern. Der aber war schon verschwunden.

Für den Rest des Tages ließ er sich bestimmt nicht mehr blicken. Am nächsten Tag würde das Unterhemd jedoch, wie Mrs. Lindsay aus langer Erfahrung wußte, bei der Wäsche des heutigen Tages sein, tadellos sauber, gebügelt und zusammengelegt, und Kannan würde mit vor Stolz glänzenden Augen sagen: »Ich bringen ein Damenunterhemd, Ma'am.«

Ärgerlicherweise war Joseph von allen Dienstboten der einzige, der Englisch konnte. Aber wenigstens sprach die Tochter der Iyers fließend Englisch. Wenn Mrs. Lindsay mit Iyer den wöchentlichen Speiseplan besprach oder die Einkaufsliste erstellte und es irgendeinen Punkt gab, den er nicht verstand, dann steckte Iyer zwei Finger in den Mund und stieß einen schrillen Pfiff aus. Binnen drei Sekunden tauchte dann Savitri mit zerzaustem Haar, verrutschtem Rock, einer Bluse, an der ein paar Knöpfe fehlten, und mit schmutzverschmierten Wangen hinter einem Busch auf und machte einen Knicks. Was für ein süßes, kluges, höfliches Kind sie doch war! Mrs. Lindsay spürte Stolz in sich aufsteigen, wann immer sie mit Savitri zu tun hatte. Irgendwie war das Mädchen etwas Besonderes, wenn es auch ein wenig wild und schmuddelig war. Aber die Kleine war so höflich, daß Mrs. Lindsay sie ins Herz geschlossen hatte. Besonders stolz war sie auf Savitris ausgezeichnetes, akzentfreies Englisch, denn sie wußte, daß das Kind das nur ihr zu verdanken hatte.

Es gab nicht viele Engländerinnen, die zuließen, daß ihre Kinder sich mit den Kindern der Dienstboten abgaben. Mrs. Lindsay war jedoch Theosophin, und Theosophen wußten, daß alle Menschen gleich waren, trotz äußerlicher Unterschiede in der Hautfarbe und der gesellschaftlichen Position. Aus diesem Grund hielt es Mrs. Lindsay auch für eine gute Sache, ihren Dienstboten den sozialen Aufstieg zu ermöglichen – zumindest einigen von ihnen. Abgesehen davon war Savitris Aufstieg offensichtlich von ganz oben bestimmt. Er war ihr Schicksal. Von Anfang an.

Nur wenige Wochen, nachdem David zur Welt gekommen war, hatte Nirmala Savitri geboren, und zwar gerade, als Mrs. Lindsays

Milch zu versiegen begann. Das war das erste Zeichen gewesen. Mrs. Lindsay hatte ihr David zum Stillen gegeben, was sich als ein großer Segen erwies, denn sie selbst empfand das Stillen ohnehin als eine ziemlich ekelhafte Angelegenheit – und außerdem bekam man davon einen Hängebusen. Natürlich war es undenkbar, daß David im Iyer-Haushalt aufwuchs, deshalb wies sie Savitris Mutter an, mit den beiden Babys ins Kinderzimmer des Herrschaftshauses zu ziehen. Die Kinder waren wie Zwillinge aufgewachsen, eines weiß, das andere braun, und beide zweisprachig, da Nirmala kaum ein Wort Englisch konnte. Die Folge war, daß David Nirmala »Amma« nannte und fließend Tamil lernte, während Savitri, die sich völlig ungezwungen und selbstverständlich im Haus bewegte, Englisch lernte – das beste Englisch. So lebten in der Tat zwei kindliche Dolmetscher in Fairwinds. Mrs. Lindsay ließ David allerdings niemals dolmetschen – sie fand es irgendwie erniedrigend, wenn sie hörte, wie ihr Sohn mit den Dienern sprach und sie nichts verstand. Nirmala war viel mehr als eine *Ayah*. Gelegentlich spürte Mrs. Lindsay einen Anflug von Eifersucht, wenn sie sah, wie sehr ihr Sohn an Savitris Mutter hing. Die Damen, mit denen sie befreundet war, hatten ihr aber immer wieder erklärt, daß Nirmala eine richtige Perle sei, und so hatte ihre Dankbarkeit überwogen, denn David hatte ihr nie Probleme gemacht.

Savitri sorgte dafür, daß David immer beschäftigt war, und das war wirklich eine Wohltat. Mrs. Lindsay wußte nämlich nur allzugut, was für eine Plage Kinder sein konten. Die Kinder einiger der mit ihr befreundeten Damen waren wahre Nervensägen, dumm und verzogen. Obwohl sie alle ihre eigenen *Ayahs* oder Kindermädchen hatten, ließen sie ihren Müttern keine Ruhe. Fiona, ihre Tochter, hatte ein englisches Kindermädchen gehabt, eine junge Frau aus Birmingham, die nach Indien gekommen war, um dort einen Ehemann zu finden. Dies war ihr jedoch nicht gelungen, und so war sie mit den Jahren immer übellauniger geworden. Es war ein Vergnügen gewesen, sie nach Davids Geburt durch Nirmala ersetzen zu können.

Mrs. Lindsay hatte mit beiden Kindern Glück. Fiona war ein stilles, belesenes Mädchen. Sie war ihr niemals im Weg gewesen, so wie das andere Töchter ihren Müttern waren. Jetzt war sie zwölf und würde zu Tante Jemima, Mrs. Lindsays Schwester, nach England gehen, wo sie ein ausgezeichnetes Mädcheninternat besuchen konnte. Nächste Woche würden sie alle über den Sommer zur Erholung in die Berge nach Ooty fahren. Gleich anschließend würde Fiona mit der Familie Carter, die einen langen Heimaturlaub machen wollte, nach London reisen. Im September würde sie dann im Queen Ethelberga's anfangen. Tante Jemima würde hoffentlich ihr Bestes tun, um die richtigen Verbindungen zu knüpfen, so daß Fiona beizeiten einen gutsituierten Ehemann fand und niemals wieder nach Indien zurückzukehren brauchte, es sei denn, um in den Ferien ihre eigenen Kinder herumzuzeigen. Hoffentlich würden diese ebenso sittsam sein wie Fiona selbst.

Natürlich war diese Savitri alles andere als ein sittsames Kind. Sie war ein richtiger Wildfang und ganz anders als die anderen indischen Mädchen. So aber war sie eine gute Spielkameradin für David, was wirklich eine gute Sache war. David nämlich kam aus irgendeinem Grund mit keinem der anderen englischen Kinder in Oleander Gardens zurecht. Ohne Savitri wäre er vollkommen allein gewesen und hätte ihre Aufmerksamkeit eingefordert.

Die liebe, kleine Savitri! Wann immer Mrs. Lindsay an sie dachte, erfüllte ein gütiges, warmes Gefühl ihr Herz. Mrs. Lindsay hatte bei Menschen oft »Gefühle«, vor allem bei Indern, vor allem bei Dienstboten. Meistens waren diese Gefühle negativer Art. Bei Savitri war jedoch das Gegenteil der Fall. Savitri, so spürte sie, war ein guter Geist in Fairwinds. So wie sie, leicht wie ein Schmetterling, zwischen den Bougainvilleas umherhuschte, hätte man fast meinen können, daß sie sich gleich in die Luft erheben und mit flatternden Röcken und Schals durch den Garten fliegen würde. Und was für phantastische Farben sie trug! Die Inder besaßen einfach kein Farbgefühl. Savitri pflegte einen grellrosa Rock mit einer limonengünen *Choli* und einem mandarinenfarbenen Schal zu kombinieren: Ja, sie war wie ein bunter Schmetterling. Und immer hatte sie Blumen im Haar, die ihre Mutter ihr frühmorgens, wenn sie ihr die Haare kämmte, hineinsteckte. Weiß der Himmel, wie diese indischen Mütter es stets schafften, bei all ihren anderen morgendlichen Pflichten auch noch die Zeit zu finden, ihren Töchtern die Haare nicht nur zu flechten, sondern ihnen auch noch kleine Blütengirlanden hineinzubinden.

Einmal hatte Mrs. Lindsay Savitri, die sich unbeobachtet glaubte, allein auf dem sandigen, offenen Platz hinter der Rosenlaube tanzen sehen. Als sie zusah, spürte sie, wie sich ihr die Haare im Nacken aufstellten. Savitri nämlich war nicht von dieser Welt, während sie tanzte. Es war, als würde sie getanzt, als hätte der Tanz von ihr regelrecht Besitz ergriffen und würde ihre Gliedmaßen nach seinem Willen bewegen. Mrs. Lindsay erkannte die Figuren sofort: Savitri tanzte den Bharata Natyam, den klassischen Tanz, der Shiva in der Gestalt von Nataraja zeigte. Ihre Finger formten *Mudras,* ihre Knie beugten sich, ihre Taille wiegte sich, als sie die Haltung von Shiva einahm, wie er, den Kopf mit der Mondsichel geschmückt, den Ganges in seinem Haar empfing. Die Glöckchen an ihren Knöcheln klingelten rhythmisch, als sie mit den Fersen in gekonntem Vortrag des heiligen Tanzes auf den Boden stampfte. Ihre Arme und Hände vollführten grazile, feine Bewegungen und erzählten damit eine uralte Geschichte. Savitri, die sich im Taumel des Tanzes verloren hatte, schien in Stille eingehüllt zu sein. Es war, als betrachteten die ganze Welt und die gesamte Natur sie mit Ehrfucht und als würde nur sie, die deren Zentrum bildete, sich bewegen. Sie ist Shakti persönlich, dachte Mrs. Lindsay, und es stockte ihr der Atem.

Wenn Savitri jeden Morgen um sieben Uhr die Milch brachte, bot sie ein vollkommenes Bild indischer Schönheit, Anmut und Fügsamkeit – frisch gebadet und gepflegt, Blumen im Haar, mit sauberer Kleidung, den obligatorischen Schal sittsam über ihre Schulter gelegt. Auf der Stirn trug sie die typischen heidnischen Zeichen aus Asche und rotem Pulver (Mrs. Lindsay verbot den Dienstboten nicht, ihren heidnischen Praktiken nachzugehen, denn als Theosophin war sie allen Religionen gegenüber tolerant, trotzdem waren ihr diese Zeichen irgendwie unheimlich). Sie trug Armreifen an den Handgelenken und um ihre Knöchel silberne Fußspangen, an denen kleine Amulette baumelten, die beim Gehen klimperten. Am Vormittag dann half sie, wenn sie nicht zur Schule ging, Iyer in der Küche, wo sie stets fleißig und gewissenhaft arbeitete. Sobald David jedoch das Schulzimmer verlassen durfte, rannte sie mit ihm davon: ohne Schal, Fußspangen und Armreifen, mit flatternden Röcken. Während ihr die Blüten aus dem glänzenden schwarzen Haar fielen, rannten sie zu Tausenden geheimer Plätze und spielten dort Hunderte von Spielen. Kein Erwachsener bekam sie dann mehr zu Gesicht.

Savitri war wirklich ein Segen, und Mrs. Lindsay schwor, »etwas für das Kind zu tun«. Die Iyers hatten nur eine einzige Tochter. Sie befanden sich damit zwar in einer besseren Situation als Kannan, der gleich drei hatte, aber Töchter bereiteten den armen Hindu-Vätern stets Kopfzerbrechen. Sie mußten verheiratet werden, und wenn man zu viele von ihnen hatte, konnte das den Ruin der Familie bedeuten. Obwohl eine Mitgift offiziell mißbilligt wurde, stellte das Geld eindeutig immer den Schlüssel zu einem besseren Leben dar. War das nicht etwas, was sie selbst hatte erfahren müssen? Nun, sie würde bestimmt etwas für Savitri tun.

Mrs. Lindsay hatte einige Zeit in diese Richtung gedacht und entschieden, daß dieses »Etwas« ein Geldgeschenk sein müsse. Mrs. Lindsays Familie war von Anfang an, seit jenen Tagen, als die Ostindienkompanie das britische Empire beherrschte, mit Indien verbunden gewesen. Seitdem hatte sich natürlich vieles geändert, aber es gab da noch immer einige Investitionen. Allerdings war sich Mrs. Lindsay nicht ganz sicher, worin diese bestanden. Sie versuchte ihren Geist rein zu halten, frei von Gedanken an Geld und andere materielle Dinge. Um die geschäftlichen Angelegenheiten kümmerte sich ein Anwalt in London. Alles, was sie wußte, war, daß sie jederzeit an Geld herankam, wenn sie das wollte, und daß David eines Tages über ein Vermögen würde verfügen können.

David würde die Idee, daß sie »etwas für Savitri tun« wollte, sicher gefallen. Aber das würde sie ihm erst später sagen. Das Kind war schließlich erst sechs Jahre alt, es blieb also noch viel Zeit für solche Dinge. Wenn diese Zeit jedoch gekommen war, würde sich das Mädchen mit dem Geld einen erstklassigen Ehemann erkaufen können, denn man mochte die Sache mit der Mitgift zwar verbieten – aber eine vermögende Frau hatte immer noch die besseren Chancen, um sich einen passenden Ehemann auszusuchen. Nun, bei den Engländern war das im Grunde auch nicht anders. Sie würde also persönlich dafür sorgen, daß Savitri nicht mit dem erstbesten Mann verheiratet würde, den ihre Eltern für sie aussuchten, und ihr deshalb etwas Geld geben, damit sie – oder ihre Eltern oder wer auch immer solche Dinge entschied – frei wählen konnte.

Gerade als ihr all diese freundlichen, großzügigen Gedanken durch den Kopf gingen, kam David mit einer Idee zu ihr, und diese Idee stand so sehr in Einklang mit ihren Plänen für Savitri, daß sie ihn fest in die Arme schloß – ein sehr seltenes Ereignis, das ihm fast den Atem nahm. Sie war überzeugt, daß es sich hier um Telepathie gehandelt haben mußte, und dies wiederum war nur ein Beweis dafür, daß ihre Idee wirklich eine himmlische Eingebung und sie selbst nur ein Werkzeug alles Göttlichen auf Erden war.

7. Kapitel

Saroj

Baba hatte Ma, genau wie Indranis Hochzeitssari, aus Indien kommen lassen. Das war alles, was ihre Kinder über sie wußten. Ma war nicht weiter wichtig. Wichtig hingegen war die Geschichte der Familie Roy.

Onkel Balwant hatte sich selbst zum Hüter der Familiengeschichte ernannt. Immerhin war er Geschichtslehrer am Queens College und somit durchaus befähigt, das Familienarchiv zu führen, das aus Schubladen voller vergilbter Fotos mit welligem Rand, Schachteln voller Briefe, die an den Faltstellen auseinanderfielen, und dem dikken, ledergebundenen Familienbuch bestand, in dem Geburt, Eheschließung und Tod eines jeden einzelnen Roy verzeichnet waren, so entfernt verwandt er auch sein mochte.

Das Buch war inzwischen fast gefüllt, trotzdem hatte alles ganz einfach begonnen.

1859 gingen die drei brahmanischen Brüder Devadas, Ramdas und Shridas Roy durch den Basar zum Kali-Tempel in Kalkutta, als sie von einem Werber angesprochen wurden. »Kommt nach Damra Tapu«, sagte der Werber. »Das ist ein Land auf der anderen Seite des Meeres, ein helles und strahlendes Land, in dem das Geld auf der Straße liegt. Viele von uns Indern haben dort bereits ein riesiges Vermögen gemacht. Wenn ihr dann in fünf Jahren reich seid, könnt ihr nach Indien zurückkehren. Kein Problem, das Ganze.«

Die drei Brüder deuteten die Worte des Werbers als Zeichen Gottes. Tags zuvor nämlich war ihr Vater, ein Schullehrer, unter einem Niembaum von einem schwarzen Skorpion gestochen worden und gestorben, und die Jungen befanden sich jetzt gerade auf dem Weg zum Tempel, wo sie Gott um Hilfe und Führung bitten wollten. Es gab kaum Arbeit, schon gar nicht für junge Männer ohne Fachkenntnisse, und ihr ältester Bruder Baladas, der schon verheiratet war, konnte unmöglich seine eigene Familie und dazu auch noch seine

Mutter, seine beiden Schwestern und seine drei Brüder unterstützen. Also war der Werber, so mußte es sein, Gott in Menschengestalt, der ihnen ihr Schicksal wies. Sie erklärten sich bereit, nach Damra Tapu zu gehen, und begleiteten den Werber zu einer Agentur, wo sie einen Vertrag unterschrieben, mit dem sie sich verpflichteten, fünf Jahre lang auf einer Zuckerplantage in der Kolonie Demerara (Damra Tapu) im südamerikanischen Britisch-Guyana zu arbeiten. Dort sollten sie die kürzlich befreiten afrikanischen Sklaven ersetzen. Dann gingen sie zum Tempel, um Gott dafür zu danken, daß er ihnen auf so unzweifelhafte Weise den Weg gewiesen hatte. Kurz darauf segelten sie auf der »Victor Emanuel« aus Indien ab. Ihre Mutter und ihre Schwestern ließen sie in der Obhut von Baladas zurück.

Die drei Brüder wurden der Zuckerplantage Post Mourant als Vertragsarbeiter zugeteilt. Aufgrund ihres Eifers und wegen ihres lebhaften Verstands, der in Indien bereits durch eine grundlegende englische Mittelschulbildung geschärft worden war, ging es für sie bald in großen Schritten voran. Ramdas, der älteste, entdeckte, daß es nicht schwierig war, bestimmte Hindu-Zeremonien durchzuführen, und so wurde er nebenbei Priester. Der kleine Obolus, den er für seine Dienste erhielt, brachte ihm dabei mehr ein, als er als Zuckerrohrarbeiter verdiente. Bald wurde er auf der Plantage *Sridar* (Vorarbeiter), sparte jeden Cent und kaufte Full Cup, eine verlassene Zuckerplantage am Ostufer des Demerara. Shridas erwarb ein Pferd und eine Kutsche, womit er zunächst in der Niederlassung Hague einen höchst erfolgreichen Fuhrdienst betrieb. Später ging er nach Georgetown, eröffnete dort einen Verleih für motorisierte Mietwagen und zog in eine weiße Villa in Kingston. Devadas wurde Dolmetscher für Hindi und Englisch, arbeitete dann als Lehrer in einer Privatschule und gründete schließlich eine Schule für indische Kinder. Es war sein Neffe Ramsaroop, der das erste hindisprachige Kino in Georgetown, die Bombay Talkies, eröffnete. So blieben alle drei Brüder, nachdem ihr Fünfjahresvertrag ausgelaufen war, in der Kolonie.

Ihr einziges Problem bestand darin, daß sie keine Ehefrauen hatten. Indische Frauen verließen ihre Heimat und ihre Familie nur ungern, und deren Eltern schickten ihre Töchter genauso ungern in ein fernes Land, in dem es, wie Gerüchte besagten, von gefährlichen schwarzen Wilden, den befreiten afrikanischen Sklaven, wimmelte. Das hatte zur Folge, daß Frauen unter der indischen Bevölkerung weniger als dreißig Prozent ausmachten. Dies wiederum, behauptete Balwant, erklärte die hohe Selbstmordrate unter den indischen Vertragsarbeitern.

Die Brüder schrieben nach Hause und baten ihre Mutter, ihnen drei Ehefrauen auszusuchen und diese nach Georgetown zu schicken. Ihrer Mutter gelang es jedoch lediglich, eine Witwe von siebenundzwanzig Jahren zu finden, außerdem ein sechzehnjähriges Waisenmädchen, das einer niedrigen Kaste angehörte, und eine Fünfundzwanzigjährige mit Hasenscharte, die von den dreien jedoch die einzige war, die eine Mitgift einbrachte. Sie veranlaßte Baladas, ebenjenen Beamten zu bestechen, der ihre anderen drei Söhne angeworben hatte, und brachte die drei Frauen dank der Mitgift der hasenschartigen Braut auf der »Ganges« unter, die 1865 nach Georgetown ablegte.

Die Familie Roy wuchs und gewann in der blühenden Kolonie immer mehr an Bedeutung. Bis zur Jahrhundertwende hatte sich schließlich die dritte Generation von Roys in Georgetown bereits gut etabliert.

1964, in dem Jahr, in dem Saroj dreizehn wurde, gab es weit über einhundert Nachfahren von Ramdas, Shridas und Devadas – die schon lange tot und eingeäschert waren und deren Asche man nach Indien zurückgeschickt hatte, um sie in den Ganges zu streuen. Die Roys waren weiterhin erfolgreich und strebten danach, den Wohlstand der Familie zu mehren. Inder waren generell fleißige Menschen, und gewisse Berufe schienen in bestimmten Familien besonders beliebt zu sein. Die Luckhoos wurden alle Juristen, die Jaikaran Mediziner und die Roys eben Geschäftsleute. Der Familie gehörten mittlerweile vier Textilgeschäfte, zwei Apotheken, ein Kino, zwei Lebensmittelläden, eine Haushaltsgerätefirma, ein Möbelgeschäft, drei Eisenwarenhandlungen, eine Baufirma und die Firma, die die Fiz-ee-Kaltgetränke herstellte. Es gab Roys, die nach England, Kanada und die USA ausgewandert waren. Einige hatten sich auch auf Trinidad niedergelassen, einige in Surinam. Niemand jedoch war, soweit Saroj wußte, jemals nach Indien zurückgekehrt.

Nach Indien kehrte man nicht zurück. Indien verließ man.

Deodat Roy, Baladas' ältester Enkel, wuchs damals in Kalkutta auf und erhielt ein Stipendium, mit dem er in England Jura studierte. Er machte seinen Abschluß mit Auszeichnung und arbeitete dann ein paar Jahre in London als Anwalt. Deodat war jedoch durch und durch Inder, und als einem der verachteten indischen Einwanderer gefiel ihm das Leben im rassistischen England wenig. England war zu weltlich, zu materialistisch, zu kalt. Man brachte ihm trotz seiner Bildung nicht den gebotenen Respekt entgegen. In der Familie kursierte das Gerücht, daß er unzufrieden sei und nach Hause zurückkehren wolle. Dieses Gerücht erreichte schließlich auch Georgetown. 1921 erhielt er einen Brief von seinen drei Großonkeln, die jetzt alte Männer waren und an der Spitze des Roy-Clans in Georgetown standen.

Es war einer der bedeutendsten Einträge im Familienarchiv, und er sollte für die Roys ein neues Zeitalter einläuten. Onkel Balwant las ihn auf Familienfesten gern laut vor. *Unsere Kolonie hier ist überaus vielversprechend und bietet weit bessere Möglichkeiten als Indien,* hatten die Großonkel geschrieben, *außerdem besteht ein dringender Bedarf an gut ausgebildeten indischen Anwälten. Geh nicht wieder nach Kalkutta zurück, sondern komm hierher und laß Dich in Britisch-Guyana nieder. In Indien wirst Du bestenfalls ein kleiner Fisch in einem großen Teich sein, hier aber kannst Du ein großer Fisch in einem kleinen Teich sein.* (Das war Onkel Balwants Lieblingssprichwort.) *Du würdest nicht glauben, mit welch großen Schritten wir Inder hier vorankommen! Wir kamen als arme Tagelöhner, die nichts und sogar weniger als nichts besaßen, hierher. Durch Gottes Gnade, unseren Fleiß und unsere Sparsamkeit sind wir Roys jedoch alle wohlhabend und zu überaus respektierten Stützen der Gesellschaft geworden. Wir sind dabei keineswegs die Ausnahme. Es leben jetzt über 300 000 Inder hier, und wir stellen damit über vierzig Prozent der Bevölkerung! Diwali und Holi sind staatliche Feiertage, ebenso wie es Eid-al Mubarak für die Moslems ist. Dies hier ist in der Tat Klein-Indien, und es bieten sich hier überall die besten Möglichkeiten! Komm also zu uns. Hilf uns, diese Kolonie hier weiter aufzubauen! Wir, Deine Dich liebenden Großonkel, werden Dir ein herzliches Willkommen bereiten. Nur eines noch: Heirate zuvor, bei uns herrscht nämlich Frauenmangel. Es wäre schön, wenn du eine Ehefrau mit mehreren Schwestern oder Cousinen finden könntest, die bereit sind, sie zu begleiten. Hier gibt es viele vorzügliche indische Jungen, die dringend eine Frau suchen, so daß wir durch Heirat hervorragende Verbindungen knüpfen könnten. Mitgift und Kaste sind nicht von Bedeutung.*

Dieser letzte Satz beunruhigte Deodat zutiefst. Nachdem er noch in London geheiratet hatte, übersiedelte er mit seiner Ehefrau Sundari, die die Tochter brahmanischer Einwanderer war, und zwei ihrer jüngeren Schwestern nach Britisch-Guyana. Die Schwestern heirateten dort schon bald in bedeutende Familien in Georgetown ein, so daß der in Britisch-Guyana lebende Zweig des Roy-Clans weiter an Bedeutung gewann und seine Beziehungen ausbaute.

Sundari gebar kurz hintereinander drei Söhne, Natarajeshwar, Nathuram und Narendra. Narendra war jedoch kaum elf Jahre alt, als Sundari in Deodats Villa an der Waterloo Street die Turmtreppe hinunterstürzte und sich das Genick brach. Die drei Jungen wurden daraufhin sofort in verschiedenen Familien des Roy-Clans untergebracht, so daß sich alle rasch von der Tragödie erholten, während Deodat sich nach einer neuen Frau umsah. Aber da gab es Probleme.

Für Deodat, der ein orthodoxer Brahmane war, kam es nicht in Frage, eine Frau zu heiraten, die in Guyana geboren und aufgewachsen war. Eine solche Frau, so behauptete er, hatte keinen Bezug mehr zu den alten Bräuchen. Die indische Kultur war in ihr nicht mehr lebendig. Er war entsetzt, daß die hinduistischen Traditionen allmählich aufgegeben wurden und die Inder so rückgratlos waren, vor dem säkularen Geist, der in der Kolonie herrschte, zu kapitulieren.

Tatsächlich war die hinduistische Bevölkerung von Britisch-Guyana gespalten. Auf der einen Seite standen die Traditionalisten, die versuchten, die Kultur ihres Heimatlandes so weit wie möglich aufrechtzuerhalten. Babas strengen Maßstäben wurden allerdings auch sie nicht gerecht. Schließlich waren dies Inder der zweiten, dritten, vierten und sogar fünften Generation, von denen kein einziger jemals in Indien gewesen war. Auch Hindi sprach kaum einer von ihnen, so daß bestimmte Kompromisse unumgänglich waren. Baba, der in Indien aufgewachsen war und Hindi, Bengali und sogar ein paar Brocken Urdu sprach, war somit das unangefochtene Oberhaupt des hiesigen Roy-Clans, eine Autorität.

Die Modernisten andererseits waren die nicht praktizierenden Hindus, die im Sumpf der Ausschweifungen versanken, Ausschweifungen, die von Generation zu Generation schlimmer wurden. So gingen Hindumänner und -frauen heutzutage sogar auf Partys und tanzten miteinander. Die Frauen trugen Hosen oder kniefreie Kleider. Die

Modernisten suchten sich ihre Ehepartner selbst aus. Sie aßen alle Fleisch, sogar Rindfleisch. Sie traten zum Christentum über, gaben ihren Kindern englische und somit christliche Namen. Der Name eines Mannes hatte bei ihnen keine Bedeutung mehr. Man konnte an seinem Namen nicht mehr erkennen, welcher Kaste er angehörte, denn das Kastenwesen als solches existierte nicht mehr. Die Brahmanen trugen keinen heiligen Faden mehr, und was die rituelle Reinheit anging, die in dieser Kaste gefordert wurde, so kannten nur noch ein paar Panditen die Lehren, an die sich ohnehin niemand mehr hielt. Tatsächlich gab es bis auf ein paar sorgfältig erzogene Roys keine Brahmanen mehr. Die Hindus waren zu Mischlingen, zu einem zusammengewürfelten Haufen geworden. Niemand kannte mehr seine Wurzeln.

Onkel Balwant sagte, dies läge in den historischen Umständen begründet. Die ersten Inder hätten, ohne Rücksicht auf Kaste und Clan nehmen zu können, zusammengepfercht in den verlassenen *Logis* der Sklaven auf den Zuckerplantagen gelebt und seien gezwungen gewesen, in Hinblick auf ihre jahrtausendealten Regeln und Bestimmungen Kompromisse einzugehen.

Deodat selbst wollte jedoch keine Kompromisse eingehen. Er würde keine Mischlingsfrau heiraten. Seine Frau mußte reines Blut und eine orthodoxe Erziehung aufweisen können. Ihre Aufgabe würde darin bestehen, die Familie fest in den unverfälschten Traditionen zu verankern und ihre Kinder als Brahmanen zu erziehen. Sie mußte eine aufopferungsvolle Hindu-Ehefrau sein, durchdrungen vom Geist ihrer Religion, eine Ehefrau, die den sterbenden Glauben wiederaufleben ließ. Vor allem lag ihm daran, daß auch seine drei älteren Söhne nach Hause zurückkehrten, bevor sie dem Geist der Säkularisation zum Opfer fielen. Er brauchte eine Frau im Haus. Also würde er eine Frau aus Indien kommen lassen müssen.

Der bengalische Zweig der Familie Roy setzte in Deodats Auftrag eine Anzeige in die *Times of India.* Es erwies sich jedoch geradezu als unmöglich, eine gute brahmanische Frau für Deodat zu finden, da sich sämtliche Väter hartnäckig weigerten, ihre Töchter zu den Antipoden, also buchstäblich in die Unterwelt, zu schicken. Deodat erwog, nach England zurückzukehren, um sich dort eine Frau zu suchen. Das hätte dann allerdings bedeutet, daß er seiner ursprünglichen Absicht, nämlich nur eine Frau zu heiraten, die auf indischem

Boden geboren und aufgewachsen war, hätte zuwiderhandeln müssen. Seine bengalischen Verwandten rieten ihm schließlich, eine Witwe zur Frau zu nehmen. Deodat sah, wenn auch widerstrebend, ein, daß hier ein Kompromiß nötig war. Also gestattete er, daß man die Worte »auch Witwe« in die Anzeige aufnahm.

Mehrere Monate später ging Ma im Hafen von Georgetown von Bord eines Schiffes. So einfach war das.

Ma zog in die Waterloo Street ein, und im Abstand von jeweils zwei Jahren kamen drei Kinder auf die Welt: Indrani, Ganesh und Sarojini. Deodat hätte nicht zufriedener sein können, denn Ma war genau das, was er sich gewünscht hatte: der ruhige, stille, gute Geist des Hauses, ihren Kindern eine aufopferungsvolle Mutter, eine gute Köchin und vor allem eine glühende Anhängerin Shivas.

Das erste, was Ma tat, als sie in die Waterloo Street kam, war, das *Puja*-Zimmer einzurichten. Sie war restlos glücklich, als sie dort Bilder von Krishna, Rama und Vishnus Gefährtin Lakshmi neben jenen von Shiva, Saraswat und Ganesh aufhängen konnte, dazu Bilder von Jesus, Maria und Buddha. Baba war also zufrieden – fast. In seinem Leben gab es zwei Wermutstropfen. Der erste war, daß Natarajeshwar, Nathuram und Narendra sich sämtlich kategorisch weigerten, wieder in Babas Haus einzuziehen. Da Narenda erst dreizehn und somit noch nicht volljährig war, zwang Baba ihn, nach Hause zurückzukehren. Nachdem der Junge jedoch neunmal ausgerissen war und außerdem in ausgesprochen schlechte Gesellschaft zu geraten drohte, hielt es Baba für besser, wenn er weiter bei den alles andere als tugendhaften Roys lebte, anstatt zu riskieren, daß er zum Streuner wurde. Die drei Jahre, die die Jungen in der Obhut ihrer Pflegefamilien verbracht hatten, hatten sie, genau wie Baba es befürchtet hatte, völlig säkularisiert. Sie hatten Freiheiten genossen, die sie vorher nicht gekannt hatten. Nie und nimmer würden sie zu einer orthodoxen Lebensweise zurückfinden. Obendrein hatten sie alle drei christliche Namen angenommen. Jetzt nannten sie sich Richard, Walter und James und hatten sich inzwischen alle in London niedergelassen. Baba jedoch nannte sie für den Rest seines Lebens bei ihren indischen Namen.

Der zweite Wermutstropfen war, daß die Reinheit seiner Kaste mit seiner Ehe mit Ma endete, da es aussichtslos erschien, auch für seine Kinder Ehemänner und Ehefrauen aus Indien kommen zu lassen. Er würde sie mit Mischlingen verheiraten müssen.

Ma ging hinter Baba.

Mas Aufnahme in den Roy-Clan wurde durch zwei Dinge in Onkel Balwants Archiven dokumentiert: eine zerknitterte, schlaffe Fotografie in Paßfotogröße, die Ma zeigte, jung, lächelnd, hübsch, begierig, zuversichtlich, das alles zusammen und noch viel mehr. Und einen Ausschnitt aus der *Times of India*: *Brahmane mit englischer Erziehung, Rechtsanwalt, verwitwet, wohnhaft in einem großen, angenehmen Haus in Georgetown, Britisch-Guyana, Südamerika, ausgezeichnetes Einkommen und gesellschaftliche Position, interessiert sich für Wiederheirat mit Brahmanin im gebärfähigen Alter, die bereit ist, sich in Georgetown niederzulassen und mit ihm eine Familie zu gründen. Auch Witwe. Mitgift nicht erforderlich. Bedingung: muß lesen und schreiben können und ausgezeichnet Englisch sprechen. Foto wird erbeten.*

Was Ma zu Baba geführt hatte, war nicht bekannt. Ma selbst hatte sich dazu nie geäußert. Sie war eine Frau ohne Vergangenheit, ohne Namen. Baba sagte »Mrs. Roy« zu ihr, anderen gegenüber bezeichnete er sie als »meine Frau« oder einfach »sie«. Verwandte und Freunde der Familie nannten sie »Mrs. Roy«, oder »Mrs. Deodat« und sogar »Mrs. D.« oder »Ma D.«, je nachdem, wie vertraut sie mit ihr waren. Onkel Balwant und seine Frau nannten sie »Dee«, was die Abkürzung für »Deodats Frau« war, ihre Neffen und Nichten nannten sie »Tante Dee«. Ihre eigenen Kinder nannten sie »Ma«. Ma wiederum sprach ihren Mann in der Öffentlichkeit nie mit seinem Namen an. Sie nannte ihn »Mr. Roy« oder gewissermaßen in Großbuchstaben »ER« oder »MEIN MANN«.

Ma redete nur wenig. Obwohl ihr Englisch ausgezeichnet war (niemand fragte, wo sie ein so akzentfreies Englisch gelernt hatte, und es interessierte auch niemanden), war es stets Baba, der die Unterhaltung führte. Ma konnte natürlich stundenlang Geschichten erzählen, aber da hörten ihr schließlich nur ihre Kinder zu.

Ma sang. Ma führte die *Pujas* durch. Ma huldigte Shiva. Ma heilte. Ma kochte. Ma sorgte für das leibliche Wohl. Ma war bei allen Familienfesten hochgeschätzt. Es hieß, wenn Ma in der Küche stand, sei immer genug zu essen da. Selbst wenn plötzlich fünfzig ungeladene Gäste auftauchten – und dies war oft der Fall, weil sich Mas Ruf verbreitet hatte und die Leute unbedingt wissen wollten, ob das, was die Gerüchte besagten, auch stimmte – blieb immer noch etwas übrig.

Ma kochte nicht nur südindischen Reis und *Sambar,* sie kochte auch Gerichte aus Bengalen, dem Punjab und Gujarat. *Badaam Kheer, Sooji Halwa* und *Kajoo Barfi* zergingen wie Nektar auf den Zungen gieriger Roys. Bei einer bestimmten Gelegenheit entdeckten sie, daß Ma sogar einen Yorkshire-Pudding machen konnte, niemand fragte jedoch, wo sie das alles gelernt hatte, denn auch das interessierte niemanden. Die männlichen Roys stopften sich mit Mas Kreationen die Bäuche voll und wuschen sich anschließend mit dicken Bäuchen Hände und Mund am Spülbecken, wobei sie in tiefster Zufriedenheit rülpsten und furzten. Die Ehefrauen in der Familie der Roys beobachteten Ma mit eifersüchtigem Blick beim Kochen. Ma arbeitete in der Küche jedoch so schnell, daß es ihnen nicht möglich war, ihre Geheimnisse zu lüften. *Chappatis* flogen wie fliegende Untertassen unter ihrem Nudelholz hervor und landeten auf einem wachsenden Stapel, während ihre schlanken, kleinen Hände geschäftig zwischen den kleinen Teigbällchen, dem Haufen Mehl und dem Nudelholz hin und her flatterten. Ma gab keine Erklärungen zu ihrer Kochkunst ab: »Kocht einfach mit Liebe«, war alles, was sie sagte, also versammelten sich die Roy-Frauen in Dreier-und Vierergrüppchen und diskutierten gehässig über Mas Schwächen.

Ma hatte magische Hände. Wenn ihre Kinder mit Kratzern und blauen Flecken zu ihr kamen, strich Ma mit ihren kleinen braunen Händen über die Wunden, und alles war wieder gut. Sie kamen mit Bauchdrücken, Ohrenweh und Wachstumsschmerzen zu ihr, und Ma zählte fünf oder acht der kleinen Kügelchen ab, die nicht größer als ein Stecknadelkopf waren und die sie in kleinen Röhrchen in ihrer alten Holztruhe aufbewahrte; oder aber sie streute irgendein merkwürdiges Pulver in eine Tasse mit heißem Wasser, das sie ihnen dann zu trinken gab, und ihre Schmerzen waren wie weggeblasen.

Wer weiß, was geschehen wäre, wenn der Roy-Clan erfahren hätte, daß Ma heilende Hände besaß! Niemand außer ihren Kindern wußte davon. Es war dies eine Kunst, die in der Familie blieb, die die Roys für sich behielten als ihr besonderes Geheimnis. Dies taten sie jedoch nicht mit Absicht, sondern weil sie es einfach als selbstverständlich ansahen. Mas heilende Hände gehörten zu ihrem Leben wie die kühle Atlantikbrise und der Ruf des Bentevi. Niemand hinterfragte es, und niemand redete darüber, weil sie glaubten, dies sei etwas, was alle Mütter taten.

Ma schien bestrebt, sich selbst gewissermaßen auszulöschen. Mit jedem Jahr, das verging, schien sie weniger zu werden. Das Schweigen nährte sie. Sie sandte eine stille Unterströmung aus, fein wie der Äther, und hätte wohl, wären da nicht ihre Kinder gewesen, irgendwann einmal zu existieren aufgehört. Es schien beinahe so, als würde sie sie gegen ihren Mann aufwiegeln, ohne dabei jedoch ein Wort gegen ihn zu sagen und ohne auch nur tadelnd eine Augenbraue hochzuziehen.

Ma besaß wunderbare Talente. Saroj wäre die letzte gewesen, die das bestritten hätte, aber Ma verfügte nicht über die Kraft dazu, ihre jüngere Tochter vor Baba und dem Schicksal, das er ihr bestimmt hatte, zu bewahren. Ma war keine Kämpferin. Saroj würde ihre Schlacht allein schlagen müssen.

Auch Ganesh war kein Verbündeter. Dort oben im Turm, an ihrem dreizehnten Geburtstag, in jenem Augenblick, in dem sie mündig wurde, starrte Saroj ihren Bruder, der gerade in ein *Samosa* biß und dabei hineinsah, als wäre dort das Geheimnis aller Schöpfung zu finden, mit nüchternem, objektivem Blick an. Ihrem geliebten Bruder fehlte es an Ernsthaftigkeit und Eifer. Er war eben der Sohn seiner Mutter: absolut kein Kämpfer. Er mochte alles daransetzen, das wirklich perfekte *Samosa* herzustellen, für einen wichtigeren Kampf, einen Kampf auf Leben und Tod, wie er Saroj bevorstand, war er jedoch nicht gerüstet. Sie selbst war ebensowenig darauf vorbereitet – aber sie besaß Entschlossenheit.

Ein Vogel, der im Käfig sitzt, hat nichts außer den Willen zu entfliehen. Verzweifelt schlägt er mit den Flügeln und wirft sich gegen die Gitterstäbe. Die Tür des Käfigs kann jedoch nur von außen geöffnet werden, und der Besitzer des Vogels hat den Schlüssel. Und selbst wenn der Vogel entkommt, geht er vielleicht zugrunde, da er nichts von der Welt weiß. Dort draußen nämlich ist seine Unwissenheit sein größter Feind. Vielleicht jedoch sieht jemand, der zufällig vorbeikommt, diesen Käfig und den Vogel, der verzweifelt um seine Freiheit kämpft, und biegt die Gitterstäbe auseinander, so daß sich der Vogel hindurchzwängen kann. Und dieser Jemand, der jetzt ein Freund des Vogels ist, zeigt ihm den Lauf der Welt, so daß er schließlich in Freiheit leben kann.

Saroj hatte nicht mit Trixie Macintosh gerechnet.

8. Kapitel

Savitri

Wenn die Blumen aufschrien, tröstete Savitri sie. Sie wußte, daß sie ihnen weh tat, wenn sie sie pflückte, und so sprach sie zuerst im Geiste zu ihnen. Sie wußte, daß sie ihr zuhörten und wieder fröhlich wurden, wenn sie das tat. Sie erzählte ihnen, daß sie etwas ganz Besonderes und wunderschön seien und daß dies eben der Grund sei, weshalb sie sie ausgewählt habe, denn für Gott pflückte sie nur die üppigsten, schönsten, vollkommensten Blüten.

Wenn ihr Korb voll war, setzte sie sich im Lotossitz auf die Strohmatte vor der Küchentür und knüpfte ihre Girlanden – Girlanden in Rosa und Weiß aus kleinen Orangenblüten und Jasmin. Dann ging sie ins *Puja*-Zimmer, um sie Nataraja zu Füßen zu legen und das gerahmte Bild Shivas und die Specksteinfigur von Ganesh zu schmücken. Wenn sie damit fertig war, plazierte sie ein paar Hibiskusblüten an wichtigen Punkten: an den Ecken des Bildes, zu Natarajas Füßen oder in Ganeshs Armbeuge.

Wenn der Schrein geschmückt war, sagte sie Amma Bescheid und ging ins Hinterzimmer, um Thatha, ihrem Großvater, von seiner Matte aufzuhelfen. Sie reichte ihm seinen Stock, und Thatha humpelte, eine Hand auf ihre Schulter gestützt, zum *Puja*-Zimmer, wo inzwischen der Weihrauch glomm und ihre Mutter den Kampfer für das *Puja* vorbereitete. Auch ihre Brüder und Appa hatten nun ihre Arbeit unterbrochen und sich im *Puja*-Zimmer eingefunden. Es war stets Thatha, der, alt und klapprig wie er war, das *Puja* vollzog, denn er war das älteste männliche Familienmitglied. Er schwenkte den Teller mit brennendem Kampfer langsam vor Nataraja hin und her und sang dabei den dazugehörigen Vers, dann ließ er den Teller bei den anderen Familienmitgliedern herumgehen. Sie alle berührten ihn und steckten den Zeigefinger in die Asche, um sich die Streifen Shivas auf die Stirn zu malen, gefolgt von dem roten Punkt der Liebe, den sie in die Mitte setzten. Das *Puja* war sehr kurz, es dauerte nur wenige Minuten. Wenn es vorbei war, steckte sich ihre Mutter ein Sträußchen frischer Blumen, das sie an die Seite gelegt hatte, damit Shiva es segnete, ins Haar. Savitri ging nach draußen und zeichnete ein kunstvolles *Kolam* auf die Brücke. Danach ging sie Wasser holen.

Amma hatte bereits mehrere Gefäße voll Wasser herbeigeschafft, damit sie alle baden konnten. Sie würden jedoch noch mehr Wasser brauchen, also nahm Savitri das große Messinggefäß, schlang ihren Arm um dessen gebogenen Rand und machte sich auf den Weg zur Old Market Street. Sie mußte warten, bis sie an die Reihe kam, denn es standen schon mehrere Frauen und Mädchen vor ihr am Brunnen. Einige von ihnen standen ein wenig abseits, im Badebereich, und begossen sich mit Wasser. Andere drehten an der Seilrolle, um den gefüllten Schöpfeimer aus dem Brunnen hochzuziehen, füllten ihre Gefäße, hoben sie auf den Kopf und machten sich dann auf den Heimweg. Die wartenden Frauen plauderten miteinander, und Savitri hörte ihnen zu, bis sie an der Reihe war. Sie ließ den Schöpfeimer mit einem lauten Platschen in den Brunnen fallen und kurbelte dann mit aller Kraft an der Winde, bis der Eimer wieder am Brunnenrand auftauchte. Sie leerte das Wasser in ihr Gefäß, drehte ein altes Handtuch auf ihrem Kopf zu einem Ring zusammen, hob das Gefäß auf diese Unterlage und richtete sich vorsichtig auf. Das Gefäß war viel größer als ihr Kopf und ziemlich schwer, inzwischen aber konnte Savitri es mühelos balancieren. Sie machte sich auf den Heimweg. Beim Gehen wiegte sie sich in den Hüften, Oberkörper, Kopf und Hals hielt sie jedoch vollkommen gerade. Ihre Hände mußte sie nicht zu Hilfe nehmen. Amma sagte, daß es nicht mehr lange dauern würde, bis sie drei volle Gefäße nach Hause tragen könnte. Ihre Hände würde sie dann für die anderen beiden Gefäße brauchen. Bald schon würde sie ihr ein zweites Gefäß mitgeben, das sie dann, den Arm um dessen Rand gelegt, auf ihrer mageren Hüfte balancieren würde.

Zu Hause angelangt, schüttete sie das Wasser in den Behälter, der beim Badehaus stand. Das Wasser darin war zum Wäschewaschen bestimmt. Das Trinkwasser holten sie natürlich aus einem anderen Brunnen, einem, der von den Unberührbaren nicht benutzt wurde. Appa sagte, die Unberührbaren machten das Wasser unrein. Dies war etwas, was Savitri nie begreifen würde.

Jetzt gab Amma ihr das Milchgefäß und schickte sie los, um die Milch für die Herrschaft zu holen. Savitri war so von Freude erfüllt, daß sie einfach nicht langsam gehen konnte. Sie hüpfte, rannte und tanzte, dennoch hielt sie das Gefäß vollkommen ruhig und gerade, so daß sie niemals auch nur einen Tropfen Milch verschüttete. Sie freute sich über den wunderschönen Morgen, das Sonnenlicht, das durch das Blattwerk der Bäume sickerte, die die hintere Auffahrt säumten, über die leuchtenden Farben der Blumen, die sandige Auffahrt, die Muthu frisch gefegt hatte, die Siebenschwestern, die oben in der Tamarinde vergnügt flatterten und zwitscherten, über das Saphirblau des Himmels und den Pfau, der nach seiner Braut rief – ihre Freude darüber war so groß, daß ihr Herz sie nicht zu fassen vermochte. So sprudelte die Freude einfach aus ihr heraus und ließ ihre Füße tanzen und springen. Trotzdem verschüttete sie nicht einen Tropfen Milch. Sie stellte das Gefäß vorsichtig am Wegrand ab, drehte sich dann lachend um sich selbst und sah dabei zu, wie sich ihr Rock in einem Wirbel aus Farbe um sie herum bauschte. Beim Drehen schwenkte sie ihren Schal, so daß er die Luft wie ein leuchtendrotes Segel erfüllte, durch das die Morgensonne hindurchschien. Dann aber hörte sie ganz in der Nähe Valis eindringlichen Ruf und ein lautes Flügelschlagen. Vali landete vor ihr auf dem sandigen Pfad. Sofort hörte sie auf, sich im Kreis zu drehen, denn Valis seltene Besuche waren etwas ganz Besonderes. Wenn er noch dazu an einem frühen Morgen wie diesem kam, bedeutete das, daß der Tag unter einem günstigen Stern stand.

»Guten Morgen, Vali!« dachte sie, und Vali, der vor ihr vor- und zurückstolzierte, blieb stehen und bedankte sich mit einem dreimaligen höflichen Kopfnicken für ihren Gruß.

»Im Augenblick habe ich noch nichts für dich, aber später, wenn ich in der Küche bin, bringe ich dir Puffreis. Ich habe dich gestern den ganzen Tag nicht gesehen, wo warst du denn? Hast du die Pfauhennen im Garten nebenan besucht?« fragte sie laut.

Vali ruckte ein wenig ärgerlich mit dem Kopf, und Savitri lachte.

»Ich will dich doch nur necken«, sagte sie und verstummte dann, denn Vali hatte begonnen, seine Schwanzfedern aufzustellen, die er nun zu einem perfekten Rad auseinanderfächerte. Sie wußte, daß Vali von ihr bewundert werden wollte. Sie sah respektvoll und schweigend zu, wie er die langen Schwanzfedern mit den tausend Augen wedelte, sie zitternd hin und her bewegte und die schillernden Farben schimmerten. Dann begann Vali vor ihr zu tanzen und wiegte sich dabei mit seitlichen Schritten hin und her. Seine Schönheit war so vollkommen, daß Savitri die Augen schloß. Ihre Seele schlüpfte in die seine, und sie erkannte ihn. Zufrieden schüttelte Vali seine Federn ein letztes Mal, verneigte sich, klappte sein Rad zusammen und flog in die höchsten Wedel einer jungen Kokospalme.

Savitri glaubte, daß jeder mit den Pflanzen und Tieren reden konnte und jeder deren Sprache verstand. Als sie noch ganz klein gewesen war, hatte sie alle mit ihrem Schweigen beunruhigt. Sie hielten sie für geistig zurückgeblieben, da es so lange dauerte, bis sie zu sprechen anfing. In Wahrheit hatte sie die Sprache als etwas Unnötiges empfunden, denn sie sprach schweigend. Erst als sie erkannte, daß die Menschen ihr Schweigen nicht verstanden, begann sie laut zu sprechen. Dabei kamen dann aber sofort perfekt formulierte Sätze aus ihrem Mund, noch dazu in zwei verschiedenen Sprachen. Die Leute konnten nur noch staunen. Nur die anderen Lebewesen, die Pflanzen, die Vögel und die anderen Tiere, verstanden das Schweigen. Die Menschen, so wußte sie jetzt, lebten in Gedankenkörper eingehüllt, deshalb konnten sie das Schweigen nicht verstehen. Die Gedankenkörper verhinderten dies. Sie waren wie dicke schwarze Wolken, durch die die Reinheit des Schweigens nicht hindurchzudringen vermochte, sie hielten die Leute gefangen und lullten sie ein. Manchmal gab es in den Gedankenkörpern auch Lücken. Ammas Gedankenkörper zum Beispiel hatte viele Lücken, und diese Lücken waren das Schweigen vollkommener Liebe. Thatha besaß fast keinen Gedankenkörper, und Babys hatten überhaupt keinen. Kleine Kinder hatten dünne, und der von David war, weil er sie liebte, transparent. Savitri spürte diese Gedankenkörper so deutlich, daß sie sie beinahe greifen konnte. Sie waren wie dichte Brombeerhecken und taten ihr fast weh, denn sie kam ihnen ganz nah, weil sie so gern hinter sie gelangen wollte, und wurde dann gestochen. So erfuhr Savitri, daß man auf zwei verschiedene Arten leben konnte: von innen nach außen und von außen nach innen.

Von innen nach außen zu leben erschien ihr ganz natürlich. Es war sehr leicht, in ein anderes Lebewesen hineinzuschlüpfen und zu spüren, wie schön es war, einander gleich zu sein. Wenn man das einmal spürte, brauchte man nichts mehr zu sagen. Was sollte man zum Beispiel zu einer Blume, zu einem Schmetterling, der sich einem auf die Schulter gesetzt hatte, oder zu einem gestreiften Eichhörnchen, das einem aus der Hand fraß, sagen? Wie süß du duftest, wie fröhlich bunt deine Flügel sind, wie weich dein Fell ist! Das konnte man sagen, aber natürlich wußten sie das bereits, so daß man nichts anderes zu tun brauchte, als sich mit ihnen zu freuen. Die Natur freute sich beständig, sie sang und tanzte beständig, und alles, was man zu tun brauchte, war mitzumachen.

Bei den Menschen war das anders. Sie lebten von außen nach innen. Sie sahen die Pflanzen, Tiere und Vögel und dachten, diese Lebewesen seien außerhalb von ihnen und ganz anders als sie. Sie glaubten, sie seien etwas, was man einfangen und festhalten könne, dem man weh tun und das man benutzen könne. Sie wußten nicht, daß ein anderes Lebewesen zu verletzen in Wahrheit bedeutete, sich selbst zu verletzen. Sie spürten den Schmerz anderer nicht, weil sie sich außerhalb der anderen befanden.

Das galt in erster Linie für die Engländer. Ihre Gedankenkörper waren besonders stark. Wenn man nicht aufpaßte, fegten sie einen aus dem Weg, oder sie trampelten einen einfach nieder. Savitri war unter Engländern aufgewachsen und hatte das auf schmerzliche Weise erfahren müssen. Wenn man die Engländer nicht auf eine bestimmte Art ansprach, wenn man ihnen nicht zeigte, daß man sie für viel, viel wichtiger hielt als sich selbst, dann versuchten sie, einen zu verletzen. Das kam daher, weil sie ganz und gar in ihren Gedankenkörpern lebten, die sich tatsächlich jedoch außerhalb von ihnen befanden. Sie hielten diese Gedankenkörper für viel wirklicher als das, was sich in ihnen befand. Es war, als würde ein Schmetterling in einem Kokon glauben, er sei der Kokon! Es war eine Form der Blindheit. Es war eine Form des Todes.

Savitri besaß auch einen Gedankenkörper. Der ihre jedoch war dünn wie Spinnweben, so zart wie der Schal, den sie sich manchmal um die Schultern oder über den Kopf legte, den sie beim Tanzen in der Sonne schwenkte oder einfach über einen Busch warf, wenn sie ihn nicht brauchte. Ihr Gedankenkörper schnürte sie nicht ein. Manchmal machte er sie traurig, nachdenklich oder schüchtern – vor allem in Mrs. Lindsays Gegenwart –, meistens aber bestand ihr Gedankenkörper aus einem glücklichen, durchscheinenden Spitzengewebe und erfreute sich am Spiel alles Lebendigen und an dessen Schönheit.

Vali nickte ihr aus der Palme ein letztes Mal mit ruckendem Kopf zu, woraufhin sie knickste, winkte und sich wieder auf ihren Weg machte.

Vielleicht sah sie David.

Zu dieser Zeit des Tages wußte sie nie, ob sie ihn sehen würde oder nicht. Möglicherweise war er gerade im Badezimmer, das sich am anderen Ende des Hauses befand. Oder er war im Kinderzimmer, wo er sich gerade anzog – ebenjenem Kinderzimmer, in dem auch sie mit ihrer Mutter gewohnt hatte, bis sie fünf Jahre alt war und man es für angebracht hielt, daß Nirmala mit ihrer Tochter wieder in ihr eigenes Haus zog. Seitdem hatte Savitri das große Haus nur selten betreten – nicht, weil es ihr nicht erlaubt gewesen wäre, sondern weil ihr dieses Haus nicht gefiel. Es war so voll von Dingen. Die meisten davon seien sehr wertvoll, sagte Mrs. Lindsay. Und das bedeutete nichts anderes, als daß man sie nicht berühren durfte. Mrs. Lindsay verbrachte eine Menge Zeit damit, an diese Dinge zu denken, sie Besuchern zu zeigen und von den Hausmädchen polieren zu lassen. Sie hatte auch große Angst, daß sie beschädigt oder gestohlen werden könnten. Es kam Savitri so vor, als wären Mrs. Lindsays Gedankenkörper und Mrs. Lindsays Dinge irgendwie innig miteinander verbunden. Vielleicht war dies der Grund, weshalb Mrs. Lindsay nicht so leicht hinter ihren Gedankenkörper gelangen konnte. Vielleicht hielten sie die Dinge einfach fest. Savitri war das ein Rätsel.

Jedenfalls erschien ihr das Haus als ein einziges Durcheinander von Dingen, und bis auf die Küche betrat sie dieses Haus nicht gern.

Heute stand David in der Küchentür und wartete auf sie.

Savitris Lächeln verschwand sofort von ihrem Gesicht, denn hinter David stand Appa in der dunklen Küche, und sein Gesicht war ernst. Er wirkte besorgt. Mrs. Lindsay war ebenfalls da. Sie aber sah ganz ungeduldig aus, so als hätte sie eine Überraschung parat, und Savitri wußte nicht, was sie von all dem halten sollte. Ihr morgendlicher Besuch in der Küche, wenn sie die Milch brachte, war stets eine kritische Zeit, eine Zeit der Entscheidungen, und es war Iyer, der die Entscheidungen fällte. Es war zu entscheiden, ob sie an diesem Tag zur Schule gehen durfte oder nicht. Wenn Mrs. Lindsay ein umfangreiches Mittagessen für ein paar Gäste angeordnet hatte, dann mußte Savitri dableiben und Appa helfen, das Essen zuzubereiten. Wenn Mrs. Lindsay andererseits zum Essen eingeladen war und nur der Admiral zum Mittagessen da war, dann konnte Savitri zur Schule gehen. In diesem Fall rannte sie gleich wieder nach Hause, um ihre Schuluniform anzuziehen. Der Admiral aß zu Mittag gern etwas Leichtes –

ein Sandwich oder ein Omelett, mehr nicht. Savitri hoffte immer, daß es ein Admiral-Tag war. Sie ging gern in die Schule – tausendmal lieber, als sie Appa in der Küche half. Aber das alles oblag dem Willen Gottes, und was auch immer dieser für den heutigen Tag über die Befehlskette verfügte – Gott, dann Mrs. Lindsay, dann Appa –, sie tat es mit fröhlichem Herzen und so gut sie konnte, für Ihn.

Jetzt aber war da David, der aus der offenen Tür auf sie zugerannt kam und ihre Hand nahm, um sie zu Mrs. Lindsay zu führen, die ihr lächelnd den Kopf tätschelte. Ihr Gedankenkörper war heute ganz dünn, der von Appa hingegen dicker denn je. Sie alle drängten sich jetzt um Savitri, die von einem Gesicht zum anderen sah, weil etwas Derartiges noch nie geschehen war. Vielleicht hatte das Ganze ja etwas mit ihrem gestrigen Bad im Meer zu tun. Allerdings konnte sie Appas unglückliche Miene nicht mit der unverhohlenen Freude auf den anderen beiden Gesichtern in Einklang bringen, und so stand sie einfach stumm da und wartete auf eine Erklärung.

»Savitri, rate mal, was los ist!« platzte David heraus. »Ich habe Mama gefragt, ob du mit mir zusammen bei Mr. Baldwin lernen darfst, und sie hat ja gesagt! Und Cooky hat auch ja gesagt, und jetzt kommst du jeden Tag zu uns in den Unterricht! Mit mir! Das war meine Idee!«

Savitri spürte, wie ihr Herz einen Freudensprung machte. Dann aber sah sie Appa an und wußte, daß es Probleme gab, die David nicht verstand und auch nicht verstehen konnte.

»Aber wer wird dann meinem Vater helfen?« fragte sie pflichtbewußt und dann, an Iyer direkt gewandt, da es respektlos war, mit Mrs. Lindsay zu sprechen, wenn er nichts verstand: »Appa, hast du erlaubt, daß ich zusammen mit dem jungen Herrn unterrichtet werde?«

David, der Tamil sprach, wartete Iyers Antwort gar nicht erst ab.

»Aber natürlich, natürlich, Savitri! Ich habe ihm schon gesagt, daß Mama den Unterricht für dich bezahlen wird. Er ist einverstanden, nicht wahr, Cooky?«

Iyer nickte, denn es wäre unhöflich gewesen, offen zu zeigen, daß er anderer Meinung als der junge Herr war. Savitri aber spürte die Stacheln auf seinem Gedankenkörper und wußte, daß etwas nicht stimmte.

»Aber wer wird dir in der Küche helfen, Appa?« wiederholte sie.

»Tochter, wir müssen das zu Hause gründlich mit Thatha, deiner Mutter und deinen Brüdern besprechen. Es schickt sich nicht, daß du von dem englischen Lehrer unterrichtet wirst, wenn deine älteren Brüder alle die Schule besuchen, in der der Unterricht auf Tamil stattfindet. Wenn die *Memsahib* entschuldigen will, es schickt sich nicht, daß ein Mädchen eine bessere Ausbildung bekommt als ihre Brüder.«

Enttäuschung breitete sich auf Davids Gesicht aus.

»Aber Cooky, sie kann doch schon Englisch! Richtiges Englisch. Deine Söhne lernen nur in der Schule Englisch, und Savitri kann es besser, viel besser als sie! Außerdem habe ich ihr Lesen und Schreiben beigebracht. Sie weiß schon ganz viel!«

»Was sagst du da, David? Du weißt doch, daß ich es nicht mag, wenn du in meiner Gegenwart Tamil sprichst. Bitte übersetze es mir.«

Also berichtete David seiner Mutter, was Iyer gesagt hatte, und Savitri fügte hinzu: »Es ist bei uns nicht Brauch, Mrs. Lindsay, daß die Mädchen eine bessere Ausbildung bekommen als die Jungen. Ich danke Ihnen sehr für Ihr freundliches Angebot, aber ich muß meinem Vater gehorchen.« Sie sprach langsam und drückte sich präzise aus, so wie sie es sich zur Gewohnheit gemacht hatte, wenn sie mit Mrs. Lindsay sprach. Sie war dabei sehr höflich, was ihre Herrin stets beeindruckte. Da machte bei Mrs. Lindsay irgend etwas Klick, und ihr drängte sich gewissermaßen ein Entschluß auf. Jetzt wußte sie, was sie zu tun hatte.

»Also gut«, sagte sie schroff. »Dann werden wir eben dafür sorgen müssen, daß deine Brüder die gleiche Schulbildung bekommen, nicht wahr? Wir werden sie alle auf die englische Mittelschule schicken. Ja, jeden einzelnen von ihnen. Und Savitri: Mein Entschluß steht unwiderruflich fest, du bekommst von Mr. Baldwin Unterricht. David hat mir deine Hefte gezeigt, und ich bin von deinem Fleiß sehr beeindruckt. Ich bin sicher, daß sich Mr. Baldwin freuen wird, dich als Schülerin begrüßen zu können. Jetzt sag das deinem Vater.«

Hoffnung und Angst rangen in Savitris Herzen miteinander, als sie Iyer das übersetzte. War es möglich? Bei Mr. Baldwin Unterricht zu haben! Sie war Mr. Baldwin schon viele Male begegnet. Er war ein so lustiger und fröhlicher Mann. Sie hatte sich, wenn sie mit David im Baumhaus saß und lernte, immer gewaltig angestrengt, um mit ihm Schritt zu halten. Jetzt konnte sie in seinem englischen Lesebuch fast so gut lesen wie er. Außerdem konnte sie alle Wörter, die sie darin gelesen hatte, auch aus dem Gedächtnis schreiben. War es möglich, war es wirklich möglich? Gnädiger Gott, bitte!

Appa aber würde das nicht erlauben, das merkte sie. Auf Iyers Stirn zeigten sich Falten, und sein Blick war düster. An der Art und Weise, wie er sich den Bart kratzte, erkannte sie, daß er es bestimmt nicht erlauben würde. Sein Gedankenkörper war undurchdringlich geworden.

Mrs. Lindsay bemerkte das ebenfalls.

»Was stört ihn denn jetzt schon wieder?« fragte sie Savitri, die die Frage übersetzte.

Iyer legte los. Ein Strom Tamil stürzte aus seinem Mund, eine laute, abgehackte, wütende Flut von Worten, die über sie hinwegspülte und sie verblüfft verstummen ließ. Mrs. Lindsay starrte ihren Koch, den sie bis dahin als zurückhaltenden, fügsamen kleinen Mann kennengelernt hatte, mit offenem Mund und wie betäubt an, während David, die Augen weit aufgerissen, auf seiner Unterlippe kaute und verlegen an seinen Knöpfen herumspielte. Savitris Augen begannen sich mit Tränen zu füllen. Sie starrte Appa an und nickte stumm, während er redete. Als Iyers Tirade abrupt abbrach, ließ sie, halb abgewandt, den Kopf hängen, während Iyer sich in die andere Richtung drehte, Mrs. Lindsay dabei aus Höflichkeit aber immer noch nicht direkt ansah.

»Nun? Was hat er gesagt? Was ist los?« fragte Mrs. Lindsay.

»Appaji sagt, es ist unmöglich«, murmelte Savitri.

»Unmöglich? Aber warum denn? So etwas habe ich ja noch nie gehört. Savitri, ich bestehe darauf, daß du mir das erklärst.«

Savitri stand jedoch weiter mit gesenktem Kopf da und weigerte sich zu übersetzen. Also wandte sich Mrs. Lindsay an David und sagte: »Dann sag du es mir! Was hat Cooky gesagt?«

»Ich habe nicht alles verstanden, Mama«, gab David zu. »Er hat irgend etwas von seinen Söhnen erzählt. Daß der Älteste zum Militär geht. Ich habe keine Ahnung, was er sonst noch gesagt hat.«

»Savitri, dann wäre es schön, wenn du es mir erklären würdest. Ich bin sicher, du hast jedes Wort verstanden!«

Da wandte Savitri ihrer Herrin das Gesicht zu und sah sie mit so großen, flehenden Augen an, daß Mrs. Lindsay es kaum ertragen konnte. Dann sagte sie: »Ma'am, mein Vater hat erklärt, daß er für seine Söhne andere Pläne hat. Mein ältester Bruder wird bald zur

Armee gehen. Mein jüngster Bruder soll zu meinem Onkel geschickt werden, um Priester zu werden. Mein zweitjüngster Bruder soll Koch werden und hier in der Küche ausgebildet werden. Sie brauchen also alle keine englische Schulbildung.«

»Aber wo, um Himmels willen, liegt dann das Problem?«

»Das Problem ist mein Bruder Gopal, Ma'am, mein zweitältester Bruder.«

»Du liebe Güte, wie viele Brüder hast du denn noch? Weiter, weiter, erklär es mir!«

»Mein Bruder ist sehr klug. Er wird auf die Universität gehen.«

»Also gut! Dann wird er derjenige sein, der in die englische Schule geht.«

»Ma'am, mein Vater sagt, da ist außerdem noch das Problem mit Ihrer Tochter.«

»Fiona? Was in aller Welt hat die denn mit der ganzen Sache zu tun?«

»Ma'am ... wir wissen alle, daß Ihre Tochter nach England gehen soll, und wenn Ihre Tochter von hier fortgeht, dann hat Mr. Baldwin außer mir kein Mädchen mehr in seinem Unterricht.«

»Das ist richtig.«

»Mein Vater sagt, das sei nicht reputierlich.«

Mrs. Lindsay fuhr überrascht zusammen, denn Savitri sprach das Wort ruhig und vollkommen korrekt aus, stolperte dabei nicht über die ungewohnten Silben, obwohl sie es mit ziemlicher Sicherheit noch nie im Leben vor anderen benutzt hatte. Mrs. Lindsay war zwischen dem Wunsch, Savitri zu ihrem ungewöhnlichen Vokabular zu befragen und den Zusammenhang zwischen Reputation und der Schulbildung ihres zweiten Bruders zu begreifen, hin- und hergerissen. Das Leben dieser Inder wurde von einer seltsamen Logik beherrscht, die zwischen allen möglichen, anscheinend nicht miteinander verbundenen Faktoren im Zickzack hin- und hersprang und die alle durch eine unbegreifliche Kausalität miteinander verknüpfte. Savitri begriff offensichtlich sehr gut, was das eine mit dem anderen zu tun hatte, sie selbst jedoch verstand, ebenso wie David, überhaupt nichts. Der kleine David: Neben Savitri wirkte er so kindlich ...

Die vier, Savitri und ihr Vater, David und seine Mutter, standen vor der Küche verwirrt im Kreis, ein jeder gefangen in seiner kleinen Gedankenkörperwelt, zu der die anderen keinen Zugang hatten. Mrs.

Lindsay war entschlossen, ihren Willen durchzusetzen und dieser Familie den sozialen Aufstieg zu ermöglichen – zumindest einem oder zwei ihrer Mitglieder. David wollte, daß Savitri mit ihm zusammen am Unterricht teilnahm, und haßte Erwachsenengespräche. Savitri war zwischen Liebe und Pflichtbewußtsein hin- und hergerissen.

Mrs. Lindsay brach das Schweigen. Sie beugte sich zu Savitri hinunter und legte ihr eine Hand auf die Schulter. »Was meint dein Vater damit?« fragte sie. Sie hörte Savitri tief Luft holen, so als müsse sie all ihre Kraft und all ihren Mut zusammennehmen, um die eine Welt der anderen verständlich zu machen.

»Mein Vater sagt, daß ich nicht zum Unterricht darf, weil außer mir nur noch zwei männliche Personen anwesend wären, was meinem Charakter und meinem Ruf schaden würde. Ich dürfte nur dann zum Unterricht, wenn zu meinem Schutz einer meiner Brüder mitkommt.«

»Du meinst, dich als Aufsichtsperson begleitet?« Mrs. Lindsay war sich zuerst nicht sicher, ob Savitri dieses lange Wort verstand, aber sie hätte sich keine Gedanken zu machen brauchen, denn Savitri, deren Blick weich war und deren Augen schimmerten, als würde sie gleich weinen, nickte heftig. Vielleicht liest sie im Wörterbuch, dachte Mrs. Lindsay plötzlich und erinnerte sich daran, daß sie das Wörterbuch erst letzte Woche gesucht hatte, um ein Wort nachzuschlagen, auf das sie in einem ihrer theosophischen Bücher gestoßen war. Das Wörterbuch war jedoch unauffindbar gewesen. Ich darf nicht vergessen, David danach zu fragen, sagte sie sich, aber erst später, nicht jetzt. Jetzt nämlich brauchte sie ihre ganze Konzentration, um sich das Lachen zu verkneifen, und ein Lachen, das war ihr klar, hätte die würdevolle Atmosphäre zerstört, die notwendig war, um diese Unterhaltung zu einem befriedigenden Ende zu führen.

Und jetzt, jetzt, da sie endlich beim Kern des Problems angekommen waren, wußte sie, daß die Antwort tatsächlich ganz einfach war. Lächerlich einfach.

»Dein Vater will also, daß dich einer deiner Brüder beaufsichtigt? Dann soll er das eben tun.« Sie sagte das mit großer Entschiedenheit und stampfte, um dem Ganzen noch mehr Nachdruck zu verleihen, mit dem Fuß auf. Savitri aber reagierte nicht weniger energisch. Sie trat einen Schritt vor und schüttelte heftig den Kopf, so daß die Blüten aus ihren langen Zöpfen rutschten und zu Boden fielen.

David bückte sich, um sie aufzuheben, und reichte sie Savitri, die sagte: »Nein, Ma'am. Mein Bruder muß zur Schule gehen und später dann die Universität besuchen. Er kann mich also nicht beschützen.« Sie sprach das Wort »beschützen« ganz selbstverständlich aus, obwohl ihr und ihrem Vater klar sein mußte, daß sie auf diesem Anwesen keinen Schutz brauchte, am allerwenigsten vor dem lieben und herzensguten Mr. Baldwin – es ging allein darum, die Konventionen zu wahren, die Regeln zu befolgen, so daß niemals auch nur der geringste Zweifel an der Keuschheit des Mädchens bestand, wenn es an der Zeit war, es zu verheiraten. Heiraten – das erinnerte Mrs. Lindsay an etwas ... Ach ja, da war immer noch die Frage der Mitgift, aber mit dieser Frage konnte sie sich ein andermal befassen. Bestimmt würde sich das als genauso kompliziert erweisen wie jetzt diese Sache mit der Schule. Mrs. Lindsay war allmählich erschöpft.

Sie wünschte sich, sie hätte einfach Iyers Hand nehmen und ihn von ihrem guten Willen überzeugen können, hätte diesen starrsinnigen Stolz aus ihm herausschütteln können, der ihn hier steif wie einen Ladestock vor ihr stehen ließ.

»Nein, Kind, nein. Du hast mich nicht verstanden. Ich meine nicht, daß dein Bruder einfach neben dir stehen und Wache halten soll. Ich meine, er soll dich begleiten und am Unterricht teilnehmen. Wenn wir aus Ooty zurückkommen, soll er genau wie du bei Mr. Baldwin Privatunterricht bekommen, den ich bezahlen werde, und er soll dann wie vorgesehen auf die Universität gehen. Sag deinem Vater das. Und hör jetzt bitte auf, dir Sorgen zu machen, und sieh nicht drein, als wolltest du gleich zu weinen anfangen. Na los, sag das jetzt deinem Vater.«

Savitri konnte jedoch nichts anderes tun, als mit gefalteten Händen dazustehen, denn genau in diesem Moment hatte sich Mrs. Lindsays Gedankenkörper völlig aufgelöst, er war einfach weg ... Und die schlichte Geste der gefalteten Hände war, in der Abwesenheit von Gedankenkörpern, der ganze Dank, der nötig war, denn ihr Dank galt Gott, der im Schweigen sieht.

»Es ist nicht richtig, daß ein Mädchen eine Schulbildung bekommt. Und schlimmer noch, bei diesen *Sahibs.*« Mani verspürte, obwohl er erst siebzehn war, oft das Bedürfnis, Wahrheiten auszusprechen, die sein Vater lieber nicht äußerte. Appa stand zu sehr unter dem Einfluß seiner englischen Herrschaft. Deshalb war es Manis Aufgabe, ein deutliches Wort zu sprechen, denn ein Sohn mußte seinem Vater zwar gehorchen, wenn ein Vater jedoch unter schlechtem Einfluß stand, hatte sein ältester Sohn die Pflicht, ihn darauf aufmerksam zu machen.

»Aber das ist doch auch für Gopal eine Chance.«

»Savitri wird verdorben, wenn sie Umgang mit den *Sahibs* pflegt. Sie hat bereits die Regeln der Kaste gebrochen.«

»Solange sie nicht mit ihnen zusammen ißt.«

»Aber sie pflegt mit ihnen Umgang. Damit ruiniert sie ihren Ruf. Die Leute reden ja jetzt schon über sie.«

»Aber Gopal wird doch immer bei ihr sein. Ihr wird nichts geschehen.«

»Das Beste ist, wenn sie sofort heiratet. Laß uns eine Nachricht an Onkel Madanlal in Bombay schicken. Er soll dort Vorbereitungen für eine Hochzeit treffen. Dann könnten wir sie zu ihrem zukünftigen Schwiegervater nach Bombay schicken und hätten das Problem vom Hals.«

»Das ist eine gute Idee. Aber besprechen wir das zuerst mit Thatha. Immerhin steht Gopals Ausbildung auf dem Spiel.«

9. Kapitel

Nat

Als Nat an diesem Nachmittag aus der Schule kam, hatte sein Vater noch immer in der Praxis zu tun. Draußen vor dem Tor wartete eine Frau mit einem Mädchen, dessen dürre Beine an den Knien nach vorn gebogen waren. Nat wußte, was dem Mädchen fehlte: Es hatte Polio. Er wußte auch, daß sein Vater in diesem Fall nicht helfen konnte. Er konnte der Mutter des Mädchens lediglich raten, es zu einem Spezialisten in Vellore oder Madras zu bringen, der ihm Stützbänder, Krücken oder einen Rollstuhl verordnen würde. Höchstwahrscheinlich würde die Mutter dies jedoch nicht tun, da ihr das Geld für eine Fahrt nach Madras oder Vellore fehlte. Und selbst wenn sein Vater ihr das Geld für den Bus gab, würde sie keine Zeit für die Fahrt haben. Für das Mädchen würde also alles beim alten bleiben: Es würde sich mit Hilfe seiner Hände auf dem Hintern rutschend fortbewegen. Nat hatte viele an Polio erkrankte Kinder gesehen, die nicht gehen, sondern nur rutschen, kriechen oder humpeln konnten. Er wußte, daß es seinem Vater das Herz brach und daß er es als eine seiner vordringlichsten Aufgaben ansah, dafür zu sorgen, daß jedes Kind im Umkreis geimpft wurde, so wie es bei ihm, Nat, auch geschehen war.

Nat ging ins Haus und hängte seinen Ranzen an den dafür bestimmten Nagel, um dann in die Praxis zu gehen, wo er in der Tür stehenblieb. Sein Vater sprach gerade mit einer anderen Patientin, einer uralten Frau, deren Brüste wie zwei dünne, schrumpelige Lappen über ihre Rippen hingen. Bis auf die zerrissene, fadenscheinige Bahn ihres Saris über der einen Schulter war ihr Oberkörper unbekleidet. Anand stand an einem Tisch im hinteren Teil des Raums und schüttete gerade vorsichtig eine bereits abgezählte Menge Globuli auf ein kleines Blatt braunes Papier, das er dann zu einem Briefchen zusammenfaltete und in eine Papiertüte steckte, die er mit ein paar Worten beschriftete. Nat wußte, daß er die Tüte eigentlich gar nicht hätte zu beschriften brauchen, da die Frau mit Sicherheit Analphabetin war. Aber vielleicht konnte ja eines ihrer Kinder oder Enkelkinder lesen.

Sein Vater spürte, daß er in der Tür stand, und blickte ihn lächelnd an.

»Da bist du ja, Nat. Warum gehst du nicht Onkel Gopal suchen? Er macht gerade einen Spaziergang durchs Dorf. Bring ihn nach Hause und mach uns allen einen Tee.«

Also rannte Nat ins Dorf, an den Gruppen von Kindern vorbei, die ihm, da sie ihr Tagwerk bereits getan hatten, zuriefen, er solle doch mit ihnen spielen. Heute aber hatte Nat keine Zeit für sie. Er traf Onkel Gopal, als dieser bereits auf dem Rückweg war, und so gingen die beiden gemeinsam nach Hause. Onkel Gopal stellte ihm eine Menge Fragen. Er wollte wissen, wie es Nat heute in der Schule ergangen sei, was er gelernt habe und was seine Lieblingsfächer seien. Als Nat alle Fragen ohne zu zögern beantwortet hatte, sah er zu ihm hinunter und sagte: »Du hast großes Glück, Nat, daß du in die englische Schule in der Stadt gehen darfst. Ich habe mit ein paar Kindern, die in deinem Alter sind und in die Dorfschule hier gehen, gesprochen, und weißt du, was sie mir erzählt haben? Daß der Lehrer heute nachmittag wieder nicht zum Unterricht gekommen ist und sie nichts anderes getan haben, als miteinander zu spielen. Die meisten von ihnen sind nach Hause gegangen, um auf dem Feld zu arbeiten. Sie wissen nicht einmal halb soviel wie du! Ich bin sehr froh, daß du eine so gute Ausbildung bekommst. Wenn du einmal erwachsen bist, kannst du nämlich Arzt werden wie dein Vater, was ein sehr schöner Beruf ist. Deine Mutter wäre sehr stolz auf dich.«

»Ich habe keine Mutter, Onkel Gopal!«

»Natürlich hast du eine Mutter! Jedes Kind hat eine Mutter. Aber manche Mütter sterben früh, und dann kommen die Kinder so wie du in ein Waisenhaus. Jetzt aber hast du einen ganz ausgezeichneten Vater, und das ist für dich wirklich ein sehr großes Glück. Ich hoffe, du dankst Gott auch jeden Tag dafür!«

»Ich danke Gott jeden Morgen, wenn ich aufstehe, Onkel Gopal!«

»Sehr gut, sehr gut, ausgezeichnet!« Onkel Gopal blieb stehen und tätschelte Nat den Rücken. Dann ließ er den Blick ringsum schweifen, um zu sehen, ob sie auch nicht beobachtet wurden, und beugte sich dann ganz weit herunter. Er flüsterte: »Aber wie würde es dir gefallen, in Madras zu leben, Nat? In einer ganz großen Stadt? Wenn du dort zur Schule gehst, wirst du Schuhe tragen, und du wirst Spielzeug haben wie das, was ich dir mitgebracht habe... Ach! Das hast du ja noch gar nicht gesehen! In unserem Haus gibt es ein Radio, und du bekommst dein eigenes Fahrrad und wirst mit einem großen, schwarzen Auto zur Schule gefahren, und du bekommst auch eine Mutter...«

Nat konnte sich nur verschwommen an Madras erinnern. Sein Vater war, nachdem er ihn von dort, wo die vielen Kinder waren, abgeholt hatte, mit ihm nach Madras gefahren. Er erinnerte sich an Hunderte und Aberhunderte von Autos, die sich hupend durch die Straßen schlängelten, an alle möglichen anderen Geräusche und fremde Gerüche, angenehme und unangenehme, an schwarze Schmutzhaufen auf dem Gehweg und die vielen Leute, die es so eilig, eilig, eilig hatten. Und dann war da der kühle, ruhige Garten mit den vielen Mangobäumen und den wunderschönen Blumen gewesen und ein großes, großes Haus aus Stein, in dem es ganz dunkel und kühl gewesen war. An den Zimmerdecken hatten runde Dinger gehangen, die aussahen wie die Räder eines Ochsenkarrens, aber kleiner. Sie waren aus Metall und hatten breite Speichen, die herumwirbelten und Wind machten. Im Garten war eine *Memsahib* spazierengegangen. Eine *Memsahib* in einem Sari, die ein Baby im Arm hatte, aber es war kein Baby gewesen, es war eine Puppe. Das hatte ihm der Doktor gesagt. Eine Puppe. Danach hatte sein Vater ihn auf seinem Motorrad hierher gebracht, und sie waren nie wieder nach Madras gefahren.

»Daddy hat mich einmal nach Madras mitgenommen«, sagte Nat jetzt zu Onkel Gopal. Er wußte nicht, was er sonst hätte sagen sollen. Da Onkel Gopal so freundlich lächelte, wäre es unhöflich gewesen, wenn er gesagt hätte, daß ihm Madras überhaupt nicht gefallen hatte. Er rieb sich an dem Leberfleck hinter seinem Ohr, so wie er es immer tat, wenn er nervös war.

»Ich würde dich auch gern dorthin mitnehmen«, sagte Gopal. »Dann könntest du bei mir in einem wundervollen großen Haus wohnen. Du würdest nichts mehr mit all diesen armen, kranken Menschen hier zu tun haben.«

»Ich werde Doktor wie Daddy!« sagte Nat.

»Ja, ja, das ist ein sehr schöner Beruf, sehr schön. Aber du weißt, daß nicht alle Ärzte so hart arbeiten wie dein Daddy. Es leben auch nicht alle in einem Dorf wie diesem. Sie haben nette Patienten, die in wunderschönen weißen Krankenhausbetten liegen und viel Geld dafür bezahlen, damit sie wieder gesund werden. Die Ärzte fahren große Autos, und ihre Frauen und Kinder haben ein sehr schönes, angenehmes Leben! Wenn du groß bist, kannst du auch so ein Arzt werden, Nataraj!«

»Aber … Daddy sagt, ein Arzt muß den Armen dienen!«

»Ja, ja, in der Tat, das muß er auch! Das ist sehr lobenswert. Aber wenn alle Ärzte ihre Kunst in den Dienst der Armen stellen, Nataraj, was ist dann mit den anderen Leuten? Was ist mit jenen kranken Leuten in der Stadt, die es sich leisten können, den Ärzten ganz, ganz viel Geld zu zahlen? Sollen die denn alle sterben? Es ist die Pflicht des Arztes, allen Menschen zu dienen, Nataraj, nicht nur den Armen in den Dörfern! Wir brauchen auch in der Stadt Ärzte! Wer wird sich denn sonst um die Stadtbewohner kümmern?«

Nat verstand nicht, wovon Onkel Gopal redete. Er wußte nicht, wen er mit »den anderen Leuten« meinte. Er wußte nichts von irgendwelchen Leuten, die einem Doktor ganz, ganz viel Geld zahlen konnten. Er kannte kein anderes Leben als jenes, das er führte, und er wollte nicht nach Madras, wo es so schrecklich laut war. Ganz plötzlich kam sich Nat entsetzlich dumm vor und bekam große, große Angst. Er entzog Onkel Gopal seine Hand, drehte sich um und rannte den ganzen Weg nach Hause, zu seinem Vater, wo er sicher war.

Nat stürmte durch das Tor, ließ es aber für Onkel Gopal offenstehen. Sein Vater war immer noch in der Praxis, also suchte Nat sich sofort eine Beschäftigung, damit er nicht mit Onkel Gopal reden mußte, wenn dieser eintraf. Er machte eine Kanne Tee und öffnete eine frische Packung Milk Bikis, die er auf einem Teller arrangierte. Vom Regal über der Küchenspüle nahm er eine Dose Amul-Spray-Milch und die Zuckerdose und brachte alles auf einem Tablett hinaus auf die Veranda, wo er eine Matte ausrollte. Dann ging er zur Tür der Praxis, wobei er Onkel Gopal scheu zulächelte, der gleich dort auf der Veranda seinen Koffer geöffnet hatte und etwas darin zu suchen schien. Nat blieb an der Praxistür stehen und sah seinem Vater und Anand zu, wie diese, nachdem die letzte Patientin, das Mädchen mit Polio, fort war, alles saubermachten. Als sie damit fertig waren, nahm er seinen Vater bei der Hand, und sie gingen zu Onkel Gopal hinüber, um mit ihm Tee zu trinken.

Er hörte zu, wie der Doktor und Onkel Gopal miteinander über

Leute plauderten, die sie beide kannten. Der Doktor erzählte Onkel Gopal von einer Dame namens Fiona, die »total verrückt« sei. Onkel Gopal erzählte dem Doktor von einem Mann namens Henry, der wieder »zurück in Madras« sei. Henrys Frau sei mit irgend jemandem davongelaufen und lebte jetzt in England. Sein Vater schien schockiert, als er das hörte. »Der arme Kerl, ich werde ihn besuchen«, sagte der Doktor.

Während sein Vater Tee einschenkte, wandte sich Onkel Gopal wieder Nat zu und gab ihm eine kleine Schachtel, die in buntes Papier eingewickelt und mit einer Schleife versehen war.

»Das ist ein Geschenk für dich, Nat. Los, mach es auf!«

Nat band vorsichtig die Schleife auf und entfernte das Papier, das sehr hübsch war. Nat überlegte, daß er es in die Schule mitnehmen und den anderen Kindern zeigen könnte. Vielleicht würden sie es ja im Klassenzimmer an die Wand hängen. Als er das Papier abgewickelt hatte, kam eine Schachtel zum Vorschein, so lang wie ein neuer Bleistift und so hoch wie Nats Hand. Auf der Schachtel befand sich das Bild eines sehr merkwürdigen Autos. Es war lang und rot, hatte viele Räder, und es stand überall etwas heraus. Ein solches Auto hatte Nat noch nie zuvor gesehen, nicht einmal in Madras ... aber doch, natürlich! Er hatte schon einmal solch ein Auto gesehen. Letztes Jahr war so ein Ding in seinem Lesebuch abgebildet gewesen. Auf dem Bild war ein sehr großes, brennendes Haus zu sehen gewesen, aus dessen Fenstern die Flammen schlugen, davor hatte ein Auto wie dieses gestanden, das Wasser in die Fenster spritzte. Es war ein ... Nat versuchte sich an den Namen zu erinnern, aber er hatte ihn vergessen.

Onkel Gopal beobachtete ihn gespannt, und sein Vater tat dies jetzt auch. »Los, Nat, mach es auf, mach es auf«, sagte Onkel Gopal ungeduldig, denn Nat drehte die Schachtel hin und her, sah sie sich von allen Seiten an, schüttelte sie. Es klapperte. Nat wußte nicht, was Onkel Gopal mit »mach es auf« meinte, also gab er die Schachtel seinem Vater. Vielleicht hatte sein Vater ja ein solches Auto schon einmal gesehen, vielleicht aber auch nicht. Sein Vater nahm ihm die Schachtel aus der Hand, wobei er ihn freundlich anlächelte, und zog dann an einem der Seitenteile. Dieses klappte zu Nats Erstaunen auf, und es kam ein richtiges Auto zum Vorschein, ein Auto genau wie auf dem Bild: klein, lang und rot, und mit allen möglichen Sachen, die herausstanden, darunter auch eine Winde und eine Leiter, die sein Vater jetzt tatsächlich vor und zurück bewegte. Nat traute seinen Augen kaum. Er streckte die Arme aus, und sein Vater drückte ihm das Auto in die Hände. Da sah Nat, daß sich die Räder drehten und er es auf dem Boden herumfahren lassen konnte und …

»Willst du dich bei Onkel Gopal denn nicht für das schöne Feuerwehrauto bedanken?« fragte sein Vater.

Ein Feuerwehrauto. Das war es. Dies hier war ein Feuerwehrauto, und man brauchte es, um in der Stadt Feuer zu löschen, weil die Häuser dort so groß waren, daß man bei einem Brand mit Eimern nichts ausrichten konnte. Solche Feuerwehrautos würde es in Madras geben. Im Dorf hingegen brauchte man sie nicht, da Lehmhäuser nicht brannten. Und als Govindas Dach letztes Jahr Feuer fing, hatte das ganze Dorf löschen geholfen und eine Eimerkette vom Brunnen gebildet, aber das Dach war trotzdem nicht zu retten gewesen. Sein Vater hatte Govinda Geld für ein neues gegeben.

Endlich sah Nat Onkel Gopal an, dann wandte er den Blick wieder ab und stammelte mit schwacher, dünner Stimme: »Danke, Onkel Gopal, es ist sehr schön.« Dann schob er das Feuerwehrauto vorsichtig wieder in die Schachtel, stellte sie neben sich hin, nahm sich ein Milk Biki und aß es.

»Keine Ursache«, sagte Onkel Gopal, der jetzt nicht mehr ganz so glücklich aussah. »Willst du denn nicht gleich damit spielen?«

»Später«, sagte Nat und nahm sich, ohne Onkel Gopal anzusehen, noch ein Milk Biki. Aus dem Augenwinkel sah er, wie Onkel Gopal und sein Vater einen Blick wechselten. Plötzlich hatte er ein schlimmes Gefühl im Bauch, so als würde gerade irgend etwas Entsetzliches, irgend etwas, das er nicht verstand, passieren. Er rieb sich hinter dem Ohr. Sein Vater sah auf seine Uhr.

»Nat, es ist Zeit, daß du Milch holen gehst«, sagte er. Nat erhob sich zögernd. Er wollte heute keine Milch holen, denn er hatte irgendwie das Gefühl, er sollte besser dableiben, um seinen Vater zu beschützen. Wovor, konnte er nicht sagen. Aber er mußte seinem Vater gehorchen, also ging er nach drinnen, nahm die blecherne Milchkanne vom Regal, rannte aus dem Haus und lief die Straße entlang zum anderen Ende des Dorfes, wo Kanairam mit seiner Frau und seiner Kuh wohnte.

Frauen und Kinder standen Schlange und warteten auf Milch. Als er dort ankam, begrüßten sie ihn wie immer mit einem breiten

Lächeln und gefalteten Händen und versuchten, ihn an den Anfang der Schlange zu schieben, denn Nat brachte ihnen Glück. Das machten sie jeden Tag so. Sein Vater hatte ihm jedoch gesagt, daß er niemals irgendwelche besonderen Gefälligkeiten akzeptieren dürfe, also lächelte Nat wie immer und stellte sich ganz hinten an.

Normalerweise ging er gern Milch holen. Er mochte Kanairam, seine Frau und seine Kuh. Die beiden hielten die Kuh in einem Unterstand neben ihrer Hütte. Wenn es Zeit zum Melken war, banden sie das Kalb an eine der Stützen, die das Dach des Unterstands trugen, und Kanairam hockte sich neben die Kuh, zog an ihren Zitzen und ließ die warme, schäumende Milch in einen alten, zerbeulten Kübel spritzen. Seine Frau hockte mit einem weiteren Kübel neben ihm, aus dem sie die Milch in die Behälter schöpfte, die die Frauen ihr entgegenhielten. Die meisten kauften nur etwa einen Deziliter, Nat war der einzige, der gleich einen halben Liter kaufte, was ihn irgendwie beschämte, und er war deshalb gern der letzte. Sein Vater sagte jedoch, daß er viel Milch trinken müsse, damit er groß und stark werde und gut lernen könne. Jeden Abend machte ihm sein Vater eine Tasse dampfender Horlicks, und jeden Morgen gab es Milch mit Zucker. Diesen Morgen allerdings nur eine halbe Tasse, die andere Hälfte hatte er dem Bruder des toten kleinen Jungen gegeben.

Heute aber war er beunruhigt, wollte keine Milch holen, denn er hatte seinen Vater nicht mit Onkel Gopal allein lassen wollen. Jetzt konnte er es gar nicht erwarten, wieder nach Hause zu kommen. Er rannte, ohne irgend jemanden zu grüßen, die Dorfstraße entlang. Dann jedoch mußte er stehenbleiben, weil die Milch so heftig in der Kanne herumschwappte, daß der Deckel heruntergesprungen war. Als er ihn aufhob, sah er, daß er ganz schmutzig war, so daß er ihn nicht wieder aufsetzen konnte. Weiterrennen konnte er aber auch nicht, da er die Milch sonst noch ganz verschüttet hätte. Er hatte ohnehin schon einiges davon verschüttet, und das war sehr ungezogen von ihm. Sein Vater sagte immer, daß er keinesfalls irgendwelche Lebensmittel verschwenden dürfe, denn das sei den Dorfbewohnern gegenüber eine Beleidigung.

Als er zurückkam, sprachen sein Vater und Onkel Gopal immer noch miteinander, und zwar auf eine Weise, die seine schlimmen Ahnungen bestätigte. Es schien etwas ganz Entsetzliches vor sich zu gehen. Sein Vater hob den Blick und sah ihn an, und in diesem Blick lagen ein tiefer Schmerz und eine tiefe Angst, die er noch nie bei ihm gesehen hatte, und Onkel Gopal – nein, er wollte ihn nicht mehr Onkel nennen, weil sein Blick so wütend war.

»Nat, bitte geh auf die hintere Veranda und mach deine Hausaufgaben. Onkel Gopal und ich müssen noch etwas besprechen!« sagte sein Vater. Widerstrebender denn je holte Nat seinen Schulranzen. Er trug ihn halb, schleifte ihn halb zur hinteren Veranda, von wo aus man auf die Reisfelder und das Buschland hinaussehen konnte, das sich bis zum Horizont erstreckte. Der Himmel darüber war jetzt strahlend hell und orange überhaucht, da die Sonne bald untergehen würde. Dort drüben, wo die Sonne hinter dem Horizont versank, lagen, wie Nat wußte, ferne Länder, auch das Land, in dem sein Vater früher einige Zeit gelebt hatte und in das auch er selbst eines Tages würde gehen müssen, um Arzt zu werden. Nat wünschte sich, daß dieser Tag niemals kommen würde. Er wollte Arzt werden, ja gewiß, auf keinen Fall wollte er jedoch seinen Vater allein lassen. Es schien jedoch so, als könnte er das eine nicht ohne das andere haben. Und jetzt hatte dieser Onkel, dieser Gopal – Nat wußte zwar, daß es unhöflich war, einen Erwachsenen beim Vornamen zu nennen, ohne Onkel, Tante, Ma oder Appa als Ausdruck des Respekts voranzustellen, aber zu diesem Onkel wollte er nicht höflich sein – irgendeine Gefahr mitgebracht, eine Gefahr, die Nat nicht einordnen konnte. Aus diesem Grund war es ihm schlicht unmöglich, auch nur einen Strich Hausaufgaben zu machen, selbst wenn der Lehrer morgen sehr böse sein würde. Weil er der Sohn des *Sahib Daktah* war, würde er ihn allerdings nicht schlagen wie die anderen Jungen.

Nat lauschte. Obwohl er nicht verstand, was die Männer sagten, wußte er, daß dieser Onkel eine viel, viel schlimmere Bedrohung als der Affenkönig Ravana war.

»Ich bin sein Vater, und ich habe das Recht, ihn so zu erziehen, wie ich das für richtig halte!«

»Was für ein Leben führt er denn hier? Das Leben eines Bauernjungen! Wenn ich gewußt hätte, daß du ihm das antust, hätte ich nie erlaubt ...«

»Erlaubt! Erlaubt! Du sprichst von erlaubt! Wer bist du, daß du mir irgend etwas erlauben könntest! Wenn das, was du sagst, wahr ist, warum hast du dich dann nicht schon vor zwei Jahren gerührt?«

»Ich sagte dir doch, daß Mani es verboten hat! Nur wegen deines

Geldes! Du glaubst, du könntest dir ein Kind kaufen, und dann gehört es dir!«

»Ich habe ihn nicht gekauft! Ich habe jedes Recht auf ihn, und das weißt du auch!«

»Mani war ein Gauner, und du hast ihm jedes Wort geglaubt. Aber ich allein kenne die Wahrheit, ich und Fiona ...«

»Und jetzt, da Mani tot ist, denkst du, du könntest hier einfach so hereinplatzen und ihn nach Madras mitnehmen!«

»Und du willst, daß er als Bauernjunge aufwächst!«

»Ich will, daß er Arzt wird genau wie ich. Ist es nicht Brauch in Indien, daß ein Junge in die Fußstapfen seines Vaters tritt? Geht es im Kastenwesen nicht genau darum?«

»Du hast völlig recht, aber für die Art von Arbeit, die du hier tust, gibt es andere Ärzte. Du gehörst in eine andere Welt, und ein Leben in dieser Welt solltest du Nat anstatt all diesem hier ermöglichen.«

»Das hier ist zufällig meine Welt, und es ist auch die Welt, die Nat kennt und liebt.«

»Aber das ist nicht dein rechtmäßiger Platz. Du bist Engländer. Du solltest bei deinen Landsleuten leben.«

»Ich bin Inder. Das hast du anscheinend vergessen.«

»Das bist du nur auf dem Papier.«

»Dort, wo es wirklich zählt, bin ich genauso Inder wie du, vielleicht sogar noch mehr. Gerade du solltest das eigentlich wissen!«

»Für uns Inder wirst du immer ein Engländer bleiben, ein *Sahib*, und daran kannst du nichts ändern. Du kannst die Inder und ihre Denkweise nicht ändern, du kannst Indien nicht ändern. Indien ist ein großes Land, und es gibt hier soviel Armut. Was du tust, ist nur ein Tropfen auf den heißen Stein. Du kannst dich nicht um Millionen von Menschen kümmern.«

»Aber ich kann meinen Teil dazu beitragen, und genau darum geht es. Meinen zugegebenermaßen winzig kleinen Teil. Ich versuche nicht, irgend jemanden oder irgend etwas zu ändern. Ich trage nur meinen Teil bei und lehre Nat, das gleiche zu tun. Ich zeige ihm eine Lebensweise, für die er mir eines Tages dankbar sein wird.«

»Dankbar! Eines Tages wird er dich verfluchen, weil du ihm nicht jede Möglichkeit eröffnet hast, die ein Junge haben sollte! Hätte ich das gewußt, hätte ich niemals zugelassen, daß du ... Du könntest ihm soviel mehr bieten! Ich habe mich nur deshalb nicht früher gerührt, weil ich wußte, daß du ihm mehr bieten konntest als ich – den Westen, eine gute Schulbildung, aber doch nicht das hier! Wenn du mit ihm nach England gegangen wärst und ihn dort hättest aufwachsen lassen, damit er später ein Arzt werden kann, der diesen Namen auch verdient und der all die Privilegien genießt, die ihm zustehen, dann hätte ich mich nicht eingemischt, aber das hier …«

»Privilegien! Ich erinnere mich noch an einen Tag, an dem von Privilegien keine Rede war, nur von Schande!«

»Die Zeiten und Umstände ändern sich, das weißt du genausogut wie ich. Es bleibt jedoch die Tatsache, daß er mit Privilegien geboren wurde und sie auch genießen sollte. Du, ausgerechnet du verwehrst ihm das! Du warst in Oxford! In Eton und Oxford! Und Nat willst du das vorenthalten!«

»Ich möchte, daß er mit Werten und Substanz aufwächst, nicht mit Glanz und sogenannten Privilegien. Es ist mir egal, wie reich du geworden bist, Gopal. Bei mir wird er jedenfalls ein besseres Leben haben, ein Leben, das Qualität besitzt. Das ist es, was seine Mutter gewollt hätte.«

»Laß sie aus dieser Sache heraus!«

»Nein, das werde ich nicht tun! Da wir schon von ihr sprechen, bleiben wir doch gleich bei diesem Thema. Es geht hier nämlich vor allem um sie.«

Nat hielt sich die Ohren zu, denn er ertrug es nicht mehr. Das war zuviel für ihn. Nein, nicht seine Mutter!

Natürlich wußte er sehr wohl, daß jedes Kind eine Mutter hatte, wie sonst hätte man auf die Welt kommen können? Er wußte auch, daß manche Mütter früh starben und daß deren Kinder dann eben ohne Mutter aufwuchsen oder, wenn ihre Väter wieder heirateten, bei einer Stiefmutter. Nat erinnerte sich jedoch deutlich an den Ort mit den vielen anderen Kindern, und er wußte nur zu gut, daß sein Vater nicht sein richtiger Vater war. Darüber sprachen sie jedoch nie. Nat wußte, daß sein Vater den Ort mit den vielen anderen Kindern vergessen hatte. Er hatte vergessen, daß sie nicht wirklich Vater und Sohn waren, denn wenn er von Nat sprach, sagte er stets »mein Sohn«. Nat wollte seinen Vater nicht daran erinnern, daß das genaugenommen gar nicht stimmte. Sein Vater war seine ganze Welt.

Insgeheim war sich Nat jedoch darüber im klaren, daß in seiner Welt ein kleines Stück fehlte. Er dachte nicht oft daran. Heute aber, als Onkel Gopal gesagt hatte: »Deine Mutter wäre sehr stolz auf dich!«, da hatte er es wieder gespürt, diesen heftigen Schmerz ganz tief drinnen, so als sollte da in seinem Leben etwas sein, das aber nicht war.

Manchmal, wenn sie zum großen Tempel in der Stadt gingen, ahnte er dunkel, was er vermißte. Allerdings geschah das nicht oft. Zuerst pflegte sein Vater an einem der Blumenstände vor dem Tempel zwei große *Malas* zu kaufen, kunstvolle, schwere Girlanden aus Rosen und Jasmin, deren Duft so stark war, daß er Nat fast umwarf. Am Tempeleingang zog der Doktor dann immer die Schuhe aus und gab sie einem Bettler, damit dieser für ein paar Münzen darauf aufpaßte. Es war dies die einzige Gelegenheit, bei der man den Doktor in der Öffentlichkeit ohne Schuhe und Socken sah. Natürlich hätte er seine Socken anbehalten können, um seinen hölzernen Fuß zu verstecken, dann aber wären die Socken ganz schmutzig geworden, und der *Dhobi* hätte sie noch so sehr schlagen können, diesen Schmutz hätte er nicht mehr herausbekommen. Gemeinsam gingen sie dann stets durch den äußeren Hof und die nächsten beiden Innenhöfe, vorbei am Saal der Hundert Pfeiler, vorbei an Bettlern und Aussätzigen, die mit ausgestreckten Händen nach Almosen schrien, vorbei an Leuten, die am Fuße von Säulen schliefen oder etwas aßen, und weiter bis zu dem Elefanten, wo sie stehenblieben. Der Elefant streckte seinen Rüssel aus, so daß man ihm ein paar Münzen geben konnte. Er nahm sie mit seiner Rüsselspitze entgegen, hob den Rüssel, berührte den Kopf des Spenders und segnete ihn so. Dann wandte er den Kopf, um die Münzen dem *Mahout* zu geben, der hinter dem Elefanten auf dem Boden saß. Wenn der Elefant Nat und seinen Vater gesegnet hatte, gingen sie weiter, in den dunklen, überdachten Innenhof hinein, der von allen Seiten geschlossen war und keine Fenster hatte. Der Boden dort war ölig und fast schwarz. Ein starker und sehr heiliger Geruch nach *Ghee* und *Vibhuti* hing in der Luft, dazu kam der Geruch der Flammen Hunderter Lämpchen in den vielen kleinen Schreinen, die zwischen den Statuen von Shiva, Nataraja und Dakshinamurthi, Ganesh und Parvati in die Wände eingelassen waren. Schließlich betraten sie, die Handflächen aneinandergelegt und den Kopf ehrerbietig gesenkt, das Sanctum sanctorum, das Allerheiligste, wo die Luft, die durch die Flamme Shivas aufgeheizt wurde, so stickig war, daß man kaum atmen konnte. Die Gerüche dort machten einen benommen, und alles war so heilig, daß man gar nicht mehr denken konnte. Der *Pujari* hielt dort ein *Puja* für sie ab. Danach führten Nat und der Doktor ein *Pradakshina* des Sanctum sanctorum aus, wobei sie es langsam im Uhrzeigersinn umrundeten, und gingen schließlich zum Tempel der Mutter hinüber, dort wo Parvati, Shivas Gefährtin, die Heilige Mutter, in ihrem innersten Schrein saß. Sie erhielt die zweite *Mala,* diesmal aber gab es, als sie ihre Hände über der heiligen Flamme bewegten, kein *Vibhuti* mehr, sondern nur noch *Kum-kum*, das rote Pulver der Liebe: Man tupfte den Zeigefinger hinein und berührte dann seine Stirn in der Mitte ein Stück oberhalb der Augen. Damit trug man das Zeichen Parvatis, die die Liebe verkörperte, auf die Streifen Shivas auf. Wann immer Nat das rote Zeichen der Liebe auf seine Stirn tupfte, spürte er eine köstliche, tiefe Wärme, die ihn von Kopf bis Fuß durchströmte, eine sanfte, singende Glückseligkeit ganz tief drinnen. Er fühlte sich zu Hause. Dies war die Mutter.

Nat wußte sehr wohl, daß der Schmerz, den er mit sich herumtrug, ihr galt, und die Leere, die er manchmal empfand, danach verlangte, von ihrer Liebe erfüllt zu werden.

Jetzt aber, als er hörte, wie sich sein Vater und Onkel Gopal stritten, denn genau das taten sie – er hörte, wie sie sich gegenseitig anschrien und irgend etwas brüllten, was seine Mutter betraf –, da wußte er, daß dieser Schmerz nur wachsen konnte und daß er nichts anderes tun konnte, als diesen Schmerz auszusperren und seine Handflächen auf seine Ohren zu pressen, so daß nicht der kleinste Ton hindurchdrang. Seine Mutter hatte er bereits verloren. Sollte sie in diesem vergessenen Land bleiben! Aber bitte, bitte, laß mich nicht auch noch meinen Vater verlieren! Er vergrub seinen Kopf, die Hände immer noch auf den Ohren, zwischen den Knien und blieb lange, lange Zeit so sitzen, um das Gebrüll nicht hören zu müssen.

Als er schließlich die Hände vorsichtig wieder herunternahm, drang nur Schweigen an seine Ohren. Es war dunkel geworden und somit Zeit für das Abendessen, das Pandus Frau auf einem Serviertablett herübergeschickt hatte. Sie aßen in kaltem, feindseligem Schweigen, dann war es Zeit, schlafen zu gehen. Am nächsten Morgen war Onkel Gopal bereits abgereist, und es war so, als hätte es diesen Tag nie gegeben. Nat verdrängte diesen Tag aus seinem Leben, denn Onkel Gopal kam nie wieder, und sein Vater erwähnte seinen Namen nicht mehr.

Das Feuerwehrauto schenkte Nat den Jungen im Dorf. Sie teilten es sich, wobei es jeder Junge einen Tag lang behalten durfte und nachts dann wieder in die dazugehörige Schachtel zurücksteckte. Wann immer aber Nat an der Reihe war, gab er es gleich an den nächsten Jungen weiter. Das Feuerwehrauto war über zehn Jahre alt, bevor Ravana, nicht derselbe Ravana, sondern jener Affenkönig, der herrschte, nachdem der letzte Ravana gestorben war, es in einer Hütte fand und in Stücke brach. Murugan, der Dorfschmied, versuchte es zu reparieren, aber es war zu stark beschädigt, außerdem fehlten vier Räder.

10. Kapitel

Saroj

Sarojs dreizehnter Geburtstag war auf einen Samstag Mitte September gefallen. Am darauffolgenden Montag begann dann das neue Schuljahr.

In diesem neuen Schuljahr gestattete man ihr – man, das waren Miss Dewer und das übrige Kollegium der Bishops' High School –, eine Klasse zu überspringen. Saroj stellte fest, daß sie jetzt neben Trixie Macintosh saß.

Trixie war ihr natürlich schon aufgefallen, als sie noch in ihrer alten Klasse gewesen war. Trixie konnte man einfach nicht übersehen, Trixie, das große, braune Mädchen, das unbeholfen wie ein Füllen in den Gängen der Bishops' High herumsprang und dabei ständig die Treppen herauffiel oder linkisch über die eigenen Beine stolperte. Trixie befand sich stets in der Mitte einer jeden Traube aus kichernden Schulmädchen. Sie war komisch und geistreich und hatte ein ansteckendes Lachen, das über alle, die sich in ihrer Umgebung befanden, Heiterkeit verstreute wie Konfetti. Ihr Lachen begann als tiefes Glucksen tief unten im Bauch, sprudelte als plätschernde Fontäne nach oben und entwich dann in einem schmetternden Crescendo, schäumend wie Champagner, ihrem Mund. Man lachte einfach mit, selbst wenn man den Witz gar nicht verstanden hatte.

Trixie in der Klasse zu haben war schon für sich genommen ein Erlebnis. Auch noch neben ihr zu sitzen erschien Saroj als Gipfel der Glückseligkeit. Wenn Trixie einen ansah und dabei fragend die Augenbrauen hob, brach man nur wegen ihres Gesichtsausdrucks schon in Lachen aus. Wenn eine Lehrerin sie ermahnte, endlich aufzupassen, sah sie zu ihr hoch, wackelte mit den Ohren und sagte mit todernster Miene: »Meine Ohren sind doch ganz entspannt!« Und wie sie schon ging: Sie stolperte absichtlich über ihre eigenen staksigen Beine oder lief mit einem lauten Krachen gegen einen Laternenpfahl, eine Wand oder eine geschlossene Tür und schlug lang hin. Wenn dann alle Umstehenden besorgt hinzustürzten, um zu sehen, ob sie sich verletzt hatte, sah sie, bis über beide Ohren grinsend, zu ihnen hoch und entblößte dabei ihr Pferdegebiß.

Und was für Geschichten sie erzählte, Geschichten, bei denen man vor Lachen fast keine Luft mehr bekam! Und ihre Kommentare über die Lehrer! Und die Karikaturen, die sie im Unterricht an den Rand ihrer Hefte zeichnete. Diese waren so treffend, daß man bereits auf den ersten Blick sah, wer damit gemeint war! Sie hatte sich auf Cartoons mit witzigen Bildtexten spezialisiert, die sie dann ihrer Nachbarin gab, welche sie wiederum an ihre Nachbarin weiterreichte, bis sich die ganze Klasse in eine zuckende Masse von Mädchen verwandelte, die sich alle verzweifelt das Lachen zu verkneifen versuchten. Saroj war immer schon ganz gespannt, wenn Trixie eine ganze Mathematikstunde, vollkommen konzentriert und weit weg von aller Mathematik, damit verbrachte, einen solchen Cartoon zu zeichnen, ohne auch nur ein einziges Wort von dem mitzubekommen, was der Lehrer sagte. Trixie haßte Mathematik, und Saroj bewunderte sie dafür.

Ihre Beziehung zu Trixie war vom selben Überlebensinstinkt gekennzeichnet, der Saroj auch zu Ganeshs komischer Leichtfertigkeit hinstreben ließ. Sie fühlte sich von den Clowns des Lebens genauso angezogen wie Pflanzen vom Licht. Ihre eigene, latente Ernsthaftigkeit, der öde Realismus, der sie in die direkte Nähe von Langweilern rückte, erschreckte sie. Wenn sie sich zu lange darauf einließ, drohte sie davon verschlungen zu werden. Ganesh brachte ihr Erleichterung. Trixie ebenfalls. Die beiden waren aus dem gleichen Holz geschnitzt. Bis jetzt hatte Saroj sich an Ganesh geklammert, damit sie nicht im Sumpf ihres Kummers versank, Ganesh allein reichte hierfür jedoch nicht mehr aus. Jetzt, da das Leben ihr ein neues und anscheinend unüberwindbares Hindernis namens Ghosh in den Weg gelegt hatte, brauchte sie etwas, was sie inspirierte. Für jedes Gift gibt es ein Gegengift.

Trixie ging noch eine Stufe weiter als Ganesh. Ganeshs Clownerien waren im Grunde passiver Natur. Er machte sich über das Leben lustig, achtete aber sorgfältig darauf, sich selbst dabei nicht in Schwierigkeiten zu bringen. Hindernisse ging er, wenn überhaupt, nur über Umwege an. Er würde nicht gegen die Ehe mit dem Narain-Mädchen ankämpfen, er würde sie einfach umschiffen. Gan würde niemals jemanden provozieren. Trixie hatte sich jedoch darauf spezialisiert, genau das zu tun. Man brauchte nur an einem x-beliebigen Tag die lange, stille Veranda entlangzugehen, die die Klassenzimmer der Bishops' High School miteinander verband, und man traf aller Wahrscheinlichkeit nach auf Trixie, die sich draußen die Beine in den Bauch stand und ihre Initialen ins Holzgeländer schnitzte, weil der Lehrer, der gerade Unterricht gab, sie wieder einmal vor die Tür gesetzt hatte. Ihr Grinsen hatte etwas an sich, das die Lehrer zur Weißglut brachte. Ihre Unverschämtheit und ihr völliger Mangel an Ehrfurcht vor den Lehrinhalten lösten in ihnen Zornesstürme aus. Tatsächlich wußte aber jeder, daß Trixie, wenn sie nur wollte, schlichtweg brillant sein konnte, und dies war auch der Grund dafür, weshalb sie auf diese selektive Schule ging, und noch dazu in die Sekundarstufe. Vor allem die Lehrer fand sie sterbenslangweilig, das Dröhnen ihrer Stimmen, ihren Mangel an Inspiration. Sie rebellierte gegen die eingewurzelte Eintönigkeit der akademischen Welt. Sie hatte keine Achtung vor der Gelehrsamkeit. Totes Wissen, nannte sie es.

Saroj hingegen war genau das Gegenteil. Mit ihrem langen, geflochtenen Haar und ihrer Schuluniform, deren Rock bis über die Knie reichte, repräsentierte sie das typische indische Mädchen. Und in dieser Klasse war sie die Neue, der Waschlappen. Die meisten indischen Mädchen waren Waschlappen. Das dachten sie alle, die afrikanischen, portugiesischen, chinesischen und die Mischlingsmädchen. Indische Mädchen waren still, wohlerzogen, tugendhaft und fleißig. Sie waren die Lieblinge der Lehrer und eigneten sich wunderbar zur Klassensprecherin. Und Saroj entsprach dieser Vorstellung ganz und gar.

Es gab jedoch eine äußere und eine innere Saroj. Die äußere Saroj war das von Baba dressierte fügsame, gehorsame, freundliche, reizende, zurückhaltende, würdevolle Abziehbild eines indischen Mädchens, das ging, sich bewegte, atmete, folgte, nur etwas sagte, wenn man es dazu aufforderte, und tat, was man ihm befahl. Hinter dieser Maskerade befand sich die wirkliche Saroj, die innere. Unter dem Rauch, den die Leute sahen, brannte das Feuer der sich windenden, strampelnden, dickköpfigen Saroj, die verzweifelt darum kämpfte, aus sich herauszukommen, das Feuer, das sie wirklich war. Niemand hätte das jedoch vermutet, zumindest nicht vor ihrem dreizehnten Geburtstag, an dem sich alles änderte. Die innere Saroj mußte leben. Die äußere Saroj mußte sterben. Soviel war sicher. Aber wie sollte das geschehen? Die innere Saroj, die um ihr Leben kämpfte, brauchte eine Hand, die sie ergreifen konnte. Und hier, direkt neben ihr, weniger als eine Armlänge entfernt, saß das ideale Vorbild für den neuen Charakter, der ihr Schicksal bestimmen würde. Trixie. So frei und ungehemmt wie sie wollte sie werden!

Immer wenn Saroj Onkel Balwants Jungen besuchen ging, machte sie einen Spaziergang am Strand entlang und gab sich dabei ihren Träumen von Freiheit hin. Trixie hingegen galoppierte, leicht im Steigbügel stehend, ein wenig nach vorn geneigt, mit ihrem Schecken am Rand des Wassers entlang – der Inbegriff der Freiheit. Saroj sah ihr neidvoll hinterher. Trixie war inzwischen keine Fremde mehr für sie, denn wie konnte einem jemand fremd sein, der dem wahren Wesen der eigenen Seele näher war als man selbst? Saroj wußte jedoch, daß diese Vertrautheit trügerisch war, denn sie war einseitig. Bis auf ein gelegentliches, vages Grinsen schien sich Trixie der Existenz Sarojs überhaupt nicht bewußt zu sein. Trixie würde sie trotz ihrer physischen Nähe niemals richtig bemerken. Sie würde sich beweisen müssen. Irgendwie.

Sarojs Phantasie war rege gewesen. Sie hatte nachts wach gelegen und Geschichten ersonnen, in denen Trixie und die anderen mit offenem Mund und weit aufgerissenen Augen dastanden und zusahen, wie sie, Saroj, die tollkühne Heldin, in brennende Häuser stürzte, um schreiende Kinder zu retten, oder als Zirkusartistin auf dem Trapez schaukelte und mit der größten Leichtigkeit durch die Luft flog …

Aber stets kam der Morgen, und mit ihm kamen Ma und ihre Haarbürste, Baba mit seinen Toastquadraten und ihre Schuluniform, die ordentlich über dem Stuhl mit der hohen Rückenlehne neben der Tür zum Turm lag. Der Zauber war gebrochen, die silberne Kutsche verwandelte sich wieder in einen Kürbis, die Heldin war wieder ein Schulmädchen im langen Rock, das niemanden interessierte, am wenigsten Trixie. Sie war Babas Gefangene. In Ketten gelegt und geknebelt, eine vestalische Jungfrau, die auf dem Altar der Ehe geopfert werden sollte. An ihrem Hochzeitstag würde Baba die Kette dem Ghosh-Jungen übergeben, und das würde dann ihr Leben sein. Für immer. Ihr fehlte der Mut, aufzubegehren. Ihr fehlte sogar der Mut, Trixie anzusprechen. Das neue Schuljahr war bereits zwei Wochen alt, und noch immer war sie einer Freundschaft nicht näher gekommen als auf den halben Meter, der zwischen ihren beiden Pulten lag.

»Tante! Komm und hilf mir!« Sahadeva riß Saroj aus ihren Tagträumen. Die beiden bildeten ein Team. Sie hatten einen prächtigen blaugelben Drachen gebaut, der beim Drachenwettbewerb nächstes Ostern den Preis für den besten Drachen gewinnen würde.

»Das ist nicht fair!« beklagte sich Shiv Sahai. »Du kannst immer mit ihr üben, aber Pratap kommt nie, um mit mir zu üben!«

»Selber schuld! Selber schuld! Selber schuld!« lachte Sahadeva. Sie hatten nämlich eine Münze geworfen. Shiv Sahai hatte gewonnen und sich einen Partner wählen dürfen. Er hatte sich für ihren großen Bruder Pratap entschieden, der vielleicht gute Drachen bauen konnte, aber keine Zeit zum Üben hatte. Jetzt mußte sich Shiv Sahai mit Meenakshi, ihrem dicken alten Kindermädchen, zufriedengeben, die auf seine Anweisungen hin vor und zurück watschelte. Sahadevas Partnerin beim Drachensteigen war Saroj, die mit Freude bei der Sache war, weil sie jede Gelegenheit ergriff, das Haus, wenn auch nur kurzzeitig, zu verlassen.

»Bleib hier stehen und halte die Schnur gut fest, Tante«, sagte Sahadeva. »Ich renne einfach mit dem Drachen los. Aber du mußt auch gut festhalten, okay?«

Der Drachen stieg auf, Sahadeva kam zurückgesaust, nahm Saroj die Spule aus der Hand und rannte dann seitwärts tänzelnd davon, um dem Drachen beim Steigen zuzusehen.

»Schau, wie hoch er fliegt! Schau, wie hoch! Shiv Sahai, schau! Meiner fliegt viel höher als deiner!«

Aufgeregt rannte er rückwärts am Strand entlang und spulte beim Rennen immer mehr Schnur ab. Der Drachen stieg in die Höhe und segelte dahin, seine leuchtendgelben Flügel aus Kreppapier flatterten fröhlich am kobaltblauen Himmel, sein langer Schwanz aus Baumwollresten, die als Schleifen an eine Schnur gebunden waren – das hatte Sahadeva ganz allein gemacht, ohne irgendwelche Hilfe –, beschrieb elegante Bögen.

Ganz plötzlich schoß der Drachen wie ein angreifender Habicht im Sturzflug nach unten, genau auf den Weg zu, auf dem Trixie gerade mit ihrem Pferd angaloppiert kam.

»Paß auf!« schrie Saroj. Aber sie war zu weit entfernt. Außerdem war es ohnehin schon zu spät.

Der Drachen schlug direkt vor Trixies Pferd auf dem Sand auf. Das Pferd scheute. Es bäumte sich auf, tänzelte und stob dann in wildem Galopp davon. Trixie lag auf dem Boden. Saroj rannte zu ihr.

»Bist du in Ordnung?«

»Mir geht es gut«, sagte Trixie schroff und versuchte aufzustehen. Kaum hatte sie ihren rechten Fuß aufgesetzt, knickte ihr das Knie weg, und sie fiel zu Boden.

»Autsch!«

»Du hast dich verletzt! Du hast dir den Knöchel verstaucht. Vielleicht ist er sogar gebrochen.«

»Nun, ja, vielleicht... wo ist Vitane?«

»Dein Pferd? Es ist dort lang gelaufen, ihm ist nichts passiert, aber wenn du nicht gehen kannst...«

»Es geht schon. Ich muß Vitane einfangen. Autsch...«

Trixie hatte ein zweites Mal versucht, einen Schritt zu gehen, und war abermals zu Boden gesunken.

»Also, ich gehe besser Hilfe holen!«

»Aber Vitane – du mußt zuerst Vitane einfangen. Ich komme schon klar. Wenn du ihn hergeholt hast, kannst du mir beim Aufsitzen helfen, dann kann ich weiterreiten. Schau, da ist er, dort drüben, kannst du...«

Saroj ließ den Blick am Strand entlangschweifen, und dort stand in der Tat Vitane, ruhig und mit gesenktem Kopf, so schuldbewußt wie eine Katze, die Milch gestohlen hatte.

»Also, ich hole jetzt dein Pferd. Bleib du hier sitzen, ich bin gleich zurück.«

»Er ist ein Pony«, sagte Trixie, »und er mag keine Fremden, du mußt also sehr vorsichtig sein. Nähere dich ihm langsam von vorn und...«

Saroj kümmerte sich gar nicht um Trixies Anweisungen, und das war auch nicht nötig. Das Pferd, das Pony, was auch immer, war froh, daß es jemand holen kam. Sie ging einfach auf das Tier zu, und es kam angetrottet. Sie tätschelte ihm den Hals, und es rieb seine Nase an ihrer Hand. Sie flüsterte ihm etwas ins Ohr und streichelte sein glänzendes schwarz-weißes Fell. Als sie den folgsamen Vitane zu Trixie führte, die hilflos im Sand saß, mußte sie sich das Grinsen verkneifen. Schließlich wollte sie nicht, daß Trixie glaubte, sie würde sich über sie lustig machen.

Inzwischen waren auch Meenakshi und die Jungen bei Trixie.

Meenakshi machte um den verletzten Knöchels großes Aufheben, während sich die Jungen wegen des Drachens, der kaputt war, aufregten. Sahadeva weinte.

»Ist schon gut, Sahadeva, wir bauen einen neuen«, sagte Saroj im Vorbeigehen. Dann meinte sie, an Trixie gewandt: »Hier ist Vitane. Er hat sich ganz leicht einfangen lassen.« Sie versuchte dabei nicht allzu prahlerisch zu klingen.

»Danke. Wenn du mir jetzt beim Aufsitzen helfen würdest, dann kann ich ihn zum Ponyclub zurückbringen«, sagte Trixie miesepetrig. Saroj wußte, daß sie sie loswerden wollte.

Meenakshi aber – Gott sei Dank gab es Erwachsene – sagte: »Mädchen, du hast dich schlimm verletzt. Du solltest zum Arzt gehen!«

»Wer ist das denn?« fragte Trixie und nickte dabei in Meenakshis Richtung.

»Das ist Meenakshi, das Kindermädchen der Jungen, und sie hat recht.«

»Aber ich muß mich um Vitane kümmern!«

»Mach dir deswegen keine Sorgen«, sagte Saroj und tätschelte dem Pferd wieder den Hals. Es fühlte sich gut an, wie sie da neben Trixie kniete, die Zügel lässig um ihren Arm geschlungen, so als gehörte das Pferd ihr und nicht Trixie.

»Bis zum Ponyclub ist es gar nicht so weit, ich werde ihn hinüberführen. Schau, er mag mich. Aber du mußt zum Arzt, vielleicht hast du dir etwas gebrochen.«

Trixie schmollte. Sie versuchte noch einmal aufzustehen, aber es hatte keinen Sinn. Sie schrie vor Schmerz auf.

»Ich ruf' deine Mutter an. Wie ist eure Telefonnummer?«

»Sie ist nicht zu Hause.«

»Dann rufe ich eben deinen Vater an. Ist er in der Arbeit?«

»Mein Vater ist in London«, sagte Trixie rasch, »du brauchst dich also nicht zu bemühen. Außerdem habe ich keine Ahnung, wo meine Mutter im Augenblick ist. Ruf mir … ruf mir einfach ein Taxi, dann lasse ich mich ins Krankenhaus fahren. Ich komme schon klar, wirklich. Aber wenn du Vitane zum Ponyclub führen könntest …«

»Soll ich dich nicht zum Krankenhaus begleiten?«

»Nein, ich komme schon allein zurecht, wirklich.«

Sie sahen sich nach einer Telefonzelle um, aber natürlich war weit und breit keine zu sehen. Wenn man eine brauchte, war nie eine da. Dann machte Meenakshi sie darauf aufmerksam, daß sich gleich auf der anderen Straßenseite eine Polizeistation befand, und watschelte davon, um Hilfe zu holen. Es dauerte nicht lange, und Meenakshi kam mit zwei strammen Polizisten wieder, die Trixie hochhoben, als wäre sie ein Sack Kartoffeln, und vom Strand zur Straße trugen, wo bereits ein Jeep stand.

Saroj wartete noch so lange, bis der Jeep außer Sichtweite war, dann schickte sie Meenakshi mit den beiden Jungen und dem kaputten Drachen nach Hause und stellte sich auf die Ufermauer. Die Mauer hatte genau die richtige Höhe, so daß sie ihr Bein über Vitanes Rücken schwingen konnte. Dann drückte sie, so wie sie glaubte, daß man das machte, ihre Absätze in die Flanken, schnalzte mit der Zunge und sagte »Hüh«, und schon ging es los! Sie ritt! Den Rock über die Knie gerafft, genoß sie zum allerersten Mal so etwas wie Freiheit. Es war vielleicht nur ein winziger Schritt, einer, den Trixie bestimmt für völlig belanglos halten würde, und es war in keiner Weise eine so großartige Tat wie sich in ein Flammeninferno zu stürzen, um jemandem das Leben zu retten. Für Saroj jedoch war es ein wichtiger kleiner Schritt. Und sie hatte ihn ganz allein getan, ohne jede fremde Hilfe. Nur die Vorsehung war ihr zur Seite gestanden.

Das war der Anfang.

An diesem Abend, als Ma noch im Purushottama-Tempel und Baba im Maha Sabha war, klingelte das Telefon. Es war Trixie.

»Ich wollte mich bei dir entschuldigen, weil ich so zickig war. Und ich wollte mich dafür bedanken, daß du dich um Vitane gekümmert hast.«

»Ach, das ist schon in Ordnung, wirklich. Und wie geht es dir? Was macht dein Fuß? Ist er gebrochen?«

»Nein, nur verstaucht.« Danach war alles ganz einfach. Trixie war allein zu Hause. Sie lag, wie sie sagte, mit ihrem bandagierten Fuß auf der Wohnzimmercouch und las die Zeitschrift *Teen.* Ihr war sterbenslangweilig, und sie hatte Lust auf einen Plausch. Da sie von Natur aus gesellig war, brauchte es keinen besonderen Auslöser, um die Lawine an Gesprächsstoff, der sich bei ihr angesammelt hatte, loszutreten. Es schien dabei nicht einmal eine große Rolle zu spielen, daß Saroj zufälligerweise eine von diesen indischen Waschlappen war. Es war, als wären sie bereits jahrelang die besten Freundinnen.

Nach fünf Minuten hatte sie Saroj bereits versprochen, ihr Reitunterricht zu geben und ihr ihre Beatles-Platten auszuleihen. Als sie hörte, daß Saroj keinen Plattenspieler besaß, versprach sie, ihr die Platten auf Kassette aufzunehmen und ihr diese am nächsten Tag in die Schule mitzubringen. Als sie dann erfuhr, daß Saroj nicht einmal einen Kassettenrecorder hatte, bot sie ihr an, ihr ihren eigenen zu leihen.

»Noch besser wäre es natürlich, wenn du einfach mit rüber kommst. Dann können wir hier zusammen Musik hören. Wie wäre es mit morgen nach der Schule? Ach, Mist, ich hab' ja diesen verstauchten Fuß und kann nicht radfahren. Weißt du was, ich habe sogar Krücken bekommen! Mum wird mich mit dem Auto abholen müssen. Aber sobald es mit dem Fuß besser ist, kommst du mit zu mir nach Hause, okay?«

»Ja, äh, okay, aber …«

»Aber was?«

»Also …« Saroj wußte nicht, wie sie es Trixie erklären sollte. Wie sollte sie ihr sagen, daß sie außer ihren Verwandten niemanden besuchen durfte? Daß sie auch nicht einkaufen, nicht ins Schwimmbad und auch nicht ins Kino gehen durfte. Einfach nirgendwohin. Daß sie nicht einmal radfahren konnte. Daß sie eine Gefangene ihres Vaters war, seine Geisel, sein Eigentum. Eine Porzellanpuppe, die er, in Watte verpackt, aufbewahrte.

Dann aber stieß die wirkliche Saroj, die Saroj, die sie so gern sein wollte, ihre Faust mitten durch das Porzellangesicht dieser Puppe.

»Ja! Ja! Ich komme, aber hör zu: Ich habe kein Fahrrad. Könnte mich deine Mum, wenn sie dich morgen abholt, nicht mitnehmen?«

Trixie war sofort einverstanden. Als Saroj den Hörer auf die Gabel legte, stieg ein Gefühl jubelnder, singender Freude in ihr auf. Sie wirbelte mit einem breiten Lächeln auf dem Gesicht herum und stieß mit Ganesh zusammen, der gerade vom Kricketspielen nach Hause kam, so daß sie beide zu Boden gingen. Saroj lachte, und Ganesh, der nie einen besonderen Grund dafür brauchte, lachte ebenfalls. Sie rappelte sich auf und zupfte Ganesh am Ärmel.

»Ganesh, komm schnell mit nach oben in den Turm. Ich muß dir etwas Unglaubliches erzählen!«

Und sie verschwanden in den Turm.

Trixie öffnete die hintere Tür des weißen Vauxhall ihrer Mutter, und Saroj stieg ein. Plötzlich fühlte sie sich entsetzlich unsicher. Plötzlich hatte sie Angst. Dann jedoch ließ sie sich hinter Trixies Mutter in den Sitz sinken, Trixie setzte sich auf den Beifahrersitz, und sie fuhren zu einem Ort, an dem Baba sie nicht finden konnte.

»Mum, das ist Saroj, Saroj, das ist Mum«, sagte Trixie rasch. Trixies Mutter hatte sich Saroj halb zugewandt. Sie hatte eine vollkommen runde, fünf Zentimeter lange Afrofrisur. Ihr Profil zeigte scharf geschnittene Gesichtszüge, einen vollen Mund und hohe Wangenknochen. Ihre Haut war von einem makellosen Mahagonibraun. Auf der höchsten Stelle des Wangenknochens, auf jener Seite, die Saroj zugewandt war, befand sich ein erbsengroßes schwarzes Muttermal, das ihr in Verbindung mit dem Profil auf eine merkwürdige Weise vertraut vorkam.

Saroj rutschte auf ihrem Sitz nach vorn, um die ihr dargebotene Hand zu schütteln, und sagte: »Es freut mich, Sie kennenzulernen, Mrs. Macintosh.«

Trixies Mutter schüttelte lächelnd den Kopf, während Trixie in schallendes Gelächter ausbrach.

»Nein, nein, nein, so darfst du sie niemals nennen, sonst reißt sie dir nämlich den Kopf ab. Sie ist keine Mrs., und sie ist keine Macintosh. Sie heißt Lucy Quentin!«

Lucy Quentin war berühmt, so berühmt, daß man ihr Gesicht ständig in der Zeitung sah. Lucy Quentin hier und Lucy Quentin dort, Gesundheitsministerin, Vorstand dieser Kommission und jenes beratenden Gremiums, Präsidentin dieser Vereinigung und Vorsitzende jener Gesellschaft. Lucy Quentin, Zitat Anfang, Zitat Ende, Händeschütteln und Knicks.

Saroj war Lucy Quentins größter Fan. Das erste, was sie tat, wann immer sie des *Chronicle* habhaft werden konnte, war, die erste Seite nach irgendwelchen Neuigkeiten über sie abzusuchen. Hatte sie eine Rede gehalten? Eine Pressekonferenz gegeben? Hatte sie sich wieder einmal mit dem Kultusminister gestritten? Lucy Quentin pflegte des öfteren mit einflußreichen Männern die Klingen zu kreuzen. Sie prangerte Mißstände an und wollte diese ausräumen – in ihren Augen der gravierendste Mißstand aber war eben derjenige, der Baba vollkommene Gewalt über das Leben seiner Tochter gab. Lucy Quentin trat vehement für eine Heraufsetzung des Mindestalters für die Ehemündigkeit indischer Mädchen und die Abschaffung arrangierter Ehen ein. Sie plante, eine juristische Kommission einzurichten, wo Mädchen, die von ihren Eltern zur Ehe gezwungen werden sollten, Rechtsbeistand erhielten oder, wenn eine solche Ehe bereits geschlossen worden war, diese annullieren lassen konnten. Sie gedachte, ein Haus zu eröffnen, wo diese Mädchen Zuflucht finden könnten und vor ihren wütenden Vätern sicher waren. Sie forderte Gesetze, die die uneingeschränkte Erziehungsgewalt der Väter beschnitten!

Mit ihren unbeschreiblichen Forderungen schockierte sie die gesamte indische Erwachsenenwelt. Deren Töchter hingegen – und Saroj war da gewiß nicht die einzige – saßen einsam zu Hause, verschlangen ihre Worte, legten geheime Sammelalben mit Artikeln aus dem *Chronicle* an, feuerten Lucy Quentin im Geiste an, bejubelten sie innerlich und beteten jedesmal, wenn ihre Eltern sie zum *Puja* vor den Familienschrein riefen, für ihren Erfolg. Und sie lächelten heimlich in sich hinein, wenn ihre Väter wieder einmal gegen Lucy Quentins neueste Ketzereien wetterten.

Das Ganze ginge diese Frau doch überhaupt nichts an, sagten die indischen Väter. Erstens sei sie Afrikanerin, und es fehle ihr an Verständnis für die Lebensweise der Inder. Zweitens sei sie Gesundheitsministerin, und die Ehe fiel gar nicht in ihr Ressort. Und ob, erwiderte Lucy Quentin. Eine erzwungene Ehe schade ohne Frage der geistigen Gesundheit einer Vierzehnjährigen.

Und jetzt saß Saroj hinter der berühmten Lucy Quentin und wurde von dieser zu ihrem Haus gefahren, wo sie den Nachmittag mit deren Tochter verbringen würde, die, dessen war sich Saroj nun sicher, ihre beste Freundin werden würde. In diesem Augenblick wußte sie, daß es wirklich einen Gott gab.

Später, nachdem Lucy Quentin sie vor ihrem Haus im Bel-Air-Park abgesetzt hatte und wieder zu irgendeinem wichtigen Treffen unterwegs war, erzählte Trixie Saroj von ihrer Familie. Trixies Mutter hieß Quentin, nicht Macintosh, erklärte sie Saroj, weil sie nach der Scheidung von Trixies Vater wieder ihren Mädchennamen angenommen hatte und sich nun auch Miss nannte.

»Hat dein Vater wieder geheiratet?«

»Ja, eine reiche Weiße, und jetzt leben die beiden in einem phantastischen Haus in London.«

Trixies Vater war Künstler und stammte aus Trinidad. Er sei unbekümmert, unpolitisch und ganz, ganz cool, sagte Trixie. Nachdem Lucy Quentin ihn hinausgeworfen hatte, war er ohne einen Penny in der Tasche nach England gegangen, um zu sich zu finden und dort ein neues Leben anzufangen. Da gerade Weihnachten vor der Tür stand, malte er zehn schwarze Nikoläuse auf dünnen Pappkarton, den er zu Karten faltete, schrieb einen witzigen Weihnachtsgruß darauf und stellte sich in einem roten, pelzgefütterten Mantel irgendwo in London an eine Straßenecke, wo er die Karten den Passanten zum Verkauf anbot. Binnen fünf Minuten waren alle Karten verkauft. Also ging er nach Hause und malte noch ein paar, und auch diese wurden ihm förmlich aus den Händen gerissen, vor allem von Westindern, aber auch von weißen Londonern, die sie orginell, exotisch und ethnisch fanden. Trixies Vater war als Maler nämlich sehr begabt, und seine schwarzen Nikoläuse waren kleine Kunstwerke. Auf diese Weise lernte er auch seine spätere Frau, eine Weiße, kennen, die zu dieser Zeit eine kleine Werbeagentur leitete. Sie holte ihn von der Straße, brachte diese Karten auf den Markt und etablierte ihn als »ethnischen Illustrator«.

»Schließlich haben die beiden geheiratet und zwei Söhne bekommen. Sie eröffneten ihr eigenes Grußkartengeschäft, und seitdem bin ich ihm völlig egal.«

»Natürlich bist du ihm das nicht.«

»Bin ich doch. Er hat diese Weiße und zwei halbweiße Söhne, warum sollte ihm da etwas an mir liegen?«

»Weil du seine Tochter bist.«

Nach allen Erfahrungen, die Saroj mit Vätern gemacht hatte, war es für sie absolut undenkbar, daß einem Vater seine Tochter gleichgültig sein konnte. Unmöglich.

»Nun, warum holt er mich dann nicht zu sich? Hier ist es doch todlangweilig. Ich würde alles darum geben, in London zu leben. Ich bettle ihn ständig an, daß er mich zu sich holen soll, aber er sagt jedesmal, daß Mum das nicht erlaubt. Aber wenn er wirklich wollte, würde er um mich kämpfen. Ich wette, es liegt an dieser Weißen, die er geheiratet hat.«

»Also, ich weiß nicht. Vielleicht glaubt er ja auch, du bist hier bei deiner Mutter besser aufgehoben. Und sie hat schließlich nur dich. Ich halte das für durchaus fair. Und du mußt zugeben, daß sie brillant ist. Für eine Mutter wie sie würde ich alles geben.«

»Warum? Wie ist denn deine?«

»Ach, weißt du... nichts Besonderes eben. Altmodisch. Sie kocht und putzt. Sie ist sehr religiös. Langweilig. Aber mein Dad ist schlimmer. Viel schlimmer. Er ist tödlich.«

Und dann erzählte sie Trixie von ihrer Familie. Von Ma und Baba, von dem Ghosh-Jungen und davon, daß sie ihn heiraten mußte. Von dem Leben im Gefängnis, das man sie zu führen zwang.

»Ich lebe wie in einem Kloster«, beklagte sie sich. »Ich muß ausbrechen, sonst werde ich noch verrückt, sage ich dir. Es ist so unfair. Meine Halbbrüder und mein Bruder werden in London studieren, und ich? Ausgeschlossen. Warum darf ich nicht auch nach London gehen? Nur weil ich ein Mädchen bin, verdammt!«

»Also«, sagte Trixie und zeigte grinsend ihre weißen Zähne, »dann werde ich eben die Sache in die Hand nehmen müssen. Du bist genau an die Richtige geraten, Saroj. Warum reißen wir nicht einfach aus und gehen zusammen nach London? Ich meine natürlich nicht jetzt gleich, aber später, wenn wir so ungefähr sechzehn sind? Wenn wir jetzt schon anfangen, das Ganze zu planen, dann...«

Ihr Blick traf sich, und sie grinsten sich an. Da wußten sie Bescheid.

Sie wußten Bescheid. Nicht so, wie man dieses oder jenes weiß. Es war auch nicht so, daß sie in die Zukunft hätten sehen können und gespürt hätten, was diese für sie bereithielt. Sie wußten auch nicht, welche Pläne die Vorsehung mit ihnen hatte, oder irgend etwas über Ganesh, Nat, London und die Babys, die sie bekommen oder nicht bekommen würden, oder all das andere, was sie betraf. Sie wußten einfach Bescheid. Sie erkannten etwas wieder. Sie erkannten. Es war, als würde irgendein kleiner Funke in Trixie irgendeinen kleinen Funken in Saroj erkennen. Diese beiden hellen kleinen Funken sprangen freudig aufeinander zu, während sie riefen: Hallo, da bin ich! Du hast mir ein Leben lang gefehlt! So beginnen wahre Freundschaften, diese seltenen Freundschaften, kostbar wie Gold, die der Zeit widerstehen. Trixie kreischte auf.

»Saroj: du und ich in der Carnaby Street, okay?«

Sie schlugen ein, umarmten sich und lachten. Ein Schlachtruf war geboren.

11. KAPITEL

Savitri

Mr. Baldwins Gedankenkörper war ganz anders als der der anderen Engländer. Savitri hatte dies schon vor einiger Zeit entdeckt und konnte es kaum erwarten, daß die Lindsays aus Ooty zurückkamen und der Unterricht begann. Dieses Jahr vermißte sie nicht einmal David.

Mr. Baldwin war seit zwei Jahren Davids Hauslehrer. Fionas frühere Hauslehrerin, Miss Chadwick, hatte gekündigt, weil sie einen Staatsbeamten heiraten wollte. Es war ebendieser Beamte, über den die Lindsays Mr. Baldwin kennenlernten und sofort als Ersatz für Miss Chadwick einstellten. Mr. Baldwin, dessen Vater ebenfalls Staatsbeamter gewesen war, war in Bombay geboren. Er war zum Studium natürlich »nach Hause« gegangen, war jedoch, sobald er konnte, in seine wirkliche Heimat, nämlich nach Indien, zurückgekehrt, um dort eine Stelle als Privatlehrer anzutreten. Die Lindsays waren seine ersten Arbeitgeber. Er selbst war erst einundzwanzig, als man Fiona, neun, und David, vier, in seine Obhut gab. Sie liebten ihn von Anfang an.

Bei Mr. Baldwin wurde das Lernen zum Vergnügen. Kein Fach war so langweilig, daß er es nicht mit Humor hätte würzen können. Er stellte alles so faszinierend dar, daß sie nicht nur von sich aus, sondern auch eifrig lernten. Er war ein kleiner, drahtiger, energiegeladener Mann, der sich ständig in Bewegung befand. Kinder müssen durch Bewegung lernen, so lautete seine Devise. Er ließ sie auf Bäume klettern, um Blätter zu zählen, und Löcher ausheben, um Steine zu vergraben. Er unternahm mit ihnen Spaziergänge durch die Natur, wobei er ihre Entdeckungen zuerst mit David diskutierte und, seinem Alter entsprechend, erklärte, und dann mit Fiona, wobei er seine Erklärungen ebenfalls auf ihr Alter zuschnitt. Mrs. Lindsay, die angesichts dieser ungewöhnlichen Methode zuerst verblüfft war, bemerkte rasch die erstaunlichen Ergebnisse und ließ ihn gewähren.

Savitri war Mr. Baldwin schon vor langer Zeit aufgefallen.

Zum ersten Mal hatte er sie im Januar jenes Jahres bemerkt, als sie, in einem dichten Bougainvilleabusch hinter der Rosenlaube versteckt, still zugesehen und zugehört hatte, wie er Fiona die Division mehrstelliger und David die Addition einstelliger Zahlen beibrachte. Er hätte sie vielleicht gar nicht wahrgenommen, wenn sich ihm nicht die Nackenhaare aufgestellt hätten. Mr. Baldwin wußte, daß er beobachtet wurde, und zwar von jemandem, der hinter ihm stand. Er ließ die Kinder eine Weile allein arbeiten, einfach, weil er Zeit gewinnen wollte, um sich auf die Situation einzustellen und zu überlegen, wie er reagieren sollte.

Noch immer hatte er das Gefühl, daß ihn jemand beobachtete, ja, er war sich dessen ganz sicher, empfand es allerdings nicht als unangenehm. Derjenige, der ihn beobachtete, war ihm nicht feindlich gesinnt. Mr. Baldwin gebot seinen Gedanken eine Weile Einhalt, um zu sehen, was geschehen würde ... und da! Im Raum zwischen zwei Gedanken spürte er es. Es war etwas Weiches und Freundliches, das sich, wie die Ranke eines Geißblatts vielleicht, zwischen seine Gedanken schob und sich dort einnistete. Es tropfte mit einer behaglichen, warmen Stille, so wie flüssiger Honig, in sein Bewußtsein und erfüllte ihn mit einer süßen, gütigen Wärme. Seinen Ursprung hatte es in dem tiefen Schweigen hinter ihm, hinter dem Spalier der Rosenlaube.

Mr. Baldwin setzte sich so, daß er dem Spalier halb zugewandt war. Ohne den Kopf zu drehen, bemühte er sich, aus dem linken Augenwinkel etwas zu erkennen. Als das nichts brachte, griff er nach Davids Schulheft und zog es zu sich heran. Während er so tat, als würde er sich die Aufgaben ansehen, die David gerade gemacht hatte, gelang es ihm allmählich, sich in die richtige Richtung zu drehen. Vorsichtig warf er dabei einen Blick über den Rand des Heftes. Die rautenförmigen Löcher zwischen den sich überkreuzenden grünen Holzlatten waren schwarz, denn die Bougainvillea dahinter war hoch und dicht. In einer dieser dunklen Rauten schimmerte jedoch etwas auf, etwas Kleines und Lebendiges. Mr. Baldwin erkannte ein Auge.

Da sah er David an. »Wie heißt das kleine Mädchen, mit dem du immer spielst? Das Mädchen, das nach dem Unterricht immer auf dich wartet.«

»Savitri?« sagte David und blickte auf. Mr. Baldwin nahm mit seinem feinen Gehör wahr, wie jemand, tief drinnen in der Bougainvillea, erschrocken Luft holte.

»Ja, genau. Wußtest du, daß sie uns beobachtet?«

In dem Augenblick, in dem er das sagte, stürmte Savitri davon. Wie ein erschrecktes Eichhörnchen schoß sie aus der Bougainvillea heraus und wäre im Gebüsch dahinter verschwunden, wäre Mr. Baldwin, der ihre Reaktion vorausgeahnt hatte, nicht schneller gewesen und hätte sich ihr Rock nicht an einem der Äste verfangen, die ihr den Weg versperrten. Aber da stand er und wartete schon auf sie, als sie hinter der Kaskade orangefarbener Blüten auftauchte, zerrissen, zerkratzt und zerzaust, ein angespanntes, kleines Ding mit Armen, so mager, daß er glaubte, sie würden zerbrechen, als er seine Hände darum schloß.

Sie wehrte sich nicht. Es lag nicht in ihrer Natur, sich zu wehren. Statt dessen blickte sie einem Gegner stets in aller Ruhe in die Augen. Also kapitulierte sie, sah ihm voller Unschuld ins Gesicht und sagte nur: »Entschuldigen Sie, Mr. Baldwin. Bitte sagen Sie der Madam nichts davon.«

Aber das wäre Mr. Baldwin gar nicht in den Sinn gekommen. Er ließ die Arme der Kleinen los, nahm sie bei der Hand und führte sie um das Spalier herum in die Rosenlaube, wo Fiona und David sie anstarrten, Fiona überrascht, David freudig.

»Komm, setz dich, setz dich«, sagte Mr. Baldwin und klopfte neben sich auf die Bank, und Savitri, deren Schüchternheit durch seine Herzlichkeit wie weggeblasen war, nahm Platz und sah ihn erwartungsvoll und stumm an. Ihre gefalteten Hände lagen dabei auf dem Tisch.

»Gehst du zur Schule, Savitri?« fragte Mr. Baldwin.

»Manchmal. Wenn ich meinem Vater nicht helfen muß.« Sie sagte das nicht in klagendem Ton, sondern ganz sachlich.

»Gehst du gern in die Schule?«

Sie nickte heftig.

»Kannst du mir zeigen, was du gelernt hast?«

Savitri nickte wieder, zog Davids Übungsheft zu sich heran und nahm seinen Stift. Sie beugte sich über das Heft und schrieb, während sie vor lauter Konzentration mit der Zunge über die Unterlippe fuhr, mehrere Minuten lang etwas hinein. Mr. Baldwin und die beiden Kinder beobachteten sie dabei.

Als sie fertig war, schob sie Mr. Baldwin das Heft zu. Er las, was da in kleiner, unzusammenhängender, kindlicher, aber trotzdem klarer Handschrift geschrieben stand:

Einsam wie eine Wolke wandert' ich …

Es handelte sich um Wordsworth' Gedicht »Die Narzissen«. Mr. Baldwin las es laut vor, sah Savitri an und sagte: »Wer hat dir das beigebracht?«

»Das habe ich aus Davids Buch gelernt, Sir. Aus Davids Buch mit den Gedichten. Er hat es mir geliehen.«

»Weißt du denn, was eine Narzisse ist?«

Sie nickte. »Es ist eine Blume, eine gelbe Blume.«

»Weißt du auch, wie Narzissen aussehen? Hast du sie schon einmal irgendwo abgebildet gesehen?«

»Nein, Sir, aber ich denke, daß sie wohl wie Ringelblumen aussehen. Ringelblumen sind auch gelb und golden wie kleine Sonnen. Also sieht es aus wie ein Feld voller Ringelblumen, und sie tanzen im Sonnenschein. Ich habe die Augen zugemacht, und da habe ich alles so gesehen.«

Mr. Baldwin hatte sie daraufhin lange Zeit aufmerksam und wortlos betrachtet. Savitri spürte die Lücken in seinem Gedankenkörper und wußte, daß er nicht wie die anderen Erwachsenen war. Danach aber paßte sie auf, daß sie nicht noch einmal erwischt wurde.

Daß Savitri mit den Tieren sprechen konnte, entdeckte Mr. Baldwin an jenem Tag, an dem sie der Königskobra begegneten. David schrie laut auf, als die Kobra auf der hinteren Auffahrt, die teilweise durch sumpfiges Gebiet führte, direkt vor ihnen über den Weg glitt. Mr. Baldwin rief: »Paß auf! Geh zurück!«, und sah sich nach einer Waffe um, fand aber keine. Die Kobra richtete sich zischend auf und spreizte ihren Nacken. Sie züngelte und starrte sie an, so als überlege sie, wen sie zuerst angreifen sollte. Sie wurde von Wellen giftigen Zorns überflutet, aber auch von Wellen der Furcht. Savitri jedoch stellte sich vor David und schob ihn sanft zurück. Sie schloß die Augen, verbeugte sich vor der Kobra und bat sie um Verzeihung, weil sie sie in ihrem Königreich gestört hatten. Sie sah die Kobra an, nahm die Wellen der Furcht und des Zorns in sich auf und löste sie dabei auf. Die Kobra, die erkannte, daß ihr keine Gefahr drohte, glitt ins Unterholz davon.

Als die Kobra verschwunden war, legte Mr. Baldwin der zitternden Fiona die Hand auf den Oberarm. Er fühlte sich ganz kalt an. Auch David war trotz seiner Sonnenbräune vor Angst ganz blaß geworden. Nur Savitri war gelassen. Sie sah auf und begegnete Mr. Baldwins Blick.

»Du warst sehr tapfer, Kind!« sagte der Lehrer. Sie schüttelte den Kopf.

»Nein, Sir, ich war nicht tapfer. Die Kobra ist mein Freund. Ich habe sie schon oft gesehen. Sie lebt beim Ameisenhügel und tut niemandem etwas zuleide. Sie ist der König hier, wissen Sie.«

»Muthu soll einen Jungen holen, der sie tötet. Du kannst uns dabei helfen, sie zu finden.«

»Nein, Sie dürfen den Kobrakönig nicht töten!« rief Savitri. »Er tut doch niemandem etwas. Ich habe ihm versprochen, daß ihm niemand etwas zuleide tun wird, und da hat er gesagt, daß er auch niemandem etwas tun wird. Aber wenn ich mein Versprechen breche, wird er böse, und dann tut er bestimmt jemandem weh! Bitte, bitte, Mr. Baldwin, erzählen Sie es Mrs. Lindsay nicht! Er ist mein Freund, und er vertraut mir. Ich werde mit ihm reden und ihn bitten, nicht mehr auf diesen Weg hier zu kommen, aber bitte sagen Sie der Herrin nichts davon!«

»Was meinst du damit, daß er dein Freund ist? Gehst du absichtlich in seine Nähe?«

»Aber natürlich, Mr. Baldwin. Ich spreche mit ihm, und er spricht mit mir.«

»Wie sprichst du denn mit ihm?«

»Ich verbeuge mich. Ich verbeuge mich innerlich, und dann finde ich ganz tief in mir drin den Raum, wo ich mit ihm sprechen kann. Wir können Freunde sein, weil wir beide in diesem Raum sind.«

Mr. Baldwin nickte. »Ich verstehe. Kannst du auf diese Weise auch mit anderen Tieren sprechen?«

»O ja, mit allen Tieren, weil sich nämlich alle Tiere in diesem Raum befinden. Auch die Vögel.«

Mr. Baldwin wandte sich David zu. »Hast du gewußt, daß sie mit den Tieren reden kann, David?«

David nickte stolz. »O ja, Sir. Das weiß ich. Die Tiere lieben sie und kommen alle zu ihr. Sogar die kleinen Eichhörnchen und die Vögel.«

Savitri wußte nicht, ob Mr. Baldwin das gut fand oder nicht, und war ein wenig besorgt um die Kobra, denn es hätte Unglück gebracht, den Kobrakönig zu töten – den Lindsays, weil sie ihn getötet hatten, und den Iyers, weil sie selbst, eine Iyer, ihr Versprechen gegenüber dem König gebrochen hatte.

Mr. Baldwin sah sie jedoch nur mit einem merkwürdigen Blick an und sagte nichts weiter.

Er hatte sie schon einmal so merkwürdig angesehen – letzte Woche, als die Lindsays aus Ooty zurückgekehrt waren und die Schule wieder begonnen hatte, diesmal ohne Fiona. Savitri hatte ihm das Schulheft gezeigt, das sie in den Ferien vollgeschrieben hatte. Er hatte es durchgeblättert, hatte die beschriebenen Seiten gelesen, Gedichte, die sie aus Davids Heft abgeschrieben hatte, und Bibelpassagen. Er hatte sie angesehen und nichts gesagt. Für einen Engländer war das eine sehr ungewöhnliche Reaktion. Normalerweise hatten sie so viele Worte, daß dazwischen gar kein Platz mehr war, und das machte es so schwer, aus ihnen schlau zu werden. Mr. Baldwin beherrschte jedoch Savitris Sprache. Er wußte um das Schweigen.

12. Kapitel

Nat

Ein paar Tage nach jenem Tag, der niemals war, sagte der Doktor zu Nat: »Morgen fahren wir nach Madras, Nat. Ich möchte, daß du jemanden kennenlernst.«

An diesem Freitag morgen stiegen die beiden auf die Triumph und machten sich auf den Weg nach Madras. Es war eine Fahrt von mehr als sieben Stunden. Sie unterbrachen sie jedoch mehrmals, um bei einem Café am Straßenrand anzuhalten, wo Nat einen Gold Spot trank und Milk Bikis aß, während der Doktor Kaffee schlürfte und einen ganzen Berg Apfelbananen verspeiste.

Zum Mittagessen gingen sie dann in ein Restaurant namens Ashok Lodge, wo Nat zwei *Puris* aß und der Doktor ein riesiges, knuspriges Teig-*Dosai* vertilgte, das zusammengefaltet über einen halben Meter lang war. Als sie schließlich in der Stadt ankamen, schlängelte sich der Doktor mit seinem Motorrad durch ein beängstigendes Durcheinander aus Bussen, Motorrikschas, Lastwagen und Autos, die nichts anderes im Sinn zu haben schienen, als auf sie, die da schutzlos auf ihrer Triumph hockten, loszuschießen und erst in letzer Sekunde mit einem ohrenbetäubenden Hupen um sie herumzufahren.

Andererseits schienen die Fußgänger, Kühe, Ziegen, Radfahrer, die Leute mit Handkarren und Fahrradrikschas alle in Lebensgefahr zu schweben, denn so, wie sie völlig unbekümmert im Zickzack über die Straße gingen, liefen sie Gefahr, unter die Räder ihrer Triumph zu geraten. Mehr als einmal streiften sie einen anderen Verkehrsteilnehmer. Nat umklammerte die Taille seines Vaters wie ein Affenkind seine Mutter. Er hatte die Augen dabei fest geschlossen und betete. Der Doktor aber war ein guter Motorradfahrer und brachte Nat sicher und unbeschadet zu einem hohen, aber schmalen rosa Betonhaus in einer stillen Seitenstraße. Sie stiegen ab, Nat immer noch mit leicht zitternden Knien. Dann klopfte der Doktor mit einem großen Türklopfer laut an die Eingangstür und rief: »Henry!«

Gleich darauf ging die Tür auf, und der Doktor schloß einen anderen Mann, einen anderen *Sahib,* der kleiner war als er, in die Arme. Die beiden klopften sich gegenseitig auf den Rücken und riefen: »Wie schön, dich wiederzusehen, alter Knabe!«, und Ähnliches. Nachdem das eine Weile so gegangen war, ließen sich die beiden Männer schließlich wieder los, und der kleinere Mann wandte sich Nat zu. Nat sah, daß er schon älter war. »Dann ist das also dein kleiner Junge!« sagte der Mann.

Und der Doktor antwortete: »Ja, das ist Nat. Nat, das ist Onkel Henry.«

Schon wieder ein Onkel! Vor Onkeln war Nat inzwischen auf der Hut, immerhin hatte sein Vater Onkel Gopal genauso freudig und herzlich begrüßt wie diesen Onkel hier. Und wie hatte das dann geendet? Nat durchfuhr ein angstvolles Gefühl. Er war sich nicht ganz sicher, was ein Onkel war, und seine erste Erfahrung mit dieser Spezies war voller unsagbarer Gefahren gewesen. Auch schienen alle Onkel etwas mit Madras zu tun zu haben, und Nat wußte, was für eine gefährliche Stadt das war. Aber es gab nichts, was er dagegen hätte tun können. Außerdem war er nach der langen Motorradfahrt todmüde, und dunkel war es inzwischen auch schon geworden. Onkel Henry zeigte ihm ein Zimmer im obersten Stockwerk, das er sich mit seinem Vater teilen sollte. Nachdem Nat sich rasch gewaschen und die Zähne geputzt hatte, ließ er sich auf das *Sharpai* fallen und rollte sich zusammen. Zum Schlafen war er jedoch viel zu aufgeregt, und so hörte er zu, wie sein Vater und Onkel Henry miteinander redeten.

»Ich mache mir ein wenig Sorgen, Henry«, sagte der Doktor. »In gewisser Weise hat Gopal nämlich recht. Ich habe Nat viel zu lange von der Welt ferngehalten, um ihn zu beschützen und vor Schaden bewahren zu können.«

»Du meinst es doch gut mit ihm«, sagte Onkel Henry.

»Ich habe ihn aufwachsen lassen wie einen der Tamarindenschößlinge, die das Amt für Wiederaufforstung an der Straße nach Bangalore und auf dem Hügel gepflanzt und mit einer hohen Mauer aus Lehmziegeln umgeben hat, damit die Kühe und Ziegen sie nicht abfressen und die Kinder, die Feuerholz sammeln, sie nicht abschneiden. Eines Tages werden die Schößlinge kleine Bäume sein, stark und elastisch, und es wird ihnen nichts ausmachen, wenn die Ziegen an ihren unteren Ästen knabbern oder ein Kind ein oder zwei Zweige abbricht. Und schließlich werden diese Bäume so hoch und stark sein, daß sie

Schatten spenden und eine Affenfamilie in ihrem Geäst beherbergen können. Sie werden Früchte tragen, aus denen die Frauen *Sambar* machen. Das ist die Zukunft, die ich für Nat sehe. Aber was ist, wenn ich mich irre?«

»Du darfst in dieser Hinsicht nicht zu ehrgeizig sein. Kinder haben die Angewohnheit, doch zu tun, was sie wollen, auch wenn man ihre Zukunft noch so sorgfältig geplant hat.«

»Deshalb habe ich diese Mauern ja gebaut, Henry. Und es wird mir weh tun, sie einzureißen. Wird er stark genug sein?«

»Du kannst ihn nicht für immer vor allem abschirmen.«

»Ich weiß, Henry«, sagte der Doktor. »Es ist Zeit, daß ich damit beginne, diese Mauern abzutragen, Ziegel für Ziegel. Es ist Zeit, daß Nat die große Welt außerhalb des Dorfes kennenlernt. Deshalb habe ich ihn hierhergebracht. Damit er dich kennenlernt.«

Am nächsten Morgen erfuhr Nat mehr über Onkel Henry, denn sein Vater ging nach dem Frühstück bald aus dem Haus und ließ ihn mit diesem Mann allein. Nat wollte ihn nicht gehen lassen. Er hatte Angst, daß er niemals zurückkommen würde und daß auch dieser Onkel ihn für immer bei sich behalten wollte. Hatte sein Vater letzte Nacht nicht gesagt, daß Onkel Henry ihm die Welt zeigen sollte? Der Doktor schien die Ängste des Jungen jedoch zu verstehen und sagte: »Ich mache nur einige langweilige Behördengänge, Nat. Außerdem muß ich Medikamente kaufen und ein paar andere Dinge erledigen. Bleib also bei Onkel Henry, es wird dir Spaß machen. Ich bin zum Mittagessen wieder da.«

Und Nat hatte wirklich Spaß mit Onkel Henry. Als erstes erzählte Onkel Henry ihm, daß er vor langer Zeit hier in Madras der Lehrer des Doktors gewesen war und daß er den Doktor schon gekannt hatte, als dieser noch so klein wie Nat gewesen war. Das war für Nat wie eine Offenbarung. Irgendwie hatte er nämlich immer geglaubt, sein Vater sei schon immer groß und allwissend wie Gott gewesen. Es war merkwürdig, ihn sich als kleinen Jungen vorzustellen, der noch vieles zu lernen hatte.

»Ist Daddy auch auf die Englische Mittelschule gegangen?« fragte Nat, und Onkel Henry lachte.

»Nein, Nat, dein Daddy ist erst viel, viel später in eine Schule gegangen. Ich bin nämlich immer zu ihm nach Hause gekommen und habe ihn dort ganz allein unterrichtet – nun, nicht ganz allein. Da waren noch ein anderer kleiner Junge und zwei kleine Mädchen. Aber es war keine richtige Schule, so wie die, in die du gehst. Komm, Nat, ich will dir etwas zeigen ...«

Das, was Onkel Henry ihm dann zeigte, waren Bücher – aber nicht wie jene, die er von der Schule her kannte. Onkel Henry hatte Kisten voller Bücher, die, wie er sagte, seinen eigenen Kindern gehört hatten. Er packte sie aus, erklärte, daß das Bücher mit Geschichten seien und daß sie jetzt Nat gehörten. In den Büchern waren wunderschöne Bilder, auf denen Jungen und Mädchen zu sehen waren, die lauter interessante Dinge taten. Nat fragte Onkel Henry, was die Kinder da genau täten. Schließlich hatte sich Onkel Henry auf eine Couch gesetzt, sich ein paar Kissen in den Rücken geschoben, Nat auf den Schoß genommen und ihm etwas vorgelesen. Als sein Daddy zurückkam, saßen die beiden immer noch so da und lachten Tränen. Danach hatte Nat keine Angst mehr, daß Onkel Henry ihn bei sich behalten wollte.

Die drei fuhren mit Onkel Henrys Auto zu den verschiedenen Sehenswürdigkeiten der Stadt. Zu einem wunderbaren Garten voll von Blumen in allen Farben und mit einem riesigen Baum, der, wie Nats Daddy erzählte, der größte Banyan-Baum der Welt sei. Der Ort hieß Adyar, und sein Daddy erzählte ihm, daß er schon als Junge oft hier gewesen sei. Nat wollte mehr über die Zeit erfahren, als sein Vater noch ein Junge gewesen war, jetzt jedoch unterhielten er und Onkel Henry sich über Erwachsenendinge, von denen er nichts verstand. Am nächsten Tag fuhren sie ans Meer. Nat spielte am Strand im Sand und ging sogar ins Wasser. Zu schwimmen war jedoch schwierig, weil das Meer sehr bewegt war. Es kam in langen schäumenden Walzen auf ihn zugerollt, so als wäre es ein lebendiges Wesen, das ihn fangen wollte, und er rannte, vor Vergnügen kreischend, davon. Abgesehen von jenem Tag, an dem sein Vater ihn von dort, wo die vielen Kinder waren, weggeholt hatte, war dies der schönste Tag in seinem Leben. An diesem Nachmittag stiegen Nat und sein Vater auf die Triumph, um wieder nach Hause zu fahren. Jetzt jedoch wußte Nat, daß er einen Erwachsenen zum Freund hatte. Er wußte jetzt auch, daß ein Onkel nicht zwangsläufig etwas Schlechtes war und daß Onkel Henry sie bald besuchen kommen würde. In den Seitentaschen befanden sich drei Bücher mit Geschichten. Sein Vater hatte versprochen, sie ihm vorzulesen, und Onkel Henry würde die übrigen Bücher mitbringen, wenn er sie besuchen käme.

Danach war Onkel Henry regelmäßig bei ihnen zu Besuch. Ein Jahr später baute er sich dann neben dem Haus des Doktors ein eigenes Haus und zog dort ein. Jetzt hatte Nat seinen eigenen Lehrer, aber nicht nur Nat, sondern auch die Dorfkinder, denn Onkel Henry sagte, daß jedes Kind, das Lust dazu hatte, zu seinem Unterricht kommen könnte. Das Problem war nur, daß die Kinder kein Englisch sprachen, also mußte Onkel Henry ihnen zusätzlich noch Englischunterricht geben, was er aber immer abends tat. Einige der Kinder sprachen schließlich fast so gut Englisch wie Nat, den meisten gelang das jedoch nicht, und viele konnten oft nicht zum Unterricht erscheinen, weil sie ihren Eltern bei der Arbeit helfen mußten. Onkel Henry jedoch sagte: »Es ist ein Anfang, Nat, es ist ein Anfang. Wenn du groß bist, werden wir eine eigene Schule haben, eine gute Schule für alle Kinder hier.«

Onkel Henry brachte Nat vieles bei, und zwar auf eine Art und Weise, die ihm die Welt als sehr faszinierend erscheinen ließ und ihn neugierig machte.

Der Doktor beobachtete das Ganze mit gemischten Gefühlen, denn er wußte, daß Nat eines Tages das Dorf verlassen würde, um diese faszinierende Welt zu entdecken. An diesem Tag würde Nat eine Wahl treffen müssen, und er war sich nicht sicher, wie diese ausfallen würde. Und nicht nur das: Es war seine Pflicht, Nat in diese Welt hinauszuschicken wie ein Lamm zu den Wölfen.

13. Kapitel

Saroj

Ma begann den Tag damit, indem sie den Hof fegte. Saroj wachte jeden Morgen von dem leisen Wisch-wisch des Besens auf, wenn Ma die Nacht und die Spinnweben in ihrem eigenen Kopf fortkehrte. Für Ma war das, was man dachte, weit wichtiger als das, was man sagte oder tat. Wenn sie also mit dem Fegen fertig war, verbrachte sie eine halbe Stunde damit, ein Reismehl-*Kolam* vor der Eingangstür zu zeichnen. Es war jeden Tag ein anderes. Sie begann stets damit, daß sie das Reismehl aus ihrer Hand rieseln ließ und damit ein Gitterwerk von Punkten bildete. Dann verband sie die Punkte durch Wirbel und Linien, bis ein wunderbares, kompliziertes Symbol entstanden war, absolut symmetrisch, zart, ein vergängliches Kunstwerk, das bis Mittag von den Füßen der Menschen, die kamen und gingen, gedankenlos zertrampelt worden war.

Ganesh, der sich mit Ma über diese Dinge unterhielt, erklärte Saroj einmal die Bedeutung. »Wenn du über das *Kolam* gehst«, sagte er, »zieht es all deine schlechten Gedanken und all deine Sünden durch deine Fußsohlen heraus, so daß du das Haus vollkommen gereinigt betrittst.«

Saroj hatte nur spöttisch gegrinst. Schon wieder eine von Mas abergläubischen Vorstellungen.

An jenem Tag, an dem sie Trixie mit nach Hause brachte, zögerte sie jedoch eine Sekunde, bevor sie sie über das *Kolam* führte. Ein gespenstisches Schuldgefühl, das Gefühl, etwas Verbotenes, sogar Schändliches zu tun, überkam sie.

Angenommen, nur angenommen, in dem *Kolam* steckte wirklich irgendeine Magie, irgendeine Art von Zauber! Irgendeine Art von Fluch, wenn man mit den falschen Absichten darüberging! Er war noch immer da: der Aberglaube. So tief war diese Kultur in ihr verwurzelt und damit auch die Angst vor unbekannten Mächten, die alles sahen, die Angst vor dem Karma, das sie packen würde. Unsinn, sagte sie sich. Aberglaube. Und überhaupt, was taten sie denn schon

Unrechtes? Was war schon dabei, wenn sie Trixie Indranis Hochzeitssari zeigte?

Saroj hatte nicht vorhergesehen, daß Trixie eine unverbesserliche Romantikerin war. Man brauchte nur »Hochzeit« zu sagen, und schon fingen Trixies Augen zu leuchten an, und sie begann von einem Märchenprinzen auf einem weißen Roß zu träumen. Angesichts der Vorstellung, daß Saroj mit einem Alptraum-Prinzen mit vorstehenden Zähnen namens Keedernat Ghosh verheiratet werden sollte, hatte sie gekichert und ihr dann versprochen, sie vor einem solch gräßlichen Schicksal zu bewahren; dies geschah aber nur, um Saroj mit einem Bewerber ihrer eigenen Wahl zu verkuppeln. Trixie kannte nämlich viele Jungen. Darunter auch hervorragende Heiratskandidaten.

Saroj entlockte Trixie das Geständnis, daß Lucy Quentin die romantischen Träumereien ihrer Tochter zutiefst mißbilligte. Sie hatte ihr sogar ihre Lieblingslektüre, die Love-Picture-Hefte, und die Groschenromane, verboten, so daß Trixie sie nun unter ihrer Matratze verstecken mußte.

Trixie wiederum entlockte Saroj die Sache mit Indranis bevorstehender Hochzeit, dazu eine zögerliche Beschreibung dieses überaus exquisiten Hochzeitssaris, der in Mas Sandelholztruhe im *Puja*-Zimmer versteckt lag. Mit der dickköpfigen, aber charmanten Überzeugungskraft, die so typisch für sie war, rang sie ihr das Versprechen ab, ihn ihr demnächst, wenn niemand im Haus war, zu zeigen.

Heute war dieser Tag.

»Pssst!« Saroj legte einen Finger auf die Lippen und warf Trixie einen warnenden Blick zu. Sie zeigte ihr, wie sie sich an der Wand entlangschleichen mußten, heimlich wie Diebe, weil die mittleren Bodendielen locker waren und knarrten und es bis zum Elternschlafzimmer am anderen Ende der Galerie im oberen Stockwerk noch ein weiter Weg war. Tatsächlich bestand allerdings gar keine so große Gefahr, entdeckt zu werden: Baba war in der Arbeit und würde erst spät nach Hause kommen, Ma hatte Indrani zu ihren zukünftigen Schwiegereltern mitgenommen, um Hochzeitsangelegenheiten zu besprechen, und Ganesh war bei einem Kricketspiel und würde nicht vor Einbruch der Dunkelheit zurück sein.

Über allem schwebte jedoch Babas bedrohlicher Geist, streng und mißbilligend. Er verbarg sich in der Atmosphäre dieses Hauses und jagte einem Angst ein, selbst wenn es nichts zu fürchten gab. Er wäre fuchsteufelswild geworden, wenn er gewußt hätte, daß sie Trixie in ihre private Umgebung mitnahm. Allein der Gedanke, daß Trixies unreiner afrikanischer Blick auf Indranis geweihten Hochzeitssari fiel – nun, das war einfach eine ungeheuerliche Vorstellung. Trixie jedoch hatte gebettelt und gefleht, und als Saroj jetzt die Klinke herunterdrückte, die Tür öffnete, ihre Freundin hereinwinkte und ihr ein verschwörerisches Lächeln zuwarf, kam sie sich unglaublich wichtig vor. Erregung stieg in ihr hoch, als sie daran dachte, daß sie Baba offenkundig trotzte und eine Afrikanerin in sein geheiligtes Zuhause brachte, noch dazu in das heiligste Zimmer. Sie fühlte sich mutig und heldenhaft. Wie schade, daß Baba nie etwas von dieser Sache erfahren würde.

Zum obersten Stockwerk des Hauses gingen zwei Treppen: die kaum benutzte Turmtreppe und die Haupttreppe, die vom Wohnzimmer aus zur inneren Galerie im oberen Stock führte, einem Quadrat, das von Schlafzimmern und Badezimmern umgeben war. Sämtliche Zimmer hatten eine Tür zur Galerie und weitere Türen zu den jeweils angrenzenden Zimmern, so daß es möglich war, einen Rundgang durch das Haus zu machen, indem man einfach durch diese Zimmer ging.

Das Zimmer von Sarojs Eltern war der größte Raum, ein Eckzimmer, von dem aus man einen Blick in den prächtigen Garten hinter dem Haus hatte. Es war hell und luftig, da sich an zwei Wänden Schiebefenster entlangzogen, die alle hochgeschoben waren, um die atlantische Brise ins Haus zu lassen. Ma hielt in diesem Zimmer stets peinliche Ordnung, was allerdings nicht schwer war, da es nur sehr spärlich möbliert war. Da war nur das große Bett in der Mitte, darüber das Moskitonetz, das zusammengedreht und in den Reifen geschlungen war, an dem es hing, ein polierter Schrank und ein dazu passender Toilettentisch mit einem Zierdeckchen, auf dem nebeneinander eine Haarbürste, ein Kamm und der rote Stift lagen, mit dem sie sich sorgsam den runden roten *Tika* zwischen ihre Augenbrauen malte. Außerdem stand da der kleine weiße Topf mit Pond's Faltenweg-Creme, der Mas gesamtes Repertoire an Schönheitsgeheimnissen enthielt, eine Metapher für Ma selbst. Ma, die immer bleicher wurde, bis sie eines Tages ganz verschwand. Ma weg.

Der Toilettentisch besaß einen großen Spiegel mit zwei Seitenflügeln. Als die beiden Mädchen sich jetzt auf Zehenspitzen durch das Zimmer schlichen, sah Saroj, welchen Kontrast sie und Trixie bildeten: Trixie in einem Batik-T-Shirt und Shorts, sie selbst in dem grauschwarz karierten Kleid, das Baba sie anzuziehen zwang, weil es so sittsam war; ein Kleid, dessen Saum fünfzehn Zentimeter unter dem Knie endete und einen hohen Ausschnitt hatte, der betonte, wie flach ihre Brust war. Sie zuckte zusammen und sah angeekelt weg. Sie konnte ihr Spiegelbild nicht ertragen.

Wenn Ma ihr jeden Morgen und Abend das Haar bürstete und ihr Zöpfe flocht, dann geschah dies vor ebendiesem Spiegel. Saroj saß auf dem kleinen Hocker, während Ma hinter ihr stand. Die Kraft, mit der sie es bürstete, schien aus ihrem kleinen Körper zu strömen und um Saroj herumzuwirbeln. Ihr Haar stand dann in die Höhe und knisterte vor Elektrizität. Es schien, als würde Ma, so wie ihre rechte Hand mit der Bürste hin und her strich, auf und ab, vor und zurück, sie bei diesen Frisiersitzungen mit einer stillen Kraft aufladen. Mas schlanke Gestalt stand dabei ruhig wie eine Statue, während ihre eine Hand fest auf Sarojs Schultern ruhte, um zu verhindern, daß sie mit den Bürstenstrichen hin und her schwankte. Die goldenen Armreifen an ihrem rechten Handgelenk klingelten im Takt, ihr kleines herzförmiges Gesicht bildete inmitten all dieser knisternden Bewegungen ein Zentrum der Ruhe. Wenn sie fertig war, fiel Sarojs Haar als ungebrochene, schwarz glänzende Fläche über ihren Rücken und weiter hinunter, bis über die Sitzfläche des Schemels. Ma pflegte ihre Hände in die Masse von Haaren zu tauchen und sie hochzuhalten, um sie auf gespaltene Spitzen zu untersuchen, sich dann herüberzubeugen, um die kleine Tür des Toilettentischs zu öffnen und die Flasche mit Kokosöl herauszunehmen, aus der sie dann vorsichtig fünf Tropfen in die rechte Handfläche träufelte. Sie verrieb das Öl in ihren Handflächen und massierte es dann in Sarojs Kopfhaut ein. Schließlich flocht sie das Haar mit geschickten Fingern zu einem dicken, schwarzen Zopf, der Saroj, wenn sie aufstand, bis über den Po reichte. Wenn Saroj im heiratsfähigen Alter war, sagte Ma, würde er ihr bis zu den Kniekehlen gehen.

Das wird niemals geschehen, schwor sich Saroj. Sie würde ihn vorher abschneiden oder sich umbringen, je nachdem, wie ihr gerade zumute war.

Ihr Haar, so sagten alle, und Saroj mußte da zustimmen, war bei weitem das Schönste an ihr, und diese Schönheit war zweifellos Mas liebevoller Pflege zuzuschreiben. Es war nicht so, daß Ma eitel gewesen wäre oder versucht hätte, Sarojs Eitelkeit zu fördern. Ma besaß einfach das Talent, etwas Schönes entstehen zu lassen, wo immer sie konnte: im Garten, im Haus, bei dem, was sie kochte, in den Herzen ihrer Kinder.

Bei letzteren war sie allerdings nicht ganz so erfolgreich gewesen. Nun, Ganesh hatte sich recht gut gemacht. Indrani war jedoch eine tugendhafte Pedantin, die Baba in den Hintern kroch, und was Saroj anging, nun, ihr Herz war so schwarz wie die Nacht. Es wohnte eine kreischende alte Hexe darin, die mit gebogenen Klauen nach Babas Hals griff. Zwischen Ma und Saroj befand sich eine Wand, dünn wie eine Membran, aber undurchdringlich, so daß Ma Sarojs Herz nicht mit ihren Hindu-Zaubertränken und Mantras säubern konnte.

Der Sari befand sich im *Puja*-Zimmer, einem fensterlosen kleinen Raum, der früher einmal vom Elternschlafzimmer aus als begehbarer Schrank genutzt worden sein mußte. Dort drin war es an sich dunkel, aber auf dem Schrein brannte ein kleines ewiges Licht ruhig und rauchlos auf dem Schnabel einer kleinen Lampe. Die Lampe selbst war aus Messing, das auf Hochglanz poliert worden war und im Flammenschein wie Gold schimmerte. In der Dunkelheit konnte man die Aura aus Licht sehen, die sie als perfekter Heiligenschein mit bläulichem Rand umgab.

Saroj war nicht abergläubisch, aber dieses Zimmer war heilig, selbst ihr – wenn auch gegen ihren Willen. Man spürte es mit jedem Atemzug, man spürte es am Weihrauch, der an diesem Morgen entzündet worden war und sich mit dem schwachen Duft der Rosen- und Jasminblüten auf dem Schrein vermischte, man spürte es an der heiligen Asche in der kleinen Messingschale und im Öl der kleinen Messinglampe. Man konnte spüren, daß dieses Zimmer heilig war, weil die Zeit stillstand, als die Mädchen eintraten: die Zeit und sogar die Gedanken, aufgesogen von der Macht der Mantras, die Ma hier jeden Tag bei Morgengrauen sang, noch bevor sie hinunterging, um vor dem Haus zu fegen.

Abermals bekam Saroj ein schlechtes Gewissen. Sie wußte aus jahrelanger Erfahrung, welche Art von Gedanken man hier zu denken hatte, Trixie jedoch hatte von diesen Gedanken nicht die geringste Ahnung. Ich hätte sie nicht hierherbringen dürfen, sagte sie sich und warf ihrer Freundin einen beklommenen Blick zu. Im Dämmerlicht konnte sie das Weiß in Trixies Augen und die respektlose Neugier sehen, mit der sie ihren Blick durch den Raum schweifen ließ, die Bilder von Shiva, Ganesh und Saraswati an den Wänden betrachtete, den *Lingam* aus Speckstein und die schwarze Statue des tanzenden Nataraja, den Rosenkranz aus *Rudrakshra*-Perlen auf dem Schrein, und Mas Schwert. Sie hatte sicher die falsche Art von Gedanken, grobe, weltliche, neugierige und unheilige Gedanken, und wenn sie wieder ging, würde sie sie klebrig und schwer hier zurücklassen. Baba würde merken, daß sie hiergewesen war, und wenn Baba schnüffelnd hereinkam, dann würde er ...

Saroj wagte nicht, diese Gedanken weiterzuspinnen. Statt dessen konzentrierte sie sich rasch auf ihr Vorhaben, kniete auf der Strohmatte nieder, öffnete das Schloß der schweren Sandelholztruhe neben dem Schrein und bedeutete Trixie mit einem Wink, sie solle sich neben sie knien. Trixie hatte jedoch gerade die Statue von Nataraja in die Hand genommen und drehte sie nun hin und her, um sie genauer zu betrachten. Dann fragte sie schnoddrig: »Was soll das denn sein? Einer eurer Hindugötter?«, und so antwortete Saroj in ebenso schnoddrigem Ton: »Na ja, das ist Nataraja.«

»Und wer ist der kleine Bursche da unter seinen Füßen?«

»Ach, ich denke, das soll das Ego sein oder so. Da müßtest du Ma fragen, ich kenne mich mit all den Mythen und dem ganzen Kram nicht aus.« Sie nahm Trixie die Nataraja-Statue aus der Hand und stellte sie entschieden wieder an ihren Platz zurück. Als sie sah, daß Trixie jetzt nach der Ganesh-Statue greifen wollte, sagte sie, bevor sie sie nehmen konnte, rasch: »Schau, Trixie, der Sari!«

Sie klappte den Deckel von Mas Truhe auf.

Ma hatte diese Truhe aus Indien mitgebracht, als sie nach Britisch-Guyana gekommen war, um Baba zu heiraten. Sie war voller Geheimnisse. Saroj hatte sie sich, wenn Ma im Purushottama-Tempel war, schon oft angesehen. Größtenteils war sie mit Holzschachteln gefüllt, in denen sich kleine Glasfläschchen befanden. Diese Glasfläschchen enthielten alle Arten von Pulvern, kleine Pillen, getrocknete Blüten und alle möglichen anderen geheimnisvollen Dinge. Es waren Mas Arzneien. Sie ruhten auf einem zusammengefalteten Baumwollbündel, verwaschen blau und ein wenig zerrissen. Möglicherweise war es ein alter, zusammengelegter Sari. Saroj hatte das Bündel jedoch nie auseinandergefaltet, um das herauszufinden, denn sie hatte nie unnötig Zeit verschwenden wollen. Ma blieb normalerweise zwar eine Ewigkeit im Purushottama-Tempel, aber man konnte ja nie wissen.

Unter dem zusammengelegten Tuch lagen ein paar Bücher, die, ordentlich nebeneinander gelegt, die unterste Schicht in der Truhe bildeten. Da war ein uralter englischer Gedichtband mit dem Titel *The Swallow Book of Verse,* ein weiterer Band von irgendeinem indischen Dichter namens Tagore und ein Buch in einer indischen Schrift, die Saroj nicht lesen konnte, außerdem eine englische Biographie von Gandhi.

Im *Swallow Book of Verse* lag wie ein Lesezeichen ein kleines goldenes Kreuz mit Goldkettchen, was Saroj überraschte, da Ma keine Christin war. Warum also bewahrte sie ein Kreuz auf? Das war wieder eines von Mas kleinen Geheimnissen – den Geheimnissen einer unterdrückten hinduistischen Hausfrau, die, da sie kein besonders großartiges Leben führte, sich eines aus banalen Dingen des Haushalts konstruierte, aus Symbolen, Gerätschaften und Kuriositäten, die sie auf dem Stabroek Market gefunden oder, anscheinend vor Urzeiten, aus Indien mitgebracht hatte.

Die Truhe selbst war über und über mit den wunderbarsten Schnitzereien verziert, mit Pfauen, Göttern und Göttinnen, Blumen und Bäumen, bei denen jedes einzelne Blatt sorgfältig als Relief herausgearbeitet war. Dreidimensionale Szenen bedeckten alle vier Seiten und den gewölbten Deckel. Zu Sarojs frühesten Erinnerungen gehörte, wie sie im Halbdunkel mit ihrem Zeigefinger das Labyrinth aus Ästen, Ranken und Schlangen nachfuhr und sich mit ihrem Kleinkinderverstand in diese hölzerne, sandfarbene Welt vertiefte, während Ma neben ihr auf der Matte saß, mit einer Hand ihr *Sruti*-Kästchen hielt, die Augen verzückt geschlossen hatte und für Shiva sang. Ihre leidenschaftliche Stimme stieg dabei auf und ab, gehalten von dem einen vollen und runden *Sruti*-Ton. Jetzt streckte auch Trixie die Hand aus, um die Schnitzereien zu berühren.

»Das ist ja wunderschön!« flüsterte sie, und die Ehrfurcht in ihrer Stimme tröstete Saroj über welche Sünde sie auch immer begehen mochte hinweg.

»Ja«, pflichtete sie ihr bei und öffnete die Truhe.

Der Sari lag ganz oben auf den vielen geheimnisvollen Dingen, die Ma gehörten, ein flaches rotes Viereck von der Größe eines Damentaschentuchs, durch ein zusammengefaltetes Bettuch vor den Kästchen mit den Medikamenten geschützt. Er war aus hauchdünner Seide, so fein, so exquisit, daß er sogar zusammengefaltet nicht viel dicker als ein Kinderfinger war. Saroj nahm ihn heraus und hielt ihn behutsam hoch. Er fühlte sich so zerbrechlich, so leicht und zart wie ein junges Vögelchen an und war so schlüpfrig, daß man den Eindruck hatte, er wäre lebendig. Sie mußte die Hände hohl machen, sonst wäre er ihr einfach weggerutscht.

Trixies gebanntes Staunen vermittelte ihr eine tiefe Befriedigung. Sie sollte noch mehr sehen, noch mehr staunen.

»Hier drin ist es zu dunkel. Du kannst die Farbe gar nicht richtig erkennen«, sagte Saroj leise. »Komm, ich zeig ihn dir im Licht. Das Besondere ist nämlich die Farbe.«

»Bist du wirklich sicher, daß du das tun solltest?« Trixie klang besorgt. Saroj aber war bereits aufgestanden. Sie ging zur Tür, wobei sie den Sari vorsichtig vor sich hertrug und ihn dabei mit dem Daumen festhielt, hinüber zum Bett und legte ihn sacht auf das weiße Laken, wo er wie in einer Schale aus Sonnenlicht in tausend irsierenden Rotschattierungen leuchtete: Karminrot, Rubinrot, Kirschrot und Blutrot.

»Rot!« Trixie klang schockiert. »Ich dachte, er wäre weiß. Du hast nicht gesagt, daß er rot ist.«

»Blutrot«, stimmte Saroj zu.

»Nein, rubinrot! Schau, er glänzt, als wären lauter Edelsteine eingewebt!« Trixie fuhr mit dem Finger unter eine Schicht aus Seide und hob sie leicht an. Ein Sonnenstrahl, ein Windhauch, fingen sich darin, so daß die sanft schimmernde Seide ganz flüssig wirkte.

»Es symbolisiert Indranis Lebensblut«, erklärte Saroj. »Sie verschenkt ihr Leben. Deshalb muß sie, eingehüllt in Blut, heiraten.«

»Sag doch nicht so was!« antwortete Trixie vor Schreck ganz laut, Saroj aber lachte nur.

»Du solltest erst einmal die Borte sehen«, fuhr sie fort. »Die ist absolut unglaublich.«

Trotz ihres so sorgfältig kultivierten beißenden Sarkasmus, mit dem sie genau wie Ganesh alles ins Lächerliche zog, konnte Saroj nicht anders: Diese ganze Sache mit Indranis Hochzeit und der Tradition, der sie entsprang, faszinierte und entsetzte sie gleichzeitig, ließ ihr übel werden, ließ ihr Herz rasen und ihr Blut kribbeln.

Der Ghosh-Junge kam ihr in den Sinn. Man würde ihr auch so einen Sari schicken. Man würde sie pudern, einparfümieren und mit Sandelholzpaste, Kurkuma und was auch immer einreiben, ihr Bilder auf die Handfläche malen, Edelsteine auf ihren Körper legen und sie in einen Sari wie diesen einwickeln. Der Sari stand für den Schrecken dieser ganzen Zeremonie – und doch war er wunderschön!

Jetzt aber wollte Saroj mit ihm angeben, wollte Trixie, die all das hatte, was man ihr verweigerte, die ein Leben führte, das sie selbst so gern geführt hätte, noch mehr Ahs und Ohs entlocken. Sie wollte es ihr heimzahlen, daß sie jetzt in ausgewaschenen, abgetragenen Shorts und einem gebatikten T-Shirt hier stand, mit ihrem schwarzen, jungenhaft geschnittenen Haar, das ihren Kopf wie eine Mütze bedeckte, und so amerikanisch, lässig und modern aussah. Trixie und Saroj hatten genau die gleiche Hautfarbe: ein dunkles Schokoladenbraun. Sie hatten ihre Arme aneinandergehalten, um zu sehen, ob eine von ihnen heller war, aber da war kein Unterschied gewesen. Sie hatten beide den gleichen Hautton. Genau den gleichen. Und sie waren beide hochgewachsen und schlank, wobei Trixie ein wenig größer war als Saroj. Sie hatten beide volle Lippen, wobei die von Trixie ein wenig dicker waren, und große schwarze Augen, wobei die von Saroj ein wenig größer und dunkler waren. Alle Ähnlichkeiten endeten jedoch bei den Haaren. Trixies Haar war afrikanisch und so kurz geschnitten wie möglich, das von Saroj hingegen war indisch und so lang wie irgend möglich. Trixies Haar war kraus, das von Saroj glatt.

Wie prächtig dieser Sari doch war! Saroj konnte sich seinem Zauber nicht entziehen.

Sie schlug eine der Stofflagen zurück, dann eine zweite und eine dritte, so daß der Sari jetzt in zwei glänzenden Quadratmetern auf dem Bett lag und die herrliche Borte zu sehen war. Sie war fünfzehn Zentimeter breit. In das Blutrot des Saris waren mit einem spinnwebfeinen Goldfaden Pfauen hineingewebt, auf und ab, auf und ab. Pfauen, die zwischen Rosen tanzten, die Köpfe stolz erhoben; die Schwanzfedern zum Rad aufgestellt, wirbelten sie am Saum des Saris entlang. Alles war bis ins kleinste Detail und mit höchster Kunstfertigkeit dargestellt, die Augen einer jeden Pfauenfeder, jedes winzige Blütenblatt einer jeden Rose, jedes einzelne Blatt, jede winzige Feder.

»Irre!« sagte Trixie, woraufhin Saroj den Sari rasch zusammenschlug, denn sie fühlte sich irgendwie in ihrem Feingefühl verletzt.

Trixie war so grob! Spürte sie denn nicht, daß man angesichts etwas so Zauberhaftem nicht einfach »irre« sagen konnte?

»Weißt du denn, wie man einen Sari anzieht?« fragte Trixie.

»Du meinst, wie man einen Sari wickelt«, korrigierte Saroj. Sie sagte das mit großer Würde und Autorität. »Natürlich weiß ich das!«

Indrani trug jetzt schon seit ein paar Jahren einen Sari, und zwar seit sie zum ersten Mal ihre Periode bekommen hatte. Saroj war dabeigewesen, als Ma ihr gezeigt hatte, wie man einen Sari wickelte, und hatte trotz allem immer wieder fasziniert zugesehen, wenn Indrani sich für eine besondere Gelegenheit anzog. Sie hatte tausendmal gesehen, wie sie und Ma einen Sari wickelten. Es war nichts Besonderes dabei. Es war Saroj gewissermaßen in Fleisch und Blut übergegangen.

Ein sehnsüchtiger Ausdruck lag in Trixies Augen.

»Saroj, glaubst du ...«

Saroj wußte sofort, was Trixie meinte. Ihr Blick traf sich, und sie lächelten beide. Saroj faltete den Sari wieder auseinander und sah ihn sich genau an. Tatsächlich würde es kein großes Problem sein, ihn wieder richtig zusammenzulegen. An den Umschlagstellen hatte er jeweils eine Falte. Sie brauchte sich also nur nach diesen Falten zu richten. Es würde nicht lange dauern. Sie hätten ihn im Nu an- und wieder abgelegt. Nur dieses eine Mal, damit Trixie sie genauso beneidete, wie sie selbst Trixie beneidete, und zwar für etwas, das sie niemals würde sein können: eine indische Dame in einem prachtvollen, blutroten Sari.

»Sicher. Aber ich muß dazu einen Unterrock und eine Saribluse anziehen. Ich werde mir die Sachen von Indrani ausleihen müssen.«

»Aber paßt er dir überhaupt?«

»Saris haben keine Größen, sondern nur verschiedene Längen«, sagte Saroj gescheit, obwohl sie sich dessen nicht ganz sicher war. Aber egal, Indrani war dünn und nicht viel größer als sie. »Warte eine Sekunde.«

Sie huschte aus der Tür und kam gleich darauf mit einem steifen weißen Unterrock und einer blauen Saribluse zurück. »Das hier paßt zwar nicht zum Sari, aber das macht nichts. Ich will dir ja nur zeigen, wie er aussieht.«

Sie zog sich bis auf die Unterwäsche aus, legte die taillenfreie Bluse an und knöpfte sie zu, stieg in den Unterrock, zog ihn hoch und steckte die Überlänge in den Taillenbund.

Man mußte nur Selbstvertrauen haben, das war das ganze Geheimnis. Während sie den Eindruck zu erwecken versuchte, als würde sie etwas ganz Alltägliches tun, hielt sie den Sari an seinem oberen Rand hoch und ließ ihn zu seiner vollen Pracht auseinanderfallen. So glatt, so leicht, so rutschig, es war ein Vergnügen, ihn zu berühren. Sie hielt ihn gegen den Unterrock, wo er sanft hin und her schwang, als sie zuversichtlich einen Zipfel in den Bund steckte. Dann nahm sie, so wie sie es Ma und Indrani schon oft hatte tun sehen, den Rest des Saris in die linke Hand und wickelte ihn, während sie das andere Ende an seinem Platz festhielt, einmal um ihre Hüften. Sie griff hinter ihrem Rücken danach und machte dabei ihren ersten Fehler. Sie hatte nicht damit gerechnet, daß der Stoff so schlüpfrig war, so unglaublich lang. Sie bekam nicht alles davon zu fassen, und Meter um Meter blutroter Seide flossen elegant zu Boden und bildeten um ihre Füße ein durchscheinendes Gewoge.

Sie schnalzte ärgerlich mit der Zunge und bückte sich, um ihn aufzuheben, dabei rutschte ihr jedoch der Zipfel, den sie in den Bund gesteckt hatte, heraus und fiel ebenfalls zu Boden.

»Ich fange besser noch einmal von vorn an«, sagte sie, diesmal schon ein wenig nervös.

»Kann ich dir irgendwie helfen?« fragte Trixie, die auf dem Bett saß und ihr zusah.

»Nein, nein, das passiert manchmal«, log Saroj. Indrani und Ma hatten niemals einen Sari fallen lassen, zumindest nicht, wenn sie dabei zugesehen hatte. Als sie ihn jetzt aufhob, stand sie vor dem nächsten Problem, nämlich die lange Stoffbahn, die herumrutschte, sich herumschlängelte und dabei sanft in alle Richtungen blähte, am Saum zu raffen.

»Sei so gut und mach die Fenster zu, der Wind ist nicht gerade eine Hilfe«, sagte sie gereizt. Trixie sprang auf und schloß alle vier Schiebefenster, so daß sich Totenstille über das Zimmer legte, was für Sarojs Konzentration nur förderlich sein konnte.

Saroj mühte sich eine Ewigkeit mit dem Sari ab. Schließlich schaffte sie es, ihn in einer Hand zu raffen, wieder in den Unterrock zu stecken und ihn um die Taille zu wickeln. Sie atmete erleichtert auf. Jetzt kam der leichtere Teil. Sie warf das lose Ende lässig über eine Schulter und versuchte die übrigen Meter Stoff dazwischen in Falten zu legen, so wie Ma es mit ihren erfahrenen, geschickten Fingern tat. Dies nämlich war die wahre Kunst beim Wickeln eines Saris. Er rutschte ihr jedoch immer wieder weg, so als wäre er ein lebendiges Wesen, das sich von ihr nicht fangen lassen wollte. Saroj kam in dem windstillen Raum, den die Sonne, die auf die Scheiben brannte, immer mehr aufheizte, langsam ins Schwitzen. Sie wußte, daß es an der Zeit war aufzuhören.

»Ich kann es nicht!« sagte sie schließlich kläglich. Sie sah Trixie an und gestand mit ihrem Blick die Niederlage ein. »Es hat keinen Sinn.«

»Ist schon in Ordnung, Saroj«, tröstete Trixie sie und stand wieder auf. »Aber wir falten das Ding besser wieder zusammen, damit niemand sieht, daß wir es in der Hand gehabt haben.«

»Okay, hilfst du mir dabei? Schau, du hältst das Ende hier, und ich nehme das andere, dann halten wir den Sari wie ein Bettuch, siehst du, und dann legen wir ihn ...«

Also begannen sie, den Sari zusammenzulegen. Diesmal war es Trixie, die ins Schwitzen geriet. Jetzt nämlich wurde er tatsächlich lebendig und rutschte jedesmal, wenn sie ihn richtig zusammengelegt hatten, wieder auseinander, so daß sie von vorn beginnen mußten. Saroj stand mit dem Rücken zur Tür, und so war es Trixie, die Baba zuerst sah.

Sie erstarrte. Saroj sah das Entsetzen in ihren Augen und fuhr herum. Sie hatte sich innerlich schon auf das Schlimmste gefaßt gemacht, und da war es.

Dieses Gesicht. Da war wieder dieses Gesicht. Ein Gesicht, durch Häßlichkeit entstellt, ein Gesicht, das sie kannte. Sie hatte es schon einmal gesehen, damals, als er sie von Wayne fortgezerrt hatte. Ein Gesicht voller Abscheu. Baba machte einen Schritt auf Trixie zu.

»Hau ab!« schrie Saroj, und Trixie rannte los. Sie quetschte sich an Baba vorbei, schoß die Treppe hinunter und aus dem Haus hinaus.

Saroj stand einen Moment lang wie gelähmt da, während sie den drohenden Ausbruch spüren konnte. Als Trixie davonschoß, wollte sie ihr instinktiv folgen, also versuchte sie, zwischen Baba und dem Türstock hindurchzuschlüpfen, um hinter Trixie die Treppe hinunterzurennen, aber Baba packte sie am Arm.

Zorn sprühte aus seinen Augen. Sein Arm erhob sich zum Schlag.

Diesmal würde sie es nicht zulassen.

Diesmal wehrte sie sich.

Sie wand sich heftig in Babas Griff, trat ihm gegen die Schienbeine, schlug mit ihrer freien Faust auf ihn ein. Sie brüllte ihm ihren Haß ins Gesicht, beschimpfte ihn mit den schmutzigsten Worten, die sie kannte. Baba, der nicht gewohnt war, auf Gegenwehr zu stoßen, konnte nichts anderes tun, als sie irgendwie auf Distanz zu halten, während sie um sich trat und zappelte. Er schob sie vor sich her ins Zimmer und versuchte, sie mit beiden Armen zu umfassen, um sie zur Ruhe zu bringen. Das war jedoch ein Fehler, weil er dabei seinen Arm vor ihr Gesicht legte. Saroj grub ihre Zähne hinein und biß mit aller Kraft und voller Haß zu. Baba schrie vor Schmerz laut auf. Dann ließ er sie los. Saroj rannte die Treppe hinunter, aus der Haustür hinaus, auf die Straße und in Trixies Arme.

Sie lachte hysterisch.

»Ich habe ihn gebissen, Trixie! Ich habe es wirklich getan! Ich habe richtig fest zugebissen!«

»Was wird er jetzt mit dir machen?«

Trixie hatte die Augen weit aufgerissen, auf ihrer Stirn erschienen sorgenvolle Falten.

»Was er machen wird? Das ist mir doch völlig egal. Soll er doch machen, was er will. Was kann er denn schon machen? Die Bißwunde wird man jedenfalls noch lange sehen.«

Es war eine Sache, Baba in einem impulsiven Wutausbruch öffentlich den Krieg zu erklären, etwas ganz anderes war es jedoch, das Haus wieder zu betreten und der Schlange ins Auge zu sehen. Saroj war ein vernünftiges Mädchen, das normalerweise nicht zu Gefühlsausbrüchen neigte. Das euphorische Triumphgefühl, das sie angesichts ihres Heldenmutes empfunden hatte, dauerte nur einen Augenblick an. Trixies Worte zeigten Wirkung, und Saroj fand sich in der bitteren Realität wieder. Sie wußte, daß sie zwar eine Schlacht gewonnen hatte, aber weit davon entfernt war, ihren Krieg gegen Baba zu gewinnen. Gerade hatte sie ihm jedenfalls neue Munition geliefert.

»Fahr nach Hause. Schnell«, flüsterte sie Trixie zu, die sich hastig auf ihr Fahrrad schwang und davonradelte, als wäre ihr eine Meute wilder Hunde auf den Fersen. Saroj sah zu den Fenstern hinauf. Da war kein Baba, der sie beobachtete. Sie kauerte sich zwischen den Hibiskusbusch und den Zaun, um auf Ganesh zu warten. Ihr Herz klopfte so laut, daß sie es hören konnte. Babas Rache, das wußte sie, würde kein Vulkanausbruch sein, er würde sich langsam und heimtückisch an ihr rächen.

Sie sollte recht behalten. Die Tatsache, daß sie ihn gebissen hatte, bewies ihm wieder einmal deutlich, wie unberechenbar sie war.

Baba sah diesmal davon ab, sie zu schlagen. Statt dessen verlegte er das Hochzeitsdatum nach vorn.

Sie sollte verheiratet werden, sobald sie vierzehn geworden war, was dem Mindestheiratsalter für ein Mädchen entsprach.

Indrani weigerte sich, den Sari zu tragen, den Trixie angefaßt hatte. Baba telegrafierte nach Kalkutta und bat darum, per Luftpost schnellstens einen neuen Sari zu schicken. Der erlesene Sari mit den Pfauen und Rosen war immer noch in keiner Weise beschädigt worden, auch wenn er von einer afrikanischen Hand beschmutzt worden war. Zur Strafe sollte Saroj ihn nun zu ihrer eigenen Hochzeit tragen.

14. Kapitel

Savitri

Gopal nahm seine Rolle als Aufpasser nicht besonders ernst, deshalb war er an dem Tag, an dem die Königskobra aufgetaucht war, auch nicht bei ihnen gewesen. Er war ein verträumter, sensibler Junge von dreizehn Jahren. Da er an Mr. Baldwins unkonventionelle Unterrichtsmethoden nicht gewöhnt war, zog er es vor, allein im Klassenzimmer oder in der Rosenlaube zu sitzen und zu lesen. Gopal war nämlich nicht nur klug, er war auch ehrgeizig. Eines Tages würde er den großen indischen Roman der Moderne schreiben. Auf englisch. Einen Titel hatte er schon: *Meer der Tränen.*

Was für ein Glück, daß er auf Savitri aufpassen mußte! Dies nämlich war für ihn die einzige Möglichkeit, der staatlichen Schule, wo ein niedriges Niveau herrschte und die Lehrer ihren Schülern gegenüber völlig gleichgültig waren, zu entgehen. Seine Ausbildung hier würde ihm Türen öffnen. Es war alles eine Frage des Einflusses, und die Lindsays hatten Einfluß. Vom englischen Privatlehrer dieser Familie unterrichtet zu werden, war eine der besten Voraussetzungen überhaupt, wenn man es im Leben zu etwas bringen wollte, und Gopal war durchaus bewußt, welch große Chance sich ihm hier bot.

Von seinen Brüdern war er der einzige, der sich glücklich schätzte, Natesan und Narayan waren die Engländer völlig egal, Mani jedoch hatte es immer noch nicht verwunden, daß ihm Mrs. Lindsay nach Davids Geburt seine Mutter weggenommen hatte. Einfach so und ohne auch nur zu fragen. Er hatte seine Mutter vergöttert. Die englische Lady aber hatte einfach gesagt: »Komm!«, und Amma hatte ihr gehorcht und ihn, Mani, zurückgelassen. Er war wütend gewesen, aber das hatte niemanden interessiert. Warum sollte die englische Lady …

Mani, damals elf Jahre alt, war der Älteste und durchaus in der Lage, rational und sachlich zu argumentieren. Warum durfte die englische Lady einfach sagen: »Mach das«, und Amma gehorchte ihr auch noch? Und warum sollte die englische Lady die Macht haben, eine ganze Familie auseinanderzureißen, ohne auch nur einen Gedanken an die Folgen zu verschwenden? Eine Familie mit vier Jungen und einem Ehemann, die nun ohne Mutter und Ehefrau dastand? Es war abscheulich, und Mani, alt genug, um es beurteilen zu können, war über ein derart gebieterisches Verhalten entsetzt! Aber so waren die Engländer eben. Sie schnippten mit den Fingern, und man mußte rennen.

Zu jener Zeit waren Thatha und seine Frau Patti, die bis dahin bei ihrem ältesten Sohn im Norden gewohnt hatten, bei ihnen eingezogen. Patti hatte gut für die Familie gesorgt, war aber, nachdem sie dreizehn eigene Kinder großgezogen und vier begraben hatte, vom Leben erschöpft. Nachdem Amma, die in dem großen Haus nicht mehr gebraucht wurde, dann zu ihrer Familie zurückgekehrt war, hatte sich Patti still und leise verabschiedet. Sie war einfach gestorben.

Thatha saß auf der Ostveranda, wo er in den Sommermonaten auch wohnte, und nahm das Mädchen Savitri in seinen Geist auf. Es wurde Zeit, das wußte er. Sein Körper, diese irdische Hülle, wurde immer schwächer, und er würde ihn bald verlassen müssen.

Thatha trug nur ein Lendentuch, einen heiligen Faden und um seine Schultern ein Übertuch. Seine Haut, die in ledrigen Falten an seinem gebrechlichen Körper hing, war dunkel und von Altersflecken übersät. Immer, wenn Vollmond war, ließ er sich den Kopf kahl scheren, so daß er glänzte wie ein runder Messingtopf. Thatha, der auf seiner zerrissenen Matte auf der Ost-*Tinnai,* der vorderen Veranda, regelrecht festgewachsen zu sein schien, umgab sich stets mit den Insignien seines Berufsstands: Flaschen, die seltsame, milchige Einreibemittel enthielten, und in Lumpen gewickelte Gefäße mit Rinden- und Wurzelstücken, mit Samen und getrockneten Blättern, Pillen, Ölen und würzigen Kräutern. Keine der Flaschen, keiner der Krüge und keine der Schachteln trug ein Etikett, Thatha jedoch wußte genau, wozu der Inhalt eines jeden Behältnisses gut war. Wenn jemand mit einem gesundheitlichen Problem zu ihm kam, so brauchte er nur seine Hand auszustrecken, um die richtige Arznei herauszusuchen. Heutzutage kamen allerdings nicht mehr so viele Menschen zu ihm wie früher. Die Leute zogen die Medizin der Engländer der Heilkunst der Inder vor, selbst wenn sie Unsummen dafür bezahlen mußten. Sie besaßen einfach keinen Glauben mehr. Nicht so das Mädchen Savitri. Sie war es, auf die Thatha seine Hoffnungen setzte und die er in seinen Geist aufnahm.

Sein jüngster Sohn, der bei den *Sahibs* als Koch arbeitete, hatte die Geheimnisse des Heilens schon längst wieder vergessen, obwohl auch er einst in sie eingeweiht worden war. Man hatte ihn einst auch gelehrt, daß Kochen und Heilen zwei Seiten derselben Medaille sind und daß man nicht kochen und den Körper ernähren kann, ohne zu wissen, welche Gleichgewichtsverhältnisse im Körper herrschen und wie man auf sie einwirken kann, wenn sie aus dem Lot geraten sind. Thatha selbst kannte diese Geheimnisse. Sie waren seit Generationen in seiner Familie weitergegeben worden, und als sein Vater als Koch in der Küche des Maharadscha von Mysore gearbeitet hatte, waren viele Menschen mit ihren Leiden zu ihm gekommen, sogar die Maharani, und er hatte sie geheilt. Thatha wußte um diese Geheimnisse. Zwei seiner Söhne, sein ältester und sein jüngster, waren wie er Koch geworden, beide jedoch hatten die andere Seite der Medaille, die Heilkunst, schnell wieder aufgegeben. Keiner von ihnen hatte die Gabe geerbt, und nicht eines seiner Kinder trug das Zeichen. Der älteste Sohn arbeitete jetzt im Hotel Ashok in Bombay, der jüngste in Madras. Thatha hatte ebenfalls in Madras gearbeitet und dort auch seine Familie gegründet, war dann aber nach Bombay gezogen, um bei seinem Sohn Madanlal zu leben, bis man ihn wieder nach Madras zurückgerufen hatte. Jetzt verstand er, warum das Schicksal ihm diesen Umzug bestimmt hatte. Es war wegen des Mädchens Savitri. Sie war zwar nur ein Mädchen, aber sie besaß die Gabe. Und sie trug das Zeichen, ein kleines, rundes Muttermal, hinter ihrem rechten Ohr. Auch er, Thatha, hatte dieses Muttermal, genau wie sein Vater und sein Großonkel. Wenn die Zeit gekommen war, würde Thatha ihre Gabe mit seinem Segen aktivieren. Savitri wurde von ihm bereits in der Heilkunst unterwiesen, aber das allein reichte nicht aus. Man mußte die Gabe besitzen. Man mußte das Zeichen tragen. Man mußte die Hände haben. Savitri hatte all das.

Eines Tages, als Thatha die Hände des Mädchens Savitri in die seinen nahm, hatte er es gespürt: das Fließen der Macht – jener Macht, die einen dazu befähigt, mit der einen Hand zu absorbieren und mit der anderen zu spenden; Krankheit, die nichts anderes als eine Art geistige Verstopfung war, zu absorbieren und Segen zu spenden, so daß die Krankheit nicht zurückkehren und sich wieder einnisten konnte. Das Mädchen besaß diese Macht. Das Fließen. Die Gabe. Noch schlummerte sie in ihr, was bedeutete, daß sie sie noch nicht bewußt einsetzen konnte. Dazu bedurfte es einer Initiation, und nur er, Thatha, konnte diese Initiation durchführen und die Gabe dadurch weitergeben, so wie er sie selbst von seinem Vater empfangen hatte. Nur daß diesmal eine Generation übersprungen wurde und sie zudem auf die weibliche Linie überging. Aber das spielte keine Rolle, da die Gabe vom Geist kam, und der war weder männlich noch weiblich, sondern die Essenz von beidem. Das Mädchen Savitri würde die Gabe erhalten und sie an ihre Kinder und Enkelkinder weitergeben, und so würde die Gabe nicht verlorengehen. Niemals. Die Gabe fand stets einen Weg. Sie erhielt sich selbst. Thatha lächelte in sich hinein und rülpste. Seine Schwiegertochter, Iyers Frau, war eine gute Köchin. Aber was war schon das Kochen, wenn man die Gabe nicht besaß? Thatha nahm das kleine Mädchen Savitri in seinen Geist auf und hielt es dort stumm fest.

Savitri hatte bereits seit sechs Monaten bei Mr. Baldwin Unterricht, als schließlich der Brief kam. Iyer brachte ihn zu Mrs. Lindsay und bat demütig um die Erlaubnis, Savitri aus der Schule zu nehmen.

»Aber Cooky! Nein, das kann ich nicht erlauben! Warum denn, sie macht doch so gute Fortschritte … das hat Mr. Baldwin mir selbst gesagt, und abgesehen davon wäre David dann ganz allein! Warum denn in aller Welt nun das?«

Savitri sagte nur: »Die Herrin verlangt eine Erklärung, Appa.«

Iyer spielte mit dem Briefbogen in seinen Händen herum. Er reichte ihn Mrs. Lindsay, die nur einen flüchtigen Blick darauf warf, ihn zurückgab und sagte: »Das ist Tamil. Worum geht es in dem Brief?«

»Es geht um die Hochzeit meiner Tochter, Madam«, sagte Iyer.

»Welcher Tochter? Du hast doch nur eine!« Savitri übersetzte das ihrem Vater, und er antwortete höflich.

»Das ist richtig. Ich spreche von meiner Tochter Savitri«, sagte Iyer.

Savitri war bei diesem Gespräch gar nicht anwesend. Nur ihr Körper war da. Sie selbst hatte sich von ihrem Gedankenkörper zurückgezogen, damit sie sich nicht in den Worten, die sie sprach, verhedderte. Diese Worte hatten nichts mit ihr zu tun. Sie sprach sie, ohne dabei darüber nachzudenken, daß sie es war, die da sprach. Wenn Mrs. Lindsay etwas sagte, übertrug sie deren Worte ins Tamil, und wenn ihr Vater etwas sagte, übertrug sie seine Worte ins Englische.

Sie war lediglich ein Gefäß für das Gespräch der beiden, ein Gefäß, in welchem die Sprache hin- und herfloß.

»Du meinst doch nicht etwa Savitris Hochzeit!«

»Sie ist meine einzige Tochter, Madam.«

»Aber um Himmels willen, Cooky, sie ist doch erst sieben! Sie ist ein Kind! Du kannst sie doch nicht jetzt schon verheiraten! Und sie ist so gut in der Schule, du kannst doch nicht...« Mrs. Lindsay hob zu einer langen Rede an, die sich Iyer und Savitri mit ausdruckslosen Gesichtern bis zu Ende anhörten, wobei Savitri alles getreulich ins Tamil übersetzte. Schließlich fand Mrs. Lindsay keine Worte mehr. Dann sagte Iyer, und Savitri wiederholte auf englisch:

»Mein Bruder Madanlal hat in Bombay einen passenden Jungen für sie gefunden. Er ist Koch im Ashok Lodge, sehr geeignet. Savitri wird nach Bombay gehen und dort im Haushalt meines Bruders leben, bis sie ins heiratsfähige Alter kommt, dann wird sie den Jungen heiraten.«

»Ja, aber wenn er Koch ist, kann er doch kein Junge mehr sein! Wie alt ist dieser Bursche denn?«

»Er ist einundzwanzig, Madam. Das ist ein durchaus angemessenes Alter, denn wenn die beiden heiraten, wird er achtundzwanzig sein. Meine Tochter ist vierzehn, wenn sie seine rechtmäßig angetraute Ehefrau wird. Bis dahin aber wird sie im Haushalt meines Bruders leben.«

Iyer wußte, daß es überaus wichtig war, klarzustellen, daß es sich hier nicht um eine Kinderhochzeit handelte, was illegal gewesen wäre, sondern um eine Verlobung, also lediglich um die Übereinkunft der Eltern, ihre Kinder zu verheiraten.

»Es ist nur eine Verlobung. Aber sie wird mit meinem ältesten Sohn Mani nach Bombay gehen.«

»Wenn es sich nur um eine Verlobung handelt, warum muß sie dann nach Bombay gehen? Warum kann sie nicht hierbleiben, bis sie alt genug zum Heiraten ist?«

»Der Junge spricht weder Englisch noch Tamil. Meine Tochter muß nach Bombay, damit sie Marathi und Hindi lernt, das sind nämlich die Sprachen, die er spricht«, sagte Savitri ernst.

»Nein, Cooky, das werde ich nicht erlauben. Und warum ausgerechnet nach Bombay? Hier in Madras gibt es doch bestimmt auch passende Männer!«

»Wir haben versucht, in Madras einen Mann für sie zu finden, hatten aber keinen Erfolg. Das Mädchen ist durch Ihren Sohn besudelt worden.« Savitri sagte das, ohne mit der Wimper zu zucken, während sie Mrs. Lindsay in die Augen sah, als bäte sie sie um Verzeihung.

»Besudelt? Was in aller Welt meinst du denn damit?«

»Sie war unbekleidet mit ihm zusammen.«

»Ach, aber um Himmels willen, Cooky, die beiden sind doch noch Kinder! Sie spielen Kinderspiele!«

»In Madras heißt es, die Tochter von Iyer, dem Koch, ist durch den *Sahib*-Jungen besudelt worden. Deshalb kann sie nicht in Madras heiraten.« Savitri sprach diese Worte, ihr eigenes Urteil, ohne die leiseste Gefühlsregung. Es waren Appas Worte. Ihr Herz jedoch begriff alles und befand sich in hellem Aufruhr. Jetzt kehrte auch ihr Gedankenkörper zurück und begann voller Auflehnung zu beben. Dennoch brachte sie Appas Argumente vor, als wären sie ihre eigenen, und diskutierte mit Mrs. Lindsay, während sie sich dabei gleichzeitig sehnlichst wünschte, sich ihrer Herrin zu Füßen werfen zu können und sie zu bitten, ihr Zuflucht vor Appa zu gewähren, vor ihrem Bruder, ihrem Onkel, dem klumpfüßigen Koch, Bombay, ihrer Kultur, ihrem Land, ihrem Volk.

In dieser Nacht kam Savitri wieder zu David ans Fenster. Diesmal stand der Vollmond am Himmel.

»Sie haben einen Mann für mich gefunden, David! Schon nächste Woche gehe ich nach Bombay!«

»Aber du hast doch versprochen, nur mich zu heiraten!«

»Aber Mani bringt mich nach Bombay! Was kann ich denn schon dagegen machen?«

»Du könntest ausreißen!«

»Und wo sollte ich dann hin?«

»Zu mir natürlich!«

Savitri schüttelte heftig den Kopf. Tränen brannten in ihren Augen, und sie wischte sie mit ihrem Schal fort.

»Deine Mutter würde das niemals erlauben, David. Ich bin nur ein Dienstmädchen.«

»Ich sage ihr einfach, daß ich dich heiraten werde.«

»David! Nein! Sag ihr das bloß nicht! Versprich mir, daß du ihr kein Wort sagen wirst!«

»Aber warum denn nicht, Sav? Wenn ich es ihr sage, dann sind doch alle Probleme gelöst. Sie macht immer das, was ich will!«

»Es wird ihr nicht gefallen, David, ich weiß es einfach. Sie wird ein ganz rotes Gesicht bekommen und genauso böse werden wie damals, als der Boy ihre Lieblingsrose abgeschnitten hat. Sie wird mich anschreien und auf der Stelle vor die Tür setzen, und dann muß ich wirklich fortgehen.«

»Das stimmt nicht, Sav. Mama macht immer, was ich will. Wenn ich ihr erzähle, daß ich dich heiraten werde, wird sie es Cooky sagen. Dann kannst du zu uns kommen und in unserem Haus wohnen. Und wenn wir erwachsen sind, heiraten wir! Schau, ich habe zwar keinen Ring, aber nimm statt dessen das hier! Das ist mein Versprechen, dich zu heiraten!«

Er nahm das goldene Kettchen ab, das er um den Hals trug, und gab es ihr durch die Gitterstäbe. Sie nahm es entgegen. Sie wußte, worum es sich handelte. Es war ein Geschenk von Davids Großmutter in England. An der Kette hing ein kleines goldenes Kreuz. Savitri wußte, daß es irgend etwas mit Davids Religion, mit seinem Gott, der wie Shiva war, zu tun hatte, also nahm sie das Geschenk in der Gewißheit an, daß dies das Heiligste war, was David ihr schenken konnte. Sie legte die Kette um.

»Danke, David«, sagte sie. »Ich werde sie immer aufbewahren, und auch ich verspreche dir, dich zu heiraten. Aber du solltest deiner Mutter trotzdem nichts von uns erzählen, versprichst du mir das?«

»Aber was sollen wir denn jetzt bloß machen, Sav?«

Die schiere Ausweglosigkeit ihrer Lage ließ sie verstummen. Was waren sie denn schon anderes als Kinder? Kinder, die ihren Eltern auf Gedeih und Verderb ausgeliefert waren, unbarmherzigen Erwachsenen, die die Macht besaßen, sie auf dem Antlitz der Erde herumzuschieben, als wären sie lediglich Figuren auf einem Schachbrett und als zähle diese Liebe nicht. Diese Liebe, die erhabener und stärker war als alle Gedankenkörper dieser Welt und dennoch machtlos gegen die Gedankenkörper jener kleinen Gruppe von Männern in Savitris Familie, die ihre Pläne in die Tat umsetzen und sie beide auseinanderreißen würden.

»Es ist einfach nicht fair!« sagte David und stampfte mit dem Fuß auf, denn zum ersten Mal wurde ihm klar, daß auch er hilflos war, hilflos selbst der Aufsässigkeit der Eingeborenen gegenüber, die doch, wie er von klein auf gelernt hatte, seinem Willen zu gehorchen hatten. Nicht einmal er, der junge Herr, konnte die Hochzeit der Tochter eines Dienstboten verhindern.

»Ganz egal, was passiert, Savitri, versprichst du mir, mich zu heiraten? Versprichst du es? Sav, schwörst du es mir?«

»Ja, David, natürlich! Ich liebe dich von ganzem Herzen, und ich schwöre, dich zu heiraten.«

Wütend über die merkwürdige Logik und den Starrsinn ihres Kochs, wälzt sich Mrs. Lindsay schlaflos in ihrem Bett herum. Sie konnte ihn natürlich auf der Stelle entlassen, aber damit hätte sich für Savitri nichts geändert. Sie konnte ihm auch drohen, ihn zu entlassen, wenn er sein Vorhaben nicht aufgab. Oder ihm drohen, ihn den Behörden zu übergeben, weil er versuchte, das Gesetz gegen Kinderehen zu umgehen – denn was war das denn letztendlich anderes als eine Kinderehe, selbst wenn sie erst zu einem späteren Zeitpunkt vollzogen werden sollte?

Sie durfte das einfach nicht zulassen. Hier in Fairwinds war sie die Herrin, und nicht Iyer! Wie konnte er es wagen, ihrem Willen zuwiderzuhandeln, selbst wenn Savitri seine Tochter war! Das ließ sie nicht mit sich machen. Savitri mußte ihre schulische Ausbildung abschließen oder sie zumindest noch ein wenig fortführen. Einfach lächerlich, was ihr Koch da behauptete! Besudelt, also wirklich! Wenn hier irgend jemand besudelt worden war, dann war das David, weil er mit dem Kind eines Dienstboten verkehrte – aber nein, so zu denken war falsch. Wir sind alle gleich. Jeder andere Vater – jeder englische Vater – wäre glücklich, wenn seine Tochter eine so ausgezeichnete Schulbildung bekäme. Noch dazu, wenn es sich um ein so intelligentes Mädchen handelte. Und was war mit David? Mit wem würde er spielen, wenn Savitri nicht mehr da war? Dieser Gedanke bedrückte Mrs. Lindsay am meisten. David würde untröstlich sein. Er hatte in Oleander Gardens nicht einen einzigen Freund – und jetzt war es für ihn zu spät, um sich noch mit jemandem anzufreunden. Er würde also ganz allein sein, isoliert, und es dauerte noch Jahre, bis man ihn auf eine Schule in England schicken konnte – vier Jahre mindestens. Schon wegen David mußte sie also etwas unternehmen.

Da erinnerte sich Mrs. Lindsay plötzlich daran, daß sie vor vielen Monaten, noch bevor sie nach Ooty gefahren waren und noch bevor Savitri bei Mr. Baldwin Unterricht bekam, geschworen hatte, »etwas für das Mädchen zu tun«. Die Erkenntnis traf sie wie ein Blitz: Jetzt wußte sie genau, was zu tun war.

Sie würde ihrem Anwalt schreiben.

Sie würde veranlassen, daß man für Savitri eine Art Treuhandfonds einrichtete. Sie hatte von solchen Dingen zwar keine genaue Vorstellung, aber ihr Anwalt kannte sich in diesem Punkt gewiß aus. Ja. Geld war die Lösung, eine Mitgift... Mrs. Lindsay schmiedete ihren Plan. Das Geld sollte jetzt angelegt, und wenn Savitri achtzehn war, ihr ausgehändigt werden – unter folgenden Bedingungen: Erstens durfte sie bis dahin noch nicht verheiratet sein. Zweitens mußte sie zumindest bis zum vierzehnten Lebensjahr mit ihrer schulischen Ausbildung fortfahren. Drittens mußte sie bis zu diesem Zeitpunkt im Hause ihres Vaters leben und durfte nicht nach Bombay oder sonst wohin verfrachtet werden, um dort auf ihre Hochzeit zu warten.

Mrs. Lindsay war so aufgeregt, daß sie sich im Bett aufsetzte. Die Idee war brillant!

Sie stand auf und tappte, während ihr Verstand heftig weiterarbeitete, zum Fenster. Es war Vollmond. Der Garten war in silbriges Licht getaucht und wirkte wie verzaubert. Der Duft von Rosen und Jasmin, sogar ein ganz feiner Hauch des Roten Jasminbaums, stieg ihr in die Nase. Sie atmete tief ein. Ah... wunderbar. In der dünnen indischen Atmosphäre waren Düfte weithin wahrzunehmen. Düfte – und Geräusche. Der Wind strich flüsternd durch die Bougainvilleas und die Rosen – flüsternd, als wäre er ein menschliches Wesen. Als wäre er ein menschliches Wesen... Mrs. Lindsay lauschte. Ihre Sinne waren durch den überall spürbaren Zauber des Gartens geschärft, da merkte sie, daß da tatsächlich ein menschliches Wesen flüsterte und daß dieses Flüstern aus dem nächsten Fenster kam. Es war David. Als Mrs. Lindsay im Mondlicht etwas zu erkennen versuchte, sah sie einen kleinen, dunklen Schatten, der nur Savitri gehören konnte. Obwohl sie den größten Teil des Gesprächs schon verpaßt hatte, hörte sie doch glockenklar die letzten verzweifelten Worte der Kinder, die, in ihrer Inbrunst alle Vorsicht vergessend, jetzt lauter sprachen:

»Ganz egal, was passiert, Savitri, versprichst du mir, mich zu heiraten? Versprichst du es? Sav, schwörst du es mir?«

»Ja, David, natürlich! Ich liebe dich von ganzem Herzen, und ich schwöre, dich zu heiraten.«

15. Kapitel

Nat

Die Dorfbewohner glaubten, Nat bringe ihnen stets Glück. Es war ihnen aufgefallen, daß immer seine Mannschaft gewann, wenn er mit seinen Freunden Kricket spielte, und so sagten sie, er habe goldene Hände und ernannten ihn zu ihrem Glückskind. Wenn sie ein Haus bauen wollten, baten sie Nat, den ersten Stein zu legen, und wenn das Haus dann fertig war, baten sie ihn, es als erster zu betreten und die mit einer Girlande geschmückte Kuh, der man die Hörner gelb und rot bemalt und Glocken umgehängt hatte, hineinzuführen. Wenn auf den Feldern die Zeit zum Jäten begann, baten sie ihn, das erste Unkraut auszurupfen. Bei Hochzeiten baten sie ihn, zu Beginn der Zeremonie die Ganesh-Statue zu berühren, denn Ganesh beseitigte Hindernisse. Das Beste an seinem Dasein als Glückskind waren jedoch die Süßigkeiten. Wann immer für irgendeine besondere Gelegenheit Naschereien vorbereitet wurden, schickte die Hausfrau nach Nat, damit er die allererste aß und seine Hände über die übrigen hielt. Diese Dinge erlaubte sein Vater.

»Wenn ich die erste Süßigkeit nehmen darf, warum darf ich dann nicht auch als erster Milch von Kanairams Kuh bekommen?« fragte Nat den Doktor. Der Doktor hatte geantwortet: »Weil Kanairams Kuh manchmal nicht genug Milch für alle hat und die anderen die Milch dringender brauchen als du. Ich möchte deshalb, daß du dich als letzter anstellst und, vorausgesetzt, es ist noch so viel Milch da, gleich zwei Tassen kaufst. Wenn Kanairams Kuh aber nicht genug Milch hat, bekommst du zu Hause Amul-Spray-Milchpulver, die Leute aus dem Dorf haben so etwas nicht. Deshalb möchte ich, daß du als letzter Milch kaufst, damit jeder Milch bekommt und Kanairam seine ganze Milch verkauft.«

Der Doktor glaubte nicht, daß Nat tatsächlich Glück brachte. Er sagte, die Dorfbewohner würden ihn nur deshalb als Glücksbringer betrachten, weil er eine so helle Haut habe. Sie glaubten, wenn er sie oder Gegenstände, die ihnen gehörten, berührte, würden ihre Babys ebenfalls mit heller Haut zur Welt kommen. Dies sei der wahre Grund. Der Doktor erzählte Nat, daß die Dorfbewohner eine helle Haut für besser als eine dunkle Haut hielten, daß das aber nicht stimmte. Nat dachte viel über diese Dinge nach. Er wußte, daß sein Vater immer die Wahrheit sagte, aber er wußte auch, daß die Mannschaft, in der er spielte, immer gewann, obwohl er nicht der beste Werfer war – das war Gopal, auch nicht der beste Schlagmann – das war Gautam, und genausowenig der Schnellste – das war Ravi, Anands Sohn.

Trotzdem gewann immer Nats Mannschaft, und die Dorfbewohner ließen Nat bei allem, was sie taten, den Vortritt, damit er ihnen Glück brachte.

Dennoch lehrte ihn sein Vater, sich selbst hintanzustellen. Eines war allerdings gewiß: Nat brachte Gauri Ma Glück. Irgendwie war Gauri Ma Nat schon immer aufgefallen, wie sie da im ersten Hof des Tempels neben dem Parvati-Becken saß und ihm und seinem Vater ihre Stummelhände entgegenhielt. Gauri Ma hatte Lepra. Sie hatte keine Füße mehr, nur zwei mit Lumpen umwickelte Klumpen am Ende ihrer Beine. Ihre Handgelenke waren merkwürdig nach vorn gebogen, so daß sie zwei Haken bildeten, mit denen Gauri Ma, obwohl sie keine Finger mehr hatte, etwas festhalten konnte, wenn sie, um diese Haken zu schließen, ihre Handstümpfe zusammendrückte.

Gauri Ma war, obwohl sie eine erwachsene Frau war, dünn und schmächtig wie ein Mädchen von zwölf Jahren. Ihre Haut hing ihr wie ein loser Sack aus dünnem, weichem, schwarzem Leder über die Knochen. Das zerrissene Stück Tuch, das sie sich als Sari umgewickelt hatte, bedeckte kaum ihren Unterkörper. Wie alle ärmeren Frauen der Region trug sie keine Saribluse, sondern drapierte sich das Schalende ihres Tuchs über ihre schlaffen Brüste und die linke Schulter. Gauri Ma war Nat schon aufgefallen, als sie zum allerersten Mal zum Tempel gingen, weil sie ihn so reizend angelächelt hatte. Es war ein Lächeln, das für das kleine schrumpelige Gesicht viel zu breit und für das zerlumpte Bild des Elends, das sie bot, viel zu fröhlich war. Man sah dabei eine Reihe schiefer Zähne, die vom *Paan*-Kauen rot gefärbt waren. An diesem ersten Tag war es allein ihr Lächeln gewesen, das Nat, als er mit seinem Vater durch den Tempel ging, innehalten ließ. Er blieb vor Gauri Ma stehen (zu diesem Zeitpunkt wußte er natürlich noch nicht, wie sie hieß), klemmte sich das Bündel kleiner Bananen, das er für die Göttin Parvati gekauft hatte, vorsichtig unter den Arm, und grüßte sie ebenfalls mit einem Lächeln, wobei er die Handflächen aneinanderlegte. Dann zupfte er seinen Vater an seiner *Lungi.*

»Ich werde ihr etwas geben!« sagte er zu seinem Vater. Normalerweise gab der Doktor den Bettlern nichts, oder aber er gab, wenn er es ausnahmsweise einmal tat, allen etwas. Dann wechselte er etwa dreißig Rupien in Ein-Rupien-Münzen und verteilte sie unter den Bettlern. Er sagte, das müsse er so machen, weil die Bettler, wenn sie sahen, daß man einem von ihnen etwas gegeben hatte, einen sofort umringen und laut rufend bis in den Tempel verfolgen würden. Es war also besser, keinem etwas zu geben oder eben allen. Insofern war das, was Nat soeben gesagt hatte, sehr ungewöhnlich, was ihm aber erst hinterher auffiel, als ihm bewußt wurde, daß sie keine Ein-Rupien-Münzen hatten, um allen Bettlern etwas zu geben.

Die Worte waren jedoch gesprochen und ließen sich nicht mehr zurücknehmen. Da Nat wußte, daß sein Vater keine Ein-Rupien-Münzen bei sich hatte, mußte er selbst etwas geben. Also nahm er das Bündel Bananen, das er sich unter den Arm geklemmt hatte, goldgelb ohne die leiseste Spur von Grün, vor Reife strotzend, aber nicht überreif, absolut makellos und als Opfergabe für die Göttin Parvati bestens geeignet, und hielt es Gauri Ma hin. Sie nahm die Bananen mit ihren Stümpfen entgegen, und ihr Lächeln wurde noch breiter.

»Danke, oh, danke«, sagte sie, berührte mit dem Bündel Bananen mehrmals ihre Stirn und neigte ihren Kopf in Dankbarkeit. Sie lächelte dabei so reizend, daß Nat fast zu weinen angefangen hätte.

Von diesem Tag an blieb Nat, wann immer er Gauri Ma im Tempelbereich sah, bei ihr stehen und tauschte lächelnd einen Gruß mit ihr aus. Manchmal gab er ihr eine Münze, heimlich, damit es keiner der anderen Bettler sah, manchmal auch eine Banane, bis allen anderen Bettlern klar war, daß Gauri Ma zu Nat gehörte und er zu ihr, und es sie nicht mehr störte, wenn sie und nur sie etwas von ihm erhielt. Er war ihr *Tamby,* ihr kleiner Bruder mit den goldenen Händen.

Sie waren viele Jahre befreundet. Als Nat vierzehn war, heiratete Gauri Ma. Ihr Mann war ebenfalls leprakrank; während Gauri Mas Stümpfe jedoch sauber und trocken und von narbiger Haut bedeckt waren, hatte er einen schmutzigen Bart und eitrige Handstümpfe. Der Doktor sagte zu Gauri Mas Mann, er solle in die Praxis kommen, um sich seine Stümpfe verbinden zu lassen, aber dieser erklärte, daß er nicht so weit gehen könne. Also kam der Doktor eines Tages mit seinem Arztkoffer vorbei und bat Gauri Mas Mann, er solle ihm in den alleräußersten Tempelhof folgen, zu jenem baumbestandenen Streifen Land, wo Kühe grasten, die Leute ihre Notdurft verrichteten und die Hunde dann deren Ausscheidungen auffraßen. Er führte ihn zu einem einigermaßen sauberen Platz unter einem Jacarandabaum, reinigte die Stümpfe und legte ihm einen frischen weißen Verband an. Nat konnte Gauri Mas Mann nicht besonders leiden, aber er nahm an, daß es schön für sie war, wenn sie jemanden hatte, mit dem sie reden konnte. Der Doktor erklärte ihm, daß die anderen leprakranken Männer sie, wenn sie keinen Mann zu ihrem Schutz hätte, nachts überfallen und ihr das erbettelte Geld rauben würden, wenn sie es noch nicht ausgegeben hätte. Also war es gut, daß Gauri Ma geheiratet hatte.

Eines Tages, bald nach dieser Hochzeit, befand sich Nat gerade auf seinem Heimweg aus der Stadt. Er fuhr mit seinem Fahrrad die staubige Straße entlang, da sah er Gauri Ma am Straßenrand entlanggehen. Natürlich konnte Gauri Ma nicht richtig laufen, sie bewegte sich mehr hinkend und humpelnd fort. Dennoch hatte sie schon eine beträchtliche Strecke zurückgelegt, als Nat sie sah. Er erkannte sie schon von hinten, nicht nur wegen ihres Gangs, sondern auch wegen des schmutzig purpurfarbenen Saris, den sie stets trug. Als er sie eingeholt hatte, bremste er und stieg vom Fahrrad. Nat war inzwischen zu einem sehr stattlichen jungen Mann herangewachsen, der Gauri Mas kleine gebeugte Gestalt weit überragte. Sie begrüßten einander mit gewohnter Zuneigung, dann aber sagte Gauri Ma etwas über ihren Fuß, und als Nat nach unten blickte, erschrak er. Beide Füße waren vorn ganz offen. Wo bislang gesunde – für einen Leprakranken gesunde – Haut das Ende des Stumpfs bedeckte, sah er jetzt nur einen eitrigen, blasigen Fleischklumpen. Gauri Ma sagte, sie sei auf dem Weg zum Doktor, also setzte Nat sie auf den Gepäckträger seines Fahrrads und fuhr mit ihr zur Praxis seines Vaters. Da sein Vater mit der Triumph unterwegs war, um einen Patienten im nächsten Dorf zu besuchen, reinigte und bandagierte er die Wunde selbst, so wie er es seinen Vater immer hatte tun sehen. Und obwohl es ihn stets mit Ekel erfüllt hatte, wenn er sah, wie sein Vater das kranke Fleisch berührte, auch wenn er dabei dünne Gummihandschuhe trug, ekelte sich Nat jetzt aus irgendeinem Grund nicht im geringsten. Als er die

Wunde versorgt hatte, ließ er seinen Blick über die Flaschen mit Globuli schweifen, die auf dem Regal standen, und seine Hand streckte sich ganz unwillkürlich nach einer davon aus. Er nahm sie, öffnete sie und legte Gauri Ma zehn der kleinen weißen Kügelchen auf die Zunge, da sie keine Finger hatte, mit denen sie sie hätte entgegennehmen können.

Nat ging in das Zimmer, das er sich noch immer mit seinem Vater teilte, um ein Paar seiner eigenen ledernen *Chappals* zu holen, die er Gauri Ma an die Füße schnallte. Sie waren viel zu groß, aber die Riemen umschlossen ihre Knöchel und hielten die Sandalen am Fuß, so daß der Verband wenigstens eine Weile sauber bleiben würde.

Während Nat Gauri Ma behandelte, kam es ihm so vor, als würde sie irgend etwas bedrücken, also sagte er: »Ma, hast du noch ein anderes Problem? Wie geht es deinem Mann?«

»O nein, *Tamby,* ich habe großes Glück. Lord Shiva ist zu mir und meinem Mann überaus freundlich, dennoch …«

Nat fragte nochmals nach, da schüttete Gauri Ma ihm ihr Herz aus: Die anderen Leprakranken zeigten seit jenem Tag, als der Doktor Gauri Mas Mann behandelt hatte, eine heftige Abneigung gegen das Paar. Sie ließen sie nicht mehr in ihre gemeinsame Unterkunft, eine alte, verfallene Hütte in der Nähe des Tempels, wo sie, wenn der Tempel seine Tore schloß, alle übernachteten. Außer den üblichen Reibereien hatte es bislang noch nie irgendwelche Probleme gegeben. Jetzt jedoch hatten sie sich alle gegen Gauri Ma und ihren Mann verbündet und sie hinausgedrängt. Da die beiden noch keine andere Unterkunft gefunden hatten, waren sie gezwungen, an Straßenecken zu schlafen, aber die Bewohner der Häuser versetzten ihnen Fußtritte, schlugen sie mit Besen oder begossen sie mit Wasser, um sie zu verjagen, denn es brachte Unglück, wenn ein Leprakranker vor der Tür schlief.

Nat brachte Gauri Ma zum Tempel zurück, fuhr nach Hause und sprach mit seinem Vater. Der Doktor beschloß, ein kleines Stück Land zu kaufen, das zwischen ihrem Dorf und der Stadt lag, und dort eine Hütte für Gauri Ma und ihren Mann zu bauen. Auf diese Weise mußte sie zum Betteln zwar jeden Tag ein Stück zu Fuß zum Tempel laufen und am Abend die gleiche Strecke wieder zurück zur Hütte gehen, aber es würde sie nie wieder jemand verjagen, denn der Grund und Boden, auf dem die Hütte stand, war Eigentum des Doktors. Und genau das taten sie dann auch. Zwei Tage später stand die Hütte, und Gauri Ma und ihr Mann zogen ein.

Nat entfernte Gauri Mas Verbände und stellte fest, daß die Wunde vollkommen verheilt war. Das sprach sich schnell herum, und bald war bekannt, daß Nat goldene Hände, heilende Hände hatte. Nat hatte seinem Vater in letzter Zeit immer öfter in der Praxis geholfen, jetzt aber wollten die Dorfbewohner, daß Nat sie berührte, ihnen ihre Arzneien gab oder ihren Babys die Hand auflegte, weil sie festgestellt hatten, daß Wunden dann schneller heilten, Infektionen schneller abklangen und daß Nat ihnen Glück brachte.

16. Kapitel

Saroj

Baba interessierte sich in seinem Leben nur für zwei Dinge: die indische Kultur und seine Familie. Sowohl das eine als auch das andere stand unter Belagerung, und er sah es als seine heilige Pflicht an, beides zu beschützen. Er sah sich als Wächter all dessen, was hehr, edel und rein war, von einer höheren Macht dazu berufen, es vor dem Bösen zu bewahren. Die moderne Gesellschaft war böse. Man durfte nicht zulassen, daß die Festung der Kultur fiel.

Hierzu war es unbedingt erforderlich, daß er seine Töchter gut verheiratete. Dies war die heilige Pflicht eines jeden Hindu-Vaters, und Deodat nahm diese Pflicht sehr ernst. Er war damit erfolgreich gewesen – zumindest mehr oder weniger. Er hatte nämlich einen Kompromiß eingehen müssen, da es in der Kolonie nicht genügend Brahmanen gab und kaum ein Stammbaum rein war. Innerhalb dieser Limitierungen hatte er jedoch sein Bestes getan, und Gott würde ihm das Übrige vergeben. Aber die Familie und die Kultur vor dem Bösen zu bewahren war ein mühseliger Kampf, und er ging nicht spurlos an ihm vorüber.

Als Saroj dreizehn war, wirkte Baba wie das vertrocknete Gerippe eines Baumes an einem Wintertag. Er hatte zu lächeln und zu lachen verlernt. Er ging wie ein dunkler Schatten in einem weißen Leichentuch im Haus um, hielt nach irgendwelchen Vergehen Ausschau, bestrafte den Übeltäter und verfiel dann wieder in jene kalte Winterstarre.

Seine Kinder wagten in seiner Gegenwart weder zu kichern noch miteinander zu spielen. Jeden Nachmittag, wenn er durch die Tür kam, legte sich eine graue Traurigkeit wie Nebel über das Haus. Seine Kinder pflegten bei allem, was sie taten, auf das Geräusch seines Wagens zu lauschen, und hasteten, wenn sich die Haustür öffnete und er eintrat, davon wie junge Hunde, die mit eingezogenem Schwanz vor der Peitsche eines grausamen Herrn fliehen. Er verschwand dann stets in seinem Büro, das ans Wohnzimmer grenzte. Für den Rest des Tages herrschte im Haus dann Totenstille, denn sie wagten nicht, auch nur den kleinsten Mucks zu machen. Sie wagten es aber auch nicht, das Haus zu verlassen. Die Art und Weise, wie er durchs Haus schlich, wie er leise sein Büro verließ, um seine Kinder zu kontrollieren und dann wieder zu seiner Arbeit zurückzuschleichen, hatte etwas Reptilienhaftes an sich. Saroj, die vielleicht gerade, versunken in ein Bibliotheksbuch, in der Galerie saß – Lesen war ihr einziger Trost, ihre einzige Zuflucht, und sie verschlang Bücher wie ein hungriger Hund frisches Fleisch –, spürte immer, wie sein kalter Blick auf ihr ruhte. Dann wartete sie, die Augen auf ein einzelnes Wort geheftet und in dem Wissen, daß sie beobachtet wurde, bis sie schließlich aufsah, um diesem heimtückischen Starren zu begegnen. Sie sahen einander durch den Raum hinweg an, woraufhin Baba zufrieden nickte und wieder davonschlich.

Der Ghosh-Junge war zwar nicht perfekt, aber er war die beste Wahl, die Baba unter den gegebenen Umständen hatte treffen können, und so war er innerhalb des engen geistigen Spielraums, den er dem Vergnügen gewährte, so erfreut, wie es nur möglich war. Jetzt, da er seine Familie versorgt hatte, war es Zeit, daß er sich einer größeren, noch wichtigeren Sache widmete: der Förderung der indischen – hinduistischen – Kultur.

Auch hier war Baba – wie bei der Heirat seiner Tochter – zu Kompromissen gezwungen gewesen. Als er damals in Britisch-Guyana ankam, hatte er entsetzt feststellen müssen, daß es in der indischen Diaspora keine Kastenunterschiede mehr gab. Die Inder hatten sich bereits über Generationen hinweg miteinander vermischt. Sie hatten als eine allerdings nach außen hin klar definierte gesellschaftliche Gruppe überlebt und Erfolg gehabt, hatten um der Stärke und Gemeinschaft willen zusammengehalten. Es gab hinduistische Inder und moslemische Inder, sogar ein paar christliche Inder, aber sie waren alle Inder, ohne daß einer niedrigstehend, ein anderer höherstehend gewesen wäre.

Er hatte seine Einwände laut geäußert und war eifrig bestrebt gewesen, jene Reformen auf den Weg zu bringen, die sein Volk zu seinen Ursprüngen zurückführen sollten – mit anderen Worten, das Kastensystem wieder zu etablieren. Aber das hatte sich als unmöglich herausgestellt. Die Hindus hatten seit Generationen die Kasten vermischt – genausogut hätte er versuchen können, aus einem Rührei wieder ein

Ei mit Eiklar und Dotter zu machen. Er sah sich gezwungen, die Realität zu akzeptieren, auch wenn sie ihm verhaßt war, und eben Kompromisse einzugehen. Entweder das, oder aber er kehrte nach Indien zurück. Als seine Großonkel ihn nach Britisch-Guyana kommen ließen, hatten sie ihn in mehrfacher Hinsicht getäuscht, in einer Sache sollten sie jedoch recht behalten: Er konnte hier ein großer Fisch in einem kleinen Teich sein, und er konnte in diesem Teich zu enormem Einfluß gelangen. So beschloß er also zu bleiben. Nachdem er diese Entscheidung getroffen hatte, sah er neue Möglichkeiten. Er konnte eigene Regeln aufstellen, seine eigenen Reformen in die Wege leiten.

Die Kaste unterschied zwischen dem Reinen und dem Unreinen, dem Erhabenen und dem Gemeinen. Das Hohe konnte sich nur als solches erkennen, wenn auch das Niedrige existierte. Nun gut. Hoch und niedrig würden wieder existieren, und er, Deodat Roy, würde eine neue Gesellschaft, seinen eigenen Vorstellungen und Geboten gemäß, formen. In Indien selbst herrschten zwischen Indern und Muslimen Spannungen, es wäre jedoch selbstzerstörerisch gewesen, wenn man die Muslime hier zurückgewiesen hätte, denn man brauchte ihre Stimme für die Wahl, die die Inder, alle Inder, an die Spitze bringen würde. Baba brauchte nicht lange zu suchen.

Immerhin gab es da noch die Afrikaner.

Es war Baba, der den Slogan *Aphan Jhat,* Rassenwahl, prägte. Es war Baba, der den Indern predigte, sie sollten sich getrennt entwikkeln. Es war Baba, der die ersten Erfolge an der Wahlurne bewirkte: den Sieg bei den Wahlen von 1957 und 1961. Es hatte ein Inder gegen einen Afrikaner kandidiert und gewonnen, weil die indische Wählerschaft die afrikanische zahlenmäßig übertraf.

Baba wurde langsam zu einem großen Fisch. Er hatte eine neue Kategorie von Parias entdeckt – die Afrikaner. Die Afrikaner seien das natürliche Gegenteil der Inder – so Baba. Die Inder repräsentierten den erhabenen Geist, den Gipfel der menschlichen Evolution. Die Afrikaner stünden am unteren Ende dieser Evolution. Und sie spielten ihm direkt in die Hände.

Die Afrikaner weigerten sich nämlich schlicht und einfach, die indische Führungsrolle zu akzeptieren. Über die Jahre hinweg wuchs ihr Widerstand, und schließlich kam es zu gewalttätigen Ausschreitungen. Für Baba war bald klar: Die Afrikaner waren nicht nur das natürliche Gegenteil der Inder, sie waren auch der Feind. Die Afrikaner neideten den Indern ihren Wohlstand, ihren Fortschritt und ihre politische Macht. Die Afrikaner wollten den rechtmäßig gewählten indischen Führer stürzen, und wenn ihnen das nicht mit legalen Mitteln gelang, dann würden sie eben zu illegalen Mitteln greifen, also zur Gewalt. Die Afrikaner brandschatzten indische Geschäfte. Die Afrikaner streikten, randalierten und plünderten.

Und Babas guter Freund und vermeintlicher Verbündeter, Cheddi Jagan, war ihm überhaupt keine Hilfe.

»Cheddi bekommt diese Afrikaner nicht in den Griff!« tobte Baba. »Die Unterschiede sind inhärent! Afrikaner und Inder können niemals zusammenarbeiten, geschweige denn zusammenleben! Er verkauft die Rechte der Inder!«

»Den Afrikanern fehlt die Fähigkeit, einen Staat aufzubauen«, sagte Baba jedem, der es hören wollte, zuerst innerhalb der Familie, später dann zu guten indischen Bekannten. »Sie sollten entweder nach Afrika zurückgehen oder die indische Führung akzeptieren! Wo befinden sich denn all die großen alten Kulturen? Im Osten! Indien! Arabien! China! Nicht in Afrika! Das ist eine historische Tatsache! Was hat denn die afrikanische Kultur schon hervorgebracht! Stockmalereien! Kriegstänze! Grasröcke!«

Baba posaunte diese Ansichten laut heraus, damit die ganze indische Welt sie hörte, Ansichten, die andere nicht einmal zu denken wagten. Es war ihm dabei völlig gleich, wen er damit beleidigte. Baba wollte in dieser Kolonie eine Art Kastensystem einführen. Die Kasten, sagte Baba, seien eine natürliche Gegebenheit des Lebens.

»Einige Rassen werden als geistig höherstehend geboren, sie werden als Führungspersönlichkeiten geboren, andere werden niedrig geboren und sind deshalb auch nur für niedrige Aufgaben geeignet!« verkündete Baba bei Hochzeiten, Totenfeiern und Geburtstagspartys. »Gott hat die Afrikaner dazu bestimmt, die Füße der Gesellschaft zu sein! So wie ein menschlicher Körper einen Kopf und Füße hat, besitzt auch der Körper der Gesellschaft einen Kopf und Füße! Die Füße sind genauso wichtig wie der Kopf! Ohne Füße ist der Kopf nutzlos! Ohne Kopf sind die Füße nutzlos! Die Inder sind naturbedingt der Kopf dieser Gesellschaft, die Afrikaner die Füße! Aber die Füße sollten nicht versuchen, Kopf zu sein!«

Baba besaß genügend politischen Instinkt, um seine Parolen nicht in aller Öffentlichkeit zu verbreiten, zumindest nicht zum gegenwärtigen Zeitpunkt, aber er übte seine Reden schon jetzt vor seiner Familie. Manch einen Abend saßen sie, den Blick starr auf ihn gerichtet, stumm und versteinert um den Eßtisch versammelt, während er auf die Tischplatte einhämmerte. Drei Kinder und eine stille, kleine Frau waren kein besonders großartiges Publikum, aber das waren schließlich auch nur Probereden: Baba wußte, daß er eines Tages andere, würdigere Zuhörer haben würde. Gelegentlich, etwa einmal im Monat, brachte er nach der Arbeit einen der Onkel mit. Einige kamen bereitwillig, andere mit offensichtlichem Widerwillen und rutschten dann verlegen auf ihren Stühlen herum.

Außerhalb des Roy-Haushalts explodierte die Welt vor Gewalt. Babas Ruf nach *Aphan Jhat* hatte Früchte getragen: Die Inder, die die Bevölkerungsmehrheit stellten, hatten wieder eine Wahl gewonnen. Die Afrikaner hatten afrikanisch gewählt und verloren. Beide Seiten steigerten sich in einen maßlosen Haß hinein. Gewerkschafter und Zuckerarbeiter schüttelten zornig die Fäuste, Politiker brüllten sich im Parlament gegenseitig an, und das Säbelrasseln zu beiden Seiten des Grabens, der die Rassen trennte, führte zu einem achtzigtägigen Generalstreik, der die gesamte Wirtschaft schwer schädigte und das Land buchstäblich lahmlegte.

Die Inder begannen allmählich, um ihr Leben zu fürchten.

Im Jahr 1964, dem Jahr, in dem Saroj dreizehn wurde, dem Jahr, in dem ihre Hochzeit mit dem Ghosh-Jungen vereinbart wurde, dem Jahr, in dem sie, für sich gesehen, mündig wurde, spitzte sich die Gewalt immer mehr zu.

Anfang dieses Jahres wurde eine Inderin namens Koswilla auf dem Gut Leonora überfahren. Sie wurde dabei regelrecht in zwei Stücke gerissen. Gegen den Fahrer des Traktors, einen Afrikaner, wurde Anklage erhoben, eine afrikanische Jury des Schwurgerichts sprach ihn jedoch frei. Die Inder schäumten vor Wut, die Afrikaner lachten und drohten mit den Fäusten.

In der Third Alley wurde das Haus eines Inders in Brand gesteckt, woraufhin sich die ganze Straße in ein flammendes Inferno verwandelte. Afrikanische Banden zogen randalierend durch die Stadt und legten weitere Brände, plünderten Geschäfte und terrorisierten die Inder, die verzweifelt versuchten, ihnen zu entkommen. Sie schlugen die Männer auf der Straße nieder, rissen den Frauen und Mädchen die Kleider vom Leib und vergewaltigten sie in aller Öffentlichkeit.

Im November jenes Jahres schnappte sich eine Bande Afrikaner eine achtzehnjährige Inderin, die sich auf dem Heimweg von einer politischen Versammlung befand. Sie warfen die junge Frau zu Boden und rissen ihr die Kleider vom Leib. Zwei berittene Polizisten, Afrikaner, sahen interessiert dabei zu, ohne auch nur einen Finger für das Mädchen krumm zu machen. Die Achtzehnjährige wurde schließlich von einem Korrespondenten der *Times* gerettet. Der Fahrer eines vorbeikommenden Autos nahm die beiden dann mit und brachte das Mädchen ins Krankenhaus.

Die Inder hatten Angst, auf die Straße zu gehen. Sie wurden von Afrikanern überfallen, beraubt, verstümmelt, getötet und vergewaltigt. Selbst in ihren Häusern waren sie nicht sicher. Für Baba war das alles nur Öl ins Feuer. Er stellte zwei Wachleute ein, die sein Haus beschützen sollten, einer bei Tag, der andere bei Nacht. Er versprach, eine Feuerleiter am Haus installieren zu lassen.

Georgetown brannte. Und die Afrikaner, so sagte Baba, seien für diese Hölle verantwortlich.

Die britische Regierung schickte die Marine.

Im Dezember 1964 wurde eine neue Wahl nach dem Verhältniswahlrecht abgehalten. Obwohl der indische Amtsinhaber die meisten Stimmen auf sich vereinigen konnte, mußte er die Macht an eine Koalitionsregierung abgeben, und Forbes Burnham, ein Afrikaner, übernahm die Regierungsgeschäfte. Das war wie eine Ohrfeige für Baba. Er wetterte gegen die britische Regierung und die CIA, die, so schrie er, ein Komplott geschmiedet hätten, um den indischen Amtsinhaber unter dem Vorwand, ein Kommunist zu sein, zu stürzen.

Niemand war überrascht, als Baba angewidert aus Jagans PPP austrat und die Gründung der All-Indian Party for Cultural Progress, der Gesamtindischen Partei für den Kulturellen Fortschritt, verkündete. Selbstverständlich fungierte er als Parteivorsitzender. Sämtliche Roys machten sofort mit, denn welcher Geschäftsmann will sich schon nachsagen lassen, Mitglied einer kommunistischen Partei zu sein, selbst wenn dort ein Inder den Vorsitz hatte? Also wurde Babas AIPCP zu einem Sammeltopf für jene wohlhabenderen Inder, die von Jagans marxistischer Politik enttäuscht waren, die sich jedoch bereit erklärten, falls nötig eine Koalitionsregierung mit Jagan zu bilden, damit die Inder an der Macht blieben. Jagan konnte sich ruhig auf die Massen konzentrieren, die indischen Zuckerarbeiter und Reisbauern, und sie mit seinen marxistischen Parolen glücklich machen. Die Elite – hochangesehene Hindus und Moslems gleichermaßen – folgte Baba.

Baba mietete ein zweistöckiges Holzhaus in der Regent Street, richtete dort die Parteizentrale ein und verlegte sein Büro von zu Hause nach dort. Von diesem Augenblick an wurde das Haus der Familie ein ruhigerer Ort, sogar eine Zufluchtsstätte. Als Baba politisch aktiv wurde, nahm sein Interesse am Tun seiner Kinder schlagartig ab. Sie alle akzeptierten inzwischen die Regeln und wußten, daß sie unangreifbar waren. Sie waren alle gut dressiert. Sie hatten jeder für sich einen Weg gefunden, mit ihm zurechtzukommen.

Als Baba Trixie mit ihren schmutzigen schwarzen Fingern auf Indranis Sari erwischte, vereinigte sich ein Jahrtausend voller Vorurteile mit dem Zorn, der schon lange in ihm schwelte – seinem persönlichen, privaten Zorn –, und richtete sich gegen Saroj. Sie nämlich hatte die heiligste aller Regeln verletzt. Sie hatte sich mit dem Feind verbündet. Sie hatte dem Feind Zugang zu seinem Zuhause gewährt.

17. Kapitel

Savitri

»Unsinn, Celia, die beiden sind doch noch Kinder, um Himmels willen!«

Der Admiral duldete keine Störungen. Er trommelte mit den Fingern ungeduldig auf seinen Schreibtisch und wünschte sich, daß sich seine Frau wieder ihren Pflichten im Haushalt widmen würde. Er war noch genau ein Kapitel von der wichtigsten Schlacht seines Lebens entfernt, und der Drang, mit seinem Buch voranzukommen – Tag und Nacht zu schreiben und seine Arbeit nur für die absolut notwendigen Dinge wie essen, schlafen, urinieren und den Donnerstag abend zu unterbrechen –, zwang ihn zu regelrechten Marathonsitzungen. Er stärkte sich dabei mit unendlich vielen Tassen Tee, die er hastig hinunterkippte, während er die jeweils letzten Seiten durchlas, die seine Schreibmaschine ausgespuckt hatte, und mit einem Stift Korrekturen, Pfeile, Ausrufezeichen und Fragezeichen einfügte. Er kam nur sehr langsam voran. Der Admiral hatte es sich zur Regel gemacht, eine jede Seite so lange zu überarbeiten, zu korrigieren und neu zu tippen, bis sie wirklich perfekt war, bevor er zur nächsten überging. Und er beharrte auf Details. Seine rechte Hand lag verkümmert und nutzlos auf seinem Knie. Er konnte nur eine Hand gebrauchen, seine linke, und mußte sich so jeden Buchstaben auf der Schreibmaschine sorgfältig mit einem Finger suchen. In sechs Jahren hatte er auf diese Weise fast vierhundert Seiten getippt, alles in einzeiligem Abstand, hatte sich stoisch von einer Schlacht zur nächsten gekämpft, und nun war endlich das Ende in Sicht. Das Ende eines langen, harten Kampfes, so schien es ihm, seines erhabensten Kampfes, denn durch diesen Kampf hielt er die Geschichte und auch sich selbst am Leben. Seine Memoiren würden zum endgültigen Geschichtsbuch über den Großen Krieg werden. Eines Tages würden Schulkinder Passagen daraus abschreiben, Lehrer würden mit den Tränen kämpfen, denn dieses Buch enthüllte jene ergreifenden, geheimen Momente, in denen der menschliche Geist über sich selbst hinauswächst und sich zu unbekannten Höhen aufschwingt, wozu dieser, so schien es dem Admiral, nur im Krieg fähig war. Erinnerungen stürmten auf ihn ein, und nur im Schreiben vermochte er ihnen freien Lauf zu lassen. Das Buch trug den bescheidenen Titel *Der Große Krieg – Erinnerungen.* Was für eine kluge Untertreibung! Angesichts dieser Großartigkeit und seiner bescheidenen Rolle als Chronist wollte ihm schier das Herz bersten. Und hier stand Celia nun vor ihm und drang mit irgendeiner lachhaften Geschichte über David und dieses einheimische Mädchen in seine kostbare Ungestörtheit ein – und das auch noch vor dem Frühstück!

Mrs. Lindsay rang besorgt die Hände.

»Ich weiß, ich weiß ... das ist genau das, was ich mir auch ständig sage. Trotzdem ... du würdest es nicht glauben, wie ernst ihr Schwur geklungen hat ... John, ich habe eine Gänsehaut bekommen!«

Sie wünschte sich, es hätte jemanden, irgend jemanden gegeben, mit dem sie über die Sache hätte reden können. Ihr Mann war, in mehr als nur einer Hinsicht, ein hoffnungsloser Fall. Unvorstellbar war es auch, sich einer ihrer Freundinnen anzuvertrauen – nein, wirklich, das war undenkbar. Das Ganze hätte sich unter den Engländern hier wie ein Lauffeuer herumgesprochen, und wie sie dann alle über sie kichern würden! Es sei denn, sie sah das Ganze als dummen Scherz an – aber das war es nicht gewesen. Es lag etwas ... etwas ... Mrs. Lindsay suchte nach dem passenden Wort. Nicht feierlich – ein feierlicher Schwur –, nein, das war banal, ein Klischee, und entsprach in keiner Weise dem, was sie gespürt hatte. Nein, Savitris Worte hatten irgendwie prophetisch geklungen. Das war es. Als wäre das Mädchen im Besitz eines besonderen Wissens, und das hatte Mrs. Lindsay einen kalten Schauder über den Rücken gejagt. Deshalb mußte sie mit jemandem sprechen, aber nicht mit einer ihrer englischen Freundinnen, ihnen nämlich hätte sie nicht offenbaren können, was sie insgeheim befürchtete ... daß sie wohl irgendwie einen Fehler gemacht hatte. Sie hätte die beiden Kinder niemals zusammenbringen dürfen, niemals. Die Worte des Kindes schienen einen Bann über sie gelegt zu haben, so daß alle Logik, alle Vernunft sie verließ und nur noch die Angst blieb, denn Savitri hatte wahre Worte gesprochen.

»Gütiger Himmel, was geht mich das alles an!« platzte der Admiral ungeduldig heraus. »Trenn die beiden voneinander! Entlaß den Koch! Schick David nach England. Verheirate das Mädchen. Das ist deine Sache, Celia, mich geht das wirklich nichts an. Also, wenn es dir nichts ausmacht...«. Er winkte Khan, der in der Ecke stand. »Frühstück, Khan. Ich werde es gleich hier einnehmen, an meinem Schreibtisch. Danke, Celia... bitte...«

Da wußte Mrs. Lindsay, daß ihr Mann nicht gewillt war, ihr weiter zuzuhören. Sie seufzte und zog sich zurück. Als sie die Tür schloß, lächelte sie jedoch, denn der Admiral, der Gute, hatte mit seinen arglosen Worten den Bann gebrochen: »Verheirate das Mädchen.«

»Ich bin wirklich dumm, daß ich mich derart aufrege!« dachte sie. »Ich brauche einfach gar nichts zu unternehmen. Das Mädchen geht doch ohnehin nach Bombay, um diesen klumpfüßigen Koch zu heiraten.«

An diesem Morgen wurde Savitri nicht vom Ruf des Muezzins geweckt, denn sie war bereits wach. Sie lauschte, so wie sie es immer tat. Der Muezzin im Westen begann stets ein paar Sekunden früher als der Muezzin im Norden, der aber schneller war und ihn einholte, so daß sie schließlich im Einklang sangen. Ihr Ruf schallte weithin über die Dächer von Madras, traf sich, vermischte sich und zog alle Seelen, die ihm zuhören wollten, hin zum Herrn. Angesichts des heiligen Rufes erschauderte sie.

Es war ihr nicht gestattet, zuzuhören. Sie hatte Appa gefragt, ob das die Stimme Gottes sei, und er hatte das verneint. Der Ruf richte sich nur an die Moslems. Da sie selbst keine Moslems seien, sollten sie nicht darauf hören. Khan war Moslem. Ali, der Töpfer, der unten in der Old Market Street wohnte, und Mr. Bacchus, der Lehrer an der staatlichen Schule, waren ebenfalls Moslems. Der moslemische Lehrer war auch der Grund gewesen, weshalb es Appa nicht gefallen hatte, daß sie in die Schule ging. Savitri verstand das nicht. Wenn Menuhin – der Muezzin – zu rufen begann, drang sein Ruf bis in den Raum hinter ihrem Gedankenkörper, und sie wußte, daß es wirklich die Stimme Gottes war, die sie da hörte. Warum also sollte sich ein Gedankenkörper moslemisch nennen und sich angesprochen fühlen, und der andere, der nicht moslemisch war, sich nicht angesprochen fühlen? Die Erwachsenen waren dumm. Sie wußte, daß sie das nicht denken sollte, weil man die Erwachsenen respektieren mußte. Sie wußte jedoch auch, daß sie dumm waren, denn sie sahen nur Körper und Gedankenkörper. Sie gaben ihnen Namen, versahen sie mit Etiketten und unterschieden sie in Gut und Schlecht, wo in Wirklichkeit doch hinter jedem Gedankenkörper Gott wohnte. Das galt selbst für die Unberührbaren, die sie nicht einmal ansehen durfte. Und auch für die Hunde. Die Unberührbaren waren so unrein wie Hunde, sagte Appa. Savitri wußte jedoch, daß das nicht stimmte. Hinter dem Gedankenkörper war jeder rein, sogar die Fußbodenfeger und die Hunde. Es waren nur die Gedankenkörper selbst, die unrein waren. Wie Schlamm: undurchsichtig. Appa glaubte, nur weil er einen fettig gewordenen heiligen Faden über der Schulter trug, sei sein Gedankenkörper rein, und sein Körper ebenfalls.

Der Ruf des Muezzins war rein, und so betete Savitri jeden Morgen, wenn es noch dunkel war, mit den Moslems zusammen, und dies war der einzige Einklang auf der Welt. Sie betete mit Khan, Ali und Mr. Bacchus, denn sie wußte, daß Appa ihren Gedankenkörper nicht durchdringen konnte und deshalb auch nicht sah, was sie tat.

Es war in Ordnung, seinem Vater ungehorsam zu sein, wenn man hinter seinen Gedankenkörper ging, denn hinter seinem Gedankenkörper war man rein, und es gab keine Sünde. Savitri wußte das, Appa aber nicht. Väter wußten auch nicht alles. Wäre dies der Fall gewesen, hätte ihr Vater nicht versucht, sie von David zu trennen. Dann nämlich hätte er gewußt, daß David ein Teil von ihr und sie ein Teil von ihm war, daß sie zwei Hälften desselben Ganzen und damit untrennbar verbunden waren. Selbst wenn sie sie nach Bombay brächten, blieben sie und David untrennbar. Selbst wenn sie sie mit dem klumpfüßigen Koch aus dem Akbar Lodge verheirateten. Was immer auch geschehen mochte, sie würde ein Teil von David sein, weil sie hinter ihren Gedankenkörpern für immer und ewig eine einzige Seele waren. Deshalb hatte Savitri auch keine Angst. Sie wußte, daß sie ihren Schwur niemals brechen würde, denn ihr Schwur war die Wahrheit, und kein menschliches Wesen, nicht einmal Appa, konnte die Wahrheit unwahr werden lassen.

Wenn der Ruf des Muezzins verklungen war, herrschte eine Weile Stille. Es war jedoch nicht ganz still, denn überall in Madras waren jetzt die leisen Geräusche des Erwachens zu hören, die sich als kleine zarte Ranken aus Klängen erhoben, zaghaft zuerst, dann mutiger, bis die ganze Stadt von einer Kuppel aus morgendlichen Geräuschen überdeckt war. Heute jedoch war irgend etwas anders als sonst. Savitri lauschte. Da war ein früher Hahnenschrei, Flügelschlagen, ein Brainfever-Vogel mit seinem hysterischen dreifachen Ruf, der sich zum Wahnsinn steigerte, Wasser, das aus einem Wasserhahn plätscherte, ein Eimer, der in einen Brunnen hinunterplatschte, ein Seil, das hinterherflatterte. Das Wisch-wisch der Kehrbesen auf Türschwellen, Brücken und Straßen. Ein weinendes Baby, eine Frau, die ihren betrunkenen Mann anschrie. Eine Hupe, noch eine, die Hupe einer Rikscha, das Knarren eines Ochsenkarrens, Pferdehufe. »Hare-Rama-Hare-Krishna« aus einem Tempel und *Puja*-Glocken, das hohle Schmettern eines Muschelhorns, rasselnde Trommeln. Eine einzelne, ihr vertraute Melodie fehlte jedoch.

Thatha rief etwas.

Savitri, deren Ohren fein auf den Morgen eingestimmt waren, war im Nu auf den Beinen und bei ihm, denn er hatte sie gerufen, und dieser Ruf gehörte nicht zum morgendlichen Chor. Thathas Singsang, so wurde Savitri jetzt klar, war die eine Melodie, die die ganze Zeit gefehlt hatte, das Mantra des »Shiva-Mahadeva«, das er jeden Tag, schon bevor der Morgen dämmerte, zwei Stunden lang sang. Das war es auch, was diesen Tag von den anderen unterschied.

»Ja, Thatha, ich bin hier«, sagte sie, begrüßte ihn mit gefalteten Händen und ließ sich vor ihm auf dem Boden nieder. Thatha saß an die Wand gelehnt da. Er war bis zum Kinn in eine Decke eingehüllt, denn die Morgenluft war kühl.

»Geliebtes Kind«, sagte er.

Mehr sagte er nicht, aus den Falten in seiner Decke tauchten jedoch seine Hände auf. Er nahm ihre Hände in die seinen. Da spürte sie den Raum und die ungeheure Macht, die diesen Raum ausfüllte, bis sie selbst ganz Raum und ganz Macht war, ohne daß da auch nur die Spur eines Gedankenkörpers gewesen wäre. Weder sie noch Thatha, noch die Welt existierten – und dann war sie wieder zurück, und die Dunkelheit war verschwunden. In Thathas Gesicht zeigten sich lauter Lachfältchen, auch seine Augen lächelten. Er ließ wortlos ihre Hand los, hob seine Handfläche und entließ sie damit. Sie zog sich zurück, wobei sie mit gefalteten Händen und geneigtem Kopf rückwärts ging, demütig angesichts der Macht, die sie immer noch erfüllte. Sie wußte, daß sie nicht nach Bombay gehen würde. Sie wußte es, so wie sie wußte, daß David ein Teil von ihr war.

In sich hineinlächelnd und von der Wärme und dem Licht der Macht glühend, schnitt sie im Garten einen Zweig vom Niembaum ab, reinigte sich damit die Zähne und ging zum Waschhaus hinten, um zu baden. Dann kam ihre Mutter, und der Tag mit all seinen Pflichten begann.

Als sie sich auf den Weg machte, um die Milch zu holen, tanzte Vali wieder für sie. Aber da wußte sie bereits, daß dies ein bedeutsamer Tag werden würde.

Tatsächlich verlief der Vormittag dann aber so wie immer.

Erst am Spätnachmittag verspürte der Admiral – bis auf die Diener war niemand im Haus, denn Celia war mit David zum Zahnarzt gefahren, um ihn für heute von Savitri zu trennen – plötzlich den unerklärlichen Drang, sein Arbeitszimmer zu verlassen. Es war ihm einfach nicht möglich, noch ein weiteres Wort zu Papier zu bringen. Typischer Fall von Schreibblockade, dachte er. Das, so wußte er, passierte selbst den brillantesten Autoren. An diesem Morgen hatte ihn nach dem Frühstück ein solcher Ansturm von Gefühlen überwältigt, daß seine linke Hand zu zittern angefangen hatte und er die Tasten seiner Schreibmaschine nicht mehr traf. Um Zeit zu gewinnen und sich inspirieren zu lassen, hatte er daraufhin die letzten Kapitel noch einmal gelesen, aber es hatte nichts gebracht. Den ganzen Vormittag lang hatte er mit den Worten gerungen, war aber nur wenige Absätze weitergekommen, und diese enthielten, wie er spürte, keine Substanz. Es lag nicht an den Worten, dessen war er sich jetzt bewußt, es lag an der Erinnerung...

Also winkte er Khan zu sich und bat ihn zum ersten Mal seit Jahren, ihn im Garten spazierenzufahren, damit er einen klaren Kopf bekam und sich auf die Klimax vorbereiten konnte.

Savitri hatte den Admiral schon seit mehreren Jahren nicht mehr gesehen. Als sie noch ein Kleinkind war und sich im Haus aufgehalten hatte, war der Admiral, der da in seinem Rollstuhl hierhin und dorthin gerollt wurde, für sie natürlich eine vertraute Gestalt gewesen. Im Lauf der Jahre hatte sich der Admiral jedoch immer mehr in sein Arbeitszimmer, in sich selbst und in die Seiten seiner immer dicker werdenden Memoiren zurückgezogen. Sein Refugium verließ er nur am Donnerstag abend, wenn er rasch über die Veranda zum bereits wartenden Auto geschoben wurde, und so hatte Savitri ihn nie mehr gesehen. Zumindest nicht aus der Nähe. Und er hatte sie nie gesehen.

Er hatte auch seinen eigenen Garten nie gesehen. Gesehen natürlich schon, aber nie wirklich betrachtet. Der Garten war Celias Welt. Als Khan ihn jetzt den stillen Pfad aus rötlichem Sand entlangschob, öffnete er die Augen und glaubte sich im Paradies. Was für eine Farbenpracht, was für Düfte! Dichte, schwere Büschel von Bougainvilleablüten stürzten in brillanten, durchscheinenden Tönen von Violett, Zinnober, Pink, Orange und Rotbraun wie ein Wasserfall auf ihn herab. Zwischen den Bougainvilleas blühten Hibiskussträucher in einem letzten triumphierenden Aufwallen ihrer Pracht, bevor die Abenddämmerung kam, dann die Nacht, und sich ihre Blüten für immer schließen würden, um am Morgen durch neue, jung wie der Tag, ersetzt zu werden. Und natürlich gab es Rosen, Lilien und Kamelien und Hunderte anderer Farbpunkte, die er nicht benennen konnte. Er bat Khan, unter dem Ramsitabaum anzuhalten, und streckte die Hand aus, um eine seiner Blüten zu berühren. Sie wuchsen um den Stamm herum, zusammen mit braunen Früchten, groß wie Wassermelonen. Da fiel ihm ein, daß ihn diese Blüten schon als Kind in Delhi, wo er aufgewachsen war, fasziniert hatten: die dicken, fast gummiartigen Blütenblätter, die einen Kreis um eine zarte Zunge bildeten. Die Zunge war um sich selbst gewunden und schuf so ein inneres Heiligtum, das wie ein Schrein war – kein Wunder, daß die Inder, die in allem Symbole sahen, die Blume nach dem göttlichen Paar Rama und Sita genannt hatten!

Der Admiral, der die Finger ausgestreckt hatte, um damit über ein Blütenblatt der Ramsita zu streichen, fühlte sich, als wäre er von einem Schlachtfeld direkt in den Himmel versetzt worden. Der Große Krieg hatte für ihn nie aufgehört. Noch lange nach dem Sieg hatten die Torpedos in seinem Kopf weiter ihre Bahn gezogen. Das Feuer, die Schreie, das Blut, der Schrecken und, ja, auch die Herrlichkeit drehten und wanden sich in ihm und fanden keinen anderen Ausweg als über die Tasten seiner Schreibmaschine.

Die Herrlichkeit, die endgültige Herrlichkeit. Der Admiral konnte nur mit einem Schauder an die Herrlichkeit denken. Der Augenblick, als alles verloren war, als da nur noch Feuer, Tod, Blut und Schreie waren und er wußte, daß das Ende gekommen war, daß er gleich sterben würde, als er innerlich kapituliert hatte, die Arme hatte sinken lassen und sich dem Tod ergeben hatte – da war die Herrlichkeit über ihn gekommen, eine unaussprechliche Wonne, die Raum und Bewußtsein erfüllte. All die Schrecken und das Entsetzen, das vorangegangen war, wurden selbst durch einen winzigen Teil dieser Herrlichkeit aufgewogen – und er war in sie hineingestorben. Bedauerlicherweise war er jedoch ins Leben zurückgekehrt, in ein geistiges Leben voller Qual und ein körperliches Leben in Siechtum.

Seit dieser Zeit bereitete ihm seine irdische Existenz keine Freude mehr. Das Leben war für ihn ein Warten auf den zweiten Tod und die endgültige Herrlichkeit. Er war weder seiner Frau von Nutzen – er hatte spät geheiratet, und sie war viel zu jung für ihn, ein Fehler, wie er wußte – noch seinen Kindern, für die er mehr ein Großvater als ein Vater war, denn das jüngere, gezeugt während eines kurzen Genesungsurlaubs in den letzten Kriegsjahren, war zur Welt gekommen, als er selbst schon weit über fünfzig gewesen war. Auch das war ein schwerer Fehler gewesen. Sein Leben hielt für ihn nur noch das hohle Gescheppere von Zimbeln bereit. Deshalb wartete er auf den Tod: Oh, du letzte Erfüllung des Lebens, Tod, mein Tod, komm und flüstere mir zu.

Aber diese Schmetterlinge! Fast so groß wie eine Hand! Er mußte lächeln, denn früher einmal, als er jung war, war er den Schmetterlingen hinterhergelaufen. Damals hatte er das Leben noch geliebt. Er bat Khan, seinen Rollstuhl, der vor dem Ramsitabaum stand, umzudrehen, damit er die ganze Schönheit dieses Paradieses betrachten konnte, das seine Frau, keinen Steinwurf von der Stadt entfernt, geschaffen hatte: diese Orgie aus Frieden und Farben, aus Blumen, Laub, fedrigen Farnen, Vögeln und Schmetterlingen – und seine Augen wurden feucht. Auf dem Weg vor ihm ließ sich ein riesiger Schmetterling nieder. Leise wie ein Atemhauch, die Flügel aus farbigem Licht aufgefaltet, war er langsam im weichen Nachmittagslicht, das durch die Baumwipfel sickerte, dahingeflattert.

Aber es war gar kein Schmetterling. Es war ein kleines braunes Mädchen, dessen Kleidung die Farbe von Schmetterlingsflügeln hatte. Ihr lilafarbener Schal, über die ausgestreckten Arme geschlungen, hatte sich entfaltet wie Schwingen aus feinstem Gespinst. Sie tanzte mit geschlossenen Augen verträumt auf dem Weg vor ihm und sah ihn nicht.

Dann aber, so als hätte sie seinen Blick auf sich gespürt, öffnete sie die Augen und sah ihn direkt an. Der Admiral wurde ein zweites Mal in seinem Leben von der Herrlichkeit davongetragen.

Es dauerte nur den Bruchteil einer Sekunde. Dann lächelte der schlachtenmüde Veteran dieses schmächtige Schmetterlingsmädchen an. Es war das erste Mal seit – ach, seit vielen, vielen Jahren, daß er wieder gelächelt hatte. Das alles geschah so rasch, daß selbst das Erzählen zu lange dauert. Savitri wußte, daß man die Engländer nicht mit *Namaste* begrüßte, man faltete nicht die Hände, man gab sie ihnen. Also erwiderte sie das Lächeln des Admirals, und da sie ein freundliches und höfliches Mädchen war, ging sie auf ihn zu, wie man auf die Engländer zuging, mit ausgestreckter rechter Hand, um die Hand ihres Gegenübers zu schütteln, und sagte: »Guten Tag, Sir.«

Und der Admiral streckte seine Rechte aus und ergriff die ihm dargebotene Hand.

Nach diesem Treffen war keine Rede mehr von Savitris Hochzeit. Der Admiral wollte kein Wort davon hören. Wenn Savitri seine rechte Hand hatte heilen können, dann konnte sie vielleicht auch seine Beine heilen. Es war ein Wunder gewesen, das hatte er in dem Augenblick, in dem es passierte, gespürt. Und wenn es um Wunder ging, hatte der menschliche Verstand kein Recht, etwas als unmöglich zu bezeichnen.

Das jedoch sagten die Ärzte, als er ihnen erzählte, daß er seine Hand wieder bewegen könne. Sie schüttelten die Köpfe und erklärten, das sei völlig unmöglich. Der Admiral lächelte jedoch nur selbstgefällig und zeigte ihnen, daß er jetzt die Finger bewegen und die Hand heben konnte. Wenn er beharrlich daran arbeitete, würde er eines Tages mit dieser Hand auch tippen können. Und das hatte er allein Savitri zu verdanken.

Natürlich verbreitete sich die Nachricht von dem Wunder rasch. Savitri war in der Theosophischen Gesellschaft eine Sensation – vielleicht war sie sogar ein neuer Meister, in diesem Fall eine Meisterin. Sie war Mrs. Lindsays Eigentum, ihr Maskottchen, und Mrs. Lindsay hätte sie nur zu gern herumgereicht, Veranstaltungen organisiert, Vorträge gehalten und sogar die Presse eingeladen. Savitri war jedoch scheu wie ein Schmetterling. Kaum tauchte ein Fremder auf, huschte sie auch schon ins Gebüsch davon und war nicht mehr zu finden, ganz egal, wie gründlich man den Garten absuchte. Mrs. Lindsay fragte sie einmal, wie sie das Wunder zustande gebracht hätte, aber Savitri sah sie nur mit großen Augen und dunklem, schmelzendem Blick an, schüttelte den Kopf und sagte: »Das war nicht ich, Madam, wirklich, ich habe das nicht getan. Es war Gott, es war die Macht Gottes.«

»Aber du besitzt auch die Macht, nicht wahr?« sagte Mrs. Lindsay und griff dieses Wort auf. »Dein Großvater hat die Macht an dich weitergegeben, nicht wahr?« Nach dem Wunder hatte sich nämlich die Kunde von Thatha und seinen heilenden Kräften verbreitet, und plötzlich strömten die Patienten zu ihm. Sie wurden jedoch alle wieder fortgeschickt.

»Warum willst du meinen Freunden denn nicht helfen?« fragte Mrs. Lindsay.

»Ich kann es nicht, Madam«, sagte Savitri.

»Natürlich kannst du es, du willst es einfach nur nicht, oder? Schließlich ist das alles eine Frage des Willens. Nicht wahr?«

»Nein, Madam. Wenn man will, daß etwas geschieht, dann geschieht es eben gerade nicht. Es geschieht nur, wenn man es nicht will.«

Savitri wußte sehr wohl, was das Wort »Intention« bedeutete, aber es lag noch jenseits ihrer Fähigkeiten, es jetzt in diesem Zusammenhang zu gebrauchen. Sie konnte nicht erklären, daß die Intention ein schmaler Kanal war, durch den der mächtige Fluß, den die Gabe darstellte, nicht hindurchfließen konnte, daß die Gabe viel großartiger war als der Wille, so wie auch die Sonne großartiger als das Licht einer Lampe ist, und daß sie ihrer eigenen Weisheit gemäß wirken mußte. Da dies so war, zog sich die Gabe zurück, wenn der kümmerliche menschliche Wille am Werk war. Savitri konnte das nicht erklären, denn mit ihren sieben Jahren fehlten ihr dazu noch die Worte.

Und so kam es, daß Mrs. Lindsay ihr nicht glaubte. Sie war der Ansicht, das Ganze sei bei Savitri einzig und allein eine Frage des Willens. Man müsse sie nur beschwatzen, verhätscheln und päppeln, und eines Tages, ja eines Tages dann würde Savitri die Macht ihrem Willen unterwerfen und ein wahrer Meister – nein, eine Meisterin – werden, und sie, Mrs. Lindsay, ihre Schirmherrin. Sie hatte schon immer gewußt, daß das Kind etwas Besonderes war. Schon von Anfang an hatte sie so ein Gefühl gehabt. Das war Intuition gewesen. Und dann war da auch noch das Schicksal – das Schicksal, das bestimmt hatte, daß Savitri gleich nach David zur Welt kam – und Savitris Freundschaft mit David. Das Schicksal hatte dieses besondere Kind in ihre, Mrs. Lindsays, Hände gelegt. Alles, was dem Kind fehlte, war Führung, und diese Führung würde sie, Mrs. Lindsay, ihm geben. Das Kind besaß besondere Kräfte, sie mußten nur entwickelt werden, und dies würde mit ihrer Hilfe geschehen. Das war so vorherbestimmt.

Den Lindsays gelang es schließlich durch Bestechung, Schmeichelei, Einfluß, Verträge, Drohungen und direkte Befehle, Savitris Ehe mit dem klumpfüßigen Koch zu verhindern. Savitri mußte in Fairwinds bleiben und ihre Ausbildung bei Mr. Baldwin fortsetzen, während ihr Mrs. Lindsay die richtige Führung zuteil werden ließ. Das Kind, so waren der Admiral und seine Frau sich einig, war etwas Besonderes. Es war das erste Mal seit vielen, vielen Jahren, daß sie in irgendeiner Sache einer Meinung waren, und dies war ein weiteres Wunder, das Savitris Anwesenheit bewirkte.

18. Kapitel

Nat

Nat ging nun in Bangalore ins Internat. Er haßte diese Schule.

Er war nicht gerade ein glänzender Schüler, nicht, weil es ihm an Intelligenz gefehlt hätte, sondern wegen der Art und Weise, wie er den Unterrichtsstoff lernen mußte, rein mechanisch nämlich, indem er ganze Absätze aus den Schulbüchern auswendig herunterrasseln mußte, ohne sich dabei den kleinsten Fehler erlauben zu dürfen. Er durchlief die Stadien der Rebellion, der Langeweile, Apathie, Lethargie und Phasen, in denen sich sein Verstand einfach weigerte, ihm zu gehorchen. Seine Gedanken schweiften dann in entlegene Regionen ab, Worte, die er sich mit aller Macht einzuprägen bemühte, fielen einfach durch sein Bewußtsein hindurch, so daß er sich, auch wenn er es versuchte, beim besten Willen nicht mehr daran erinnern konnte.

Um die Wahrheit zu sagen: Nat war nicht bei der Sache. Überhaupt nicht bei der Sache. Nat hatte nämlich die Weiblichkeit entdeckt.

Nat war mit den Mädchen im Dorf aufgewachsen. Wenn sie noch sehr klein waren, spielten sie mit den Jungen, und es schien keine großen Unterschiede zu geben. Je älter sie jedoch wurden, desto deutlicher wurde, daß es da einen bedeutenden Unterschied gab: Mädchen gehörten einer anderen Spezies an. Sie verschwanden langsam aus dem Blickfeld der Jungen, um in eine eigene Welt, zu der diese keinen Zutritt hatten, einzutauchen. Es war dies die Welt der Frauen, die die Männer nicht betreten durften. Tatsächlich gab es sogar einen genau definierten Zeitpunkt, zu dem ein Mädchen Teil dieser geheimen Welt wurde. Es verschwand einfach für mehrere Tage in seinem Zuhause. Und wenn dieses Mädchen, das bis dahin mit den anderen auf der Straße herumgetollt war, das seine Kleinmädchengeheimnisse gehabt, aber immer noch ein Kind gewesen war, wieder auftauchte, trug es nicht mehr den langen, angereihten Rock und die kleine taillenkurze Bluse mit Schal, sondern einen Sari. Sie saß in frauenhaftem Schweigen, mit Jasmin- und Rosengirlanden geschmückt da, während Männer – die Väter potentieller Schwiegersöhne – kamen, um sie zu begutachten und mit ihrem Vater über die Hochzeit und die Mitgift zu sprechen. Jetzt hieß es von ihr: Sie ist im heiratsfähigen Alter, und sie lebte von nun an in der geheimen, vertraulichen, weiblichen Welt, die nur ein einziger Mann würde betreten dürfen: ihr zukünftiger Ehemann.

In Bangalore begegnete Nat jedoch Mädchen, die einer ganz anderen Spezies angehörten. Das Armaclare College war zwar ein reines Jungeninternat, aber Nat war sehr beliebt. Er war als Bauerntölpel dorthin gekommen, hatte jedoch schnell gelernt. Mit seinem angenehmen Wesen, seinem Charme und seinen guten Manieren fand er schnell Freunde. Seine Schulkameraden luden ihn übers Wochenende zu sich nach Hause ein. In ihren prächtigen Häusern, wo er die Schwestern und Cousinen seiner Mitschüler kennenlernte – ganz zu schweigen von deren Müttern und Tanten –, war er bald ein gerngesehener Gast. Er war der erklärte Liebling der Weiblichkeit. Sie bedauerten ihn, weil er nichts von der Welt wußte (in einem Dorf aufzuwachsen! als Bauernjunge!), bewunderten ihn wegen seiner weizenfarbenen Haut und verwöhnten ihn nach Strich und Faden.

Vor allem aber lernte er die Bannerji-Mädchen kennen.

Die Bannerjis waren fromme Hindus, aber mit westlicher Orientierung. Ihr ältester Sohn Govind ging als Tagesschüler in Nats Klasse. Er sollte einmal ein riesiges Vermögen erben, das die Familie in der aufstrebenden Computerindustrie gemacht hatte, und er hatte mehrere Schwestern. Nat hatte gleich beim ersten Mal, als er die Familie in dem prächtigen Bungalow in einem kühlen, blumigen Vorort von Bangalore besuchte, das Vergnügen, sie kennenzulernen.

Fünf Schwestern, zwei älter, drei jünger als er – eine noch ein Kind, aber bereits vielversprechend –, eine hübscher als die andere! Eine jede mit einer Haut so weich und frisch wie Rosenblätter und mit dunklen, schmalen Augen voller Geheimnisse. Die weiche Seide ihrer Saris floß wie Wasser um ihre zarten, geschmeidigen Gestalten.

Und diese Mädchen hielten sich, anders als die Dorfmädchen, trotz all ihrer Perfektion nicht von ihm fern. Sie redeten, lachten und stritten mit ihm, alberten mit ihm herum, spielten mit ihm Tennis und wickelten ihn mit ihrem Lächeln um den kleinen Finger. Sie waren alle mehrmals in England gewesen und waren so kultiviert und weltgewandt, daß er sich neben ihnen ganz klein vorkam. Sie besaßen auch eine Eigenschaft, die über Intelligenz hinausging: In ihrem Blick leuchtete Weisheit, und sie sahen ihm auf eine Art und Weise in die Augen, wie es die Mädchen aus dem Dorf nie getan hatten. Sie sahen alles, legten seine Seele offen, forderten ihn heraus, sich ihrer Weiblichkeit zu nähern und den stachligen Panzer abzulegen, der ihn von ihnen trennte. Sie lachten ihn wegen seiner Schüchternheit aus, winkten ihn zu sich, während sie ihn mit ihrer Reinheit gleichzeitig auf Distanz hielten. Er verspürte den Drang, sich vor ihnen zu verbeugen, sich vor ihnen zu Boden zu werfen. Ihm schien, als könne er, wenn er nur die mit Fehlern behaftete grobe Dominanz der Männlichkeit ablegte, in jene makellose Wonne und Erhabenheit hineinschmelzen, welche ihm zur Strafe für ebendiese Grobheit versperrt war.

Nat verweilte in Gedanken ständig beim Bild vollkommener Weiblichkeit. Kein Wunder, daß er die Logarithmen nicht begriff.

Während seines letzten Jahrs am Armaclare College heiratete Govind ein Mädchen, mit dem er schon jahrelang verlobt gewesen war. Nat war zur Hochzeit eingeladen, die im vornehmen Royal Continental Hotel gefeiert wurde. Die Braut besaß die gleiche unnahbare Schönheit wie Govinds Schwestern. Sie hielt während der ganzen Zeremonie den Blick gesenkt, und als man Nat später mit ihr bekannt machte, beehrte sie ihn unter ihren langen, gebogenen schwarzen Wimpern hervor mit dem kürzesten aller Blicke. In diesem einen flüchtigen Blick lag jedoch eine solche geistige Wärme, daß Nat abermals das schmerzliche Verlangen spürte, die Frauen und ihre innersten Geheimnisse kennenzulernen. Er sehnte sich danach, mit einer solchen Braut das heilige Feuer zu umschreiten, während sein Tuch an ihren Sari geknüpft war, es siebenmal zu umrunden, die heiligen Schwüre zu sprechen und in jene Verbindung einzutreten, die zur höchsten, seligsten Liebe führen würde.

Es war geplant, daß Govind Indien etwa zur gleichen Zeit wie Nat verlassen sollte. Er jedoch würde nach Amerika gehen, ans Massachusetts Institute of Technology. Seine Frau würde hier in Bangalore bleiben und die Musikhochschule besuchen, denn sie spielte *Veena*, das traditionelle Instrument Südindiens, und war sehr begabt. Nach der Hochzeitszeremonie gab sie auf dem Instrument eine kleine Kostprobe ihres Könnens. Sie saß dabei vor Hunderten von Gästen auf einem dicken Teppich und ließ einen plätschernden Strom von Musik aus ihren kleinen Händen fließen, während sie die Saiten, über die ihre Finger glitten, kaum zu berühren schien. Tiefempfundene Gefühle ließen Nats Wangen vor Tränen naß werden, und er beneidete Govind von ganzem Herzen um seine Braut, die die Fähigkeit besaß, so intensive Gefühle zu wecken. Als er das nächste Mal nach Hause zurückkehrte, fragte er seinen Vater, ob er selbst denn nicht auch heiraten könnte, bevor er nach England ging. Er bat seinen Vater, ihm eine Braut zu suchen.

Der Doktor sah ihn überrascht an. Heiterkeit lag in seinem Blick.

»Du willst tatsächlich schon heiraten, Nat?«

»Warum schon? Viele meiner Freunde sind verheiratet. Ich bin einer der wenigen Jungen in meiner Klasse, die noch nicht wenigstens verlobt sind.«

»Gilt das auch für die englischen Jungen?«

»Also, nein, für die natürlich nicht. Aber ich bin Inder, Dad, und wir haben nun einmal andere Sitten.«

»Ja. Die englischen Jungen werden wahrscheinlich noch ein paar Jahre warten und dann ein Mädchen heiraten, das sie sich selbst ausgesucht haben. Ich dachte, daß du das genauso machen würdest.«

»Aber...« Nat wollte noch einmal einwenden, daß er Inder sei, dann aber fiel ihm ein, daß sein Vater genaugenommen Engländer war, ein *Sahib*. Dies war eine Tatsache, die er gern vergaß, und das war auch gut so.

»Was ist denn besser, Dad?«

»Was hältst du denn für besser?«

»Nun... so, wie es die Inder machen, ist es sicher einfacher. Ich meine, ich wüßte gar nicht, wie ich es bewerkstelligen sollte, ein Mädchen zu finden und es zu überreden, mich zu heiraten. Was ist, wenn es jemand anderen lieber mag? Was ist, wenn seine Eltern dagegen sind? Was ist, wenn...«

»Wenn du erst einmal in England bist, wirst du feststellen, daß sich die meisten dieser Probleme in Luft auflösen, und du wirst dich wahrscheinlich wundern, daß du dir jemals etwas anderes hast vorstellen können, Nat. Du wirst nämlich sehr schnell merken, daß es gar nicht so schwer ist, sich in ein nettes Mädchen zu verlieben. Im Grunde ist es die einfachste Sache der Welt. Schwer ist nur, das richtige Mädchen zum Verlieben zu finden. Wahrscheinlich werden deine Hormone bei dieser Sache eine Menge mitzureden haben, und möglicherweise bringen sie dich dazu, ein paar schlimme Fehler zu machen. Aber dieses Risiko müssen wir einfach eingehen.«

»Warum machen wir es dann nicht so, wie es die Inder tun? Govinds Frau...«

»Du scheinst von ihr ziemlich begeistert zu sein, hm? So ein Mädchen würde dir gefallen?«

Nat nickte, ohne seinen Vater dabei anzusehen.

»Hast du da jemand Bestimmten im Sinn?«

Nat, von den Worten seines Vaters ermutigt und plötzlich voller Hoffnung, ließ die Gesichter der vier älteren Bannerji-Mädchen vor seinem geistigen Auge vorbeiziehen. Vor allem sah er ihre Augen, die ihm jeweils eine andere Botschaft übermittelten. Pramelas Augen lachten und schienen ihn immer zum Narren zu halten, mit ihm zu spielen, dennoch aber ließen sie eine Tiefe erahnen, die er nicht auszuloten vermochte. Sundari war sanft und warmherzig. Sie sprach nicht mit ihrem Mund, sondern mit ihren Augen, die voller Beredsamkeit waren. Ramani hingegen redete wie ein Buch. In ihren Augen leuchtete das Licht der Intelligenz. Radha hielt die Augen stets bescheiden gesenkt, wenn man aber einen flüchtigen Blick erhaschen konnte, zogen sie einen an einen Ort, der zu geheim für Worte war...

Eine jede war – er suchte in Gedanken nach einem passenden Vergleich – eine Orchidee, ein seltenes, einzigartiges Wesen, das eine Aura ausstrahlte, die seine unbeholfen herumtastenden Sinne überwältigte, ein Wesen, das man niemals besitzen, sondern, falls man soviel Glück hatte, es zu gewinnen, nur anbeten konnte. Eine jede beherbergte in sich ein einzigartiges, ganz besonderes Universum, und er hätte sein ganzes Leben damit verbringen können, es zu erforschen. Bei einer jeden von ihnen wäre er glücklich gewesen, wenn er sie hätte heiraten dürfen. Er war bereit, eine jede von ihnen zu lieben, eine jede von ihnen zum Zentrum seines Lebens zu machen. Eine jede von ihnen konnte ihm helfen, jenen Teil zu finden, der ihn zu einem Ganzen machen würde. Zwar waren Sundari und Pramela bereits verheiratet, und Ramani würde es in einem Jahr sein, aber das war nicht von Bedeutung. Er hätte eine jede von ihnen heiraten wollen. Sie faszinierten ihn alle. Tatsächlich war ihm noch nie ein Mädchen begegnet, das ihn nicht auf irgendeine Weise fasziniert hätte. Die Weiblichkeit selbst faszinierte ihn.

»Das ist mir egal«, sagte Nat. »Wen immer du für richtig hältst...«

Der Doktor lachte schallend. »Ich habe es also geschafft, einen richtigen Inder aus dir zu machen, Nat. Ich frage mich nur, wie lange du das bleiben wirst, wenn du erst einmal über den großen Teich gefahren bist… Nein, Nat, ich werde dir keine Frau aussuchen. Tut mir leid, das kann und will ich einfach nicht. Dazu bin ich immer noch zu sehr Engländer. So, wie es die Inder machen, ist es gut und richtig für Inder, vielleicht sogar für dich. Aber ich will, daß du selbst deine Wahl triffst. Falls du kein passendes Mädchen finden solltest und du es dann immer noch willst, werde ich dir ein Mädchen suchen. Aber du darfst nicht vergessen, daß eine Hindu-Familie wie die Bannerjis dich niemals als Schwiegersohn akzeptieren würden. Und eine moslemische Familie wird zuerst von dir verlangen, daß du ihren Glauben annimmst. Die Sikh? Die Parsi? Sie alle haben ihre Vorurteile und ihre Bräuche. Die Eltern würden in jedem Fall darauf bestehen, daß du dich anpaßt. Und sie werden ihre Tochter ganz gewiß nicht zu mir schicken, damit ich für sie sorge, bis du aus England zurückkehrst! Ich rate dir, dich nach einer süßen englischen Rose umzusehen, wenn du nach London kommst. Und warte mit dem Heiraten, bis du dein Studium beendet hast. Eine Ehe würde dich nur zu sehr ablenken.«

»Aber ich möchte jetzt gleich heiraten«, wandte Nat ein. »Ich kann doch nicht warten…« Die Jahre, die noch vor ihm lagen, während er in seiner groben Männlichkeit gefangen war, wo es doch soviel zu entdecken gab, wo er doch dieses dringende Bedürfnis, dieses große, schmerzliche Verlangen nach dem weiblichen Geschlecht verspürte – sie schienen eine unüberwindliche Hürde für ihn zu sein.

Als er in Heathrow ankam, hatte er die feste Absicht, sich ein passendes Mädchen zu suchen und es so bald wie möglich zu heiraten. Eine Braut voller Geheimnisse, die darauf wartete, von ihm entdeckt zu werden.

19. Kapitel

Saroj

»Saroj! Saroj, der Bräutigam ist auf dem Weg! Geh zum Tor!« sagte Ma, die hinter Saroj stand. »Ach, und Ganesh, ich habe dich schon gesucht, du solltest den Bräutigam ebenfalls dort empfangen ...«

Jetzt stand Ma neben Saroj.

Sie nahm Saroj, die ihr nur widerwillig folgte, mit sich. Der Bräutigam ist auf dem Weg ... Saroj spürte, wie sie bei diesen Worten ein Schauder durchlief. Der Bräutigam. Dieser Mann, den Baba ausgewählt und zu dem Ma ihre Zustimmung gegeben hatte, dieser Mann, den Indrani niemals gesehen hatte, kam jetzt auf einem weißen Pferd zum Haus geritten, um seine Braut in Besitz zu nehmen ...

Saroj konnte in der Ferne die Trommeln hören, als der Festzug des Bräutigams, noch mehrere Straßen entfernt, sich langsam dem Haus näherte. Es war ein kurioser Brauch, den Baba aus Indien mitgebracht hatte und der ausschließlich von den Roys praktiziert wurde, da er unter den anderen Indern schon längst ausgestorben war. Baba hatte diesen Brauch jedoch in seiner Familie wieder aufleben lassen. Wann immer man also einen Bräutigam auf einem geschmückten Schimmel sah, einen kleinen Neffen als Symbol der Fruchtbarkeit hinter sich sitzend, während Männer, die Trommeln schlugen und *Shehnais* spielten, um ihn herumtanzten, wußte man, daß es sich um eine Roy-Hochzeit handelte. Irgendwo wartete dann, genau wie jetzt Indrani, eine beklommene Braut in einem Zimmer im oberen Stockwerk, umgeben von Tanten und Großtanten, die ihren Sari zurechtzupften, ihr die Hände bemalten, ihr das Haar parfümierten, ihren Schmuck zum wiederholten Male neu arrangierten, so als wäre sie eine Papierpuppe, die geschmückt werden mußte, und dabei schnatterten wie eine Schar Gänse.

Saroj bekam einen Schweißausbruch.

»Er kommt! Er kommt!« flüsterten die Gäste einander aufgeregt zu. Es klang wie das Rascheln der Blätter, wenn der Wind durch die Baumwipfel streicht. Das Geschnattere verstummte, und es ertönte, wild und leidenschaftlich, der dissonante Schall der *Shehnais*, lauter als die Trommeln, aber ebenso kurz wie heftig. Jetzt waren die Trommeln schon näher, höchstens noch zwei Straßen entfernt.

Der Bräutigam kommt! Hörte Indrani das in ihrem Zimmer oben? Standen ihr, wie Saroj bereits, die Haare zu Berge? Hat sie eine Gänsehaut, schwitzt sie vor Angst wie ich? O Herr, genau das wird auch mir passieren! Dieser Ghosh-Junge!

Wieder die *Shehnais*. Nicht länger als zwei Minuten, dann die Trommeln. Und wieder die *Shehnais*. Und die Trommeln. Näher, immer näher kam der Zug des Bräutigams. *Shehnais* und Trommeln. Jetzt waren sie schon hinter der nächsten Ecke. Bald würden sie den Zug sehen! Das Flüstern wurde lauter, das Rascheln der Saris heftiger, die Aufregung wuchs, während sich alle zum Tor drängten, um die Ankunft des Bräutigams mitzuerleben. Ganesh an Sarojs Seite, Ma neben ihr ... die Menge hinter Saroj drängte vorwärts ... Siehst du ihn? Kommt er schon? Die Menge wogte, schob Saroj mit Ganesh in die vorderste Reihe. Baba war irgendwo hinter ihr, kämpfte sich durch die Menge, an Onkeln und Cousins vorbei.

»Da ist er! Da ist er!«

Der Zug des Bräutigams bog um die Ecke, und alle begannen zu klatschen. Der Bräutigam erschien, in Weiß gekleidet, einen kleinen Jungen hinter sich. Das weiße Pferd trappelte geduldig vorwärts. Sie sahen weißgekleidete Männer, die zum Klang der Trommeln in ekstatischer Verzückung um ihn herumtanzten. Jetzt begannen wieder die schrecklichen *Shehnais*, diese wilde, leidenschaftliche Explosion grellen Blechs, und dann ertönten erneut die Trommeln. Auf der Brücke herrschte ein einziges Geschiebe und Gedränge. Gäste schwärmten in die Straßen aus, jetzt nicht mehr flüsternd, sondern lachend, klatschend, vor Begeisterung tanzend, vorwärtswogend, um die Ankommenden zu begrüßen. Die Gesellschaft des Bräutigams und die der Braut trafen aufeinander, mischten sich. Das Pferd wurde in das wogende Gedränge geführt, über die Brücke und in den Hof, dann wurde der kleine Junge heruntergehoben, der Bräutigam stieg ab und war in der Menge nicht mehr zu sehen. Saroj war schwindlig, übel.

»Geht es dir nicht gut, Saroj?« flüsterte Ganesh, der hinter ihr stand, wie aus großer Ferne. »Ich glaube, sie wird gleich ohnmächtig! Ma, hilf mir, halte sie fest!«

Sie spürte Ganeshs Arm, der sie stützte, als er sich seinen Weg durch die Menge bahnte, zur Haustür zurück, die Tür öffnete und sie die Treppe halb hinauftrug, halb hinaufschob.

»Du legst dich besser hin«, sagte er. Seine Stimme klang nüchtern. Sie klang beruhigend. Ein Bruder. Kein Bräutigam.

Das Wohnzimmer war voller Tanten, die vom Fenster aus zugesehen hatten. Einige von ihnen sahen, wie Saroj von Ganesh gestützt wurde, und riefen: »Saroj! Was ist los, Mädchen? Geht es dir nicht gut?« Ganesh nickte kurz, signalisierte ihnen, sie sollten still sein, und schob Saroj die zweite Treppe hinauf. Vom Turm aus führte eine der Türen in Indranis Zimmer, die andere in das von Saroj. An der Schwelle hob Ganesh sie hoch und trug sie zum Bett. Sie sank in die Kissen.

Ganesh brachte ihr einen kalten Waschlappen und ein Glas Wasser. Er lächelte und strich ihr über die Stirn, vergewisserte sich, daß er sie allein lassen konnte, und verließ dann das Zimmer, um die Treppe hinunterzugehen und der Zeremonie beizuwohnen. Er war kaum fort, da stand Saroj auf, ging ins Badezimmer und übergab sich. Danach legte sie sich wieder ins Bett. Sie blieb dort während der ganzen Hochzeitsfeier und versuchte, ihre Ohren und ihren Verstand vor dem vertrauten Singsang der Priester zu verschließen, während Indrani einen Fremden heiratete. Wenn sie diese Worte das nächste Mal hörte, würde dies anläßlich ihrer eigenen Hochzeit sein. In weniger als einem Jahr, falls Baba seinen Willen durchsetzte.

Da Saroj nicht wußte, wie sie sich gegen ihre bevorstehende Hochzeit auflehnen sollte, ignorierte sie sie einfach. Sie schloß diese bedrohliche Vorstellung in einer luftdichten Ecke ihres Verstandes ein und weigerte sich einfach, auch nur daran zu denken. Wenn sie vor dieser Brücke stand, dann würde sie sie überschreiten, sagte sie sich.

Die Freuden, die das Alter von dreizehn Jahren mit sich brachte, waren zu überwältigend und forderten ihre ganze Aufmerksamkeit. Außerdem hatte sie Trixie an ihrer Seite, Trixie, die nur allzu bereit war, sie mit diesen Freuden bekannt zu machen. Saroj ließ es zu, daß Trixie sie zu einem höchst respektlosen, ungehörigen, frechen, unbeschwerten Mädchen machte, einem modernen Teenager eben.

Saroj übte sich jetzt seit zwei Monaten darin, ihre Freiheit auszukosten. Baba wollte, nachdem er erst einmal beschlossen hatte, sie mit vierzehn zu verheiraten, nichts mehr mit ihr und ihrer Aufsässigkeit zu tun haben. Außerdem war er ohnehin so sehr mit seiner Gesamtindischen Partei beschäftigt, daß er kaum noch zu Hause war, und so bemerkte er gar nicht, daß im Fahrradschuppen neben Ganeshs Rad jetzt noch ein rotes Hercules-Fahrrad stand. Das war Trixies altes Rad, diese nämlich hatte zu ihrem vierzehnten Geburtstag ein weißes Moulton geschenkt bekommen.

»Passen sie?«

Saroj wackelte noch einmal mit dem Po und zog sich Trixies Wranglers über die Hüften hoch. Sie mußte den Bauch einziehen, um den Reißverschluß schließen zu können. Obwohl sie die gleiche Kleidergröße wie Trixie hatte, war Trixie doch deutlich gerader gebaut als Saroj, und so waren ihr diese Jeans um ihren gerundeten Po zu eng und in der Taille zu weit.

»Was für eine Figur!« seufzte Trixie. »Für so eine Figur würde ich einiges geben, und dabei bist du erst dreizehn! Du siehst eher aus wie fünfzehn!«

In ihrer Stimme lag nicht der geringste Neid. Sie war nie auf sie neidisch. Stundenlang konnte sie Sarojs Gesicht, Augen, Haar, Hüften, Taille und Beine bewundern, wobei sie regelrecht in Verzückung geriet. Sie wünschte sich, es wären ihre, verkündete sie, aber ohne den leisesten Groll. Und jetzt, da sie Saroj für sich allein hatte und für ihre Veränderung verantwortlich war, kriegte sie sich vor Staunen gar nicht mehr ein. Saroj war für sie eine Art Lieblingspuppe, die sie herausputzen konnte.

»Hier, probier das mal an. Wahrscheinlich ist es dir um den Busen ein wenig eng«, kicherte sie. Bestimmte Worte, Busen zum Beispiel, brachten sie immer zum Kichern, deshalb verwendete sie sie auch so oft wie möglich. »Ich wünschte, ich hätte deinen Busen. Du hast vielleicht ein Glück. Ich bin immer noch flach wie ein Waschbrett. Könntest du mir einen BH ausleihen? Ich würde ihn tragen und mit Schwämmen ausstopfen. Es ist mir einfach zu peinlich, selbst einen zu kaufen. Hat deine Ma ihn dir gekauft? Wie findet man überhaupt die richtige Größe heraus? Laß mich sehen – dreh dich um…«

Saroj war es nur mit allergrößter Mühe gelungen, die knappe, taillenfreie Bluse vorn zuzuknöpfen. Solche Blusen waren in diesem Jahr der letzte Schrei, die von Trixie war ihr jedoch um ihre knospenden Brüste zu eng. Sie hatte das Gefühl, gleich aus ihr herauszuplatzen, obwohl es bei ihr noch gar nicht soviel gab, was hätte herausplatzen können. Sie drehte sich um und betrachtete sich kritisch in Trixies Garderobenspiegel.

»Phantastisch! O Mann, Saroj, du siehst toll aus! Wie eine Venus! Hier, laß mich dein Haar ansehen…«

Sie teilte Sarojs Haar rasch, bürstete es ihr über die Schultern und schlang auf halber Höhe zwei Knoten in die beiden dicken Strähnen. Dann trat sie einen Schritt zurück, um ihr Werk zu bewundern. »Wunderbar! Eine Venus in Bluejeans! Wenn dein Baba dich jetzt so sehen könnte, würde er auf der Stelle tot umfallen!«

»Ich wünschte, das wäre so«, sagte Saroj, »aber so fühle ich mich einfach nicht wohl.« Zwischen ihrer Jeans und der Bluse waren zehn Zentimeter nackter Haut zu sehen. Bei einer Saribluse war das natürlich genauso, dort aber bedeckte man die Brust noch zusätzlich mit dem freien Ende des Saris, und man zeigte niemals seinen Bauchnabel. Saroj kam sich halb nackt vor. Viel zu aufreizend.

»Hast du nicht ein Hemd oder so etwas Ähnliches, was ich drüberziehen könnte?«

»Wie schade.« Trotzdem kramte Trixie in ihrem Schrank und zog ein langes, hellblaues Baumwollhemd mit kleinen weißen Blümchen heraus. Saroj schlüpfte hinein. Trixie knotete es vorn, trat wieder ein paar Schritte zurück und klatschte in die Hände.

»Saroj, wir müssen unbedingt ausgehen. Ich muß dich einfach der Welt präsentieren. Ich kann dich keine Minute länger für mich allein behalten.«

Jetzt, da Indrani verheiratet war, war das Haus am Nachmittag für gewöhnlich verlassen. Ma verbrachte immer mehr Zeit im Tempel, Gan hingegen war, so wie es für Jungen typisch ist, überall und nirgends.

Kaum war der Unterricht vorbei, war Saroj schon mit Trixie draußen auf der Straße und saß auf ihrem Fahrrad. Endlich tat sie all jene Dinge, die ein normales Mädchen tat. Sie hing in Booker's Snackbar herum und schlürfte dort Eiscremesoda, sie hing in Geddes Grants Plattenladen herum, wo sie sich mit Trixie zusammen in eine Kabine zwängte und laut den neuesten Hit mitsang, der in den Kopfhörern dröhnte, während sie dabei mit den Fingern schnippte. Sie spazierte durch Fogarty's Dry Goods und befühlte Stoffballen, diskutierte Modestile und Kleiderlängen. Zum ersten Mal in ihrem Leben amüsierte sich Saroj.

Aber Ma wußte Bescheid. Sie tat so, als wäre es die normalste Sache der Welt, wenn Saroj nach Hause kam, ihre Schuluniform auszog, schrie: »Ich muß los, Ma!«, sich auf ihr Fahrrad schwang und mit oder ohne Ganesh davonradelte. Dann sauste sie lachend Trixie um die Ecke nach, während ihr langes schwarzes Haar hinter ihr herflatterte, und wich dabei in Schlangenlinien den mit Kokosnüssen, Palmwedeln, Holzplanken oder Ziegelsteinen beladenen Eselskarren aus, die in jenen Tagen noch in den Straßen von Georgetown zu sehen waren.

Saroj hatte radfahren und Pingpong spielen gelernt. Sie und Trixie stapelten Platten auf Trixies Plattenwechsler und drehten die Musik zu ohrenbetäubender Lautstärke auf, öffneten weit die Fenster, um ihre Freude mit der ganzen Straße zu teilen, und tanzten wie wild im Zimmer herum. Sie gingen ins Brown Betty's und aßen Fudgicles, Popsickles und Chicken-in-the-Rough. Sie sahen sich *Holiday für dich und mich* mit Cliff Richard und *Yeah! Yeah! Yeah!* an. Saroj ritt Vitane. Betty Grant lud sie an ihren Swimmingpool ein, und Julie Sue-a-Quan und Ramona Goveia kamen auch dazu. Saroj ging zwei Monate lang jeden Donnerstag zu Betty Grant, und am Ende dieser zwei Monate konnte sie schwimmen. Sie wurde richtig mutig. Sie blieb immer länger aus, ging auf Partys, kam aber stets Punkt neun zurück; Baba kam jetzt selten vor zehn Uhr nach Hause.

Schau, Baba, ohne Hände! Schau, mit den Füßen auf dem Lenker! Schau, ich habe meinen Rock in den Schlüpfer gesteckt, meine Beine sind nackt! Schau, das alte karierte Kleid liegt auf dem Boden, und ich habe Trixies Shorts an, ich renne durch die Brandung, ich tanze zu den Songs der Beatles! Schau, Baba, schau nur! Ich reite Vitane!

Sie lernte zu scherzen und herumzualbern, zu lachen und zuzuhören, wenn die anderen über das wunderbarste aller irdischen Vergnügen sprachen, über jene eine Sache, die noch vor ihnen lag, über das, was ihr strengstens verboten war: Jungen. Sich zu verlieben. Alle Mädchen waren verliebt. Es wurde regelrecht von ihnen erwartet. Auch von Saroj.

Ich sitze im Van-Sertimas-Schwimmbad, Baba, und ich habe Trixies Badeanzug an, man sieht meine Haut! Und es sind JUNGEN hier, richtige Jungen! Jungen, Jungen, die mich halb nackt sehen, die meine goldbraune, schimmernde nackte Haut sehen, die mich mit einem schelmischen Blitzen in ihren Augen betrachten, die mich wie zufällig berühren, mich anlächeln, anbieten, mir das Schwimmen beizubrin-

gen, deren Hände unter Wasser meinen Bauch halten, die angesichts meines hilflosen Herumpaddelns voller Zuneigung lachen ... Jungen, die mir etwas ins Ohr flüstern, die mir Zettelchen mit heimlichen Nachrichten zustecken, die wie aus dem Nichts hinter einer Ecke auftauchen und mit ihrem Fahrrad neben mir herfahren, plaudern, grinsen und angeben, Derek, Leo, Steve und Sandy, sie fahren an unserem Haus vorbei, Baba, winken mir heimlich zu, werfen Kußhände zum Turm hoch. Schwarze Jungen!

Sie mögen mich, wirklich! Baba, du bist ein Narr. Deine Tochter hintergeht dich und du kannst rein gar nichts dagegen tun, weil du es nämlich nie erfahren wirst.

Trixie hatte sich wahnsinnig, unsterblich in Ganesh verliebt. Sie war ihm an jenem Tag, an dem er Saroj bei ihr zu Hause abholen kam, zum ersten Mal begegnet. Trixie, die bis dahin nichts als geredet hatte, starrte ihn mit feuchtem Hundeblick an und sagte kein einziges Wort mehr. Seitdem verschlug es ihr in seiner Gegenwart regelmäßig die Sprache. Es war etwas, worüber sie sich, wenn sie allein waren, kichernd unterhielten. Einmal jedoch fing Trixie plötzlich zu weinen an.

»Ich liebe ihn, Saroj, wirklich. Aber er nimmt mich nicht einmal wahr. Ich bin für ihn einfach nur ein kleines Mädchen. Er wird mich niemals heiraten.«

»Trixie, um Himmels willen. Du bist gerade einmal vierzehn. Du mußt noch Hunderte von Dingen tun, bevor du heiratest.«

»Nein, muß ich nicht. Ich will nur jemanden lieben und geliebt werden, heiraten und Kinder kriegen. Nur so werde ich glücklich werden.«

Saroj konnte nur wütend den Kopf schütteln.

Trixie war nicht die einzige, die von der Vorstellung zu heiraten besessen war. Alle waren es. Die Mädchen hatten nur ein einziges Gesprächsthema: wie man sich einen Jungen angelte. Ihr ganzes Tun zielte darauf ab, sich für diesen einen Zweck herauszuputzen. Sie machten sich zum Köder für die Jungen. Sie lernten, mit den Wimpern zu klimpern, zu gehen, zu sprechen, zu tanzen, zu lächeln und ihr ganzes Leben auf dieses eine zentrale Ziel auszurichten, nämlich, sich einen passenden Jungen zu angeln. All ihre Träume gipfelten in Sarojs schlimmstem Alptraum: der Hochzeit. Alles, was sie taten, das was sie anzogen, so wie sie sprachen, wohin sie gingen, all das hatte nur ein einziges Ziel: sich einen Ehemann zu angeln.

Als Saroj diese Mädchen beobachtete, lernte sie mehrere Dinge. Die Regeln für die Suche nach einem zukünftigen Ehemann waren fast die gleichen wie bei den Indern. Zuerst begutachteten die Mädchen die Familie des Jungen, deren gesellschaftliches Ansehen und Einkommen, dann kam das Aussehen: Wie hell war die Haut, wie glatt das Haar, wie dick Lippen und Nase?

Sie beurteilten den Jungen, erst dann verliebten sie sich.

Es war völlig undenkbar, daß sich eines dieser Mädchen in den Sohn eines schwarzen Straßenarbeiters verliebt hätte. Nicht einmal, wenn er das Guyana-Stipendium bekommen hätte. Nicht einmal, wenn er Gedichte wie Wordsworth geschrieben hätte, eine Mozart-Sonate rückwärts hätte spielen können oder einen neuen Planeten entdeckt hätte. Entscheidend waren sein familiärer Hintergrund und seine Abstammung.

Hatte Baba diesen Ghosh-Jungen nicht auf die gleiche Weise für sie ausgewählt? Das Ziel war ohne Zweifel das gleiche: einen guten Fang zu machen, gute von schlechter Qualität zu trennen, den Lachs von den Elritzen. Zwischen Saroj und ihren Freundinnen gab es nur einen einzigen Unterschied: Sie mußten sich ihren Lachs selbst fangen. Für Saroj hatte Baba ihn gefangen.

Saroj hatte bereits die Trophäe, die sie alle begehrten: einen Ehevertrag, ordnungsgemäß unterschrieben und ausgefertigt. Sie wußte, daß ihr, wenn die Zeit kam, der Mut fehlen würde, zu sagen: Zurück an den Absender.

Wenn die Mädchen Lachse fischten, dann waren die Jungen darauf aus, Orchideen zu pflücken, und es war Sarojs Pech, daß sie eine solche Orchidee war. Die Jungen ließen ihr einfach keine Ruhe. Sie brauchte nur, ohne etwas Böses zu denken, mit ihrem Hercules-Rad die Straße hinunterzufahren, da kamen sie auch schon auf ihren Fahrrädern um die Ecke geschossen und fuhren, albern grinsend, neben ihr her. Sie gaben damit an, daß sie freihändig fahren konnten, schlängelten sich waghalsig durch den Verkehr, drehten sich grinsend um, um zu sehen, ob sie vor Erstaunen baff war. Sie erzählten großspurig von dem Motorrad, das ihnen ihr Daddy zum sechzehnten Geburtstag schenken würde.

Alle wollten sie das größte, schnellste, lauteste Motorrad haben, das es gab. Sie träumten von Motorradrennen, während andere schon von den Autos zu träumen begonnen hatten, die sie in nicht allzu ferner Zukunft fahren würden. Sie alle wollten Pilot werden, wenn sie erwachsen waren. Falls sie jemals erwachsen wurden. Auf Partys glänzten ihre Augen gierig, und ihre Hände waren überall.

Wenn Saroj mit ihnen tanzte, wanderten ihre Hände von ihrer Taille zu ihrem Po. Sie mußte dann hinter sich greifen und ihnen auf die Finger klopfen, damit sie sich benahmen. Sie griffen ihr mit den Händen ins Haar und seufzten verzückt. Sie brachten ihre Lippen in die Nähe ihres Mundes und machten sie ganz spitz. Wenn sie den Kopf wegdrehte, folgten sie mit ihrem. Sie stanken. Sie kleisterten sich mit Haaröl, Deodorant und Parfüm zu. »Old Spice« war aus der Mode, die Hemden waren mit »Brut« und Schweiß durchtränkt.

Saroj hatte Baba ein Stück Freiheit abgetrotzt, aber dafür? Sie begann den Begriff der Freiheit als solchen zu hinterfragen und kam zu einigen klaren Schlußfolgerungen.

Sie mußte sich eingestehen: Nach ein paar Monaten wurde das Ganze langweilig. Es war ja schön und gut, wenn man jede Gelegenheit, sich zu amüsieren, beim Schopf packte, aber wenn man seinen Spaß erst einmal gehabt hatte ... nun, was dann? Der Spaß schien sich im prickelnden Gesprudel zu erschöpfen. Sie sah sich dieses Gesprudel genauer an, und es war nichts als heiße Luft.

Tatsächlich führten Freiheit und Spaß nirgendwohin. Ihre Hochzeit rückte immer näher, ganz gleich, wie sehr sie sich bemühte, die Gedanken daran zu verdrängen. Freiheit und Spaß würden den Hochzeitstermin nicht verschieben. Ihr vierzehnter Geburtstag stand vor der Tür.

Bislang war sich Saroj immer klargewesen, was sie nicht wollte: heiraten. Was sie wollte, war vage, diffus und unformuliert geblieben, einfach, weil es für sie ohnehin unmöglich war. Jetzt jedoch nahm langsam und verstohlen ein Wunsch, ein Ziel Gestalt an und gewann Konturen. In ihr wuchs das Wissen, was sie wirklich wollte, sich verzweifelt wünschte, was sie aber, gefangen in Babas Plänen, niemals bekommen konnte. Trixie hatte ihr nur vorübergehend einen Ausweg gezeigt.

Davonlaufen kam nicht in Frage: Baba würde sie zurückholen. Und überhaupt, wohin hätte sie schon gehen sollen? Lucy Quentin, die sie einst als ihre potentielle Retterin betrachtet hatte, erschien ihr nunmehr nur noch als ferne Göttin. Saroj war ihr bei Trixie zwar ein paarmal begegnet, aber da war sie immer gleich wieder zu einer Besprechung davongerauscht. Bis jetzt gab es noch kein Gesetz, das Saroj geschützt hätte. Lucy Quentin hatte offenbar das Interesse an den indischen Mädchen verloren und steckte jetzt bis zum Hals in der Diskussion um das Abtreibungsrecht.

Und Trixie – machte sie sich wirklich Gedanken? Die sabbernde Meute von Jungen ging inzwischen schon so weit, Saroj sogar zu Hause anzurufen.

Es war nur eine Frage der Zeit, bis Baba einmal ans Telefon ging, und ein Junge am anderen Ende der Leitung fragte nach Saroj. Dann würde es ziemlich ungemütlich für sie werden. Es sollte jedoch ganz anders kommen.

Eines Abends kam Baba früher als sonst nach Hause. Saroj war nicht da.

Es war Donnerstag, Car-Load Nite im Starlight Drive-in, und Saroj und Trixie saßen als einzige Mädchen in einem Auto, in welchem sich sonst nur fünfzehn- und sechzehnjährige Jungen drängten. Saroj war die erste, die nach der Vorstellung zu Hause abgesetzt wurde, und Baba, der am Fenster des unbeleuchteten Wohnzimmers stand, konnte beobachten, wie sich drei Jungen vom Rücksitz quälten, um seine Tochter aussteigen zu lassen. Grinsende, picklige Jungen verschiedenster Rassen klopften ihr auf die Schulter, als sie an ihnen vorbeiging, um das Tor zu öffnen.

Er prügelte sie mit dem Rohrstock, bis ihre Beine bluteten. Er ging mit einer Machete auf Trixies altes Fahrrad los, schlitzte die Reifen auf und warf es draußen vor dem Tor in den Rinnstein, wo es ein paar vorbeikommende afrikanische Jugendliche auflasen und mitnahmen. Baba tobte die ganze Nacht, stauchte Ma und Ganesh zusammen, weil sie Saroj hatten herumstreunen lassen. Er beschimpfte sie als dreckige Hure. Er brachte sie von da an persönlich mit dem Auto zur Schule und holte sie von dort auch wieder ab. Er sperrte sie in ihrem Zimmer ein, oder genauer gesagt, in einer Zimmerflucht, die aus ihrem Zimmer, dem Elternschlafzimmer, dem *Puja*-Zimmer und dem Badezimmer ihrer Eltern bestand, so daß Saroj durch die Zimmer hindurch zum Badezimmer gehen und zum Beten das *Puja*-Zimmer aufsuchen konnte. Die Räume wurden von außen abgeschlossen. Er sperrte sie jeden Tag mit einem Stapel Bücher, Mas Nähmaschine, Stickzeug und was immer er als tugendhafte Beschäftigung für den Nachmittag ansah, ein, und das sollte so bleiben, bis ihr Hochzeitstermin gekommen war. Erst wenn Baba Saroj sicher verwahrt wußte, ging er zu seinen politischen Versammlungen. Ihr einziger Besucher war Ganesh, der jeden Abend mit Büchern, freundlichen Worten und ein bißchen Tratsch zu ihr kam.

Das war einen Monat vor ihrem vierzehnten Geburtstag. Ihre Freiheit hatte somit nicht einmal ein Jahr gedauert.

Sie lag auf dem Bett und starrte die gewölbte Decke an. Sie dachte nach, so wie sie das in der letzten Woche jeden Tag getan hatte. Baba war dumm. Sie hätte ganz leicht fliehen können. Dazu hätte sie, wenn niemand zu Hause war, nur auf den Schrank zu klettern brauchen und die gerade einmal zweieinhalb Meter auf die Galerie im oberen Stockwerk hinunterspringen müssen. Dann die Treppe hinunter und zur Tür hinaus. Zu Lucy Quentin. Oder sie hätte die windige Tür zum Turm aufbrechen können. Aber eine Flucht wäre, wie sie bereits einmal entschieden hatte, völlig unsinnig gewesen. Baba hätte sie nur zurückgeholt. Dazu hatte er laut Gesetz das Recht. Sie könnte sich weigern. Eine Szene machen, um sich treten und schreien, ihrem Bräutigam im entscheidenden Augenblick ins Gesicht spucken. Und was dann? Baba würde sie ins Irrenhaus stecken. Oder irgend etwas ähnlich Drastisches tun. Es gab nur einen einzigen Ausweg.

Der Turm.

Vom Umgang draußen am Turm sahen die Menschen auf der Waterloo Street wie Spielzeugfiguren aus. Saroj hatte nur ein einziges Mal hinuntergesehen und dann rasch die Augen geschlossen.

Bis jetzt war alles ganz einfach gewesen. Sie hatte sich nach einem langen, flachen und stabilen Werkzeug umgesehen, mit dem sie die windige Flügeltür zum Turm, die von außen verriegelt war, aufbrechen konnte. Mas Schwert war dafür bestens geeignet gewesen. Sie hatte die Klinge in den Schlitz zwischen die Türflügel geschoben und sich dann gegen das Heft des Schwertes gestemmt. Die Nägel, mit denen der Riegel befestigt war, hatten dem Druck nicht lange standgehalten. Die Tür war mit einem Knall aufgesprungen, und Saroj war frei gewesen, frei, um die Treppe hinunterzurennen, in eine fragliche und allenfalls vorübergehende Freiheit hinein, oder aber nach oben, in den Turm hinauf. Sie hatte den Weg nach oben gewählt. Der Weg nach oben war endgültig.

Und hier war sie nun, hockte auf dem Geländer des Umgangs, klammerte sich an einem der schmiedeeisernen Pfeiler fest, auf denen das Dach ruhte, während sie die bloßen Füße in die Querstangen eingehakt hatte. Sie wagte nicht, hinunterzusehen, wagte nicht, überhaupt irgendwo hinzusehen, und hatte die Augen fest zugekniffen. Ein hysterisches Lachen, Ausdruck puren Entsetzens, stieg in ihr hoch, und sie mußte heftig schlucken, um es zu unterdrücken. Gleichzeitig brannten Tränen in ihren Augen. Sie schluchzte und umklammerte den Pfeiler noch fester. Ihre Hände wurden kalt, da sie mit ihrem Griff das Blut aus ihnen herauspreßte.

Reiß dich zusammen, wies sie sich zurecht. Beruhige dich und tu es einfach.

Laß dich einfach fallen. Laß einfach los. Beug dich nach vorn. Schließ die Augen und laß dich fallen. Sterben ist einfach. Nichts kann schiefgehen. Schau, die Auffahrt dort unten ist nur mit Kies bestreut, da sind keine Büsche. Nichts wird deinen Sturz dämpfen. Der Tod wird so schnell kommen, daß du nicht einmal Zeit zum Nachdenken haben wirst. Tu es einfach.

Sie kniff die Augen noch fester zusammen und stellte sich vor, wie es sein würde. Sie wollte sich fallen lassen, wenn Trixie eintraf, etwa um vier Uhr. Sie sah sich vom Turm stürzen, sah Trixie entsetzt die Augen aufreißen, ihr Fahrrad hinwerfen und schreiend zum Tor rennen. Sie sah sich wie eine kaputte kleine Lumpenpuppe am Fuß des Turms liegen. Passanten würden schreien und angerannt kommen. Sie würden in heller Aufregung an der Tür läuten, dann würde Ma herausstürzen, und ihr heiterer Gesichtsausdruck würde einem Ausdruck grenzenlosen Entsetzens weichen, sie würde zu der am Boden liegenden Saroj rennen, sie schütteln, sie umdrehen, ihr auf die Wangen schlagen, Saroj! rufen, Saroj! Zuschauer würden um sie herumstehen, unter ihnen Trixie. Rufen Sie einen Krankenwagen! Trixie würde schreien. Es ist zu spät, würde jemand anderer sagen und bedauernd den Kopf schütteln. Ma würde Saroj schluchzend im Arm halten und ihr mit tränenerstickter Stimme all die Dinge sagen, die sie ihr, solange sie gelebt hatte, nie gesagt hatte, ich liebe dich, Saroj, bitte komm zu mir zurück, stirb nicht, es tut mir leid, es tut mir leid, und dann würde sich die Menge teilen und Baba würde hindurchschreiten, sein Gesicht aschfahl. Er würde sich über sie beugen und mit erstickter Stimme sagen: Das ist nicht wahr! Nicht meine Saroj! Saroj, komm zurück! Und Trixie würde sich zu ihrer vollen, eindrucksvollen Größe aufrichten und ihm ins Gesicht starren. Mit einer Stimme wie Donnerhall würde sie sagen: Sehen Sie, was Sie getan haben! Es ist alles Ihre Schuld! Saroj ist tot, und das ist Ihre Schuld! Sie haben Saroj umgebracht! Und Baba würde betroffen auf ihre kleine, schlaffe Gestalt herabsehen, seine Schultern würden beben, und er würde sagen, Saroj, ach Saroj, es tut mir ja so leid! Bitte, komm zurück!

Komm zurück, Saroj! würden sie alle schluchzen. Komm zurück, wir lieben dich doch, wir werden ganz nett zu dir sein, komm zurück und gib uns noch eine Chance! Du brauchst auch nicht zu heiraten! Und dann würde es eine Totenfeier geben, die Frauen in weißen Trauersaris würden jammern und wehklagen, aus ihren Augen würden Tränen stürzen, sie würden Ma umarmen, während Baba vor Kummer sprachlos war!

Sie kam mit einem Ruck wieder zu sich und merkte, daß sie lächelte. Das wird nicht reichen. Es mußte jetzt fast vier Uhr sein. Zeit zu gehen. Zeit zu sterben. Sie hätte gern auf ihre Uhr gesehen, aber das ging nicht, da sie, wenn sie den Pfeiler losließ, abstürzen würde. Also, was nun? Du willst dich doch vom Turm stürzen, oder? Ja, aber … noch nicht gleich … nur noch ein Weilchen. Sie mußte sich noch vorbereiten, mußte die verschiedenen Stadien des Sturzes und des Sterbens noch einmal durchgehen. Sich darauf vorbereiten. Darüber nachdenken, wie es war, nicht mehr zu sein. Nie wieder.

Ich werde mich vorbeugen, einfach loslassen und mich fallen lassen. Es wird sein, als würde ich fliegen. Was werde ich in der Sekunde, bevor ich auf dem Boden aufschlage, denken?

Erlösung. Das Ende. Denk ans Sterben. Denk an die Augenblicke nach dem Tod. Wenn du nicht mehr da sein wirst. Es wird mich nicht mehr geben. Einfach nichts. Wie kann das sein? Wie kann es mich nicht mehr geben? Wie kann es aufhören? O Gott, wie kann ich einfach aufhören zu existieren? O Gott, ich will nicht zu existieren aufhören! Ich kann nicht. Nein, nein!

In der Ferne hörte sie die Uhr der Sacred-Heart-Kirche vier Uhr schlagen. Im selben Augenblick sah sie Trixie auf ihrem Fahrrad um die Ecke biegen, und in ebendiesem Augenblick schrie sie aus voller Lunge: »NEIN! Ich will nicht sterben! Trixie!«

Trixies Fahrrad fiel klappernd zu Boden, dann stand sie an der Haustür. Saroj hörte, wie die Glocke durch das Haus schrillte. Dann war da Trixie, ganz weit weg, sah nach oben. Trotz der Entfernung konnte Saroj beinahe ihre Augen sehen, sie waren wie Juwelen in ihrem dunklen Gesicht, und auch das pure Entsetzen darin. Sie hatte die Hände an den Mund gelegt. Saroj sah sie rufen, was, konnte sie nicht sagen, und genau wie sie es sich noch wenige Augenblick zuvor vorgestellt hatte, liefen die Menschen von der Straße herbei. Trauben von Gesichtern blickten nach oben, Hände gestikulierten, als wollten sie sie zurückschieben, Autos bremsten, Leute stiegen von ihren Fahrrädern und starrten nach oben. Sie sah das alles als Panoramabild in weiter Ferne. Das Ganze hatte nichts mit ihr zu tun, war von ihr losgelöst, weil in ihr, nachdem sie NEIN geschrien hatte, alles wie gelähmt war. Ihre Gedanken waren so unbeweglich wie ein Stilleben, in einer Pose eingefroren wie in einem Film, den man angehalten hat. Sie war die Statue eines Mädchens mit langem, blauschwarzem Haar, das unter einem weit offenen Himmel auf einem Geländer saß, bereit, sich hinunterzustürzen, dessen Wille aber durch ein NEIN betäubt war.

In dem Tableau unten erschien jetzt auch Ma, sah nach oben. Sie ging langsam. Während andere wild mit den Händen über ihren Köpfer herumfuchtelten, hatte Ma die Hände gesenkt. Sie tätschelte sanft die Luft, ging langsam, sah dabei immer nach oben, hoch zu Saroj. Schwindel überfiel Saroj. Durch einen langen, nackten Raum hörte sie Mas Stimme. »Saroj, rühr dich nicht, ich komme.« Kein Rufen, nur ein Flüstern. Sie blinzelte durch tränenbenetzte Wimpern und sah dort unten, wo Ma gerade gestanden hatte, eine freie Stelle. Sekunden später hörte sie ihre Schritte auf den Holzstufen im Turm. Ma war jetzt hinter ihr, hatte die Arme um sie gelegt, die Lippen in ihr Haar gedrückt. Sie flüsterte etwas. Dann stürzte Saroj, stürzte jedoch rückwärts, nicht nach vorn, und dann war da nichts mehr. Nur Ma und Dunkelheit.

Als es wieder hell wurde, war da nur Licht, überall Sonnenlicht. Sie badete im Licht. Ich bin tot, dachte sie, und im Himmel. Dann aber sah sie das Moskitonetz, das zusammengewickelt über ihr hing, und wußte, daß sie nicht tot war.

Mas Finger streichelten ihre Wange.

»Saroj«, sagte ihre sanfte Stimme, und Saroj wandte ihr das Gesicht zu. Ihre Mutter beugte sich nach vorn. Ihre Augen waren feucht von etwas, das mehr als Liebe war. Sie lächelte freundlich und sagte durch dieses freundliche Lächeln hindurch: »Ich bin hier, Saroj, du brauchst keine Angst mehr zu haben. Möchtest du etwas Wasser?«

Saroj nickte, sie sah Ma in die Augen. Ma half ihr beim Aufsetzen, schüttelte die Kissen im Rücken auf und hielt ihr ein Glas Wasser hin. Als Saroj danach griff, löste sie ihren Blick von Ma und sah sich um. Sie befand sich in ihrem eigenen Zimmer, in dem alle Fenster bis auf eines geöffnet waren. Auch die Jalousien waren offen und ließen das Sonnenlicht und die kühle Brise herein. Etwas Weiches, Sanftes lag in der Luft. Sie atmete es ein, es war wie ein Wiegenlied in ihrem Inneren, wiegte sie fast körperlich. Schlaf, dachte sie, köstlicher Schlaf. Schlaf, und niemals wieder aufwachen. Sie spürte, wie Mas Finger ihr eine Haarsträhne aus der Stirn strichen, und öffnete die Augen.

»Dein Wasser«, flüsterte Ma. Sie nahm das Glas. Ein Sonnenstrahl fing sich im Wasser darin. Er schimmerte in den Farben des Regenbogens. Ein Glas Sonnenlicht. Ein Glas Regenbogen. Ein Glas Barmherzigkeit.

Sie hob das Glas an ihre ausgetrockneten Lippen und trank. »Möchtest du noch etwas?« fragte Ma. Saroj schüttelte den Kopf, rutschte unter die Decke und schloß die Augen.

»Schlaf«, sagte Ma. »Schlaf, mein Schatz, das ist jetzt das Beste für dich.«

Also schlief Saroj.

20. Kapitel

Savitri

Vier Jahre später fanden in der Familie Lindsay binnen weniger Monate gleich mehrere wichtige Ereignisse statt. Zunächst kehrte Fiona aus England, das sie wegen des kalten, feuchten Klimas gehaßt hatte, zurück. Sie war fest entschlossen, den Rest ihres Lebens in Indien, ihrer Heimat, zu verbringen. Sie traf mitten in der Nacht ein. Am nächsten Morgen stand sie früh auf, denn sie war ganz begierig darauf, hinauszugehen und die Schönheit und Wärme des Gartens zu genießen. Der erste Mensch, dem sie dort begegnete, war Gopal. Gopal kam jeden Tag, wenn der Morgen heraufdämmerte, um in der Rosenlaube für die Aufnahmeprüfung für die Universität zu lernen, denn die Rosenlaube war auf ganz Fairwinds der einzige Ort – zumindest der einzige Ort, zu dem er Zutritt hatte –, wo er den Frieden und die Ruhe fand, um sich ernsthaft auf die Prüfung vorbereiten zu können. Er war siebzehn, ein hochgewachsener, hübscher, schlaksiger, gesunder junger Inder. Er war gebildet und sprach inzwischen perfekt Englisch. Sie war sechzehn, und die Freude, wieder zu Hause zu sein, verlieh ihrem ansonsten reizlosen Gesicht Schönheit und ließ es von innen strahlen. Das übrige erledigte Mutter Natur.

Im Lauf der nächsten Tage verliebten die beiden sich ineinander und schworen sich zu heiraten.

Etwa zu dieser Zeit heilte Savitri die Karbunkel des Colonels.

Es geschah, genau wie damals bei der gelähmten Hand des Admirals, ganz spontan, und Savitri stritt abermals jedes persönliche Zutun ab: »Das war nicht ich, Madam, Sir, das war Gott!«

Der Colonel und seine Frau waren zu den Lindsays zum Tee gekommen, was sie jetzt recht oft taten. Seit dem Wunder seiner Heilung war der Admiral ein ganz anderer Mensch geworden. Er wurde geselliger, unterhielt sich mit seiner Frau und deren Gästen und empfing gelegentlich sogar selbst Gäste. Er ging in den Kricketclub und in den Poloclub – obwohl er selbst natürlich nicht spielen konnte, denn ein weiteres Wunder war ausgeblieben. Es hatte sich herausgestellt, daß Savitri sein schwerstes Gebrechen, seine gelähmten Beine, nicht heilen konnte. Sie konnte es nicht, oder, wie Mrs. Lindsay behauptete, sie wollte es nicht. Savitri erwies sich in dieser Hinsicht als überaus eigensinniges Mädchen. Sie zeigte sich nach außen hin zwar fügsam, weigerte sich aber beharrlich, überhaupt auch nur den Versuch zu unternehmen, jene Kräfte zu entwickeln, über die sie Mrs. Lindsays Überzeugung nach verfügte. Es war alles eine Frage des Willens: Übung macht den Meister, wußte Mrs. Lindsay, aber wenn Savitri es nicht bei ihren Freunden übte, wie sollte sie dann ihren Willen zu heilen weiterentwickeln? Das war sehr ärgerlich – und es war sehr undankbar von ihr. Das Äußerste, wozu sich das Mädchen bewegen ließ, war, schreiende Babys zu beruhigen und blühfaule Rosen zum Blühen zu bringen.

Babys hörten sofort zu weinen auf, wenn Savitri sie auf den Arm nahm. Mrs. Lindsay hatte von mehreren befreundeten Familien Anfragen erhalten, ob Savitri nicht als *Ayah* bei ihnen arbeiten könnte – eine sehr junge *Ayah,* gewiß, aber eine verläßliche, die perfekt Englisch sprach, mit englischen Manieren und der Gabe, schreiende Babys jederzeit beruhigen zu können. Mrs. Lindsay jedoch behielt Savitri. Schließlich hatte sie ja auch versprochen, sich um ihre Ausbildung zu kümmern. Mrs. Lindsay war ihre Gönnerin. Sie hatte bestimmte Pläne mit ihr und setzte große Hoffnungen in sie. Vielleicht, wenn sie älter war, vernünftiger, wenn sie Geld brauchte …

Die Karbunkel des Colonels saßen an einer sehr heiklen Stelle und verhinderten, daß er sich zum Tee hinsetzen konnte. Er trank ihn auf der Veranda stehend, entschuldigte sich dann und spazierte in den Garten, um sich Mrs. Lindsays Rosen anzusehen, denn er züchtete selbst Rosen und liebte diese Blumen sehr.

Er begegnete Savitri, als sie gerade eine Ringelblume verspeiste.

»Was tust du denn da, Kind?« fragte er sie erstaunt.

»Ich esse eine Ringelblume, Sir!« sagte sie und sah ihn mit schmelzendem Blick aus ihren großen dunklen Augen an. Sie sagte das in aller Unschuld, so als wäre es die selbstverständlichste Sache der Welt, die Ringelblumen ihrer Herrin zu verspeisen. Der Colonel wußte natürlich über Savitri Bescheid. Er fand die Geschichte von der Heilung des Admirals amüsant und sprach von dem kleinen Schützling seiner Freunde seitdem als der Kleinen Doktor-Lady. Savitri war oft in der Nähe, wenn er zum Tee kam. Einmal hatte er sie reden hören und hatte es als überaus unterhaltsam empfunden, diese vornehmen, präzisen englischen Worte aus diesem braunen, einheimischen Munde zu vernehmen. Es war in gewisser Weise ein Schock gewesen – wenn auch ein angenehmer.

Da er im Grunde ein freundlicher Mensch war und selbst Enkel hatte, die er leider viel zu selten sah, denn sie lebten im fernen England, lächelte er Savitri an. Er beugte sich nach vorn und kam mit seinem großen roten Gesicht näher an ihr kleines braunes heran, wobei er, um besseren Halt zu finden, seine Hände auf seine gespreizten Knie stützte. Sie erwiderte sein Lächeln völlig gelassen. Inzwischen war sie zehn Jahre alt, war in den letzten Jahren jedoch nur noch wenig gewachsen, so daß sie immer noch wie eine kleine, magere Elfe aussah. In ihren flatternden Karnevalfarben wirkte sie mehr denn je wie ein Schmetterling. Das nachsichtige Lächeln des Colonels wurde breiter.

»Eine Ringelblume!« rief er. »Ach, wie interessant!«

»Hier«, sagte sie ermutigt und bot ihm ein paar Blütenblätter an. »Probieren Sie einmal!«

Der Colonel tat ihr den Gefallen und legte die goldenen Blütenblätter auf seine Zunge, kaute sie, als würde er ihren Geschmack kosten, und sagte: »Köstlich, liebes kleines Mädchen! Was für eine Delikatesse! Machst du das immer?«

»Nein, Sir, und ich finde auch nicht, daß sie gut schmecken, Sir, aber ich esse sie der Gesundheit wegen. Sehen Sie, mich hat eine Biene gestochen, und mein Großvater sagte, man solle die Einstichstelle mit einer Ringelblume einreiben und ein paar von den Blütenblättern essen. Sonst pflücke ich keine Blumen. Das tut ihnen nämlich weh.«

Der Colonel lächelte wieder und sagte ein wenig herablassend: »Also gut. Dann hoffen wir einmal, daß es auch meiner Gesundheit guttut, Kleine Doktor-Lady! Ich wünsche einen guten Tag, und *bon appetit!*« Er tippte an seinen Tropenhelm, besann sich dann eines Besseren, zog ihn elegant und machte eine tiefe Verbeugung vor ihr, so als wäre sie eine *grande dame* der Gesellschaft. Sie gab ihm, da sie weder Hut noch Helm hatte, an den sie hätte tippen können, die Hand, knickste höflich und sagte: »Einen schönen Nachmittag noch, Sir, und auf Wiedersehen!«

Als er ihr die Hand gab, hatte der Colonel das Gefühl, als berühre er eine elektrische Leitung, besser konnte er diese Sache nicht beschreiben: eine sanfte, elektrische Leitung. Er spürte ein prickelndes Wärmegefühl, das aber ganz und gar angenehm war, und obwohl er niemandem von seiner Begegnung mit Savitri erzählte, dachte er noch tagelang immer wieder an das Schmetterlingsmädchen.

Die kleinen Nebenkarbunkel, die den großen Hauptkarbunkel umgaben, begannen sich allmählich zurückzubilden. Zuerst war er sich nicht ganz sicher, bis zum Ende der ersten Woche war es jedoch ganz offensichtlich – denn inzwischen waren sie fast völlig verschwunden. Bis zum Ende der dritten Woche war schließlich auch der große Karbunkel abgeheilt. Der Colonel konnte wieder sitzen, als er zum Tee kam. Erst jetzt sprach er über das Wunder, und Mrs. Lindsay platzte fast vor Stolz.

Hatte sie es nicht gewußt? Ihre Enttäuschung über Savitri war mit einem Schlag verflogen. Sie war sich jetzt ganz sicher, daß Savitri besondere Kräfte besaß. Sie weigerte sich einfach nur, sie auch zu gebrauchen.

Am Tag nach seiner letzten Prüfung brannten Gopal und Fiona miteinander durch. Sie nahmen einen Zug nach Bombay, wobei sie in der ersten Klasse reiste und er in der dritten, damit sie nicht auffielen und auf diese Weise entdeckt wurden. Sie hatten gerade genug Geld für ihre Fahrscheine, dazu den Schmuck, den Fiona von ihrer Großmutter geerbt hatte und den sie in Bombay ins Pfandhaus bringen oder verkaufen wollte. Sie kamen jedoch nur bis zur Victoria Station. Fiona wurde mit Schimpf und Schande nach Madras zurückgebracht, während Gopal in Bombay blieb, wo er die Universität besuchen wollte. Er war zu einer Schande für die Iyers geworden, was für ein undankbarer Mensch – nach allem, was die Lindsays für ihn getan hatten! Iyer wäre fast entlassen worden, da er jedoch der beste Koch in der Gegend war, erteilte ihm Mrs. Lindsay nur einen scharfen Tadel. Über beide Familien war jedoch Schande gebracht worden. Fiona mußte umgehend aus dieser Umgebung entfernt werden.

Mrs. Lindsay ließ alles stehen und liegen und buchte für Fiona, sich und David eine Überfahrt nach England. David konnte schließlich ebensogut ein Jahr früher als geplant nach England gehen. Es wurde Zeit, daß er ein richtiger Junge wurde und daß er seine Vernarrtheit in Savitri aufgab.

Mrs. Lindsay hatte die Erinnerung an Savitris Prophezeiung weitgehend verdrängt, hin und wieder kam sie ihr jedoch wieder in den Sinn und beunruhigte sie. Das Beste war, sie trennte die beiden voneinander. David war zu weich. Er brauchte die Herausforderung, welche die verschiedenen Mannschaftssportarten, das Reiten oder vielleicht sogar die Jagd boten. All das würde er in England finden: bei Tante Jemima, die einen Stall voller schöner Vollblüter hatte, und in der Vorbereitungsschule, die sie für ihn ausgesucht hatte und die er besuchen sollte, bevor er nach Eton ging. Seine Mutter würde ihn begleiten und dafür sorgen, daß er sich gut einlebte, bevor sie nach Indien zurückkehrte. Fiona sollte ihre schulische Ausbildung in der Schweiz beenden, man würde einen englischen Ehemann für sie suchen, und sie sollte niemals wieder nach Indien zurückkehren.

Zu dieser Zeit starb Thatha. Er hatte Savitri über die Jahre hinweg alles beigebracht, was er über seine Heilmittel wußte, aber die Heilmittel, so erklärte er ihr, dienten nur als Ablenkung, da die Menschen keinen Glauben besaßen und daher etwas Greifbares brauchten, woran sie sich halten konnten. Ohne die Gabe waren die Heilmittel nichts. Und Savitri besaß diese Gabe oder genauer gesagt, sie wohnte in ihr, war jedoch nicht ihr Eigentum.

»Setze sie nie mit *Ahamkara* ein«, erklärte Thatha ihr, und endlich hatte Savitri ein Wort für den Gedankenkörper. »Das *Ahamkara* ist unrein«, sagte Thatha. Dann verließ er seinen Körper.

In dieser Zeit tötete Vijayan die Königskobra. Mrs. Lindsay hatte die Schlange gesehen, als sie den Garten besichtigte, und Muthu angewiesen, sie zu töten. Muthu jedoch schlug sich voller Ehrfurcht auf die Wangen und weigerte sich. Auch alle Boys weigerten sich. Vijayan war der einzige, der Mrs. Lindsays Befehl Folge leistete. Er holte seine Machete und schlug die Königskobra in zwei Teile, was höchst unheilverkündend war. Savitri weinte. Sie glaubte, das alles sei irgendwie ihre Schuld, denn schließlich hatte sie versprochen, die Kobra zu beschützen. Der Tod der Königskobra verhieß großes Unglück, und Savitri wußte, daß ihnen allen sehr schlimme Zeiten bevorstanden.

Mr. Baldwin, der inzwischen verheiratet war, nahm bei einer anderen Familie eine neue Stelle an, und Savitri wurde auf die englische Mittelschule geschickt, wo sie schon bald Klassenbeste war. Aber sie war ein merkwürdiges Mädchen, das sich mit niemandem anfreundete.

Die St. Mary's war eine Mädchenschule, deren indische Schülerinnen aus der oberen Mittelschicht und deren englische Schülerinnen aus der Unterschicht kamen, aber sie alle sahen auf Savitri herab. Sie liebte David, vermißte ihn und schrieb ihm jede Woche. Sie dachte, daß sie ganz gern Doktor werden würde – falls das für ein Mädchen überhaupt möglich war, denn sie hatte noch nie von einer Doktor-Lady gehört. Noch nicht einmal in einem Buch hatte sie so etwas gelesen. Sie wußte, daß die Lehrerin sie auslachen würde, wenn sie sie fragte.

Aufgrund der Absprache zwischen den Lindsays und ihrem Vater war sie lediglich bis zum Alter von vierzehn Jahren zum Schulbesuch verpflichtet, und so ließ Iyer sie an ihrem vierzehnten Geburtstag mit der Arbeit in der Küche anfangen. Selbst wenn sie erst mit achtzehn heiraten durfte, war es durchaus sinnvoll, sich jetzt schon nach einem Ehemann für sie umzusehen, sonst nämlich waren alle guten Partien schon vergeben. Und was nutzte ihre Mitgift, wenn sie selbst damit nur einen Witwer bekommen konnte, der entweder eine ganze Schar von Kindern hatte oder schon ziemlich alt war?

Also lernte Savitri als Vorbereitung für ihre Ehe kochen, und sie kochte gut. Außerdem hatte sie auch noch einige Pflichten im Garten, denn Mrs. Lindsay wußte, daß die Blumen Savitri zuliebe prächtig blühten und daß sie ihre Berührung und ihre Stimme liebten. Die Rosen wuchsen üppiger und farbenprächtiger, wenn sie sie beschnitt. Ihre Hände in der Erde nährten sie, ihre Hände an der Gießkanne löschten ihren Durst, und sie dankten es ihr mit ihrer Schönheit. Fairwinds war noch nie so paradiesisch gewesen.

Gelegentlich ereignete sich eine Heilung. Die Karbunkel des Colonels waren nur der Anfang gewesen. Mütter merkten nicht nur, daß ihre Babys zu weinen aufhörten, wenn sie sie Savitri in den Arm legten, sie stellten, wenn sie deren Windeln wechselten, auch fest, daß ein bestimmter Ausschlag verschwunden war und nie wieder auftrat oder ein bestimmter Durchfall auf geheimnisvolle Weise aufgehört hatte.

Dann wurde auch eine der Mütter selbst unter unerklärlichen Umständen geheilt. Die Frau litt schon seit einigen Tagen unter hohem Fieber und hatte sich, da sie ihren beiden *Ayahs* nicht trauen konnte, Savitri ausgeliehen, damit sie sich um ihre Kinder kümmerte. Am zweiten Morgen brachte Savitri eine kleine braune Glasflasche mit und sagte: »Ich habe Ihnen etwas mitgebracht, das Ihnen vielleicht helfen wird. Darf ich Ihnen einen kleinen Aufguß machen?«

Die kranke Mutter hatte von den Gerüchten um Savitri gehört und willigte gern ein. Sie trank den bitteren Tee, den Savitri ihr gab, und bis zum Abend war sie wieder auf den Beinen.

»Ihr werdet es nicht glauben, ich habe mich auf der Stelle besser gefühlt. Auf der Stelle!« erzählte sie ihren Freundinnen, wobei sie vor Begeisterung fast schrie. Savitris Name verbreitete sich. Bald wurde jedoch eines offensichtlich: Savitri stand niemandem zur Verfügung. Sie lehnte es in den darauffolgenden Wochen kategorisch ab, irgend jemandem eine Arznei zu verabreichen. Dann ereignete sich eine weitere Heilung, aber bei einer Patientin, die sie nicht einmal um ihre Hilfe gebeten hatte. Abgesehen davon hatte Savitri gar nichts von deren Beschwerden gewußt, da es sich dabei um ein intimes und unaussprechliches Frauenleiden handelte, über das Mrs. Hull selbst kein Wort verloren hätte. Sie war jedoch ebenfalls Rosenliebhaberin und ging, als sie Savitri im Garten sah, zu ihr, um die Rosen zu bewundern, und kam mit ihr ins Gespräch. Nachdem sie sich über Rosen unterhalten hatten, wandte sich ihre Unterhaltung den Pflanzen im allgemeinen zu, und Mrs. Hull war erstaunt, wie genau Savitri über deren Eigenschaften Bescheid wußte. Und dann erwähnte Savitri ganz nebenbei ein bestimmtes Wurzelpulver, welches »gut für den weiblichen Körper« sei. Mrs. Hull, die auch Theosophin war, spürte, wie ihr das Blut in die Wangen schoß und ein unzweifelhaftes Wissen in ihr aufstieg. Sie fragte freundlich und zwanglos, ob sie dieses Wurzelpulver denn einmal ausprobieren könne, woraufhin Savitri lächelnd nach Hause rannte und mit einer in braunes Papier eingewickelten und mit einem Stück Schnur verschnürten Probe zurückkehrte. »Jeden Morgen ein bißchen«, sagte sie zu Mrs. Hull und zeigte mit ihrem Daumen und Zeigefinger, wieviel »ein bißchen« war.

Mrs. Hull wurde gesund, und andere ebenfalls. Die Leute flüsterten, nickten und staunten über Savitri. »Sie ist wie ein Schmetterling«, warnte Mrs. Lindsay ihre Freundinnen. »Wenn ihr hinter ihr herrennt und versucht, sie zu fangen, dann wird sie euch durch die Finger entschlüpfen. Wenn ihr aber ganz ruhig stehen bleibt, dann kann es sein, daß sie sich auf eurer Schulter niederläßt.«

Mrs. Lindsay hatte es erst auf die harte Tour lernen müssen: Alles Bitten der Welt konnte Savitri nicht dazu bringen, ihre Kräfte weiterzuentwickeln. Und alles gute Zureden vermochte sie nicht dazu zu bewegen, »ein kleines Geschenk« zum Dank für eine Heilung anzunehmen. Nicht einmal Worte des Dankes oder des Lobes wollte sie hören.

Von David erhielt sie keinen einzigen Brief. Sie übergab Mrs. Lindsay jede Woche einen Umschlag, auf den sie in ordentlichen Buchstaben *Mr. David Lindsay, England* geschrieben hatte. Sie hatte Mrs. Lindsay um Davids Adresse gebeten, um ihm direkt schreiben zu können, diese hatte jedoch nur fröhlich geantwortet: »Ach, nein, meine Liebe, verschwende dein Geld doch nicht für Briefmarken. Gib doch einfach mir den Brief, dann werde ich ihn mit unserer Post mitschicken.«

Zuerst war sie traurig, weil David nicht mehr da war. Es war, als hätte man ihr die Luft zum Atmen genommen. Die Tatsache, daß sie kein Wort von ihm hörte, machte alles noch viel schlimmer. Hatte er sie vergessen? Hatte er vergessen, was sie sich geschworen hatten? Sie jedenfalls hatte das keineswegs. Sie besaß noch immer das kleine Kreuz, das er ihr als Ehepfand geschenkt hatte, auch wenn sie es nicht trug, da sie wußte, daß das ihrem Vater nicht recht sein würde. Aber warum schrieb er ihr nicht?

Sie hielt treu und beharrlich ihre Seite der Korrespondenz aufrecht. Jahrelang, ohne je einen Brief von David zu erhalten. Sie war sechzehn, als sie während ihrer Arbeit in der Küche zufällig den Grund für Davids Schweigen entdeckte. Es gab zwei Abfalleimer, einen für Mango- und Bananenschalen und andere Essensreste, mit denen Iyer die Kühe fütterte, und einen für Papier und anderes brennbare Material, das Muthu wegbrachte und verbrannte.

Mit letzterem hatte sie nicht viel zu tun. Eines Tages jedoch fand sie, als sie ein Stück Zeitungspapier fortwarf, in das ein Pfund Reis eingewickelt gewesen war, in dem Papiereimer die Fetzen eines Briefs mit ihrer Handschrift, fortgeworfen von irgendeinem unbekümmerten Dienstmädchen. Es war einer ihrer Briefe an David.

An diesem Tag verlor Savitri ein ganzes Herz voller Unschuld und Vertrauen. Sie erfuhr, wie hinterlistig und falsch die Menschen sein konnten. Sie erfuhr, was Verrat hieß. Und sie erfuhr, daß, wenn zwei dasselbe Spiel spielten, der Listige und nicht der Ehrliche gewann.

Bei nächster Gelegenheit – Mrs. Lindsay und der Admiral waren zum Mittagessen außer Haus gegangen – durchsuchte sie Mrs. Lindsays Schreibtisch, fand Davids Adresse, notierte sie sich und schrieb ihm von nun an direkt. Gleichzeitig aber gab sie Mrs. Lindsay weiterhin die anderen, harmlosen Briefe, die an *Mr. David Lindsay, England* adressiert waren, Briefe, die Mrs. Lindsay lesen, zerreißen und wegwerfen konnte, ohne Verdacht zu schöpfen.

Von diesem Tag an wurde Savitri kühn. Natürlich wußte sie, daß geplant war, sie zu verheiraten, sobald sie achtzehn war, und so schüttete sie David ihr Herz aus. Sie erinnerte ihn an ihr Gelöbnis, schwor ihm noch einmal ewige Liebe und bat ihn, entweder rechtzeitig zurückzukommen oder aber bei ihrem Vater schriftlich um ihre Hand anzuhalten. Sie sei bereit, genau wie Gopal und Fiona mit ihm zu fliehen, erklärte sie ihm. Sie berichtete ihm davon, wie hinterlistig seine Mutter gewesen sei und daß sie jahrelang vergeblich auf eine Zeile von ihm gewartet habe. Jetzt aber sei sie glücklich, da sie endlich wisse, daß das nicht seine Schuld gewesen sei … »*Vielleicht hast Du mir ja auch geschrieben*«, schrieb sie, »*und diese Briefe wurden ebenfalls vernichtet. Egal. Jetzt ist alles gut. Aber, David, die Zeit drängt! Ich wachse langsam zur Frau heran und soll verheiratet werden, wenn ich achtzehn bin.*«

Dieser erste Brief wurde sieben Seiten lang. Sie berichtete ihm auch alles, was es an Neuigkeiten zu berichten gab.

»*Gopal ist wieder in Madras. Er unterrichtet jetzt als Englischlehrer an einer Grundschule für Jungen, aber er ist ruhelos. Er wohnt nicht mehr bei uns, weil er sich mit Mani nicht versteht. Abgesehen davon wird es bei uns in unserem kleinen Haus langsam ein wenig eng. Mani ist aus der Armee entlassen worden, weil man TB bei ihm festgestellt hat. Er hustet viel. Er und Narayan sind inzwischen beide verheiratet, ihre Frauen und Manis kleiner Sohn wohnen bei uns.*

Ich verdiene jetzt ein wenig eigenes Geld, David. Die Freundinnen Deiner Mutter engagieren mich, auf ihre Kinder aufzupassen. Sie sagen, ich käme mit Kindern sehr gut zurecht und würde mich gut als Kindermädchen eignen. Kindermädchen! Ach, David, soll meine Zukunft wirklich so aussehen, daß ich die Ayah *irgendeiner englischen Lady werde? Aber es ist gut, daß ich mein eigenes Geld habe. Ich habe sogar etwas sparen können. Für den Rest habe ich … rate, was ich gekauft habe? Ein Spinnrad! Jetzt sitze ich jeden Abend auf der* Tinnai *und spinne Baumwolle.*«

Das brachte sie darauf, ihm von Mr. Gandhi zu berichten. Sie schrieb ihm, wie begeistert ihr ehemaliger englischer Lehrer von diesem großen Mann, der Hoffnung Indiens, sei und wie sehr sie selbst ihn verehrte. Sie berichtete ihm auch von Manis wachsender Begeisterung für die Politik und seinem Haß auf die Engländer.

»*Gandhiji ist gerade aus England zurückgekehrt*«, schrieb sie. »*Sag mir, David, wie wurde er in England aufgenommen? Was haben die Engländer gedacht, als er zum Tee mit König Georg in einem Lendentuch erschien? Warum wollte Mr. Churchill nicht mit ihm sprechen? Immerhin ist er unser gewählter Führer! Wir wissen natürlich nicht mit Bestimmtheit, ob das, was in den Zeitungen steht, auch stimmt, also sag Du mir, was die Engländer wirklich von ihm denken! Und, lieber David, glaubst Du wirklich, daß Indien eines Tages unabhängig sein wird? Wäre das nicht aufregend! Aber was würde dann mit Dir geschehen? Würde Deine Familie dann das Land verlassen müssen? Und was wäre mit der Arbeit meines Vaters? Mani besteht darauf, daß wir die Engländer mit Sack und Pack aus unserem Land vertreiben, aber das geht doch nicht! Er haßt die Engländer, es ist ein fast persönlicher Haß, ich aber merke, daß ich sie nicht hassen kann. Die Engländer, die ich kennengelernt habe, waren fast alle gut und freundlich zu mir. Ich weiß jedoch, daß nicht jeder Engländer so ist und daß ich Glück gehabt habe. Sag mir, was Du denkst, David! Auf welcher Seite stehst Du?*

Nein, ich kann die Engländer nicht hassen, auch wenn mein Bruder es tut, so wie auch alle seine Freunde. Stell Dir vor, sie halten in unserem Haus Versammlungen ab! Auf dem Grund und Boden eines Engländers! (Bitte sag Deinen Eltern nichts davon!)

Ich weiß, daß Gandhiji die Engländer nicht haßt. Er will einfach nur, daß sie sich nicht mehr in unsere Angelegenheiten einmischen, und da kann ich ihm nur zustimmen. Und was er über die Harijans sagt, da bin ich ebenfalls seiner Meinung. Ich habe selbst immer genauso gedacht, weißt Du! Ich hatte stets das Gefühl, daß die Abneigung meines Vaters gegen die Unberührbaren für sich genommen schon unrein ist, mehr als sie es selbst jemals sein könnten … Es sind die haßerfüllten, arroganten Gedanken, die uns schmutzig und unrein machen, der Gedanke, daß wir besser als andere sind …«

Sie beendete den Brief, unterschrieb ihn und faltete ihn zusammen. Gerade als sie ihn in den Umschlag stecken wollte, fiel ihr noch etwas ein. Rasch faltete sie den Brief wieder auseinander und schrieb auf die letzte Seite unter ihre Unterschrift: *PS: Gibt es bei Euch so etwas wie eine Doktor-Lady? Glaubst du, ich könnte in England eine werden, wenn wir geheiratet haben?*

Noch bevor sie überhaupt mit einer Antwort rechnen konnte, schrieb sie ihm noch ein zweites und dann noch ein drittes Mal. Sie hatte schließlich vier Briefe nach England geschickt, als endlich Davids Antwort auf ihren ersten Brief eintraf. Sein Brief war an sie persönlich, im Hause ihres Vaters adressiert.

Er schilderte ihr in allen Einzelheiten das entsetzliche englische Wetter. Er schrieb, daß er Fairwinds und sie vermißte, und zwar in dieser Reihenfolge. Er spiele mit dem Gedanken, wie sein Vater zur Marine zu gehen, berichtete er, dann folgten ein paar unverbindliche Absätze zu Mr. Gandhi. Seine Heimkehr, ihre Hochzeit oder eine gemeinsame Flucht erwähnte er mit keinem Wort. Es schien, als hätte er Savitri vergessen und nur noch als Freundin aus der Kindheit in Erinnerung. Sie schrieb ihm daraufhin nicht mehr. Nicht aus verletztem Stolz, sondern weil sie einfach akzeptierte, daß David in Gedanken offensichtlich mit anderen Dingen beschäftigt war und ihm die Liebe im Augenblick fernlag. Es entsprach einfach nicht Savitris Wesen, etwas zu erzwingen. Ihre Stärke war das Warten, ein Warten in dem Wissen, was wirklich und unzerstörbar war, ein Warten in Weisheit, ein Warten, eingebettet in das Fundament der Liebe.

21. Kapitel

Nat

Nat wurde von Henrys Sohn Adam und seiner Frau Sheila in Heathrow abgeholt. Obwohl der Doktor einige Verwandte hatte, die in London lebten, kam es jedem von ihnen irgendwie ungelegen, Nat bei sich aufzunehmen. Adam, der den Doktor schon seit seiner Kindheit kannte, freute sich jedoch aufrichtig darüber, Nat im Schoß seiner Familie willkommen heißen zu dürfen, und seine Frau ebenfalls.

Sie ließen Nat seinen Jetlag ausschlafen, dann ging Sheila mit ihm einkaufen, da die Kleidung, die er aus Indien mitgebracht hatte, einfach grauenhaft war.

»Wenn du dich nicht ein bißchen modischer kleidest, werden dich die Mädchen aufziehen, Nat. In diesen engen, abgewetzten Hosen kannst du unmöglich herumlaufen. Und diese spitzen Schuhe! Du liebe Güte! So kannst du hier in London auf keinen Fall unter die Leute!«

Er hatte Geld, genügend Geld. Nat hatte das immer gewußt. Geld, von dem sein Vater und er in Indien lebten, von dem sein Vater Medikamente und Teakschößlinge kaufen und die Dächer im Dorf reparieren lassen konnte und das es Nat ermöglicht hatte, das Armaclare College zu besuchen. Und jetzt war Geld da, damit Nat in England bei Adam und Sheila als Untermieter wohnen konnte. Angemessene Kleidung, Bücher und was immer er sonst noch in den kommenden Jahren brauchen würde, konnte er sich ebenfalls ohne Probleme kaufen. Nat fragte nie, wo dieses Geld herkam. Er wußte nur: Es war stets genügend da.

Sheila und Adam wohnten in einer hübschen Doppelhaushälfte in Croydon. Beide waren Lehrer an einer höheren Schule und scheuten vom ersten Tag an keine Mühen, damit Nat sich bei ihnen wohl fühlte. Sie zeigten ihm alle Sehenswürdigkeiten der Stadt. Sie gingen mit ihm in die obligatorischen Museen, er sah beim Wachwechsel zu, fütterte Tauben am Trafalgar Square, probierte Fish and Chips (wovon ihm fürchterlich schlecht wurde, weil er noch nie Fisch gegessen hatte), lernte U-Bahn fahren und hatte entsetzliches Heimweh. Er hatte das Gefühl, in einer aus den Fugen geratenen Welt zu leben, in einer Art Puzzle, dessen Teile unwiederbringlich in alle Winde verstreut waren, so daß alles Kostbare und Wichtige für immer verloren war. Sein Verstand kam ihm wie ein umgekippter Mülleimer vor. Er vermißte seinen Vater, die strahlenden dunklen Augen in schwarzen drawidischen Gesichtern, das ungestüme Flügelschlagen der Krähen, die silbernen Sterne, die über den schwarzen Nachthimmel verstreut waren, den vollen gelben Mond, der hinter dem Hügel aufging. Sein Vater hatte ihn jedoch ins kalte Wasser geworfen, und er mußte schwimmen.

Anfang August kamen Nina und Jule von ihren Campingferien mit der Schule aus Südfrankreich zurück. Nina und Jule waren die Zwillingstöchter von Adam und Sheila: fünfzehn, sommersprossig, flachshaarig, blauäugig, langbeinig, x-beinig, verschwörerisch, miniberockt und identisch. Sie machten schon bald kein Geheimnis mehr daraus, daß sie Nat heiß verehrten. Er sei ja so süß, erzählten sie ihren Freundinnen kichernd am Telefon, während Nat sich in Hörweite befand, so unschuldig, so schüchtern und soooo hübsch, einfach toll, und sie seien sich außerdem absolut sicher, daß er noch Jungfrau sei.

»Du beachtest sie am besten gar nicht, Nat, mein Lieber«, sagte Sheila, »sie sind einfach alberne Mädchen und versuchen dich aufzuziehen. Laß dich bloß nicht provozieren.«

Das sagte sie, als Nina und Jule Nats gesamte Unterwäsche stibitzt, sie gegen ihre eigene ausgetauscht und sich dann ins Badezimmer eingesperrt hatten, aus dem dann fast eine Stunde lang kreischendes Gelächter und schrilles Kichern gedrungen war. Ganz plötzlich wurde dann die Badezimmertür aufgerissen, die Mädchen stürzten heraus und schossen, nur mit Nats Unterhosen bekleidet, wie der Blitz die mit Teppich belegte Treppe hinunter, rannten an Nat und Sheila vorbei durch die Diele und sprangen auf den Eßzimmertisch. Dort vollführten sie, wobei sie mit einer Hand die viel zu großen Unterhosen festhalten mußten, die wildesten Zuckungen und Verrenkungen und kreischten in ihre Fäuste: »She loves you, yeah, yeah yeah!«, bevor sie wieder die Treppe hochflitzten und sich im Bad vor Lachen kreischend auf dem Boden kugelten.

Nat zuckte mit den Lippen und schüttelte nachsichtig den Kopf.

»Ist schon gut, Sheila, das ärgert mich nicht. Ich werde es ihnen schon noch heimzahlen«, sagte er.

Und als die Mädchen die Badezimmertür wieder zuknallten und johlten: »Wir baden jetzt, Nat, klopf einfach, wenn du auch in die Wanne willst«, wußte er, was zu tun war.

»Nein, danke«, rief er zurück. »Aber ich komme ein andermal gern auf dieses Angebot zurück.« Bei dem zweifachen fröhlichen Kreischen, das daraufhin ertönte, mußte er sich die Ohren zuhalten. Er sah Sheila an und zog eine Grimasse, woraufhin diese lachend ins Wohnzimmer ging, um fernzusehen.

Während die Mädchen badeten, begann Nat ihr Zimmer mit Unterwäsche zu dekorieren. Er drapierte ihre kleinen Spitzen-BHs und Slips sorgfältig über Stühle, Schreibtische, Betten und Fensterbänke. Er heftete sie an die Wände, hängte sie über ihre Bücher und legte sie auf die Regale. Er zog sie ihren Teddybären an, er legte sie auf ihre Kopfkissen und über die Lampen. Aus irgendeinem Grund kamen die Mädchen danach zur Vernunft. Tatsächlich wirkten sie jetzt fast schüchtern. Für Nat war das jedoch eine Art Erleuchtung gewesen.

Bei den Mädchen zu Hause hatte er eines gewußt: Ganz gleich, ob das Mädchen ein Bauernkind oder eine Bannerji-Prinzessin war, die Aura der Keuschheit umgab sie wie eine undurchdringliche, süß duftende Rüstung. Sie war ein unverzichtbarer Bestandteil ihrer geheimen, inneren Welt und würde eines Tages ihrem Bräutigam als kostbares Geschenk überreicht werden.

Für Nina und Jule und die Hunderte von Mädchen, die Nat bald kennenlernen würde, war Keuschheit ein einziger Witz, ein Relikt aus der Kindheit, dessen sie sich entledigt hatten. Diese Mädchen hatten keine Geheimnisse, und wenn sie sie hatten, dann war ihnen das gar nicht bewußt.

Das Geschenk, das sie Nat ganz vorbehaltlos machten, hieß Freiheit. Und es gab etwas, was sie Nat lehren konnten: den Genuß.

22. Kapitel

Saroj

Ma brachte ihr das Abendessen aufs Zimmer, ein Luxus, der ihnen als Kinder nur dann zuteil wurde, wenn sie zu krank waren, um das Bett zu verlassen. Nun, sie war nicht körperlich krank, aber Ma bemerkte sicher das Fieber, das ihre Seele verbrannte. Sie stocherte in ihrem Essen herum. Sie hatte keinen Appetit, aber Essen zu verschwenden kam in ihrem Haus gleich hinter Mord. Außerdem hatte Ma ihr ohnehin nicht viel gebracht, nur ein *Chappati* und ein paar Löffel Kartoffelcurry. Sie aß langsam und überlegte dabei, wie sie das sagen sollte, was gesagt werden mußte. Während sie aß, ging Ma im Zimmer umher, zog die Vorhänge zu, räumte den Toilettentisch auf, legte Bettwäsche zusammen. Als Saroj mit dem *Chappati* den letzten Rest Curry auftunkte, kam Ma zu ihr und setzte sich, eine Bürste in der Hand, auf die Bettkante. Sie begann mit gewohnter Kraft ihr zerzaustes Haar zu bürsten, wobei sie gelegentlich innehielt, um die Knoten zu entwirren, die sich während des Schlafs hineingemogelt hatten.

»Ma, ich will noch nicht heiraten. Ich will überhaupt niemals heiraten!«

»Du brauchst jetzt auch noch nicht zu heiraten, Saroj. Du hättest mir vertrauen und mit mir über deine Ängste sprechen sollen, Liebes. Es tut mir leid. Ich habe dich vernachlässigt. Ich hätte mehr auf die Zeichen achten müssen … hätte dir mehr Aufmerksamkeit schenken müssen. Ich war in letzter Zeit nicht so ganz bei der Sache. Ich hätte es wissen müssen, dann wäre das alles nicht passiert.«

»Aber Baba hat gesagt …«

»Baba hat gesagt, Baba hat gesagt! Weißt du denn immer noch nicht, daß Männer ständig reden, ohne wirklich etwas zu sagen? Das Schweigen einer Frau wiegt tausendmal schwerer. Du mußt lernen, dem Schweigen zu vertrauen. Es mit Wahrheit zu erfüllen und abzuwarten. Eine Frau kann sich nicht mit körperlicher Gewalt durchsetzen. Beißen und vom Turm springen nutzen ihr nichts. In dieser Hinsicht sind die Männer immer stärker, und die Frauen werden derart ungleiche Kämpfe immer verlieren. Frauen müssen still sein, aber schlau. Männer besitzen eine Macht, die jedem gleich ins Auge fällt, die Macht einer Frau aber ist verborgen, heimlich und bei weitem wirksamer. Sie muß wie ein unterirdischer Strom angezapft werden, und du mußt ihr absolut vertrauen. Warum bist du in deiner Verzweiflung nicht zu mir gekommen? Glaubst du denn, ich hätte dich in einem solchen Zustand heiraten lassen? Wenn ich Bescheid gewußt hätte, dann hätte ich dir geholfen, und Baba hätte gar nichts dagegen tun können. Wie soll denn eine Hochzeit stattfinden, wenn die Mutter der Braut ihre Zustimmung verweigert? Du wirst heiraten, wenn der Richtige kommt, der Mann, der dein Schicksal ist. Der hier ist es jedenfalls nicht.«

Sie zwinkerte verschmitzt, ihre Lippen zuckten und lächelten ein mädchenhaftes, komplizenhaftes Lächeln. Soviel auf einmal hatte Saroj sie, außer wenn sie eine ihrer Geschichten erzählte, noch nie sagen hören.

»Ma, ich will aber überhaupt nicht heiraten! Weder diesen Ghosh-Jungen noch irgendeinen anderen Jungen, den Baba aussucht, und auch sonst niemanden, niemals.«

Ma schwieg. Sarojs Haar war jetzt ordentlich, knotenfrei und seidig. Ma teilte es mit der Bürstenkante genau in der Mitte, legte die Bürste auf das Nachttischchen, nahm dann die eine Hälfte des Haars auf der ihr zugewandten Seite in beide Hände und teilte es mit starken, ruhigen Fingern geübt in drei gleich dicke Stränge.

»Und wenn du dich irgendwann einmal verliebst?«

Ihre Finger und die Haarstränge schnellten vor und zurück, der Zopf wuchs aus ihren Händen heraus, und während er wuchs, rutschte sie auf dem Bett zurück.

»Liebe! Was ist schon Liebe! So etwas gibt es doch gar nicht!«

»In gewisser Weise hast du recht. Das, was die Menschen Liebe nennen, ist nur Leidenschaft, und die vergeht. Wahre Liebe aber vergeht nie.«

Saroj spürte Ärger in sich aufsteigen und drängte ihn wieder zurück, bevor er zur Wut wurde. Ma hatte ständig irgendwelche Klischees und Binsenweisheiten parat, die sie herunterrasselte, so als hätte sie sie auswendig gelernt. Was wußte sie denn schon vom Leben? Was konnte sie denn überhaupt davon wissen? Trotzdem mußte Saroj, verzweifelt wie sie war, mit ihr reden, denn sie wußte, daß ihr jetzt weder Ganesh noch Trixie helfen konnten. Sie hatte nur noch Ma, und das würde ihr genügen müssen.

»Schau dir Baba an! Wie kann ihn irgendeine Frau lieben?«

Ma band eine Schleife um das Ende des fertigen Zopfs, stand auf und ging zur anderen Seite des Bettes, um mit dem zweiten Zopf zu beginnen. Ihre Hände in Sarojs Haar, die rhythmische Bewegung ihrer Finger, das sanfte Zurück- und Vorschnellen der seidigen Strähnen hatten eine tröstliche und bis zu einem gewissen Grad beruhigende Wirkung auf das Mädchen.

Ma sagte ruhig: »Ich tue es.«

»Das tust du nicht! Das ist doch unmöglich! Er ist so entsetzlich! Ma, er ist so grausam, er ist ein richtiges Ungeheuer!«

Eine Spur Ungehaltenheit blitzte in Mas Blick auf.

»Sind es nicht gerade die Ungeheuer, die die meiste Liebe brauchen? Sie brauchen die stärkste, außergewöhnlichste Art der Liebe!« Sie hielt inne. Dann fuhr sie fort.

»Außerdem ist er im Grunde kein Ungeheuer. So etwas darfst du niemals denken. Manche Dinge sind nur äußerlich häßlich. Wenn du aber unter die Oberfläche siehst, wirst du die Wahrheit erkennen. Und Baba liebt dich in Wahrheit sehr, er liebt uns alle. Wir sind seine ganze Welt, ohne uns ist er nichts. Aber sein Verstand verzerrt die Wahrheit, und deshalb erscheint er als ein solches Ungeheuer. In Wirklichkeit ist er nicht abscheulich, sondern nur entsetzlich unglücklich. Wie kannst du jemanden hassen, der so unglücklich ist?«

»Ich hasse ihn aber! Ich hasse ihn aus tiefstem Herzen. Ich hasse ihn aus tiefstem Herzen und tiefster Seele, schon mein ganzes Leben lang, und ich werde ihm eines Tages genauso weh tun, wie er mir weh tut! Ich schwöre dir, Ma, das werde ich tun! Ich wünschte, Baba wäre tot, tot, tot!« Saroj schluchzte und warf sich an Mas Brust. Mas Augen wurden feucht, und sie nahm Saroj in die Arme. Stumm wiegte sie sie hin und her.

Sie sagte: »Dein Haß wird dich noch zerstören, Saroj. Du mußt lernen, dich darüber zu erheben. Ihr beide seid euch so ähnlich: Ihr haltet beide hartnäckig an Gefühlen fest, die euch innerlich auffressen. Du grollst ihm schon, seit du ein kleines Kind warst, und das ist nicht gesund – du schadest dir selbst mehr damit als ihm. Du hast dir ein bestimmtes Bild von deinem Vater gemacht. Jetzt gehst du durchs Leben und bekämpfst ständig dieses Bild. Auf diese Weise wirst du niemals erkennen können, wie er wirklich ist. Du bastelst dir in deiner Seele eine Strohpuppe von ihm und verbrennst sie – in Wirklichkeit aber verbrennst du dich selbst gleich mit. Das tut weh, Saroj, merkst du denn nicht, wie weh der Haß tut?«

»Du hast mir immer gesagt, ich solle vor dem Schmerz keine Angst haben! Du hast erklärt, der Schmerz sei etwas Gutes!«

»Es gibt gute Schmerzen und schlechte. Weißt du, warum ich ein Schwert im *Puja*-Zimmer habe? Es hängt dort, damit es mich an die Bedeutung des Schmerzes erinnert. Es soll mich daran erinnern, daß in mir etwas wohnt, das stärker ist als jeder Schmerz. Das ist es, was ich mit gutem Schmerz meine. Ein guter Schmerz, der dich zwingt, über ihn hinauszuwachsen – dann bist du stärker als das Leiden. Deine Art von Schmerz, Saroj, der Schmerz, den man sich selbst zufügt, ist jedoch genau das Gegenteil. Der Haß ist wie ein kleines Unkraut, das in deinem Bewußtsein wächst. Du mußt ihn in dem Moment ausreißen, in dem er als Gedanke auftaucht. Reiß ihn mit der Wurzel heraus, so wie du ein Unkraut herausreißen würdest! Was du jedoch tust, ist, ihn zu nähren und zu pflegen – und jetzt ist er zu einem solchen Gestrüpp herangewachsen, daß du dich darin verfangen hast – er erwürgt dich langsam. Du bist eine Gefangene deines eigenen Hasses. Siehst du das denn nicht?«

»Nein, Ma, es ist Baba, der mich zur Gefangenen gemacht hat! Er ist es, der mich in meinem Zimmer eingesperrt hat, der mich im Haus einsperrt und mich jetzt in eine Ehe zwingen will! Es ist Baba, der versucht, mein Leben für mich zu planen, und mich zwingen will, etwas zu tun, was ich einfach nicht tun kann! Warum läßt er mich denn nicht einfach das tun, was ich will?«

»Und was willst du? Weißt du denn, was du wirklich willst?«

Saroj nickte bedrückt. Ma legte ihr den Arm um die Schulter, zog sie an sich und sagte: »Kind, du mußt mit mir reden. Sag mir, wie es in deinem Herzen aussieht. Mach dir wegen des Ghosh-Jungen keine Sorgen und auch nicht wegen deines Vaters. Darum kümmere ich mich schon. Aber du mußt mir vertrauen und mir sagen, was du wirklich willst.«

Saroj schluckte. Sie holte tief Luft. Und dann sprudelte es aus ihr heraus.

»Ma, Ganesh geht nach England, um dort zu studieren, und genau das würde ich auch gern tun. Ich möchte die Schule beenden, das

Abitur machen und auf die Universität gehen. Ich möchte wie Ganesh nach England gehen. Ich möchte Jura studieren und wenn ich zurückkomme, alle Gesetze ändern, damit Mädchen wie ich nicht mehr zur Ehe gezwungen werden. Ich weiß, daß das unmöglich ist, aber das ist es, was ich wirklich will.«

So. Jetzt war es heraus. Sie hatte das Unmögliche in Worte gefaßt. Ma würde schockiert sein und ihr sagen, sie solle sich das aus dem Kopf schlagen, weil Mädchen, anders als Jungen, keine Ausbildung bräuchten. Es sei einfach ihr Pech, daß sie als Mädchen zur Welt gekommen sei. Sie würde Saroj sagen, sie solle ihr Schicksal akzeptieren, denn das *Karma* eines Mädchens war, zu heiraten und Kinder zu bekommen. Dies waren die Tatsachen, mit denen Saroj aufgewachsen war. An eine Alternative auch nur zu denken, war absolut lächerlich. Ihr fiel kein einziges Roy-Mädchen ein, das nach der Schule nicht geheiratet hatte. Nicht ein einziges. Nicht einmal diejenigen, die eine liberale Einstellung hatten. Nicht einmal diejenigen, die christliche Namen hatten und Hosen trugen. Nicht einmal diejenigen, die sogar ein paar Monate in einer Bank oder einer Versicherung gearbeitet hatten. Nicht einmal Bikus Frau. Früher oder später gaben sie ihre Jobs auf, um zu heiraten. Eine jede von ihnen hatte einen Mann, bevor sie zwanzig war. Eine jede von ihnen hatte ein Baby, bevor sie einundzwanzig wurde. Die Ehe war das Los, das ihnen im Leben bestimmt war. Sie alle wußten das, und es gab keine Ausnahme. Warum also sollte Saroj, Deodat Roys Tochter, die Tochter des strengsten und konservativsten aller Roys, da anders sein? Aber sie hatte es gesagt. Ohne Frage, es war Ketzerei, aber sie hatte es trotzdem gesagt.

Ma war so still, daß Saroj sich aus ihren Armen löste, um ihr ins Gesicht zu sehen. Es war jedoch so unerforschlich wie immer. Mas Gedanken konnte man nie lesen. Jetzt stand sie auf und ging zu einem der Fenster, drückte die Jalousie mit ihrem Stab nach vorn und ließ das Mondlicht ins Zimmer herein. Sie öffnete die zweite Jalousie. Dann ging sie zum Frisiertisch, zündete eine Kerze an und kam wieder ans Bett. Sie setzte sich und nahm Sarojs Hand. Die flackernde Flamme warf groteske Schatten an die Wand. Sie sahen aus wie zwei Hexen, Ma und Saroj, wie sie da beieinandersaßen. Mas Hand war kühl, ihre Berührung wie Seide. Sarojs Hand lag matt in der ihren, und Ma streichelte federleicht ihren Handrücken. Und dann lachte sie. Es war kein lautes Lachen, denn Ma war niemals laut. Es war ein volles, glückliches, glockenhelles Lachen. Jetzt wandte sie Saroj das Gesicht zu. Im flackernden Kerzenlicht leuchteten ihre Augen hell und ausdrucksvoll, die Unerforschlichkeit war daraus verschwunden, und Ma war wie ein offenes Buch, das Saroj zum Lesen einlud.

»Genau das wollte ich früher auch«, sagte sie.

Saroj hatte sie nicht verstanden. »Was, Ma? Was hast du gewollt?«

»Ich wollte auch auf die Universität gehen. Ich wollte Ärztin werden.«

»Du wolltest Ärztin werden, Ma. Du?«

Es war, als hätte der Mond gesagt, er wolle die Sonne sein. Saroj traute ihren Ohren nicht. Ma aber nickte. Sie hatte das Buch ihrer Vergangenheit aufgeschlagen und Saroj eine einzige Seite davon zum Lesen gegeben. Bevor sie diese Seite wieder zuschlagen konnte, fragte Saroj rasch: »Was ist passiert, Ma? Bist du auf die Universität gegangen?«

»Nein. Meine Eltern haben es nicht zugelassen. Das gehörte nicht zum guten Ton. Sie haben mich gezwungen, zu heiraten. Ich war damals siebzehn. Für ein indisches Mädchen war ich damit schon ziemlich alt. Es wurde höchste Zeit, daß ich heiratete.« Sie sprach widerstrebend, wollte offensichtlich das Buch rasch wieder zuklappen, noch aber war es einen kleinen Spalt offen.

»Und was ist dann passiert, Ma? Erzähl!«

»Mein erster Mann starb. Ich kam dann hierher und habe deinen Vater geheiratet.«

Peng. Vorbei. Das Buch wurde zugeklappt und mit einem Schlüssel abgeschlossen. Ma schien es plötzlich eilig zu haben.

»Du solltest versuchen, jetzt ein bißchen zu schlafen, Liebes!« sagte sie, strich Saroj das Haar zurück, beugte sich herüber und gab ihr einen Kuß.

»Ma ...«

Ma sprach nun hastig und leise. Das, was sie ihr jetzt so verschwörerisch zuflüsterte, war nur für sie beide bestimmt, und die Worte waren die schönsten der Welt.

»Hör zu, Liebes. Ich habe mit Miss Dewer gesprochen. Sie sagt, daß du in diesem Schuljahr zwar sehr faul gewesen bist, daß du aber einen scharfen Verstand hast und, wenn du fleißig bist, das Britisch-Guyana-Stipendium erringen könntest. Wenn es das ist, was du willst, dann werde ich dir helfen. Aber du mußt mir bedingungslos vertrauen. Du mußt aufhören, dir über die Zukunft Sorgen zu machen, und einfach Vertrauen zu mir haben. So, und jetzt schlaf.«

Sie berührte leicht Sarojs Schulter. Saroj sank in die Kissen, und Ma deckte sie zu. Sie gab ihr noch einen Kuß, ging dann zum Frisiertisch und blies die Kerze aus. Saroj sah, wie sie im geisterhaften Mondlicht, das durch das offene Fenster fiel, zur Galerietür hinüberglitt, ein sich verflüchtigender Geist. In der Tür hielt sie inne.

»Ich werde dich nicht einschließen, Liebes. Das ist jetzt alles vorbei.« Dann war sie fort. Ihre Worte hallten noch in Sarojs Kopf nach.

Das Britisch-Guyana-Stipendium, das alljährlich dem Schüler und der Schülerin mit dem besten Abitur im ganzen Land verliehen wurde! Allein der Gedanke, es zu bekommen, ließ sie ganz schwindlig werden. Aber warum nicht? Warum denn eigentlich nicht? Wenn selbst die strenge Miss Dewer, die so hohe Anforderungen an ihre Schüler stellte, so große Stücke auf sie hielt, warum sollte sie es sich dann nicht selbst auch zutrauen?

Saroj lächelte sich in den Schlaf. Ma stand auf ihrer Seite. Alles, alles war jetzt möglich. Mas Worte nämlich waren wohlgewählt gewesen und trugen das ganze Gewicht der Wahrheit, und die Wahrheit, so sagte Ma immer, hat mehr Gewicht als das Universum. Als Kinder hatten sie geglaubt, daß alles, was Ma sagte, automatisch geschehen würde, einfach, weil sie es gesagt hatte. Und weil sie es glaubten, war es auch immer so gekommen. Ma war ihre persönliche Prophetin gewesen. Durch die bloße Tatsache des Redens löste sie Ereignisse aus. Saroj fühlte sich in die sichere, vorhersagbare Welt ihrer Kindheit zurückversetzt.

Am nächsten Morgen kehrte Ma gerade den Hof, als Ganesh den Kopf zur Tür hereinstreckte. Saroj war in ihrem ganzen Leben noch nie glücklicher gewesen, sein jungenhaftes Grinsen und seinen zerzausten Haarschopf zu sehen. Er kam mit dem Überschwang eines jungen Hundes an ihr Bett gehüpft. Sie hatte sich noch nicht einmal aufgesetzt, da warf er sich schon auf sie. Ganesh war ein so körperbetonter Junge, er umarmte, küßte, drückte und streichelte gern, und genau das tat er auch jetzt. Sie lachten beide, und er strich Saroj die Haare aus den Augen.

»Na, wenigstens hast du das Lachen nicht verlernt! Schau, was ich dir mitgebracht habe!«

Er zog ein in Geschenkpapier eingewickeltes und mit einer Schleife verschnürtes Päckchen hinter seinem Rücken hervor. Es war groß und länglich und klapperte, als sie es in die Hand nahm. Solche Geschenke fand sie aufregend, weil sie zuerst raten konnte, was sich darin befand.

»Ach, Gan! Was ist es?«

»Los, mach schon auf! Du hast zwar erst nächste Woche Geburtstag, aber ich gebe dir trotzdem die Erlaubnis, es auszupacken.«

Sie riß das Papier auf wie ein kleines Mädchen. Darunter kam eine Schachtel zum Vorschein, und in der Schachtel befand sich ein Radiokassettenrecorder. Sie warf die Arme um Ganesh.

»Ach, Gan! Ich glaub es nicht! Ich habe mich nie getraut, mir einen zu wünschen!«

»Also, wenn du dich traust, vom Turm zu springen, dann ist das hier doch nur ein Klacks!«

»Gan, laß uns bitte nicht darüber reden, okay?«

»Aber das ist genau das, worüber ich mit dir reden wollte. Ich dachte, ich höre nicht recht, als ich vom Krickettraining nach Hause kam und davon erfuhr. Ich habe gleich bei dir hereingeschaut, aber da hast du schon geschlafen, sonst hättest du dir aber was von mir anhören dürfen, Saroj! So schlimm ist das Ganze doch nun auch wieder nicht, oder?«

»Wenn sie mich mit diesem Jungen verheiraten, dann ist es das sehr wohl.«

»Also, sie werden es nicht tun. Sie haben die Hochzeit nämlich verschoben. Ma und Baba waren letzten Abend noch lange auf, und ich habe mich zu ihnen gesetzt. Ma und ich haben Baba angefleht und beschwatzt, dich nicht gleich zu verheiraten. Ma sagte, daß auch eine Ehefrau heutzutage eine Ausbildung braucht. Ich habe das bestätigt. Wir haben ihn überredet, die Hochzeit mindestens so lange zu verschieben, bis du deine mittlere Reife hast.«

»Okay, sie können sie verschieben, aber heiraten muß ich trotzdem noch, und was hat es für einen Sinn, die mittlere Reife zu machen, wenn ich an meinem Hochzeitstag doch vom Turm springe?«

»Das wirst du nicht tun. Wir werden das nicht zulassen.«

»In Ordnung, ich werde mich also nicht umbringen, aber ich schwöre dir, dann laufe ich davon.«

»Das klingt schon wesentlich vernünftiger. Ich helfe dir sogar dabei. Aber vergiß nicht, du kannst dich nicht ewig verstecken. Baba wird dich zurückholen lassen. Und was hast du dann erreicht?«

»Ich werde keinen Jungen heiraten, den Baba für mich ausgesucht hat, Gan. Das kann nicht richtig sein, und ich wette, es ist nicht einmal legal. Trixie hat gesagt, ich soll mir einen Anwalt nehmen. Ihre Mutter wird mir dabei behilflich sein. Ich werde kämpfen, Gan, und ich habe mir auch schon etwas überlegt. Hör zu, Gan, wenn du nach England gehst, möchte ich, daß du mich zu dir holst. Besorg mir ein Flugticket und laß mich nachkommen! Bitte!«

»Saroj! Das tue ich liebend gern, aber vergiß nicht, du bist noch nicht einmal vierzehn! Du wirst alle möglichen Papiere und eine elterliche Einverständniserklärung brauchen, und bilde dir bloß nicht ein, daß Baba so ein Papier unterschreiben wird!«

»Nein, aber Ma vielleicht!«

Ganesh starrte sie an, und in diesem Schweigen hörten sie das leise Wisch-wisch von Mas Besen unten im Hof, als Ma ihre kleine Welt in Ordnung brachte. Es war ein friedvoller Rhythmus, der tröstlich und inspirierend zugleich wirkte wie der stete Herzschlag der Erde.

23. Kapitel

Savitri

Nach seiner Schulzeit in Eton kam David für kurze Zeit nach Hause. Es waren seine letzten Ferien, bevor er in Oxford zu studieren anfing.

Er hatte das kleine Schmetterlingsmädchen, das durch den Garten von Fairwinds flatterte, nicht vergessen. So jedenfalls hatte er Savitri in Erinnerung, als magere Zehnjährige mit unordentlichen Kleidern und sich auflösenden Zöpfen, die ihren langen Rock in ihren Bund stopfte, um auf einen Mangobaum zu klettern. Er war ihr zugetan wie eh und je. Er hatte sie genausowenig vergessen wie den tanzenden Pfau und die blühenden Hibiskussträucher. Sie gehörte zu den Naturschönheiten, dem unwandelbaren Tableau seiner perfekten Kindheit; jenem Hintergrund, der zwar immer noch ein Teil von ihm war, dem er aber entwachsen war und den er hinter sich gelassen hatte.

Er selbst war zu einem hochgewachsenen, geschmeidigen jungen Mann geworden, dessen weizenblondes Haar sich einfach nicht scheiteln ließ, sondern ihm widerspenstig in die Stirn fiel, in dessen blaugrauen Augen goldene Lichter aufblitzten und dessen großzügiges Lächeln so manche schnoddrige Debütantin bezaubert und gefesselt hatte.

Er war an seinem ersten Morgen in Indien erst spät aufgewacht. Das Haus war leer bis auf das Personal natürlich, die kleinen Dienstmädchen, die eilig davonhuschten, als er das Eßzimmer betrat. Seine Mutter hatte ihm eine Nachricht hinterlassen – tut mir leid, daß ich dich verpaßt habe, bin in Adyar. Sie würde jedoch zum Mittagessen zurück sein. Sein Vater war in seinem Arbeitszimmer. David hatte einen brennenden Wunsch: wieder einmal in eine saftige Mango zu beißen oder eine Scheibe reife, goldene Papaya zu essen. Also ging er in die Küche, um zu sehen, was der Koch ihm anzubieten hatte. Er war gespannt darauf, die alte Welt wiederzusehen, und wollte sich vergewissern, daß sich nichts verändert hatte. Und natürlich war alles unverändert, die Küche mit ihrem roten Fliesenboden und den Obst- und Gemüsekörben, die an den Dachbalken hingen, den kleinen Messinggefäßen mit Gewürzen auf den Wandregalen, den Töpfen mit den schwarzen Böden, dem Tonkrug, der süßes, eiskaltes Wasser enthielt, all den vertrauten Gerüchen und Klängen. Es war alles unverändert, aber auf einer Strohmatte in der Ecke auf dem Boden saß im Schneidersitz eine Gestalt, die, die Arme bis zu den Ellbogen weiß vom Mehl, *Chapatti*-Teig – er hatte sich zum Mittagessen *Chapattis* gewünscht – zu kleinen, weichen Bällchen rollte. Es war Savitri.

Zuerst erkannte er sie gar nicht, denn sie hatte den Kopf beim Arbeiten nach vorn gebeugt. Dennoch mußte seinen Lippen irgendein Laut entschlüpft sein, oder aber sie hatte gespürt, daß er stumm dastand, denn sie sah hoch, stieß einen entzückten Schrei aus, sprang auf und rannte zu ihm.

Der Name Savitri war in seinem Bewußtsein auf ewig mit einem barfüßigen, wild herumtollenden Mädchen verknüpft. Wie konnte er ihn da jetzt einfach davon trennen und ihn mit dieser ... dieser ... Frau verbinden? In den wenigen Sekunden, die sie brauchte, um zu ihm zu laufen, nahm er jede Veränderung in sich auf: Verschwunden waren der flatternde Schal und die bauschigen Röcke, das lebhafte Hüpfen und Springen. Sie trug einen Sari, der, ursprünglich wohl einmal kobaltblau, jetzt zu einem undefinierbaren Pastellton ausgeblichen war. Sie hatte nach Art der Bauersfrauen ein Ende über den Hüften verkreuzt und in den Taillenbund gesteckt, damit sie Bewegungsfreiheit hatte. Der Sari hatte quer über dem Oberschenkel einen langen Riß, denn sie war damit an einem Rosenstrauch hängengeblieben. Sie hatte den Riß notdürftig mit weißem Faden geflickt, nicht um ihn unsichtbar zu machen, sondern um zu verhindern, daß der Stoff noch weiter einriß. Der Sari war aus billigster Baumwolle, sie trug ihn jedoch, als wäre er aus feinster, teuerster Seide. Er bedeckte ihre Gestalt, nur um deren Grazie und Geschmeidigkeit um so deutlicher zu enthüllen, denn er umspielte weich und flüssig ihre Kurven und folgte jeder ihrer Bewegungen.

Als sie durch die Küche auf David zugerannt kam, sah er sie wie in Zeitlupe, sah sie vor seinen Augen größer werden, zu der erwachsenen Savitri werden, und die Liebe, die er für das kleine Mädchen empfunden hatte, wuchs mit, um auch für die Frau zu passen. Der Schock, zu wissen, daß das tatsächlich sie war, überwältigte ihn. Er bekam weiche Knie und mußte sich an den Türstock klammern, sonst wäre er zu Boden gesunken. Sie bemerkte davon nichts. Ihren Vater, der entsetzt Einspruch erhob, ignorierend, warf sie sich David entgegen und schlang ihre bemehlten Arme um ihn. Dann hatte auch er die Arme um sie geschlungen, hob sie hoch und wirbelte sie herum. Sie weinte fast vor Freude.

»David, ach David!« sagte sie. Und er erwiderte. »Savitri! Du bist das!«

Seine Stimme war gedämpft, denn er hatte einen Kloß im Hals.

Sie schmiegte sich in seine Hände, die auf ihrem Rücken lagen, und sah schweigend zu ihm hoch, während er zu ihr herabsah, in ein Gesicht, das so viel unverhülltes Entzücken ausdrückte und eine solche Schönheit und Anmut ausstrahlte, daß er feuchte Augen bekam. Savitris Augen hatten noch immer dasselbe schmelzende Schokoladenbraun, waren jedoch größer denn je, weiser, ruhiger, die Augen einer Frau, ohne List und ohne Gier. Ihr Mund lächelte, ihre Augen sprachen zu ihm und sagten ihm, daß es nie eine Zeit gegeben habe, in der sie ihn nicht geliebt hätte, denn zu lieben entsprach ihrem Wesen. Ihr Kopf wurde von dichtem, vollem Haar umrahmt, das locker nach hinten genommen war, so daß es ihr Gesicht sanft umschmeichelte. Im Nacken wurde es von einem Büschel purpurfarbener und weißer Blüten zusammengehalten. In schmiegsamen Locken aus schwarzer Seide fiel es ihr über den Rücken und bedeckte seine Hände. Er zog Savitri an sich.

Sie hielten einander wortlos in den Armen, bis ein wütender Iyer sie auseinanderriß. Männer und Frauen durften sich in der Öffentlichkeit nicht berühren, aber das hatten beide vergessen. Es war ihnen auch egal, denn sie waren wieder zusammen, und alles, was blieb, war, den anderen in sich aufzunehmen, um die Jahre wett zu machen, die sie voneinander getrennt gewesen waren.

Savitri trat einen Schritt zurück, sah ihn wieder an, und auch ihr Schweigen war beredt. David konnte angesichts ihrer strahlenden Schönheit und tiefen Liebe nichts anderes tun, als sie ebenfalls anzusehen und zu lächeln, bis ihm die Wangen weh taten. Sein Herz war zu voll für Worte, denn alle Worte, die je ein Mensch gesagt und gedacht hatte, hätten nicht ausgereicht, um auszudrücken, was er jetzt fühlte. Savitri war wie ein Wunder.

David hatte in England viele schöne Frauen gesehen. Tatsächlich hatte er während der letzten Jahre Savitri stark vernachlässigt, weil sein zerstreuter jugendlicher Geist sich allmählich der weiblichen Reize bewußt wurde.

Savitri war jedoch mehr als ein schöner Körper, mehr als die bloße Symmetrie von Gesichtszügen. Ihr Körper erschien ihm wie ein Gefäß, das das Wesen der Schönheit selbst enthielt. Diese Schönheit strömte aus jeder ihrer Zellen, aus ihren Augen und ihrem Lächeln und jeder ihrer Gesten. Sie strahlte eine Wärme aus, die ebenso hinreißend war wie der Duft einer erlesenen Rose und ihn einhüllte.

Ihre Schönheit war aber viel mehr als nur diese innere Wärme. Das hatte er in dem flüchtigen Augenblick gesehen, als sie aufgesprungen war und auf ihn zugerannt kam. Es war die Eleganz ihrer Bewegungen, die Anmut und Geschmeidigkeit, die sie über die Jahre hinweg bekommen hatte, während sie schwere Wassergefäße auf ihrem Kopf balancierte, ohne dabei die Hände zu Hilfe zu nehmen. Es war die Summe all dieser Dinge, die aus dem flatternden Schmetterling von damals die geschmeidige Gazelle von heute gemacht hatte, deren Kraft und Lebendigkeit von innen nach außen strahlte und ihn wie angewurzelt dastehen ließ.

Iyer, der über die Taktlosigkeit der jungen Leute entsetzt war, schob David aus der Küche und knallte ihm die Tür vor der Nase zu – an sich ein ernsthaftes Vergehen gegenüber seinem jungen Herrn –, aber das war Iyer, als gekränktem Vater, zu verzeihen. Abgesehen davon nahm David nicht einmal Notiz davon. Er lehnte sich benommen an die Küchentür, schloß die Augen und lächelte selig. Er sah Sterne – er sah buchstäblich Sterne. Es war alles zu plötzlich gekommen. Er stand unter Schock. Aber selbst in diesem Zustand wußte er es.

Er hatte nie aufgehört, sie zu lieben.

Iyer stauchte Savitri wegen ihres ungehörigen Verhaltens zusammen und schickte sie nach Hause. Als die *Memsahib* zurückkam, das Mittagessen der Herrschaft auf dem Tisch stand und er seine Pflichten für diesen Vormittag erfüllt hatte, ging er nach Hause und stauchte Savitri nochmals zusammen. Seiner Frau warf er vor, sie hätte ihre Tochter schlecht erzogen. Savitri sei völlig verdorben und besäße weder eine Spur Vernunft noch irgendeinen Anstand.

Savitri entschuldigte sich liebenswürdig. »Er ist mein Milchbruder«, erklärte sie. »Ich habe ihn so lange nicht mehr gesehen, Appa. Du mußt mir vergeben, ich habe mich so gefreut …«

Und weil auch er unter dem Bann seiner Tochter stand und weil er ihrem reumütigen Lächeln nicht widerstehen konnte, brummte er nur und drehte sich um.

»Du wirst ihn nicht mehr wiedersehen«, fügte er als Drohung hinzu.

Savitri erwiderte: »Aber Appa, wie soll ich denn vermeiden, ihm zu begegnen? Und willst du nicht, daß ich der Familie das Essen serviere? Das habe ich immer getan, und es wäre nicht angemessen, wenn du das jetzt selbst tun müßtest. Ich habe mit der Herrin doch immer den Speiseplan besprochen, nicht wahr? Und der junge Herr wird bestimmt auch dieses oder jenes essen wollen, wo er doch so lange fort war und nichts Ordentliches zu essen bekommen hat; ich bin sicher, er wird das mit mir besprechen wollen, denn du kannst ja kein Englisch! Deshalb bitte ich dich, Appa, verbiete mir nicht, mit ihm zu sprechen, sonst würde das Ganze äußerst umständlich.«

Iyer sah ein, daß das ein vernünftiges Argument war, und brummte wieder. Dann drehte er sich zu ihr um und sagte: »Also gut, aber vergiß nicht, daß du eine unverheiratete junge Frau bist und nicht allein mit einem jungen Mann sprechen darfst, und du sollst ihn niemals wieder anfassen. Denk daran, daß du verlobt bist. Was würde wohl dein Bräutigam sagen, wenn er hören würde, daß du mit einem anderen jungen Mann Umgang pflegst, selbst wenn dieser junge Mann dein Herr ist? Dein Ruf hat, als du noch ein Kind warst, durch deine Unbesonnenheit schon einmal Schaden genommen, aber jetzt, da du erwachsen bist, darfst du dich nicht mehr so benehmen wie damals. Du hast die Anstandsregeln zu beachten. Du und der junge Herr, ihr seid jetzt keine Kinder mehr, und du hast keine Ahnung, welche Gefahren es mit sich bringt, wenn junge Männer und Frauen miteinander verkehren. Du darfst mit dem jungen Herrn über nichts anderes als den Speiseplan sprechen. Denk an deinen Bräutigam.«

Savitris Gesicht verdüsterte sich.

»Sehr wohl, Appa.« Dieser letzten Ermahnung zu folgen, konnte sie leicht versprechen, da sie ohnehin ständig an ihre Verlobung mit Ramsurat Shankar dachte, allerdings anders, als ihr Vater sich das vorstellte. Ramsurat Shankar war der perfekte Ehemann für sie. Er war Lehrer an der Technischen Hochschule und verfügte über ein ausgezeichnetes Einkommen. Seine erste Frau war bei der Entbindung ihres dritten Kindes gestorben, auch das Kind war tot. Seine beiden älteren Kinder lebten bei der Familie seines Bruders, und er hatte nicht vor, sie in seinen Haushalt zurückzuholen, wenn er wieder verheiratet war. Allein der Großzügigkeit der Lindsays war es zu verdanken gewesen, daß man einen so guten Bewerber für Savitri gefunden hatte. Alle waren hoch erfreut. Alle bis auf Savitri.

Es war nicht so, daß ihr Ramsurat Shankar unsympathisch gewesen wäre. Sie hatte ein Foto von ihm gesehen, denn er war ein moderner Mann und hatte darauf bestanden, daß sie vor der Hochzeit ihre Fotos austauschten. Er war einunddreißig Jahre alt und sah recht gut aus. Sie wußte, daß er eine ausgezeichnete Party war. Hätte es David nicht gegeben, wäre es durchaus eine glückliche Ehe geworden. Aber es gab David nun einmal.

»Du mußt deinen Bräutigam ehren und respektieren«, fügte Iyer hinzu, und Savitri nickte traurig. Das war nichts Neues für sie, würde sie jedoch einige Mühe kosten. David zu ehren und zu respektieren war hingegen eine Freude, und ihn zu lieben um so mehr.

Noch bevor der Tag zu Ende ging, mißachtete sie die Anweisungen ihres Vaters gleich zweimal.

Sie traf sich an diesem Nachmittag mit David in ihrem alten Baumhaus. Als sie dort hinkam, wartete er schon auf sie. Er beugte sich herunter und reichte ihr die Hand, um ihr hinaufzuhelfen, was er früher, als sie noch Kinder waren, niemals hatte zu tun brauchen. Auch jetzt hatte sie diese helfende Hand nicht nötig, ergriff sie aber trotzdem, während sie zu ihm hochlachte. Sie traf sich mit ihm allein, und sie faßten einander an. Dies waren die beiden Dinge, in denen sie ihrem Vater ungehorsam war.

Sie war ihrem Vater noch nie zuvor ungehorsam gewesen, außer wenn sie sich sicher war, daß Gehorsam gegenüber ihrem Vater bedeutet hätte, der Wahrheit in ihrem Innern, die weiser als ihr Vater war, ungehorsam zu sein. Deshalb hatte sie auch Hunde angefaßt, mit den Moslems gebetet und die Harijans geliebt. Immer. Dies nämlich waren wichtige Dinge, und es war wichtiger, der Wahrheit im Inneren zu gehorchen als den Worten des Vaters, die nicht Worte der Wahrheit, sondern Worte des Unwissens waren. Wenn er nämlich gewußt hätte, daß der Ruf des Muezzins wirklich der Ruf Gottes war und daß Gott in den Hunden und in den Harijans wohnte, dann hätte er ihr jene Befehle nicht gegeben. Und wenn er gewußt hätte, daß Gott auch in ihrer Liebe zu David wohnte, hätte er ihr auch diesen Befehl nicht erteilt. Es waren dies Dinge, die sie einfach wußte. Es waren keine Ansichten. Keine Gedanken. Diese Dinge waren die Wahrheit, und diese wurde nicht von Menschen beeinflußt. Aber es war die Tragik ihres Lebens, daß nicht die Wahrheit, sondern die Unwissenheit über sie bestimmen durfte, und zwar in Gestalt ihres Vaters.

Diese Tragik lag jetzt in ihrem Blick, als sie David ansah. Sie lachte, weil ihr nicht einmal eine solche Tragik die Freude, bei ihm zu sein, ganz zu vergällen vermochte. Aber sie konnte ihre Traurigkeit nicht verbergen, und David, dem ihre Seele so vertraut war wie seine eigene und der in ihrem Blick jede Gefühlsregung lesen konnte, berührte sanft ihre Wange und fragte: »Was ist los, Sav? Du bist traurig?«

Da erzählte sie ihm von ihrer Verlobung. Sie erzählte ihm von Ramsurat Shankar, den sie, wenn sie achtzehn war, heiraten mußte, den sie aber nicht heiraten wollte.

»Das darfst du auch nicht, Sav. Du hast doch versprochen, mich zu heiraten! Hast du das Kreuz noch, das ich dir geschenkt habe?«

Da lächelte sie. »Natürlich! Aber ich trage es nicht, ich habe es an einem sicheren Ort versteckt. Und dein *Swallow Book of Verse* und deine Bibel habe ich auch noch.«

»Du wirst die Verlobung lösen müssen. Wenn du willst, rede ich mit deinem Vater.«

»Ach, David, du begreifst es einfach nicht! Ich werde dich niemals heiraten können!«

»Warum denn nicht? Vielleicht noch nicht jetzt gleich, denn ich werde für ein paar Jahre nach Oxford gehen, aber wenn ich zurückkomme, wenn ich mit dem Studium fertig bin. Warum kannst du denn nicht einfach weiter bei deinem Vater arbeiten oder, besser noch, wieder zur Schule gehen...«

Savitri lachte leise und wehmütig. »David, das ist vorbei!«

»Mir ist nicht klar, warum. Du warst von uns allen immer die Gescheiteste.«

»Ach, David, David. Du begreifst es einfach nicht. So läuft das bei uns Indern eben nicht.«

»Aber du bist doch anders, du warst immer anders. Du bist mit mir zusammen aufgewachsen, und das macht dich anders. Und nicht nur das – du *bist* anders. Du bist in deinem Inneren einfach anders. Meine Mutter hat immer gesagt, daß du etwas Besonderes bist, weißt du. Daß du besondere Gaben besitzt, geheime Kräfte. Hast du die noch immer?«

Sie lachte noch mal, betrachtete ihre Handflächen und spreizte die Finger. »Wer weiß? Ich habe das noch nie bewußt ausprobiert. Erinnerst du dich noch, was für ein Aufhebens deine Mutter darum gemacht hat? Als ich diese Kräfte dann aber nicht so eingesetzt habe, wie sie das wollte, war sie vermutlich enttäuscht. Ich habe nie darüber nachgedacht. Ich habe überhaupt nie etwas Besonderes getan. Es ist einfach so passiert.«

»Vielleicht hat sie ja recht. Wenn du deine Kräfte so angewendet hättest, wie sie das wollte, dann wärst du inzwischen vielleicht reich und berühmt, anstatt …«

Jetzt sah sie ihn böse an.

»Anstatt ein armer kleiner Niemand zu sein?«

»Das habe ich nicht gemeint. Aber du wärst unabhängig, hättest dein eigenes Geld und könntest tun, was du willst. Niemand könnte dich herumkommandieren. Du müßtest nicht auf fremde Kinder aufpassen, fremde Häuser putzen oder fremde Rosen beschneiden. Oder jemanden heiraten, den du gar nicht heiraten willst.«

»Falls ich tatsächlich die Gabe des Heilens habe, David, dann ist das ein Geschenk, und Geschenke verkauft man nicht.«

»Es ist doch nichts Verwerfliches, wenn man sein eigenes Geld hat!«

»Da spricht der typische Engländer aus dir!« Ihr Blick wurde weich. Sie wandte sich ihm zu, wollte es ihm erklären. »Nicht alles, was einen Wert hat, kann man auch verkaufen, David. Manche Dinge sind kostbarer als Geld. Und wenn du ein Preisschildchen daran hängst, dann sind sie plötzlich nicht mehr da.«

»Wie die Gabe des Heilens?«

»Ja. Wenn ich versucht hätte, sie bewußt einzusetzen, wenn ich versucht hätte, mich dadurch zu bereichern, dann wäre sie nicht das, was sie ist.«

»Was hat es dann für einen Sinn, eine Gabe zu besitzen?«

Savitri lächelte und schüttelte den Kopf, so als wundere sie sich, wie begriffsstutzig er war.

»Ich habe sie geschenkt bekommen. Ich habe nicht darum gebeten, ich habe nichts getan, wodurch ich sie mir verdient hätte. Ich kann nicht sagen, daß sie mir gehört, denn das tut sie nicht. Sie ist einfach da. Sie entspringt nicht in mir, sie fließt durch mich hindurch. Sie geht, wohin sie will.«

»Und wohin will sie gehen?«

Sie zuckte mit den Schultern. »Zu jenen, die sie brauchen. Es gibt so viele Millionen Menschen, die nie einen Arzt zu Gesicht bekommen, David! Die sich keinen leisten können! Ich denke, mir wurde die Gabe geschenkt, damit ich diene.«

Er sah sie liebevoll an, streichelte ihren Arm.

»Du hast also doch darüber nachgedacht, nicht wahr? Es stimmt gar nicht, daß es dir egal ist!«

Sie senkte den Blick und lächelte. Es war ein stillvergnügtes Lächeln, so als gäbe es da ein Geheimnis, von dem nur sie etwas wußte.

»O ja, David. Es ist mir absolut nicht egal. Außerdem habe ich lediglich gesagt, daß ich nie über das, was deine Mutter meine Kräfte nennt, nachgedacht habe. Aber ich weiß, daß da tatsächlich etwas ist. Es war schon immer da, und es ist das Wunderbarste...« Sie hielt inne, so als fürchte sie, zuviel preiszugeben, dann aber begannen ihre Augen vor Begeisterung zu leuchten, und sie platzte heraus: »Ach, David! Ich wünschte, ich könnte mich Gandhiji anschließen! Er ist eine solche Inspiration für mich, daß ich einfach alles stehen- und liegenlassen könnte, um mit ihm gemeinsam den Armen Indiens zu dienen. Ach, das wäre einfach der Himmel auf Erden!«

»Und was wäre dann mit uns?«

»Mit uns?«

»Ja, mit uns! Welche Rolle spiele ich dabei? Komme ich vor oder nach Gandhiji?«

Ihr Blick verdüsterte sich.

»David, das ist doch alles nur ein Traum, merkst du das denn nicht? Es wird nie passieren. Ich werde mich weder Gandhiji anschließen noch dich heiraten. Nichts davon wird passieren!«

»Sav! Sag so was nicht! So, wie du redest, klingt es ja, als hättest du bereits aufgegeben! Aber wir werden heiraten, wenn du es nur willst! Wir werden kämpfen, gewinnen und heiraten und alles tun, was wir wollen! Wirklich, das werden wir! Wir müssen es nur fest genug wollen! Hör zu, wußtest du, daß ich Medizin studieren werde?«

»Du? Medizin? Nein! Ich dachte, du wolltest zur Marine gehen?«

»Jetzt sieh mich nicht so an, Sav! Ich bin einfach nicht für die Marine gemacht!«

»Dann wirst du also Arzt?«

»Ja.«

Schweigen senkte sich bleischwer zwischen sie. Sie ließ die Schultern hängen. Er streckte die Hand aus, hob ihr Kinn an und sah den Schmerz in ihrem Blick, deutlicher als alle Worte.

»Ich weiß, daß du selbst Ärztin werden wolltest. Ich weiß, daß du ein viel, viel besserer Arzt sein würdest, als ich es je sein werde. Ich weiß, daß du die Gabe besitzt, während ich mir alles nur durch Lernen aneignen kann. Ich weiß es, Sav. Ich weiß, daß du es weit mehr verdient hättest... du bist wie eine Rose, der man nicht zu blühen erlaubt, und das tut mir wirklich leid. Aber hör zu. Wir können es schaffen. Gemeinsam schaffen wir es. Es gibt so vieles, was auf dich, was auf uns wartet, Sav.«

»Auf mich wartet Ramsurat Shankar, David.«

»Nein. Ich bin es, der auf dich wartet. Zuerst aber mußt du auf mich warten. Ein paar Jahre. Warte auf mich, bis ich Arzt bin, dann gehen wir das Ganze gemeinsam an.«

Ihr Blick traf sich, und Savitri gestattete sich, zu hoffen und zu glauben, all das zu glauben, was er glaubte. Sie gestattete sich, für sie mit zu glauben: Ihr nämlich fiel es schwer, an ein Schicksal zu glauben, das ihr nicht bestimmt war.

David jedoch wurde von diesem neuen Traum beflügelt, einem Traum, der bereits beim Träumen Gestalt annahm und Konturen bekam und für ihn fast schon Wirklichkeit war.

»Sav, siehst du es denn nicht? Wir werden ein Krankenhaus gründen und... und... und ich werde die Reichen behandeln und Geld verdienen, und du wirst heilen, wen immer du willst. Du wirst die Heilerin sein, so wie es meine Mutter immer gewollt hat, aber ohne Geld dafür zu verlangen... Die Armen werden alle zu dir kommen, und du kannst deiner Bestimmung folgen...«

Da mußte sie lachen, als sie merkte, wie sehr er sich von einem Traum mitreißen ließ. Sie aber wußte, was die Wirklichkeit war, und die Wirklichkeit war schmerzhaft. Ihm zuliebe würde sie sie jedoch ertragen.

»Ach, David. Ich liebe dich so sehr.«

»Ich liebe dich auch. Und es wird sich alles fügen, du wirst schon sehen. Ich glaube an Wunder. Ich habe selbst welche geschehen sehen. Nie werde ich vergessen, wie du die Karbunkel des Colonels geheilt hast... kommt er immer noch zu Besuch?«

»O ja! Er hat es auch nie vergessen! Er hat immer ein nettes Wort für mich übrig, weißt du, und er flirtet sogar ein bißchen mit mir! Der alte Mann!«

»Ich kann es ihm nicht verdenken. Jeder Mann... aber Sav, was ist mit diesem Burschen? Wie heißt er gleich? Du mußt deinen Vater dazu bringen, daß er die Verlobung rückgängig macht! Wir gehen zu meiner Mutter ...«

»Du vergißt etwas, David. Da ist nicht nur mein Vater, da sind auch deine Eltern. Sie werden einer Ehe zwischen uns niemals zustimmen.«

»Natürlich werden sie das! Sie tun alles, was ich will!«

»Aber nicht, wenn du ein indisches Mädchen heiraten willst, David. Glaub mir!«

»Unsinn. Meine Eltern waren niemals Rassisten. Ich weiß zwar nicht, was mein Vater denkt, aber zumindest bei meiner Mutter bin ich mir sicher. Sie ist Theosophin, weißt du. Sie glaubt leidenschaftlich an die Gleichheit. Schau, wie sie dich aufgenommen hat, du hast fast zur Familie gehört, dein ganzes Leben lang! Hat sie sich dir oder deiner Familie gegenüber jemals respektlos verhalten? Hat sie dich jemals so behandelt, als wärst du in ihren Augen kein Mensch oder ihres Respekts nicht würdig? Ich weiß, daß manche Engländer schrecklich sind, Sav – die meisten sogar. Mir ist klar, warum ihr Inder wollt, daß wir Engländer aus diesem Land verschwinden, und ich bin auch der Meinung, daß wir hier einen fürchterlichen Schlamassel angerichtet haben. Aber meine Eltern doch nicht. Sie halten beide sehr viel von dir und wollen dich glücklich sehen. Wenn sie wissen, daß wir uns lieben, dann werden sie sich über unser Glück freuen. Das weiß ich. Vor allem meine Mutter.«

Jetzt war es an Savitri, Davids Gesicht zu streicheln. »David, du bist wirklich naiv. Natürlich war deine Mutter gut zu mir. Das ist mir durchaus bewußt, und ich bin ihr dafür auch ungeheuer dankbar. Wenn sie nicht gewesen wäre, dann wäre ich vor Jahren schon mit irgendeinem klumpfüßigen Koch in Bombay verheiratet worden. Weißt du noch?«

Angesichts dieser Erinnerung mußten sie beide lächeln. David drückte ihre Hand, die er jetzt mit beiden Händen umschlossen hielt.

»Und was wäre, wenn ich einen Klumpfuß hätte?«

»Aber David, darum geht es doch gar nicht. Ich würde dich auch lieben, wenn du vier Arme und acht Beine hättest!«

»Wie einer von euren Hindugöttern?« David ließ ihre Hand los und fuchtelte mit den Armen in der Luft herum, als wäre er ein Tintenfisch.

Savitris Lächeln verschwand. »Mach dich nicht über unsere Religion lustig, David, bitte, tu das nicht. Keiner unserer Götter hat acht

Beine, und wenn sie vier Arme haben, dann ist das nur symbolisch. So wie auch die Götter selbst Symbole sind. Ich wünschte, ich könnte dich mehr für meine Religion interessieren. Sie ist nämlich nicht so, wie du denkst. Nicht, wenn du tiefer gehst.«

»Also gut. Wenn wir verheiratet sind, dann kannst du mich das alles lehren.«

»Aber hör mir doch endlich zu. Deine Mutter läßt uns niemals heiraten, trotz ihrer Toleranz und ihrer liberalen Vorstellungen. Sie ist nur gut zu mir, weil sie denkt, nein, weil sie weiß, daß sie über mir steht. Ich bin das arme kleine Mädchen, dem sie den sozialen Aufstieg ermöglicht hat. Ihre Schwiegertochter, die Mutter ihrer Enkelkinder, werde ich jedoch niemals werden!«

David nahm jetzt ihre beiden Hände und zog Savitri zu sich.

»Das glaube ich einfach nicht, Sav. So ist sie nicht. Sie liebt dich fast wie eine Tochter, und sie wäre glücklich, dich als Schwiegertochter zu bekommen. Und ich bin mir absolut sicher, daß sie hoch erfreut sein wird, wenn sie es erfährt. Dann werden wir uns verloben. Und in ein paar Jahren heiraten wir. Wart's nur ab. Sie bekommt immer, was sie will.«

»Du täuschst dich, David, ich weiß es. Vielleicht müßtest du einer von uns sein, um diese Dinge zu spüren ...«

»Streite nicht mit mir, mein Schatz. Ich kann es nicht ertragen, wenn du mit mir streitest. Das ist eine solche Zeitverschwendung, und die Zeit ist so knapp. Hör zu, ich muß jetzt gehen, der Gong schlägt zum Abendessen. Aber morgen sehen wir uns wieder, und dann werden wir eine Lösung finden. Du wirst sehen, du mußt diesen Burschen nicht heiraten, nie und nimmer!«

»David, versprich mir, daß du deiner Mutter nichts sagst!«

»Aber warum denn nicht? Das ist der beste und schnellste Weg, dieser Sache mit deiner Verlobung ein Ende zu machen. Wenn meine Mutter zustimmt, dann wird auch dein Vater –«

»Bitte, David, laß uns nicht darüber diskutieren. Versprich mir nur einfach, daß du es ihr nicht erzählst. Noch nicht. Laß uns noch etwas warten. Bitte. Tu es für mich!«

»Ich verspreche es dir, wenn du mir einen Kuß gibst!«

Savitri lächelte und hauchte ihm einen flüchtigen Kuß auf die Wange. David kicherte und zog sie an sich.

»Nein, du Dummerchen. Einen richtigen.«

Und er küßte sie richtig, dann ließ er sie plötzlich los, und sie wich zurück.

»Ich habe Amma gesagt, daß wir zum Abend-*Arathi* zum Ganapati-Tempel gehen«, murmelte sie, stieg aus dem Baumhaus und kletterte die Strickleiter hinunter. Er folgte ihr langsam. Am Fuß der Leiter wartete sie auf ihn. Sie küßten sich noch einmal, dann drehte sich Savitri rasch um, winkte und verschwand hinter einer Bougainvillea und ging die hintere Auffahrt entlang.

David blickte ihr nach. Das Blau ihres Saris blitzte immer wieder zwischen den Sträuchern auf, als sie leichtfüßig den gewundenen Pfad nach Hause rannte. Er blickte ihr nach und grinste mit all dem Glauben, dem Überschwang, dem Idealismus und dem Größenwahn der Jugend verzückt in sich hinein.

24. KAPITEL

Nat

Nat entdeckte die Frauen. Er brauchte dafür nicht zu heiraten, denn eine jede war seine Braut. Sie boten sich ihm an: Er konnte unter ihnen auswählen. Die schmerzliche Sehnsucht in ihm wurde gestillt, denn er fand in London einen Garten irdischer Freuden. Die Frauen hier waren keine unerreichbaren Orchideen, sondern ein üppiges Sommerbeet voller Blumen, die im Sonnenschein einladend mit ihren Köpfen nickten und gepflückt werden wollten. Sie brachten seinen dürstenden Sinnen Erfüllung. Er trank ihren berauschenden Nektar, versank in ihrem überwältigenden Duft. Er band sie zu Sträußen, Kunstwerken, duftenden Girlanden, die er sich um den Hals hängte. Er huldigte ihnen, jetzt aber nicht mehr mit seiner Seele, sondern mit seinem Körper.

Beim ersten Mal war er natürlich verblüfft gewesen. Daß eine normale Frau – das hieß, eine Frau, die keine Hure war – ihm ihren Körper so schnell und bereitwillig, ja sogar begierig anbot! Aber Nat war zu höflich, um zu zeigen, wie schockiert er war, zu charmant, um seine Verlegenheit zu verraten, und zu tolerant, um zu verurteilen. Statt dessen schaltete sein Verstand auf schnellen Vorlauf, und sein Körper, dessen Impulse so lange in einer Art Schwebezustand gehalten worden waren, tat das gleiche. Obwohl sein Körper der Köder, die erste Opfergabe am Schrein der Weiblichkeit war, fand er bald heraus, daß es nicht sein Körper war, den sie wirklich begehrten. Sie waren hinter seiner Seele her. Und Nat, der erzogen war, sein Hab und Gut zu teilen, gab nur allzu bereitwillig.

Die Frauen vergötterten ihn wegen seiner liebenswürdigen Art, wegen seiner arglosen, fast kindlichen Offenheit, wegen seines Humors und seiner Großzügigkeit. Sie vergötterten ihn, weil er sie wirklich und aufrichtig liebte, und zwar jede einzelne von ihnen, und weil er ernsthaft auf der Suche nach der, wie er es nannte, Inneren Göttin war. Die Suche nach ihr trieb ihn dazu, vor jeder neuen Frau innerlich auf die Knie zu fallen. Es waren die unterschiedlichsten Frauen, die ihn liebten, und er war für jede etwas anderes.

Junge Frauen fanden in ihm Größe und Stärke, den Helden ihrer Träume, den Märchenprinzen, zu dem sie aufsehen konnten, was ihnen das Gefühl gab, selbst groß, wundervoll und einzigartig zu sein. Es war, als könnten sie alles tun und alles sein und als hätte das schwankende, wacklige Gefüge ihrer Persönlichkeit, der noch das Fundament fehlte, durch ihn endlich eine innere Struktur gefunden.

Ältere Frauen, die der Kampf gegen eine feindliche Welt spröde gemacht hatte, legten ihre Waffen nieder. Ihre scharfen Kanten wurden rund, ihre spitzen Stachel fielen ab, und sie erblühten wie nie zuvor. Nat nämlich vermochte in einer jeden Frau die Göttin zu sehen, zu beschwören und sie aus der Asche der Unzufriedenheit wieder zum Leben zu erwecken.

Mit der Zeit jedoch wurde Nat wählerischer, und er entwickelte eine gewisse Vorliebe für junge Göttinnen mit perfektem oder nahezu perfektem Gesicht und ebensolcher Figur. Nat sagte sich immer wieder und erklärte das auch allen anderen, die es hören wollten, daß äußere Schönheit eine logische Folge innerer Schönheit sei; daß der Körper einer schönen Frau das äußerliche Symbol für die Innere Göttin sei und nach Liebe verlange; daß der Liebesakt im Grunde ein Akt der Anbetung sei; daß es keinen Unterschied zwischen profaner und geheiligter Liebe gebe, zwischen Eros und Agape oder, in indischen Begriffen, zwischen *Kama* und *Bhakti*. Der Körper einer schönen Frau war ein Altar, auf dem er seine Liebesgaben darbrachte. Und er wiederum besaß dieses geheimnisvolle, schwer faßbare Charisma, das seinen Körper zum Fanal machte.

Denn natürlich war Nat selbst auch schön. Seine Haut besaß die cremige Farbe von *Café au lait*, schimmerte aber, als läge ein goldener Schleier darüber. Dichte, schwere, schwarze Locken umspielten sein ovales Gesicht. Er war hochgewachsen, schlank, sehnig, sein Körper kräftig und doch geschmeidig. Er bewegte sich mit der lässigen, fast königlichen Eleganz eines afghanischen Windhundes, ohne dabei Energie zu verschwenden. Es waren Bewegungen, bei denen sich vollkommene Entspannung mit vollkommener Kontrolle paarte. Seine Augen waren groß und seelenvoll, es waren tiefe, dunkle Teiche, in denen sich erhabene Gefühle offenbarten und die eine Antwort auf alle Geheimnisse versprachen, mit schweren Lidern, verschleierte Rätsel. Um seine schwarzen, seidigen Wimpern beneideten ihn alle Frauen. Was für eine Verschwendung für einen Mann, sagten sie – aber nein, nicht wenn dieser Mann Nat hieß. Er kleidete sich leger, bevorzugte weite Hosen mit tiefen, geräumigen Taschen. Dazu trug er im Sommer lange, pastellfarbene T-Shirts und im Winter dicke Norwegerpullover. Er zog auch gern weiße, langärmlige Afghanenhemden an, die vorn mit glänzenden weißen Blumen bestickt waren, darüber eine Kaschmir-Weste. Manchmal trug er auch einen Turban. Es ging von ihm ein exotisches Leuchten aus, das dem menschlichen Auge zwar verborgen blieb, das die Frauen jedoch spürten und von dem sie sich angezogen fühlten wie von einem warmen Feuer nach einem Spaziergang durch Eis und Schnee.

In Nat begegneten sich Ost und West in einer vollkommenen Synthese: Da war der geheimnisvolle Orient, durch Konventionen nicht eingeschränkt, der auf die moderne westliche Welt traf und dadurch für sie greifbar wurde. Nat nämlich versinnbildlichte und verkörperte beides. Seine indische Herkunft leistete ihm gute Dienste. Gerechterweise muß allerdings gesagt werden, daß ihm diese Tatsache regelrecht aufgedrängt wurde.

Stets sprachen ihn die Mädchen, denen er begegnete, kichernd auf das *Kamasutra* an und fragten ihn, was er darüber wisse; zuerst war das so gut wie gar nichts gewesen. Dann kamen die Fragen zum Tantra-Yoga und den erotischen Tempelstatuen von Khajarau, also machte es sich Nat zur Aufgabe, sich in all diesen Themen kundig zu machen. Es war seine Pflicht als Inder, schließlich wußte jeder Inder, daß der westliche Geist plump ist und in der Liebe Führung braucht, weg von der Grobheit bloßer Körperlichkeit hin zu den spirituellen Höhen, zu denen sie fähig ist. Nat wußte intuitiv, daß das, was eine Frau wirklich suchte, nicht das körperliche Vergnügen, sondern die geistige Einheit mit dem Mann war, daß sie mit seinem Sein verschmelzen wollte wie er mit ihrem. Er stellte fest, daß seine Freundinnen, die bisher verloren in einer Wüste umhergeirrt waren, nach einer solchen Liebe hungerten. Wenn sie Nat erst einmal näher kennengelernt hatten, erschien ihnen das grobe Stoßen und Stöhnen, das Schlingern und Schieben anderer Männer einfach lächerlich. Nat war ein Gärtner, der ihre dürstenden Seelen mit Nektar erquickte.

Allerdings hatte er gewisse Probleme mit Männern, oder besser, die Männer hatten Probleme mit ihm, denn sie waren es, die Mauern um sich herum errichteten. Nat besaß keine Mauern. Er entdeckte jedoch bald, daß er sich von anderen Männern unterschied, und dies war auch der Grund, warum seine Geschlechtsgenossen Mauern um sich errichteten. Nat spielte ihre Spiele nicht mit. Er sah keine Notwendigkeit, sich ein persönliches Image aufzubauen, das ihn größer und besser als alle anderen erscheinen ließ. Nat, der unter den Geringsten der Geringen aufgewachsen war und der den Geringsten gedient hatte, den man von Anfang an gelehrt hatte, daß er nicht besser als der armseligste Bettler war, besaß eine natürliche Demut, eine Demut, die ihn nicht entwürdigte – ganz im Gegenteil. Dort, wo die englischen Männer, in der Hoffnung, stark zu wirken, ihr Leben darauf verwandten, ihrem Ego eine Schicht um die andere hinzuzufügen, war Nats Ego so dünn, daß es schon transparent erschien und die große Liebe und Großzügigkeit, die den Kern seines Wesens bildeten, hindurchschimmerten. Das war das Geheimnis seines großen Charismas und seiner geistigen Größe.

Dennoch reichte selbst dieses dünne Ego aus, um der Saat der Unzufriedenheit und der Zügellosigkeit Nahrung zu geben, so daß sie schließlich wuchs und gedieh.

Was sein Studium anging – wie langweilig. Die Gleichgültigkeit, die er bereits am Armaclare College gezeigt hatte, nahm an der Universität jetzt beängstigende Formen an. Am Armaclare hatte er sich seinen eigenen Phantasien hingegeben, hier nun lieferte das, was er in seiner Freizeit erlebte, weit beängstigendere Details. Zu lernen war langweilig, geistlos, das wirkliche Leben begann erst in seiner Freizeit. Sein Ärger darüber, daß er seine Zeit mit Lernen verschwenden mußte, daß er die Pflicht hatte, seine Ausbildung erfolgreich abzuschließen, wie ihm der Doktor stets eingehämmert hatte, lähmte sein Gehirn, beraubte ihn seiner Aufmerksamkeit, seiner Konzentration, seiner Motivation.

Und dennoch: Manchmal, nachts, im Zustand zwischen Wachsein, Traum und Schlaf, da erinnerte er sich an Indien. An zu Hause. Einen Ort, wo der Frieden so unbeschreiblich war, daß er durch Körper, Seele und Geist sickerte und eine Persönlichkeit zusammenhielt wie eine Kinoleinwand die Bilder eines Films. Ein Lied von solcher Süße, das in der einsamen Stille ganz unten in seinem Bewußtsein sang. Manchmal kamen ihm die Tränen, Tränen, die er um die Schönheit weinte, die anscheinend für immer verloren war, zerstört durch einen Lebenshunger, der immer stärker und zu einem kreischenden, habgierigen Ungheuer wurde, über das er keine Kontrolle mehr hatte. Er weinte wie ein kleiner Junge. Bin das ich? Stets aber kam ein neuer Morgen und mit ihm neue Nahrung für das Ungeheuer. Nat vergaß seine Tränen und stürzte sich wieder ins Leben.

Er stellte schon bald fest, daß er sich nicht richtig entfalten konnte, wenn er weiter bei Sheila und Adam wohnte, also zog er Anfang des folgenden Jahres bei einem Mitstudenten ein, der in Notting Hill eine Wohnung hatte. Der Mitstudent, ein Inder aus Gujarat, studierte Jura und befand sich in seinem dritten Studienjahr. Er war ein sehr fleißiger Bursche, der sich in seinem Zimmer einschloß und sich nicht an Nats Treiben beteiligte. Normalerweise verbrachte er die Wochenenden ohnehin bei seinen Verwandten in Windsor, vielleicht, weil es ihm dann bei all den Mädchen, die kamen und gingen, in ihrer Wohnung zu turbulent wurde. Nat hatte in der Wohnung ein kleines Zimmer, ziemlich klein, aber für seine Absichten, die zunehmend weniger dem Lernen als der Liebe dienten, gut geeignet. Wie ein Wanderer, der sich verlaufen hatte und jetzt aus der Wüste auftauchte, hatte er das Bedürfnis, die verlorene Zeit aufholen zu müssen, die Jahre seines jungen Lebens, in denen er gezwungen gewesen war, den sinnlichen Vergnügen zu entsagen. Er empfand seinem Vater gegenüber einen gewissen Groll, weil er ihm all das vorenthalten hatte.

Andererseits finanzierte sein Vater immerhin seinen Aufenthalt in London, also zog Nat es in seinen Briefen nach Hause (die mit der Zeit immer kürzer und seltener wurden) vor, nichts über seinen neuen Lebensstil verlauten zu lassen. Er wußte genau, daß dieser Lebensstil nicht unbedingt den Vorstellungen des Doktors entsprach und er ihn, wenn er davon erfuhr, vielleicht sogar nach Hause zurückgeholt hätte. Nach Hause! Das Dorf war inzwischen nicht mehr sein Zuhause. Was für eine enge, kleine Welt das doch gewesen war, ohne die sinnlichen Freuden, die ein Mann brauchte, um ein Mann zu sein, ohne die Liebe…

»Alles Gute zum Geburtstag!«

Die Tür wurde aufgerissen, und eine Horde Mädchen fiel kichernd in der Wohnung ein. Sie alle trugen Miniröcke, die zu Nats großer Freude mit jedem Monat kürzer wurden, sie waren alle wunderbar, und sie alle liebten ihn. Zwei von ihnen waren Studentinnen, die übrigen waren einfach Mädchen, die er in verschiedenen Diskotheken kennengelernt und mit nach Hause genommen hatte. Nat machte sich im allgemeinen nicht viel aus Studentinnen, denn sie waren ihm schon zu alt (Nat hatte jene Mädchen am liebsten, die in der ersten Blüte der Jugend standen, noch bevor das Alter mit seinem Zerstörungswerk begann, und dieses Zerstörungswerk setzte Nats Meinung nach mit neunzehn ein). Diese beiden jedoch waren besonders glühende Verehrerinnen von ihm, und so behielt er sie. Von den anderen war keine über siebzehn; süße Mädchen, deren Hingabe anrührend war. Im Laufe der Zeit hatten sie einander kennengelernt, hatten ihre anfängliche Gehässigkeit überwunden und sich sogar miteinander angefreundet. Sie waren Mitglieder im exklusiven und ganz besonderen Club von Nats Geliebten. Nat rühmte sich der Tatsache, daß sie inzwischen nicht mehr eifersüchtig aufeinander waren. Eine jede wußte, daß Nat zu kennen, Nat zu lieben und von ihm geliebt zu werden, hieß, alle Besitzgier, alle Ansprüche, ihn für sich allein haben zu wollen, aufzugeben. Nats Herz war so groß, daß dort für sie alle Platz war. Keine von ihnen, und am wenigsten Nat selbst, bemerkte, daß sich über der Glut, die Nat aus Indien mitgebracht hatte, eine graue Ascheschicht zu bilden begann, die nur mit einem sehr scharfen Auge zu erkennen war. Und Nat, der eigentlich ein scharfes Auge hätte haben sollen, war zu jung, zu unerfahren, zu abgelenkt, um sich dieser Veränderung bewußt zu werden.

Seine Gäste hatten etwas zu trinken, Schallplatten und Geschenke mitgebracht. Sie feierten Nats zwanzigsten Geburtstag mit großer Begeisterung, viel Gelächter und vielen Scherzen. Sie tanzten bis in den frühen Morgen hinein, bis fünf der Mädchen nacheinander einfach auf den Teppich sanken und einschliefen. Nat deckte sie zu, da er immer einen großen Vorrat an Decken hatte, und zog sich mit dem sechsten Mädchen, jenem, das als letztes in den Club eingetreten war und momentan seine Favoritin war, ins Schlafzimmer zurück, wo sie einander bis spät in die Nacht Liebesgedichte vorlasen, Gedichte, die so bewegend waren, daß sie ihnen Tränen in die Augen steigen ließen.

Nat war überaus empfindsam, was ihn von jedem anderen Mann in London unterschied. Die meisten Männer hielten Tränen für ein Zeichen von Schwäche und Verweichlichung, Nat schämte sich jedoch nicht, aus Liebe zu weinen, sein Herz überfließen zu lassen, wenn er so tief bewegt war, daß er seine Tränen nicht länger zurückhalten konnte. Es entsprach dem Wesen seiner Männlichkeit, seine Sanftheit zu zeigen, und es gab keine einzige Frau, die ihn dafür verachtete, denn jede Frau weiß insgeheim, daß wahre Stärke stets sanft ist. Also weinte Kathy jetzt mit ihm, und ihrer beider Tränen vermischten sich, als er sie dankbar in die Arme schloß und sie einander huldigten, bis der Morgen dämmerte.

25. Kapitel

Saroj

Sarojs kurzes Erlebnis mit der Freiheit war vorbei, zwischen ihr und Ma wuchs jedoch ein stummes Verständnis, das sie immer stärker miteinander verband. Das damalige Gespräch wurde nie wieder erwähnt, aber Saroj wußte auch so Bescheid. Es war, als hätte Ma sie aufgehoben und sie auf ihre Flügel gesetzt, wo Saroj, ohne zu wissen, wohin es ging, und ohne zu fragen, vertrauensvoll sitzen blieb, während Ma über einen dunklen Himmel flog. Sie wußte, daß Ma sie niemals im Stich lassen würde. Niemals.

Saroj wollte die trügerische Art von Freiheit, die Trixie ihr geboten hatte, nicht mehr haben, diese vorübergehende, illusorische Freiheit, die nur darin bestand, in der Stadt herumzufahren, den Jungen nachzulaufen, während die Jungen wiederum ihr nachliefen, und einem jedem flüchtigen Impuls nachzugeben, ohne auf dessen langfristige Konsequenzen zu achten. Das war der flatternde Flug einer Henne in einem Hühnerstall gewesen! Aber der Hühnerstall selbst mußte abgerissen werden.

Wahre Freiheit lag nur in einer fundierten Ausbildung.

In zwei Jahren würden die Prüfungen für die mittlere Reife stattfinden. Saroj beschloß, so fleißig zu lernen, so vorzügliche Leistungen zu erbringen, daß Baba ihr erlauben würde, weiter zur Schule zu gehen. Für das Abitur würde sie sogar noch fleißiger lernen, und sie würde das Stipendium bekommen. Und dann würde Baba sie nach England schicken. Er würde es einfach tun müssen. Was wäre das für ein Skandal, wenn sie als beste Schülerin des Landes dieses Stipendium bekäme, und er sich weigerte, sie nach England gehen zu lassen! Sämtliche Politiker des Landes und sämtliche Frauen, einschließlich Trixies Mutter und der Kultusministerin, würden sich gegen ihn stellen. Es war ein greifbares, erreichbares Ziel, und es war nicht utopisch.

Sie würde also nach England gehen. Sie würde das hier alles hinter sich lassen und in einem neuen Land ein neues Leben beginnen, in wirklicher Freiheit. Es war ein greifbares und erreichbares Ziel, auf das sie hinarbeiten konnte. Sie vergrub sich in ihre Bücher. Sie wollte vorzügliche Leistungen erbringen und schwor jedem Vergnügen ab.

»Es ist doch total langweilig, immer nur zu lernen«, murrte Trixie. »Du fehlst mir, Saroj!« Aber Saroj war das egal. Immer nur lernen, das war die Losung der Freiheit. Die Ehefrau des Ghosh-Jungen zu sein, würde mit Sicherheit noch weit langweiliger sein.

»Aber das ist solch eine Verschwendung! Du brauchst nur mit den Fingern zu schnippen... und die süßesten Jungs... erst gestern hat mich Brian van Sertima gefragt, wo du steckst, und...«

Brian van Sertima war der Leadgitarrist und Sänger der überaus beliebten Band »The Alleycats«. Saroj hatte auf Julie Chans Fete mit ihm getanzt, und er hatte sich dabei mit seiner Leistengegend an sie gepreßt. Sie rümpfte die Nase.

»Ich mag sein Deo nicht.«

Von Trixie erfuhr Saroj, daß man über sie sagte, sie sei die hochnäsigste, versnobteste Pute im ganzen Land und frigide dazu.

»Wenn dem Fuchs die Trauben zu hoch sind, dann sagt er, sie seien zu sauer«, erwiderte Saroj. Aber sie wußte, daß die anderen durchaus recht hatten. Sie war hochnäsig und versnobt. Sie konnte diese um sie herumscharwenzelnden, sabbernden Jungen einfach nicht ausstehen. Sie wollte sich von ihnen nicht anfassen lassen. Allein der Gedanke, ihre Lippen auf ihrem Mund zu spüren, widerte sie an. Ihre allseits gerühmte Schönheit war für sie ein Handikap. Die Aufmerksamkeit, die sie damit auf sich zog, verwandelte die Jungen in eine Horde hechelnder Hunde, die hinter einer läufigen Hündin her waren, nur daß sie eben keine läufige Hündin war. Wenn solche niedrigen Aufmerksamkeiten abzulehnen bedeutete, daß sie fridige war, dann war das für sie keine Beleidigung.

»Sie brauchen dir nur ins Gesicht zu sehen, und schon kriegen sie weiche Knie«, sagte Trixie. Saroj schnaubte verächtlich.

»Das ist ja so, als würde man allein schon wegen der wunderbaren Verpackung der Geschenke, die mir meine Tanten immer zum Geburtstag bringen, in Verzückung geraten«, erwiderte sie. »Jungs sind dumm! Sie sind wie sabbernde Welpen. Igitt! Ekelhaft! Es stört mich nicht, versnobt zu sein, wenn ich mir damit diese Horde von Idioten vom Hals halten kann.«

Saroj und Trixie blieben jedoch Freundinnen, denn das, was sie miteinander verband, war tiefer als Jungen und Bücher. Sie saßen oben im Turm, hörten sich auf dem Kassettenrecorder, den Ganesh Saroj geschenkt hatte, Musik an und redeten stundenlang.

Sarojs Selbstmordversuch hatte natürlich auch Trixie schockiert, und ihr Leben nahm, ebenso wie das von Saroj, eine Wendung. In den Tagen des Vergnügens und der Freiheit hatte Trixie unbestritten den Ton angegeben, jetzt war es Saroj. Trixie gestand ihr, daß sie Angst davor hatte, bei der Prüfung für die mittlere Reife bis auf Kunst in allen anderen Fächern durchzufallen. Sie hatte Angst davor, wie ihre Mutter darauf reagieren würde und was ihr blühte, wenn erst einmal die Ergebnisse bekanntgegeben würden.

»Ich werde mir einen Job suchen müssen, aber was für einen Job bekomme ich denn schon ohne die mittlere Reife? Oder aber ich gehe weiter zur Schule und wiederhole die Prüfungen, und das wird ohne dich und mit all den Babys, die mich auslachen, absolut entsetzlich – aber ich habe nicht die geringste Hoffnung, Saroj, nicht die geringste!«

Also versprach Saroj, ihr in Mathe zu helfen, und binnen kürzester Zeit verbesserten sich sowohl Trixies Noten als auch Sarojs Ruf. Die Freundinnen, die sie links liegen gelassen hatten, kamen jetzt wieder zu ihr und baten sie um Hilfe. Bald gab Saroj Nachhilfe in Mathematik, Physik, Biologie, Chemie, Französisch und Geographie. Tatsächlich in allen Fächern mit Ausnahme von Kunst, Musik und Sport.

»Wenn du etwas erklärst, dann klingt es immer ganz einfach«, sagte Trixie düster, »aber kaum bin ich wieder in der Schule – wumm! Wenn Miss Abrams mit ihrer leiernden Stimme irgendwelche Theoreme oder so erklärt, ist das einfach todlangweilig! Dann sitze ich eben da und starre aus dem Fenster. Oder ich zeichne etwas in mein Schulheft. Gestern habe ich Miss Abrams gezeichnet. Sie hat sich übrigens sofort wiedererkannt.«

Trixie zeigte wieder ihr wohlbekanntes, jungenhaftes Lächeln, das sich bei ihr nie lange unterdrücken ließ. Sie machte Miss Abrams nach und sagte mit hoher Piepsstimme:

»Trixie Macintosh, geh raus und stell dich auf den Gang! Du solltest dein künstlerisches Talent zur richtigen Zeit und am richtigen Ort einsetzen!«

»Vielleicht hat sie ja recht damit«, war alles, was Saroj sagte. Trixie überhörte das geflissentlich.

»Und ich kann es nicht mehr ertragen, daß Mummy mir ständig sagt, ich solle mir ein Beispiel an dir nehmen«, fuhr sie fort. »Sie erzählt mir laufend, daß du ihr so ähnlich bist und daß sie selbst beinahe das Britisch-Guyana Stipendium gewonnen hätte, ich dagegen sei eine Versagerin. Ich wünschte, Daddy wäre hier, dann würde ich nämlich zu ihm ziehen. Aber seit er verheiratet ist, hat er mich kein einziges Mal zu sich eingeladen, und jetzt hat er zwei Söhne – also kann ich das auch vergessen!«

»Warum fragst du ihn denn nicht einfach, ob du zu ihm kommen darfst?«

»Darauf besteht herzlich wenig Aussicht. Ich bettle Mum schon seit Jahren, mich zu ihm zu schicken, aber sie sagt immer nur: ›Glaubst du denn, dein Vater will dich bei sich haben?‹ Und dann sagt sie: ›Lerne fleißig und mach dein Abitur, dann kannst du meinetwegen auf die Universität gehen. Aber ich schicke dich bestimmt nicht nach London, damit du dann in einer Fish-and-Chips-Bude arbeitest und vor die Hunde gehst!‹ Und bla, bla, bla. Aber, Saroj, ich will doch gar nicht in einer Fish-and-Chips-Bude arbeiten. Warum darf ich denn nicht auf die Kunstakademie gehen? Daddy würde das verstehen, wenn er nicht diese Weiße geheiratet hätte. Sie ist ziemlich reich und großkotzig.«

Im übrigen war Trixie immer noch wahnsinnig in Ganesh verliebt – mehr denn je sogar.

»Der einzige Grund, der mich hier halten könnte, wäre, Ganesh zu heiraten!« sagte sie kühn. Saroj starrte sie an.

»Ganesh heiraten? Aber Trix, er ist ...«

»Okay, okay, sei still, du brauchst mich nicht mit der Nase darauf zu stoßen. Ganesh hat mich noch nicht einmal richtig wahrgenommen.«

Sie funkelte Saroj wütend an, als wäre diese für die Gleichgültigkeit ihres Bruders verantwortlich. »Ich denke, er ist mit einer Puttagee befreundet. Das stimmt doch, oder? Mir ist klar, daß du mir nicht alles erzählst, weil du mir nicht weh tun willst, aber ich weiß, daß er eine Freundin hat. Ich habe ihn bei Esso Joe mit einem der Puttagee-Mädchen gesehen. Er hat nicht einmal Notiz von mir genommen. Dabei bin ich fünfzehn, fast schon sechzehn, es ist also nicht so, daß ich zu jung wäre! Es liegt nur daran, daß ich schwarz bin.«

»Trix!«

»Nein, widersprich mir nicht, Saroj. Ich weiß es einfach. So etwas fühlt man. Dein Baba haßt Schwarze, also wird Ganesh sie ingeheim auch hassen. Hast du schon jemals einen Inder eine Schwarze heiraten sehen? Niemals.«

»Trix, jetzt sei nicht albern. Gan ist genau wie ich, so denkt er einfach nicht! Meine Güte, es gibt doch so viele Jungs, die dich mögen. Warum kannst du denn nicht…«

»Ich habe es versucht, Saroj, wirklich! Ich habe alles versucht, mich in jemand anderen zu verlieben. Aber selbst wenn ich mit Derek ausgegangen bin, habe ich ständig gehofft, wir würden zufällig Ganesh treffen, und er würde eifersüchtig werden. Dann würde er erkennen, daß er mich liebt und daß er besser etwas unternehmen sollte, bevor es zu spät ist. Und jetzt geht Ganesh Ende dieses Jahres nach England, und ich verliere ihn für immer. Es sei denn, ich gehe selbst auch nach England. Das Problem ist nur, daß Mummy mich nicht hinschicken wird und Daddy mich nicht dahaben will. Was also soll ich mit meinem Leben anfangen? Ich werde niemals heiraten, da bin ich mir ganz sicher. Ich werde wie Tante Amy als alte Jungfer enden.«

Saroj hätte ihr gern gesagt, daß sie für dieses Schicksal alles geben würde. Trixie sah jedoch so deprimiert aus, daß sie lieber den Mund hielt. Sie hatte das Gefühl, daß Trixie eher noch den Ghosh-Jungen geheiratet hätte, als ledig zu bleiben.

Am 26. Mai 1966 wurde Britisch-Guyana in die Unabhängigkeit entlassen und wurde zu Guyana, einem Land unter afrikanischer Führung. Die Black-Power-Bewegung traf Guyana wie eine Flutwelle, die die halbe Bevölkerung mit sich riß. Auch Trixie. Trixie, die ein durch und durch unpolitischer Mensch war, wäre vielleicht nicht in diesen Sog geraten, wenn sie sich nicht kurzfristig hoffnungslos in Stokely Carmichael verliebt hätte, dem sie begegnet war, als ihre Mutter sie zu einem Vortrag an der Universität mitgenommen hatte.

»Du mußt ihn einfach kennenlernen, Saroj, unbedingt! Stell dir vor, ich hab' ihm sogar die Hand geschüttelt! Und Miriam Makeba auch! Ich glaub's einfach nicht! Ich werde mir nie wieder die Hände waschen! Mum ist hoch erfreut. Sie hat dafür gesorgt, daß ich auf die Privatparty einer ihrer Freundinnen gehen darf, auf der er auch sein wird. Sie glaubt, ich entwickle ein politisches Bewußtsein! Du mußt mitkommen, ich besorge dir eine Einladung. Wart's nur ab.«

»Trixie, nein. Ich kann nicht. Begreifst du es denn nicht? Ich kann nicht!«

»Aber warum denn nicht?«

Darauf gab es keine Antwort. Kapierte sie es nicht? Sah sie es denn nicht? War sie tatsächlich so blind? Merkte sie nicht, daß diese politische Bewegung sie auseinanderzureißen drohte? Daß sie eines Tages würde Partei ergreifen müssen?

Und für welche Seite würde sie sich entscheiden? Die Schwarzen waren nämlich nicht nur anti-weiß, sie waren auch anti-indisch eingestellt. Unerbittlich, voller Haß. Mehr denn je. Wie würde sich Trixie entscheiden, wenn es hart auf hart käme: für ihr Volk oder für ihre Freundschaft?

»Du hast einen so mathematischen Verstand, Saroj. So kühl und abwägend. Geh ein bißchen aus dir heraus! Was du brauchst, ist ein bißchen Romantik. Denk an meine Worte: Eines Tages kommt ein Prinz auf einem weißen Roß und bringt dir unten an eurem Turm ein Ständchen. Dann läßt du dein langes schwarzes Haar herunter, das bis dahin bis zum Fuß des Turms reichen wird, und er klettert daran herauf und drückt dich an seine breite, haarige Brust. Dein Busen bebt vor Verlangen, er küßt dich lange und leidenschaftlich, der Himmel färbt sich rot, und der Vorhang schließt sich.«

Saroj mußte lachen. »Ach, Trixie, du lebst in einer Traumwelt.«

»Ja, und es gefällt mir dort! Dort nämlich liebt Ganesh mich!«

»Und was ist mit Stokely Carmichael?«

»Ach, der! Der ist doch verheiratet und viel zu alt für mich. Außerdem ist er sowieso schon wieder weg. Ganesh ist meine erste und einzige Liebe. Wenn wir zusammenwären, hätte ich Stokely nicht einmal angesehen. Aber alles was ich von ihm habe, sind Träume. Wo ist übrigens das Foto von ihm, das du mir versprochen hast?«

Saroi stöhnte. »Ich werde eines aus dem Familienalbum stibitzen müssen, und Ma merkt bestimmt sofort, wenn eines fehlt.«

»Gib mir einfach eins, dann laß ich einen Abzug machen, und sie wird nicht das geringste merken. Geh und hol das Album, Saroj. Du hast es mir versprochen! Wenn ich ihn schon nicht in Fleisch und Blut haben kann, dann will ich wenigstens sein Foto anhimmeln können.«

Saroj stöhnte wieder, stand aber schließlich auf, um das Album mit den Familienfotos zu holen. Es war Regenzeit, und sie und Trixie saßen oben im Turm wie in einer Luftblase mitten im Ozean. Der Regen kam in Sturzbächen vom Himmel und trommelte wie Donner auf das Schiebedach. Wenn Saroj den Himmel voller Wasser ansah, fühlte sie sich in ihre Kindheit zurückversetzt. Ganesh und sie waren damals immer kreischend durch den nassen Garten gerannt, dann tropfnaß und lachend die Treppe in die Küche hinaufgestürmt, hatten die durchnäßte Kleidung ausgezogen und sie im Bad auf den Boden geworfen, um sich dann in Decken einzuwickeln und in Mas Arme zu kuscheln... wenn Baba nicht zu Hause war.

Sie brachte das Album und eine Decke und hockte sich neben Trixie. Sie hatten sich im Turm inzwischen gemütlich eingerichtet, hatten bei Mr. Gupta einen kleinen indischen Teppich gekauft, um die kahlen Bodendielen zu bedecken, hatten schiefe Regale für Sarojs Schulbücher und Trixies Romane an die Wand genagelt und ein Verlängerungskabel die Treppe hinunter bis zur Steckdose in Sarojs Zimmer gelegt, damit sie den Kassettenrecorder anschließen konnten.

Saroj wickelte sich und Trixie in die Decke ein, denn es war kühl, und sie hatten beide eine Gänsehaut auf ihren nackten braunen Armen. Sie zog die Knie an, lehnte das Album dagegen und schlug es auf. Sie hatte es schon lange Zeit nicht mehr angesehen. Sie haßte Fotos von sich, weil sie in ihren indischen Sachen immer so steif und altmodisch aussah, und so warf sie gewöhnlich nur einen kurzen Blick auf das neueste Familienfoto, und das war's dann. Als sie jetzt jedoch mit Trixie zusammen das Album betrachtete, sah sie die Fotos durch fremde Augen, und sie erschienen ihr noch steifer und altmodischer denn je. Ganesh, der stets grinste und sich gern in Pose warf, war der einzige ihrer Familie, der darauf durchweg gut aussah.

Bei den früheren Bildern war das jedoch anders. Dort sah sogar Baba gut aus. Wie Ganesh. Jugendlich, jungenhaft und attraktiv. Saroj kam es so vor, als hätte sich nach ihrer Geburt etwas geändert. Babas Gesicht wurde von Foto zu Foto mürrischer, das von Ma ernster, so als hätte sie, Saroj, irgendeine Art Bitterkeit in die Familie gebracht. Und da waren einige Dinge, die ihr vage bewußt gewesen waren und die sie jetzt bestätigt sah – daß ihre Familie vor ihrer Geburt jeden Juli auf Trinidad, im Strandhaus eines Onkels, der dort lebte, Urlaub gemacht hatte. Ganesh hatte im Juli Geburtstag, und vier dieser Fotos waren am Strand aufgenommen. Sie war auf keinem davon zu sehen. Aber sie war auf Trinidad geboren worden. Warum waren sie nie wieder dort gewesen?

Saroj und Trixie saßen da und betrachteten dieses letzte Strandfoto, auf dem Ganesh zwei und Indrani vier Jahre alt waren, eine kleine, glückliche indische Familie. Nur Ma, Baba, Indrani und Ganesh. Keine Saroj. Ganesh hatte eine riesige Sandburg gebaut, die aussah wie eine Hochzeitstorte. Er war nackt, während Ma einen völlig durchnäßten Sari trug. Ma, Indrani an der Hand, lächelte fast selig, ebenso wie Baba, der neben Ganesh im Sand kniete und dem Jungen stolz die Hand auf den Kopf gelegt hatte.

Saroj nahm das Album, hielt es hoch und warf einen Blick auf das Foto. Irgend etwas war seltsam, irgend etwas stimmte nicht. Aber sie hätte nicht um alles in der Welt sagen können, was es war.

Die nächste seltsame Sache ereignete sich gleich in der darauffolgenden Woche. Sie saßen oben im Turm. Ma war wie gewöhnlich zum Purushottama-Tempel gegangen.

Das Telefon klingelte. Es war eine Schwester aus Dr. Lachmansinghs Entbindungsheim, das die meisten Roy-Frauen bei medizinischen Problemen und zur Niederkunft aufsuchten. Indrani sei eben dort aufgenommen worden, informierte sie Saroj. Sie stände kurz davor, eine Frühgeburt zu erleiden, und verlangte nach Ma. Saroj schnappte sich Trixies Fahrrad und raste die Straße in Richtung Brickdam los, um Ma von ihren Gebeten, ihrer *Kirtan* fortzuzerren.

Saroj ging an den Wächtern vorbei, die heutzutage stets dort postiert waren, betrat das Tempelgelände und ging auf die erste Person zu, die sie kannte. Zufällig war das Mr. Venkataraman aus dem Juweliergeschäft in der Robb Street. Sie fragte nach Ma, nach Mrs. Roy, und wurde von einer Person zur nächsten verwiesen, bis sie zu einem Panditen in einer weißen *Dhoti* kam, der ihr kurz und knapp antwortete, Mrs. Roy sei nicht da.

»Aber sie muß da sein!« sagte Saroj. »Hören Sie, es ist schrecklich wichtig, ihre Tochter liegt im Krankenhaus und braucht sie!«

Der Pandit rief jemand anderen, der wiederum jemand anderen rief, woraufhin eine Dame im gelben Sari erschien und sie alle die Angelegenheit diskutierten. Dann machte sich die Dame im gelben Sari auf die Suche nach Ma. Der Pandit sagte Saroj, sie solle einstweilen auf einem Stuhl im Korridor Platz nehmen, was sie dann auch tat. Sie wartete und wartete. Nach einer Weile kam der gelbe Sari zurück und sagte: »Tut mir leid, Mrs. Roy ist nicht abkömmlich.«

»Nicht abkömmlich? Heißt das, sie will nicht kommen?«

»Nein. Mrs. Roy ist im Augenblick nicht hier.«

»Aber sie ist schon seit drei Uhr hier, sie kommt immer hierher!«

»Offenbar hat sie das Shiva-*Puja* um drei Uhr besucht und ist dann wieder gegangen. Mrs. Roy bleibt nie lange.«

»Sie bleibt nie lange – aber sie kommt doch jeden Mittwoch und Freitag hierher!«

»Sie kommt gewöhnlich nur kurz zum *Puja* vorbei, dann geht sie wieder.«

»Sind Sie da ganz sicher?«

»Absolut. Wir haben überall nach ihr gesucht, und der Wächter sah sie etwa um halb vier den Tempel verlassen.«

»Wissen Sie, wohin sie gegangen ist? Es ist sehr wichtig.«

»Woher sollen wir denn das wissen? Das geht uns schließlich nichts an. Wenn du mich jetzt bitte entschuldigen würdest.« Der gelbe Sari legte die Fingerspitzen aneinander und drehte sich um.

Ma kam gegen sechs nach Hause. Saroj berichtete ihr von Indrani, die in der Zwischenzeit einen Sohn zur Welt gebracht hatte.

»Du warst nicht im Tempel«, sagte Saroj vorwurfsvoll.

»Ich weiß«, sagte Ma ruhig. Saroj wartete auf eine Erklärung, aber Ma schwieg. Sie packte einen Korb und machte sich auf den Weg zu Dr. Lachmansinghs Entbindungsheim.

26. Kapitel

Savitri

Es war eine herrliche Zeit. Savitri und David trafen sich jeden Nachmittag im Baumhaus, und außer ihnen wußte niemand davon. Beide glühten. Beide wurden vor Glück und Liebe, in der Hoffnung auf eine Zukunft, die nur besser werden konnte, und im Vertrauen darauf, daß ihre Liebe siegen würde, immer schöner. David bezauberte Savitri so sehr, daß sie die Realität, die Ramsurat Shankar hieß, verdrängte, so daß ihr nur das gegenwärtige Elysium, nur das Jetzt, diese Liebe, diese Freude wirklich erschienen. Das Gespenst der Ehe mit einem anderen Mann als David verblaßte wie Morgennebel. Sie wollte glauben, und so ließ sie sich verzaubern und gestattete sich zu glauben. David wiederum, der es gewöhnt war, seinen Willen durchzusetzen, konnte sich keine Welt vorstellen, in der er nicht das letzte Wort hatte. Und so träumten sie weiter.

Iyer und seine Frau sahen Savitris Liebe in ihrem strahlenden Gesicht und ihren leuchtenden Augen, in ihrer Unbeschwertheit. Aber sie verschlossen ihre Augen davor und vertrauten darauf, daß der Lebensweg ihrer Tochter vom Schicksal bestimmt war. Und was den jungen Herrn betraf, wie hätten sie es wagen können, auch nur ein Wort zu sagen? Fuhr er außerdem nicht Ende des Sommers nach England zurück? Iyer zog die Schultern hoch, seine Frau wickelte ihren Sari fester um ihre Schultern und übertrug Savitri noch mehr Aufgaben. Sie redeten immer öfter über den Bräutigam und die Hochzeit. Savitri hörte ihnen gar nicht zu.

Mrs. Lindsay war stolz auf ihren Sohn, und das nicht ohne Grund. Sie genoß es, wenn ihre Freundinnen sein unverschämt gutes Aussehen, seinen Charme und seinen wachen Verstand lobten. War David als Kind unter seinesgleichen ein Außenseiter gewesen, so verhielt sich das jetzt vollkommen anders. Junge Leute aus Madras, die Elite der kommenden Generation von Engländern, vielversprechend, kühn und selbstsicher, suchten den Kontakt zu ihm und wollten ihn in ihrer

Mitte haben. David hielt sich jedoch abseits, was ihnen völlig unverständlich war. Schließlich lag ihnen die Welt zu Füßen. Zwar gab es unter den Indern Unruhen, und da war dieser Mr. Gandhi, der sie aufhetzte und Ärger machte, aber die Engländer waren hier die Herren und würden das auch bleiben. Dieses Gerede von Unabhängigkeit war reiner Blödsinn. Das Ganze würde sich schon wieder beruhigen, und mit diesem Mr. Hitler in Deutschland würde man auch fertig werden. Sie waren Engländer, sie lebten in den friedlichen Nischen des Paradieses inmitten einer turbulenten Welt. Sie waren zuversichtlich, daß diese Welt durch nichts erschüttert würde, und wenn David, der attraktivste junge Engländer der Stadt, sich für das eine oder andere der hübscheren Mädchen interessieren würde, wäre alles gut. Aber das tat er nicht. Seine Mutter, die schon eine oder zwei Partien für ihn im Auge hatte, tat es mit einem Lächeln ab, als David keinerlei Interesse zeigte. Er war noch so jung, erst siebzehn! Er sollte sich ruhig Zeit lassen und dann die richtige Wahl treffen.

Tatsächlich sehnte sich David danach, seiner Mutter zu erzählen, daß er seine Wahl bereits getroffen hatte und daß sein Entschluß unwiderruflich feststand. Savitri mit ihrer größeren Ruhe und Weisheit hielt ihn jedoch davon ab.

»Aber Schatz, der Sommer ist schon halb vorbei! Wir müssen das Ganze jetzt publik machen, damit man deine Verlobung lösen kann!«

»Dazu ist noch Zeit, David, dazu ist immer noch Zeit. Bitte erzähl es ihr noch nicht.«

»Aber warum denn nicht? Wir brauchen ihre Unterstützung gegen deinen Vater, und je früher sie es weiß, desto beser.«

Savitri aber spürte, wie ihre Träume langsam zu verblassen begannen, denn die Ereignisse, an die zu denken ihr unerträglich war, schritten unbarmherzig voran, und sie konnte nichts anderes tun, als den Gedanken an den Tag zu verdrängen, an dem sie unweigerlich an die Tür klopfen würden. Sie nämlich wußte, wie grausam die Tradition sein konnte. Sie nahm keinerlei Rücksicht auf Gefühle, auf Vorlieben und Abneigungen, Wünsche und Bedürfnisse, keinerlei Rücksicht auf die Liebe, nicht einmal auf eine so große Liebe wie die ihre zu David. Es gab kein Entrinnen, keine Entschuldigung dafür, weiterzuträumen, wenn man erst einmal wußte, was geschehen würde. Träume zerplatzen, wenn die Realität sie einzuholen drohte. Sie wußte das. David jedoch war ahnungslos.

»David, ich habe Angst!« Sie rückte näher zu ihm. Er nahm sie fest in die Arme, um ihr zu zeigen, daß sie bei ihm sicher war.

»Du hast doch noch nie Angst gehabt, Sav, weder vor Schlangen oder Skorpionen, noch vor tiefem Wasser oder hohen Bäumen. Also brauchst du auch jetzt keine Angst zu haben.«

Savitri zitterte jedoch. Obwohl es immer noch heiß war und die Sonne zwischen den Rubiazeen grell hervorleuchtete, zog sie sich den Sari bis über die Ellbogen, kreuzte fest die Arme und betete um Kraft. Selbst Davids Arme, die er um sie geschlungen hatte, konnten ihre Hoffnung nicht mehr stärken.

Die Blase aus Glück, in der sie sich befanden, zog sich immer mehr zusammen, als der Sommer voranschritt, ein heißer, schwüler, manchmal auch finsterer Sommer, in dem die Monsunwolken dunkel, schwer und tief über den Bäumen hingen, sich aber nie entluden, nie Erleichterung brachten, nie die Kühle und Nässe des Regens schenkten. Das Gras wurde gelb und trocken, die Blumen welkten, und das Gefühl der Enge ließ Savitri und David noch näher zusammenrücken. Wenn David die Schwüle spürte, setzte er ihr seine Träume entgegen und baute sie immer weiter aus. Savitri jedoch wußte, was geschehen würde.

Zwei Wochen bevor sein Schiff nach England abfahren sollte, hielt es David einfach nicht mehr aus. Ohne Savitris Einverständnis informierte er seine Mutter über seine Pläne. Sie explodierte.

Es sprach für Davids Arglosigkeit, daß er wirklich und wahrhaftig geglaubt hatte, seine Mutter würde Savitri wie eine Tocher lieben und hoch erfreut sein, sie in die Familie aufnehmen zu können, sie, die vom Tag ihrer Geburt an ohnehin schon immer zur Familie gehört hatte, sie, die durch ihre Tugenden und ihre Fähigkeiten die Liebe und Bewunderung seiner Mutter errungen hatte. Für ihn war das so, und da es für ihn so war, glaubte er, daß auch alle anderen so empfinden müßten. Für Mrs. Lindsay war diese Vorstellung ungeheuerlich. Nicht weniger. Sie hatte andere Pläne mit David.

Es war Abend. Die Krähen veranstalteten ein lautes Gezeter und flogen krächzend und mit heftigem Flügelschlag zu ihren Schlafplätzen. Ein Ehepaar mittleren Alters, das die Atkinson Avenue entlangspazierte, hörte im Vorbeigehen Mrs. Lindsays Stimme und blieb stehen, um zu lauschen, denn hier wurde gewiß gerade ein Leckerbissen aus der Gerüchteküche aufgetischt. Etwas, was sie dann auf der nächsten Cocktailparty hinter vorgehaltener Hand weitererzählen konnten. Diese Mrs. Lindsay mit ihren theosophischen Neigungen war ohnehin größenwahnsinnig...

»Nur über meine Leiche! Nur über meine Leiche!« Die Worte, die da in die sich herabsenkende Dämmerung hinausgeschrien wurden, waren klar und deutlich zu verstehen. Der Mann und die Frau sahen einander an, zogen die Augenbrauen hoch und lächelten.

»Dieses Mädchen! Dieses verschlagene, gerissene Mädchen! Und das nach allem, was ich für sie getan habe!«

Der Mann zupfte seine Frau nervös am schlabbrigen Arm und gab ihr somit zu verstehen, sie solle doch weitergehen. Die Frau jedoch rührte sich nicht vom Fleck. Sie spähte zwischen den Hibiskussträuchern hinter dem Eisenzaun hindurch, so als könne sie mit Hilfe ihrer Augen besser hören. Im Garten aber war es dunkel, und das Haus, das hinter den riesigen Bougainvilleas versteckt lag, war nicht zu sehen. Es drangen auch keine weiteren Rufe nach draußen, die ihre Ohren erfreut hätten, außerdem blies der Wind ohnehin in die falsche Richtung. Die Frau ließ sich von ihrem Mann jetzt sanft weiterbugsieren. Sie kamen an dem schmiedeeisernen Tor vorbei, hinter dem ein Sikh mit Turban und in khakifarbener Uniform auf einem Holzstuhl saß, an dessen Rückenlehne eine Leiste fehlte. Das war allerdings kein Wunder, so wie er, nach hinten gelehnt, auf zwei Stuhlbeinen kippelte, eine halb gerauchte *Bidi* zwischen Daumen und Zeigefinger wie in einer Papageienklaue. Er hatte die Augen geschlossen und schien zu schlafen, aber dem war nicht so.

Die Frau sah ein Glitzern zwischen seinen Lidern, das ihr sagte, daß er wach war und sie, während sie an ihm vorbeischlenderten, verstohlen beobachtete. Er tat dies unbeweglich, unergründlich und ohne seinen Blick respektvoll zu senken, als sie ihn ansah. Die Frau erschauderte. Diese Inder. Man konnte ihnen nicht mehr trauen. Da braute sich etwas zusammen. Sie sehnte sich nach Devonshire. Aber was ging da wohl bei den Lindsays vor?

»Wahrscheinlich geht es um ihre Tochter Fiona«, sagte sie zu ihrem Mann. »Weißt du noch, damals, als sie mit dem Sohn des Kochs durchgebrannt ist? Ich habe gehört, daß sie in London ein ziemlich wildes Leben geführt hat und man sie zurückholen mußte. Sie ist übrigens immer noch nicht verheiratet. Man munkelt, daß die Sache mit diesem Dienstboten noch nicht beendet ist, weißt du. Man hat sie gesehen, wie sie … nun, vermutlich werden wir es früher oder später sowieso erfahren. Diese Lindsays waren schon immer komische Leute.«

Sie spazierten Arm in Am weiter, in dem selbstgefälligen Wissen, daß ihre eigene Welt wenigstens so war, wie sie sein sollte. Beide Söhne waren mit Mädchen aus begütertem Elternhaus verheiratet.

Er mußte sie finden.

Er wartete bis weit nach Mitternacht, lauschte den nächtlichen Geräuschen, dem Zirpen der Grillen, dem Froschkonzert und dem klagenden Ruf des Brainfever-Vogels. Er wartete, bis der Mond hinter einer großen dunklen Monsunwolke verschwunden war, dann schlüpfte er aus dem Haus und rannte durch den Garten zur hinteren Auffahrt. Er rannte barfuß, die Schuhe in der Hand, damit er keinen Lärm machte, genauso, wie Savitri es immer tat, leichtfüßig und geschwind. Es war dunkel, stockdunkel. Vor ihm tauchten schemenhaft die Häuser der Dienerschaft auf. In einem davon wohnte Savitri, aber er wußte nicht, in welchem, denn so weit kam er nie, und in der Dunkelheit sahen sie alle gleich aus. Aber hatte Savitri nicht einmal gesagt, daß ihr Haus das letzte sei, daß sie ein wenig abseits wohnten, weil sie Brahmanen seien, und daß ihr Haus dasjenige mit den Bananenstauden im Garten sei, da ihr Vater keine Papayas aß?

Dann mußte es dieses Haus hier sein. David versuchte das Gartentor zu öffnen. Es war nicht abgeschlossen und quietschte ein wenig. Irgendwo bellte ein Hund, dann noch einer, aber das Bellen kam nicht aus dem Garten. Iyer hatte keine Hunde.

David schlich auf Zehenspitzen den Weg zum Haus entlang, hier aber stand er vor einem neuen Problem: Die ganze Familie schlief draußen auf der Veranda, vom Kopf bis zu den Zehen in Decken eingehüllt, und er hatte keine Ahnung, unter welcher Decke Savitri lag.

Verzweiflung packte ihn. Das durfte nicht sein! So durfte es nicht enden! Nicht eine solche Liebe! Etwas so Vollkommenes durfte nicht zerstört werden, es mußte einfach weiterleben! O lieber Gott, mach, daß es einen Weg gibt, o mach, daß es einen Weg gibt! Savitri! Komm, wach auf, beeil dich! Wir haben nicht mehr viel Zeit! Er ahmte den Ruf des Brainfever-Vogels nach, aber er hatte das nie so gut gekonnt wie Savitri. Es war ganz und gar hoffnungslos.

Eine der Gestalten bewegte sich, zuerst nur leicht, rollte sich dann herum und setzte sich schließlich verschlafen auf. David kauerte sich hinter einen Busch und beobachtete alles. Der Mond war immer noch von Wolken verhangen, und alles, was er sah, waren Schatten, aber er konnte erkennen, daß die dunkle Gestalt vor der weißen Wand eine Frau war. Es lebten vier Frauen hier: Savitri, ihre Mutter und zwei Schwägerinnen.

Die Frau stand auf und wickelte sich ihre Decke um die Schultern. Sie trat von der Veranda herunter und ging ein Stück in den Garten. In dem Augenblick, in dem sie ihre Kleidung hochzuraffen begann und sich hinhocken wollte, sah David, daß es Savitri war und flüsterte ihren Namen, denn er wollte ihr nicht heimlich dabei zusehen, wie sie ihre Notdurft verrichtete.

Sie hörte das Flüstern, verharrte und ließ ihre Kleidung wieder fallen. Er kam hinter dem Busch hervor und ging zu ihr.

»David!« Ihre Stimme war zu laut, zu überrascht. Er legte ihr den Finger auf die Lippen und zog sie mit sich.

»Irgend etwas hat mich geweckt, David! Ich habe im Schlaf etwas gespürt und bin davon aufgewacht. Als ich dann wach war, dachte ich, es wäre nur der Ruf der Natur gewesen, aber jetzt weiß ich, daß ich im Schlaf meinen Namen gehört habe!«

»Psst!« war alles, was er sagte. Er führte sie durchs Gartentor, weit vom Haus weg, dann brach es in hastigen und drängenden Worten aus ihm heraus:

»Savitri, wir müssen weg von hier! Heute nacht noch! Wir müssen gemeinsam fliehen, denn ich werde dich nicht verlassen. Morgen will mich meine Mutter nämlich zu Tante Sophie nach Bombay bringen, wo ich bleiben soll, bis mein Schiff ablegt. Und du sollst diesen Mann heiraten! Meine Mutter wird etwas Geld freimachen, damit du früher als geplant heiraten kannst – deshalb müssen wir auf der Stelle fort!«

»Jetzt sofort! Aber... David, ich habe nichts bei mir! Die Straßen sind gefährlich! Wohin sollen wir gehen? Was sollen wir tun?«

»Ich habe ein paar Sachen, Geld und Papiere zusammengepackt. Du brauchst nichts mitzunehmen, komm einfach mit. Ich habe einen Plan.«

Savitri sah ihn an. In der nächtlichen Dunkelheit wirkte seine Blässe geisterhaft. Er kam ihr in seinem weißen Hemd und der weißen Tennishose wie eine flüchtige Erscheinung vor, wie ein Gespenst aus einer anderen Welt. Seine Augen schienen vor Dringlichkeit fast flüssig, und seine Verzweiflung war ansteckend. Savitri hatte all ihre Sinne weit geöffnet und nahm damit die Beharrlichkeit und den Nachdruck in seinem Flehen auf, da fiel das morsche Gerüst der Pflicht von ihr ab, und sie war ganz sein.

»Ich komme mit!« flüsterte sie. »Aber ich muß mir zuerst noch etwas zum Anziehen holen…« Sie drehte sich um und wollte zum Haus zurückgehen, aber David hielt sie am Arm fest.

»Bleib hier. Das ist zu gefährlich! Was ist, wenn du jemanden aufweckst?«

»Soll ich… so gehen?« Savitri zeigte an sich herunter, damit David sah, was sie trug, nämlich einen alten Sari, der vom Schlaf ganz zerknittert war, und darüber die dünne Nachtdecke, die sich jetzt zusammengelegt um ihre Schultern schmiegte wie ein Schal.

»Das spielt keine Rolle. Es wird dich niemand erkennen.« David nahm ihr die Decke von den Schultern, die im Grunde nicht dicker als ein schweres Laken war, wickelte sie um ihre zarte Gestalt und drapierte sie so, daß sie den größten Teil ihres Körpers bedeckte, auch ihren Kopf. Nur ihr Gesicht war noch zu sehen. Mit ihren großen Augen sah sie ihn so aufrichtig und vertrauensvoll an, daß er sie in die Arme genommen und an sich gedrückt hätte, wenn die Zeit nicht so gedrängt hätte. Er nahm sie bei der Hand und führte sie hinten um die Dienstbotenhäuser herum zu jenem Teil der hinteren Auffahrt, der nie benutzt wurde, und dann weiter die letzten paar Meter zum hinteren Tor. Dieses war stets abgesperrt. Am Riegel hing ein schweres Schloß, David hatte jedoch vorgesorgt und zog nun den passenden Schlüssel aus seiner Hosentasche.

Er brauchte ein paar wertvolle Sekunden, bis er das Schlüsselloch gefunden hatte und den Schlüssel herumdrehen konnte. Das Vorhängeschloß sprang auf. David nahm es ab und steckte es ein. Er versuchte den Riegel zurückzuschieben, der aber war rostig, weil er nie benutzt wurde und klemmte deshalb. David fluchte und versuchte ihn zu lockern. Savitri beobachtete ihn dabei. Einmal warf sie einen Blick über ihre Schulter und stellte sich vor, wie Mani mit seinen Kumpanen stockschwingend und brüllend aus der Dunkelheit auftauchte. Allein die Vorstellung machte ihr solche Angst, daß sie die Augen schloß und betete, bis sie wieder ruhig wurde. Schließlich gab der Riegel nach. Er sprang dabei aber so plötzlich auf, daß David fast das Gleichgewicht verloren hätte.

Er sah sie triumphierend an und bedeutete ihr dann mit einem Wink, ihm zu folgen. Das Tor quietschte, als er es öffnete. Savitri blieb fast das Herz stehen, denn in der tiefen Stille, die zu dieser nächtlichen Stunde über der Old Market Street lag, hörte sich dieses Quietschen wie eine Salve Gewehrschüsse an. Anscheinend hatte jedoch niemand etwas gehört. Ein Hund bellte, ein anderer antwortete, aber all das geschah in weiter Ferne, während die Hunde in der Old Market Street sich nicht rührten, so als wären sie Savitris Verbündete. Sie schienen froh zu sein, ihr zeigen zu können, daß sie auf ihrer Seite standen, da auch sie stets auf ihrer Seite gestanden hatte.

Die Straße war menschenleer. Sie gingen in der Mitte, um den am Straßenrand schlafenden Kühen auszuweichen, den Ochsenkarren, die man dort abgestellt hatte, den vereinzelten Tafelwagen, vor denen ein angebundenes Pferd mit gesenktem Kopf dastand und schlief.

Ein- oder zweimal wachte ein Hund auf und bellte sie an, aber immer nur kurz, denn Savitris Geist bat ihn, still zu sein. Er gehorchte, drehte sich im Kreis und legte sich wieder in seine behagliche Schlafkuhle im Straßenstaub.

Savitri und David gingen in Richtung Basar. Savitri flüsterte: »Wohin gehen wir, David?«

Er wandte sich ihr zu, sah zu der kleinen, verhüllten Gestalt hinunter, die da neben ihm hereilte, und lächelte sie in der Dunkelheit an, während er beruhigend ihre Hand drückte.

»Laß uns jetzt besser still sein«, flüsterte er zurück. »Ich bin auf der Suche nach einer Rikscha. In der Nähe des Basars müßten eigentlich ein paar zu finden sein.«

Schließlich sahen sie eine Fahrradrikscha, die aber verlassen am Straßenrand stand. Vom Fahrer war nichts zu sehen. Aber gleich bei der nächsten hatten sie Glück, denn der Rikscha-Wallah schlief, von Kopf bis Fuß in eine zerlumpte Decke gewickelt, in seinem Gefährt. David packte das, was eine Schulter zu sein schien, und rüttelte daran. Der Mann rührte sich, wachte aber nicht auf, also schüttelte David ihn noch einmal und rief: »Wach auf, wach auf!« Jetzt war der Rikscha-Wallah wach. Er setzte sich auf und legte seine Decke mit der Gelassenheit und Geduld eines Menschen zusammen, dessen Arbeit nie getan ist und der kein Recht auf Ruhe hat.

David und Savitri stiegen in die Rikscha. Der Sitz, auf dem sie Platz nahmen, hatte einen langen, diagonalen Schlitz, aus dem die Baumwollfüllung quoll. David rasselte ein paar Anweisungen herunter, woraufhin der Rikscha-Wallah sein Gefährt auf die Straße schob. Er rannte ein kurzes Stück nebenher, bevor er mit dem nackten Fuß geschickt ein Fahrradpedal einfing, auf das Rad sprang und losstrampelte. Sie kamen schnell voran, da die Straße leer war und der Rikscha-Wallah es eilig hatte, seine Fahrgäste an ihr Ziel zu bringen, damit er vielleicht noch ein Stündchen schlafen konnte, bevor für ihn die Plackerei des nächsten Tages begann. David und Savitri wurden auf dem Sitz hinter ihm durchgeschüttelt und lachten leise, als sie bei jedem Schlagloch gegeneinander geschleudert wurden. Es war ein erleichtertes Lachen.

»Jetzt gehöre ich ihm!« dachte Savitri. »Ich kann niemals wieder zurück!« Sie bemerkte, daß alle Sorge aus seinem Blick verschwunden war und schierer Begeisterung Platz gemacht hatte: David warf den Kopf zurück und sah sie lachend an. In ihren Augen lag immer noch das absolute Vertrauen, mit dem sie in einem einzigen starken Augenblick voller Entschlußkraft alle Bande der Pflicht und der Tradition durchschnitten hatte. Savitri war im Bruchteil einer Sekunde von ihrem festgelegten Kurs abgewichen und ins Nichts gesprungen. Sie hatte sich dabei auf nichts anderes gestützt als auf ihr vollkommenes Vertrauen zu ihm. Diese Erkenntnis, die ihn ganz plötzlich überkam, erstickte sein Lachen. Etwas Neues, Größeres, Stabileres begann in ihm zu wachsen, das Gefühl der Verantwortung. Er hatte Savitri aus allem herausgerissen, was ihr Sicherheit bot, somit war er nun verantwortlich für alles, was mit ihr geschehen würde. Seine Augen umflorten sich. Er legte den Arm um sie und zog sie an sich. Dann beugte er sich zu ihr hinüber und flüsterte ihr ins Ohr: »Danke, daß du mitgekommen bist, Savitri, danke, daß du mir so sehr vertraust. Ich verspreche dir, es wird alles gut werden.«

»Sagst du mir jetzt, wohin wir fahren?« Sie lächelte zu ihm hoch und schmiegte sich an ihn. Da sie alle Konventionen über Bord geworfen hatte, war ihr auch das jetzt egal. Sie fühlte sich leicht und frei, so als stünde ihr die ganze Welt offen. Die ganze Welt war gut und würde sie mit ausgebreiteten Armen empfangen.

»Es ist eine Überraschung«, sagte David und grinste, als sie verwirrt die Nase rümpfte. »Rate einfach mal!«

»Ich habe keine Ahnung! Woher sollte ich das denn wissen?«

»Nun, wie dem auch sei! Jetzt ist es ohnehin zu spät, wir sind nämlich schon da!«

Er rief dem Rikscha-Wallah etwas zu, worauf dieser bremste und die Rikscha mit einem Ruck zum Stehen kam. David sprang heraus. Savitri sah, wie er an der Tür eines hohen, schmalen, rosa gestrichenen Hauses einen riesigen eisernen Türklopfer betätigte, so laut, als wolle er die ganze Straße aufwecken. Savitri stieg nun selbst langsam aus der Rikscha und folgte David zur Tür. In einem oberen Stockwerk ging das Licht an, und am Fenster erschien eine Gestalt, deren Gesicht sie jedoch nicht erkennen konnte, da es, weil das Licht von hinten kam, im Schatten lag.

Dann aber rief die Person am Fenster zu ihnen herunter: »Um Himmels willen, was geht denn da unten vor? Wer immer Sie auch sein mögen, sind Sie verrückt geworden?«

»Ach, du liebe Güte!« rief Savitri. »Das ist ja Mr. Baldwin!«

27. Kapitel

Nat

Ursprünglich war geplant gewesen, daß Nat in dem Sommer, der seinem ersten Studienjahr in England folgte, seinen Vater in Indien besuchen sollte, aber er hatte das Gefühl, daß er das einfach nicht konnte. Er hatte sich von seinem Vater inzwischen ziemlich entfernt, und das nicht nur in räumlicher Hinsicht. Sein Vater lebte in einer völlig anderen Welt, und Nat glaubte, daß er sich, wenn er nach Hause fuhr, rückwärts, anstatt vorwärts bewegen würde. Abgesehen davon würde sein Vater bestimmt wissen wollen, welche Fortschritte er in seinem Studium machte. Da er jedoch nichts Gutes zu berichten hatte, war es möglicherweise besser, dem Thema überhaupt aus dem Weg zu gehen, indem er eine Begegnung mit seinem Vater von vornherein vermied. Schließlich konnte er auch nächstes Jahr nach Indien fahren oder zu Weihnachten, wenn das Klima dort angenehmer und die Semesterferien kürzer waren. Er konnte sich das Dorf überhaupt nicht mehr vorstellen und hatte keine Ahnung, was er dort tun oder was er den Bewohnern sagen sollte. Anders als mit seinen Freunden in London hatte er mit ihnen rein gar nichts gemeinsam. Und abgesehen davon hatte Alice ihn und ein paar Freunde eingeladen, mit ihr an der Costa Brava Urlaub zu machen. Er hatte bereits zugesagt, das Hotelzimmer war gebucht, und er mußte nun nur noch seinem Vater schreiben, daß er nicht kommen würde (wenn er das allerdings noch viel länger hinausschob, würde er telegrafieren müssen). Nat sagte seinem Vater schließlich ab.

Auch zu Weihnachten kam er nicht nach Hause, genausowenig wie im folgenden Sommer. Ein weiteres Jahr verging, und immer noch war Nat nicht wieder zu Hause gewesen. In der Zwischenzeit durchlief sein Lebensstil weitere Veränderungen. Die Frauen drehten sich zwar immer noch nach ihm um, aber nicht mehr so häufig wie früher. Der Garten irdischen Vergnügens war, wie er feststellen mußte, auch nicht mehr das, was er einmal gewesen war. Einige der Blumen waren verwelkt und lagen zertrampelt auf dem Boden. Unkraut wuchs zwischen den hübschesten Blüten, die auch nicht mehr so hübsch waren wie früher. Zu seiner Überraschung stellte er fest, daß der Nektar, mit dem er sie zu erquicken pflegte, schlicht und einfach Wasser war und er es als ziemlich anstrengend empfand, ständig Krishna zu spielen.

Genaugenommen war aus Nat einer jener ganz normalen Männer geworden, über die er sich einst mit seinen Freundinnen lustig gemacht hatte, hungrig und danach lechzend, die gähnende Leere in sich auszufüllen. Es war für ihn immer noch ein leichtes, eine Frau zu bekommen, sie nach Hause abzuschleppen und mit ihr zu schlafen. Sein Hunger schien jedoch mit jeder Eroberung zu wachsen, bis das einzige, dessen er sich noch bewußt war, ebendieser Hunger war, eine unstillbare, nervöse, habsüchtige, häßliche Gier in seinem Inneren.

Seine Schönheit hatte ebenfalls ihren Glanz verloren. Wenn er in den Spiegel sah, so blickte ihm daraus ein hageres, fahles Geicht entgegen, dessen Augen leer und erschöpft wirkten. Nat hatte sich einen Bart wachsen lassen und trug sein Haar jetzt mehr als schulterlang. Mit seinem Turban strahlte er jedoch immer noch eine gewisse exotisch-orientalische Aura aus. Um diesen Eindruck noch zu verstärken, hatte er zu rauchen begonnen, aber keine gewöhnlichen Zigaretten, nein, es mußten die kleinen indischen *Bidis* sein, die er in einem indischen Geschäft kaufte. Das alles waren jedoch nur Äußerlichkeiten. Er wußte, daß das Feuer erloschen war.

Sein Verstand weigerte sich beharrlich, ihm zu gehorchen, er schaffte es nicht mehr, sich zu konzentrieren, und sein Gedächtnis ließ ihn einfach im Stich. Nat hielt es deshalb für das beste, wenn er sein Studium abbrach und etwas anderes machte, sich einen Job suchte, unabhängig wurde. Er war einfach nicht zum Arzt geboren. Außerdem würde er sowieso niemals mehr ins Dorf zurückkehren, um in der Praxis seines Vaters mitzuarbeiten, was hatte das Studium also für einen Sinn? Es war reine Zeitverschwendung gewesen. Nun, nicht ganz. Nach England zu gehen war richtig gewesen, denn diese Erfahrung hatte er machen müssen. Jetzt konnte er sich als Mann von Welt, als Kosmopoliten bezeichnen. Der Idealismus, der ihn bewogen hatte, Medizin zu studieren, war jedoch längst gestorben. Es war ohnehin nicht seine eigene Idee gewesen, sondern die seines Vaters. Der Doktor hatte die Ziele für ihn festgelegt. Der Doktor hatte entschieden, was er werden und wo er arbeiten sollte. Je länger Nat darüber nachdachte, wie sein Vater sein Leben manipuliert hatte, desto wütender wurde er. Zorn angesichts all der verschwendeten Jahre nagte an ihm.

Am Ende seines dritten Jahres verließ er die Universität und nahm einen Job als Kellner in einem kleinen indischen Restaurant an. Er war ein ausgezeichneter Kellner, nicht nur höflich und aufmerksam, sondern auch mit einer natürlichen Freundlichkeit und einem Charme ausgestattet, der perfekt die Balance zwischen Liebenswürdigkeit und Respekt hielt. Die indischen Gäste verwickelten ihn, wie Inder das im Ausland stets zu tun pflegen, gern in ein Gespräch, wobei sie ihm die üblichen Fragen stellten. Sie erkundigten sich, wo er herstammte, wie er hieß, wie sein Vater hieß, welchen Beruf sein Großvater ausgeübt hatte und so fort. Da niemand von dem Dorf, in dem er aufgewachsen war, gehört hatte, sagte Nat stets, daß er »aus der Nähe von Madras« stamme, was irgendwie kultivierter klang.

Nat hatte als Kellner eine goldene Hand, und es dauerte nicht lange, bis er merkte, daß sich ihm immer wieder die Möglichkeit bot, nebenher finanziell lohnende Aufträge anzunehmen. Die Gäste notierten sich seinen Namen und seine Adresse; reiche Leue riefen ihn an und baten ihn bei Hochzeiten und religiösen Festen auszuhelfen. Sie bezahlten gut. Schließlich ließ er sich von einem dicken Bengalen abwerben, einem Mr. Chatterji, der in Wirklichkeit kein einziges Wort Bengali sprach und niemals in Indien gewesen war. Er war außerdem zum Christentum übergetreten und trug den Vornamen William. Mr. Chatterji betrieb einen indischen Heimservice.

Fünf Jahre später, acht Jahre nachdem er Indien verlassen hatte, war Nat zum zweiten Geschäftsführer dieses Heimservices aufgestiegen, ein attraktiver und erfolgreicher junger Mann, ein richtiger Londoner. Er fuhr einen grünen Lieferwagen, dessen Seitenwand die Karikatur eines verschmitzt lächelnden indischen Kellners mit Turban und *Dhoti* zierte, der einen Teller mit einem Berg *Chapattis* hochhielt. Daneben verkündete eine Aufschrift: *Bharat-Heimservice – Vegetarische und nichtvegetarische Gerichte – Bengali- und Tandoori-Spezialitäten – Hochzeiten, Religiöse Feste – Preiswert und gut.* Es war genaugenommen nicht ganz das passende Gefährt, um damit ein Mädchen zum Ausgehen abzuholen. Aus irgendeinem Grund jedoch waren die Mädchen begeistert. Sie fanden es kurios und gingen lieber mit Nat aus, der in seinem Bharat-Lieferwagen angefahren kam, als mit dem Manager der Barclay's Band, der einen Jaguar fuhr. Nat war nie viel an materiellen Dingen gelegen, und er hatte sich nie auch nur einen Augenblick von Besitztümern verlocken lassen – er nannte sie »leichtverderbliche Güter« – oder war versucht gewesen, sein Image durch teure Autos, HiFi-Geräte, Uhren und ähnliche Dinge aufzupolieren. Er machte weder teure Geschenke noch sah er sich nach einer größeren Wohnung um. Er wohnte immer noch in seinem Zimmer in der Wohnung in Notting Hill Gate, die er jetzt mit einem anderen Studenten aus Gujarat teilte, einem Cousin seines ersten Mitbewohners, der schon seit langem ausgezogen und als vielversprechender junger Anwalt in die Kanzlei seines Vaters eingestiegen war.

Nat schrieb seinem Vater nur selten. Er hatte in London seinen Weg gefunden.

Bei den Frauen hatte er immer noch Erfolg.

Eines Abends schenkte sich Nat einen Whisky ein, griff mit der freien Hand nach dem Telefonhörer, klemmte ihn sich unters Kinn, blätterte sein eselsohriges Adreßbuch durch – S für Sarah. Er wählte ihre Nummer.

»Hallo, Sarah, wie geht es meiner Lieblingslady?«

»Ach, komm schon, ich wette, das sagst du zu jedem Mädchen!«

»Nein, keineswegs, das bist du wirklich! Wie wäre es, wenn wir heute abend ausgehen würden?«

»Hmmm... wohin?«

»*Les enfants terribles?*«

»Du kennst mich, Nat. Wahnsinnig gern!«

»Dann hole ich dich so etwa um acht ab, in Ordnung?«

»Wunderbar!«

Ein paar Stunden später stolperten Nat und Sarah lachend und ungeduldig die Treppe hinauf. Sie hielten sich eng umschlungen, so daß man nur Arme, Beine und schwingendes Haar sah. Nat kramte seinen Schlüssel hervor und sperrte die Tür auf. Sie taumelten in den Flur, wo sie ihre Schuhe abstreiften und Nat, der sein Hemd schon ausgezogen hatte, der vor Vergnügen kreischenden Sarah die Bluse aufknöpfte. Sie stolperten in sein Zimmer...

Das Licht brannte.

In der Ecke zwischen dem Bett und der Couch erhob sich ein Mann, ein kleiner Mann mit freundlichem Gesicht und großen Segelohren, der jetzt mit ausgestreckter Hand auf Nat zukam und sagte: »Hallo, Nat...«

»Henry!«

»Ja, ich bin's. Es tut mir leid, daß ich hier so einfach hereinplatze – ich hätte dich auch vorher angerufen, aber Adam hatte nur deine Adresse und keine Telefonnummer, also bin ich gleich hergekommen, in der Hoffnung, daß du da sein würdest.«

Sarah hatte ihnen den Rücken zugekehrt und knöpfte ihre Bluse zu. Nat schnappte sich ein Hemd von der Stuhllehne und zog es sich rasch an. Er machte ein finsteres Gesicht.

»Wer hat dich reingelassen?«

»Nun, wer wohl? Dieser nette Bursche aus Gujarat, der im Zimmer nebenan wohnt. Er hat mir sogar eine Tasse Tee und etwas zum Knabbern angeboten. Wir haben uns recht nett unterhalten. Dann aber mußte er sich wieder seinem Lernstoff widmen. Er sagte, du würdest im Laufe des Abends nach Hause kommen, und da dachte ich mir, ich warte einfach hier auf dich. Allerdings scheint das keine besonders gute Idee gewesen zu sein …« Er sah durch die offene Tür in den Flur hinaus, wo Sarah wieder in ihre Schuhe schlüpfte.

»Bye, Nat. Wir sehen uns dann nächstes Wochenende!« Dann knallte die Wohnungstür zu. Nat ließ sich aufs Bett fallen.

»Aber … warum … ich wußte gar nicht, daß du nach England kommst … was …«

»Das wußte ich bis vor kurzem selbst noch nicht. Ich bin vorgestern mit dem Flugzeug hier eingetroffen. Ich habe in London geschäftlich zu tun. Außerdem wollte ich ein paar Verwandte besuchen und für den Doktor ein paar Dinge in Erfahrung bringen …«

»Hat Dad dich geschickt?«

»Nein, Nat, das hat er nicht. Aber er hat mich gebeten, bei dir vorbeizuschauen, um zu sehen, wie es dir geht. Er hofft, daß du in drei Wochen mit mir nach Hause fliegst. Ich habe mir die Freiheit genommen, dir einen Platz im selben Flugzeug zu buchen, mit dem ich nach Hause fliege.«

»Also, da hast du dir gewiß etwas herausgenommen! Wer hat gesagt, daß ich diesen Sommer überhaupt nach Indien komme? Woher willst du wissen, was ich vorhabe? Wie kannst du es wagen …«

»Nat, es sind acht Jahre vergangen! Acht Jahre! Glaubst du nicht, daß dein Dad dich nach so langer Zeit einmal sehen will? Ich habe einfach gedacht, nein, gehofft, ich könnte dich überreden, mitzukommen, das ist alles.«

»Und ich zähle wohl gar nicht? Was ich will, ist völlig egal? Henry, ich bin für Indien einfach noch nicht bereit. Ich weiß nicht, ob ich das je sein werde. Ich habe mich hier eingelebt, es geht mir gut …«

»Warum hast du dein Studium abgebrochen?«

»Nun, ich habe einfach entschieden, daß ich kein Arzt werden will.«

»Und was machst du? Warum schreibst du nie? Warum sagst du nicht, was los ist? Jedes Weihnachten eine Karte: Lieber Dad, ich habe einen neuen Job, es geht mir gut, alles Liebe, Nat. Was für einen …«

»Sag, was soll das hier sein? Die Inquisition? Hat mich je irgend jemand gefragt, ob ich überhaupt Arzt werden will? Man hat mich mein ganzes Leben auf einen Beruf hingetrimmt, der mir gar nicht liegt … ich …«

»Red keinen Mist. Du weißt ebensogut wie ich, daß das damals dein Traum war. Du bist der geborene Arzt, und das weißt du auch.«

Nat rieb sich hinter seinem Ohr. »Wie dem auch sein, was hat es jetzt noch für einen Sinn? Es ist vorbei, es geht mir gut, ich habe mir mein eigenes Leben aufgebaut, und ich werde bestimmt kein Arzt. Schluß, Ende, aus.«

»Es wäre nett gewesen, wenn du wenigstens einmal vorbeigekommen wärst, um das Ganze mit deinem Vater zu besprechen, bevor du eine Entscheidung triffst.«

»Schau, Henry, ich war bereits erwachsen, als ich diese Entscheidung traf. Kannst du mir auch nur einen einzigen guten Grund nennen, weshalb ich das mit meinem Vater hätte besprechen sollen?«

»Das gehört ganz einfach zum guten Ton, und das sollte ich dir eigentlich nicht erklären müssen, Nat, um Himmels willen! Hast du denn keinen Funken Anstand mehr in dir? Nach allem, was er für dich getan hat …«

»Würde es dir etwas ausmachen, mich in Frieden zu lassen? Wenn es nämlich etwas gibt, was ich nicht ausstehen kann, dann sind das Eltern, die ihren Kindern Schuldgefühle einzureden versuchen … ›Nach allem, was wir für dich getan haben …‹«

»Das sind nicht die Worte deines Dads, sondern meine. Er hat nämlich mehr für dich getan, als du dir vorstellen kannst, und es wäre einfach nett gewesen, wenn du gekommen wärst und es ihm selbst erklärt hättest, Nat. Daran sollte ich dich eigentlich nicht erst erinnern müssen. Dein Vater ist der letzte, der dir Vorwürfe machen würde, er liebt dich. Er macht sich Gedanken und fragt sich, was mit dir los ist. Zu sehen, wie er sich zu Tode arbeitet, während er sehnlichst auf ein

Wort von dir wartet und dann feststellen muß, wie gefühllos du geworden bist, das bricht mir das Herz. Und das ist der Grund, der einzige Grund, weshalb ich diesen Flug für dich gebucht habe. Nat, muß ich tatsächlich erst darum betteln? Komm nach Hause! Nur für eine Weile! Rede mit ihm! Er wäre selbst gekommen, aber er kann nicht, denn er steckt bis zum Hals in Arbeit und kann seine Patienten nicht im Stich lassen. Er braucht dich, Nat!«

»Ja, genau, das ist es! Er hat mich adoptiert, nur um jemanden zu haben, der ihm in der Praxis hilft. Weißt du, wie ich das nenne? Das ist selbstsüchtig, es ist schlicht und einfach egoistisch!« Doch in dem Moment, als er das sagte, spürte Nat einen Schmerz in seinem Inneren, so als würde ihm jemand ein Messer in die Brust stoßen. Vor seinem geistigen Auge sah er das Bild seines Vaters, der ihn voller Verständnis und keineswegs tadelnd anblickte. Nat schüttelte energisch den Kopf, um diese Vision zu verscheuchen, und rieb sich, um sich zu beruhigen, an seinem Fleck hinter dem Ohr.

»Würdest du das auch sagen, wenn dein Vater eine gutgehende Praxis in der Harley Street hätte, mit einem großen Messingschild an der Tür, und du die Möglichkeit hättest, bei dieser Praxis einzusteigen?«

»Nun, das wäre etwas anderes!«

»Was wäre anders?«

»Ich hätte dann die Wahl gehabt!«

»Mit deiner Begabung hättest du es bestimmt getan. Das ist nicht das Problem, Nat. Das Problem liegt in dir. Deshalb siehst du so verkommen aus. Deshalb bist du so verwahrlost.«

»Wenn du hergekommen bist, um mir eine Moralpredigt zu halten...«

»Das tue ich keineswegs. Ich stelle nur etwas fest, was jedermann deutlich sehen kann. Schau dich doch im Spiegel an. Das ist nicht derselbe Nat, von dem ich mich vor acht Jahren verabschiedet habe, selbst wenn man in Betracht zieht, daß du inzwischen älter geworden bist. Was ist bloß aus dir geworden?«

»Jetzt hör schon auf, Henry. Laß mich in Frieden. Ich muß mein eigenes Leben leben, und ich werde es so leben, wie ich es für richtig halte. Ich bin kein kleiner Junge mehr, und ich brauche für das, was ich tue, vor dir keine Rechenschaft abzulegen. Vielen herzlichen Dank.«

»Nat, du schmollst. Wie alt bist du jetzt? Siebenundzwanzig? So wie du dich benimmst, wirkst du eher wie ein Sechzehnjähriger, der mitten in der Pubertät steckt. Nun, ich nehme an, das mußte früher oder später so kommen. Dich ins kalte Wasser zu werfen war wahrscheinlich nicht gerade der beste Weg. Wenn dein Dad gewußt hätte, wie sehr sich die Zeiten geändert haben, seit er damals in England studiert hat, hätte er es wohl auch nicht getan. Sheila hat mir erzählt, daß die jungen Leute heute tun, was sie wollen, und daß es keinen Zweck hat, ihnen etwas zu sagen, weil sie ohnehin machen, was ihnen gefällt. Aber irgendwie habe ich dich nie für einen der jungen Rebellen gehalten.«

»Wenn es etwas gibt, was ich auf den Tod nicht ausstehen kann, dann sind das Moralpredigten.«

»Ja, das hast du mir bereits gesagt. Und wenn es etwas gibt, was ich nicht ausstehen kann, dann sind das junge Flegel, die immer alles besser wissen, deshalb darf ich mich jetzt höflich verabschieden. Übrigens: Sheila, Adam und die Zwillinge lassen dir liebe Grüße ausrichten und sagen, daß du wieder einmal bei ihnen vorbeischauen sollst. Du scheinst bei den Zwillingen einen bleibenden Eindruck hinterlassen zu haben, als du das letzte Mal – wann war das, vor drei Jahren? – bei ihnen warst. Sie schwimmen auf dieser Indienwelle mit Harekrishna und Yoga und weiß der Himmel was. Daß ihr Vater in Indien aufgewachsen ist, macht das Ganze nur noch schlimmer, das ist nämlich so eine Art Statussymbol. Im Augenblick haben sie es übrigens mit dem Buddhismus. Wie dem auch sei, sie baten mich, dir das zu geben, und hoffen, daß du es noch nicht gelesen hast.«

Henry hob eine Stofftasche vom Boden auf. Allein dieser Anblick versetzte Nat einen kleinen Stich, denn er erkannte die Tasche wieder. Es war eine jener Tragetaschen, wie man sie bekam, wenn man in einem der Textilgeschäfte in der Stadt einkaufte. Sie war über und über mit einer Aufschrift in Tamil bedruckt. *Poompookar* stand in den verschnörkelten Buchstaben des Tamil-Alphabets auf der Tasche. Nat stellte fest, daß er es erstaunlicherweise immer noch lesen konnte. *Eigener Sari-Ausstellungsraum, Saris aus Kunstseide, Qualitätsschals. Polyesterhemden und Anzugsstoffe.* Unwillkürlich kam ihm eine Szene in den Sinn: er und sein Vater, mit Mr. Poompookar am Ladentisch stehend und plaudernd, während ein Angestellter eine Bahn Baumwolle abmißt, sie geschickt vom Ballen abreißt, zusammenlegt und mit einem Kugelschreiber den Preis auf das Stoffbündel kritzelt, eine Angewohnheit, von der sich die Textilverkäufer einfach nicht abbringen ließen. Der Doktor, der an der Kasse die Rechnung entgegennimmt, die schlaffen kleinen Rupiennoten abzählt und bezahlt; ein anderer Angestellter, der den Stoff in eine Tasche wie diese steckt; und dann, er und sein Vater, die auf die Straße hinaustreten, in den Tumult, den wirbelnden Verkehr, das Durcheinander aus Rikschas, Radfahrern und Fußgängern, die sich im Zickzack bewegen, als vollführten sie zur Musik tutender Rikschahupen, Fahrradklingeln und quietschender Bremsen einen verrückten Tanz…

Henry warf ein dünnes, in blaues Papier eingewickeltes Päckchen aufs Bett. »Ein Geschenk, mit lieben Grüßen von Nina und Jule.« Er stand auf und hängte sich die Stofftasche über den Arm. Die Tasche, die jetzt leer war, hing schlaff an seiner Ellenbeuge, als er die Handflächen aneinanderlegte. *Poompookar. Waren von bester Qualität.* An der Tür blieb er stehen, drehte sich um und machte *Namaste.*

»*Namaste,* Nat. Überleg dir, ob du nicht doch mit nach Hause fliegen willst. Ruf mich an, falls du deine Meinung noch ändern solltest.«

Ohne nachzudenken legte Nat die Handflächen aneinander und erwiderte Henrys Gruß. Dann war Henry fort, und Nat war allein mit dem stechenden Schmerz in seiner Brust. Die Erinnerung an Mr. Poompookars Lächeln hing noch immer in seinem Gedächtnis, während der unverkennbare süße Duft Indiens, den Henry und seine Tasche zurückgelassen hatten, das Zimmer erfüllte.

Nat liefen Tränen übers Gesicht. Er legte das Buch, das Nina und Jule ihm geschenkt hatten, aufgeschlagen auf seinen Oberschenkel und vergrub sein Gesicht in den Händen. Eine Woge aus Scham, Schuldgefühlen und Bedauern spülte über ihn hinweg und rief einen weiteren Strom lautloser Tränen hervor.

Das bin ich, sagte er zu sich. Siddhartha, das bin ich, Siddhartha, der den Vogel des Glücks in den Armen der Prostituierten Kamala verlor, der sich selbst verlor und alles, was so überaus kostbar war…

»Henry?«

»Oh, hallo, Nat, wie geht's?«

»Es geht mir gut…« Er hielt inne. Henry wartete.

»Henry, ist der Platz im Flugzeug immer noch reserviert?«

»Natürlich, Nat. Hast du dir das Ganze noch einmal durch den Kopf gehen lassen?«

»Ja, Henry, ich – ich habe beschlossen, mit dir nach Hause zu fliegen.«

28. Kapitel

Saroj

Eine Bande afrikanischer Hooligans warf eine Bombe in den Purushottama-Tempel. Inder, die sich darin aufgehalten hatten, kamen schreiend und mit brennender Kleidung aus dem Gebäude gerannt. Sie warfen sich auf den Grasstreifen neben der Straße und wälzten sich hin und her, um die Flammen zu ersticken. Noch bevor die Feuerwehr eintraf, stand das Gebäude jedoch schon lichterloh in Flammen. Auch die beiden benachbarten Holzhäuser hatten bereits Feuer gefangen. Die Bewohner jener Häuser konnten rechtzeitig fliehen, im Tempel aber, der völlig zerstört wurde, fanden sechs Inder den Tod.

Arbeiter kamen, um das Haus der Roys zu vermessen, weil dort eine Feuerleiter angebracht werden sollte.

Baba erhielt anonyme Drohungen.

Saroj sah nun schon zum dritten Mal auf die Uhr. Trixie war spät dran. Sie hatte in der Schule eine Stunde nachsitzen müssen, also war Saroj, um die Zeit zu überbrücken, zuerst in die Bibliothek gegangen und dann in Booker's Snack Bar, wo sie jetzt auf ihre Freundin wartete. Sie hatte ihren Milchshake ausgetrunken, und das Mädchen hinter dem Tresen hatte ihr bereits zweimal einen bösen Blick zugeworfen – es wurde nicht gern gesehen, wenn man sitzen blieb, ohne etwas nachzubestellen. Saroj hatte allerdings den Verdacht, daß die Blicke einen anderen Grund hatten: Das Mädchen war schwarz, und als Inder wurde man von Schwarzen heutzutage oft mit dieser Art von Blick angestarrt. Sie rutschte unruhig auf ihrem Sitz hin und her und drehte sich halb herum, um zu sehen, ob Trixie vielleicht gerade atemlos hinter den Zeitschriftenständern auftauchte und ihr, den Panamahut schwenkend, laut »Hallo, Saroj« zurief. Sie lockerte ihre Krawatte und überlegte, ob sie sich nicht doch noch einen Milchshake bestellen sollte, aber sie hatte nicht mehr viel Zeit. Dies hier hätte eigentlich nur ein kurzes Treffen werden sollen. Sie wollten schnell etwas Kühles trinken und dann kurz bei Bata vorbeisehen, wo Saroj

Trixie beim Schuhkauf beraten sollte. Danach wollten sie wieder zur Schule zurückgehen, um dort Hockey zu spielen. Der Mann, der neben Saroj saß, bezahlte sein Sandwich und ging. Drei schwarze Mädchen, an ihrer Uniform als Schülerinnen der Central High School zu erkennen, stellten sich neben Saroj. Eines von ihnen setzte sich auf den gerade freigewordenen Hocker, die anderen beiden sahen Saroj böse an.

»Biste fertich? Warum gehste dann nich?« sagte ein stämmiges Mädchen mit grimmigem Gesicht und blickte sie finster an.

Saroj sah wieder auf ihre Uhr. Trixie war jetzt schon zwanzig Minuten zu spät. Sie konnte unmöglich noch länger warten, also drehte sie ihren Hocker herum und war gerade dabei, herunterzurutschen, da gab ihr eines der beiden stehenden Mädchen von hinten einen Schubs, so daß sie das Gleichgewicht verlor und auf allen vieren auf dem Boden landete. Die drei Mädchen brüllten vor Lachen. Saroj stand auf und bürstete sich wütend den Staub von ihrer Uniform.

»Warum hast du das getan? Ich war doch ohnehin dabei zu gehen!«

Das Mädchen wackelte mit den Hüften, spitzte die Lippen und sagte, wobei es Sarojs britische Aussprache imitierte: »Warum hast du das getan? Ach du liebe Güte, da hör sich einer Miss Etepetete an! Das Kuli-Mädel red ja wie ne Weiße!«

»Ich war doch ohnehin dabei zu gehen!« sagte eines der anderen Mädchen in übertrieben korrektem BBC-Englisch.

»Nun, wie wäre es mit einer hübschen Tasse Tee?« sagte jetzt die dritte mit stilisierter Fistelstimme und führte damit die Posse fort.

Tränen brannten Saroj in den Augen. Genauso hörte sie sich tatsächlich an – immerhin sprach Ma auch so –, und sie hatte sich nie bemüht, Kreolisch zu sprechen. Hin und wieder war sie zwar wegen ihrer englischen Aussprache aufgezogen worden, aber das waren stets freundliche Neckereien gewesen. Das hier war jedoch ausgesprochen gemein.

Die Mädchen kreisten sie jetzt ein – schlimmer noch, sie bekamen Verstärkung von einer Gruppe Jungen in den Uniformen des Queen's College.

»Was is los? Macht euch die Kuli-Tussi Ärger?« Ein Junge mit einer fünfzehn Zentimeter hohen Afrofrisur, der größte, wahrscheinlich auch der älteste der Gruppe, schob sich nach vorn, stellte sich direkt vor Saroj und starrte auf sie herunter. Er berührte sie dabei fast. Sie versuchte nach hinten auszuweichen, eines der Mädchen hinter ihr schubste sie jedoch nach vorn, so daß sie sich plötzlich in den Armen des Jungen wiederfand – und der hielt sie fest.

»He, Errol, laß se in Ruh, sonst werd ich noch eifersüchtich!« rief eines der Mädchen.

»Besorg's ihr, Junge!« rief jemand anderer.

Der Junge, der sie festhielt, preßte sein Gesicht auf ihre Wange und versuchte, an ihrem Ohr zu knabbern. Er griff ihr ins Haar, knetete ihren Rücken. Sie wehrte sich ächzend und protestierend gegen seine Umklammerung und versuchte verzweifelt, sich zu befreien, er aber hielt sie nur noch fester und lachte: »Schaut, wie se zappelt! Ich liebe diese Bewegung, Mädel!«

»He, Junge, laß mir auch was übrich! Jez bin ich dran! Ich hatt noch nie nich ne Kuli-Tussi!« Ein zweiter Junge versuchte den ersten wegzuschieben und sich Saroj zu schnappen, der andere aber schwang sie herum, wobei er sie fest an seine Brust drückte.

»Oooh, die is süß, Mann, so süß!« Er rieb sich mit den Hüften an ihr. Sie versuchte zu schreien, aber da preßte er schon seine Lippen auf ihren Mund. Die anderen feuerten ihn Beifall klatschend an.

»Los, Junge, nimm se! Nimm se gleich hier!«

Aus dem Augenwinkel sah Saroj eine Inderin, wahrscheinlich eine Hausfrau beim Einkaufen, die stehengeblieben war, um zu sehen, was da vor sich ging. Angst huschte über das Gesicht der Frau, sie drehte sich um und war verschwunden. Das Mädchen hinter dem Tresen stand da und lächelte hochmütig. Inzwischen waren mehrere der Gäste gegangen, mindestens sieben Hocker waren jetzt frei. Anscheinend wollte niemand, Afrikaner wie Inder, da mit hineingezogen werden.

Was als nächstes passierte, geschah so schnell, daß es schon vorbei war, bevor Saroj es richtig begriffen hatte. Alles, woran sie sich erinnerte, war der laute, dumpfe Schlag, als ein dickes Französisch-Lexikon auf den Kopf des Jungen herabsauste. Dann drängte sich eine wütende Trixie, Tritte und Fausthiebe austeilend, zwischen Saroj und den verblüfften Jungen, und im nächsten Augenblick waren Sarojs Peiniger, Jungen wie Mädchen, auf und davon gerannt. Trixie klopfte sich imaginären Staub von den Händen und warf Saroj ihr verruchtestes Grinsen zu. Sie bückte sich, um die Schulbücher einzusammeln, die auf dem Boden verstreut umherlagen.

»Komm, Mädchen, wir müssen gehen. Wir haben keine Zeit mehr, um was zu trinken. Tut mir leid, daß ich mich verspätet habe. Miss Dewer kam vorbei und hat mir einen längeren Vortrag zum Thema ›Höflichkeit gegenüber Lehrkräften‹ gehalten. Verdammt lästig, das Ganze!«

Sie nahm Sarojs Hand und verschränkte ihre Finger mit den ihren. »Die Unhöflichkeit ist mir gewissermaßen angeboren... aber, Saroj, wir müssen jetzt wirklich los.«

Sie hielten inne und sahen einander an. Dann fingen sie, wie auf ein Zeichen, beide zu grinsen an. Sie klatschten ab und stießen ihren Schlachtruf aus: »Carnaby Street, wir kommen!«

Es bestand kein Grund zu der Hoffnung, daß Baba die Sache mit dem Ghosh-Jungen vergessen würde, und er vergaß sie auch nicht. Nur zwei Wochen, nachdem der Purushottama-Tempel niedergebrannt war, machte er, wie es seine Gewohnheit war, beim Frühstück eine Ankündigung.

»Am Samstag nachmittag kommt die Familie Ghosh zu uns zum Tee. Ich erwarte, daß du dich von deiner besten Seite zeigst, Sarojini.«

Ma, Ganesh und Saroj sahen sich an. Niemand sagte ein Wort. Baba, der sich in seiner Autorität sonnte, fuhr fort:

»Daß ich dir gestatte, den Jungen vor der Hochzeit kennenzulernen, kannst du als Zugeständnis an die moderne Zeit werten. Ich erwarte deshalb von dir, daß du dich ausgesprochen höflich und zuvorkommend verhältst.«

»Aber Baba...« Saroj hatte ihre Stimme endlich wiedergefunden. Vor Schreck wie betäubt, kam sie jedoch nicht über diesen kläglichen Protest hinaus.

»Kein Aber, Sarojini. Wir haben diese Vereinbarung vor mehreren Jahren getroffen, wie du dich vielleicht erinnerst. Die Familie Ghosh hat sich sehr geduldig gezeigt. Der Junge ist jetzt soweit, um ins Familiengeschäft einzusteigen, und kann Frau und Kinder ernähren. Glücklicherweise weiß die Familie nichts von deinen Marotten. Es ist uns gelungen, nichts von deinen Schandtaten nach außen dringen zu lassen, sonst nämlich hätte er sicher schon einen Rückzieher gemacht.«

»Aber Saroj macht in zwei Monaten ihre mittlere Reife! Sie kann jetzt nicht heiraten!« fuhr Ganesh Baba auf eine Art und Weise an, die ihm mit Sicherheit Ärger einbringen würde. Babas Halsstarrigkeit hatte in den letzten Jahren jedoch an Schärfe verloren. Jetzt war da nur noch die kalte, kluge Entschlossenheit einer Schlange. Saroj kochte innerlich.

»Das weiß ich sehr wohl, Ganesh. Sie wird ihre mittlere Reife machen und ihr Zeugnis entgegennehmen, und dann wird sie heiraten. Wir – ich und die Ghosh-Eltern – haben einen Astrologen zu Rate gezogen und den Termin für September festgelegt, nach ihrem sechzehnten Geburtstag.«

Saroj sah Ma hilflos und flehentlich an, Ma, die von Baba offensichtlich nicht in dessen Pläne einbezogen worden war. Bei Indranis Hochzeit war das völlig anders gewesen. Damals hatten Ma und Baba alles gemeinsam organisiert. Ma hatte sich mit den Eltern des Jungen getroffen, war bei den vielen komplizierten Beratungen, die zur endgültigen Festsetzung des Datums führten, stets mit dabeigewesen. Diesmal hatte jedoch alles heimlich stattgefunden, ohne Mas Zustimmung, ohne deren Wissen. Das bedeutete, daß Baba Ma nicht mehr traute und sich jetzt allein um alles kümmerte, was ihn noch sehr viel gefährlicher machte.

»Ma, bevor ich diesen Jungen heirate, laufe ich davon. Sag Baba das! Er wird mich in Ketten legen und mit Gewalt hierher zurückschleifen müssen!« sagte Saroj am selben Abend und verlieh damit dem Zorn, der den ganzen Tag in ihr gekocht hatte, endlich Worte. Sie lag im Bett, während Ma neben ihr auf der Bettkante saß.

Ma lächelte nur und streichelte ihren Arm. »Kind, sei nicht so impulsiv. Hab Geduld – es wird alles gut.«

»Und was ist mit diesem Besuch am Samstag? Was wäre, wenn ich an diesem Tag einfach nicht zu Hause bin?«

»Tu dieses eine Mal, worum dich dein Vater bittet, und hab Vertrauen. Alles wird gut. Es wäre unhöflich, die Einladung zurückzunehmen, und es wäre äußerst taktlos, wenn du nicht anwesend wärst. Bitte, empfang den Jungen und seine Familie freundlich, und dann laß uns sehen, was wir als nächstes tun. Wer weiß, vielleicht gefällt er dir ja sogar!« Sie wagte es, dabei zu kichern.

»Ma, wie kannst du so etwas nur sagen! Ich werde ihn niemals heiraten, und auch niemand anderen! Du weißt, wofür ich gearbeitet habe. Soll das jetzt alles umsonst sein?«

»Hör zu, mein Liebes: Wenn es nicht dein Schicksal ist, diesen Jungen zu heiraten, dann kann dich nichts auf der Welt dazu zwingen. Nicht einmal dann, wenn es genau das wäre, was du dir von ganzem Herzen wünschst. Wenn es aber dein Schicksal sein sollte, ihn zu heiraten, dann wird diese Hochzeit stattfinden, ganz egal, wie sehr du dich dagegen auch wehren magst.«

»Schicksal! Pah! Das ist alles so passiv, Ma! Dann könnte man sich ja einfach zurücklehnen und alles dem Schicksal überlassen... Aber dann würde doch niemals irgend etwas passieren! Niemand würde sich je um irgend etwas bemühen!«

Ma lachte nur. »Selbst die Bemühungen, die du anstellst, sind Schicksal, Liebes!«

»Ach, Ma!«

Über die philosophischen Betrachtungen ihrer Mutter verärgert, wandte Saroj das Gesicht ab. Ma erhob sich, schaltete das Licht aus und verließ das Zimmer.

Die Familie des Jungen traf Punkt halb vier ein. Er kam mit seiner Mutter und fünf älteren Schwestern, alle verheiratet. Saroj vermutete, daß diese Schwestern ihre Existenz allein dem Umstand verdankten, daß ihre Eltern unbedingt noch einen Sohn wollten. Und da war er nun, im heiratsfähigen Alter und ganz versessen darauf, seine zukünftige Braut – sie – kennenzulernen. Der Junge, seine Mutter und seine Schwestern stiegen aus dem Auto, mit dem sein Vater dann wieder davonfuhr, ohne das Haus betreten oder Saroj kennengelernt zu haben.

Baba war nicht zu Hause, Ganesh ebenfalls nicht. Indrani aber hatte sich ein so hochinteressantes Familientreffen nicht entgehen lassen wollen. Sie und Saroj erwarteten die Besucher oben an der Treppe, während Ma hinunterging, um ihre Gäste hereinzubitten und sie nach oben zu führen.

Die Mutter betrat als erste das Haus. Sie trug einen saphirblauen Sari, war groß und knochig und hatte eine lange, schmale Nase, beinahe schon eine richtige Hakennase. Mit einem einzigen Blick ihrer scharfen, wachen Augen nahm sie alle Einzelheiten der äußeren Erscheinung ihrer zukünftigen Schwiegertochter auf. Ma hatte Sarojs Haar seitlich zum Zopf geflochten. Er fiel ihr über die rechte Schulter und die rechte Brust und reichte ihr fast bis zum rechten Knie. Jetzt wurde Saroj klar, warum Ma das getan hatte: Ihre zukünftige Schwiegermutter sollte ihren größten Vorzug sehen können, ohne daß sie erst um sie herumgehen mußte. Saroj war in ganz Georgetown für ihr Haar berühmt. Sie hätte ein Vermögen machen können, wenn sie es abgeschnitten und für fünf Dollar pro Strähne verkauft hätte.

Auf welcher Seite stand Ma eigentlich? Saroj spürte angesichts dieser List eine Welle des Mißtrauens und des Ärgers in sich aufsteigen.

Nach der Mutter kamen die Schwestern, eine nach der anderen. Bis auf die Farbe ihrer Saris sahen sie alle gleich aus. Ihre Mutter rasselte ihre Namen herunter, als sie nacheinander an Saroj vorbeigingen und dabei unverfroren ihre berühmten Haare anstarrten, ohne sich damit abzugeben, ihr in die Augen zu sehen. Saroj stellte sich vor, wie ihre Augäpfel alle an ihrem Haar kleben blieben. Sie stand da und ließ das alles still über sich ergehen. Sie sammelte Augäpfel.

Dann stand der Junge selbst vor ihr und starrte sie an, wie alle anderen es getan hatten. Ihm jedoch hätte Saroj die Augen am liebsten ausgekratzt – mit ihren langen Fingernägeln, die Ma so perfekt manikürt, wie sie ihr Haar frisiert hatte. Ausgekratzt und eingelegt, so wie sie es einmal im Scherz angedroht hatte. Jetzt war alles leider nur allzu wirklich.

Dann aber fiel ihr ein, was sie Ma versprochen hatte. Sie verbannte diese unwürdigen Gedanken aus ihrem Kopf. Sie hob den Blick, um dem Jungen in die Augen zu sehen. Das erwies sich allerdings als recht schwierig, denn seine Augen waren nicht dort, wo sie eigentlich hätten sein sollen. Sie lagen halb verborgen hinter wulstigen Lidern, so daß es den Anschein hatte, als würde er gleich einschlafen. Er schien sie jedoch ganz gut zu sehen, denn er lächelte träge und entblößte dabei eine Reihe perlweißer Zähne, von denen die beiden Schneidezähne leicht vorstanden. Die vorstehenden Schneidezähne waren das einzige, was sie bei ihm erwartet hatte. Er sagte »Hallo!«, wobei seine Stimme mitten im Wort brach und in ein Quietschen umschlug, das er mit einem Husten zu überdecken versuchte.

Abgesehen von diesen halbgeschlossenen Augen und den vorstehenden Zähnen sah er eigentlich ganz nett aus, denn er hatte klare, symmetrische Gesichtszüge. Selbst die scharfe Nase seiner Mutter wirkte bei ihm nicht gemein, sondern einfach nur maskulin. Das Haar trug er zu einer übertriebenen Elvis-Tolle frisiert. Außerdem hatte er sehr saubere, lange Koteletten. Seine dünne, weiße *Dhoti* war auf die traditionelle Weise gebunden und zwischen den Beinen hochgezogen, dazu trug er ein buntkariertes Hemd und schwarze spitze Lacklederschuhe. Er hatte lange, schmale Hände, die er jetzt zum *Namaste* vor der Brust gefaltet hatte.

»Saroj, das ist Keedernath«, sagte Ma freundlich.

»Keith oder Keet«, sagte der Junge.

Ein Trottel. Saroj hatte ihr Versprechen, das sie Ma gegeben hatte, eingehalten. Nun hatte sie ihn kennengelernt. Jetzt war Ma an der Reihe, ihr Versprechen einzuhalten, nämlich die Hochzeit zu verhindern.

Falls Ma ihr Versprechen aber nicht hielt, so schwor sich Saroj jetzt, würde sie die Angelegenheit selbst in die Hand nehmen. Selbstmord war keine Lösung, das war ihr inzwischen klargeworden. Sie war noch nicht bereit zu sterben. Da war ein Stipendium, das sie bekommen konnte, und damit auch die Chance auf eine Zukunft, an die sie glaubte. Sie war inzwischen kein Kind von vierzehn Jahren mehr, sondern ein kühl abwägendes junges Mädchen von bald sechzehn Jahren, also fast erwachsen.

Sie würde bei Trixie Unterschlupf finden. Das war natürlich die beste Lösung, und vor allem war das eine Lösung, die ihr auch noch gefallen würde, denn sie konnte sich nichts Schöneres vorstellen, als bei Trixie zu wohnen, unter einem Dach mit Lucy Quentin. Was ihr noch vor zwei Jahren, mit vierzehn, ganz und gar unvorstellbar gewesen war, erschien ihr jetzt als völlig logisch. Diesmal würde sie sich ohne Zögern an Lucy Quentin wenden und sie um Rat und Hilfe bitten.

Sie sprachen über den Jungen, wobei sie alle um den Eßtisch herumsaßen, die beiden Mütter, die Schwestern, der Junge und Saroj. Neun Frauen und ein Junge. Dies schien ihn jedoch nicht allzusehr zu stören. Saroj nahm an, daß er daran gewöhnt war.

»Keet is der Beste in seiner Klasse«, sagte seine Mutter gerade. »Sein Lehrer sagt, dasser ne gute Chance hat, das Guyana-Stipendium zu bekommen. Er issn begabter Junge. In Mathematik und Naturwissenschaft isser hervorragend. Wir wolln ihn aber nich zum Studium ins Ausland schicken. Sein Daddy braucht ihn, damit ers Geschäft übernimmt. Wir haben nur einen Sohn, also musser in die Fußstapfen seines Vaters treten. Was sagste dazu, Keet?«

Saroj wußte, daß das eine glatte Lüge war. Ganesh hatte ihr erzählt, daß Keith bei der mittleren Reife in Mathe durchgefallen und nur deshalb in der Sekundarstufe war, um die Prüfung zu wiederholen. Gans Spionen zufolge würde er danach die Schule verlassen und ins Geschäft seines Vaters einsteigen.

Keet, der bereits ein paar Kartoffelbällchen verschlungen hatte, grub in der Zwischenzeit seine Mäusezähne in eines von Mas *Samosas,* während seine Mutter seine vielen wunderbaren Vorzüge pries. Obwohl Saroj den Blick gesenkt hatte, konnte sie sein Gesicht sehen. Sie sah auch, daß seine schwarzen Augen in dem Schlitz unterhalb der schweren Augenlider immer wieder zur Seite wanderten, um sie verstohlen zu betrachten, bevor sein Blick wieder zu seinem Teller zurückkehrte.

Seine Mutter nahm einen großen Schluck Ananassaft, der ihre Kehle hörbar hinuntergurgelte. Ihre Armreifen, insgesamt mindestens fünfzehn Zentimeter breit, klimperten, als sie sich ein *Samosa* nahm.

»Hm?« sagte der Junge.

»Was sagste dazu, Junge? Biste nich stolz, das Geschäft zu übernehmen, hm?«

»Is mir egal«, sagte er, wobei er Saroj jetzt ganz offen ansah und grinste. Zum zweiten Mal blickte ihm Saroj direkt in die Augen, woraufhin er ihr ermutigt zuzwinkerte.

»Meine Töchter sin alle gut verheiratet«, sagte Mrs. Ghosh. »Basmatti hat nen Ramrataj-Jungen vonner Ostküste geheiratet. Sie is schon sechs Jahre verheiratet und hat drei Kinder. Bhanumattie hat den jüngsten Magalee-Jungen geheiratet. Er is Ingenieur am Sprostons Dock. Ein Kind. Satwantie hat nen Boodhoo geheiratet. Sie wohnen innem großen Betonhaus in Bel Air Park ...«

Während sie weitere Details der Ehen ihrer Töchter aufzählte, versuchte Keet fortwährend, Sarojs Aufmerksamkeit auf sich zu lenken. Sie jedoch hielt, durch dieses Zwinkern beleidigt, den Blick gesenkt und konzentrierte sich auf das Ananastörtchen in ihrer Hand.

»Willste innen Garten rausgehn?« fragte Keet plötzlich und unterbrach damit seine Mutter, die gerade Satwanties Mobiliar auflistete, alles neu und von Fogarty's. Seine Lider hatten sich ein klein wenig gehoben. Jetzt sah er Saroj richtig an.

Verwirrt blickte sie hoch, sah zuerst ihn an, dann Ma, dann Mrs. Ghosh. Keet aß jetzt in aller Unschuld ein Ananastörtchen, so als hätte er kein Wort gesagt. Mas Gesicht bot das übliche Bild heiterer Gelassenheit, Mrs. Ghosh wirkte jedoch entsetzt.

»Mit wem redste, Junge? Haste denn keine Manieren nich? Wen meinste denn damit?«

»Ich hab' Sarojini nur gefragt, ob se mit mir innen Garten gehn will.«

»Was solln das? Was meinste damit! Wozu willste denn innen Garten gehn? Wieso soll das Mädchen mit dir allein dorthin gehn?«

»Wenn ich se heiraten soll, dann sollte ich zuerst mal mit ihr redn, nich wahr?«

»Und wozu glaubste, sind wir hergekommen? Du kannst mit dem Mädchen auch hier am Tisch redn! Junge, du bist sehr unhöflich! Was solln diese Leute von dir denken? Weißte denn nich, daß das ein anständiges Mädchen is?«

Keets Schwestern und Indrani schlugen die Hand vor den Mund oder wandten sich ab und versuchten ein Kichern zu unterdrücken. Saroj hielt den Kopf weiter gesenkt, konnte aber immer noch sehen, wie Keet, der die Augen jetzt fast geschlossen hatte, ruhig sein Anastörtchen mampfte, während Ma, die neben ihm saß, ihn ansah und ein freundliches Lächeln um ihre Lippen spielte.

»Wenn er mit ihr allein sprechen will, dann darf er das«, sagte Ma dann. »Saroj kann ihm den Garten zeigen. Saroj, nimm die Schere mit und schneide ein paar Rosen für Mrs. Ghosh. Machen Sie sich keine Sorgen«, meinte sie dann an Keets Mutter gewandt, »das ist alles ganz schicklich. Er ist ein guter Junge. Saroj? Bist du mit dem Essen fertig?«

»Ja, Ma.«

»Zeig Keet, wo er sich die Hände waschen kann, und dann könnt ihr in den Garten gehen. Wir setzen uns inzwischen in die Galerie und plaudern ein bißchen.«

Gehorsam schob Saroj ihren Stuhl zurück und erhob sich. Keet, der jetzt übers ganze Gesicht grinste, tat das gleiche. Sie wuschen sich in der Küche die Hände und gingen, ohne ein Wort miteinander zu wechseln, durch die Hintertür und dann die Treppe hinunter zum Garten. Saroj hatte keine Ahnung, was sie mit diesem Jungen hätte reden sollen. Er wartete, wie sich herausstellte, bis sie sich ein gutes Stück vom Haus entfernt hatten.

»Ich muß ein paar Rosen schneiden«, sagte Saroj zu ihm, er nickte sichtlich erfreut. Sie schnitt einige der schönsten Blüten ab und legte sie in den Korb, den sie am Arm trug. Da Keet immer noch nichts sagte, beschloß sie, ihn einfach zu ignorieren, und begann einen der Rosensträucher zu beschneiden. Sie spürte, daß er hinter ihr stand und ihr mit seinem Blick Löcher in den Rücken brannte.

Plötzlich, ebenso unerwartet wie am Tisch, sagte er: »Wir wern im Pegasus Hotel Flitterwochen machen.«

Saroj fuhr herum. »Wer sagt, daß es eine Hochzeit geben wird?«

»Natürlich wirds ne Hochzeit gebn. Es is alles geregelt. Alle wolln diese Hochzeit.«

»Alle außer mir.«

Er lachte gelassen. Die Augen hatte er jetzt weit geöffnet, sein Blick war spöttisch, beinahe anzüglich. »Na, wennde michn bißchen besser kennst, wirste mich auf Knien bettln, daß ich dich heirate.«

Ohne Vorwarnung zog er seine *Dhoti* über die Knie hoch, spreizte die Beine, ging in eine halb hockende Position, hielt die Arme, als hätte er eine Gitarre in den Händen, und schmetterte mit kreischender Falsettstimme den Elvis-Presley-Hit »Girls Girls Girls«. Dabei ließ er im Takt seine Hüften mit langsam vorwärtsgerichteten Stößen kreisen, während er den Hals seiner imaginären Gitarre auf und nieder bewegte und, um besser singen zu können, das Gesicht zu einer Grimasse verzog.

So plötzlich, wie er begonnen hatte, hörte er auch wieder auf. »Gut, hm? Elvis the Pelvis. Ich habe alle Platten von ihm. Wieviel Filme von ihm haste gesehn?«

Saroj konnte ihn nur wortlos anstarren. Keet fuhr jedoch gelassen fort: »Ich hab' Poster von ihm, ne ganze Wand voll. Meine Mutter erlaubt nich, daß ich se im Wohnzimmer aufhäng, aber wenn wir verheiratet sind, wern wir se im ganzen Haus aufhängn. Meine Eltern wolln im Garten ein kleines Haus für uns baun. Du kannst soviel Platten habn, wie du willst. Ich bin ein moderner Bursche, weißte. Ich werd dirs Tanzen erlauben, und du darfst auch kurze Röcke tragen und so. Ich tanz auch gern. Ich mag Frauen in kurzen Röcken. Weißte, daß es im Pegasus ne Diskothek gibt? Ja, Mann. Ich war dort, aber se spieln kein Elvis nich. Wir wern uns im Haus selbst ne Diskothek einrichtn, ja? Die ganze Nacht tanzn ... ›Are you lonesome tonight ... do you miss me tonight ...‹, toll. Nächste Woche bringense im Plaza *Viva Las Vegas,* ich nehm dich mit. Mach dir keine Gedanken nich, daß dich deine Eltern nich mitkommen lassen. Wir werden meine Schwester Satwantie mitnehmen, sie mag Elvis auch, und sie läßt uns zusammen. Sie is auch modern. He, schau ...« Er sah sich kurz um und vergewisserte sich, daß ihnen niemand gefolgt war. »Dein Haar, Mann ... laß es mich nur mal anfassn ... mmm ... he, warum weichste mir denn aus? Weißte denn nich, daß ich dein Bräutigam bin? Bald werd ich dein Ehemann sein, und dann könn wir tun, was wir wolln, o Mann, ich kanns gar nich erwartn, he Sarojini, komm zurück, wo willste denn hin?«

Saroj hatte auf dem Absatz kehrtgemacht und rannte zum Haus zurück. Keet folgte ihr auf dem Fuß. In der Nähe des Hauses, wo sie außer Gefahr war, verlangsamte Saroj ihr Tempo zum Schritt, und als sie und Keet schließlich die Treppe zur Küche hinaufstiegen, waren sie beide wieder zu Atem gekommen und sahen aus, wie man das nicht anders erwartete: wie zwei gesunde Teenager, die mit einem vom Überschwang des Lebens geröteten Gesicht von einem kurzen, züchtigen Spaziergang im Garten zurückkehrten. Lediglich Keets Elvis-Frisur war ein wenig aus der Fasson geraten. Ein paar Strähnen hatten sich daraus gelöst und fielen ihm ins Gesicht, obwohl er sie immer wieder zurückstrich. Seine Augenlider waren wieder halb geschlossen.

»Schon wieder zurück?« sagte Ma, die gerade dabei war, Reste in den Kühlschrank zu räumen. »Ach, ja, gib mir die Rosen für Mrs. Ghosh, ich stelle sie solange ins Wasser. Unsere Gäste sind in der Galerie, Saroj, sei so gut und bring ihnen diesen Ananassaft ...«

Saroj nahm das Tablett mit dem Saftkrug und den Gläsern, drehte Keet, der schüchtern in einer Ecke der Küche stand und Ma beobachtete, den Rücken zu und ging zu den Besuchern hinaus. Sie hörte Keets Schritte hinter sich: Sie wollte rennen, nein, sich umdrehen und ihm den Saft über den Kopf schütten, nein, schreien: Verschwinde, du Idiot! Ich werde dich niemals heiraten. Da kannst du warten, bis du schwarz wirst!

Sie saßen in der Galerie im Kreis, Mrs. Ghosh und die Mädchen. Saroj stand mit dem Tablett da und wußte nicht, was sie tun sollte, da der kleine Teetisch außerhalb des Kreises stand und niemand Anstalten machte, ihn zu bringen, nicht einmal Indrani, die es eigentlich hätte sehen müssen. Sie nämlich lauschte gerade begeistert Mrs. Ghoshs Bericht über Rampattis Hochzeit, die vor einem Jahr stattgefunden hatte. Als Saroj dastand, spürte sie, wie sich eine köstlich warme Welle langsam durch ihren Körper nach unten bewegte und all ihre Kraft mit sich nahm. Die Szenerie verschwamm vor ihren Augen, wurde unscharf, so als sähe sie sie durch einen Nebelschleier. Sie ließ die Arme mit dem Tablett, dem Saftkrug und den Gläsern sinken. Die warme Welle, nein, inzwischen war sie zu einem Fluß geworden, strömte weiter durch ihren Unterkörper, die Beine hinunter in ein unendliches Meer hinein, naß, warm, wie Sirup, ihre Beine hinunter, hinunter. Sie ließ den Kopf sinken und sah das Meer zu ihren Füßen, es war rot, es war Blut! Ein Gedanke kam ihr in den Sinn, und sie lächelte, denn sie mußte daran denken, wie sie vor langer, langer Zeit, vor einer Ewigkeit einmal in einem Meer aus Blut gestanden hatte, das Indranis Hochzeitssari gewesen war. Das hier war jedoch kein Sari, das war echtes Blut. Sie spürte, wie sie in dieses Meer hineinfiel, wie ihre Knie weich wurden, ihre Beine nachgaben. Kurz bevor sie ohnmächtig wurde, hörte sie Mrs. Ghosh noch ganz deutlich rufen:

»Das Mädchen kriegtn Baby! O Gott! Sie hat ne Fehlgeburt! Seht nur das viele Blut! Mrs. Roy, Mrs. Roy, kommse schnell!«

Aber Ma war bereits neben ihr. Saroj konnte sie riechen. Sie spürte ihre Arme um sich, spürte wie sie ihren Sturz abfing, da sie im Blut ausrutschte. Sie hörte Ma sagen: »Paß auf die Glasscherben auf. Indrani, hilf mir, sie in ihr Zimmer zu tragen. Und ruf Dr. Lachmansingh an.«

29. KAPITEL

Savitri

»Nein, David. Auf keinen Fall. Ich werde euch auf keinen Fall dabei helfen.«

Obwohl es eine warme Nacht war, begann Savitri zu frösteln, als sie diese Worte hörte. Sie zog sich ihre Decke fester um die Schultern und streichelte, um sich zu beruhigen, Adam über den Kopf. Die Kinder der Baldwins waren von dem Lärm, den David veranstaltet hatte, aufgewacht. Mrs. Baldwin hatte die beiden älteren Jungen, Mark und Eric, jedoch rasch beruhigen können und wieder ins Bett zurückgeschickt. Adam, den Jüngsten, ein Kleinkind von achtzehn Monaten, hielt Savitri im Arm, als sie jetzt neben David am Küchentisch saß, während Mr. Baldwin Tee machte.

Adam begann zu wimmern, woraufhin Savitri sich erhob, in der Küche auf und ab ging und ihn in den Armen wiegte. Der Kleine wollte jedoch nicht wieder einschlafen.

»Aber Mr. Baldwin ...«

»Auf keinen Fall, David. Was du getan hast, ist absolut unverantwortlich. Ihr beide fahrt wieder nach Hause. Jetzt sofort.«

»Mr. Baldwin! Sie werden mich wieder nach England schicken!«

»Und du wirst auch nach England gehen. Vielleicht bringt man dir dort ja ein bißchen Verstand bei!«

Savitri stellte sich neben David, der den Arm um sie legte. Beide starrten Mr. Baldwin wortlos an. Adam zappelte unruhig in Savitris Armen. Sie setzte ihn ab, woraufhin er zu seinem Vater wackelte und mit seinen Armen dessen Beine umklammerte. Mr. Baldwins Stimme wurde jetzt leiser und verlor etwas von ihrer Strenge. Er stand da, die Teekanne in der einen Hand, während er mit der anderen Adams blonden Lockenkopf tätschelte.

»Also, ihr beiden. Begreift ihr denn nicht, daß das nicht geht? Erstens einmal seid ihr nicht volljährig. Zweitens ist Savitri Inderin.«

»Das ist ja gerade das Problem, verstehen Sie denn nicht? Man will sie mit irgendeinem Mann verheiraten, den sie nicht einmal kennt, und wenn wir das nicht verhindern, verliere ich sie für immer! Mr. Baldwin, helfen Sie uns, bitte! Ich weiß, daß wir minderjährig sind, trotzdem aber sind wir uns unserer Gefühle sicher. Wir gehören zueinander, das war schon immer so. Und das wissen Sie auch!«

Mr. Baldwin nickte kaum merklich, und David sprach ermutigt weiter.

»Es macht mir nichts aus, nach England zu gehen und in Oxford zu studieren, und es macht mir nichts aus, auf sie zu warten, aber ich möchte, daß sie auch auf mich wartet! Und sie will auf mich warten, nicht wahr, Sav?«

Sie sahen einander an. Savitri nickte, dann wandte sie sich mit ruhiger Stimme an Mr. Baldwin. »Ich kann nicht zurückkehren, Mr. Baldwin. Ich habe mein Zuhause und meine Familie verlassen, deshalb gibt es für mich kein Zurück mehr. Selbst wenn Sie mir nicht helfen. Ich kann auf keinen Fall mehr zurückkehren.«

Mr. Baldwin schnalzte mit der Zunge und stellte die Teekanne auf den Tisch. Er hob Adam hoch, setzte ihn in seinen Kinderstuhl und bedeutete David und Savitri, am Tisch Platz zu nehmen. Er schenkte ihnen eine Tasse Tee ein und sagte langsam, so als würde er mit einem kleinen Mädchen sprechen: »Du kannst sehr wohl noch nach Hause gehen, Savitri. Es ist gerade einmal drei Uhr früh. Wenn du jetzt zurückgehst, wird niemand etwas merken. Du kannst dich ins Haus schleichen, als wäre nichts geschehen.« Er wandte sich jetzt an David. »Sie ist Inderin, David. Die Inder haben Sitten und Gebräuche, die wir nicht verstehen. Würde es dich nicht geben, hätte sie den Mann geheiratet, den ihre Eltern für sie ausgesucht haben, und es wäre höchstwahrscheinlich sogar eine gute Ehe geworden. Inder führen tatsächlich gute Ehen, weißt du. Inderinnen sind anders als unsere Frauen. Sie beschließen zu lieben, und dann lieben sie bedingungslos. Savitri hat das auch in sich. Laß sie gehen. Es ist nicht fair von dir, sie in eine solche Lage zu bringen, nein, es ist sogar unverantwortlich. Sie tut das, weil sie dich liebt, aber du hast keine Ahnung, welche Konsequenzen euer Handeln für sie haben wird... was für ein Skandal, was für eine Schande das ist...«

»Nein!«

Alle Blicke wandten sich Savitri zu. Sie hatte dieses Wort scharf und gebieterisch gesagt, gerade so, als wäre es nicht Savitri selbst, die da gesprochen hatte, sondern ein anderes Wesen, das stark und wissend war.

»Das war nicht Davids Entscheidung, sondern meine. Er hat mich gebeten, mitzukommen, und ich bin mit ihm gegangen. Jetzt bin ich hier, und ich werde bleiben, wenn Sie mich dabehalten und verstecken wollen. Zumindest eine Weile, so lange, bis ich irgendeine Arbeit gefunden habe. Es gibt für mich kein Zurück mehr. Selbst wenn sie meinen Körper mit Gewalt zurückholen und mich mit Gewalt mit diesem Mann verheiraten, so habe ich mich doch für David entschieden, und ihm gehöre ich mit meiner Seele. Ich werde auf ihn warten, wenn Sie uns helfen. Ich habe mein Zuhause verlassen, habe meine Pflichten mißachtet. Für eine Inderin gibt es nichts Schlimmeres, ich aber habe es getan, und es gibt kein Zurück. Bis zu dieser Nacht heute war das anders. Ich war bereit, David aufzugeben und als gehorsame Tochter den Mann zu heiraten, den meine Eltern für mich ausgesucht haben. Sie haben recht, Mr. Baldwin, es wäre eine gute Ehe geworden, weil ich mein Herz dreingegeben hätte, und ich wäre meinem Ehemann eine gute und starke Ehefrau geworden. In dem Augenblick jedoch, als ich mit David durch unser Tor hinausging, in diesem Augenblick, Mr. Baldwin, wurde ich eine andere. Nicht mehr Inderin, noch nicht Engländerin: Es gibt kein Wort für das, was ich jetzt bin, aber ich bin ich, und ich werde auf David warten. Wenn Sie uns helfen. Und ...«

Lautes Beifallklatschen unterbrach sie. Mrs. Baldwin betrat den Raum, wobei sie Savitri anlächelte. June Baldwin war eine hochgewachsene, kräftige Frau und einen Kopf größer als ihr Mann. Sie hatte sich umgezogen und trug jetzt statt ihres Nachthemds ein langes, fließendes Hauskleid mit ausgeblichenem Blumenmuster. Sie hatte einen wilden Lockenkopf, eine scharfe Nase, einen breiten, vollen Mund und Sommersprossen. Jetzt ging sie mit großen Schritten durch die Küche zu der kleinen Gruppe und stellte sich, wie zu deren Unterstützung, hinter Savitri. Sie dominierte den Raum.

»Gut gesprochen, gut gesprochen!« sagte sie immer noch klatschend. Sie klopfte Savitri auf die Schultern, dann fuhr sie fort: »Ich für meinen Teil stehe voll und ganz auf deiner Seite, Savitri! Es wird höchste Zeit, daß ihr Frauen euch gegen diesen lächerlichen Brauch der arrangierten Ehe wehrt! Zeig, was in dir steckt, Mädchen, ich helfe euch gern!«

Davids Blick erhellte sich. »Das würden Sie tun? Sie wollen uns helfen?« Er drehte sich gespannt zu seinem ehemaligen Hauslehrer um und suchte Bestätigung. Mr. Baldwin aber sah nur seine Frau an, die wiederum ihn anblickte. Zwischen ihnen fand gerade ein stummer Machtkampf statt, den Mrs. Baldwin spielend für sich entschied.

»Du bleibst«, sagte sie zu Savitri. »Wir werden dich einstellen. Wir brauchen jemanden, der die Kinder betreut. Wir hatten zwar schon eine ganze Reihe von *Ayahs,* sie haben aber alle nichts getaugt. Ich weiß, daß du gut mit Kindern umgehen kannst. Ich weiß übrigens eine Menge über dich, Savitri, denn Henry hat mir sehr viel von dir erzählt. Er war als Lehrer ganz begeistert von dir, mußt du wissen. Ich habe ihm damals schon gesagt, daß er mehr für dich hätte tun sollen.« Sie warf ihrem Mann einen vorwurfsvollen Blick zu. »Du bekommst ein Zimmer im oberen Stockwerk. Es ist zwar nicht sehr groß, aber du kannst in Haus und Garten ein und aus gehen. Du bist uns willkommen!«

»June! Weißt du eigentlich, was du da sagst? Das Mädchen ist noch minderjährig. Wenn das herauskommt, dann könnte man uns wegen ... wegen Entführung oder weiß der Himmel was anklagen. Wir werden den Zorn ihrer Familie auf uns ziehen ...«

»Ach, was kümmert mich das? Wir sind schließlich Engländer, oder? Wer regiert dieses Land? Wir. Wir haben das Gesetz auf unserer Seite. Sie werden es nicht wagen, uns vor Gericht zu bringen. Und selbst wenn, welcher englische Richter würde uns verurteilen? Wir brauchen nur zu sagen, daß das Mädchen gegen seinen Willen zu einer Ehe gezwungen werden sollte und bei uns Zuflucht gesucht hat. Außerdem muß es ja nicht bekannt werden. Wir werden Savitri verstecken.«

»Wir sollten uns da nicht einmischen.«

»O doch, das sollten wir. Es ist sogar unsere Pflicht! Was erwartest du denn von dem armen Kind? Daß es reumütig nach Hause läuft und um Verzeihung bittet? Wahrscheinlich jagen sie Savitri ohnehin aus dem Haus ... du weißt doch, wie die Inder sind!«

Savitri nickte heftig. »Das ist richtig, Mr. Baldwin. Ich habe etwas ganz Schreckliches getan. Ich habe große Schande über meine Familie gebracht. Wenn meine Leute erst einmal merken, daß ich davongelaufen bin, werden sie mich auf keinen Fall wieder bei sich aufnehmen. In ihren Augen bin ich eine entehrte Frau!«

Mrs. Baldwin lächelte zu ihr hinunter und nahm ihre Hand. Jetzt stand es drei gegen einen. Mrs. Baldwin, die hinter den beiden jungen Leuten stand wie eine Glucke, die ihre Flügel schützend über ihre

Küken ausgebreitet hat, sah ihren Mann mit einem Blick an, der sagte, er solle es ja nicht wagen, zu widersprechen.

Er hob resigniert die Hände.

»Also gut, Savitri. Du kannst bleiben. Aber du, David!«

Seine Stimme war wie ein Peitschenhieb, und David, der bei jenen ersten Worten innerlich schon frohlockt hatte, erschrak. Das triumphierende Grinsen war von seinem Gesicht verschwunden.

»Du bist uns nicht willkommen. Du fährst besser nach Hause. Auf der Stelle, bevor man dich vermißt. Ich möchte nicht, daß man deinen Namen mit dem Ganzen hier in Verbindung bringt. Glaub mir, es ist besser, wenn niemand weiß, daß du Savitri bei der Flucht geholfen hast. Geh nach Hause und tu so, als wüßtest du von nichts.«

»Aber ...«

»Ich weiß, was du willst. Du würdest dich hier gern selbst ein paar Tage lang verstecken, nicht wahr? Um mit deiner Geliebten zusammenzusein? Nur über meine Leiche. Nein, David, du gehst auf der Stelle nach Hause. Schau, es ist jetzt fast vier Uhr. Du mußt irgendeine Möglichkeit finden, dich nach Hause zu schleichen, ohne daß dich jemand sieht. Es ist allerhöchste Zeit ...«

Mr. Baldwin ließ nicht mit sich diskutieren, das wußte David noch von seiner Kindheit her. Er hatte es allein Mrs. Baldwin zu verdanken, daß er überhaupt Unterstützung fand, und ihm war klar, daß weitere Diskussionen keinen Erfolg bringen würden. Er erhob sich zögernd. Savitri stand ebenfalls auf, und er nahm ihre Hände. Dann standen sie sich gegenüber und konnten sich nicht voneinander trennen.

»Du hörst von mir«, sagte er schließlich. »Mein Schiff legt in zwei Wochen ab. Ich werde mich bei dir melden. Ich schicke dir eine Nachricht.«

»Nein!« Mr. Baldwin trat zwischen die beiden und zog sie auseinander. »Was für ein unglaublicher Blödsinn! Willst du ihr helfen oder sie in höchste Gefahr bringen? Du wirst ihr fernbleiben, Junge, du schickst ihr nicht einmal eine Postkarte, hast du mich verstanden? Ich habe versprochen, ihr zu helfen, aber ich will nichts mit eurer heimlichen Liebschaft zu tun haben! Wenn du sie in ein paar Jahren heiraten willst, dann ist das deine Sache, vorerst aber wirst du dich von ihr fernhalten! Ich habe die Verantwortung für sie übernommen, und das heißt für dich, Hände weg! Das hier ist ohnehin ein ziemlich riskantes Unterfangen. Wir Engländer haben uns hier in Indien schon genügend Feinde gemacht, da müssen unsere Jungen nicht auch noch indische Mädchen verführen! Also geh! Das ist ein Rausschmiß, hast du mich verstanden?«

David, der Savitri über Mr. Baldwins Schulter hinweg noch ein letztes Mal zuwinken konnte, verließ das Haus.

David hatte Mr. Baldwin klugerweise nicht erzählt, daß er noch am selben Tag nach Bombay fahren sollte. Sein Zug ging um fünf Uhr früh. Man würde ihn also in jedem Fall vermissen und seine Abwesenheit mit Savitris Flucht in Verbindung bringen. Als er nach Hause zurückkam, befand sich Fairwinds bereits in heller Aufregung.

Neuigkeiten machten in Madras schnell die Runde. Nachdem sich die Nachricht von Savitris Flucht von den Dienerquartieren aus wie ein Lauffeuer verbreitet hatte, sprach man in der Old Market Street an diesem Morgen von nichts anderem mehr. Bis etwa zehn Uhr vormittags hatte die Neuigkeit auch den Basar erreicht. Als Murugan, der Riksha-Wallah, zum Basar zurückkehrte, um dort zu Mittag zu essen, hörte er von der vermißten Braut, die mit einem jungen *Sahib* davongelaufen war. Demjenigen, der Hinweise auf den Verbleib des Mädchens geben konnte, winkte eine Belohnung von hundert Rupien. Murugan tat seine Pflicht und holte sich das Geld ab.

Wie geplant um fünf Uhr, jedoch einen Tag später, stiegen David und seine Mutter in einen Erste-Klasse-Waggon des Bombay-Expreß.

Manis Schläger, maskiert und mit Hämmern und Äxten bewaffnet, kamen noch vor dem Morgengrauen. Sie waren sechs, aber es hörte sich an, als wären sie sechzehn. Mit ihrem Geschrei weckten sie die ganze Straße auf. Als sie jedoch begannen, die Tür der Baldwins mit ihren Hämmern und Äxten zu zertrümmern, zogen die Nachbarn, die aus den Fenstern gesehen hatten, ihre Köpfe ein und schlossen die Jalousien. Manis Schläger stürmten die Treppe hinauf, brachen alle Türen auf. June stand, die Arme in die Seiten gestemmt, in der Tür zum Kinderzimmer und war bereit, sich eher niedermetzeln zu lassen, als ihnen Zutritt zu gewähren: Drei der Männer schoben sie jedoch einfach zur Seite, inspizierten das Zimmer und seine Bewohner und stürmten dann wieder hinaus. Sie hatten es nicht auf die Kinder abgesehen.

Sie fanden Savitri in dem kleinen Zimmer oben an der Treppe und zerrten sie an den Haaren aus dem Bett. Sie schrie und wehrte sich, so daß sie sie die Treppe halb hinuntertragen, halb hinunterschleifen mußten, bevor sie sie in die Rikscha verfrachten konnten, die draußen auf der Straße wartete.

Nur einen Monat später war Savitri mit dem Stationsvorsteher von Tiruchirappalli, einer mittelgroßen Gemeinde, die sieben Busstunden von Madras entfernt war, verheiratet. Ayyar war von Savitris älterem Bruder, der als Priester in einem nahe gelegenen Tempel arbeitete, ausgesucht worden. R.S. Ayyar war Witwer und Vater von fünf Kindern, wobei das jüngste ein Mädchen von dreizehn Jahren war. Seine erste Frau war vor einem Monat gestorben, und er wollte möglichst rasch wieder heiraten. Was die Vergangenheit seiner zukünftigen Frau anging, war er nicht allzu wählerisch, denn schließlich war sie ja auch nur eine zweite Ehefrau. Und so wußte er nicht, daß Savitri eine entehrte Frau war, besudelt von den Händen eines Engländers ohne Kaste. Dies nämlich war schließlich der Grund gewesen, weshalb Ramsurat Shankar sein Verlöbnis mit ihr gelöst hatte. Da Savitri heiratete, bevor sie achtzehn geworden war, hatte sie keinen Anspruch auf die großzügige Mitgift, die ihr Mrs. Lindsay in ihrer Güte in Aussicht gestellt hatte. R.S. Ayyar war jedoch auch in bezug auf die Mitgift nicht besonders anspruchsvoll. Ein Mann wie er war wirklich schwer zu finden. Alles in allem konnte sich Savitri glücklich schätzen, denn sie besaß immerhin noch den Goldschmuck, den ihr ihre Mutter geschenkt hatte.

Mrs. Lindsay und ihre Tochter Fiona hatten jedoch weniger Glück. Die Familie Lindsay hatte Schmach und Schande über die Familie Iyer gebracht, und dafür, so verkündete Mani jedem laut, mußte jemand bezahlen.

In der Nacht nach Mrs. Lindsays Rückkehr aus Bombay betrat eine Gruppe maskierter Schläger, höchstwahrscheinlich dieselben, die Savitri aus den Händen der Baldwins gerettet hatten, Fairwinds über die Dienstbotenquartiere und verschafften sich Zutritt zum Herrenhaus, indem sie die Küchentür einschlugen. Sie hoben den Admiral aus seinem Bett und setzten ihn in seinen Rollstuhl, wo er hilflos mit ansehen mußte, oder besser, versuchte, nicht mit anzusehen, wie Mrs. Lindsay und Fiona ans Bettgestell gefesselt und dann von allen sechs Männern vergewaltigt wurden. Die Frauen wanden sich und schrien, aber das machte alles nur noch schlimmer, denn ihre Schreie erregten die Männer um so mehr. Anschließend holten sie Glasflaschen aus der Küche, zerschlugen sie und zerschnitten den Frauen mit den Scherben die Schenkel und Genitalien, um sie dann blutend auf dem Boden liegen zu lassen. Das kleine Dienstmädchen, eine Christin, die mit im Haus wohnte, sperrte sich vor Angst wimmernd und zitternd im Badezimmer ein. Sie hatte jedoch nichts zu befürchten, denn sie war keine Engländerin und somit nicht der Feind.

Die Polizei kam, aber die Ermittlungen erwiesen sich als äußerst schwierig. Mani war zwar der Hauptverdächtige, hatte aber, wie mehrere Freunde unter Eid bezeugten, die Nacht auf einer politischen Versammlung verbracht. An seinem Alibi war nicht zu rütteln. Sämtliche Diener wurden befragt, niemand hatte etwas gesehen oder gehört. Die Schläger wurden nie identifiziert.

Tante Sophie kam nach Fairwinds, um das Ganze in die Hand zu nehmen. Eine Woche nach ihrem Eintreffen verschwand Fiona. Alle Bemühungen, sie zu finden, scheiterten.

Mrs. Lindsay erklärte, sie könne es nicht ertragen, noch einen Tag länger in Indien zu bleiben, sie könne ihren Freunden und Bekannten nicht mehr gegenübertreten, könne die Schande niemals vergessen machen. Und dann war da noch David. Er war zwar Erbe eines großen Vermögens, aber ganz offensichtlich zu dumm, zu emotional, um sein Leben allein führen zu können. Er brauchte jemanden, der ihn unter seine Fittiche nahm, deshalb mußte eine passende eheliche Verbindung für ihn gefunden werden. Da er von Gewissensbissen gequält wurde, würde er einwilligen. Mrs. Lindsay fuhr mit dem Schiff nach England, um in London ein Haus zu kaufen. Ihren Mann wollte sie nachkommen lassen; und so folgten ihr sechs Monate später der Admiral in Begleitung von Tante Sophie, Joseph und Khan. Fairwinds wurde mit Brettern vernagelt, der Garten wurde wieder an die Natur zurückgegeben.

30. Kapitel

Nat

Nachdem Nat Henry die Zusage gegeben hatte, mit ihm nach Hause zurückzufliegen, war er sich gar nicht mehr so sicher, ob er diese Zusage auch tatsächlich einhalten konnte. Er stellte sich vor, wie er durch die Dorfstraße ging, in eine Rikscha stieg, an einer Marktbude Orangen kaufte und sich im Sprechzimmer seines Vaters über einen Patienten beugte, um eine Wunde zu behandeln. Das alles schien ihm jetzt völlig unmöglich, etwas, das er nur geträumt hatte. Er hatte das niemals erlebt, würde es niemals erleben, nicht er, nicht Nat. Er schloß die Augen und versuchte sich jenen Augenblick der Wahrheit kurz nach Henrys Besuch zu vergegenwärtigen, jenen Augenblick, in dem er einfach gewußt hatte, daß er nach Indien zurückkehren mußte und daß das Leben, das er in London führte, der Traum war. Daß sein Leben hier der Abklatsch war und Indien die Wirklichkeit. Dieser Moment war jedoch verflogen, Nat gelang es nicht, ihn wieder zurückzuholen, und im Grunde wollte er das auch gar nicht. Nach Indien zurückzukehren hieß, einen Abgrund zu überspringen, der so tief und so gefährlich war, daß er dafür keine Worte fand. Nicht einmal im Geiste wagte er diesen Sprung, und je mehr er an Indien dachte, desto größer wurde seine Angst.

Er dachte an seinen Vater und daran, welche Hoffnungen der in ihn gesetzt hatte. Der Doktor widmete sein Leben den Armen. In ihm war keine Spur jenes habgierigen, hungrigen kleinen Wurms mehr vorhanden, der Selbstsucht hieß. Er hatte sein Leben vollkommen in den Dienst anderer Menschen gestellt; und sollte sich auch der armseligste Bettler um Mitternacht sterbend vor die Tür des Doktors schleppen, dann war der Doktor für ihn da. Er würde um das Leben seines Patienten kämpfen oder aber, wenn er nichts mehr für ihn tun konnte, bei ihm bleiben, bis er starb. In seiner Jugend wäre Nat ohne Zögern aufgestanden, um seinem Vater in den Stunden des Kampfes oder des Wartens zur Seite zu stehen, und diese Stunden waren ihm weder als schwierig noch als verschwendete Zeit erschienen, auch nicht als etwas, das sein Ego herabgewürdigt hatte. Jetzt jedoch erfüllte ihn schon der Gedanke daran mit Panik. Er konnte das nicht! Dies war das Leben, das sein Vater gewählt hatte, aber es war äußerst unfair, das gleiche auch von seinem Sohn zu erwarten. Ein solches Opfer mußte freiwillig erbracht werden oder überhaupt nicht. Der Doktor hatte offensichtlich keinerlei persönliche Bedürfnisse. Nat jedoch kannte seine eigenen Bedürfnisse nur zu gut, Bedürfnisse, die unablässig nach Befriedigung verlangten.

Aber seine Zusage war bindend. Er konnte jetzt keinen Rückzieher mehr machen. Wort zu halten war für den Doktor eine so heilige Pflicht, daß Nat ein Versprechen genausowenig hätte zurücknehmen können, wie er sich selbst die Hand hätte abschlagen können. Ein Mann war nur so stark wie sein Wort.

Er brauchte einen stichhaltigen Grund, um nicht nach Indien fliegen zu müssen, aber er fand keinen. Es war kein Problem gewesen, Urlaub zu bekommen, denn der Sommer war für den Lieferservice die ruhigste Zeit des Jahres. Dann fanden kaum indische Hochzeiten oder andere Festlichkeiten statt, und Bill Chatterji machte sein Geschäft ohnehin für zwei Monate zu, um die Verwandten seiner Mutter in Maharashtra zu besuchen. Nat konnte also nicht lügen und Henry sagen, er bekäme keinen Urlaub, wenn das offensichtlich überhaupt kein Problem war.

Was er allerdings tun konnte, war, sich irgendeine Art Kompromiß auszudenken, der den Wünschen aller Beteiligten entgegenkam, ohne daß er dabei sein Versprechen brechen mußte. Also verbrachte Nat die letzten Wochen vor seiner Abreise damit, über einen solchen Kompromiß nachzudenken. Schließlich hatte er einen brillanten Einfall, und so kam es, daß Nat an seinem letzten Abend in London, den er zusammen mit den Baldwins verbrachte, sehr zufrieden mit sich war und jetzt sogar darauf brannte, nach Indien zu fliegen.

Sheila fuhr ihn und Henry am nächsten Morgen nach Heathrow. Sie würden nicht über Bombay fliegen, sondern über Colombo, sagte Henry, denn in Bombay umzusteigen war immer so chaotisch, weil man dort nicht nur in ein anderes Flugzeug umsteigen, sondern auch von einem anderen Flughafen aus weiterfliegen mußte. Das hieß, daß sie mit dem Bus vom Bombay International zum Bombay National hätten fahren müssen, wohingegen der Flughafen von Colombo für alle Flüge geöffnet war, so daß sie nur in ein anderes Flugzeug steigen mußten. Es war im Grunde diese Erklärung gewesen, die Nat letztlich auf die rettende Idee gebracht hatte.

Sie waren bereits auf dem Weg nach Colombo und befanden sich nach einem Zwischenstop in Abu Dhabi gerade irgendwo über dem Mittleren Osten, als Nat Henry eröffnete, daß er das Dorf nun doch nicht gleich besuchen würde, sondern zuerst noch ein paar Wochen auf Ceylon verbringen wollte.

»Ich brauche ein wenig Zeit für mich, Henry. Ich fühle mich sowohl körperlich als auch geistig völlig erschöpft. Ich habe jahrelang unter Volldampf gestanden und bin jetzt total ausgebrannt. Im Augenblick kann ich nichts anderes tun, als am Strand liegen und, nun, mich einfach zu erholen. Um wieder zu mir selbst zu finden.«

»Du hast zuviel herumgehurt, Junge. Das kostet einen Mann seine Kraft.«

»Also, Henry, wenn du dich nur über mich lustig machst, können wir dieses Gespräch auch auf der Stelle beenden. Du fliegst einfach allein weiter. Und mach dir keine Mühe, es Dad zu erklären. Aber …«

»Du brauchst kein Wort mehr zu sagen, Nat. Ich verstehe. Wann kann der Doktor mit dir rechnen? Was soll ich ihm sagen?«

»Also …« Nat zögerte, denn Henry machte keinen Hehl daraus, daß ihm das mißfiel. Sein Verständnis, das war Nat klar, bedeutete lediglich, daß er wußte, wie schwach und feige Nat war. Er war von Nat enttäuscht, weil er, anstatt das einzig Richtige zu tun, einfach aufgab. Und das einzig Richtige hieß für Henry, ins Trainingslager des Doktors zurückzukehren. Verdammter Henry.

»Nun?«

»Ehrlich gesagt, kann ich dir noch kein festes Datum nennen, Henry. Ich dachte, daß ich nach meinem Aufenthalt auf Ceylon noch ein bißchen herumreise und mir das Land ansehe, weißt du. Es ist immer ein bißchen peinlich, wenn die Leute mich etwas über das Taj Mahal fragen und ich zugeben muß, daß ich das verdammte Ding noch nie gesehen habe! Ich würde mir gern Delhi, Kaschmir und den Himalaja ansehen. Vielleicht auch Nepal. Das Übliche eben. Ich habe ja viel Zeit.«

»Verstehe. Die übliche Hippie-Route. Ich vermute, du wirst dir auch mehrere Witwenverbrennungen, ein paar Gurus, die in ihren Höhlen Kopfstand machen, und ein paar Fakire auf Nagelbetten ansehen wollen. Hoffen wir, daß du deinen Fotoapparat dabei hast. Also, Nat, nur zu, ich werde dich nicht daran hindern. Ich sag deinem Dad Bescheid und richte ihm viele Grüße aus. Nat schickt dir liebe Grüße, aber er hat vor, sich das Taj Mahal anzusehen. Er will aber noch kurz vorbeikommen, bevor er wieder nach London zurückfliegt.«

Henry griff nach oben und drückte einen Knopf, woraufhin sofort eine hübsche Stewardeß mit schokoladenbrauner Haut erschien. Sie beugte sich über Nat und lächelte Henry an, wobei man sah, daß ihre Zähne so weiß und makellos wie Perlen waren. Nat wurde unerklärlicherweise von Eifersucht gepackt.

»Kann ich Ihnen helfen?« fragte die Stewardeß Henry freundlich, und Nat, der gar nicht angesprochen war, lächelte zu ihr hoch und bat sie, ihm ein Bier zu bringen, damit er Henry bei seinem Orangensaft Gesellschaft leisten konnte. Nat hatte einen Platz neben dem Gang, was er als sehr angenehm empfand. So hatte er nämlich einen weit besseren Blick auf die Stewardessen, die sich trotz ihrer faltenreichen Saris, die die Rundungen ihrer Hüften betonten und ein paar Zentimeter seidig brauner Haut zwischen Rock und Bluse enthüllten, mit eleganter Natürlichkeit bewegten. Ihr Anblick weckte Erinnerungen, die ihn beunruhigten, und das nicht nur, weil er plötzlich einen Kloß im Hals hatte, sondern auch, weil sie so undeutlich waren. Mädchen aus Bangalore, die schönsten der Welt. Bangalore schien ebenso weit weg wie das Dorf – Bangalore, die lachenden, neckenden und dennoch diskreten Bannerji-Schwestern und dieser unbestimmte Duft, der für Nat die Essenz ihrer Weiblichkeit enthielt, der sie umhüllte wie ein unsichtbarer Schild, schützend, bewahrend, die Aura ihrer Würde. Eine Weile spielte er mit der Idee, bevor er zum Dorf fuhr, die Bannerjis zu besuchen – aber nein.

Govind war vielleicht noch da, seine Schwestern aber würde er bestimmt nicht mehr antreffen. Sie waren inzwischen viel älter, verheiratete Frauen und Mütter – eine Art von Frauen, mit denen Nat in den letzten Jahren keinen Kontakt gehabt hatte. Nat rutschte unbehaglich auf seinem Sitz hin und her. Er dachte an die Frauen, wie er sie einst verehrt hatte, aus der Ferne, ohne sie je kennenzulernen. Aber es kamen ihm dabei immer wieder Gedanken an Frauen, so wie er sie kannte, in die Quere: lüsterne Bilder lasziver, wollüstiger, zügelloser, sinnlicher, ausschweifender, geiler, lockender … Frauen. Er nippte an seinem Bier, schloß die Augen, lächelte und gab sich diesen Bildern hin. Manchmal öffnete er die Augen nur einen kleinen Spalt und beobachtete diese herrlichen, lächelnden Stewardessen aus Ceylon, die den Gang auf und ab schwebten, zog sie in Gedanken aus und ließ sie an der Orgie teilnehmen. Er fragte sich, ob er, wenn sie in Colombo gelandet waren, vielleicht eine oder zwei von ihnen näher kennenlernen konnte. Falls sich eine Möglichkeit bot, würde er es jedenfalls versuchen. Sicher hatten die Mädchen nach einem so langen Flug ein paar Tage Pause... ein paar Tage am Strand mit einer Stewardeß... ein indisches Mächen hatte er bis jetzt noch nie gehabt, genausowenig natürlich ein ceylonesisches. Es wäre schön, diese Aura der Reinheit einmal zu durchdringen. Solange Henry noch in der Nähe war, mußte er sich zwar bedeckt halten, aber wenn er erst einmal nach Madras weitergeflogen war, würde Nat seine Beute einkreisen... sonnige Strände, Meer und Brandung sangen ihr Sirenenlied, und Nat wußte, daß er in Gesellschaft sein würde, köstlicher Gesellschaft.

Mit einem raschen Blick zur Seite vergewisserte er sich, daß Henry eingeschlafen war. Dann lächelte er eine der vorbeikommenden Stewardessen an und winkte sie zu sich. Sie beugte sich zu ihm herunter, um zu hören, was er ihr sagen wollte.

31. Kapitel

Saroj

Saroj nahm im Nebel ein vertrautes Gesicht wahr: Es war Dr. Lachmansingh, der sie freundlich anlächelte. Sie trieb irgendwo im Raum. Leicht wie Luft, wie eine Feder, körperlos.

»Was … wo bin ich? Wo ist Ma?«

»Es ist alles in Ordnung, du bist hier in der Klinik.« Dr. Lachmansinghs Stimme war leise und beruhigend.

Saroj erinnerte sich an das Blut.

»Was ist passiert? Das viele Blut …«

»Nichts Ernstes. Deine Gebärmutterschleimhaut ist einfach ein bißchen zu dick geworden, deshalb hast du so stark geblutet. Es ist alles in Ordnung. Wir werden bei dir eine Ausschabung machen und deinen Bauch ein bißchen säubern. Du hast ziemlich viel Blut verloren, und das werden wir ersetzen müssen. Deine Eltern sind gerade unten und lassen ihre Blutgruppe bestimmen. Einer von beiden wird Blut haben, das zu deinem paßt, und kann dir Blut spenden. Das ist reine Routine.«

Fragen, Ängste erfüllten ihre Gedanken. Was war der Grund dafür gewesen? Warum sie? Warum ausgerechnet zu diesem Zeitpunkt, in diesem speziellen Moment? Aber sie war zu müde, um Dr. Lachmansingh diese Fragen zu stellen, ja sie war sogar zum Denken zu müde. »Oooh …«, sagte Saroj und trieb in einen fernen Raum davon, in eine ferne Zeit. Dort blieb sie, wie es ihr erschien, eine Ewigkeit.

Als sie aufwachte, war das Zimmer voller Schatten.

Stimmen. Durch den Raum, durch die Ewigkeit hörte sie Stimmen, beide vertraut. Ma und Dr. Lachmansingh im Gespräch.

»Ein kleines Problem, Mrs. Roy …«

Eine Schwester kam durch den Nebel auf sie zu, machte sich am Bett zu schaffen. Schweigen. Die Schwester ging. Wieder die Stimmen …

»… eine seltene Blutgruppe, Mrs. Roy und – äh – das ist, ähm, ziemlich ungewöhnlich, aber weder Ihr Blut noch das Ihres Mannes … paßt …«

»Ich verstehe«, sagte Ma so ruhig, als würde sie über das Wetter sprechen.

»Das bedeutet, daß wir einen anderen Spender brauchen – vielleicht eines Ihrer beiden älteren Kinder?«

Das Schweigen, das folgte, dauerte zu lange. Als Ma es endlich brach, zitterte ihre Stimme ein wenig, dennoch war sie klar, ruhig und herausfordernd, so als wolle Ma Dr. Lachmansingh klarmachen, daß sie nicht bereit war, das Ganze näher zu erläutern: »Deren Blut paßt vielleicht auch nicht...«

»Nun... dann werden wir uns an die Blutbank wenden müssen, aber Sie müssen wissen, daß es sich um eine seltene Blutgruppe handelt, deshalb...«

Mas Stimme klang jetzt energisch und entschlossen, so als hätte sie eine Lösung gefunden und eine Entscheidung getroffen. »Nein, Doktor, ich habe einen anderen Vorschlag, der eine Menge Zeit und Ärger ersparen wird. Ich werde jemanden mit der passenden Blutgruppe holen.« Ihre Stimme wurde leiser. Verschwörerisch fuhr sie fort: »Aber bitte behandeln Sie das Ganze diskret... mein Mann darf nichts davon erfahren – verstehen Sie? Und Sarojini auch nicht, sie würde es nicht verkraften. Sie darf es auf keinen Fall herausfinden. Niemals. Einen Augenblick noch...«

Ma. So ruhig, so heiter und gelassen. Wie immer. Ma, die eine Maske absoluter Leidenschaftslosigkeit aufgesetzt hatte. Ungerührt. Kalt. Aus weiter Ferne, über große Distanz hinweg erreichte Saroj jedes Wort und prägte sich mit der schneidenden Schärfe eines Skalpells auf unberührter Haut in ihr Gedächtnis ein. Keine Verschwommenheit mehr. Kein Nebel mehr.

Sie hörte, wie Mas kleine Ledersandalen gegen ihre Fußsohlen klatschten, als sie um das Bett herumging, auf die Seite, die zum Fenster zeigte. Saroj fühlte, wie Mas Blick auf ihrem Gesicht ruhte. Es war, als hätte ihre Mutter gespürt, daß sie wach war. Sie versuchte Sarojs Haar zu ordnen, aber Saroj lag darauf, also streichelte sie ihr die Wange und erhob sich von der Bettkante. Saroj hielt die Augen geschlossen und tat so, als würde sie schlafen.

Abermals wandte sich Ma an Dr. Lachmansingh: »Doktor, können wir uns vielleicht irgendwo anders unterhalten?«

Sie verließen das Zimmer.

Saroj bemühte sich krampfhaft, wach zu bleiben. Sie wollte bei Bewußtsein bleiben, wollte überlegen, wollte über dieses Eingeständnis eines schweren, schändlichen, unverzeihlichen Verrats nachdenken. Ihr Bewußtsein ließ sie jedoch im Stich, ließ weiße, fedrige Ranken über sie hinwegwehen, hüllte sie abermals ein und trug sie in die wirbelnden Nebel des Nichtwissens davon.

Die grauen Nebel teilten sich. Irgendwo in einer Ecke brannte eine nackte Glühbirne. Sie blinzelte, drehte dann den Kopf weg, um nicht ins grelle Licht sehen zu müssen. Sanfte Hände strichen ihr das Haar aus dem Gesicht.

»Ma ...«, murmelte sie, und eine sanfte Stimme antwortete ihr: »Ja, Liebes, hier bin ich.« Saroj sah Ma vor sich, wie sie sich im Dämmerlicht über sie beugte, aber irgend etwas stimmte nicht... Der Duft? Irgend etwas... Sie rieb sich mit dem Handrücken über die Augen. Ja, das war Ma, über sie gebeugt... Nein, das war... Das war sie selbst! Ihr eigenes Gesicht, ihr eigenes langes Haar, an der Seite zum Zopf geflochten, das da schwer auf der Bettdecke lag. Ihr eigenes Gesicht... Aber nein, eine ältere, eine müde, besorgte Saroj... Das Gesicht war nah, und es war ihr eigenes... Ma ist ich... wir sind eins...

»Ma ...«, stöhnte sie, schloß die Augen und trieb in irgendein fernes Paradies davon.

Andere Halluzinationen kamen und gingen. Sie sah den vierarmigen Shiva mit der Kobra um seinen Nacken und den Mond in seinem aufgetürmten Haar. Shiva verschwand, und an seine Stelle trat Nataraja, der auf dem häßlichen kleinen Ego-Monster einen majestätischen, göttlichen, kosmischen Tanz vollführte. Götter und Göttinnen in einer himmlischen Sphäre, die durchscheinend und glänzend war und von innen heraus durch ein kühles blaues Licht erleuchtet wurde. Kali mit ihrer Halskette aus Schädeln, Blut sabbernd. Saroj befand sich außerhalb ihres Körpers, wirbelte irgendwo weit von der Erde entfernt dahin. Sie hörte ein heiliges Lied aus einem Reich jenseits von Zeit und Raum, und ihr Bewußtsein war weit und endlos wie das Universum selbst.

Ich bin tot!

Die Nebel teilten sich. Da war sie wieder, zurück auf der Erde, gefangen in ihrem Körper im Krankenhausbett, zurückgekehrt von ihrer Reise jenseits der Wolke des Nichtwissens, und brachte von dieser Reise große Verwirrung und eine Fülle von Erinnerungen, vermischt mit Halluzinationen, mit.

Sie erinnerte sich an alles, was sie gehört, alles, was sie gesehen hatte, aber einiges hatte sie nur geträumt, und anderes war wahr. Es war unmöglich, die Wahrheit von den Träumen zu scheiden. Sie sah sich um. Ein Zweibettzimmer, dessen Holzwände in einem frischen, hellen Limonengrün gestrichen waren. Vorhänge mit einem Muster in Apricot und Limonengrün flatterten am offenen Fenster. Draußen rief ein Bentevi. In der Luft lag das frische, flirrende Gefühl des frühen Morgens. Das Bett neben ihr war leer. Im Zimmer hing der Geruch von Antiseptikum und Sterilität, von Rosen, frischer Bettwäsche und Seewind, von Leichtigkeit, Luft und zurückkehrender Gesundheit. Tief in ihrem Körper spürte sie Schmerzen, gleichzeitig aber strömte eine warme Stärke durch sie hindurch, und ihr Verstand war so wach wie nie zuvor. Wahrheit und Träume fügten sich zusammen oder fielen auseinander. Es war alles so lebhaft, daß sie nur ihren scharfen Verstand und ihr logisches Denkvermögen einzusetzen brauchte, um die Wahrheit zusammenzusetzen und die Träume auszusortieren. Die Wahrheit war klar. Und sie war hart.

Sie erinnerte sich.

Als sie um sich blickte, sah sie eine Schnur mit einem Knopf an deren Ende. Sie drückte ihn. Eine weißgekleidete Frau kam ins Zimmer geeilt, eine indische Krankenschwester, deren Haar ordentlich unter ihrer Haube versteckt war. Sie lächelte Saroj mit jener schwesterlichen Zuneigung an, die daher rührte, daß sie Saroj schon länger kannte als Saroj sie.

»So, Miss Roy, da sind Sie also wieder wach! Wie fühlen Sie sich?«

»Danke, gut. Hat man mich operiert?«

»Aber natürlich!« Sie sagte das sehr fröhlich. »Es ist alles gutgegangen, meine Liebe!«

»Und die Bluttransfusion?«

»Ja, natürlich, natürlich! Es ist alles vorbei! Jetzt werden Sie bald wieder gesund! Möchten Sie auf die Toilette gehen? Brauchen Sie Hilfe?«

»Nein, danke, das schaffe ich auch so ... wo ...?«

»Draußen, gleich die nächste Tür rechts!«

Als Saroj ins Zimmer zurückkam, bezog die Schwester gerade ihr Bett. Saroj setzte sich auf den Stuhl in der Ecke und sah ihr dabei still zu. Auf dem Nachttisch stand eine Vase mit frischem Farn und Rosen, Rosen aus Mas Garten. Saroj schwor sich, daß sie als erstes gleich das Wasser ausgießen und die Blumen in den Abfallkorb unter dem Bett werfen würde. Und dann würde sie überlegen, was sie tun sollte.

»Sie können sich am Becken dort drüben waschen. Wenn Sie wollen, können Sie aber auch duschen. Brauchen Sie Hilfe? Sie haben übrigens geschlafen wie ein Baby, es ist bereits zehn Uhr! Heute morgen war Ihre Mutter schon da. Sie hat Ihnen Blumen und Obst gebracht. Sie kommt später noch einmal.«

»Wann kann ich nach Hause?«

»Also, das werden Sie mit dem Arzt besprechen müssen, aber es dauert bestimmt nicht mehr lange. Er will Sie sich nachher noch einmal ansehen. So, jetzt haben Sie ein schönes, frisches Bett... Soll ich Ihnen ein paar Zeitschriften bringen?«

»Nein, danke. Ach, Schwester?«

Sie drehte sich an der Tür um, lächelte wieder ihr munteres Lächeln.

»Ja?«

»Wer hat das Blut gespendet? Meine Mutter oder mein...« Sie stolperte über das Wort. »Vater?«

Das Lächeln auf dem Gesicht der Schwester verschwand, als hätte es jemand mit einem Waschlappen weggewischt. »Darüber können Sie mit dem Doktor sprechen, er wird bald bei Ihnen vorbeisehen...« Sie sah auf ihre Uhr. »Also, ich muß jetzt gehen, bis später!« Da war wieder das Lächeln, aber es war unecht. Es klebte auf ihrem Gesicht, während ihr Blick ausdruckslos, undurchlässig, leer blieb.

Bitte behandeln Sie das Ganze sehr diskret... sie darf es niemals herausfinden... mein Mann darf nichts davon wissen.

»Schwester...«, rief Saroj ihr nach und stand auf. Die Schwester war jedoch schon verschwunden, die Tür fiel hinter ihr leise ins Schloß. Saroj ging wieder zu ihrem Bett hinüber, hob die Vase hoch, betrachtete sie von allen Seiten und nahm allen Mut zusammen, um zu tun, was sie sich eben geschworen hatte: das Wasser auszuschütten, dann ab mit den Rosen in den Abfallkorb. Los, sei nicht so feige, tu es einfach.

Ma wird bald kommen. Es wird nicht mehr lange dauern. Was soll ich ihr sagen? Soll ich sie gleich damit konfrontieren? Soll ich mich verstellen? Den rechten Augenblick abwarten? Schauspielern? Wenn sie schauspielern kann, warum soll ich das dann nicht auch können? Wenn sie eine Lüge erzählen, eine Lüge leben, eine Lüge aufrechterhalten kann, so lange, wie ihre Tochter schon auf der Welt ist, warum soll ich selbst diese Lüge nicht auch noch ein Weilchen leben können, nur noch ein kleines Weilchen, gerade so lange, wie es bräuchte, um ihr all ihre Lügen ins Gesicht zu schreien und mir meine Freiheit zu nehmen, oder was davon noch übrig ist?

Lügen! Alles Lügen! Ein Leben lang nur Lügen! Schmutzige, dreckige Lügen! Trixie hatte recht! Ich hätte die Wahrheit erahnen müssen... Ja, ich hatte immer den Verdacht, daß Ma ein Geheimnis hat. Einen heimlichen Geliebten! Und alles andere war eine Lüge!

O ja, jetzt hatte sie begriffen. Sie begriff alles. Mas Heimlichtuerei, daß sie sich aus dem Haus davonstahl, daß sie trotz ihrer katastrophalen Ehe stets so heiter war. Ma hatte immer nur eine Rolle gespielt. Hatte den freundlichen, tugendhaften Unschuldsengel gespielt, der kein Wässerchen trüben konnte, die Heilige, die Selbstgerechte. Solange Saroj lebte. Die fügsame, stille Ehefrau, das war alles nur Schauspielerei. Die keusche Heilige, die ständig in den Tempel ging. Die Hindu-Madonna.

Reinheit ist die höchste Tugend, hatte Ma ihren Kindern immer gesagt. Reinheit der Gedanken. Keuschheit des Körpers. Sie hatte es ihnen schon eingehämmert, als sie noch zu klein waren, um überhaupt die Bedeutung der Worte zu verstehen. Obwohl das Wort Keuschheit selbst niemals gefallen war. Das Thema war nie diskutiert worden. Aber wenn es schon verboten war, es auch nur auszusprechen, wieviel mehr galt das dann für die Sache selbst!

Und die ganze Zeit... das! Diese Lüge! Ma hat einen Geliebten! Ehebruch! Eine Inderin, eine Hindu, begeht Ehebruch!

Und Ma! Ausgerechnet Ma!

Aber, gut, ja, Ma. Natürlich.

Ganz plötzlich bekam die Art, wie Ma still und leise um Ecken herum, Treppen hinauf- und in Zimmer hineinging, eine dunkle, bedrohliche und finstere Nebenbedeutung.

Wie sie herumschlich, sich aus dem Haus stahl, wenn Baba nicht da war, um sich irgendwo in irgendeinem dunklen Zimmer mit ihrem Geliebten zu treffen. Saroj erinnerte sich auch noch an andere Dinge, die Ma gesagt hatte und die jetzt plötzlich eine unheilvolle Bedeutung bekamen.

»Frauen müssen still sein, und verschwiegen, und schlau.«

Ma, die sich zum Purushottama-Tempel davonstahl.

»Sie bleibt hier nie sehr lange.«

Und es ist noch nicht vorbei. Es geht immer noch weiter!

Ma hat noch immer einen Geliebten. Sie trifft sich fast jeden Tag mit ihm. Sie hat seit mindestens sechzehn Jahren einen Geliebten, und ich bin die Tochter dieses Mannes! Ma führt ein perfektes Doppelleben. Wer ist dieser Mann, der mich gezeugt hat? Wo ist er? Offensichtlich weiß er von meiner Existenz...

»Ich werde jemanden mit der passenden Blutgruppe holen...«

Und schlimmer noch als all das, schlimmer als ihre Heuchelei war, daß sie Baba ihr Leben zerstören ließ! Baba, der für Saroj ein Fremder war, in keiner Weise mit ihr verwandt. Da waren keine Blutsbande, da war nichts... Er war ein absolut Fremder für sie und durfte dennoch die Rechte und Privilegien eines Vaters genießen.

Baba ist nicht mein Vater. Er war es nie! Und Ma hatte zugelassen, daß er ihr das hier antat! Ach, wie grausam, grausam, Ma! Zu faul, um zu kämpfen, zu passiv, um zu handeln, zu feige, um zuzugeben, daß ich nicht seine Tochter bin. Zu kleinmütig, um Baba zu verlassen und mit dem Mann, den sie liebte, und mit der Tochter aus dieser Verbindung ein neues Leben zu beginnen!

Sarojs anfängliches Erstaunen und ihre Ungläubigkeit wichen einem so rasenden Zorn, daß sie fast das Zimmer demoliert hätte.

Zorn auf Ma, Zorn auf Baba.

Ihr Zorn verlieh ihr Kraft. Ihre körperlichen Beschwerden waren mit einemmal verflogen. Sie ging wütend im Zimmer auf und ab. Sie nahm die Vase und die Rosen, denn sie konnte deren Gestank nicht mehr ertragen, den Gestank von Mas Verrat. Sie goß das Wasser weg und warf die Rosen in den Abfalleimer. Dann besann sie sich eines Besseren, holte die Rosen wieder heraus, stach sich dabei in den Finger, stopfte sie zurück in die Vase, knallte die Vase, ohne Wasser nachzufüllen, auf das Nachttischchen des anderen Bettes, riß boshaft an der Bettdecke herum und stieg wieder in ihr Bett, bevor sie noch mehr Unheil anrichtete.

Dort saß sie dann, saugte an ihrem blutenden Finger und brütete vor sich hin, während jede Zelle ihres Körpers vor Zorn kochte. Im Geiste zählte sie sämtliche Verbrechen auf, die Baba seit dem Tag, an dem sie diese Taten als Verbrechen erkannte, an ihr verübt hatte. Ihr Zorn wurde noch gewaltiger und drohte sich über dem ersten menschlichen Wesen zu entladen, das es wagte, ihren Weg zu kreuzen, das es wagte, diese Tür zu öffnen und das Zimmer zu betreten. Sie betete, daß das Ma sein würde. Beten! Nein! Sie würde nie wieder beten. Es war alles nur eine ungeheuerliche Lüge – ihr ganzes Leben, eine Lüge! Ma, die sie eigentlich beschützen sollte, hatte sie in Wahrheit Baba ausgeliefert. Sie hatte Saroj Baba übereignet, ohne daß dazu jemals eine Notwendigkeit bestanden hatte.

Sie hat mich ihm ausgeliefert wie ein Lamm, das man zur Schlachtbank führt! Bei diesem Gedanken reichte es ihr endgültig. Die Welt, die von Ma so liebevoll um sie herum aufgebaut worden war – liebevoll! ha! –, brach zusammen, war so unwiederbringlich zerschmettert wie eine zarte Eierschale, die von einem rücksichtslosen Fuß zermalmt wird. All das, was sie je geglaubt hatte, und all das, was sie zwar nie geglaubt, aber trotzdem akzeptiert hatte, weil sie Ma vertraute, war in dem Augenblick, in dem sich das Auge der Erkenntnis geöffnet hatte, zerstört worden und lag nun in Trümmern vor ihr.

Sie konnte nicht einfach im Bett liegen bleiben und nichts tun. Sie stand wieder auf, ging zum Fenster, sah auf den Paradeplatz mit seinem smaragdgrünen Rasen hinaus, wo die berittene Polizei gerade exerzierte. Acht Pferde bewegten sich auf dem Zirkel um einen berittenen Sergeanten, der Kommandos brüllte. Die Polizisten sahen in ihren marineblauen Uniformen sehr schneidig aus. Aufrecht im Sattel sitzend, trabten sie ruhig im Kreis, machten kehrt, hielten an und salutierten, teilten sich, um sich zu Paaren zusammenzufinden, wechselten durch die Bahn, hielten wieder an, parierten ihre Pferde drei Schritte nach hinten aus. Jetzt bewegten sie sich in zwei Viererreihen auf den Sergeanten zu, teilten sich abermals und fanden sich zu einer Reihe von acht zusammen, ritten im Schritt auf den Sergeanten zu, hielten an, salutierten. Die Pferde und ihre Reiter zogen Sarojs Aufmerksamkeit auf sich und nahmen sie völlig gefangen, ohne daß ihr das richtig bewußt gewesen wäre. Sie zu beobachten beruhigte sie, und die heftigen Gefühle, die in ihr getobt hatten, nahmen jetzt eine neue Form an.

Wie marschierende Soldaten, wie die Pferde in der Abteilung begannen ihre Gedanken in methodischer, kühler Ordnung, gehorsam ihrem Kommando folgend, durch ihren Kopf zu rattern.

Irgendwo aus dem Polizeipräsidium auf der anderen Seite des Paradeplatzes ertönte das Spiel eines Hornisten, der das Wecksignal übte. Manchmal waren es nur zwei stockende Töne, dann drei, eine Wiederholung nach der anderen. Ein kleiner Vogel flatterte mit den Flügeln, lernte zu fliegen.

Ich muß von zu Hause fort. Ich werde niemals wieder zu Ma und Baba zurückkehren. Saroj schwor sich das, von einem Rachedurst getrieben, der in seiner Überzeugung so kalt war, daß sie trotz des warmen Sonnenscheins, der golden auf ihrer Haut lag und das Zimmer mit Licht erfüllte, eine Gänsehaut bekam. Aber nur das Zimmer war hell, nicht ihr Herz. Das war dunkel. Ich werde gehen. Geh jetzt, bevor der Doktor kommt, bevor Ma kommt, bevor irgend etwas passiert, das diesen langsamen, methodischen Marsch der Gedanken aufhält, diesen festen, unerschütterlichen Entschluß: Ich werde mit ihnen niemals wieder unter einem Dach leben.

Sie ließ ihren Blick durchs Zimmer schweifen, um zu sehen, was sie mitnehmen würde: nichts. Sie würde einfach das Krankenhausnachthemd ausziehen und in ihre eigenen Kleider und Schuhe schlüpfen. Das tat sie. Dann ging sie die Treppe hinunter – niemand nahm Notiz von ihr – und hinaus in den Sonnenschein.

32. Kapitel

Savitri

Laß mich dieses Kind behalten. Laß es leben, und laß es einen Jungen sein!

Savitri bückte sich auf den Stufen, die zum Parvati-Becken hinunterführten, und hielt inne, um dieses Gebet zum Herrn hinaufzuschikken. Oh, laß dieses Kind leben! Der Schrei, der aus Savitris Herzen aufstieg, war so qualvoll, daß ihn doch gewiß jedes Lebewesen im Universum hören und ihn mit einem Nicken oder einem Lächeln bestätigen müßte!

Aber es kam keine Antwort. Der Bauer, der das Erdnußfeld neben dem Parvati-Becken pflügte, ging gleichmütig weiter Schritt um Schritt hinter dem Ochsenpaar her und hielt dabei den hölzernen Pflug fest, der tiefe Furchen in die rote Erde riß. Das Feld auf und ab, auf und ab. Gleichgültig. Wie unbedeutend Savitris Gebet doch war. Wer würde es überhaupt hören?

Sie zog Ayyars *Lungi* aus dem Wasser, drehte sie zu einer dicken Wurst zusammen, um sie dann gegen den Stein zu schlagen, während sie mit dem Baby redete, das sie unter dem Herzen trug. Sie bat es, bei ihr zu bleiben, sie bat den Herrn, ihr Kind zu segnen, es in ihrem Leib zu beschützen und Seine schützende Hand über es zu halten, wenn es erst einmal geboren war. Wenn sie nur ein Kind hätte, dann hätte sie etwas, wofür es sich zu leben lohnte! Und ... laß es einen Jungen sein, lieber Gott, oh, laß es einen Jungen sein!

Wenn es nämlich ein Mädchen war, dann passierte ihm vielleicht wieder etwas, so wie das bei ihren beiden ersten Töchtern der Fall gewesen war. Beide Male war es ein Unfall gewesen, aber trotzdem ...

Die ersten drei Jahre hatte sich Savitris Körper einfach geweigert ein Kind zu empfangen, so als würde er um David trauern, als würde er sich weigern, irgendeine andere Frucht als die seine zu tragen. Dann hatte Ayyar begonnen, sie zu schlagen. Er hörte damit auf, als sie, wie um den Schlägen zu entgehen, endlich schwanger wurde. Er begann sie wieder zu schlagen, nachdem das erste kleine Mädchen auf die Welt gekommen war. Es hieß Amrita und lebte nur einen einzigen Tag. Savitri hatte das Baby sicher in den tiefen Falten einer Hängematte, die aus einem durch das Zimmer gespannten Sari bestand, zurückgelassen, um wie immer vor dem Morgengrauen am Brunnen Wasser zu holen. Ihr Mann schlief in dem kleinen Raum, der ihnen in dem Stationsvorsteherhaus als Schlafzimmer diente. Als sie zurückkam, stellte sie fest, daß sich ein Ende des Saris rätselhafterweise von dem Balken gelöst hatte, an dem es festgebunden war. Das Baby war offenbar auf den Kopf gefallen. Es war tot.

Ayyar schlief noch und hatte nichts gemerkt. Als sie ihn weckte, hatte er geweint und sich die Haare gerauft, aber Amrita, deren Name »Nektar der Unsterblichkeit« bedeutete, hatte er dadurch nicht ins Leben zurückgeholt.

Das zweite kleine Mädchen namens Shanthi lebte sechs Monate. Dann wurde es krank und starb. Der Arzt diagnostizierte eine Vergiftung mit Rattengift. Rattengift! Sie hatte überhaupt kein Rattengift im Haus. Ihre Schwiegermutter jedoch verwendete Rattengift, und Savitri hatte ihre Schwiegermutter, die mit zwei jüngeren Söhnen und deren Frauen nur zwei Häuserblocks entfernt wohnte, oft besucht. Vielleicht hatte ja Rattengift auf dem Boden gelegen, als sie das Baby dort herumkrabbeln ließ. Niemand konnte Genaueres sagen, aber Shanthi, deren Name »Frieden« bedeutete, war tot.

»Diesmal wird es ein Sohn«, sagte Ayyar, als Savitri zum dritten Mal schwanger wurde. »Es wird ganz sicher ein Sohn. Die Chancen, daß es ein Junge wird, stehen gut. Nur Mut, Frau. Er wird große Freude in dein Herz bringen.«

Die Chancen standen in der Tat gut. Ayyar hatte bereits fünf Kinder, von denen vier Mädchen waren, drei davon verheiratet. Seine beiden Brüder hatten insgesamt vier Töchter und keinen Sohn. Also standen die Chancen gut, daß es ein Junge werden würde. Nach so vielen Mädchen in einer Familie mußte es einfach ein Junge werden!

»Meine Mutter sehnt sich so sehr danach, einen Enkelsohn in den Armen zu halten!« sagte Ayyar. »Die Geburt meines ersten Sohnes liegt jetzt schon zwanzig Jahre zurück, das ist für eine Großmutter eine sehr lange Zeit des Wartens! Ich habe für meine Töchter sehr viel Mitgift zahlen müssen. Auch das letzte Mädchen muß bald verheiratet werden, aber für eine Mitgift ist kein Geld mehr da. Danken wir dem Herrn also dafür, daß Er die Güte besaß, uns deine beiden Töchter wieder zu nehmen. Diesmal wird Er so freundlich sein, uns einen Sohn zu schenken. Du wirst schon sehen.«

Und so hoffte Savitri inständig, daß dieses Kind ein Sohn würde. Dann nämlich würde es leben dürfen. Sie hätte es nicht ertragen können, noch eine dritte Tochter zu verlieren.

Aber selbst wenn sie eine Tochter hätte, die lebte, hätte sie wenig Freude. Was könnte ich einer Tochter schon geben? fragte sie sich. Ich würde ihr gern so vieles geben, aber ich kann es nicht. Eine gute Ausbildung und Bücher und die Liebe eines Mannes wie David. Die Kraft zu heilen. Sie hatte aufgehört, die nasse *Lungi* ihres Mannes auf den flachen Stein neben dem Becken, wo sie ihre Wäsche wusch, zu schlagen und sah nun zum Himmel auf. Ein stummer Schrei entrang sich ihrem Herzen: Warum, ach, warum? Sie hielt ihre Handflächen hoch und betrachtete sie. Nutzlos waren ihre Hände jetzt, dienten nur noch dem Kochen, Waschen und Wasserholen. So haderte sie oft mit ihrem Schicksal, und als sie sich jetzt dabei ertappte, riß sie sich rasch wieder zusammen. Beklag dich nicht, sagte sie sich. Das ist reine Zeitverschwendung, denn du änderst damit gar nichts. Geh an den Ort hinter dem Gedankenkörper und ertrage alles schweigend, denn im Schweigen wird sich die Stärke sammeln, und eines Tages wirst du frei sein. Sie schlug die *Lungi* ein letztes Mal mit aller Kraft gegen den Stein, schleuderte sie hinaus ins Becken und sah zu, wie sie sich unter der Wasseroberfläche ausbreitete und davonzutreiben begann. Dann stieg sie vorsichtig die bemoosten Stufen ins Becken hinab und watete ins Wasser, das von Algen grün war, um sie wieder zurückzuholen. Ihr Sari wurde bis zu den Knien naß. O Herr, o Herr. Gib mir die Kraft, es zu ertragen. Und falls es eine Tochter ist, o Herr, dann rette sie! Rette sie vor Ayyar! Sie streichelte ihren Bauch. Falls du ein Mädchen bist, versprach sie ihm, dann werde ich dich beschützen. Ich werde nicht von deiner Seite weichen, nicht einen einzigen Augenblick. Ich werde über dich wachen, und dir wird kein Leid geschehen. Wenn ich im Morgengrauen Wasser hole, binde ich dich an meinen Körper, und wenn wir deine Großmutter besuchen, werde ich dich die ganze Zeit in den Armen halten. Das verspreche ich dir. Aber du würdest es viel leichter haben, wenn du ein Junge wärst, es wäre leichter für uns beide. Als Junge droht dir keine Gefahr.

In der Nähe des Parvati-Beckens befand sich ein Schrein für Ganesa, den elefantenköpfigen Gott, Shivas Sohn, der Hindernisse aus dem Weg räumte. Hinter diesem Schrein stand ein alter Pipalbaum, an dessen Ästen kleine Hängematten aus Lumpen hingen, in denen Tonfigürchen und Steine lagen. Die Frauen banden sie dorthin, wenn sie schwanger werden wollten. Savitri hatte ebenfalls ein Tuch an diesen Baum gebunden und inbrünstig um einen Sohn gebetet. Sie gelobte Shiva, daß sie sich, sollte er ihr Gebet erhören, den Kopf kahlscheren lassen und eine heilige Pilgerreise nach Tiruvannamalai zum Kartikai-Deepam-Fest machen würde.

Savitri betete nicht für sich, obwohl sie dafür sehr wohl Grund gehabt hätte. Die Schläge waren schon schlimm genug, viel schlimmer aber waren jene Nächte, wenn er sabbernd und mit stinkendem Atem zu später Stunde nach Hause kam, sich mit seinem schweren Körper auf sie warf und sich an ihr vergnügte. Es war jedesmal ein kleiner Tod. Sie betete um die Kraft, es zu ertragen, nie jedoch betete sie um Erlösung. Sie hatte ihre Pflichten vernachlässigt, und dafür mußte sie jetzt bezahlen. Diese kleinen nächtlichen Tode – das war der Preis. Wenn sie diesen Preis bezahlt hatte, würde sie frei sein. Sie nahm alle Kraft ihrer Seele zusammen und ertrug es.

Sie wusch ihre Wäsche fertig, dann füllte sie das Tongefäß, das sie mitgebracht hatte, mit Wasser und stellte es in Taillenhöhe auf einen Fels, um es zum Geschirrspülen nach Hause zu nehmen. Danach breitete sie einen gewaschenen Sari auf dem verdorrten Gras neben dem Becken aus, stapelte die nasse Kleidung darauf, schlug sie in den Sari ein und band alles mit zwei Knoten zusammen; den Rest ihrer Seife knüpfte sie in einen Zipfel des Saris. Sie hob das Bündel auf den Kopf, legte den Arm um den Rand des Tongefäßes, hob es in ihre Taille und machte sich auf den Heimweg.

Sie ging leichtfüßig und rasch, wobei sie das Bündel Wäsche geschickt auf ihrem erhobenen Kopf balancierte und mit der Hüfte das Gewicht des Wasserkrugs trug, den sie mit ihrem Arm am Wegkippen hinderte. Die andere Hüfte war frei – wie sehr sie sich danach sehnte, dort ihr Baby zu tragen! In einem Jahr würde sie genau das tun. Ihr Herz wurde leicht und dann wieder schwer. Oh, laß es einen Jungen sein! Straf diese Familie nicht mit noch einer Tochter! Laß es ein Kind sein, bei dem ich mir erlauben kann, es zu lieben, ein Kind, das jeder lieben wird! Oder, falls es ein Mädchen wird, dann laß es wenigstens leben!

An diesem Abend kam Ayyar wieder betrunken nach Hause. Diesmal war er in besonders ekelhafter Stimmung. Savitri konnte sich hinterher nicht mehr erinnern, was ihn so zornig gemacht, was diesen Wutanfall ausgelöst hatte. Sie erinnerte sich nur an die Schläge, die auf ihr Gesicht und ihren Körper herabprasselten, an das Gebrüll und den Tritt in ihren Magen und an die Vergewaltigung, die gnädig kurz ausfiel.

Und sie erinnerte sich an das Blut. Die warme Nässe auf ihren Beinen, als sie später dann einzuschlafen versuchte, das Blut, das nicht aufhören wollte zu fließen. An die Rikscha, die kam, an Ayyar, der sie, in viele Saris gewickelt, um die Blutung zu stillen, die sich nicht stillen ließ, panisch in die Rikscha packte. Der kleine Junge war zu winzig, zu schwach, um zu atmen. Er starb. Sie nannte ihn Anand, was »Glückseligkeit« bedeutet.

33. Kapitel

Nat

Als Nat in Colombo aus dem Flugzeug stieg, regnete es in Strömen. Die Passagiere wurden in Bussen die kurze Strecke zum Flughafengebäude gefahren und in die Transithalle gebracht, wo sie sich in einer endlos langen Schlange anstellten, bis man sie kurz vor Mitternacht wieder in einen Bus lud, der zum Hotel Blue Lagoon fuhr. Der Regen beunruhigte Nat sehr. Er dämpfte seine Begeisterung erheblich, was auch der Grund war, weshalb er bei Henry geblieben war, anstatt zur Paßkontrolle weiterzugehen. Das Wort »Monsun« war in aller Munde, und falls es tatsächlich schon der Monsun war, dann hatte es keinen Zweck, eine oder zwei Wochen am Strand einzuplanen. Die Fluggesellschaft brachte sie bis zu ihrem Weiterflug nach Madras im luxuriösen Blue Lagoon unter – was bedeutete, daß Nat sich in einem sauberen Bett ausschlafen konnte und ein gutes, herzhaftes Frühstück bekam, bevor er neue Pläne machte. Er beschloß zu warten. Es war ziemlich ärgerlich, daß er jetzt umdisponieren mußte, denn er hatte sich wirklich auf diese eine oder zwei Wochen am Strand gefreut und bereits seine Reiseroute durch Indien zu planen begonnen: hinauf in den Norden, hinunter nach Goa zu einem weiteren Strandurlaub, hinüber nach Bangalore und zu den Bannerjis und schließlich ein paar Tage ins Dorf, bevor er Madras und Colombo nach London zurückflog. Das alles mußte er jetzt streichen, denn wenn es so etwas wie eine Hölle auf Erden gab, dann war das Indien in der Regenzeit.

In diesem Fall war es das beste, wenn er mit seinem Pflichtbesuch im Dorf begann, was er ausgesprochen ärgerlich fand. Nat hatte diesen Besuch ans Ende seiner Reise gesetzt, um von vornherein auszuschließen, daß sein Vater und Henry ihn länger dabehalten konnten, und um zu verhindern, daß er möglicherweise Gewissensbisse bekam, wenn die beiden ihn erst einmal in ihren Fängen hatten und ihn drängten, länger zu bleiben und ihnen zu helfen. Er wußte, daß sein Vater völlig überarbeitet war. Also bedurfte es einer großen Willensanstrengung und einer enormen Konzentration auf sein Ego, wenn er sich nicht beirren lassen und weiterfahren wollte. Hierzu war er jedoch fest entschlossen. Es war für ihn fast eine Frage von Leben und Tod, es ging um die Wahrung seiner Individualität und seiner Selbstbestimmung. Er wollte dem Ruf der sogenannten Pflicht, dieser typisch indischen Maxime, widerstehen, obwohl sich ihm der Gehorsam seit seiner Kindheit tief eingeprägt hatte, er ihm von den Erwachsenen eingehämmert worden war.

Sein Aufenthalt im Westen hatte das alles geändert. Er wußte jetzt, daß die Freiheit genauso wichtig war wie die Pflicht, nein, nicht genauso wichtig, sondern hundertmal wichtiger. Er brauchte seine Freiheit, mußte sein eigener Herr sein, seine eigenen Entscheidungen treffen und seine Schwingen ausbreiten und fliegen können. Vielleicht war es ja gar nicht so schlecht, wenn er jetzt genötigt war, seinem Vater gegenüberzutreten und ihm ganz deutlich zu sagen, was er wollte, anstatt darauf zu vertrauen, daß sein Rückflugticket als taktvoller Hinweis genügte. Ja, diesen Pflichtbesuch hinter sich zu bringen und dann seine Freiheit zu genießen war besser, als wenn diese Verpflichtung als tiefes Loch am Ende seiner Reise auf ihn gewartet hätte. Es würde vielleicht zu einer Konfrontation mit dem Doktor kommen, dadurch würde er seinen Standpunkt jedoch deutlicher klarmachen können als durch ein taktvolles Verhalten. Dann würde er endlich ein Mann sein, befreit von elterlichen Geboten. All das ging Nat durch den Kopf, bevor er, eingelullt vom monotonen Rauschen des Regens vor dem Hotelfenster, endlich einschlief.

Der erste Gang des Frühstücks bestand wahlweise aus Papaya oder Ananas. Nat entschied sich für Papaya. Als die süße, köstliche Frucht in seinem Mund zerging, spürte er, daß er endlich nach Hause gekommen war, und lächelte still in sich hinein.

»Ich habe schon seit Jahren nicht mehr so etwas Gutes gegessen«, sagte er grinsend zu Henry. Henry erwiderte sein Lächeln.

»Dann genieß es, solange du kannst. Ich fürchte nämlich, daß es bei dem vielen Regen in der nächsten Zeit zu Hause keine Papayas geben wird. Aber wenigstens können sich die Leute dieses Jahr nicht über die Dürre beklagen. Die Bauern werden endlich einmal zufrieden sein. Du kannst dir nicht vorstellen, wie es in den letzten paar Jahren gewesen ist, Nat. Der Brunnen war völlig ausgetrocknet, wir mußten das Wasser mit Karren aus der Stadt herbeischaffen, sonst wären wir alle verdurstet. Dein Vater hat zwei Brunnen graben lassen, aber der Grundwasserspiegel ist jetzt so niedrig, daß es eine echte Katastrophe gegeben hätte, wenn der Monsun dieses Jahr ausgeblieben wäre. Ich hoffe nur, daß es jetzt nicht zuviel des Guten ist. Die Dörfer sind für solche Regengüsse nicht gebaut, und ich habe gehört, daß es jetzt schon seit Wochen ohne Unterlaß regnet. Dem Haus des Doktors wird der Regen nichts anhaben können, es hat ein gutes und festes Madras-Dach, aber ich mache mir um die Dorfbewohner Sorgen. Ihre dünnen Strohdächer sind doch sofort durchgeweicht. Weißt du was? Wir kaufen in Madras ein paar Plastikplanen, die werden bestimmt nützlich sein. Wie dem auch sei, Junge, wir müssen jetzt gehen. Ich kann dir gar nicht sagen, wie froh ich bin, daß du jetzt doch gleich mitkommst! Dein Dad wäre unsagbar enttäuscht gewesen, wenn ich ohne dich aufgetaucht wäre.«

Henrys Lächeln war so aufrichtig, daß Nat wegsehen mußte. Während er sich das letzte Stück Papaya in den Mund schob, murmelte er: »Ja, also für eine oder zwei Wochen. Nur bis der Regen aufhört, dann mache ich mich auf den Weg.«

Nat blieb jeder weitere Kommentar von Henry erspart, denn genau in diesem Augenblick rief eine Stimme quer durch den Raum: »Nat! Was zum Teufel machst du denn hier?«

Nat sah auf, und auf seinem Gesicht breitete sich ein Lächeln aus. Er ließ die Gabel fallen, sprang auf, und im nächsten Augenblick lagen er und Govind sich in den Armen.

»Was machst du denn hier? Das ist vielleicht ein Zufall!«

»So etwas wie Zufall gibt es nicht, Nat. Vergiß nicht, wir sind Inder! Alles ist Schicksal!«

Sie lachten beide, Govind zog sich einen Stuhl heran und setzte sich neben Nat.

»Ich bin am Verhungern, wo ist der Kellner?« Er winkte und schnippte mit den Fingern. »He, du, Junge, komm her, los, los!«

Als Govind seine Bestellung aufgegeben hatte, wandte er sich Nat wieder zu. Grinsend und kopfschüttelnd meinte er: »Du hast meine Frage noch nicht beantwortet, Nat. Was machst du hier?«

»Das gleiche wie du: frühstücken! Aber im Ernst, ich bin letzte Nacht mit dem Flugzeug angekommen. Ich bin auf dem Weg nach Hause. O übrigens, das ist Henry. Er war früher mein Lehrer.«

Govind sah Henry flüchtig an, grüßte ihn und wandte sich dann wieder Nat zu.

»Du warst letzte Nacht im Flugzeug? Aus London? Ich auch! Wie kommt es, daß ich dich nicht gesehen habe?«

»Wie kommt es, daß ich dich nicht gesehen habe?«

»Wie kommt es, daß du meine Fragen ständig mit genau derselben Gegenfrage beantwortest? Aber egal, da ich dich nicht gesehen habe, bist du offensichtlich nicht in der ersten Klasse gesessen. Also, das mußt du das nächste Mal unbedingt machen. Wie kannst du es nur ertragen, dich in die Touristenklasse zu quetschen? Wir fliegen immer erster Klasse. Allerdings hat uns das nicht davor bewahrt, vor zwei Jahren mit einem indischen Inlandsflugzeug eine Bruchlandung zu machen. Die Inlandsflüge in Indien sind entsetzlich. Wie geht es dir? Wo wohnst du in London? Und wie kommt es, daß du immer noch dort bist, du mußt dein Studium doch schon längst abgeschlossen haben? Hast du dich also entschieden, jetzt doch im goldenen Westen zu bleiben? Ich dachte, du wolltest zurückkommen und in der Praxis deines Vaters arbeiten? Ich selbst bin schon seit vier oder fünf Jahren wieder zu Hause, aber ich muß viel reisen – Amerika, England –, für die Firma. Gerade eben war ich drei Monate in New York. Arun ist jetzt achtzehn und soll in ein paar Wochen nach Cambridge gehen. Hast du gewußt, daß Sundaris Mann auch in Cambridge studiert hat? Sie leben jetzt in London. Kensington. Sie haben in Hampshire ein Landhaus, damit hat Arun seine Verwandten ganz in der Nähe. Sie sind natürlich alle verheiratet. Sushila lebt jetzt in Neu-Delhi. Fliegst du gleich nach London zurück oder bleibst du länger hier? Wann geht dein Flug nach Madras? Ich werde um halb drei das Flugzeug nach Bangalore nehmen, das heißt, ich muß noch verdammt lang warten, dabei kann man bei diesem Platzregen nicht einmal kurz in den Swimmingpool springen, scheußlich, nicht wahr?«

Es war ein endloser Wortschwall, der sich da aus Govinds Mund ergoß. Govind war wie Nat hochgewachsen und schlaksig, und er sah auch gut aus, allerdings wie ein Dandy aus den dreißiger Jahren, mit kurz geschnittenem, sauber gescheiteltem Haar, einem bleistiftdünnen Schnurrbart auf der Oberlippe und präzise rasierten Koteletten. Er hatte scharfe Gesichtszüge und helle, ruhelose Augen. Seine Hände waren beim Reden ständig in Bewegung, rückten seinen Kragen zurecht, zupften an seinem Hemdaufschlag und seinem Ohrläppchen, spielten mit dem Essen herum. Er unterhielt Nat und Henry während des ganzen Frühstücks und lud Nat dann auf ein paar Drinks in seine

Suite ein. Dort verbrachten sie den restlichen Vormittag und plauderten über alte Zeiten und die Frauen im Westen.

Govind nippte an seinem dritten Whisky mit Soda und sagte: »Also, auf die Frauenemanzipation und die freie Liebe! Mögen sie beide lange leben und niemals die Küsten Indiens erreichen!«

Nat lachte und sagte: »Das wäre auch erstaunlich! Nicht, solange Männer wie du die Tugend unserer Frauen schützen!«

Govinds Augen glänzten, was sowohl seiner Fröhlichkeit als auch dem Whisky zuzuschreiben war. Er sagte: »Inderinnen sind immer noch die besten Ehefrauen. Das kann ich bezeugen, denn ich bin selbst ein verheirateter Mann. Wenn du dich entschließt zu heiraten, Nat, dann mußt du eine Inderin zur Frau nehmen. Und wo wir schon vom Heiraten sprechen, wie sieht's damit bei dir aus? Bist du jetzt nicht schon lange genug Junggeselle?«

»Also, das solltest du doch eigentlich wissen, Govind. Warum die ganze Kuh kaufen, wenn man sie durch den Zaun melken kann?« Sie lachten beide.

Dann wurde Govind ernst und sagte: »Ah, aber da gibt es einen Unterschied, Nat. Die Ehe ist etwas vollkommen anderes. Die Ehe nährt die Seele. Ich bin richtig glücklich, und wenn ich mir endgültig die Hörner abgestoßen habe, werde ich ein vorbildlicher Ehemann und Vater sein ... Ach, habe ich dir schon erzählt, daß ich eine kleine Tochter habe? Ich habe sie noch gar nicht gesehen, denn sie ist erst vor einem Monat auf die Welt gekommen. Und drei Söhne, drei richtig große Jungs. Nimm dir eine gute indische Ehefrau, und du bekommst wirklich alles. Ich weiß noch, wie du Sita immer angesehen hast ... Aber daraus wäre ohnehin nichts geworden, Papa hat ziemlich altmodische Vorstellungen. Wir hätten ihn niemals überreden können, sein Einverständnis zu einer Ehe mit einem Nicht-Hindu zu geben. Aber egal. Ich kenne eine Menge andere nette Mädchen, Nat, Mädchen mit durchaus liberalen Ansichten, die auch nichts gegen eine Ehe mit einem Nicht-Hindu einzuwenden hätten ... Wunderschöne, nette Mädchen, und natürlich keusch. Wenn du willst, dann halte ich die Augen für dich offen und arrangiere alles – du könntest noch in diesem Urlaub verheiratet sein. Laß mich nachdenken, ich kenne da eine Parsi ...«

»He, halt, nicht so schnell!« Nat lachte. »Wenn ich eine Frau brauche, dann werde ich auf dein Angebot zurückkommen, aber im

Augenblick finde ich es gut, so wie es ist. Und abgesehen davon habe ich für die nächsten Wochen große Pläne. Sobald es zu regnen aufhört, fahre ich hinauf in den Norden, um mir Indien ein bißchen anzusehen. Hast du vorhin nicht gesagt, daß Sushila in Neu-Delhi lebt? Wenn du mir ihre Adresse gibst, werde ich sie besuchen. Ich habe mir allerdings fest vorgenommen, nach Bangalore zu fahren, du kannst also ein paar von deinen heiratsfähigen Mädchen zusammentrommeln, damit ich sie mir schon einmal ansehen kann … ich habe übrigens auch nichts dagegen, wenn sie nicht ganz so keusch sind …«

Erneut brüllten sie vor Lachen. Als sie sich wieder beruhigt hatten, nippten sie an ihren Drinks, und Govind sagte: »Wie dem auch sei, du mußt jedenfalls so schnell wie möglich nach Bangalore kommen. In deinem Dorf wirst du bestimmt nicht viel Spaß haben, da bin ich mir sicher. Ich verstehe gar nicht, wie es dein Vater dort überhaupt aushält. Er muß wohl eine Art Heiliger sein. Warum verbringst du nicht den Rest der Regenzeit bei uns? Du kennst doch unser Haus, ihm wird der Regen nicht viel anhaben. Wir können zwar weder Tennis noch Golf spielen, noch den Pool nutzen, aber wir werden lange, gemütliche Gespräche führen und uns hübsch amüsieren, und du sitzt auf diese Weise nicht mitten im Nirgendwo fest!«

»Weißt du, Govind, das ist das Vernünftigste, was du an diesem Tag gesagt hast. Es könnte durchaus sein, daß ich deine Einladung annehme. Ich habe mich nämlich auch gerade gefragt, wie ich es ertragen soll, die nächsten paar Wochen in einem einzigen Zimmer zu sitzen und zu warten, bis der Regen aufhört. Wie wäre es, wenn ich so in einer Woche zu euch käme, egal, ob es sich nun ausgeregnet hat oder nicht?«

Und so kam Nat die Vorsehung zu Hilfe. Sie zeigte ihm den Fluchtweg, den er für seinen Flug in die Emanzipation brauchte. Kurz nach Mittag bestieg er zusammen mit Henry leichten Herzens das Flugzeug nach Madras. Auch wenn er die Hoffnung auf eine goldene Stewardeß am Strand vorerst aufgegeben hatte, so konnte er sich doch auf eine schöne Zeit bei Govind freuen. Er verschob die Strandpläne ans Ende seiner Ferien. Somit war im Grunde nichts verloren.

34. Kapitel

Saroj

Bis zum Haus der Roys war es vom Krankenhaus aus nicht weit, zu Fuß war man gerade einmal fünfzehn Minuten unterwegs. Saroj stellte auf dem Weg verschiedene Berechnungen an. Früher oder später würde Ma das Haus verlassen, um zum Krankenhaus zu gehen. Sie mußte also achtgeben, damit sie Ma sah, bevor Ma sie sah. Dann würde sie sich verstecken und Ma vorbeigehen lassen. Wenn sie Ma unterwegs nicht begegnete, hieß das, daß sie noch zu Hause war und erledigte, was immer sie am Vormittag, wenn sie ungestört war, zu erledigen hatte – vielleicht sich mit ihrem Geliebten zu treffen? Süße Nichtigkeiten ins Telefon zu gurren?

Ma würde fünfzehn Minuten zum Krankenhaus brauchen. Sie würde feststellen, daß Saroj weg war, es würde einen Aufruhr, ja eine Panik geben, man würde nach ihr suchen. Was würde Ma als nächstes tun? Eilig zurücklaufen, weil sie annahm, daß Saroj nach Hause gegangen war? Das waren noch einmal fünfzehn Minuten für sie. Vielleicht würde sie jemand mit dem Auto nach Hause fahren, was zehn Minuten weniger bedeutete. Oder sie würde sich ein Taxi nehmen. Alles in allem würde sie also wenigstens fünfundzwanzig Minuten von zu Hause fort sein.

Aber mehr als fünfundzwanzig Minuten Zeit brauchte Saroj auch nicht.

Auf dem Heimweg sah sie Ma nicht. Das war gut so, denn das hieß, daß sie das Haus noch nicht verlassen hatte und Saroj damit mehr Zeit blieb. Auf der Waterloo Street war sie dann besonders auf der Hut, wobei sie sich hinter jedem Flamboyantbaum versteckte und erst die Lage erkundete, bevor sie zum nächsten Baum rannte. Hätte sie jemand beobachtet, so hätte er sie gewiß für verrückt gehalten. Die Allee war jedoch wie ausgestorben, und von den Häusern aus konnte man nicht durch das Blattwerk sehen. Sie erreichte den letzten Baum vor dem Haus, wo sie wartete und beobachtete. In ihrem Inneren war jetzt alles ganz klar, ganz ruhig und ganz stark. Sie kicherte in sich hinein, das Gefühl der Freiheit machte sie euphorisch. Endlich war es soweit, ihr persönlicher Unabhängigkeitstag war nun gekommen! So oft schon hatte sie sich überlegt, einfach zu gehen, hatte sie mit dem Gedanken gespielt, wegzulaufen, sich von ihrer Familie für immer zu trennen. Immer war es ihr genauso unmöglich erschienen, wie sich selbst die Hände abzuhacken. Jetzt, da sie es tat, war es jedoch ganz einfach!

Es kam ihr wie eine Ewigkeit vor, bis Ma das Haus verließ. Saroj wußte, daß ihre Mutter noch daheim war, da die Fenster im Erdgeschoß, wo der Mangobaum stand, noch offenstanden. Ma verließ das Haus nie, ohne sie zu schließen, da der Mangobaum leicht zu erklettern war und somit quasi eine Einladung für Diebe und Brandstifter darstellte. Baba hatte Singh – beide Singhs – entlassen, weil sie im Dienst geschlafen hatten, und bis jetzt noch keinen Ersatz gefunden.

Saroj wartete. Ein, zwei Autos fuhren in beiden Richtungen auf der Straße vorbei, dann tauchte ein schwarzes Kindermädchen mit zwei weißen Kindern in Spielhöschen und mit Sonnenhut auf. Die Kinder gehörten zur dicken Mrs. Richardson, die an der Ecke Waterloo und Lamaha Street wohnte. Das Kindermädchen starrte Saroj neugierig an, ging aber weiter die Allee entlang, wobei es immer wieder stehenblieb und den Kindern »Kommt schon, los kommt!« zurief. Die beiden nämlich hatten ihr Kindermädchen völlig vergessen und bewarfen sich, vor Vergnügen glucksend, mit Flamboyantblüten. Das Spiel der Kinder rief in Saroj verschwommene Erinnerungen an eine ähnliche Szene wach, die schon eine halbe Ewigkeit zurücklag, als Baba noch Baba und Saroj ein Kleinkind gewesen war. Indrani und Ganesh hatten mit den Blüten gespielt, während Saroj auf ihrem Dreirad neben Baba hergestrampelt war und verzweifelt versucht hatte, mit ihm Schritt zu halten. Wehmut stieg in ihr auf, und etwas Bitteres brannte in ihren Augen. Sie verscheuchte diese sentimentale Erinnerung und konzentrierte sich wieder auf die Aufgabe, die vor ihr lag – nämlich einfach zu warten. Ein mit Brettern beladener Pferdewagen kam vorbei. Der Kutscher saß in sich zusammengesunken und anscheinend im Halbschlaf auf dem Bock und rief jedesmal, wenn das magere Pferd stehenblieb, um am Straßenrand Gras zu rupfen, was alle fünf Schritte geschah, mechanisch *hey-hey* und knallte dabei mit seiner Peitsche.

Ein Schiebefenster wurde geschlossen, und dieses Geräusch ließ Saroj plötzlich aufmerksam werden. Sie spähte hinter ihrem Baum hervor und sah Ma am zweiten Fenster stehen, das sie gerade ein paar

Zentimeter nach oben hob, bevor sie es dann vorsichtig herunterfallen ließ, wobei sie den Schwung mit der Hand abbremste. Für den Bruchteil einer Sekunde sah sie Ma vom Fenster eingerahmt... Ma... Wieder drohte die Wehmut sie zu übermannen, aber sie wehrte sich erfolgreich dagegen. Jetzt ging die Haustür auf. Aus ihrem sicheren Versteck hinter dem Baum hervor beobachtete Saroj, wie Ma in ihrem pflaumenfarbenen Lieblingssari aus dem Haus geschwebt kam, einen Korb auf dem Betonboden abstellte und sich umdrehte, um die Tür zuzusperren. Sie brauchte dazu beide Hände, da das Schloß immer klemmte und man die Tür fest zuziehen mußte, um den Schlüssel im Schloß umdrehen zu können. Saroj zog jetzt den Kopf zurück und versuchte die Übelkeit in ihrem Magen zu ignorieren. Sie hörte, wie das Schloß einrastete, wie sich Mas Hausschlüssel drehte – merkwürdig, wie weit Geräusche trugen, wenn man angestrengt nach ihnen lauschte! Dann hob Ma den Haken am Tor, das Tor öffnete sich, seine Kette rasselte leicht, es schloß sich wieder, der Haken schnappte ein, sie konnte Mas Schritte hören, als sie die Straße überquerte, aber Saroj war hinter ihrem Baum sicher. Sie konnte jedoch nicht anders, sie mußte einfach hervorsehen und Mas schmalen Rücken anschauen, wie sie mitten auf der Allee entlangging und sich von ihr entfernte. Die Schleppe ihres Saris wehte hinter ihr her, der Korb, den sie über dem Arm trug, schlug leicht gegen ihre Hüfte, als sie mit energischem Schritt in Richtung Krankenhaus ging. Der Korb, beladen mit Köstlichkeiten für die genesende Saroj: ihrem Lieblingsobst, vielleicht Spanische Limonen, weil jetzt gerade die richtige Zeit dafür war, oder Guaven, eine goldene reife Papaya oder Ananasscheiben; eine Flasche Tamarindensaft, vielleicht ein paar *Samosas*, Ananastörtchen oder *Barfi*...

Komisch, daß ausgerechnet dann, wenn man sich fest entschlossen hat, etwas Großes und Wichtiges, etwas, das man einfach tun muß, zu vollbringen, einen etwas so Kleines und Unwichtiges wie die Sentimentalität mit Erinnerungen bestürmt, so daß man plötzlich von Gewissensbissen geplagt und von Erinnerungen heimgesucht wird. Erinnerungen an den leckeren Geschmack eines *Samosas* zum Beispiel, das von liebevollen Händen nur für einen selbst zubereitet wurde. Ach, Ma... Saroj hatte einen Kloß im Hals. Sie wollte weinen, rufen. Aber nein...

Ma bog in die Lamaha Street ein und verschwand aus ihrem Blickfeld. Saroj rannte über die Straße. Das Tor war zwar ins Schloß gefallen, aber nicht zugesperrt, das sparte ihr einige Zeit. Die Haustür jedoch war abgeschlossen, aber sie wußte, daß Ganesh im Garten unter einem Stapel alter Blumentöpfe einen Schlüssel versteckt hatte. Schon hatte sie ihn in der Hand, sperrte auf und rannte dann, immer zwei Stufen auf einmal nehmend, die Treppe in den zweiten Stock hinauf und in ihr Zimmer. Dort sah sie sich um, betrachtete das, was so viele Jahre lang ihr Zuhause gewesen war, roch zum letzten Mal die nach Zitronen duftende Möbelpolitur. Es war dunkel, denn Ma hatte die Jalousien geschlossen, durch die Schlitze fielen jedoch Sonnenstrahlen und warfen ein Streifenmuster auf die weiße Bettdecke. Saroj hatte keinen Koffer in ihrem Zimmer, und sie wollte keine Zeit damit verschwenden, einen zu suchen, also nahm sie den Bezug von ihrem Kopfkissen ab, öffnete die Schubladen ihrer Kommode und stopfte ein paar Kleidungsstücke hinein, Unterwäsche, ein paar Blusen, die Schuluniform, Schuhe. Es gab nicht viel, was sie unbedingt mitnehmen wollte. Die hochgeschlossenen Kleider, die Baba sie zu tragen gezwungen hatte, würde sie in ihrem ganzen Leben nicht mehr anziehen, genausowenig wie die grauen Faltenröcke. Jeans und Batik-T-Shirts: das war ihre Zukunft. Trixie würde ihr bestimmt helfen.

Nachdem der Kopfkissenbezug prall gefüllt war, zögerte sie, aber nur eine einzige Sekunde. Soll ich es wagen? Ja! Ja! Ohne diesen einen, diesen letzten, trotzigen Akt würde ihre Flucht nicht endgültig sein. Sie öffnete die Tür zum Schlafzimmer ihrer Eltern. Sie wußte, wo Ma ihr Nähzeug aufbewahrte: in einer Schrankecke, in einem runden Korb. Sie öffnete den Schrank und wurde dabei von einer Duftwolke eingehüllt, die so von Mas Gegenwart erfüllt war, daß sie fast zurückgewichen wäre. Aber schon einen Augenblick später hatte sie sich wieder gefangen. Ihre Hände fanden den Korb, wühlten darin herum und fühlten die metallische Kälte jenes Gegenstandes, den sie suchte.

Die Schere in der Hand, stellte sie sich vor Mas Spiegel. Bevor sie noch einen weiteren Gedanken denken konnte, schnitt sie bereits knirschend die erste dicke Haarsträhne ab. Danach war alles ganz einfach. Sie schnitt so nahe am Kopf wie möglich, schnitt einfach blind drauflos, versenkte die Schere in dem schwarzen Dickicht, das Ma so viele Stunden ihres Lebens so sorgsam gepflegt hatte, ließ es einfach um sich herum auf den Boden fallen. Tränen brannten ihr in den Augen, aber sie schenkte ihnen keine Beachtung. Jetzt packte sie, während sie sich dabei durch den brennenden Tränenschleier hindurch im Spiegel beobachtete, die letzte Handvoll langes Haar, schnitt sie rücksichtslos ab und warf sie verächtlich auf den Boden. Es war sehr viel Haar, das da als hoher, toter Haufen wertloser Seide auf dem Boden lag. Sie warf die Schere auf den Haufen, öffnete Mas oberste Schublade, wo Haarnadeln, Spangen, Gummibänder, Schleifen, Kajalstifte und sonstiger Krimskrams sauber geordnet in kleinen Hustenbonbondosen lagen. Sie nahm einen dicken, schwarzen Kohlstift und schrieb damit das schlimmste Wort, das sie kannte, auf den Spiegel: Hure! Sie ließ die Schublade einfach offenstehen, den Kohlstift legte sie auf den Toilettentisch. Dann ging sie wieder in ihr Zimmer und von dort aus weiter in den Turm. Hier zögerte sie. Sie betrachtete ihr Zimmer, das sie gerade verlassen hatte, schloß die Tür und schob in einem letzten Akt der Rebellion, so als wolle sie ihren Exodus definieren und zur Realität machen, den Riegel vor. Das war nicht mehr ihr Zimmer. Die Saroj, die hier gelebt hatte, war tot.

Sie nahm den Kopfkissenbezug und rannte die Treppe hinunter. Offensichtlich war inzwischen der Postbote dagewesen, denn vor der Tür lag ein dicker Luftpostbrief mit seltsamen bunten Briefmarken auf dem Boden. Er war bestimmt nicht an sie adressiert, wahrscheinlich kam er von einem von Babas Verwandten in Bengalen. Sie widerstand dem Drang, darauf zu spucken, öffnete die Tür, trat hinaus, sperrte zu und legte Ganeshs Schlüssel wieder an seinen Platz zurück. Dann ging sie durch das Tor und die Lamaha Street hinunter. Sie sah auf die Uhr. Ma würde jetzt gerade im Krankenhaus eintreffen. Es würde noch eine Weile dauern, bis sie zurück war. Aber jetzt war ohnehin alles vorbei.

Es war Mittagessenszeit. Trixie würde sich mit ihrer Mutter in einem der Restaurants in der Stadt treffen, bevor der Unterricht am Nachmittag weiterging. Saroj würde also auf sie warten müssen. Es konnte noch eine ganze Weile dauern, bis Trixie nach Hause kam, aber das spielte keine Rolle. Sie würde sich einfach auf die Hintertreppe setzen (sie hätte sich aus Mas Küche etwas zu essen mitnehmen sollen; zu spät) und ihre Freiheit genießen. Sie hatte alle Zeit der Welt, genaugenommen hatte sie den Rest ihres Lebens Zeit.

»Ach, du lieber Himmel, Saroj, wo sind denn deine Haare? Verdammt, was hast du getan? Dein Haar! Du siehst ja entsetzlich aus! Oh, mein Gott!«

Saroj stand einfach lächelnd da, während Trixie in heller Aufregung die Treppe hochgerannt kam, ihre Freundin hin und her drehte und das, was von ihrem Haar noch übrig war, anfaßte. Als ihr klarwurde, daß das, was sie da sah, kein Trugbild war, daß tatsächlich alles unwiderruflich abgeschnitten war, sackte sie auf der Treppe zu einem kläglichen Häufchen zusammen.

»Warum hast du das bloß getan?« fragte sie tonlos.

»Weil alles vorbei ist. Ich bin mit ihnen fertig. Ich habe mein Zuhause verlassen. Ich habe es getan, Trixie, ich habe sie verlassen. Ich möchte hier bei dir bleiben. Du hast gesagt, daß ich das kann.«

»Das hättest du nicht tun dürfen. Dein wunderschönes Haar. Einfach abgeschnitten!«

»Ich mußte es tun. Ich erkläre es dir, wenn du mich reinläßt und etwas gegen meinen knurrenden Magen unternimmst. Ich sterbe fast vor Hunger, ich warte hier nämlich schon seit Mittag auf dich.«

»Dann komm.« Trixie ging zu ihrem Fahrrad, nahm ihre Schultasche vom Gepäckträger und stieg wieder die Treppe hinauf. Saroj folgte ihr. Bevor Trixie aufsperrte, sah sie Saroj noch einmal an und stöhnte: »Himmel, Saroj, ich glaub's einfach nicht. Ich meine, ich kann einfach nicht glauben, daß du das wirklich getan hast. Dieses Haar! Dein wunder-, wunderschönes Haar. Ohne dein Haar bist du rein gar nichts mehr, ist dir das klar? Du siehst gräßlich aus, katastrophal. Kein Mensch wird dich je wieder eines Blickes würdigen.«

»Und was kümmert mich das?« fauchte Saroj, während sie Trixie ins Haus folgte. »Ich bin es leid, daß man mich anstarrt. Was ist so ein Haufen Haare denn schon? Es sind nur Haare, das ist alles. Haare. Mein Gott, was die Leute für ein Theater wegen so einem bißchen toten Material machen. Schau mich an, Trixie, ich bin hier, ich lebe!«

Trixie warf ihren Ranzen auf einen Eßzimmerstuhl und schnaubte. »Das sagst du jetzt. Aber egal. Es hat keinen Sinn, verschütteter Milch nachzutrauern. Es ist geschehen, und dein Haar läßt sich leider nicht wieder ankleben. Also, was hättest du gern?« Sie ging in die Küche voran, öffnete den Kühlschrank und sah hinein. »Wir haben nicht viel da. Brot und Käse. Soll ich dir ein Welsh Rarebit machen? Oh, da ist auch noch ein bißchen Suppe. Von Mittwoch, glaube ich. Callalou. Mabel hat sie gekocht.«

Sie nahm einen kleinen Topf heraus, öffnete den Deckel und roch an der Suppe. »Müßte eigentlich noch gut sein. Soll ich sie dir warm machen?«

Saroj dachte wehmütig an Mas *Samosas,* ihre *Bhindi Bharva,* die gefüllten Okraschoten, an die köstlichen Düfte, die zu jeder Stunde des Tages aus der Küche kamen, den Kühlschrank, der von Delikatessen überquoll. Ihrem Gaumen standen schwere Zeiten bevor, aber das war ein Preis, den sie zu zahlen bereit war. Alles hat seinen Preis, pflegte Ma zu sagen. Die guten Dinge im Leben fordern Opfer. Du mußt alles geben, um alles zu bekommen.

Okay, Ma, ich bin bereit.

»Mach dir keine Mühe. Gib mir einfach ein bißchen Brot und Käse.«

Das Brot war vorgeschnitten und steckte in einer Plastiktüte. Trixie nahm die erste Scheibe, die hart geworden war, weg und legte den Rest auf ein Brotbrett. Sie holte ein Stück Cheddar aus dem Kühlschrank und schnitt den Schimmel weg. Die verschimmelte Scheibe warf sie in den Müll und gab Saroj, was übrig war. Dann nahm sie eine Butterdose aus Plastik und zwei Fiz-ees aus dem Kühlschrank, stellte zwei Gläser auf den Küchentisch, setzte sich neben Saroj und öffnete die Limonadenflaschen.

Sie bearbeitete den Kronkorken mit einem Messer und hatte Saroj und ihr Haar vorübergehend vergessen.

»Einstein«, sagte sie. »Das ist der letzte in meiner Wissenschaftler-Sammlung. Mal sehen, was wir hier haben.« Sie stocherte im zweiten Kronkorken herum und warf ihn dann verächtlich weg. »Lord Byron. Mist. Das ist schon der dritte Lord Byron. Dabei brauche ich noch Jane Austen und Wordsworth. Und ich habe noch keinen einzigen amerikanischen Präsidenten! He, ist das nicht deine Familie, die diese Limonade herstellt? Kannst du mir vielleicht ein paar Kronkorken besorgen?«

Fiz-ee-Limonaden hatte den Wettbewerb »Berühmte Menschen aus aller Welt« gestartet: Auf allen Kronkorken befand sich eine populäre Person aus sechs verschiedenen Bereichen. Man mußte sie in ein spezielles Album kleben und konnte dann eine Damen- oder Herrensuzuki gewinnen. Das war genau die Art von Dingen, die Trixie tun durfte und die Saroj bislang verwehrt gewesen waren. Ma hatte normalerweise keine Fiz-ees im Haus, auch wenn sie von einem der Roys hergestellt wurden. Ma machte, außer an Geburtstagen und zu Hochzeiten, alle Getränke selbst. Sie schmeckten vielleicht besser als Fiz-ee, aber sie machten nicht halb soviel Spaß. Und gewinnen konnte man auch nichts.

»Ich werde von jetzt an auch sammeln«, erklärte Saroj. »Du kannst mir den Byron geben. Er wird der erste in meiner Sammlung sein.«

Dann erzählte sie Trixie, was geschehen war.

Trixie schüttelte fassungslos den Kopf. »Du bist der sonderbarste Mensch, den ich kenne«, sagte sie. »Soll das heißen, daß du von zu Hause wegrennst, nur weil deine Ma eine Affäre hatte und du jetzt weißt, daß dein Baba gar nicht dein Baba ist? Aber als sie dich verheiraten wollten, da bist du doch auch nicht weggelaufen! Und das wäre immerhin ein plausibler Grund gewesen – ach übrigens, was ist denn jetzt mit diesem Ghosh-Jungen –, aber doch nicht wegen einer Affäre deiner Ma! Ich finde das aufregend! Romantisch! Sie war also bei ihrem Geliebten, wenn alle glaubten, sie wäre im Tempel! Weißt du, ich hatte damals schon so ein komisches Gefühl, aber ich habe nichts gesagt. Ich finde, das zeigt, daß deine Ma wirklich Mumm hat. An deiner Stelle würde ich darauf brennen, herauszufinden, wer mein wirklicher Vater ist. Ich würde nicht davonlaufen, ich würde mich mit meiner Ma verbünden und zusehen, daß sie es mir erzählt. Wer glaubst du, ist es?«

»Ich weiß es nicht, und es ist mir auch vollkommen egal. Du hast einfach nicht begriffen, worum es mir geht. Ma redet ständig von Reinheit und Wahrheit, da kann sie doch nicht –«

»Aber sie hat es getan, du Dummerchen! Du bist der Beweis dafür. Ich verstehe einfach nicht, warum du so prüde bist. Das Ganze beweist doch nur, daß sie sich gar nicht so sehr von anderen Frauen unterscheidet, daß sie nicht die Heilige ist, zu der du sie immer hochstilisiert hast. Sie ist, nun, sie ist einfach normal, sie ist so wie alle anderen! Ein Seitensprung ist heutzutage doch nichts Außergewöhnliches mehr. Wie viele verheiratete Männer, glaubst du, ziehen völlig ahnungslos die Kinder eines anderen Mannes auf? Hunderte – ach was, Tausende, wette ich!«

»Und ich glaube, du liest hinter dem Rücken deiner Mutter zu viele *Wahre Geständnisse*. Ich weiß nicht, wie jemand, der so intelligent ist wie du, einen solchen Schund lesen und ihn dann auch noch glauben kann. Aber egal, was für den Rest der Welt gilt, muß nicht für uns Inder gelten. Inder sind anders, Ma ist anders, das kann ich dir versichern. Daß sie so etwas tut, ist, als würde die Sonne im Westen auf-

und im Osten untergehen! Es ist einfach unvorstellbar, und wenn sie es getan hat, was ganz offensichtlich der Fall ist, dann ist alles, was sie je gesagt und getan hat, einfach nur eine einzige ungeheure Lüge. Sie ist eine Heuchlerin. Abgesehen davon hat sie mich in dem Glauben gelassen, daß dieses Ungeheuer, dieser Deodat Roy, mein Vater ist!«

»Du solltest ihr wenigstens die Chance geben, alles zu erklären! Ich meine, was ist, wenn sie hoffnungslos in einen anderen Mann verliebt ist? Ich habe einmal einen Roman gelesen, in dem es genau um dieses Thema ging – ich habe tagelang geheult. Deshalb denke ich, daß du mit deiner Mutter wenigstens einmal reden solltest, um zu erfahren, was wirklich geschehen ist. Und du solltest ihr Geheimnis für dich behalten, denn wenn dein Baba jemals herausfindet, daß sie eine Affäre hatte, dann wird er… Himmel, ich wage gar nicht, mir vorstellen, was dann passieren würde! Glaubst du, er wird sie aus dem Haus werfen? Sich scheiden lassen?«

Saroj hatte bis zu diesem Zeitpunkt noch keinen einzigen Gedanken daran verschwendet, wie Baba reagieren würde. Es war offensichtlich, daß er von Mas Untreue nichts wußte, und wenn er nun aufgrund dessen, was Saroj auf den Spiegel geschrieben hatte, davon erfuhr, war nicht auszudenken, was er mit Ma machen würde. Was war, wenn er sie in seinem Zorn umbrachte?

Aber nein. Saroj fiel ein, daß Ma lange vor Baba zu Hause sein würde. Sie würde das, was auf dem Spiegel stand, sicherlich entfernen. Ma brauchte ihm ja nur zu erzählen, daß Saroj sich die Haare abgeschnitten habe und davongelaufen sei. Baba würde glauben, daß sie das wegen des Ghosh-Jungen getan habe. Falls Ma nur ein bißchen Verstand besaß – und den mußte sie besitzen, wenn sie es so lange geschafft hatte, ihre Liebesaffäre geheimzuhalten –, dann würde sie das schon hinkriegen. Dazu war sie raffiniert genug. Ein verschlagenes, ehebrecherisches Luder.

Was aber wäre, wenn Dr. Lachmansingh redete? Vielleicht hielt er es ja für seine Pflicht als Mann. Nun, dann hätte Ma das selbst zu verantworten, schließlich war sie es gewesen, die Dr. Lachmansingh ihr Geheimnis anvertraut hatte. Wenn er Baba alles sagte, dann war das nicht Sarojs Schuld. Sie, Saroj, würde Baba gewiß nichts sagen, und Trixie und ihre Mutter würden ebenfalls den Mund halten. Also würde Mas Geheimnis gewahrt bleiben.

35. Kapitel

Savitri

Savitris Sohn Ganesan wurde an jenem Tag geboren, an dem Großbritannien und Frankreich Deutschland den Krieg erklärten. Ein schlechtes Vorzeichen?

Im Jahr vor seiner Geburt war noch vieles andere passiert.

R. S. Ayyar schien nach Anands Tod von ernsthaften Gewissensbissen, vielleicht sogar von Reue geplagt worden zu sein. Vielleicht aber war es auch nur seine Angst vor einem schlechten Karma. Jedenfalls war dies das letzte Mal gewesen, daß er sie geschlagen hatte. Auch die Vergewaltigungen hörten fast völlig auf, wenn auch mehr oder weniger unfreiwillig. Er trank nämlich immer mehr, und wenn er dann nachts betrunken nach Hause kam, war er zu kaum etwas anderem mehr fähig, als auf seine Matte zu sinken und einzuschlafen.

Einen Monat nach dem »Vorfall« – wie er es zu nennen vorzog – schlug Ayyar vor, Savitri solle für eine Weile nach Madras fahren, um ihre Verwandten zu besuchen. Mit gemischten Gefühlen schrieb sie daraufhin Gopal in Bombay und bat ihn, sie abzuholen. Sie sehnte sich danach, die guten Dinge aus ihrer Vergangenheit noch einmal zu durchleben, aber natürlich war das meiste davon für immer vorbei. David war fort, Fairwinds gab es nicht mehr. Appa war zwei Jahre zuvor gestorben, Mrs. Lindsay war verzogen. Von den Menschen, die Freude in ihr Leben gebracht hatten, lebten dort nur noch ihr Bruder Gopal und Amma.

Mani war jetzt der Herr des Iyer-Haushalts – genauer gesagt, dessen, was davon übrig war, und das war nur Amma, die krank war und im Sterben lag. Manis Tuberkulose hatte sich ebenfalls verschlimmert, und er hustete oft die ganze Nacht. Da er nach seiner Entlassung aus der Armee nicht viel Geld verdiente – er war jetzt Verkäufer in einem Elektrogeschäft in der Innenstadt von Madras –, konnte das, was Savitri erwarten durfte, in keiner Weise mit dem Zuhause, das sie in Erinnerung hatte, zu vergleichen sein. Zwar wohnten sie noch immer in der Old Market Street, aber auf der anderen Seite und ein

Stück weiter unten, näher am Basar, wo es enger, lauter und schmutziger war. Anstatt eines Gartens und eines riesigen Grundstücks hinter dem Haus gab es hier nur einen gepflasterten Hof mit einem Brunnen in der Mitte, den sich ihre Familie mit zwei anderen, ziemlich streitsüchtigen Familien teilte.

Mani war den größten Teil des Tages außer Haus, aber wenn er da war, spürte sie, daß er sie noch immer haßte. Sie wußte nicht, warum. Gopal hatte sich eine Woche Urlaub genommen, um in Madras bei ihr sein zu können. Das Verständnis zwischen ihnen wuchs und erlangte eine ganz neue Tiefe.

Gopal trug jetzt westliche Kleidung – dunkle, lange Hosen und langärmlige Hemden mit Karo- oder Streifenmuster –, die er, was in keiner Weise dazu paßte, mit ledernen *Chappals* kombinierte. Er sah gut aus, wirkte mit seinem dünnen Schnurrbart und dem glatt zurückgekämmten Haar wie ein Filmstar. Da er mit der Familie immer noch im Streit lag, wohnte er während seines Aufenthalts in Madras bei einem Freund, der Kameramann in einem Filmstudio war. Er holte seine Schwester jedoch jeden Tag von zu Hause ab und führte sie aus. Mit Savitri, die im Damensitz hinter ihm auf einem geliehenen Motorroller saß, machte er eine blendende Figur. Die Leute drehten sich, wo sie auch hinkamen, nach ihnen um.

Gopal hatte einen Vertrag mit einer Filmproduktionsfirma in Bombay. Sein erster Roman, *Meer der Tränen,* war inzwischen veröffentlicht worden. Er war bei indischen Hausfrauen der Mittel- und Oberschicht ein großer Erfolg. Dann war Gopal von der sich rasch entwickelnden indischen Filmindustrie »entdeckt« worden und hatte ein Drehbuch nach seinem Roman geschrieben. Dabei hatte das Studio festgestellt, daß er großes Talent als Regisseur besaß und den Schauspielern Höchstleistungen zu entlocken vermochte. Der Film versprach ein Kassenknüller zu werden. Gopal erzählte Savitri voller Begeisterung von der Handlung: Es war eine Tragödie, die Geschichte eines Zwillingspaares, das nach der Geburt voneinander und von der Mutter getrennt worden war und am Sterbebett der Mutter in einer dramatischen, rührseligen Klimax wieder zusammenfand. Er hatte noch tausend andere Drehbuchideen und stand, wie es schien, auf der Schwelle zu Ruhm und Reichtum. Seine große Liebe galt dem Tonfilm. Er nahm sie in die Wellington Talkies in der Mount Road mit, wo sie die besten Plätze hatten, und führte Savitri damit stolz in eine märchenhafte Phantasiewelt ein. Es war Savitris erster Kinobesuch. Sie sah fasziniert zu, wie sich die Geschichte vor ihr entfaltete, die Geschichte einer wunderschönen Heldin, die unsagbaren Gefahren, herzzerreißendem Kummer und einem unbarmherzigen Schurken gegenüberstand, bis sie schließlich wunderbarerweise von Gott und einem tapferen und gutaussehenden Helden gerettet wurde und alles ein glückliches Ende fand. Im wirklichen Leben läuft jedoch alles ganz anders, sagte sich Savitri. Im wirklichen Leben hat der Kummer kein Ende, und wir können nichts anderes tun, als zu lernen, ihn tapfer und geduldig zu ertragen, damit wir, wenn wir diese jammervolle Welt einmal verlassen, der Glückseligkeit in einem künftigen Leben würdig sind.

Sie gingen zusammen am Strand spazieren, wateten, ein jeder in seine Erinnerungen versunken, stumm am Rand des Wassers dahin. Das Wasser war lauwarm, spülte sanft über ihre nackten Füße und zog sich dann wieder zurück. Savitris schöner neuer pinkfarbener Sari, den Gopal ihr gekauft hatte, war naß bis zu den Knien. Oh, welche Weite, welche Erhabenheit, welche Herrlichkeit, dachte sie, und ihr Herz streckte sich bis hinter den Horizont. Wenn ich mich weit genug strecke, über den Ozean hinweg, um die Erdkugel herum, dann werde ich ihm begegnen. Vielleicht streckt er sich gerade in dieser Minute ebenfalls nach mir. Ich werde ihn niemals vergessen. Ich werde nie vergessen, wie ich mit ihm zusammen in ebendiesem Ozean herumgetollt bin, wie wir gelacht haben, während uns vor Freude schier das Herz überging! Was auch immer geschehen mag, das kann mir niemand nehmen! Ich werde ihn niemals vergessen, denn er ist die Luft, die ich atme!

Gopal unterbrach sie in ihren Gedanken. »Savitri, kannst du ein Geheimnis bewahren?« fragte er.

Sie sah ihn an. »Ein Geheimnis? Aber natürlich, Gopal, das weißt du doch! Sag, was ist es?«

»Ich habe in Bombay eine Ehefrau!«

»Eine Ehefrau! Gopal, du hast heimlich geheiratet?« rief Savitri auf Tamil.

Als Gopal ihr antwortete, senkte er seine Stimme verschwörerisch. »Du mußt dieses Geheimnis aber für dich behalten, Savitri. Ich habe Fiona geheiratet!«

»Fiona!« rief Savitri. »Ich dachte, Fiona wäre …«

»Nein. Fiona ist zu mir gekommen, zu ihrer einzigen Zuflucht und ihrer einzigen wahren Liebe. Wir waren all die Jahre, auch noch damals nach unserer gescheiterten Flucht, ein Liebespaar. Wir haben uns heimlich im Hause eines modern eingestellten befreundeten Schauspielers in Madras getroffen, bis uns das Unglück in Gestalt meines eigenen Bruders traf.«

Er hielt inne. Savitri betrachtete sein Profil und sah eine Ader an seiner Schläfe klopfen. Sie wartete, daß er weitersprach.

»Ich habe nie aufgehört, Fiona zu lieben«, sagte Gopal dann. »Deshalb wollte ich auch nie eine andere Frau heiraten. Ich liebe sie noch immer, trotz der großen Schande, die unser eigener Bruder über sie gebracht hat.« Savitri sah ihn überrascht an, jetzt jedoch sprudelten die Worte aus seinem Mund und waren nicht mehr aufzuhalten.

»Mani hat sie vergewaltigt. Mein eigener Bruder.«

»Gopal! Mani hatte doch ein Alibi …«

Gopal machte einen Schritt zur Seite und griff sich theatralisch ans Herz. »Ach, was kümmert mich sein Alibi! Selbst wenn es nicht sein eigenes männliches Organ war, das sie besudelte, so geschah diese Tat doch auf seinen Befehl. Natürlich war es so! Wer sonst? Er ist clever und hat seine Kumpane die Drecksarbeit machen lassen, so daß die Behörden ihm nichts nachweisen konnten. Aber er hat damit indirekt auch uns beide, dich und mich, treffen wollen. Das hat er mir gegenüber sogar zugegeben. Dein englisches Flittchen, sagte er mit blödem Grinsen zu mir. Sie hat für ihre Herumhurerei nichts Besseres verdient.«

»Also hat er von euch beiden gewußt?«

»Er wußte alles. Mani hat seine Spione überall in Madras. Er weiß, was die Engländer hier tun. Er haßt sie, und er haßt uns.«

»Aber warum, Gopal, warum? Warum haßt er die Engländer und uns beide, seine eigenen Geschwister? Mich hat er immer besonders gehaßt, auch schon bevor ich mit David davongelaufen bin. Warum, Gopal? Was habe ich ihm denn getan?«

»Ha!« sagte Gopal. »Das weißt du nicht? Nun gut, kleine Schwester, dann werde ich es dir sagen. Er haßt die Engländer, weil sie ihm seine Mutter weggenommen haben. Weil seine Mutter ihnen gehorchen und ihn verlassen mußte und weil sie in dem großen Haus leben und einen englischen Jungen stillen mußte. Er haßt dich, denn Amma hatte nur deinetwegen Milch in ihren Brüsten. Du aber durftest in dem großen Haus bei ihr leben und er nicht. Das ist der Grund. Er hat dich von dem Moment an, als du geboren wurdest, gehaßt, aber du warst noch zu klein, um das zu erkennen. Ich wußte es. Ich habe es in seinem Blick gesehen. Und als ich dann zu Mr. Baldwin in den Unterricht gehen durfte, sah ich in seinem Blick, wie sehr er auch mich haßte. Jetzt ist sein Herz schwarz vor Haß, Savitri. Und ich fürchte, es wird noch schlimmer, wenn wir nicht aufpassen.«

»Nein. Er hat sich bereits gerächt. Er hat mich von David getrennt und in die Hölle geschickt, er hat Mrs. Lindsay, die so freundlich zu uns war, auf dem Gewissen, und er hat Fionas Leben ruiniert. Was könnte schlimmer sein als das?«

»Wer weiß, Savitri? Unser Bruder hat den Teufel im Herzen. Sei auf der Hut.«

Savitri jedoch schüttelte den Kopf und lächelte in sich hinein. Gopal hört sich an wie einer dieser Filmhelden, dachte sie. Er hat wohl zu viele Kinofilme gesehen. Das ist einfach viel zu melodramatisch.

Mani hat das Schlimmste schon getan. Er hat mir Ayyar als Ehemann ausgesucht. Ich habe David, meine Töchter und einen Sohn verloren. Mani hat sich gerächt.

36. Kapitel

Nat

Nat und Henry mußten an Parry's Corner durch schwarzes, stinkendes Wasser waten, um zu ihrem Bus zu kommen. Sie hatten Schirme, Regenmäntel und große Plastikplanen gekauft. Ihr Gepäck hatten sie in Plastikfolien eingeschlagen, sie trugen Shorts und hatten die Schuhe ausgezogen, denn das Wasser reichte ihnen bis zur Wade. Ganz Madras war überflutet. Der Regen kam wie eine undurchdringliche Wand aus Wasser vom Himmel. Es gab kaum noch Verkehr auf den Straßen, und so war es fast ein Wunder, daß sie überhaupt einen Rikschafahrer fanden, der bereit war, sie zur Busstation zu fahren.

Sie stiegen in den Bus 122. Er war bereits voll besetzt, aber die indischen Fahrgäste auf der hintersten Sitzreihe rückten noch ein Stück zusammen, so daß sie sich dazwischenzwängen konnten. Kurz danach fuhr der Bus los.

»Das ist schlimm. Wirklich schlimm«, sagte Henry mit gerunzelter Stirn. Die Sorge stand ihm deutlich ins Gesicht geschrieben: »Das Dorf steht bestimmt schon völlig unter Wasser. Die armen Menschen!«

Nat rieb sich den Nacken. Er dachte weniger an die armen Menschen als an seine eigene arme Person. Wenn das Dorf unter Wasser stand, würde er nämlich einige Schwierigkeiten haben, von dort wieder in die Stadt zu gelangen, wo er einen Bus nach Bangalore nehmen wollte. So wie es jetzt aussah, würde er keinesfalls lange bleiben, da das Haus seines Vaters bei diesem Wetter auch nicht gerade der idealste Aufenthaltsort war. Er überlegte kurz, ob er, solange sich ihm noch die Chance dazu bot, einfach flüchten sollte: sich entschuldigen, ins schwarze Wasser hinunterspringen, den Jungen sein in Plastik gehülltes Gepäck vom Busdach holen lassen, eine Rikscha oder ein Taxi zum Flughafen nehmen und ins nächste Flugzeug nach Bangalore steigen. Er rührte sich jedoch nicht vom Fleck. Vielleicht war es die ihm innewohnende Faulheit, die Abneigung, wieder im Wasser herumzuwaten, nachdem er, wenigstens vorübergehend, ein trockenes Plätzchen gefunden hatte. Vielleicht fehlte ihm auch einfach nur der Mut, denn Henry würde eine weitere Änderung seiner Pläne mit deutlichen Worten kommentieren, und das war ihm schon jetzt unangenehm. Unentschlossen würde Henry ihn nennen, schwach, wankelmütig und wortbrüchig.

Vielleicht war es auch etwas anderes. Was immer es war, er rührte sich jedenfalls nicht vom Fleck.

Wie ein winziger Sämling, der sich vorsichtig aus seiner Samenhülle schiebt, begann sich dieses Etwas in Nat zu regen, während sich der Bus durch das Wasser seinen Weg bahnte, durch die Fluten, die von oben kamen und durch die Fluten, die die Erde bedeckten, so weit das Auge reichte. Wasser oben und Wasser unten, Wasser, Wasser, Wasser. Der Bus schlingerte durch einen endlosen See, denn von der Straße war nichts mehr zu sehen, da war kein Straßenrand zu erkennen, nur Wasser. Wasser, das sich, wie sich bald herausstellte, in irgendeiner unsichtbaren Tasche im Dach des Busses sammelte und in regelmäßigen Abständen nun immer wieder herausschwappte, sich in heftigem Schwall über jene Passagiere ergoß, die auf der Rückbank saßen. Henry spannte seinen Schirm auf und hielt ihn über sich und Nat, dann wickelte er die Plastikplane von seiner Reisetasche und gab sie den anderen Fahrgästen auf der Rückbank. Sie bedankten sich bei ihm und drängten sich kläglich und stumm unter der Plane zusammen. Nat sah, wie sich ihre Lippen lautlos bewegten. Sie beteten.

Nat ertappte sich dabei, daß auch er betete. Dies war kein Akt des Willens. Zum zweiten Mal regte sich in ihm etwas, als sie durch ein Dorf fuhren, das Nat noch von damals, von seinem früheren Leben her, kannte. Sie waren mit einem eben solchen Bus gefahren, hatten hier in ebendiesem Dorf Pause gemacht, genau hier vor dem Bombay Lodge. Er erinnerte sich an zerlumpte Frauen mit Körben auf dem Kopf, die »*Vadai-Vadai-Vadai-Vadai*« gekreischt und diese Körbe, gefüllt mit armseligen kleinen runden Orangen-*Vadais*, zum Busfenster hochgehalten hatten in der Hoffnung, etwas davon verkaufen zu können. Er erinnerte sich an kleine halbnackte Bälger, die sich, mit Bananenbündeln beladen, durch den Gang im Bus geschoben und hier und dort eine Banane verkauft hatten. An halbwüchsige Mädchen, die »*Chay-Chay-Chay-Chay*« gerufen hatten und dabei Tabletts mit schmuddeligen dickwandigen Trinkgläsern, halb gefüllt mit einer bräunlichen Flüssigkeit, auf dürren Armen und gespreizten Händen balancierten, während ihnen Strähnen fettig schwarzen Haares ins Gesicht fielen und sie mit flehendem Blick aus großen schwarzen Augen an ihm hochsahen. An Kleinkinder, die am Straßenrand in den Staub machten. Streunende Hunde, Kühe, Ziegen, *Sadhus*, Radfahrer, Krüppel, reiche Menschen, arme Menschen, Bettler, Babys, rennend, schreiend, rufend, kriechend, krabbelnd. Sie alle zusammen ergaben ein riesiges Mosaik aus Farbe, Geräuschen und Gerüchen.

Jetzt nichts von alledem. Nur Wasser.

Die Buden am Straßenrand standen im Wasser. Der Eingang zur Bombay Lodge, eine Holztür, war mit einem großen Metallgitter verbarrikadiert. Das Metallgitter stand ebenfalls im Wasser. Die Tee- und Kaffeestuben standen im Wasser. Bei einer der Stuben war das Dach aus Kokospalmwedeln heruntergebrochen und lag auf dem Tresen über dem großen Metallbottich, der zum Wasserkochen verwendet wurde. Keine Menschenseele war zu sehen.

Der Bus hielt mitten in der Wasserfläche, die die Hauptstraße bedeckte, kurz an. Ein paar durchnäßte, traurige Gestalten stiegen aus und verschmolzen mit der grauen Nässe. Der Bus schlingerte weiter durch das Wasser.

Dort, wo früher, bevor das Wasser gekommen und alles zu einer einheitlichen Fläche gemacht hatte, einmal ein Straßengraben gewesen war, lag ein leerer Bus umgekippt auf der Seite. Der Fahrer ihres eigenen Busses bahnte sich mit Hilfe eines sechsten Sinnes zwischen den verlassenen, überschwemmten Ruinen von Wohnhäusern, Werkstätten und Geschäften und anderen Gebäuden seinen Weg. Wie durch ein Wunder blieb er immer auf der Straße, die unter dem Wasser nicht zu erkennen war, und schaffte es so, seine Arche durch die Fluten zu steuern.

Wo sind die Menschen? fragte sich Nat im stillen und spürte eine solche Enge in der Brust, daß er fast nicht mehr atmen konnte.

Er schloß die Augen, weil er nichts sehen, nichts wissen wollte, sein Herz jedoch wußte bereits Bescheid und ließ Tränen hinter seinen Lidern aufsteigen. Schließlich öffnete er die Augen und sah Menschen. Eine kleine Familie, unter einem Baum, zur Untätigkeit verurteilt, wartend, die Frau mit einem Baby in ihren Armen, der Mann, zwei kleine Kinder, sie standen unter einem Baum fast knietief im Wasser. Der Mann hielt der Frau ein Stück Karton über den Kopf. Der Regen fiel auf den Baum, dessen Blätter sich im Rhythmus auf und ab bewegten, fast fröhlich hüpfend, während die Familie einfach im Wasser stand und wartete.

Nat wußte, was diese Sintflut für die Leute in seinem Dorf und in all den umliegenden Dörfern bedeutete. Ihre Hütten waren nicht nur vertrauensvoll zu ebener Erde gebaut, sie enthielten auch keinerlei Mobiliar. Die Menschen schliefen nicht in Betten, sondern auf dem Lehmboden, wobei ihnen ein einziges dünnes Tuch als Unterlage diente und sie sich mit einem weiteren Tuch zudeckten. Sie kochten auf dem Boden und verwendeten getrockneten Kuhdung oder Zweige als Brennmaterial. Sie verfügten über keinerlei sanitäre Einrichtungen. Sie gingen einfach hinaus aufs Feld, um sich zu erleichtern. Regenmäntel oder Schirme konnten sie sich nicht leisten. Für gewöhnlich besaßen sie auch nur eine Garnitur Kleidung zum Wechseln, die nach dem Waschen zum Trocknen auf dem Boden oder über einem Busch ausgebreitet wurde.

Was passiert, fragte Nat sich, wenn ihre ganze Kleidung naß ist und keine Sonne scheint, um sie zu trocknen? Wenn es keinen trockenen Kuhdung und keine Zweige zum Kochen gibt? Wenn die Erde, auf der sie schlafen und kochen und die sie als Toilette nutzen, keine Erde mehr ist, sondern einfach nur noch eine einzige Wasserfläche? Wenn der getrocknete Lehm, aus dem ihre Häuser gebaut sind, sich vollsaugt und zu zerfallen beginnt, wenn ihre Strohdächer zuerst undicht werden und dann in sich zusammensacken? O Herrgott, hilf!

Sechs Wochen Wasser: zerstörte Lehmhütten, zerstörte Dächer, eine zerstörte, verlassene Welt. Nat war sprachlos, Henry ebenfalls. Als sie in der Stadt ankamen, war da noch mehr Wasser, es fiel von oben, und es stieg von unten. Es gab keine Rikschas. Henry heuerte zwei Jungen an, die ihnen helfen sollten, ihr Gepäck zu tragen, das von Nat, das seine und die Sachen, die sie in Madras gekauft hatten. Dann machten sich die vier im strömenden Regen auf den Weg durch die verlassenen Straßen der Stadt und dann übers offene Land zum Dorf.

Nachdem sie sich beim Licht von Henrys Taschenlampe durchs Wasser gekämpft hatten, denn es war überall die Straßenbeleuchtung ausgefallen, erreichten sie das Haus des Doktors weit nach Einbruch der Dunkelheit. Henry rief nach dem Doktor, aber sie erhielten keine Antwort. Statt dessen hörten sie Kinder wimmern, also ließ Henry den Strahl seiner Taschenlampe herumschweifen. Sie sahen, daß die beiden Zimmer und die Veranda auf drei Seiten des Hauses voller Frauen und Kinder waren. Einige von ihnen lagen schlafend unter feuchten Decken auf dem Boden, ein paar Mütter aber waren noch wach und trösteten ihre weinenden kleinen Kinder.

»Wo ist der Doktor?« fragte Henry eine der Frauen. Sie war die einzige Person, die auf den Beinen war und zwischen den Schlafenden auf und ab ging, wobei sie einen kleinen Körper an die Brust gedrückt hielt, der in den Schal ihres Saris eingehüllt war und matte Wimmerlaute von sich gab. Die Frau weinte. Als Henry sie ansprach, sah sie auf. Obwohl er ihr die Frage auf Tamil, wovon er ein paar Brocken beherrschte, gestellt hatte, antwortete sie ihm auf englisch, wahrscheinlich aus Höflichkeit Nat gegenüber, denn sie kannte ihn nicht, ebensowenig wie er sie kannte. Da wurde ihm bewußt, daß er zwar zu Hause war, daß er sein Zuhause aber nicht mehr kannte – und sein Zuhause ihn nicht mehr.

»*Sahib Daktah* gehen, wann kommen, ich nicht wissen«, sagte sie. »Großes Wassa kommen, *Daktah* nehmen Junge, Junge krank, Junge nicht essen, Junge …« Sie wußte nicht, was »tot« hieß, also ließ sie den Kopf zur Seite fallen, die Zunge heraushängen und starrte vor sich hin. Dann begann sie laut und durchdringend zu jammern und zu schreien. Schließlich sagte sie: »Kein Feuer machen, *Sahib,* kein Kochen, kein Essen, Wassa kommen, kommen, kommen!« Henry wandte sich an Nat. »Irgendein Junge ist gestorben, Nat, ich glaube, es war ihr Sohn. Der Doktor kümmert sich vermutlich darum … ich gehe ihn besser suchen. Kommst du mit?«

Nat nickte, immer noch sprachlos. Wo ist Dad? Wo ist der tote Junge? Wo werden sie ihn verbrennen? Was machen sie mit der Leiche? Stummes Entsetzen packte ihn, so daß er Henry nur ansehen und nicken konnte. Ja, er würde mitkommen.

Sie ließen ihr Gepäck einfach stehen und wateten im Regen nach nebenan zu Henrys Haus. Auch dieses war voller nasser, schlafender Dorfbewohner, wimmernder Kinder und tröstender Mütter. Sie tauchten in die Dunkelheit ein und hatten kein anderes Ziel vor Augen als das Dorf, aber das Dorf war menschenleer.

Dad, wo bist du? weinte Nats Herz. Was machst du mit dem toten Jungen?

Henrys nüchterne, ruhige Stimme durchdrang Nats Entsetzen. »Versuchen wir es mit dem Schulhaus«, sagte er. »Das ist das einzige Gebäude, das dem Regen hier noch standgehalten haben könnte.« Also arbeiteten sie sich, dem Strahl von Henrys Taschenlampe folgend, weiter durch das Wasser voran und fanden das Schulhaus, das überschwemmt und voller Menschen war. Hier war auch der Doktor, der gerade Äste auf dem Boden auslegte. Einige Männer halfen ihm, einer von ihnen hielt eine Kerosinlampe, ein anderer schnitt die Äste mit einer Machete zurecht, die übrigen häuften die Aststücke zu einer Art Plattform auf, die über dem Wasserspiegel lag.

Der Doktor war sichtlich gealtert. Er trug die riesigen Gummistiefel, die er sich einmal nach einem Monsun in Madras gekauft hatte – aber noch kein Monsun war je so schlimm wie dieser gewesen – und die so groß waren, daß auch die Konstruktion aus Leder und Metall hineinpaßte, die den Holzfuß mit dem Stumpf verband. Einmal, vor vielen Jahren hatte Nat den Doktor gefragt, was mit seinem Fuß geschehen sei, ob er schon so auf die Welt gekommen sei oder ob er seinen Fuß bei einem Unfall verloren habe. Der Doktor hatte nur geantwortet: »Singapur. Der Krieg. Japaner.« Da wußte Nat, daß dieses Thema damit erledigt war, so wie jedes andere Thema, das mit der Vergangenheit zu tun hatte, so wie die Sache mit der Geburtsurkunde. Er hatte sie zum ersten Mal gesehen, als der Doktor Nats Aufnahme in Armaclare beantragte: Nat hatte sie gelesen, hatte die Augenbrauen hochgezogen und den Doktor gefragt, was das bedeutete: Wer sind diese Leute? Wer sind meine Eltern? Und der Doktor hatte geantwortet: »Ich bin dein Vater, Nat, mach dir keine Gedanken wegen der Vergangenheit.«

Die Vergangenheit war für ihn ein Buch mit sieben Siegeln. Das Waisenhaus, Onkel Gopal, die Familie des Doktors, die gesamte Vergangenheit des Doktors, all das lag hinter einer Mauer des Schweigens verborgen, während sich der Doktor allein der Gegenwart widmete. Nur die Gegenwart zählte, die Vergangenheit war vorbei und erledigt, ihr einziger Zweck bestand darin, die Gegenwart hervorzubringen. Der Mensch war dazu verpflichtet, angemessen mit dieser Gegenwart umzugehen, die wiederum der Zukunft weichen würde, einer Zukunft, die für sich genommen noch gar nicht existierte, denn wenn die Zukunft anbrach, wurde sie zur Gegenwart, mit der man auch wieder angemessen umzugehen hatte. So sahen es jedenfalls die Inder, und der Doktor war durch und durch Inder. Für ihn spielte nur das Hier und Jetzt mit seinen Problemen und Herausforderungen eine Rolle – nur der Regen, die Flut und das Wasser waren real, und die Plattform aus Ästen und Zweigen, die sie gerade bauten.

Als Henry und Nat hereinkamen, blickte der Doktor auf. Weit davon entfernt, Nat in die Arme zu fallen, sagte er nur: »Ach, da seid ihr ja. Ich habe mich schon gefragt, wann ihr kommen würdet. Habt ihr in Madras Plastikplanen gekauft?« Er hörte dabei nicht eine Sekunde auf, Zweige und Äste aufzuhäufen.

»Ja, ich habe sie hier«, sagte Henry, öffnete die Leinentasche, die er mitgebracht hatte, und zog ein zusammengelegtes Bündel knisternder Plastikplanen heraus.

Er faltete sie auseinander, und der Doktor sagte: »Diese Ecke hier ist fertig, breite sie über dem Holz aus.« Henry tat, wie ihm geheißen, und so entstand eine Art knorriges Plastikbett.

»Wir haben die Frauen und Kinder in meinem und in deinem Haus untergebracht, Henry. Ich nehme an, daß du das schon gesehen hast. Das hier ist die Unterkunft für die Männer. Wir werden die nächsten paar Tage – oder Wochen –, bis das Wasser zurückgeht, ebenfalls hier schlafen. Es ist vielleicht ein bißchen unbequem, aber es wird schon gehen. Nat, du kannst Anand dort drüben helfen, versucht den Unterbau noch ein bißchen zu verstärken. Unser größtes Problem ist das Essen. Wir haben bislang immer in meinem Haus gekocht, aber jetzt sind fast alle Vorräte des Dorfs aufgebraucht. Außer Reis ist nichts mehr da. Wir haben zwar von Zeit zu Zeit jemanden in die Stadt geschickt, aber dort gibt es auch nichts mehr zu kaufen, kein Gemüse, keine Chilis, einfach überhaupt nichts. Und die Feuchtigkeit ist ziemlich ungesund. Wenn es so weitergeht, bricht hier noch die Cholera aus. Die Kinder sind am schlimmsten dran. Heute ist ein kleiner Junge gestorben. Es war tragisch, die Mutter ist völlig verzweifelt, aber was soll man da machen? Ich habe mein möglichstes getan, aber ... nun, er ist von uns gegangen.«

»Wo – wo ist die Leiche?« Nat brachte die Worte kaum über die Lippen. Die Sache hatte ihm keine Ruhe gelassen, so als wäre die Frage, was man mit einer Leiche macht, wenn die ganze Welt unter Wasser stand, das größte aller Probleme.

»Nun, was sollte ich machen?« Der Doktor zuckte mit den Achseln. »Ich kann ihn nicht begraben, und ich kann ihn auch nicht verbrennen. Ich habe ihn zum Leichenhaus in der Stadt bringen lassen, aber die haben sich geweigert, den Leichnam anzunehmen, weil sie sowieso schon völlig überlastet sind. Im Grunde haben sie das gleiche Problem wie wir hier, nur viel schlimmer. In der Stadt hat es noch einige Todesfälle durch Stromschlag gegeben, nur gut, daß die Leute hier keinen elektrischen Strom haben, sonst wäre es hier genauso. Ich habe die Leiche also in eine alte Decke und in Plastikplanen gewickelt, bin ein paar Meilen aufs Land gefahren und habe sie in einem Baum versteckt. Es wird kein besonders ästhetischer Anblick werden, wenn das hier noch länger so weitergeht, und vermutlich ist es auch nicht besonders pietätvoll, so mit einer Leiche umzugehen, aber was hätte ich denn tun sollen? Der arme kleine Kerl, noch nicht einmal drei Jahre alt ist er gewesen. Er hieß Murugan. Ein kluger kleiner Junge, Ravis Sohn. Erinnerst du dich noch an Ravi, Nat? Anands Sohn? Ravi hat eine Frau aus dem Nachbardorf geheiratet. Sie hat Schulbildung und ist sehr stolz auf ihr Englisch. Die beiden haben noch drei Kinder, wovon eines, ein kleines Mädchen, noch ein Säugling ist.«

»Ja, wir haben sie bereits kennengelernt«, sagte Nat. Das war alles, was er herausbrachte. Ravis Sohn. Ravi hatte damals, kurz bevor Nat nach England gegangen war, geheiratet. Nat war auf der Hochzeit gewesen. Die Braut hatte aber die ganze Zeit über den Kopf gesenkt gehalten, deshalb hatte er sie nicht als Mutter des toten Jungen wiedererkannt. Und dann war Ravi Vater geworden. Eines seiner Kinder war gestorben, und jetzt lag dessen Leiche in einem hohlen Baum, um dort zu verwesen...

»Wo ist Ravi?«

»Ravi ist in Chetput, er macht dort im Krankenhaus eine richtige Ausbildung zum Krankenpfleger. Ich habe ihn vor einem Jahr hingeschickt und ihm versprochen, daß ich mich in der Zwischenzeit um seine Familie kümmere. Hier wird alles größer, Nat, wir brauchen qualifiziertes Personal, Anand schafft es nicht mehr allein. Wenn Ravi zurückkommt, werde ich Kamaraj zur Ausbildung dorthin schicken. Ich lasse auch ein paar junge Mädchen ausbilden. Aber wir brauchen hier auch einen zweiten Arzt, Nat, wir brauchen dich...«

Der Doktor blickte jetzt von seiner Arbeit auf, und Nat sah ihm einen Moment lang in die Augen. Es waren dieser Blick und die drei letzten Worte, die ihre Wirkung taten. Die schlichte, unverblümte Feststellung, deren Wortwahl alles sagte: Nicht ich brauche dich, sondern wir brauchen dich, nicht Wunsch, sondern dringende Notwendigkeit. Keine Anklage, keine Moralpredigt, keine Mißbilligung, kein Urteil, nicht einmal die Spur eines Tadels. Das war das Schlimmste. Hätte der Doktor Nat getadelt, hätte er sich gewehrt... aber das?

Falls es möglich gewesen wäre, vor lauter Selbstvorwürfen zu sterben, in einer Flut der Scham zu ertrinken, Nat wäre auf der Stelle umgefallen und ertrunken.

37. Kapitel

Saroj

Als Lucy Quentin nach Hause kam, hatte bei Trixie bereits der Mutterinstinkt die Kontrolle übernommen, und sie hatte sich aufgerafft, für die ganze Familie, in der Saroj jetzt Ehrenmitglied war, das Abendessen zu kochen. Nachdem Trixie in den Küchenschränken gekramt hatte, hatte sie eine bereits angebrochene Packung chinesischer Nudeln, eine Dose Erbsen, eine Dose Mais und ein halbes Päckchen Kichererbsen gefunden.

»Chow-mein à la Trixie!« verkündete sie. »Mist, ich hätte die *Channa* ein paar Stunden lang einweichen müssen ... egal, ich nehme den Dampfkochtopf. So, dann sehen wir mal, was an Gewürzen da ist ...« Sie kramte hinten im Gewürzschrank. »Ich dachte, wir hätten noch einen Rest Sojasoße – verdammt, die Flasche ist leer. Meinst du, Currypulver geht auch? Laß mich sehen, Salz, Pfeffer ...«

Saroj stand der Sinn weniger nach Kochen, also verließ sie die Küche, schleppte ihren vollgestopften Kopfkissenbezug die Treppe hinauf und schleifte ihn dann in Trixies Zimmer, um sich dort häuslich einzurichten. In Trixies Zimmer herrschte das totale Chaos. Auf dem Boden, unter dem Bett und auf allen anderen verfügbaren Flächen lag alles mögliche herum: Papierstapel, alte Zeitschriften, Schallplatten, Comics, Fotos und vieles mehr. Ihre Archie-Comics – Lucy Quentin verbot ihrer Tochter nur wenige Dinge, und dazu gehörte, daß sie keine Archie-Comics, keine Romance Picture Library und nichts Frauenfeindliches lesen durfte – hatte sie, wie Saroj wußte, alle unter der Matratze versteckt. Sie zog eines der Hefte hervor, blätterte es durch, schleuderte es fort. Dann nahm sie sich ein Exemplar der Zeitschrift *Teen,* schlug es auf und fand einen Artikel mit dem Titel *Wie weiß ich, daß er mich küssen will.* Auch dieses Heft schleuderte sie fort.

Sie wollte ihre Sachen auspacken, um damit zu dokumentieren, daß das hier endlich und endgültig ihr neues Zuhause war. Das war jedoch nicht möglich, denn Trixies Schränke waren voll, und es gab nicht ein einziges freies Regalbrett. Sie würde warten müssen, bis Trixie etwas für sie freiräumte.

Das Telefon klingelte.

»Gehst du bitte ran, Saroj? Ich bin gerade dabei, dieses Zeug in der Pfanne zu braten!« rief Trixie, also nahm Saroj nichtsahnend den Hörer ab.

»Hallo?«

»Saroj! Da steckst du also! Ich habe schon –«

Sie knallte den Hörer so heftig und unbeholfen aufs Telefon, daß sie die Gabel verfehlte und der Apparat zur Seite rutschte und polternd zu Boden fiel.

»Was zum Teufel war das denn!« rief Trixie, die, einen Holzlöffel schwenkend, aus der Küche gestürzt kam.

»Ma!« sagte Saroj und ließ sich auf den abgenutzten Morris-Stuhl neben dem Telefontisch fallen. Sie hatte ganz weiche Knie bekommen, ihr Herz raste, und ihre Hände waren so kalt, daß sie sie unter die Achseln schob und mit den Armen festklemmte.

»Haha! Was hast du denn gedacht? Natürlich weiß sie, daß du hier bist. Früher oder später wird sie kommen, um dich zu holen, also wappnest du dich besser und stellst dich auf einen Kampf ein.«

Sie hatte recht. Früher oder später würde Saroj sich mit den Konsequenzen ihrer Flucht befassen müssen. Bis jetzt hatte sie sich nur auf ihre Freiheit gefreut, auf ihre Rache, auf ein neues Leben ohne Restriktionen. Über das, was Ma und Baba alles unternehmen würden, um sie zurückzuholen, hatte sie sich überhaupt noch keine Gedanken gemacht. Jetzt jedoch wurde ihr klar, daß sie sie schon den ganzen Nachmittag gesucht haben mußten. Sie hatte die Zeit von Mittag bis zu Trixies Eintreffen in der Hängematte, die unter dem Haus hing, verbracht. Obwohl sie geistig und körperlich erschöpft war, ging ihr immer noch alles mögliche durch den Kopf, und so hatte sie zuerst dagelegen, ohne einschlafen zu können, bis sie oben im Haus schwach, wie durch Nebel, das Telefon klingeln hörte. Danach war sie eingeschlafen, während die Hängematte in der sanften Brise schaukelte, die zwischen den auf Säulen stehenden Häusern von Bel Air hindurchstrich. Jetzt wußte sie, daß dies ein Anruf von Ma gewesen war, die nach ihr suchte. Sie mußte nachdenken, und sie würde Hilfe brauchen. Sie hoffte inständig, daß Lucy Quentin bald nach Hause käme.

Saroj ging wieder zu Trixie in die Küche, wo diese gerade das fertige Chow-mein in eine Pyrex-Schüssel füllte und in den Grill stellte. Sie hatte das Rezept zwischenzeitlich in »Chow-mein mit Käse überbacken« geändert. Für Trixie war alles, was mit Käse überbacken war, ein Feinschmeckermenü. Saroj selbst war zwar keine große Köchin, etwas von Mas Sensibilität hatte jedoch automatisch auf sie abgefärbt, und so nahm sie sich vor, die Küchenpflichten zu übernehmen, sobald es der Takt zuließ. Andererseits konnte sie ebensogut auch gleich damit anfangen: Die Küche sah aus wie ein Schlachtfeld, denn Trixie verteilte die Zutaten in ihrer grenzenlosen Kreativität in der ganzen Küche, sie spritzten aus Schüsseln und Schalen, kleckerten auf Arbeitsflächen, den Boden und die Küchenschränke. Saroj sammelte das schmutzige Geschirr ein, trug es zur Spüle und wollte schon mit dem Abspülen beginnen, da sagte Trixie: »Mach dir keine Mühe, Mädchen, Doreen kommt jeden Morgen zum Saubermachen. Du kannst aber schon mal den Tisch decken, wenn du unbedingt was tun willst.« Also deckte Saroj den Tisch. Sie hatte gerade die letzte Gabel hingelegt, da kam Lucy Quentin zur Tür herein.

»Ach, hallo, Saroj«, sagte sie, als käme Saroj jeden Tag zum Essen.

Trixie erschien mit der Pyrex-Schüssel, die sie, in ein Nest aus Küchenhandtüchern eingewickelt, hochhielt. »Mum, rate mal, was das ist!« Sie wollte die Schüssel auf den Tisch stellen, dabei glitt diese ihr jedoch aus den Händen und rutschte über die polierte Tischplatte. Sie wäre weiter quer durchs Zimmer geflogen, wenn Lucy Quentin ihren Bauch nicht an die Tischkante gedrückt und die Schüssel dadurch aufgehalten hätte. Eine gelbe Flüssigkeit schwappte aus der Schüssel und hinterließ auf ihrem tadellosen, smaragdgrünen, figurnahen Kleid einen dunklen Fleck mit kleinen schwarzen Punkten.

»Mensch, paß doch auf!« schrie Lucy Quentin. »Wie oft muß ich dir noch sagen, daß ...« Sie rannte in die Küche, kehrte mit einem nassen Lappen zurück und rubbelte an dem Fleck herum.

»Das geht nie wieder raus, ich werde das Kleid ausziehen und einweichen müssen, nein, das hat jetzt auch keinen Sinn mehr.« Sie verschwand wieder, diesmal in ihrem Zimmer. Trixie sah Saroj an, zuckte mit den Achseln und kicherte hinter vorgehaltener Hand. Saroj war entsetzt. Das war nicht gerade der beste Auftakt für ihren ersten Abend in der Freiheit, den Abend, an dem sie so vieles mit Lucy Quentin besprechen mußte und der deshalb lang und schwierig zu werden versprach. In der Schublade des Sideboards fand sie ein Strohdeckchen, stellte die heiße, mit Küchenhandtüchern umwickelte Chow-mein-Schüssel darauf und schob sie in die Mitte des Tisches, während sie Trixie wegen ihrer Unachtsamkeit insgeheim verwünschte. Sie warf ihr einen eisigen Blick zu, auf welchen Trixie damit reagierte, daß sie ihre lange hummerrote Zunge herausstreckte und sich damit an die Nase tippte. Ein paar Minuten später erschien Lucy in einem weiten, knöchellangen Kleid mit buntem afrikanischen Blumendruck.

Sie setzten sich alle an den Tisch. Lucy Quentin wandte sich Saroj lächelnd zu, faltete ihre Serviette auseinander und sagte: »Nun, meine Liebe, was verschafft uns die Ehre deines Besuchs? Ach du meine Güte, was ist denn mit deinem Haar geschehen?«

Bevor Saroj antworten konnte, platzte Trixie heraus: »Mum, rate mal, was passiert ist? Sie ist von zu Hause abgehauen und bleibt jetzt bei uns!«

Lucy Quentin zog die Augenbrauen hoch und musterte Saroj mit interessiertem Blick. Saroj, die nach Unterstützung heischte, kam es so vor, als hätte sie sich zwei oder drei Achtungspunkte erworben.

»Nun, das mußte wohl früher oder später so kommen«, sagte Lucy Quentin und grub einen Servierlöffel in die gebräunte Käsekruste auf dem Chow-mein. Die Kruste brach in der Mitte auseinander, und die beiden Hälften klappten auf beiden Seiten des Löffels hoch wie gelbbraun gesprenkelte Schmetterlingsflügel. Gelbe Sauce spritzte auf den Tisch.

»Trixie, was ist denn das für eine Schweinerei?« Lucy Quentin schöpfte einen glitschigen Löffel voll davon heraus und roch daran, bevor sie den Löffel wieder in die Schüssel zurücktat. »Nein, danke.« Lustlos schob sie Saroj die Schüssel zu.

»Du hast nicht einmal davon gekostet!« Trixie klang so ehrlich enttäuscht, daß Saroj sich eine ordentliche Portion auf ihren Teller häufte. Entschlossen, das Gericht zu loben, ganz egal, wie es schmeckte, lächelte sie sie an. Es ist die Liebe, mit der ein Gericht gekocht wird, die ihm die Würze verleiht, sagte Ma immer.

»Also, Saroj, jetzt erzähl mir mehr von dieser aufregenden Neuigkeit. Du bist wirklich von zu Hause weggelaufen?« Lucy Quentin sah Saroj erwartungsvoll an. Von plötzlicher Schüchternheit übermannt, warf Saroj Trixie einen hilfesuchenden Blick zu, woraufhin diese einen wirren Bericht des Geschehens lieferte. Nach einiger Zeit fand Saroj ihre Sprache wieder, unterbrach Trixie und beendete die Geschichte in ihren eigenen Worten.

»Mein Vater ist also nicht mein richtiger Vater, wie Sie sehen, deshalb hat er auch nicht das Recht, mich so zu behandeln«, sagte sie abschließend. Begierig darauf, ein Lob zu ernten, sah sie Lucy Quentin, die die ganze Zeit geschwiegen hatte, erwartungsvoll an.

»Meine Liebe, ganz gleich, ob er dein richtiger Vater ist oder nicht, er hat überhaupt kein Recht, dich so zu behandeln.« Lucy Quentin legte Messer und Gabel sorgsam auf ihren Teller und schob ihn beiseite. Dann blickte sie, die Ellbogen auf den Tisch gestützt, die langen, ebenholzfarbenen Finger ineinander verschränkt, Saroj aufmerksam an.

»Überhaupt kein Recht. Verstehst du? Das ist der Punkt, den du als allererstes begreifen mußt. Dein Vater hat kein Recht, dein Leben derart zu kontrollieren, auch wenn du noch minderjährig bist. Er hat kein Recht, dich einzusperren, er hat kein Recht, für dich einen Ehemann auszusuchen, und er hat kein Recht, dich gegen deinen Willen zu verheiraten. Das Problem bei euch indischen Mädchen ist, daß ihr absolut keinerlei Willensstärke besitzt. Ihr unterwerft euch vollkommen dem Willen eurer Väter, total. Ihr müßt zuerst begreifen, wie unglaublich falsch das ist, dann könnt ihr anfangen, um eure Freiheit zu kämpfen, und erst dann. Dein Vater ist, um es deutlich zu sagen, ein Rohling.«

Saroj war über diese harten Worte so verblüfft, daß ihr der Unterkiefer herunterklappte und sie Lucy Quentin mit offenem Mund anstarrte. Das war es, ihre ganze Rebellion, klar und prägnant in Worte gefaßt. All ihre bisher so verschwommenen Gefühle waren entwirrt und lagen sauber vor ihr ausgebreitet, so daß sie sie in aller Deutlichkeit betrachten konnte. All der Haß war daraus entwichen, dem stummen Trotz waren Worte verliehen worden. Saroj hatte das alles schon eine Million Mal gefühlt, ihre Gefühle waren jedoch stets schuldbeladen gewesen, verschwommen und vermischt wie Eidotter und Eiklar bei einem Rührei. Mit wenigen Sätzen hatte Lucy Quentin ihr die Wahrheit gezeigt. Zack! Was Baba tat, war falsch. Schlichtweg falsch. So einfach war das. Und das, was sie, Saroj, tat, war richtig.

»Und was deine Mutter angeht«, fuhr Lucy Quentin fort, »so trägt sie nicht weniger Schuld als dein Vater. Ihr Verschulden ist nicht die rohe Gewalt, sondern einfach ... Schwäche.«

Das war ein Schock für Saroj. »Ma ... Schwäche?« stotterte sie und spürte, wie sich Widerspruch in ihr regte, ohne daß sie die Kraft gehabt hätte, diesem Widerspruch auch Ausdruck zu verleihen.

Lucy Quentin lächelte flüchtig, schüttelte den Kopf und schenkte sich ein Glas Wasser ein.

»Natürlich, Liebes. Schwäche. Die Schwäche wird von der Mutter an die Tochter weitergegeben. Du hast die Schwäche deiner Mutter geerbt, die Schwäche der Inderin, die Schwäche, die die männliche Tyrannei widerspruchslos hinnimmt. Wenn deine Mutter sich den Entscheidungen deines Vaters beugt, begeht sie dadurch ebenso ein Verbrechen.«

»Was für ein Verbrechen ...«

»Das ist schwer zu akzeptieren, nicht wahr? Daß eine freundliche, sanfte, gewinnende kleine Frau irgendein Verbrechen begehen könnte? Unsinn!« Das letzte Wort hatte sie fast geschrien. Sie knallte ihr Glas auf den Tisch, so daß die Hälfte des Wassers herausschwappte, dann hob sie die rechte Hand und drohte Saroj mit dem Finger.

»Saroj, du bist ein intelligentes Mädchen. Du mußt das Ganze sehen, wie es ist – vor allem, was deine Mutter angeht. Bei deinem Vater – nun, da ist die Sache klar. Deine Mutter aber ist verschlagen. Nach außen hin honigsüß – das ist ihre Art und Weise, die Welt zum Narren zu halten. Selbst Trixie, meine eigene Tochter, verehrt sie. Ha! Ein freundlicher Charakter ist gewiß äußerst ansprechend, vor allem für Männer, aber ein freundlicher Charakter wird dir – ja, Saroj, dir persönlich – nicht weiterhelfen. Fügsam und gehorsam durch und durch, und wenn du dann doch einmal rebellierst, dann wendest du dich gegen dich selbst. Selbstmord. Selbstmord! Ha! Selbstmord ist Schwäche. Steh auf und geh einfach davon! Ja, das ist es, einfach aufstehen und davongehen. Das ist es, was ich Trixie die ganze Zeit sage. Einfach aufstehen und davongehen. Du hast es also endlich getan. Gratuliere, und willkommen im Hause Quentin!«

Es folgte ein langes, bedrücktes Schweigen, während Lucy Quentin mit einem Ausdruck tiefster Befriedigung auf dem Gesicht ihr Glas leertrank. Saroj spielte mit ihrem Essen herum, stocherte mit der Gabel in den Nudeln, schob die Erbsen, die einfach zum Kotzen waren, an den Rand und pickte den Mais heraus, den sie Korn für Korn aß. Trixie verschlang ihr Essen mit einer Gier, die, wie Saroj vermutete, wohl weniger von ihrem Appetit als von ihrer Nervosität herrührte. Irgend etwas stimmte nicht, das spürte sie. Sie wußte, daß sie etwas hätte sagen sollen, ihre Mutter verteidigen, das Thema wechseln, daß sie irgend etwas hätte tun sollen, um dieses schreckliche, mißbilligende Schweigen zu brechen. Irgend etwas, damit Lucy Quentin sie verstand.

»Das ... Pro – mein Problem ist nicht so sehr ... also, ich bin eigentlich von zu Hause fortgegangen, weil ... weil ich herausgefunden habe, daß meine Mutter eine Affäre hatte ... ich meine, hat«, stammelte sie.

Lucy Quentin warf den Kopf zurück und lachte. Ihr Lachen klang jedoch so spöttisch, so höhnisch, daß Saroj zusammenzuckte, weil sie Mas Privatsphäre preisgegeben hatte. »Weißt du, diese Kleinigkeit hatte ich ganz vergessen!« sagte sie schließlich. »Deine Mutter hat also tatsächlich eine Affäre! Gut gemacht, nein, *jolly well done*, wie die Engländer sagen würden! Ich wette, das hat dich so richtig schockiert, nicht wahr? Daß diese gute, freundliche, heilige Mama – wie nennst du sie? – etwas so über die Maßen Schreckliches, Sündiges tun kann! Ich wette, das hat dein Bild der Keuschheit zerstört! Wie konnte sie nur, hm? Deodat Roy, dem alten Gauner, Hörner aufsetzen! Schade, daß wir das nicht publik machen können, das wäre ein Spaß!«

Saroj hatte ein puterrotes Gesicht, als sie flüsterte: »Ma könnte niemals ... Ma würde niemals ...«

»Und wie sie könnte! Auf mein Wort, sie würde es tun! Sie hat es bereits getan, nicht wahr? Du selbst bist doch der Beweis dafür! Du liebe Güte, das ist wirklich der beste Witz seit langem!«

»Sie haben gar nichts begriffen!« Der Protest war Saroj entschlüpft, bevor sie etwas dagegen tun konnte, und noch dazu lauter, als sie es gewagt hätte, wenn sie Zeit zum Überlegen gehabt hätte.

»Du bist es, die nichts begreift! Aber wie solltest du das auch in deinem Alter und bei deiner Erziehung? Meine Güte, ihr Hindus seid noch prüder und gehemmter als die Katholiken. Aber sei dir einer Sache gewiß, Saroj: Die menschliche Natur läßt sich nicht verleugnen. Deine Mutter ist eine Frau genau wie alle anderen, und sie hat das Recht auf ein bißchen Vergnügen in diesem Leben. Ich würde sie dafür bestimmt nicht verurteilen, im Gegenteil, Hut ab! Diesen Mut hätte ich so einem kleinen Mäuschen gar nicht zugetraut!«

»Aber Sie kennen sie doch nicht einmal!«

Lucy Quentin winkte ab. »Ach, kennt man eine von diesen freundlichen kleinen Inderinnen, kennt man sie alle. Sie tun mir wirklich leid, beziehungsweise sie würden mir leid tun, wenn ich nicht wüßte, was sie mit ihrer Freundlichkeit bei ihren Töchtern anrichten. Sie zwingen sie nämlich, ebenso freundlich und ebenso unfähig zu werden, wie sie es sind.«

»Unfähig!« Lucy Quentin war eine Erwachsene, noch dazu die Gesundheitsministerin, und Saroj war dazu erzogen, den Erwachsenen mit Respekt zu begegnen und ihnen nicht zu widersprechen. Aber mit jedem Wort der Kritik, das diese Frau über Ma äußerte, spürte Saroj, wie sie immer wütender wurde. Das war nicht die Art von Unterstützung, die sie brauchte. Sie wollte nicht, daß irgend jemand anderer Ma niedermachte, und noch dazu aus einem völlig falschen Grund! Sie wollte von Lucy Quentin bedauert werden, sie wollte von ihr hören, wie entsetzlich es war, daß Ma sie alle getäuscht hatte, daß sie ihr, Saroj, ihren Vater verheimlicht und Baba erlaubt hatte, sie all die Jahre zu tyrannisieren. Und da saß Lucy Quentin nun vor ihr und behauptete, daß Ma jedes Recht dazu hatte! Saroj wollte, daß Lucy Quentin begriff, daß für sie eine Welt zusammengebrochen war – und sie behauptete, daß das, was Ma getan hatte, völlig normal sei! Oder wurde Saroj schon wieder einmal durch irgendein verschwommenes, uneingestandenes indisches Moralkonzept geblendet?

»Ich ... ich dachte ...«

Wieder dieses höhnische Lachen. »O ja, ich weiß, daß du höchst intelligent bist. Ich weiß, daß du, wenn es soweit ist, eine der Anwärterinnen für das Guyana-Stipendium sein wirst, aber du solltest deine Intelligenz auch dazu einsetzen, ein wenig nachzudenken, selbstkritisch zu sein und die Tatsachen so zu erkennen, wie sie sind. Tatsache ist nun einmal: Deine Ma ist nicht das, wofür du sie gehalten hast! Ganz schlicht und einfach!«

»Miss Quentin, Sie verstehen nicht! Ma ist anders, sie hätte niemals ...«

»Himmel, Kind, am liebsten würde ich dich kräftig schütteln! Sie hat! Sie hat! Sie hat, weil die menschliche Natur stärker, weit stärker ist als all diese kulturbedingten Ideale von Keuschheit. Deine Mutter hatte über die Jahre hinweg anscheinend ein oder mehrere Techtelmechtel, und das ist ihr absolutes Recht! Ist es nicht genau das, was sich die Männer schon seit Jahrtausenden herausnehmen? Also, jetzt sieh zu, daß du diese Tatsache in deinen hübschen kleinen Kopf hineinbekommst, der, nebenbei bemerkt, ohne dein Haar nicht mehr so hübsch wie früher ist. Gott sei Dank! Das war das Beste, was du je getan hast!«

Sarojs Hand schloß sich fest um ihr Glas. Sie hätte es Lucy Quentin möglicherweise an den Kopf geworfen, wenn diese noch ein weiteres Wort gesagt und noch mehr schmutzige Anzüglichkeiten über Ma von sich gegeben hätte, aber genau in diesem Augenblick läutete es an der Tür. Trixie, dankbar, der knisternden Atmosphäre am Tisch wenigstens für einen Augenblick zu entkommen, sprang auf und rannte ans Fenster.

»Saroj!« zischte sie. »Es sind deine Eltern!«

Aller Groll gegen Lucy Quentin war wie weggeblasen. Saroj sah sie flehentlich an und sagte: »Ich will sie nicht sehen. Ich kann nicht wieder zurück nach Hause, ich kann es einfach nicht! Bitte, schicken Sie mich nicht weg, Miss Quentin!«

Sofort verschwand die eisige Härte aus Lucy Quentins Augen, und ihr Blick wurde freundlich. Sie streckte die Hand aus und tätschelte Saroj die Schulter. Beim Aufstehen sagte sie dann: »Mach dir keine Sorgen, Kind, ich stehe ganz und gar auf deiner Seite. Trixie, geh du bitte hinunter und mach die Tür auf! Saroj, ich möchte, daß du dir anhörst, was ich deinen Eltern zu sagen habe. Es wird langsam Zeit, daß jemand etwas unternimmt und all den armen indischen Mädchen hilft. So, jetzt geh in Trixies Zimmer und bleib dort, ich kümmere mich schon um alles. Und denk dran, das Recht steht auf deiner Seite!«

Trixie hüpfte die Treppe hinunter, um die Tür zu öffnen, während Saroj davoneilte, um sich zu verstecken.

Lucy Quentins Haus besaß wie die meisten Häuser in Georgetown eine natürliche Klimaanlage: Die Zimmer hatten keine Decken, so daß man ins Dachgebälk hinaufsehen konnte. Und da das Haus nur über ein Stockwerk verfügte, befanden sich die Schlafzimmer neben dem Wohnzimmer, was bedeutete, daß das gesamte Haus belüftet wurde. Wenn alle Fenster offenstanden, wehte eine Brise durch offene Türen ins Dachgebälk hinauf und wieder hinunter, wirbelte im Haus herum, durch die Zimmer und wieder zu den Fenstern hinaus, und trug Geräusche und Stimmen mit sich.

Trixie kam mit vor Aufregung ganz großen Augen ins Zimmer. »Deine Ma kommt herauf – allein! Dein Baba ist im Auto sitzen geblieben! Hören wir zu!« Genau das hatte Saroj natürlich vorgehabt. Trixie packte ihre Hand und zog Saroj auf die Bettkante herunter.

Durch das Dachgebälk hörte Saroj Lucy Quentins gebieterische Stimme, als sie Ma ins Wohnzimmer führte. Sie sprach noch lauter als sonst. Saroj nahm an, daß sie das ihr zuliebe tat. Mas leise Antworten wurden von dem laut tönenden Echo überdeckt, das richtig hallte, wann immer Lucy Quentin etwas sagte. Saroj interessierte sich jedoch vor allem für das, was Ma sagte; tatsächlich hörte sie jedoch nur Lucy Quentin. Es kam ihr so vor, als würde sie jemandem beim Telefonieren zuhören. Sie konnte Mas beinahe flüsternd vorgebrachte Erklärungen nur erraten und mußte anhand von Lucy Quentins Worten mutmaßen, was Ma sagte.

»Saroj ist völlig außer sich und würde gern eine Weile bei uns wohnen, zumindest bis sie mit Ihnen und Ihrem Mann wieder vernünftig reden kann. Ja, aber Sie verstehen, daß diese Sache mit der Hochzeit das Faß zum Überlaufen gebracht hat. Ich muß Sie daran erinnern – da Ihr Mann Anwalt ist, sollten Sie das im Grunde auch wissen –, daß arrangierte Ehen, die gegen den Willen der Beteiligten geschlossen werden, de facto illegal sind. Sie haben absolut kein Recht, sie zu verheiraten, selbst wenn Saroj noch minderjährig ist. Sie hat, nur um Ihnen einen Gefallen zu tun, eingewilligt, den Jungen kennenzulernen. Wie sie in dieser Sache wirklich empfindet, wissen Sie ja bereits – sie würde eher sterben! Sie haben Glück, daß sie überhaupt noch am Leben ist! Das hätte Ihnen eine Warnung sein sollen, und Sie als Frau, Mrs. Roy, sollten auf ihrer Seite stehen und nicht auf der Ihres Ehemannes. Sie selbst leben in einer arrangierten Ehe – und Sie selbst kennen das Elend einer solchen Verbindung. Aber ich weiß – Saroj weiß es jetzt, und sie hat es mir erzählt –, daß Sie auch Liebe und die Leidenschaft kennengelernt haben, und zwar mit einem Mann, der nicht Ihr Ehemann ist. Habe ich recht?«

Jetzt sagte Ma etwas. Es waren ungefähr drei Sätze, von denen Saroj kein einziges Wort verstand, dann unterbrach Lucy Quentin sie:

»Ja, ich weiß, daß das alles sehr privat ist, Mrs. Roy, daran brauchen Sie mich nicht zu erinnern, aber Saroj hat bei mir Zuflucht gesucht. Man könnte sagen, ich bin ihr erwählter Vormund … ich weiß, ich weiß, aber Saroj will nicht mit Ihnen sprechen. Sie wird nicht nach Hause zurückkommen. Natürlich haben Sie elterliche Rechte, Sie könnten sie mit Polizeigewalt zurückholen. Aber fragen Sie sich einmal selbst, wozu eine solche Aktion führen würde. Ihnen bleibt nur, abzuwarten, bis sie sich so weit wieder beruhigt hat, daß sie wieder nach Hause kommen will. Und da sie sich weigert, mit Ihnen zu sprechen, werden Sie einfach so lange mit mir als Vermittlerin vorlieb nehmen müssen … aber, nun, mir ist klar, daß das persönliche Dinge sind, die Sie mir, einer Fremden, vielleicht nicht anvertrauen wollen. Sie sollen aber wissen, daß Sie in mir eine Freundin haben, Mrs. Roy. Jede Frau hat in mir eine Freundin, jede Frau einer jeden Rasse. Wir sind alle Schwestern, und wir sollten Verständnis für die Probleme der anderen haben, deshalb brauchen Sie sich auch für nichts, was Sie getan haben, zu schämen. Ich habe vollstes Verständnis dafür und würde Sie nie und nimmer verurteilen. Außerdem bin ich davon überzeugt, daß eine außereheliche Beziehung nicht das Ende der Welt bedeutet, genausowenig, wie ein uneheliches Kind zu bekommen und ein solches Kind als ehelich auszugeben. Die Moralvorstellungen haben sich geändert, Mrs. Roy. Das hier ist nicht Indien, und wir leben auch nicht im viktorianischen Zeitalter. Wir schreiben das Jahr 1966! Also besteht für Sie wirklich keinerlei Grund, sich deshalb zu schämen! Vielleicht täte Ihnen ja ein langes Gespräch mit mir wirklich gut. Ich könnte Ihnen helfen und zwischen Ihnen und Saroj vermitteln … denn Sie beide benötigen dringend Hilfe. Möglicherweise könnte ich Saroj sogar überreden, mit Ihnen zu sprechen, aber, nun, sie ist äußerst erregt, wie ich schon sagte. Um ihr zu helfen, Sie zu verstehen, habe ich versucht, die ganze Sache aus Ihrer Perspektive darzustellen, aus der Perspektive einer Frau, die in einer unglücklichen Ehe gefangen ist. Aber Sie haben ganze Arbeit geleistet. Saroj ist in ihren Vorstellungen sehr festgefahren, und sie ist, nun, um es deutlich zu sagen, sie ist sehr prüde, wenn Sie mir diesen Ausdruck verzeihen. Es fällt ihr schwer, zu begreifen, daß sich die menschliche Natur stets …«

Mas Sandalen waren lauter als ihre Stimme. Saroj konnte deutlich hören, wie sie die Holztreppe zur Haustür hinunterklapperten. Sie hörte die Kette am Tor klirren, eine Autotür zuschlagen, den Motor husten, als Baba ihn anließ, das Auto davonfahren. Sie war schweißgebadet.

Trixie nahm sie bei der Hand, um sie ins Wohnzimmer zu führen, und Saroj, die so betäubt war, daß sie kaum gehen konnte, folgte ihr. Als Trixie sie zum Sofa geführt hatte und sanft ihre Schultern herunterdrückte, setzte sie sich gehorsam hin. Das Kunstleder war noch warm. Von Ma oder von Lucy Quentin?

Lucy Quentin stand immer noch oben an der Treppe und sah wie versteinert hinunter. Ihr Gesicht zeigte einen verblüfften Ausdruck. Sie rieb sich das Kinn.

Als sie Saroj sah, fuhr sie zusammen. Ihre Lippen verzogen sich zu einem unbeschwerten Lächeln, und sie ging mit ausgestreckten Armen auf das Mädchen zu.

»Saroj, meine Liebe, ich habe wirklich mein Bestes getan, wie du vermutlich gehört hast. Ich hoffe, daß du alles mitbekommen hast. Deine Mutter ist eine sehr freundliche Frau, aber das habe ich auch nicht anders erwartet. Und sie ist ein sehr furchtsames kleines Ding, nicht wahr, und so schüchtern. Sie wollte mit mir nicht über ihre Probleme sprechen, deshalb fürchte ich, daß wir nicht sehr viel weiter gekommen sind, meine Liebe. Ich denke, es wäre fast besser, wenn ich mit deinem Vater spräche. Immerhin ist er in diesem Stück der Schurke, und es würde ihm vielleicht guttun, wenn ihm zum ersten Mal in seinem Leben eine Frau die Meinung sagte, und –«

»Nein!«

»Was? Nein?«

»Nein, Miss Quentin, ich äh … ich habe gerade beschlossen, selbst mit Ma zu reden. Das Ganze geht nur uns beide etwas an, wirklich. Es tut mir leid, daß ich versucht habe, Sie da hineinzuziehen. Vermutlich war ich einfach zu feige, aber, nun, Ma wird mit Ihnen nicht reden, das weiß ich. Sie wird es einfach nicht tun. Sie … hm, müssen wissen, Ma ist anders. Sie können sie gar nicht verstehen. Das ist mir jetzt klargeworden.«

Lucy Quentin runzelte die Stirn. »Also, du bist mir vielleicht ein Kind. Du bist hier diejenige, die nichts versteht. Du hast doch hoffentlich gehört, was ich deiner Mutter gesagt habe. Ich habe dich prüde genannt, und genau das bist du auch. Du siehst deine Mutter durch eine rosarote Brille, deshalb bist du jetzt auch so schockiert. Aber du hast nichts verstanden und kannst es offensichtlich auch nicht verstehen. Möglicherweise, nein, wahrscheinlich versteht deine Mutter sich nicht einmal selbst. Aber nun gut, dann mach, was du willst. Wie ich schon sagte, du kannst hier eine Weile wohnen. Solange du deine Mutter allerdings so siehst, wie du sie haben willst, und du nicht bereit bist, sie zu sehen, wie sie ist, ist das Ganze hoffnungslos. Für euch beide.«

Sie sah auf die Uhr. »Du meine Güte, es ist ja fast schon neun. So spät schon. Für heute habe ich dir genug Zeit gewidmet, Saroj, und wenn du deine Probleme selbst lösen willst, dann nur zu. Trixie, es ist höchste Zeit, daß du ins Bett kommst, morgen ist Schule. Hast du deine Hausaufgaben gemacht? Wenn nicht, dann machst du dich besser ...«

»Hausaufgaben? So spät am Abend noch? Und nach so einem Tag?«

»Nun, das ist dein Problem. Ich bin jedenfalls schon fort. Unten wartet noch ein ganzer Berg Schreibarbeit auf mich. Gute Nacht.«

Offensichtlich ärgerte sie sich über Saroj, weil diese so undankbar und halsstarrig war. Sie drehte sich auf dem Absatz um und ging steif und vornehm die Treppe zu ihrem Büro im Erdgeschoß hinunter. Ein paar Minuten später hörten sie das Klappern ihrer Schreibmaschine durchs Treppenhaus hallen. Trixie sah Saroj grinsend an und zwinkerte ihr zu.

»Kümmere dich nicht um sie«, sagte sie. »Jetzt wird's erst mal lustig. O Mann, das ist, als hätte ich eine Schwester bekommen. Oder als wäre ich im Internat. Schau, ich habe heute ein paar neue Comics gekauft und das neueste *Seventeen*. Los, das lesen wir jetzt im Bett.«

38. Kapitel

Savitri

Mit Ausnahme seiner Trinkerei besserte sich Ayyars Verhalten nach Ganesans Geburt erheblich. Er war sehr stolz auf den Jungen, und er war mit Savitri zufrieden, da sie endlich ihre Pflicht erfüllt hatte. Jetzt war er auch freundlich zu ihr.

»Was liest du denn da für ein Buch?« fragte er, als er früher als sonst von der Arbeit nach Hause kam, um mit Ganesan zu spielen, was er neuerdings oft tat.

»Ach, das ist ein Gedichtband. *The Swallow Book of Verse.* Als Kind habe ich immer viel darin gelesen.«

Savitri hatte von ihrem Besuch in Madras drei Bücher mitgebracht. Es war im Grunde ein Wunder, daß *The Swallow Book of Verse* noch existierte und Mani es nach ihrer Heirat nicht weggeworfen hatte. Amma hatte jedoch große Voraussicht gezeigt, es an sich genommen und bis zu dem Tag, an dem sie es ihr ohne Probleme zurückgeben konnte, sicher für sie aufbewahrt. Ihre Mutter nämlich war auch eine Frau und wußte, was Liebe war. Sie wußte auch, daß das Buch alles war, was Savitri noch von David hatte, und da David jetzt weit weg war, konnte das Buch keinen Schaden mehr anrichten.

»Ich würde dir gern ein paar Bücher kaufen«, hatte Gopal am Tag vor ihrer Rückfahrt gesagt und war mit ihr zum Higginbotham's Book Store gegangen, wo sie sich aussuchen konnte, was sie wollte. Sie hatte sich für eine Ausgabe der *Bhagavadgita* und ein Buch mit Gedichten von Rabindranath Tagore entschieden. Gopal hatte sie ermuntert, noch mehr und teurere Bücher zu kaufen, aber sie blieb dabei.

»In diesen Büchern finde ich alles, was ich brauche«, hatte sie zu ihm gesagt, und das war in der Tat auch so. Sie las jeden Tag mindestens eine Stunde, denn seit Ganesans Geburt hatte sie erstaunlicherweise weniger anstatt mehr Arbeit als früher. Ayyar fand, daß es unter ihrer Würde war, wenn sie als Mutter seines Sohnes zum Wäschewaschen zum Parvati-Becken ging. Also gab sie ihre Wäsche fortan einem *Dhobi*. Sie brauchte jetzt nur noch zu kochen, das Haus sauberzuhalten und sich um Ganesan zu kümmern, der ohnehin einen großen Teil des Tages bei seiner Großmutter verbrachte. Savitri hatte also viel Zeit zum Lesen. Das Leben fing langsam an, schön zu werden. Selbst die Vergewaltigungen hatten seit Ganesans Geburt aufgehört. Ayyar belästigte sie jetzt überhaupt nicht mehr, und das allein war schon paradiesisch. Sie hatte ihren Sohn und ihre Bücher, die für sie eine Quelle der Weisheit und der Freude waren, und sie war in ihrem Herzen frei. Sich mehr zu wünschen wäre wirklich undankbar gewesen, fand sie.

»Lies nur, lies nur!« sagte Ayyar jetzt und lächelte sie freundlich an. »Ich bin froh, daß du dich bildest. Ich bin stolz darauf, eine gebildete Frau zu haben, denn so kannst du auch unserem Sohn Bildung vermitteln. Deshalb erlaube ich dir auch, zu lesen, soviel du willst. Du bist eine gute, fromme Ehefrau. Ich bin sehr zufrieden mit dir.«

Savitri senkte den Kopf und las weiter. Wenn er nur wüßte, dachte sie und lächelte dabei in sich hinein. Eingewickelt in ein Stück Zeitungspapier, klebte auf der Innenseite des Buchrückens nämlich eine kleine Goldkette mit einem Anhänger in Form eines Kreuzes, die sie dort vor langer Zeit, als ihre Welt noch heil und unschuldig gewesen war, in weiser Voraussicht versteckt hatte. Wenn sie jetzt dieses Buch in den Händen hielt, war David bei ihr und um sie herum. Sie selbst war dann auch wieder heil und unschuldig, und sie hatte Ganesan, und der war gesund und vor allem: Er lebte.

Ganesan war das schönste Baby, das man sich vorstellen konnte. Savitri legte ihn jeden Tag, nackt bis auf die Schnur um seine Hüften, auf ihre ausgestreckten Beine und rieb ihn am ganzen Köprer mit Öl ein, bis seine goldbraune Haut glänzte. Sie lächelte ihn dabei an und lachte mit ihm, während er vergnügt vor sich hinplapperte. Mit ihren geschickten Fingern knetete sie seine festen runden Beine, seine Arme und seinen Po, seinen weichen Rücken, seinen Bauch und seine runden Apfelbäckchen. Er hatte einen dichten schwarzen Haarschopf, der schon wieder nachgewachsen war, nachdem man ihn vor zwei Monaten abrasiert hatte, so wie auch Savitri sich den Kopf geschoren hatte, um am letzten Deepam ihre Pilgerreise zum großen Shiva-Tempel in Tiruvannamalai zu unternehmen und dem Herrn zu danken und damit ihr Gelübde einzulösen. Ganesan sah sie mit großen, schwarzen, leuchtenden Augen an, während sie seinen Körper einölte, ruderte mit den Armen, griff nach ihren Fingern und drückte ihr seine Füße in den Bauch. Als Savitri ihn hochhob, seine Augen mit Kajal umrahmte und einen schwarzen Punkt auf seine Stirn malte, hatte sie das Gefühl, als hätte sie ihn schon immer gekannt, als wäre er immer schon ein Teil von ihr gewesen und auch Teil dieser großen Liebe, die sie mit David verband, denn Liebe ist Liebe und läßt sich nicht aufteilen. Sie streckt sich aus und umarmt alles Lebendige, und ihr kleiner Junge war die Form, in der die Liebe sich ihr zu nähern beschlossen hatte, jetzt, da David für sie verloren war. Sie drückte Ganesan an ihre Brust und küßte ihn lachend am ganzen Körper, bis er sich ihr zu entwinden versuchte und »Pal, Amma, pal!« rief.

Da lächelte sie, öffnete ihre *Choli* und erwiderte: »Du willst *Pal*, kleiner Ganesan? Komm, hier ist Ammas *Pal*, komm, mein Schatz!« Und der kleine Junge schmiegte sich in ihre Arme, öffnete seinen kleinen roten Mund und nahm die Brust, um ihre Milch zu trinken; und ihre Liebe floß in ihn hinein.

Ayyar trank immer mehr. Savitri wußte, daß er stets eine schmutzige, braune Flasche in der Gesäßtasche seiner Hose hatte – Ayyar trug wie Gopal nie eine *Lungi*, da er sich als modernen Mann betrachtete. Während des Tages, wenn er sich unbeobachtet glaubte, trank er immer wieder ein oder zwei kräftige Schlucke aus seiner Flasche.

Wäre da nicht Ganesan gewesen, hätte sie das nicht weiter gestört. Der Junge war jetzt fast ein Jahr alt und somit älter als jedes ihrer bisherigen Kinder. Es war überdies ein Alter, in dem Väter sich zunehmend für ihre Kinder zu interessieren beginnen. Das war auch bei Ayyar der Fall. Er trug den Jungen gern mit sich herum, nahm ihn zur Arbeit mit und besuchte mit ihm seine Mutter oder seine Freunde. Savitri war sich sicher, daß im Haus gewisser Freunde noch mehr Alkohol getrunken wurde, denn von dort kam Ayyar stets mit einem Schluckauf, rülpsend und nach Alkohol stinkend, in einer Rikscha nach Hause gefahren und war dann regelmäßig kaum mehr in der Lage, das Kind die kurze Strecke von der Rikscha bis zur Haustür zu tragen. Bei solchen Besuchen wartete Savitri immer voller Sorge auf der vorderen Veranda. Sie hatte dann zwar ein aufgeschlagenes Buch auf dem Schoß, sah aber jedesmal auf, wenn eine Rikschaglocke ertönte oder sie eine Rikscha mit knarrenden Rädern um die Ecke biegen hörte. Wenn sie sah, daß es Ayyar mit Ganesan war, sprang sie auf, rannte den beiden entgegen, nahm das Kind in die Arme und bezahlte den Rikscha-Wallah. Vor lauter Dankbarkeit, weil Ayyar mit ihrem Sohn sicher zu Hause angekommen war, zeigte sie sich ihm gegenüber freundlich, und er glaubte tatsächlich, daß sie ihn so liebte, wie das eine gute Ehefrau tun sollte, und war, selbst in seinem Zustand sinnloser Trunkenheit, hoch erfreut.

»Was für eine gute Frau du doch geworden bist!« lallte er dann. »Was für eine ausgezeichnete Frau. Du wärst aber nie so gut geworden, wenn ich dich die ersten Jahre nicht so oft geschlagen hätte, Frau. Hätte ich dich nicht geschlagen, weil du mir Töchter geboren hast, hättest du mir niemals einen Sohn geschenkt.«

Seinen Freunden riet er: »Ja, ja, eine Frau braucht hin und wieder eine ordentliche Tracht Prügel, aber nur, bis sie gehorsam ist. Wenn sie erst einmal gelernt hat, gehorsam zu sein, wäre es eine Sünde, sie weiter zu schlagen. Ja, ja. Seht euch meine Frau an. Man findet keine bessere Ehefrau und Mutter. Und sie hat mir einen prächtigen Sohn geboren. Aber...« und dann drohte er seinen Freunden, die ihm lauschten, mit dem Finger, »ihr dürft eure Frauen niemals schlagen, wenn sie ihre Lektion gelernt haben, denn das wäre eine Sünde. Ich erhebe meine Hand nie wieder gegen meine Frau. Ich verehre sie wie die Göttliche Mutter selbst.« Dann pflegte er angesichts seiner großen Weisheit zufrieden zu lächeln. Er war völlig überzeugt davon, daß sie ein perfektes Familienleben führten. Vor allem jetzt, da die jüngste Tochter aus seiner ersten Ehe jetzt auch verheiratet war und ihre Familie nur noch aus ihnen dreien, Ehemann, Ehefrau und Sohn, bestand. Eine perfekte, glückliche Familie.

Ayyar mußte an diesem Samstag ein paar Berichtigungen in seinem Hauptbuch vornehmen, also ging er für eine halbe Stunde zur Arbeit und nahm Ganesan mit. Bevor er aufbrach, nahm er noch einen kräftigen Schluck. Als er sein Büro am Bahnhof betrat, setzte er den Jungen zum Spielen auf den Boden. Er nahm das dicke, schwere, vergilbte Hauptbuch von seinem Platz in dem vollgestopften Schrank und blätterte die eselsohrigen Seiten durch, ohne jedoch zu finden, wonach er suchte. Genaugenommen hatte er vergessen, wonach er suchte. Um seinem Gedächtnis auf die Sprünge zu helfen, nahm er einen weiteren kräftigen Schluck, rülpste, leckte den Daumen an und blätterte die Seiten nochmals durch. Schließlich hatte er die richtige Stelle gefunden und erhob sich von seinem Drehstuhl, um ein paar Unterlagen zu suchen. Sie lagen unter einem Berg anderer Papiere im Schrank begraben, und als er daran zog, kam ihm der ganze Haufen aus dem Schrank entgegen. Ayyar fluchte und ging zum Tisch, um noch einen Schluck zu nehmen. Überall im Büro lagen jetzt Unterlagen verstreut. Ganesan fand das herrlich.

Er packte mit beiden Händen einen Stapel und warf ihn in die Luft. Ganesan war jetzt vierzehn Monate alt und hatte gerade laufen gelernt. Er hatte seine Hände überall, und Ayyar wußte, daß er die Unterlagen niemals wieder in der richtigen Reihenfolge in den Schrank bekommen würde, solange Ganesan im Zimmer war.

»Geh draußen spielen!« sagte er zu dem Jungen. »Schau, da drüben sind ein paar Ziegen. Geh spielen. *Po-i-va! Po-i-va!*« Er schob den Jungen nach draußen und schloß die Tür. Bei dieser Unordnung würde er jetzt eine halbe Stunde länger brauchen. Er wünschte sich, er hätte eine Sekretärin, die sich um den Papierkram kümmerte. Am Bahnhof in Madras arbeiteten viele Mädchen. Sie hatten Schreibmaschinen und konnten stenographieren. Er aber mußte alles selbst machen, obwohl er eine Sekretärin verdient hätte. Er fragte sich, ob er Savitri holen sollte, damit sie ihm half, verwarf diesen Gedanken aber sofort wieder. Die Leute würden dann vielleicht herumerzählen, daß seine Frau arbeitete, und das wäre ein Skandal. Nein, er würde dieses Durcheinander selbst in Ordnung bringen müssen. Er nahm einen weiteren Schluck und machte sich an die Arbeit, wobei er, auf dem Boden sitzend, die Unterlagen sortierte und zu Stapeln zusammenlegte.

Eine halbe Stunde lang war er völlig in seine Arbeit vertieft und hatte die Welt um sich herum vergessen. Da drang das schrille Pfeifen eines herannahenden Zuges in sein Unterbewußtsein und rüttelte ihn auf. Er kannte die Ankunftszeiten aller Züge auswendig. Er sah auf die Uhr. Halb drei. Der D-Zug aus Coimbatore. Er hielt hier nicht. Ayyar runzelte die Stirn, denn er hatte das Gefühl, irgend etwas Wichtiges vergessen zu haben, aber ihm wollte um nichts in der Welt einfallen, was es war. Das Pfeifen hatte jetzt aufgehört. Die Stille war geradezu mit Händen greifbar, und in diese Stille hinein meckerte eine Ziege. Das Meckern erinnerte ihn an irgend etwas… Ganesan. Er hatte Ganesan hinausgeschickt, um mit den Ziegen zu spielen, aber das war schon vor einer halben Stunde gewesen. Er sah besser einmal nach dem Kind, der Kleine war neuerdings so flink auf den Beinen…

Ayyar stand langsam auf. Sein linker Fuß war eingeschlafen, so daß er zur Tür hinken mußte. Er öffnete sie, um nach Ganesan zu sehen. Die Ziegen waren immer noch da, aber Ganesan war weg. Ayyar runzelte die Stirn. Wo war der kleine Racker denn jetzt schon wieder? War er die Straße hinuntergelaufen? Er trat auf den sonnigen, sandigen Platz vor dem Bahnhofsgebäude hinaus und sah nach rechts und links die Straße entlang. Sie war menschenleer. Die Leute machten immer noch Pause und schliefen, da dies die heißeste Zeit des Tages war. War Ganesan womöglich in eines der Häuser gelaufen?

»Ganesan!« rief er. »Ganesan!«

Wieder ertönte das Pfeifen des Zuges, diesmal schon viel lauter. Er hörte ein Kind rufen. Das Rufen kam hinter der Brombeerhecke hervor, die die Gleise säumte.

Ein dunkles Wissen, eine tiefe, düstere Vorahnung, die Gewißheit drohender Gefahr stieg in ihm auf, dann packte ihn Panik. Es war, als spürte er den kalten Atem Yamas, des Todesgottes, im Nacken. Er war schlagartig stocknüchtern, und er rannte auf die Gleise zu.

»Ganesan«, schrie er.

»Appa!«

»Ganesan, Ganesan!«

Jetzt hatte er die Gleise erreicht, von dem Kind war jedoch immer noch nichts zu sehen. Das Pfeifen des Zuges klang jetzt wie ein lang herausgezogenes, durchdringendes Kreischen. »Ganesan!«

Er konnte sein eigenes Rufen nicht mehr hören, aber jetzt sah er Ganesan. Er hockte in zwanzig Meter Entfernung auf den Schienen. Neben ihm stand eine Geiß, die an der Hecke knabberte. Ganesan zog an ihrem Euter und lächelte zufrieden.

»Ganesan!«

Ayyar rannte auf das Kind zu, während im Hintergrund drohend die schwarze, schnaubende, kreischende Lokomotive auftauchte. Jetzt sah auch Ganesan den Zug und deutete mit seinem dicken Kinderfinger darauf.

»Da!« sagte er und strahlte seinen Vater an, dann deutete er mit derselben Hand auf die Ziege.

»*Pal! Pal!*«

Ayyar hatte den Blick voller Entsetzen auf das schnaubende Ungeheuer geheftet, das wütend, tobend, gnadenlos auf sie zugerast kam.

»Appa!« rief Ganesan jetzt ängstlich. Genau in dem Moment, als

Ayyar ihn hochriß, traf sie der Gleisräumer der Lokomotive, wirbelte sie durch die Luft und schleuderte die beiden mitsamt der Geiß zur Seite, als wären sie lediglich drei kleine Lumpenpuppen, die ein Kind in einem Wutanfall weggeworfen hatte.

Bevor sein Schädel zerschmettert wurde, dachte Ayyar noch: »Das ist wegen der beiden Töchter, die ich umgebracht habe. Alles im Leben kehrt wieder. Shiva, Shiva, Shiva.«

Der Zug fuhr kreischend weiter. Die Stille, die er hinterließ, war das zufriedene Schweigen des Todes.

39. Kapitel

Nat

Kurz vor Mitternacht war die behelfsmäßige Plattform aus nassen Ästen fertiggestellt. Obwohl sein Bett unbequem war und trotz der Nähe so vieler Männer, die wie Sardinen in der Dose dicht an dicht lagen, schlief Nat, vom Jetlag überwältigt, ein, kaum daß sein Kopf die zusammengefaltete *Lungi* auf der Plastikplane berührt hatte. Lange vor Morgengrauen war er jedoch schon wieder wach, hellwach. Ein Wort, ein Name war in sein Bewußtsein gedrungen. Es dauerte einige Zeit, bis ihm dämmerte, welcher Name es war.

Gauri Ma.

Wo war Gauri Ma?

»Dad?« flüsterte er. Sein Vater lag neben ihm. Er wollte ihn aber nicht wecken, denn der Doktor brauchte jede Minute Schlaf. Da die Frage für ihn aber sehr wichtig war, hoffte Nat, daß sein Vater zufällig wach war und sein Flüstern gehört hatte. Er bekam jedoch keine Antwort. Nat suchte in den Falten seiner *Lungi*, die ihm als Kopfkissen gedient hatte, nach seiner Taschenlampe, schaltete sie ein und sah auf die Uhr. Zwanzig nach drei. Das war keine unzumutbare Zeit. Die Leute auf dem Land standen um vier auf, und wenn er bei ihnen eintraf, würde es bereits vier Uhr sein. Er mußte nachsehen, es gab keine andere Möglichkeit. Wenn Gauri Ma in Sicherheit war, dann hätte es auch nichts geschadet. Schlafen konnte er ohnehin nicht mehr, und er würde bis fünf Uhr wieder zurück sein. Aber er mußte einfach nachsehen gehen.

Er lauschte. Die Stille draußen schien zu ihm zu sprechen. Sie schien ihm etwas Wichtiges, etwas sehr Wichtiges mitteilen zu wollen, etwas, das er in seiner Sorge um Gauri Ma übersehen hatte, und plötzlich wußte er, was es war – es war einfach zu still. Da war kein Rauschen des Regens, kein unablässiges Prasseln auf dem See, in den sich die Welt draußen vor dem Schulgebäude verwandelt hatte, nicht einmal ein sanftes Platschen. Es hatte zu regnen aufgehört! Er sprach im stillen ein Dankgebet. Das war ein gutes Vorzeichen.

Er stand auf und bewegte sich vorsichtig zwischen den Schlafenden hindurch, wobei er dem Strahl seiner Taschenlampe folgte, der die pechschwarze Dunkelheit durchschnitt. Draußen vor dem Schulgebäude war es dunkel, der Nachthimmel war noch immer wolkenverhangen, obwohl es zu regnen aufgehört hatte. Nat mußte sich auf seinen Instinkt und den schmalen Strahl seiner Taschenlampe verlassen, um auf die Straße hinauszufinden. Das Wasser reichte ihm fast bis zu den Knien. Unter seinen nackten Füßen spürte er eine Mischung aus Sand, Schlamm und Gras, die zwischen seinen Zehen hochquoll, als er durch die undurchdringliche Dunkelheit und Totenstille weiterging. Es war, als hätte das Wasser alle Geräusche verschluckt: Kein Frosch quakte, kein Insekt zirpte. Da war nur das platschende Geräusch, das Nats Füße machten, während er durch die Fluten watete. Kein Gebäude, kein zerstörtes Haus, kein Baum, Busch oder hoher Fels war zu sehen, nur die glänzende, gekräuselte Oberfläche des Wassers, das von dem Paar Füße, die sich beständig und rhythmisch voranbewegten, aufgewühlt wurde und Nats Lichtstrahl einfing und ihn tanzen ließ.

Es war ein Weg ins Nichts. Da weder Sterne noch sonst irgendwelche Orientierungspunkte zu sehen waren, nicht einmal der ungeschlachte Umriß des Hügels im Hintergrund, konnte Nat nicht feststellen, in welche Richtung er ging. Er wußte nicht einmal, ob er sich auf der Straße befand, ob er über ein Feld ging oder geradewegs auf die gähnenden Tiefen des Ganesa-Beckens zusteuerte, denn die ganze Welt war ein einziger, schwarzer, glänzender See, der sich bei jedem Schritt, den er tat, öffnete und hinter ihm wieder schloß. Dennoch ging er weiter, ins Nichts hinein.

Es schien eine kleine Ewigkeit vergangen zu sein, da wurde die Welt – zuerst fast unmerklich – eine kleine Spur heller, und Nat erkannte zu seinem Erstaunen und in tiefer Dankbarkeit, daß er sich auf dem richtigen Weg befand und bald am Ziel sein würde. Er konnte die Umrisse einzelner eingestürzter Hütten ausmachen, die sich allmählich im Wasser, das sie umgab, aufzulösen begannen. Die sauber geflochtenen Kokospalmwedel, die einst die Dächer gebildet hatten, waren in der Mitte durchgerissen, so als hätte sie ein grausamer Riese mit einem raschen Karateschlag zerteilt. Er fragte sich, wohin die Bewohner wohl geflohen sein mochten – aber das herauszufinden war jetzt nicht seine Aufgabe. Er konnte sich nur auf eine Sache konzentrieren, und das war, Gauri Ma zu finden.

Ihre Hütte, so schätzte er, mußte sich keine hundert Meter weit entfernt an der Straße befinden. Nachdem er ein paar Schritte gegangen war, hörte er in der Stille ein leises Wimmern. Es klang wie das Winseln eines Hundewelpen, wahrscheinlich war es auch ein Welpe, den die verzweifelte Familie, der er gehörte, zurückgelassen hatte, als sie zu einem sichereren, höher gelegenen Ort geflohen war. Vielleicht hatte das Tier ja auf einem Hausdach oder auf einem Felsen, der aus dem Wasser ragte, Zuflucht gefunden. Abgesehen vom Platschen seiner Füße und dem Flüstern seines Atems war dies das erste Geräusch, das Nat an diesem Morgen hörte.

Das Wimmern wurde lauter. Er war jetzt fast bei Gauri Mas Hütte angelangt. Zum ersten Mal seit seinem Aufbruch kam er sich töricht vor. Natürlich befand sich Gauri Ma in Sicherheit! Sein Vater hatte sich gewiß um sie gekümmert und sie an einem sicheren Platz untergebracht. Vielleicht waren sie und ihr Mann auch in die Stadt geflohen und hatten dort irgendwo Zuflucht gefunden, oder aber sie... nun, bestimmt hatten sie nicht einfach dagesessen und gewartet, bis die Flut sie einschloß. Er würde eine durchweichte, zerstörte Hütte mit eingesunkenem Dach vorfinden, leer und verlassen. Von Gauri Ma oder ihrem Mann würde keine Spur zu sehen sein. Er würde auch keinen Hinweis darauf finden, wo sie jetzt waren. Nun, vielleicht konnte er wenigstens diesen Welpen retten.

Es war, wie er gedacht hatte. Gauri Mas Hütte war nur noch ein Haufen nassen Schutts, bedeckt von den Überresten des ehemaligen Dachs. Er folgte den Geräuschen.

Sie kamen aus dem Mangobaum, der ein paar Meter entfernt hinter der Hütte stand. Es mußte dem Tier irgendwie gelungen sein, ins Geäst des Baumes hinaufzuklettern, der sich schon ziemlich weit unten gabelte. Weiß der Himmel, wie der Hund das geschafft hatte – es war immer noch zu dunkel, um in der düsteren Höhle, die von der Blattkrone gebildet wurde, etwas zu erkennen, also leuchtete Nat mit seiner Taschenlampe in den Baum hinein und ließ den Lichtstrahl suchend an seinen breiten Ästen entlangwandern. Um den Welpen zu beruhigen und zu trösten, gab er dabei leise, gurrende Geräusche von sich.

Als Antwort wurde das Wimmern nicht nur lauter, sondern verwandelte sich in einen Schwall von Worten, in menschliche Sprache, die deutlich als Tamil zu erkennen war, auch wenn es nur ein zusammenhangloses, unverständliches Gebrabbel war. Als Nat mit dem Strahl seiner Taschenlampe dessen Ursprung suchte, sah er sie. Gauri Ma, oben im Baum, keine zwei Meter von ihm entfernt, eine klapperdürre Gauri Ma, eingewickelt in ein zerlumptes Stück Sari, das nicht nur um ihren Körper, sondern auch um den Ast geschlungen war, an dem sie lehnte. Ansonsten trug sie nur noch einen zerlumpten Sari-Unterrock.

»Gauri Ma!« rief Nat und machte einen Schritt auf den Baumstamm zu, da stieß er mit dem Fuß im Wasser gegen irgend etwas. Es war etwas Großes, Schlüpfriges, vielleicht ein Holzklotz. Da sein Fuß nackt war, spürte er jedoch, daß der Gegenstand nicht rauh wie ein Holzklotz, sondern weich war, und wußte, daß es etwas anderes sein mußte. Als er den Gegenstand mit seiner Taschenlampe anleuchtete, sah er, daß es eine Leiche war, eine aufgedunsene schwarze Leiche. Entsetzt und angewidert stieß er einen Schrei aus, während Gauri Ma um so lauter plapperte. Jetzt verstand er sie. Es war ihr Mann Biku, der sie am Baum festgebunden hatte, damit sie nicht herunterfiel, wenn sie einschlief. Er hatte versucht, sich selbst auch festzubinden, was ihm aber nicht gelungen war. Im Schlaf war er dann vom Baum gestürzt und mußte sich dabei verletzt haben, denn sie hatte ihn gerufen und gerufen, er war aber nicht mehr aufgestanden. Das war schon vor ein oder zwei Tagen gewesen, und sie selbst saß jetzt schon drei Tage auf dem Baum. An einem Zweig neben sich hatte sie einen Topf voller *Iddlies* hängen, die Biku aus einer Kaffeebude am Markt mitgebracht hatte. Sie hatte nichts als *Iddlies* gegessen. Die übrigen *Iddlies* waren inzwischen jedoch alle sauer geworden, und wenn sie jetzt davon aß, würde sie krank werden. Biku war tot, und sie hatte die ganze Zeit gerufen, aber es war niemand, niemand, niemand gekommen. Dann begann sie wieder zu wimmern.

»Es ist alles in Ordnung, Ma, ich bin da und komme dich holen. Erinnerst du dich an mich? Ich bin Nat, dein *Tamby*, ich bin von ganz weit her zurückgekommen, erinnerst du dich an mich? Ich komme dich holen, Ma. Heute morgen bin ich aufgewacht und habe dich rufen gehört, weißt du, also bin ich gekommen, um dich zu holen, ist das nicht ein Wunder, Ma? Ich habe dich bis zum Haus meines Vaters rufen gehört und bin durch das große Wasser gegangen, um dich zu suchen. Es war ganz dunkel, Ma, aber ich habe dich gefunden. Siehst du, wie groß Gottes Gnade ist, Ma? Mach dir also keine Sorgen, denn dein *Tamby* ist da, um dir zu helfen. Ich werde dich zum Haus meines Vaters bringen, und du wirst nicht sterben. Biku ist zu Shiva Mahadeva heimgegangen, er hat seine Ruhe gefunden. Ma, du bist nicht allein, dein *Tamby* ist hier und wird dich in Sicherheit bringen.«

Während er redete, kletterte er zu Gauri Ma in den Baum hinauf und setzte sich neben sie. Ihr Sari war sehr fest an den Ast geknotet, und der Knoten war aufgrund der Nässe so hart geworden, daß er sich nicht lösen ließ, also nahm Nat den Stoff zwischen die Zähne und riß den Sari mitten durch. Dann legte er sich Gauri Ma vorsichtig über die Schulter und stieg wieder in die Flut hinunter. Unten angekommen, verlagerte er ihr Gewicht so, daß er sie vor der Brust in den Armen halten konnte, und trug sie durch die Fluten und den heraufdämmernden Morgen zum Dorf. Gerade, als die Sonne ihre ersten Strahlen durch eine Wolkenlücke schickte, kam Nat am Haus seines Vaters an, und so brachte er an dem Tag, an dem die Sintflut endete, Gauri Ma nach Hause. Aber er brachte nicht nur Gauri Ma, sondern auch das Glück mit sich.

Nat, so erinnerten sich jetzt alle, war der Junge mit den goldenen Händen.

40. Kapitel

Saroj

Als Saroj aufwachte, glühte sie förmlich. Trixie, die ihr die Hand auf die Stirn gelegt hatte, zog diese schnell wieder zurück und schüttelte sie, als ob sie sich verbrannt hätte.

»Kind, du bist ja ganz heiß«, sagte sie. Saroj konnte nichts anderes tun, als zu stöhnen und sich umzudrehen.

Lucy Quentin kam in einem dunkelgrünen Seersucker-Mantel und schüttelte ein Thermometer, das sie Saroj unter die Achsel steckte. Sie sammelte ein paar Kleidungsstücke vom Boden auf, warf sie über Trixies Kleiderständer, las Sarojs Temperatur ab und gab irgendwelche undefinierbaren Geräusche von sich. Saroj war zu benommen, um zu hören, was sie sagte. Sie dämmerte wieder in den Schlaf hinüber. Als sie das nächste Mal erwachte, war Ma da. Sie beugte sich über sie und wischte ihr die Stirn ab. Dann war sie wieder weg, Saroj schlief wieder ein; sie wachte wieder auf und sah Dr. Lachmansingh. Lucy Quentin. Trixie.

»Wir werden sie hierlassen«, hörte sie jemanden sagen. »... eine Infektion«, sagte jemand anderer, und: »Zuviel Aufregung, sie braucht Ruhe.« Köstliche Düfte stiegen ihr in die Nase. Ma brachte ein Tablett voller Schüsseln mit ihren Lieblingsgerichten, aber sie konnte nichts davon essen, nur schlafen, schlafen, schlafen. Sie trieb in weiche Wolken hinein, und jedesmal, wenn sie wieder daraus auftauchte, war Ma da, die sie, genau wie damals im Krankenhaus, mit ruhigen, dunklen Augen ansah. Diesmal aber war das Gesicht tatsächlich das von Ma, es war keine Halluzination. Saroj seufzte erleichtert, denn wenn eine Halluzination so real wirkte wie damals, als Ma ihr eigenes Gesicht gehabt hatte, konnte der Wahnsinn nicht mehr fern sein.

Es war, als forderte Sarojs Körper jetzt mit aller Macht die Ruhe ein, die er nach der Operation so dringend nötig gehabt hätte, die sie ihm jedoch verweigert hatte. Er fesselte sie einfach an Trixies Bett. Köstliche Heilung, süß und sirupartig wie Melasse, strömte durch ihren Körper und ihren Geist. Ihre Verbitterung schmolz unter Mas

Fürsorge dahin. Sie befand sich in den Händen eines Engels, in einem grenzenlosen Raum, in dem man die Zeit nicht messen konnte.

Es dauerte drei Tage, bis das Fieber endlich zurückging. Ma kümmerte sich weiter um sie. Endlich konnte Saroj wieder etwas essen, dann sank sie mit einem langen, tiefen Seufzer in die Kissen zurück und wünschte sich, sie hätte die Uhr einfach zurückdrehen und ihr Leben so ordnen können, daß da nur sie und Ma in einer Blase der Vollkommenheit waren, und es immer so bliebe.

»Ma…«, murmelte sie.

»Ist schon gut, Schatz, nicht sprechen. Es geht dir jetzt schon viel besser, ich habe mir solche Sorgen gemacht!«

»Ma… ich muß mit dir reden…«

»Ich weiß, Liebes, und wir werden auch miteinander reden. Wir werden ein gutes, langes Gespräch führen, aber nicht jetzt. Du mußt erst richtig gesund werden, und wenn du dich dem dann gewachsen fühlst, kannst du nach Hause kommen und…« Saroj versteifte sich ein klein wenig. Ma mußte das gespürt haben, denn sie fuhr fort: »…oder ich komme hierher. Wir könnten auch zusammen spazierengehen, nur wir beide, und ich erzähle dir eine lange, lange Geschichte, alles, was du wissen willst. Aber nicht jetzt.«

Saroj nickte und spürte, wie ihr die Tränen aus den Augen schossen. Ma trocknete ihr die Wangen mit einem Zipfel der Bettdecke.

»Weine nicht, Liebes, es wird alles gut. Das verspreche ich dir. Du darfst nie vergessen: Ich hab dich sehr, sehr lieb.«

Sie beugte sich über sie, strich ihr eine Strähne aus dem Gesicht und gab ihr einen Kuß auf die Stirn. Saroj schloß die Augen. Als sie sie wieder öffnete, war Ma gegangen. Still wie der Mond.

Der nächste Tag war ein Samstag. Saroj ging es bereits so gut, daß sie aufstehen und mit Trixie einen kleinen Spaziergang machen konnte. Sie fühlte sich gut, besser, als sie sich seit Wochen, Monaten, sogar Jahren gefühlt hatte. Stark und entschlossen, klar und frei.

Mit Saroj hinten auf dem Gepäckträger, fuhr Trixie mit dem Fahrrad zur Sea Wall.

»Es ist schon komisch«, sagte Saroj zu Trixie, als sie die kleine Steintreppe zur Mauer hinuntergingen. »Ich habe Ma vollkommen verziehen. Absolut. Es spielt keine Rolle, was sie getan hat. Und was Baba angeht…«

»Heißt das, daß du wieder nach Hause zurückgehst?«

»Nein, nein, das nicht! Aber ich fühle mich einfach irgendwie rein und dennoch stark und selbstsicher. Ich weiß, daß es richtig ist, wenn ich von zu Hause fortgehe, aber ich muß Ma nicht obendrein auch noch hassen. Ich weiß nicht. Ich will dieses Gespräch mit ihr, damit zwischen uns alles geklärt ist – es kommt mir vor, als wäre ich in nur wenigen Tagen erwachsen geworden. Jetzt bin ich bereit, mir auch ihre Seite der Geschichte anzuhören. Ich will Ma verstehen und erfahren, was in ihr vorgeht.«

»Toll! Was ich übrigens gern wüßte, ist, wer dein richtiger Vater ist! Denkst du, daß sie ihn immer noch liebt? Das Ganze ist immerhin schon ziemlich lange her, fast sechzehn Jahre. Ich meine, wir wissen zwar, daß sie sich mit einem Geliebten trifft, wenn sie angeblich zum Tempel geht, aber glaubst du, daß es immer noch derselbe Mann ist? Hat sie all die Jahre etwas mit ihm gehabt? Meine Güte, was für eine Geschichte, ich kann es gar nicht erwarten, sie zu hören.«

Saroj runzelte die Stirn. »Nun, sie kennt ihn zumindest gut genug, um ihn zu bitten, Blut zu spenden, und er war auch sofort bereit, es zu tun. Vielleicht also ...«

»Kannst du dir vorstellen, daß deine Ma mit irgend jemandem herumturtelt? Daß sie ihm Liebesschwüre ins Ohr flüstert?« Trixie kicherte und mimte die Liebeskranke, wobei sie die Hände faltete, die Augen verdrehte und Saroj schmachtend anstarrte.

Saroj kicherte ebenfalls, aber nur kurz. »Nein, das kann ich mir nicht vorstellen. Ich kann es immer noch nicht. Es wäre völlig untypisch für Ma. Ich kann mir einfach nicht vorstellen, daß sie verliebt ist, und noch weniger kann ich mir vorstellen, daß sie das tut ...« Sie rümpfte die Nase.

»Vielleicht wurde sie ja vergewaltigt.«

»Nein. Unmöglich. Schau, wenn sie vergewaltigt worden wäre, dann würde sie diesen Mann doch nicht kennen und könnte ihn auch nicht bitten, Blut zu spenden, oder?«

»Also, vielleicht hat sie ja jemand vergewaltigt, den sie kennt.«

»Lächerlich! Wer denn? Kannst du dir vorstellen, daß du, wenn dich jemand vergewaltigt hätte und du dadurch auch noch ein Kind bekommen hättest, zu ebendiesem Menschen gehen und ihn bitten würdest, Blut zu spenden? Das ist einfach nicht logisch.«

»Ach, ich meine doch keine richtige Vergewaltigung. Ich meine, da war vielleicht jemand, der scharf auf sie war, und sie war zu schüchtern, und da hat er sie irgendwie – nun, du weißt schon, mit ein bißchen Gewalt überredet, so daß sie ihre Ehre behielt, und dann hat sie sich in ihn verliebt und ...«

»Trixie, jetzt geht schon wieder deine Phantasie mit dir durch. Du spinnst ja!«

»Nun, egal, ich wüßte jedenfalls schrecklich gern, wer dein Vater ist! Meinst du, sie wird es dir sagen?«

»Sie wird es mir sagen müssen. Schließlich hat sie mir versprochen, mir alles zu sagen, was ich wissen will.«

»Wann wirst du mit ihr reden?«

»Nun, morgen wäre vielleicht ein guter Tag dafür. Warum also nicht.«

»Ach übrigens, würde es dich stören, wenn ich heute abend nicht zu Hause bin?«

»Was hast du vor?«

»Ich gehe aus.«

»Trixie, warum mußt du immer so verdammt geheimnisvoll tun?«

»Okay. Ich gehe zu einem Barbecue. Oben im Diamond Estate. Aber das Beste ist ...« Ihre Augen leuchteten vor Begeisterung, und sie packte Sarojs Hand. »Wer glaubst du, geht mit mir dorthin?«

»Wie in aller Welt soll ich das denn wissen? Ich bewege mich nicht in deinen gehobenen Kreisen.«

»Also gut ... dann paß auf ... Saroj, es ist Ganesh, dein Traum von einem Bruder! Während du krank warst, hat er angerufen und sich nach dir erkundigt. Wir haben ein bißchen miteinander geplaudert. Daraus wurde dann ein langes Gespräch, ungefähr vier Stunden lang, und schließlich hat er mich gefragt, ob ich einmal mit ihm ausgehen würde! Kannst du dir das vorstellen? Ich glaub's immer noch nicht! Zum Diamond Barbecue! Ich brenne schon den ganzen Tag darauf, es dir zu sagen. Dann aber dachte ich wieder, daß ich es dir vielleicht doch nicht sage, weil du möglicherweise böse sein würdest. Aber o Himmel, ich kann einfach kein Geheimnis für mich behalten, und ich will sowieso nicht, daß es ein Geheimnis bleibt. Ach Saroj, ich bin einfach verrückt nach ihm!«

An diesem Abend, als Trixie gegangen und Saroj allein im Haus war, rief Ma an.

»Es geht mir gut, Ma! Es ist niemand zu Hause. Es ist schön ruhig hier. Ich habe wieder zu lernen angefangen.«

»Kind, du sollst dich doch erholen!«

»Ja, Ma, aber die Prüfungen finden schon in ein paar Wochen statt, und ich habe eine ganze Unterrichtswoche versäumt. Kommst du morgen?«

»Ja, das ist es, was ich dir sagen wollte. Ich habe diese Woche einen Brief von einem alten Freund aus Indien erhalten, von dem ich schon jahrelang nichts mehr gehört hatte. Ich habe die ganze Woche darüber nachgedacht und habe jetzt eine Entscheidung getroffen. Liebes, ich werde nach Indien fahren. Und... würdest du mitkommen? Ich würde dich dort gern mit ein paar besonderen Menschen bekannt machen und...«

»Mit dir nach Indien fahren? Jetzt?«

»Also, nicht sofort, natürlich. Wenn du deine Prüfungen hinter dir hast. Warum läßt du dich nicht für eine Weile vom Unterricht befreien, dann könnten wir gemeinsam fahren? Da gibt es so vieles, was ich dir erzählen und zeigen will. Wir hätten schon vor langer, langer Zeit miteinander reden sollen. Da ist so vieles, das du erfahren solltest. Da du eine Klasse übersprungen hast, würde es doch wirklich nichts ausmachen, wenn du ein Jahr verlierst!«

»Ma! Ich will möglichst schnell mein Abitur machen. Ich will kein Jahr verlieren! Vielleicht nach dem Abitur!«

»In zwei Jahren?«

Ma klang so enttäuscht, daß Saroj am liebsten die Hand ausgestreckt und sie getröstet hätte. Ihre Mutter kam ihr wie ein kleines Kind vor, dem sie einen Herzenswunsch verweigerte.

»Ach, Ma, du warst schon so lange nicht mehr in Indien, da macht es doch keinen großen Unterschied, wenn du noch zwei Jahre länger wartest. Warte einfach, bis ich mit der Schule fertig bin!« Sarojs Einwand endete mit einem hohen Jammerlaut. Das, was Ma da verlangte, nämlich die eine Sache in ihrem Leben aufzuschieben, die ihr Hoffnung und die Kraft zum Durchhalten gab, die eine Sache, für die es sich zu leben lohnte, das war ihr unmöglich! Ma machte eine Pause, bevor sie antwortete.

»Nun, du hast natürlich recht. Aber ich hatte einfach so ein Gefühl, daß wir es jetzt tun sollten. Ohne deinen Vater, natürlich. Nur wir beide.«

»Baba würde dich gehen lassen? Er würde dir das Geld für die Reise geben?«

»Das laß mal meine Sorge sein.«

»Ma, ich – ich weiß nicht. Ich bin, wenn ich ehrlich sein soll, von dieser Idee nicht gerade begeistert. Ich werde aber darüber nachdenken. Muß es wirklich Indien sein?«

»Du bräuchtest überhaupt nicht mehr hierher zurückkommen. Ich könnte dich auf der Rückreise bei Richie und Ganesh in London lassen. Du könntest bei ihnen bleiben und dort dein Abitur machen.«

»Ma! Das wäre möglich? Wirklich?«

»Ja. Auf diese Weise wärst du deinem Ziel doch ein ganzes Stück näher, nicht wahr?«

»Aber dann werde ich das Guyana-Stipendium nicht bekommen! Und wer bezahlt dann mein Studium?«

»Laß das meine Sorge sein! Vielleicht bleibe ich ja bei dir in London. Oder ich bleibe in Indien. Wer weiß? Aber ... hör zu, Liebes, dein Vater kommt gerade nach Hause, ich habe eben sein Auto gehört. Ich komme morgen gegen zehn Uhr vorbei, und dann unterhalten wir uns noch ein bißchen. In Ordnung?«

»In Ordnung. Auf Wiedersehen, Ma. Und ... danke.«

»Ich hab' dich lieb, Saroj. Das darfst du nie vergessen.«

»Ich – ich hab' dich auch lieb, Ma.«

Da. Es war heraus. Und es war nicht halb so schwierig gewesen, wie sie gedacht hatte. Und es war die Wahrheit.

Mitten in der Nacht klingelte das Telefon und riß Saroj aus dem Schlaf. Hartnäckig forderte es mit schrillem Klingeln Aufmerksamkeit, und obwohl sie noch ganz schlaftrunken war, gefror ihr das Blut in den Adern. Sie packte ihr Kopfkissen und vergrub den Kopf darunter. Als das Telefon zu schrillen aufgehört hatte, nahm sie das Kissen weg und lauschte in die Stille hinein, die nur von Lucy Quentins Stimme unterbrochen wurde. Sie hallte über die Wände, klang leise und benommen, dennoch so deutlich, so bedeutungsschwanger, daß schon das erste Wort den Schlaf und die Nacht aus Sarojs Bewußtsein vertrieb und sie mit klopfendem, wissendem Herzen zuhörte, mit einem Wissen, das nicht von außen kommt, sondern von irgendeinem tiefen, vergessenen Instinkt herrührt:

»O Gott ... Nein ... O verdammt. O Gott ... Sind Sie sicher? Ist die

Feuerwehr... Himmel, nein... Was soll ich ihr nur sagen? O Gott... Ja... Morgen. Soll ich kommen... Kann ich helfen... Ich verstehe... Ja, Sie haben recht, ganz recht. Ich weiß, daß sie nicht in der Verfassung ist... Es ist besser, ich sage es ihr, wenn sie aufwacht, selbst. O Gott. Das ist schrecklich, einfach schrecklich. O gütiger Himmel. Dann bis morgen... Ja... Ja... Ja... Mr. Roy, was kann ich Ihnen nur sagen...«

Lucy Quentin stand, den Hörer noch immer in der Hand, wie versteinert vor dem Telefon und starrte die Wand an. Daß Saroj hinter ihr das Zimmer betreten hatte, merkte sie gar nicht.

Saroj fuhr im Nachthemd mit dem Fahrrad wie wild durch die stillen, dunklen Straßen, dorthin, wo einmal das Haus der Familie Roy gestanden hatte. Jetzt waren da nur noch Feuer, eine Wand aus Feuer, eine Lohe, die in den schwarzen Nachthimmel schoß, und tückische Flammenzungen, die aus den Fensterhöhlungen leckten. Ein tosendes Inferno, so heiß, daß man sich ihm nicht nähern konnte. Sechs Feuerwehrautos standen in der Waterloo Street. Feuerwehrleute und Polizeibeamte drängten die Menge zurück, die zusammengeströmt war, andere Feuerwehrmänner versuchten den Brand zu löschen. Das Wasser verdampfte zischend.

Saroj kämpfte sich durch die Menge, rief laut nach Ma. Sie erreichte die erste Reihe und fiel Ganesh in die Arme. Dann wurde sie ohnmächtig.

41. Kapitel

Nat

Obwohl die Regenzeit zu Ende war, hatte es Tage gedauert, bis die Fluten so weit zurückgegangen waren, daß man überhaupt einen merklichen Unterschied sah. Selbst als die vollgesogene Erde wieder zum Vorschein kam, konnte man noch lange nicht zum Alltag zurückkehren. Fast alle Hütten im Dorf waren zerstört, und so hatte sich an der Situation nichts geändert: Alle Frauen und Kinder blieben im Haus des Doktors und in Henrys Haus, während die Männer im Schulhaus wohnten, in dem es jetzt, da sie die Äste entfernt hatten und auf dem Zementboden schlafen konnten, wesentlich bequemer war.

Die Sonne allerdings tat allen wohl. Selbst an jenem ersten Tag, dem Tag, an dem Nat Gauri Ma nach Hause getragen hatte, zeigte sich auf den Gesichtern, die abgespannt und müde waren, ein Lächeln. Kinder gingen hinaus, um im Wasser zu spielen, Frauen brachten die feuchte Kleidung, die sich über Tage und Wochen angesammelt hatte, hinaus und hängten sie zum Trocknen über Bäume und Büsche. Sie banden die Enden ihrer nassen Saris an die Äste, so daß sie wie lange vielfarbige Banner im Sonnenlicht flatterten.

Der Doktor brachte in Erfahrung, daß jene, deren Zuhause zerstört oder schwer beschädigt worden war, eine staatliche Unterstützung zum Bau neuer Hütten beantragen konnten. Die Dorfbewohner hatten jedoch keine Ahnung, an wen sie sich wenden und was sie dafür tun mußten. Außerdem verfügten die meisten von ihnen nicht über ausreichende Kenntnisse im Lesen und Schreiben, um die entsprechenden Formulare ausfüllen zu können. Die Männer und die Dorfältesten hielten also zusammen mit dem Doktor, Nat und Henry im Schulhaus eine Versammlung ab. Nat bekam die Aufgabe übertragen, sich um den Wiederaufbau des Dorfes zu kümmern. So kam es, daß er jeden einzelnen Dorfbewohner und alle seine Freunde aus früheren Zeiten wiedertraf. Er besichtigte mit ihnen die Schäden, rettete das, was noch zu retten war, hörte sich ihre Klagen an, füllte die entsprechenden Formulare aus und suchte mit ihnen zusammen, jeweils grüppchenweise, die zuständigen Behörden in der Stadt auf, wo ein gelangweilter Beamter die Formulare einsammelte und jeden Antragsteller mit seinem Daumenabdruck unterzeichnen ließ.

Da die Hilfe, die ihnen zustand, nur langsam anlief und das Zusammenleben auf engstem Raum bei manchen Dorfbewohnern nicht gerade die besten Charaktereigenschaften zum Vorschein brachte – schon bald fingen einige Streit an und teilten sich ihrer Kaste entsprechend in Gruppen auf (Gauri Ma bekam für sich allein die hintere Veranda von Henrys Haus zugewiesen, so daß sie schließlich mehr Platz zur Verfügung hatte als jeder andere im Dorf) –, stellte ihnen der Doktor das benötigte Geld so lange als zinsloses Darlehen zur Verfügung, bis die Geldmittel aus den Nothilfefonds eintrafen – falls das überhaupt jemals geschehen würde. Da der Doktor alle Hände voll zu tun hatte, die Kranken zu behandeln, war es wieder Nat, der in die Stadt fuhr, um Ziegel und Kokospalmwedel für die Dächer zu kaufen und dafür zu sorgen, daß sie en gros auf Ochsenkarren ins Dorf gebracht wurden. Er beaufsichtigte auch die Wiederaufbauteams und schlichtete die heftigen Streitereien, die entbrannten, weil man sich nicht darüber einigen konnte, in welcher Reihenfolge die Hütten gebaut werden sollten. Aber Nat war einer von ihnen, er war ihr *Tamby* und jetzt außerdem (so glaubten sie) ein *Daktah.* Obwohl er ein ganzes Stück jünger war als viele, die unter seiner Autorität standen, respektierten sie ihn wegen seines freundlichen Tons, der stets ehrerbietig und taktvoll war und mit einer sachlichen Effizienz einherging, die Willfährigkeit forderte und auch erhielt. Sie nannten ihn den *Tamby Daktah,* den kleinen Doktorbruder, eine Bezeichnung, die in treffender Weise die Mischung aus Respekt und Zuneigung widerspiegelte, die sie ihm gegenüber empfanden.

Nat erwarb sich darüber hinaus die Titel »Bringer des Sonnenscheins« und »Zerstreuer des Regens«, denn er war es gewesen, den sie an diesem ersten Morgen gesehen hatten, als er, in Sonnenlicht getaucht und Gauri Ma in den Armen, strahlend wie ein junger Gott, durch das Tor gekommen war. Als sie dann hörten, wie er durch die dunkle Wasserwelt in die Nacht hinausgegangen war und Gauri Ma in der undurchdringlichen Schwärze gefunden und sie vor dem sicheren Tod bewahrt hatte (wäre er nicht gekommen, wäre sie mit Sicherheit gestorben), schlugen sie sich ehrfurchtsvoll auf die Wangen und staunten über dieses Wunder. Nat galt nun als ein wahrer Sohn Gottes. Selbst Gauri Ma begegnete man, wenigstens ein paar Tage lang, mit einer Achtung, wie sie sie in ihrem ganzen Leben noch nicht erfahren hatte (allerdings war diese Achtung dann doch nicht so groß, daß man die Unterkunft mit ihr geteilt hätte; genaugenommen hatten einige der Frauen zuerst sogar Einwände dagegen erhoben, mit Gauri Ma unter einem Dach zu schlafen, woraufhin der Doktor erklärte, dann müßten sie eben draußen schlafen), denn Gott hielt gewiß Seine schützende Hand über sie und hatte Seine Gnade in Gestalt von Nat über sie ausgeschüttet. Nat akzeptierte die Bewunderung der Leute, die sich manchmal bis zur Lobhudelei steigerte, mit der angemessenen Demut, da er jetzt wußte, daß es seine Pflicht war, seinen Kopf zu neigen und zu dienen. Wenn er goldene Hände habe, so sei das nicht sein Verdienst, erklärte er ihnen, sondern eine Gottesgabe, die im Dienste Gottes einzusetzen sei.

Die zurückgehende Flut hinterließ auf der Erde eine Dreckschicht, die erst einmal fortgeräumt werden mußte, bevor man irgend etwas anderes in Angriff nehmen konnte, denn dieser Dreck enthielt auch Fäkalien, da die Dorfbewohner keine andere Wahl gehabt hatten, als sich im Wasser zu erleichtern. Natürlich konnte die Aufgabe, die Fäkalien zu entfernen, niemand anderem als den Mitgliedern der Dungträgerkaste übertragen werden, und so brach wieder Streit aus, weil der Dreck überall lag und niemand seinen Fuß darauf setzen wollte, die Dungträger aber mit ihrer Arbeit nicht schnell genug vorankamen. Also schloß sich Nat, der die Streitereien endgültig satt hatte, den Dungträgern an und half ihnen, den Dreck fortzuräumen, und das brachte die Streithähne zum Schweigen. Und es war abermals Nat, der einen Graben ausheben half, tief genug, daß man den fäkalienverseuchten Boden darin entsorgen konnte. Es war Nat, der knietief in einem anderen Graben mit fäkalienverseuchtem Abwasser stand, Nat, der kotbespritzt und stinkend aus dem Graben wieder auftauchte. Das minderte die Wertschätzung, die ihm die Dorfbewohner entgegenbrachten, jedoch nicht im geringsten. Im Gegenteil, sie verneigten sich vor ihm, wenn sie ihn sahen, denn etwas Derartiges hatten sie noch nie erlebt. Daß der Sohn eines *Sahibs* in einen Kanal voller Fäkalien stieg und sich mit Kot beschmutzte, war ganz gewiß ein Zeichen großer Heiligkeit, denn nur ein Heiliger betrachtete Kot nicht anders als Gold und zeigte sich beidem gegenüber in gleicher Weise leidenschaftslos, weder abgestoßen von dem einen noch angezogen von dem anderen.

Sobald es die Bedingungen zuließen, stürzten sich die Dorfbewohner in heftige Aktivität. Die Frauen trugen im Akkord die Pfannen mit rotem Schlamm, der als Mörtel diente, herbei, während die Männer aus gebrannten roten Ziegeln Hütten bauten, die weit stabiler waren als jene, die zerstört worden waren. Die Mehrkosten dafür übernahm der Doktor. Als sie damit fertig waren und sie die Hütten mit Strohdächern versehen hatten, verputzten sie die Wände mit einer Paste aus Kuhdung und kalkten sie dann weiß, so daß das Dorf ganz neu aussah und strahlte wie nie zuvor.

Die ganze Arbeit nahm mehrere Wochen in Anspruch. Nat hatte sein Versprechen, Govind nach einer Woche in Bangalore zu besuchen, nicht vergessen. Da er das Dorf jetzt jedoch unmöglich verlassen konnte, schrieb er ihm einen Brief, in dem er ihm die Situation erklärte. Er erhielt umgehend eine Antwort. Govind und die übrigen Bannerjis seien sehr enttäuscht et cetera, et cetera, dies um so mehr, als die Bannerji-Eltern einen Vorschlag, nein, vielmehr eine Bitte an Nat herantragen hatten wollen, welche Govind ihm nun schriftlich zu übermitteln gezwungen war. Nat erinnerte sich vielleicht daran, daß Govind ihm von einem Flugzeugabsturz, der sich vor ein paar Jahren ereignet hatte, erzählt habe. Einige Mitglieder der Familie Bannerji waren Passagiere in diesem Flugzeug gewesen. So auch Arun, der jüngste Sohn. Arun hatte infolge dieses Absturzes ein schweres Trauma erlitten (er war zu diesem Zeitpunkt erst vierzehn gewesen, ein Alter, in dem ein junger Mensch sehr empfänglich ist) und weigerte sich nun beharrlich, jemals wieder in ein Flugzeug zu steigen. Da Arun demnächst in England zu studieren beginnen sollte, würde er aufgrund seines Traumas nicht mit dem Flugzeug, sondern mit dem Schiff reisen müssen. Für sich genommen war das kein Problem, da der Junge aber erst achtzehn Jahre alt und ein eher schüchterner und sensibler Mensch war, versetzte allein der Gedanke daran, daß er eine solche Fahrt allein unternehmen sollte, die ganze Familie in helle Aufregung. Da Nat nun etwa zur gleichen Zeit nach England zurückkehren würde, bat ihn die Familie Bannerji inständig, seine Rückreise nicht mit dem Flugzeug, sondern mit dem Schiff anzutreten, wobei er Aruns Kabine teilen und als sein Begleiter und Beschützer fungieren sollte. Die Bannerjis würden selbstverständlich alle Kosten übernehmen. Sie waren der Meinung, daß eine Seereise nicht unbedingt eine schlechte Alternative sei, da man für Arun eine Kabine erster Klasse, in der es noch eine freie Koje gab, gebucht hatte. Sie waren fest davon überzeugt, daß die beiden jungen Männer eine durchaus angenehme Reise haben würden, da sie als Erste-Klasse-Passagiere nicht nur alle erdenklichen Annehmlichkeiten wie etwa das hervorragende Essen etcetera genießen könnten, sondern auch Gelegenheit hätten, ihre Bekanntschaft zu vertiefen – die sie dann in England natürlich weiterpflegen könnten. Sobald das Schiff in Southampton anlegte, wäre Nat von seiner Verantwortung entbunden, da Arun dort von seiner älteren Schwester und ihrem Mann abgeholt werde, um dann mit ihnen nach Hampshire zu fahren. Nat wolle bitte so freundlich sein und ihnen seine Antwort telegrafieren, damit sie die entsprechenden Vorbereitungen treffen könnten.

Nat las diesen Brief dem Doktor und Henry nach dem Mittagessen laut vor, während sie alle auf der Veranda saßen, Kaffee tranken und Milk Bikis aßen. Er faltete den Brief zusammen und blickte auf, um zu sehen, wie die beiden reagierten. Er selbst war sich unschlüssig. Der Gedanke an eine Seereise, wenn auch in Gesellschaft eines scheuen und sensiblen jungen Mannes, der zweifellos viel von seiner Aufmerksamkeit fordern würde, hatte durchaus seinen Reiz. Nat hatte das Meer schon immer geliebt, in seinem Leben bislang aber nur wenig davon gesehen, zu wenig, wie er fand. Außerdem verspürte er immer noch ein bißchen Sehnsucht nach der beruhigenden, heilenden Wirkung eines Urlaubs am Meer, den der Monsun leider vereitelt hatte.

Andererseits war er endlich zu Hause. Seit im Dorf mehr oder weniger der Alltag eingekehrt war, half Nat seinem Vater wieder in der Praxis. Jetzt wußte er, daß er ein Arzt war, daß das Leben ihm diese Aufgabe übertragen hatte und ihm die Gabe des Heilens gegeben, ihm goldene Hände geschenkt hatte, und vor allem wußte er jetzt, daß sein Platz hier war.

Hier, inmitten von Unglück und Elend, während er alles gab, was er zu geben vermochte, um die Not jener Menschen, die ihn hilfesuchend ansahen, zu lindern, hatte er inneren Frieden gefunden. Hier gehörte er hin, das wußte er jetzt. Auch nur einen Tag früher als geplant abzureisen erschien ihm als Opfer, das er einfach nicht bereit war zu erbringen. Allein der Gedanke an London ließ eine Panik in ihm aufsteigen, die diesen Frieden verdarb. Er hatte Angst, all das, was er gefunden hatte, all das, was er gelernt hatte, im Chaos des Stadtlebens wieder zu verlieren.

Und jetzt dieser Brief. Er enthielt eine Bitte, aber, wie er zugeben mußte, auch eine Verlockung. Die Bannerjis waren ihm gegenüber stets großzügig gewesen, hatten ihn am Wochenende als Gast bei sich aufgenommen, hatten ihm ihre Freundschaft geschenkt und ihn an einem Leben teilhaben lassen, das er sonst nie kennengelernt hätte. Und dieses Leben hatte sich, obwohl es, wie er wußte, genau das Gegenteil von dem war, was das Schicksal für ihn vorgesehen hatte, als überaus wichtig für ihn erwiesen: Er war erwachsen geworden, war gereift. Er hatte Fehler gemacht, aus denen er jedoch viel gelernt hatte. Jetzt wollten sie ihn abermals an diesem Leben teilhaben lassen. Ihm winkte ein Erste-Klasse-Ticket auf einem Passagierdampfer, Luxus, Vergnügen und Entspannung. Der Doktor und Henry lächelten ihn an, grinsten richtig, so als könnten sie seine Gedanken lesen und wüßten um seinen inneren Kampf. Was für ein Kampf? Das Ganze war genaugenommen doch vollkommen klar. Er hatte ein Rückticket nach London, doch diesen Flug hatte er innerlich bereits abgesagt; es bestand also kein Grund, daß dieser Brief irgend etwas ändern würde. Der Doktor und Henry wußten allerdings nicht, daß er sich insgeheim schon entschieden hatte, nicht nach London zurückzukehren. Sie gingen davon aus, daß er in vier Wochen wieder in London bei seinem Job und in seinem Zimmer in Notting Hill sein würde.

»Also?« sagte der Doktor. »Nimmst du das Angebot an?«

»Ich weiß es nicht. Wirklich«, meinte Nat ausweichend. »Vermutlich sollte ich es annehmen, wenn man bedenkt, wie freundlich sie immer zu mir waren. Aber ich will dich nicht mit der ganzen Arbeit hier allein lassen, Dad, ich meine …«

»Ob du nun drei Wochen früher oder später abreist, macht keinen großen Unterschied«, sagte der Doktor. »Wenn es also das ist, was dich beunruhigt …«

»Es ist nicht nur das«, sagte er zögernd. »Trotzdem, Dad, ich will nicht einfach vor all dem hier davonlaufen. Ich meine, nein, davonlaufen ist eigentlich nicht das richtige Wort, denn wie kann man vor einem Ort, den man liebt, und vor einer Arbeit, die man liebt, davonlaufen? Die Sache ist die, daß ich beschlossen habe, hierzubleiben und dir weiter in der Praxis zu helfen. Wenn ich an London und an den Job denke, der dort auf mich wartet, dann sage ich, zum Teufel damit, und bleibe für immer hier...«

Der Doktor lächelte und lehnte sich an die weißgekalkte Hauswand.

»Weißt du, Nat, es war ein großes, großes Risiko, dich in den Westen zu schicken. Ich hätte dich verlieren können, und das wäre auch fast geschehen. Ich habe dich gehen lassen, obwohl ich wußte, daß die Welt ihre Tentakel nach dir ausstrecken würde und alles versuchen würde, dich einzufangen. Ich habe das Risiko jedoch bewußt auf mich genommen, denn die Arbeit, die wir hier machen, ist weder etwas für Schwächlinge noch für Eskapisten. Man muß sich bewähren, bevor man sie in Angriff nehmen kann. Man muß um seine Schwächen wissen, bevor man seine Stärken kennenlernt. Deshalb habe ich dich gehen lassen. Ich wollte, daß du dich bewährst, ich wollte, daß du alles erfährst, was es zu erfahren gibt, und siehst, was dir die Welt zu bieten hat, bevor du deine Entscheidung triffst. Und diese Entscheidung sollte aus freiem Willen geschehen und nicht nur deshalb, weil du eigentlich gar keine andere Wahl hattest.«

»Das alles scheint mir jetzt so unendlich weit weg, Dad, so unwirklich. Als wäre das ein anderer Mensch gewesen, verkleidet, ein Clown, der eine lächerliche Parodie meiner selbst gibt, im Kreis herumtrippelt und sich nicht einmal bewußt ist, daß er sich zum Narren macht. Ich bin jetzt um so vieles erwachsener geworden. Ich kann nicht wieder der werden, der ich einmal war. Dad, laß mich hier bleiben!«

»Nein. Ich habe dir schon am Tag deiner Rückkehr gesagt, daß wir dich brauchen. Aber wir brauchen hier einen wirklich qualifizierten Mann. Als ich dich damals nach England schickte, geschah es genau aus diesem Grund: damit du dich qualifizierst. Nun gut, du hattest etwas andere Vorstellungen und bist eine Weile deinen eigenen Weg gegangen. Aber, Nat, wenn es dir mit deiner Arbeit hier ernst ist, dann gibt es keinen anderen Weg. Es gibt hier immer mehr zu tun. Kein indischer Arzt, der einigermaßen bei Verstand ist, wird hierher kommen und praktisch unentgeltlich arbeiten wollen, noch weniger ein europäischer. Und ich kann die ganze Arbeit nicht allein bewältigen. Ich habe es bis heute geschafft, und wenn ich muß, werde ich es auch noch länger schaffen. Wenn du mir aber wirklich helfen willst, dann geh zurück an die Universität und beende, was du angefangen hast. Geh zurück, Nat. Geh zurück und werde Arzt.«

42. Kapitel

Saroj

Ma. Tot. Diese beiden Worte paßten einfach nicht zusammen. Sie hoben sich gegenseitig auf. Wo Ma war, war für den Tod kein Platz, weil Ma das Leben war. Ma war die eigentliche Basis von Sarojs Dasein, nicht nur ein Körper, der lebte und sich in einem Haus in der Waterloo Street bewegte, sondern das Sein selbst, das Dasein, das still und heimlich in die Struktur ihres Lebens eingedrungen war, und zwar mit keinem anderen Zweck, als einfach nur zu sein. Dieses Sein war ihr Leben, und Ma war das Leben. Sie war da, jetzt, immer, in Saroj, sie war der eigentliche Nährboden für alles, was Saroj war, die stille Kulisse, die ihre Welt zusammenhielt. Und jetzt war diese kleine Welt in Flammen aufgegangen, hatte die Kulisse, die Ma gebildet hatte, mitgenommen und hinterließ... nichts.

Wie konnte jemand, der lebendig gewesen war, plötzlich einfach tot sein? Einfach nicht mehr existieren? Einfach nicht mehr da sein? Wie kann jemand einfach zu existieren aufhören?

Aber Ma war tot. Fort.

Und Saroj war zu Stein geworden. Sie nahm die Welt um sich herum lediglich wahr, ohne darauf zu reagieren. Sie sah Trixie, die verzweifelt versuchte, ihrer versteinerten Seele eine Reaktion zu entlocken. Selbst weinend, flehte sie Saroj an, ebenfalls zu weinen. Saroj aber konnte nicht, weil Steine keine Tränen haben. Sie nahm Lucy Quentin wahr, die vernünftig und freundlich versuchte, das Leben weitergehen zu lassen wie zuvor, und die all die vernünftigen und freundlichen Dinge sagte, die man bei solchen Anlässen zu sagen pflegt.

Baba kam. Besorgt und verwirrt versuchte er seine Tochter zu trösten, die untröstlich war. Saroj hörte, wie er mit Lucy Quentin stritt. Sie wußte sogar, worüber sie stritten, denn sie hörte jedes Wort. Baba wollte sie zu Indrani bringen. Lucy Quentin war damit überhaupt nicht einverstanden. Lucy Quentin setzte sich letztlich durch. Baba konnte Saroj schließlich nicht einfach aus dem Haus schleifen. Sie war ein ziemlich schwerer Stein.

Also blieb sie, wo sie war. Sie ging nicht einmal zur Totenfeier.

Der menschliche Geist besitzt jedoch eine außergewöhnliche Regenerationsfähigkeit, selbst ein menschlicher Geist in Form eines Steins. Am Ende jener Woche spürte Saroj dann zum ersten Mal, daß sich in dem Stein, zu dem ihr Herz geworden war, vage etwas zu regen begann. Es war wie die ganz leichte Berührung einer Feder, als würde Ma einen heilenden Balsam auf den dicken Klumpen aus Nichts streichen, und dieser Balsam brachte Heilung, Leben und Bewegung. Danach ging das Erwachen rasch vonstatten.

Jetzt nahm Saroj zum ersten Mal die Einzelheiten dessen, was geschehen war, bewußt wahr. Der Grund für das Feuer war inzwischen klar: Es war Brandstiftung gewesen.

Ein Zeuge hatte in dieser Nacht, kurz bevor der Brand ausgebrochen war, eine Gruppe schwarzer Hooligans auf der Waterloo Street gesehen. Einer von ihnen hatte etwas in der Hand gehabt, das wie eine Kerosinflasche aussah, es hätte aber genausogut auch eine Flasche Rum gewesen sein können. Ihre Nachbarn, die Persauds, hatten in der Nähe des Hauses etwa um Mitternacht lautes Gegröle gehört. Mr. Persaud hatte noch aus dem Fenster geschaut und Leute auf der Brücke stehen sehen. Er hätte ihnen zugerufen, sie sollten verschwinden, und sie waren auch gegangen. Da Ganesh und Baba noch nicht zu Hause waren, war das Tor nicht abgesperrt gewesen. Die Hooligans waren offenbar zurückgekehrt, hatten das Grundstück betreten und einen Molotowcocktail in die Küche geworfen, denn dort war das Feuer ausgebrochen. Es hatte rasch auf das Wohnzimmer übergegriffen. Die ersten Flammen hatte man auf der Rückseite aus den Fenstern im Erdgeschoß schlagen sehen. Als die Feuerwehr eintraf, brannte das Haus schon lichterloh. Mas verkohlte Überreste fand man vor der Tür zum Turm. Sie hatte immer noch ihr Schwert in den Händen. Anscheinend hatte sie noch versucht, die Tür aufzustemmen, genau wie Saroj es am Tage ihres Selbstmordversuchs getan hatte, war aber wohl aufgrund der Rauchentwicklung bewußtlos geworden.

Fragen über Fragen und Antworten, die Mas Tod in der Rückschau zu einer Farce machten, einer sinnlosen, vermeidbaren Tragödie der Irrungen. Warum besaß dieses Holzhaus keine Feuerleiter? Nun, eine Feuerleiter war erst vor kurzem in Auftrag gegeben worden, unglücklicherweise jedoch… aber egal, der Turm wäre für den

Fall eines Brandes als Notausgang durchaus geeignet gewesen. Tatsächlich war der Turm der einzige Teil des Hauses, der stehengeblieben war. Warum hatte Mrs. Roy das Haus dann nicht über das Treppenhaus im Turm verlassen? Nun, weil die Tür zum Turm vom Treppenhaus her verriegelt gewesen war. Und warum war die Tür verriegelt? Weil die Tochter der Familie sie ein paar Tage zuvor in ihrem Ärger verriegelt hatte. Und warum war Mrs. Roy dann nicht einfach durch die Zimmer oben gegangen, um den Turm von der anderen Seite aus zu erreichen? Nun, weil der Herr des Hauses vor zwei Jahren die Tür des Badezimmers, die zum angrenzenden Zimmer, dem Zimmer des älteren Bruders, führte, verriegelt hatte, um die vorher erwähnte Tochter einzusperren, und weil niemand je daran gedacht hatte, diese nie benutzte Tür wieder zu entriegeln.

Und warum war der Sohn des Hauses, der die Tür zum Badezimmer von seinem Zimmer aus hätte öffnen können, nicht zu Hause gewesen? Nun, weil er gerade einem afrikanischen Mädchen, der Tochter der großmäuligen Gesundheitsministerin, den Hof machte. Und warum war der Herr des Hauses, der hätte helfen können, die Tür aufzubrechen, Bettlaken zusammenzuknoten oder ähnliches, nicht zu Hause? Nun, weil er auf einer politischen Versammlung war, wo er gegen die Gewalt der Afrikaner wetterte. Der Kreis hatte sich geschlossen.

Der *Chronicle* zerpflückte die Geschichte der Roys, legte die ganzen schauerlichen Details offen, freute sich hämisch über ihre Fehler und machte in alle Richtungen Schuldzuweisungen. Die einzige, die dem Zorn entging, war Ma, das Opfer all ihres kleinlichen Gezänks und ihrer selbstsüchtigen Bosheiten.

»Saroj, Telefon!«

»Mmmh?« Saroj blickte vom *Chronicle* auf, der der Analyse des Brandes eine ganze Doppelseite gewidmet hatte. Sogar der Leitartikel hatte die Familie Roy zum Thema. Deodat Roy hätte den Mund zu weit aufgerissen, schrieb der Redakteur. Er selbst habe jahrelang den Rassenhaß geschürt, und dies sei nun das vorhersagbare und tragische Ergebnis seiner Haltung.

»Es ist für dich«, rief Lucy Quentin. Saroj hatte es nicht einmal klingeln hören, nun aber stand sie auf und ging zum Telefon, um das Gespräch entgegenzunehmen.

»Hi.« Es war Ganeshs Stimme, aber es war ein anderer Ganesh. Ein tief betroffener Ganesh, nur noch ein Schatten des Bruders, den Saroj gekannt hatte. So wie sie der Schatten seiner Schwester war. Sie waren alle schuldig, Baba, Ganesh und Saroj. Das sagten alle, es war allgemein bekannt. Sie hatten alle drei unbewußt zusammengewirkt und Ma getötet. Mit der Last dieses schrecklichen Wissens würden sie nun leben müssen, aber dies war seit dem Brand das erste Mal, daß Ganesh mit Saroj redete.

»Wie geht es dir, Gan?«

»So einigermaßen, denke ich. Hör zu, Saroj, ich kann einfach nicht länger in diesem Land bleiben. Ich habe für nächste Woche einen Flug nach London gebucht, das wollte ich dir nur sagen. Vielleicht könnten wir uns ja vorher noch einmal sehen.«

»Ach, Gan!« Jetzt auch noch das – Entsetzen, Kummer, Schuldgefühle, und jetzt ging Gan auch noch so plötzlich nach England.

»Das Leben muß für uns weitergehen, Saroj, Ma hätte das so gewollt. Das ist es, was ich dir noch sagen wollte. Deshalb gehe ich auch nach London, nur eben ein bißchen früher als geplant. Baba sagte mir, daß du weder mit jemandem reden willst noch sonst irgend etwas machst. Geht es dir inzwischen besser?«

»Ja, aber, Gan …«

Es tat gut, mit Gan zu reden, ihre Schuldgefühle auszusprechen, statt sich fruchtlosen Was-wäre-wenn-Spielchen hinzugeben.

Schließlich beendete Ganesh das Ganze.

»Saroj, du mußt dich jetzt beruhigen. Es ist vorbei, und wir müssen weiterleben. In weniger als vier Wochen finden deine Prüfungen zur mittleren Reife statt, und du hast schon zwei Unterrichtswochen versäumt. Ich möchte, daß du am Montag wieder zur Schule gehst, so fleißig lernst, wie du kannst, und großartige Ergebnisse erzielst, eben genau so, wie du das getan hättest, wenn das hier nicht passiert wäre.«

»Ach, Ganesh! Ich kann das nicht! Ich kann im Moment nicht einmal an die Schule denken, mittlere Reife hin oder her!«

»Du mußt, Saroj. Du mußt es wirklich. Hör zu, wenn du es nämlich nicht tust, wird Baba dich verheiraten. Ich habe gehört, wie er sich mit Mr. Narain unterhalten hat. Die Ghoshs wollen dich zwar nicht mehr haben, aber Baba sucht schon einen neuen Ehemann für dich. Er sagt, jetzt, da Ma nicht mehr da ist, brauchst du jemanden, der sich um dich kümmert, und …«

»Das glaube ich einfach nicht! Nicht, nachdem all das hier passiert ist!«

»Aber es stimmt! Und wenn du erst einmal verheiratet bist, wird er, da er seine Pflichten hier alle erfüllt hat, nach England emigrieren. Du mußt diese Prüfungen bestehen, hast du mich verstanden?«

»Gan, du hast gerade einem Rennpferd die Peitsche gegeben.«

»Trixie, ich habe gesehen, daß du während der Matheprüfung einfach nur vor dich hingezeichnet hast!«

Trixie rümpfte die Nase. »Irgendwie konnte ich mich plötzlich an nichts mehr erinnern, Saroj! Tut mir leid, ich habe wirklich nachzudenken versucht, aber ich habe es einfach nicht geschafft. Ich bin in letzter Zeit so verwirrt. Ich fühle mich hundeelend, und ich...«

»Du hast dich heute früh übergeben, nicht wahr? Ich habe es gehört.«

Trixie nickte bedrückt.

»Es ist doch nicht das, was ich denke, oder?«

Trixie sah Saroj bedrückt an und nickte wieder.

»Oh, Scheiße!« Es war das erste Mal in ihrem Leben, daß Saroj dieses Wort benutzte. Aber was sonst hätte sie sagen sollen? »Bist du sicher?«

Trixie nickte wieder. »Ich bin nie zu spät dran, außerdem würde es auch von der Zeit passen. Ich weiß es einfach, Saroj, ich fühle mich irgendwie anders. Was soll ich denn jetzt nur machen?«

»Ist es Ganesh?«

»Du weißt es, Saroj, und das ist ja das Problem. Ich habe solche Schuldgefühle. Es ist in der Brandnacht passiert. Während deine Ma verbrannte, hat Ganesh mich entjungfert. Wahrscheinlich haßt er mich jetzt deshalb, und ich hasse mich selbst am meisten, weil es alles meine Schuld ist! Ich habe die Feuerwehr gehört, Saroj! Ich habe die verdammte Feuerwehr gehört! Ganesh ist mit diesem gottverdammten Motorrad die Main Street hinuntergefahren. Ich saß hinter ihm und hielt mich an seiner Taille fest. Er drehte sich halb zu mir um und hat mir einen Witz erzählt. Wir haben uns beide totgelacht. Da rasten die Feuerwehrautos gerade mit blitzenden roten Lichtern und diesem entsetzlichen Geheul die Lamaha Street entlang... und dann hat er mich nach Hause gebracht, und unter dem Haus haben wir, nun, du weißt schon, was. Wir waren so glücklich! In dieser Nacht waren wir so glücklich! Aber er ist der einzige, und es war nur dieses eine Mal. Wir haben kein Verhütungsmittel benutzt oder so. Ich habe die ganze Zeit gebetet, daß es wieder weggeht. Ich habe versucht, einfach nicht daran zu denken, es zu ignorieren und zu versuchen, an meine berufliche Zukunft zu denken, oder was auch immer. Aber es wird keine berufliche Zukunft mehr für mich geben, es wird gar nichts mehr für mich geben. Und jetzt ist Ganesh fort. Aber er haßt mich sowieso, weil ich schuld bin, daß deine Mutter gestorben ist. Er hat sich nicht einmal richtig von mir verabschiedet, und jetzt ist ohnehin alles zu spät! Was soll ich denn nur machen?«

»Zuerst mußt du es deiner Mutter sagen!«

»Sie wird mich auf der Stelle umbringen!«

»Nein, das wird sie nicht. Ihr fällt bestimmt irgendeine Lösung ein.«

»Sie wird mich zur Abtreibung zwingen!«

»Also, Trixie, um Himmels willen, was solltest du denn sonst auch tun? Selbst wenn du heiraten könntest, bist du einfach noch viel zu jung zum Kinderkriegen!«

Trixie antwortete nicht. Sie malte mit dem Zeigefinger fettige Figuren auf die polierte Tischplatte. Saroj stand auf, um die Deckenlampe einzuschalten, denn es wurde langsam dunkel. Draußen im Rinnstein hatten die Frösche bereits mit ihrem mißtönenden Konzert begonnen. Plötzlich drang das gedämpfte Klappern der Schreibmaschine aus Lucy Quentins Büro herauf und brach den Bann.

»Aber das ist genau das, was ich will, Saroj: Kinder bekommen! Er... er ist doch dein Bruder, könntest du es ihm nicht sagen? Vielleicht kommt er dann ja zurück, und nun, du weißt schon...«

»Und tut das Richtige? Vielleicht würde er das, vielleicht auch nicht. Und falls nicht, falls er möchte, daß du abtreibst? Stell dir vor, wie weh dir das tun würde! Und falls er tatsächlich zurückkäme und dich heiraten würde, dann müßte er sein Jurastudium aufgeben und sich eine Arbeit suchen, und...«

»Jura! Kannst du dir Ganesh als pedantischen, langweiligen Juristen vorstellen? Ich jedenfalls nicht! Ich glaube nicht, daß das das Richtige für ihn ist. Es war dein Baba, der ihn dazu gedrängt hat!«

»Aber mit achtzehn zu heiraten wäre auch nicht das Richtige für ihn! Er hat von Georgetown die Nase voll, deshalb ist er auch früher als geplant abgereist!«

»Aber was soll ich machen?«

»Abtreiben!«

»Aber … es ist mein Baby! Ich will es behalten! Verstehst du das denn nicht? Ich weiß, daß ich eine Versagerin bin, aber ich hätte dann wenigstens noch mein Baby, jemanden, um den ich mich kümmern kann, jemanden, den ich lieben kann und der mich liebt, so wie ich bin!«

»Trixie, das ist doch kein Grund, ein Baby zu bekommen! Das heißt, du würdest das arme Ding doch nur für deine Zwecke benutzen!«

»Ich wäre eine gute Mutter, Saroj, das weiß ich! Du glaubst gar nicht, wieviel Liebe in mir steckt. Ich habe soviel davon, daß ich gar nicht weiß, wohin damit, wirklich! Ich weiß, daß ich, was die Hausarbeit und so weiter angeht, nicht gerade ein As bin, aber wenn ich ein Baby hätte, um das ich mich kümmern müßte, würde ich sogar richtig kochen lernen. Ich würde alles tun, weil ich es aus Liebe täte, verstehst du. Da kann ich nicht einfach hingehen und es umbringen lassen! Wie könnte ich Ganeshs Baby umbringen! Ich liebe ihn, Saroj, wirklich, und ich werde ihn immer lieben. Außerdem wäre das dann deine eigene Nichte oder dein eigener Neffe, um die oder den es hier geht. Wie kannst du da so etwas überhaupt nur denken!«

»Und es ist das Enkelkind deiner Mutter. Du mußt es ihr sagen, Trixie. Sie weiß bestimmt, was zu tun ist. Das hier ist zuviel für uns, damit werden wir nicht allein fertig. Okay, wahrscheinlich wird sie böse sein, aber sie liebt dich doch, und sie will das Beste für dich. Sag es ihr. Jetzt sofort.«

»Sie wird einen Tobsuchtsanfall bekommen.«

»Dann laß sie toben. Ich meine, was kann sie denn im Grunde schon machen? Besser, du bringst es gleich hinter dich. Und wie auch immer, falls du abtreiben läßt, dann ist es um so besser, je schneller du es tust. Geh und sag es ihr. Jetzt.«

Trixie aber blieb eigensinnig. »Morgen«, sagte sie und kniff den Mund zu einer starren, unnachgiebigen Linie zusammen. Da wußte Saroj, daß es keinen Zweck hatte, weiter auf sie einzureden.

»Also gut. Morgen.« Sie überlegte kurz. »Was mir noch einfällt: Bevor du es ihr sagst, wäre es vielleicht ratsam, wenn du zu einem Arzt gehst und dich versicherst, daß du auch wirklich schwanger bist. Möglicherweise irrst du dich ja, weißt du, vielleicht ist es nur irgendeine Unregelmäßigkeit, und dann braucht deine Ma nicht das geringste davon zu erfahren!«

»Ich weiß, daß ich schwanger bin, Saroj. Und ich wage nicht, einen Arzt aufzusuchen. Mum ist Gesundheitsministerin und ist mit all diesen Ärzten auf du und du. Sie würden es für ihre Pflicht halten, mich zu verpfeifen.«

»Wenn es stimmt, daß du schwanger bist, wird sie es sowieso irgendwann erfahren müssen. Aber versuch es doch bei Dr. Lachmansingh. Er ist der Arzt, der mich im Mercy Hospital behandelt hat. Er hat eine Privatpraxis in der Middle Street. Wenn er Mas Geheimnis für sich behalten kann, dann wird er deins auch nicht an die große Glocke hängen.«

Da sie keinen Termin hatten, mußten sie fast zwei Stunden warten. Mehrere Schwangere saßen da, streichelten ihre Bäuche und flüsterten sich vertrauliche Dinge zu. Da waren Frauen, die auf kleine Babys herunterlächelten, junge Mütter, die ihre Geschichten über Wehen und Geburtsgewicht und Wie-stolz-mein-Mann-doch-ist-aber-beim-Baby-nicht-zu-gebrauchen austauschten, während sie nachsichtig lächelnd den Kopf schüttelten. Trixies Miene, die sich seit gestern beträchtlich aufgehellt hatte, verdüsterte sich langsam wieder. Dies hier war ein geheimer Club, dem anzugehören sie sich sehnlichst wünschte. Gegenwärtig war sie eine Art unfreiwilliges Halbmitglied. Wenn sie einfach nichts tat, würde sie schon bald ganz dazugehören und würde dann an all den köstlichen Geheimnissen teilhaben. Sie war jedoch gekommen, um ihren Austritt aus diesem Club zu erklären. Auf ihrem Gesicht zeigten sich kummervolle Falten.

Saroj bemerkte, daß man sie beide verstohlen von der Seite her ansah, wobei die meisten Blicke Trixie galten. Das lag jedoch nicht an ihrem Alter. Indische Mädchen heirateten jung und wurden früh Mütter, Trixie jedoch war das einzige schwarze Mädchen im Wartezimmer. Saroj hätte sich eigentlich denken können, daß indische Frauen mit ihren gynäkologischen Problemen und Geburtsangelegenheiten nur zu einem indischen Arzt gehen würden und daß Trixie dort auffallen würde wie ein bunter Hund. Andererseits kannte sie hier niemand. Wäre sie zu einem schwarzen Arzt gegangen, bestand durchaus die Möglichkeit, daß eine der Patientinnen in ihr die Tochter von Lucy Quentin erkannte und vielleicht so taktlos war, sie anzusprechen und hinterher über sie zu tratschen. Unter diesen Frauen hier war Trixies Geheimnis sicher.

»Miss Macintosh?«

Dr. Lachmansingh stand in seinem weißen Kittel in der Tür und putzte seine Brille. Als er sah, daß Saroj zusammen mit Trixie aufstand, lächelte er und begrüßte sie freundlich.

»Miss Roy, als ich Sie vorhin hier sitzen sah, dachte ich, Sie kämen zu einer verspäteten Nachuntersuchung. Sie wissen ja, daß Sie Ihrem Körper noch eine ganze Menge schuldig sind, nachdem Sie damals so einfach davonliefen! Wie geht es Ihnen? Setzen Sie sich, setzen Sie sich doch beide.«

Als er auf die beiden Stühle vor seinem Schreibtisch deutete, wurde sein Gesicht plötzlich ernst. Er senkte die Stimme und sagte: »Darf ich Ihnen mein herzlichstes Beileid aussprechen ... Ihre Mutter war eine großartige Frau, eine höchst ungewöhnliche Frau. Was für eine Tragödie, was für eine Vergeudung. Aber es ist alles Gottes Wille.«

Er schüttelte traurig den Kopf, wandte sich dann Trixie zu und zwang sich zu einem Lächeln. Er nahm einen Kugelschreiber und ließ ihn über einem frischen Blatt seines Notizblocks schweben.

»Also, Miss Macintosh, was kann ich für Sie tun?«

Trixie nahm kein Blatt vor den Mund. »Ich bin schwanger!« platzte sie heraus und starrte ihn, jetzt, da sie das Unsagbare gesagt hatte, mit offenem Mund an, als erwarte sie von ihm, daß er sie mit einer Bewegung seines Zauberkugelschreibers entschwängerte.

Dr. Lachmansingh klopfte mit dem Kugelschreiber auf die Handfläche seiner linken Hand. Der Ausdruck väterlicher Freundlichkeit verschwand nicht einen Moment von seinem Gesicht. »So, so, Sie sind also schwanger. Wissen Sie, daß Sie schwanger sind, oder glauben Sie es?«

»Ich weiß es ... also, ich nehme an, daß ich es weiß. Nein, ich bin mir ziemlich sicher.«

»Und angenommen, Sie haben recht, dann nehme ich an, daß Sie nicht schwanger sein wollen?«

»Nein, nein, keineswegs, ich will das Baby, ich will es wirklich. Aber ich bin erst sechzehn, verstehen Sie, und deshalb geht es nicht, es geht einfach nicht. Ich wünschte, es ginge, aber meine Mutter würde mich umbringen ...«

Saroj hielt es für das beste, diesen verrückten Wortschwall zu unterbrechen.

»Dr. Lachmansingh, wir sind zu Ihnen gekommen, um Sie zu fragen, ob Sie eine Abtreibung vornehmen könnten, und, äh, wieviel das kosten würde ... Aber Sie dürfen Trixies Mutter nichts davon sagen!«

»Es fiele mir nicht im Traum ein, Ihrer Mutter zu sagen, daß Sie hier waren, Miss Macintosh, selbst wenn ich Ihre Mutter kennen würde, was allerdings nicht der Fall ist. Aber auch wenn ich Abtreibungen vornehmen würde, was ich im übrigen nicht tue, würde ich das nicht ohne das Einverständnis Ihrer Mutter machen. Sie sind noch minderjährig, verstehen Sie.«

»Sie machen keine Abtreibungen?« sagten Trixie und Saroj wie aus einem Munde.

»Nein. Niemals. Das ist für mich eine Gewissensfrage. Man könnte auch sagen, daß ich zu viele vergossene Tränen wegen Lebendgeburten gesehen habe, zu viele Mütter um Totgeburten habe weinen sehen, um einem gesunden Kind willentlich das Leben zu verweigern. In einigen Fällen kann ich eine Patientin an einen Arzt überweisen, der eine solche Operation durchführt, dies aber ausschließlich aus medizinischen Gründen. Wenn das Leben der Mutter in Gefahr ist, zum Beispiel, oder wenn irgendeine schwere genetische Schädigung des Kindes zu befürchten ist, oder in Fällen von Inzest. Aber ich nehme an, daß nichts davon auf Sie zutrifft?«

»Nein, es ist nur so, daß sie nicht verheiratet ist, und ...«

»Und der Junge? Der Vater? Will er die Verantwortung nicht übernehmen?«

»Nein. Er kann es nicht.«

»Weiß er es überhaupt? Haben Sie es ihm gesagt?«

»Nein ... er ... er ist ins Ausland gegangen, um dort zu studieren, und er kann mich unmöglich –«

»Heiraten? Ich verstehe, jedenfalls mehr oder weniger. Es gab einmal eine Zeit, in der ein junger Mann die Verantwortung auf sich nehmen mußte, Studium hin oder her, es war eine Ehrensache. Aber ich fürchte, diese Zeiten sind für immer vorbei, und da hilft auch kein Jammern, um sie zurückzuholen. Nein, meine Liebe, es gibt im ganzen Land keinen seriösen Arzt, der eine Abtreibung aus sozialen Gründen – und bei Ihnen, minderjährig und ledig, wären es soziale Gründe – ohne die Einwilligung Ihrer Eltern vornehmen wird. Sie können also, vorausgesetzt, Sie sind wirklich schwanger, was wir aber bald wissen werden, nur eines tun, und das ist, es Ihrer Mutter beichten.«

»Sie wird mich umbringen!« jammerte Trixie.

»Ich versichere Ihnen, das wird sie nicht. Darauf gebe ich Ihnen mein Wort, auch wenn ich Ihre Mutter gar nicht kenne. Sie wird Sie nicht umbringen. So etwas tun Mütter nicht. Sie wird vielleicht böse sein, sie wird sich vielleicht Sorgen um Ihren Lebenswandel machen, sie wird alles mögliche tun, umbringen aber wird sie Sie bestimmt nicht.«

Am nächsten Morgen rüttelte Trixie Saroj wach.

»Rate mal, was passiert ist?« sagte sie. »Ich bin gar nicht schwanger!«

»Hast du Dr. Lachmansingh angerufen?«

»Nein, noch besser. Meine Tage sind gekommen!«

»Also haben sie sich nur verspätet!«

Trixie nickte. »Vermutlich waren es einfach meine Nerven, die vielen Prüfungen und so.«

43. Kapitel

Nat

Eine Woche bevor Nat seine Heimreise per Schiff antrat, fuhr er mit dem Bus nach Bangalore, wo ihn die Bannerjis mit einer Herzlichkeit willkommen hießen, wie eine liebende Familie sie nur einem verlorenen Sohn zukommen lassen kann. Es war, als hätten die Jahre seiner Abwesenheit sie einander noch näher gebracht und ihn zu einem Familienmitglied gemacht. Trotz alledem fühlte Nat sich ihnen fremd. Das luxuriöse Haus mit all seinem Komfort, das weitläufige, von Bäumen beschattete Grundstück mit dem englischen Rasen, der von mehreren moslemischen Gärtnern sorgfältig gepflegt wurde, die Tennisplätze, der Swimmingpool (die neueste Annehmlichkeit, die dieser Landsitz, denn anders konnte man das Heim der Bannerjis nicht nennen, zu bieten hatte) vermittelten Nat das Gefühl, als wäre er irgendwie in eine Filmkulisse hineingeraten. Er kam sich vor, als würde er nur eine Rolle spielen, bei der er seinen Text aufsagte und tat, was man von ihm erwartete. Govind wiederzusehen war für ihn eher peinlich als eine Freude, denn worüber in aller Welt hätten sie sich unterhalten sollen? Da Nat noch ihr zotiges Gespräch in Colombo in Erinnerung hatte, beschloß er, zukünftig zu vermeiden, mit seinem Freund allein zu sein und, sollte dies unvermeidlich sein, nur über seriöse Themen wie zum Beispiel die Erweiterung des Bannerji-Imperiums zu sprechen.

Das Problem stellte sich jedoch gar nicht, denn Govind war in seiner heimischen Umgebung wie verwandelt. Der Dandy war verschwunden. Statt dessen traf Nat einen treuen Ehemann und zärtlichen Vater an, der seine kleine Tochter fast den ganzen Tag mit sich herumtrug, während ihm eine besorgte *Ayah* auf dem Fuß folgte, die das Kind wieder in ihre Obhut nehmen wollte. Rani, Govinds Frau, beobachtete ihren Mann dabei mit amüsiertem Sphinx-Lächeln, und Nat, der sah, welche Wirkung sie auf Govind hatte, fragte sich, wieviel von seinen Geschichten über wilde Partys in Los Angeles, New York und London tatsächlich stimmte und wieviel davon Wunschdenken war.

»Nat, Nat, du mußt bald heiraten. Du wirst nämlich langsam alt«, neckte Govind ihn. Nat senkte den Blick und schüttelte lächelnd den Kopf. Sie saßen an einem Teakholztisch am Rand des Swimmingpools, er, Govind und Arun in Badehosen, Rani in einer weißen langen Hose, die ihre schlanken Beine vorteilhaft zur Geltung brachte, und einer Bluse aus fließender gelber Seide. Sie trug ihr Haar offen. Es fiel als glatter, schwarzer Vorhang aus gesponnener Seide auf ihre Schultern und wurde von einem Sträußchen Jasminblüten, das sie sich über ein Ohr gesteckt hatte, aus dem Gesicht gehalten. Govind, mit Gänsehaut und vom Schwimmen noch naß, ließ seine Tochter auf den Knien reiten.

»Das hat noch sehr viel Zeit«, sagte Nat und sah Rani an, die ihn strahlend und rätselhaft anlächelte, ein Lächeln, das das Paradies versprach, aber doch nicht Wort zu halten schien.

»Nein, nein, soviel Zeit hast du nicht mehr«, widersprach sie ihm. »Es ist viel besser, früh zu heiraten, dann kann man sich auf ein langes Leben mit seiner Frau freuen. Du würdest einen sehr guten Ehemann abgeben, Nat. Du mußt uns einfach erlauben, dir eine Frau zu suchen!«

Sie redete, als wäre sie viele Jahre älter und auch viel weiser als er, obwohl sie tatsächlich sogar ein Jahr jünger war. Nat hatte sie zum letzten Mal auf ihrer Hochzeit gesehen, eine ferne und würdevolle junge Braut, vom widerhallenden Klang ihrer *Veena* völlig in Anspruch genommen, anmutig wie ein Reh und ebenso scheu, im Begriff, das Schiff der Ehe, das bereits den Anker gelichtet hatte, zu besteigen. Nat spürte, daß dieses Schiff schon viele Stürme überstanden haben mußte, denn in ihren Augen leuchtete die Stärke, die von großer Beharrlichkeit herrührt. Wenn sie ihren Mann ansah, so sprach aus ihrem Blick die stumme Sprache der Liebe. Es war nicht die vernarrte Benommenheit, die Nat in den Augen so vieler seiner Freundinnen gesehen hatte, sondern eine warme Vertrautheit, die ihren Mann einzuhüllen schien und ihn zu ihr hinzog.

Govind begegnete ihrem Blick, und die beiden lächelten sich wissend an. »Ja, Nat, und wir haben für heute abend jemanden eingeladen, der dich interessieren könnte. Eine reizende Lady, noch unverheiratet. Sie ist eine alte Schulfreundin von Rani.«

»Sie wird dir gefallen, Nat. Natürlich ist sie mit ihren dreiundzwanzig Jahren schon ziemlich alt, aber der einzige Grund, weshalb sie noch nicht geheiratet hat, ist der, daß sie eine Waise ist. Sie lebt bei einer Tante, die sie um den kleinen Finger gewickelt hat, und war, was einen Ehemann angeht, bislang sehr wählerisch. Govind, ich gehe rein, die Jungen kommen jede Minute von der Schule nach Hause.« Sie stand auf, nickte Nat zu und ging, beobachtet von Nat und Govind – Nat bewundernd, Govind stolz –, ins Haus.

»Siehst du, Nat, das ist eine Ehefrau. Ein Mann braucht eine Ehefrau, glaub mir. Schau dir Rhoda gut an, ich bin sicher, ihr würdet zueinander passen.«

Rhoda war eine Parsi mit eierschalenbrauner Haut. Sie war klein und schmächtig und hatte das erste wirklich herzförmige Gesicht, das Nat je gesehen hatte. Sie hatte eine kecke kleine Nase, fröhliche Augen und einen Mund, dessen Winkel leicht nach oben gebogen waren. Süß, sagte Nat sich und fragte sich ernsthaft, ob er sie heiraten sollte, da sie kein Geheimnis aus der Tatsache machte, daß sie es täte. Es gab keine Hindernisse hinsichtlich der Religion oder der Kaste und keinen Vater, der alle möglichen Einwände hätte erheben können. Eine Hochzeit erschien Nat als der beste Weg, sein Leben in London zu ordnen, wenn er schon dorthin zurückkehren mußte. Rhodas Eltern waren bei einem Autounfall ums Leben gekommen, als sie noch ein kleines Kind war. Sie hatten ihr aus dem Familiengeschäft ein recht gutes Einkommen hinterlassen und sie der Obhut einer älteren Tante anvertraut, die nur wenig Kontrolle über sie hatte. Rhoda hatte dieselbe Musikhochschule besucht wie Rani. Allerdings hatte sie dort kein indisches Instrument, sondern Piano studiert, denn sie faszinierte alles Westliche. Sie machte auch kein Geheimnis aus der Tatsache, daß sie bereits mehrere Versuche unternommen hatte, über die indische *Times* einen im Westen lebenden Ehemann zu finden, ja, beinahe selbst schon eine Anzeige in die Zeitung gesetzt hätte. Sie trug einen smaragdgrünen Seidensari, der ihre Kurven umschmeichelte und bei der leisesten Bewegung raschelte. Sie war mehr als hübsch, aber doch nicht wirklich schön; sie würde für irgendeinen Mann sicherlich eine wunderbare Ehefrau abgeben.

Aber nicht für Nat. Zur allgemeinen Enttäuschung zeigte er sich nicht interessiert. »Warum denn nicht?« riefen Govind und Rani wie aus einem Munde. Rhoda passe in jeder Hinsicht wirklich gut zu ihm, so argumentierten sie, nachdem diese gegangen war. Und ihr Alter sollte in diesen modernen Zeiten schließlich kein Hinderungsgrund mehr sein. Es fiel Nat schwer, den beiden klarzumachen, daß er sie einfach nicht heiraten konnte. Ja, er sei sich sicher, und nein, er könne nicht erklären, warum.

»Ich werde dich nie verstehen, Nat«, sagte Govind bitter enttäuscht. »Du magst vielleicht bei einem Engländer aufgewachsen sein, aber du hast doch eine indische Seele. Jedenfalls will ich später auf keinen Fall von dir hören, daß du eine Engländerin geheiratet hast.«

Sie kamen an einem Septembermorgen in aller Frühe in Southampton an. Arun wurde von seiner Schwester, seinem Schwager und zwei Cousins mit dem Auto abgeholt. Sie entschuldigten sich wortreich bei Nat dafür, daß sie ihn nicht mitnehmen konnten, denn sie hätten keinen Platz mehr im Wagen. Außerdem würden sie ohnehin nach Hampshire und nicht nach London fahren. Nat ging also zum Bahnhof, um den nächsten Zug zu nehmen. Als er den Bahnsteig erreichte, war der Zug bereits brechend voll. Er stand einen Moment da und fragte sich, ob er nach links, in Richtung Lokomotive, oder nach rechts, zum Zugende hin gehen sollte. Als sein Blick zum Zugfenster direkt vor ihm schweifte, um zu sehen, ob in dem Waggon vor ihm nicht doch noch Platz frei war, hielt er inne. Da war ein Augenpaar, das er sofort wiedererkannte – nein, es war kein Wiedererkennen, sondern ein Erkennen, denn er fiel gewissermaßen in diese Augen hinein oder, genauer gesagt, er fiel in das hinein, was dahinter lag. All das geschah im Bruchteil einer Sekunde. Im nächsten Bruchteil dieser Sekunde wurde sich Nat des Gesichts bewußt, zu dem diese Augen gehörten. Es war das Gesicht eines indischen Mädchens, das trotz der schmierigen Fensterscheibe, die sie voneinander trennte, voller Unschuld leuchtete: ein Gesicht, arglos und in seinem Staunen so exquisit, daß ihm das Herz weh tat. (In diesem Augenblick war ihm nicht bewußt, daß er selbst die Ursache für dieses Staunen war. Wie hätte er das auch erkennen sollen, da er selbst genauso staunte?) Seine Hand, die er erhoben hatte, um sich das Haar hinters Ohr zu streichen, verharrte mitten in der Luft, zu einem verblüfften Gruß erstarrt.

Ein Pfiff ertönte und rüttelte ihn wach. Er drehte sich um und eilte nach vorn zur Waggontür, aber der Einstieg dort war blockiert. Ein zweiter Pfiff ertönte, und der Zug machte einen Ruck nach vorn. Nat beschleunigte seinen Schritt, aber jede Tür, an der er vorbeikam, war von schwatzenden Indern mit ihrem unentbehrlichen Gepäck, den gebündelten Matratzen, Reisetaschen, Koffern, Kisten und sogar einzelnen Möbelstücken verstopft … es war hoffnungslos. Die Türen schlossen sich.

Ein dritter Pfiff. Der Zug machte wieder einen Ruck nach vorn, blieb stehen, ruckte erneut und setzte sich dann langsam in Bewegung, gewann an Tempo, beschleunigte weiter und fuhr schließlich aus dem Bahnhof. Nat stand auf dem Bahnsteig und sah zu, wie der Zug in die Ferne davonglitt. In seinem ganzen Leben hatte er sich noch nie so allein gefühlt.

44. Kapitel

Saroj

Als Saroj die Ergebnisse ihrer Prüfung zur mittleren Reife bekam, rief sie sofort Baba an. Sie teilte ihm zuerst mit, wie sie abgeschnitten hatte, und sagte dann: »Baba, ich habe von Ganesh gehört, daß du nach England auswandern willst.«

»Ja, ja, das stimmt. Und –«

»Hör zu. Hör mit jetzt genau zu: Ich komme mit. Entweder du nimmst mich mit nach England und läßt mich dort mein Abitur machen, oder ich bleibe hier bei Miss Quentin und bewerbe mich um das Guyana-Stipendium, und ich werde es auch bekommen. Und dann werde ich sowieso nach England gehen. Eines aber ist sicher, Baba: Ich werde nicht heiraten. Miss Quentin wird für mich kämpfen, wenn du versuchst, mich gegen meinen Willen zu verheiraten, und sie wird gewinnen. Im Augenblick bist du in diesem Land nämlich der Staatsfeind Nummer eins. Also, du hast die Wahl.«

Sie knallte den Hörer auf die Gabel; das Gefühl der Freude, das sie durchströmte, war das Schönste, was sie seit Wochen empfunden hatte. Keine Rache hätte süßer sein können.

»Acht Einsen!«

Es klang fast so, als wäre Lucy Quentin neidisch. Trixie saß einfach nur da und ließ den Kopf hängen. Saroj hätte sie am liebsten in den Arm genommen, um sie vor Lucy Quentin, ihrem beißenden Spott und dem Zorn, der aus ihren Augen blitzte, zu beschützen. Trixie hatte eine Eins in Kunst bekommen. Alles andere war bodenlos. Saroj machte das schlechte Zeugnis ihrer Freundin trauriger, als sie auf ihre eigenen Leistungen stolz war.

»Also Trixie, was sagst du dazu? Acht Einsen. Damit steht Saroj die ganze Welt offen, und was soll aus dir werden? Was wirst du jetzt tun? Fußböden schrubben?« Trixie zuckte unter dem vernichtenden Blick ihrer Mutter zusammen. Sie stocherte schweigend in ihrem Essen herum, und Saroj konnte die Tränen, die ihre Freundin tapfer zurückhielt, in ihren eigenen Augen spüren.

»Sieh mich an, Kind!«

Trixie blickte auf. Ihre Augen waren groß und glänzten.

»Ich – ich bin vermutlich einfach zu dumm! Und du hast auch noch gewollt, daß ich sechs Fächer nehme anstatt nur fünf, wie ich es vorhatte, und…«

»Dumm, von wegen dumm. Wie kann jemand in Geographie durchfallen! Du kannst sehr wohl etwas, wenn du nur willst, und das weißt du auch! Du bist einfach nur faul. Du steckst deine Nase die ganze Zeit in diese Comics – o ja, ich weiß sehr wohl, wo du sie versteckt hast –, starrst mit verträumtem Blick in die Wolken, spinnst dir was zusammen und kritzelst mit dem Bleistift herum. Wie, um Himmels willen, willst du es in dieser Welt jemals zu etwas bringen? Und das nach allem, was ich in dich investiert habe! Ich habe solche Hoffnungen in dich gesetzt, nichts war zu teuer für dich, du solltest alle Möglichkeiten haben und… Wie auch immer, jetzt ist es zu spät. Du hast deine Chance gehabt, und du hast – o Gott, am liebsten würde ich…«

Lucy Quentin warf ihr Besteck auf den Teller, ohne etwas gegessen zu haben, schob den Stuhl so heftig zurück, daß er umkippte, und verließ den Raum. Es sah aus, als würde sie vor Wut gleich explodieren, deshalb war es nur gut, daß sie das Zimmer verließ. Sie polterte die Treppe zu ihrem Büro hinunter.

Saroj legte ihre Hand auf Trixies Hand.

»Mach dir nichts draus, alle wissen, daß du eine hervorragende Künstlerin werden wirst. Warte, bis du berühmt bist, mal sehen, was sie dann sagt.«

»Ich… ich… Ach, Saroj, ich bin einfach zu blöd, einfach zu…« Sie warf sich nach vorn, vergrub den Kopf in Sarojs Armen und schluchzte herzzerreißend. Saroj drückte sie an sich und versuchte sie zu trösten.

»Du bist nicht blöd, Trixie. Es ist einfach nur so, daß du, nun, daß du eben besondere Stärken hast.«

»Zum Teufel mit meinen Stärken!« Trixies Stimme klang bitter. »Sieh dich an, du bekommst deine Einser einfach so…« Sie schnippte mit den Fingern. »Und das heißt, daß du so bist, wie sich meine Mutter eine Tochter vorstellt. Du wirst wahrscheinlich Ärztin werden oder so etwas Ähnliches, und ich bin einfach, einfach eine Versagerin. Sie kann meinen Anblick nicht mehr ertragen, und…«

»Schau, Trixie, sie ist nur böse, weil du ihren Erwartungen nicht gerecht geworden bist, aber vielleicht hat sie ja die falschen Erwartungen! Wieso kann sie denn nicht stolz auf deine künstlerischen Fähigkeiten sein? Ich würde viel dafür geben, wenn ich so malen könnte wie du, und das ist genausogut wie Ärztin werden oder was auch immer sie sich für dich vorstellt!«

»Malen! Pah!« Trixie machte eine geringschätzige Handbewegung. »Für meine Mutter ist das nur Kinderkram. Sie will, daß ich etwas Ernsthaftes tue. Aber was bleibt mir mit diesen Noten schon übrig? Ich kriege keinen anständigen Job. Und mit diesen Noten komme ich nicht einmal in einer verdammten Bank unter.«

»Du könntest deine Prüfung doch in den Fächern, in denen du durchgefallen bist, wiederholen.«

»Okay, und was dann? Dann fange ich irgendwo einen verdammten Job an? Ich wünschte, ich könnte einfach… heiraten, dann wäre die Sache erledigt. Hätte ich denn nicht schwanger sein können? Aber jetzt ist Ganesh weg, und du gehst auch fort, und ich werde in diesem hoffnungslosen Land ganz allein sein, und…«

»Du liebe Güte, Trixie, sei doch nicht so kindisch. Glaubst du wirklich, daß ein Baby deine Probleme gelöst hätte?«

»Ja«, sagte Trixie. »Ich bin einfach eine Versagerin. Nicht einmal schwanger werden kann ich!«

»Du bist keine Versagerin. Du bist der beste Mensch der Welt. Du bist so gut, daß man davon regelrecht geblendet wird.«

An diesem Abend saßen sie da und lasen, Trixie ihre Comics und Saroj ein Buch, da rief Lucy Quentin die Treppe hinauf: »Trixie, kommst du bitte runter? Ich muß mit dir reden.«

»Oh, Mist, was will sie jetzt schon wieder?«

»Am besten, du machst, was sie sagt, dann wirst du es schon erfahren.«

»Bestimmt muß ich noch eine Standpauke über mich ergehen lassen. Ach zum Teufel, Saroj, das halte ich nicht noch einmal aus. Komm mit und halte mir die Hand.«

Sie gingen zusammen die Treppe hinunter und betraten das Büro. Trixie ging voraus, Saroj folgte ihr auf dem Fuß. Lucy Quentin saß, den Rücken den Mädchen zugekehrt, an ihrem Schreibtisch am anderen Ende des Raums. An den Wänden standen Bücherregale voller höchst langweilig aussehender Bücher. Überall auf dem Boden lagen

Stapel von Unterlagen, Akten, Ordnern. Undenkbar, daß sich hier außer Lucy Quentin noch jemand anderer auskannte. Saroj war sich jedoch absolut sicher, daß Lucy Quentin genau wußte, wo sich was befand, und daß sie das Dokument, das sie brauchte, binnen einer Sekunde finden konnte. Als die beiden Mädchen das Zimmer betraten, drehte sie sich mit ihrem Bürostuhl herum. Zu Sarojs Überraschung war der verärgerte Ausdruck von ihrem Gesicht verschwunden, und das Lächeln, mit dem sie sie empfing, wirkte beinahe fröhlich.

»Mum, ich wollte –« platzte Trixie heraus, aber Lucy Quentin unterbrach sie.

»Ja, Liebes, mir ist klar, daß du genauso enttäuscht bist wie ich. Ich habe mir auch schon etwas für dich überlegt. Ich weiß genau, was wir tun werden. Genaugenommen habe ich das Problem bereits mehr oder weniger gelöst, das heißt, wenn du einverstanden bist…«

Trixie und Saroj wechselten einen verblüfften Blick. Lucy Quentin strahlte sie an, dann deutete sie auf ihre Schreibmaschine. »Wie würde es dir gefallen, nach England zu gehen? Zu deinem Vater?«

»Zu… Daddy?«

»Ja, Liebes. Ich habe mir über deine Zukunft Gedanken gemacht und bin zu dem Schluß gekommen, daß es für dich das Beste wäre, wenn du zu ihm ziehst. Immerhin gerätst du eindeutig nach ihm. Er ist der Künstler in der Familie, und er wird wissen, was zu tun ist… Warte, warte, was machst du denn da? Laß mich zuerst ausreden!«

Trixie war auf ihre Mutter zugerannt und schien drauf und dran zu sein, sie zu erwürgen. Lucy Quentin wehrte ihre stürmische Tochter jedoch geschickt ab.

»Sei so gut und hör mir erst einmal zu. Vielleicht kann er dich, wenn du gut genug bist, in der Kunstakademie unterbringen. Ich werde ihm einige deiner Bilder aus der Mappe schicken, die du in der Schule gemalt hast. Sie sind wirklich nicht schlecht…«

Trixie überschüttete ihre Mutter so ungestüm mit Küssen, daß Saroj glaubte, sie würde sie gleich vom Stuhl reißen. Lucy Quentin hielt die Hände hoch und versuchte lachend, sich ihre Tochter vom Leib zu halten, hatte dabei aber keinerlei Erfolg.

»Hör damit auf, Trixie, hörst du? Halt, warte, ich bin noch nicht fertig! Warte, habe ich gesagt, da ist noch etwas…«

Trixie sah Saroj mit großen und vor Freude glänzenden Augen an, als sie von ihrer Mutter abließ.

»Hör mir erst noch eine Minute zu, bevor du mich umbringst! In Ordnung, du darfst auf die Kunstakademie gehen, aber unter einer Bedingung: Du mußt noch ein weiteres Jahr diese Schule besuchen und in den Fächern, in denen du durchgefallen bist, die Prüfung für die mittlere Reife wiederholen. Ich möchte, daß du dein Bestes gibst, daß du fleißig lernst, vernünftig bist und ein paar brauchbare Noten in deinem Abschlußzeugnis stehen hast, damit du, falls das mit der Kunstakademie nicht klappt, immer noch die Möglichkeit hast, etwas anderes zu tun. Immerhin ist dein Vater ein erfolgreicher Künstler, vielleicht wirst du das auch. Er hat damals wie ein Wahnsinniger darum gekämpft, das Sorgerecht für dich zu bekommen. Soll er also jetzt sein Glück versuchen. Ich bin dich dann los. Wie auch immer, ich habe ihn jedenfalls gestern angerufen und gefragt, ob du zu ihm kommen kannst. Die Verbindung war entsetzlich schlecht, und ich konnte nur fünf Worte sagen. Das Wichtigste war jedoch zu verstehen – er hat ja gesagt. Also ...«

Sie wandte sich an Saroj. »Saroj, du fährst doch in drei Wochen nach England. Meinst du, es ist noch eine Koje frei? Wie, hast du gesagt, heißt das Schiff? Ich werde morgen für Trixie einen Platz buchen.«

Nur eine Woche später verließen Trixie und ihre Mutter Georgetown. Lucy Quentin wollte mit ihrer Tochter noch einen kurzen Urlaub machen, bevor sie sich wer weiß wie lange nicht sehen würden, also flogen sie für zwei Wochen nach Tobago. Ein Onkel von Trixie hatte dort ein Strandhaus. Wichtiger allerdings war, daß in Port of Spain, der Hauptstadt von Trinidad, das spanische Schiff »Montserrat« lag, das drei Wochen später in Southampton eintreffen sollte.

Als Lucy Quentin und Trixie in den Urlaub geflogen waren, zog Saroj bei Onkel Balwant ein, bis es Zeit für ihre Abreise wurde.

Trixie erwartete Saroj und Deodat am Flughafen von Port of Spain, wo sie winkend auf der Besucherterrasse auf und ab hüpfte. Baba wandte sich ärgerlich an Saroj.

»Was macht dieses Mädchen hier?«

»Nun, äh, sie fährt auch nach England. Auf demselben Schiff wie wir.«

»Was? Wieso denn das? Warum hast du mir nichts davon gesagt?«

»Ich habe es vergessen, Baba.«

»Fährt sie mit ihrer Mutter?«

»Äh, eigentlich nicht, sie reist allein, äh, das heißt, sie reist mit uns!«

Baba stolperte vor Schreck. »Was? Davon hat mir niemand ein Wort gesagt! Sie kann sich uns doch nicht einfach anschließen! Was soll das? Dieses Mädchen hat bereits genug Ärger gemacht, und…«

»Aber Baba, ich habe Trixie eingeladen, die Kabine mit mir zu teilen. Ich wollte nicht mit einer Fremden zusammengelegt werden, verstehst du, deshalb habe ich ihrer Mutter vorgeschlagen, daß wir zusammen reisen könnten. Sie fand die Idee gut. Sie hätte es dir noch selbst gesagt, aber dann sind sie in den Urlaub geflogen, und es war keine Zeit mehr dazu. Es war eine sehr kurzfristige Entscheidung. Ich habe Trixies Mutter gesagt, daß dich das nicht im geringsten stören würde und daß du froh wärst, wenn ich Gesellschaft hätte. Ich nehme an, daß ihre Mutter noch mit dir darüber reden wird, bevor wir ablegen.«

Baba sah Saroj zornig an, sie aber blieb völlig gelassen. Die letzten zweieinhalb Wochen, während derer sie und Baba sich seit Mas Tod zum ersten Mal wieder getroffen hatten, hatten ihr deutlich gezeigt, wie erwachsen sie geworden war. Jetzt war sie von seiner Meinung unabhängig und bereit, sich ihm offen zu widersetzen. Nicht aggressiv, nicht mit gezogenem Schwert, sondern unverschämt ruhig. So wie jetzt.

Sie holten ihre Koffer und betraten die Haupthalle des Piarco, wo ein Schwarzer, der ein langes Hemd mit einem Muster aus leuchtendroten Blumen trug, auf einer Steeldrum eine sanft plätschernde Melodie spielte. Diese Musik war so beruhigend, daß Sarojs Nervosität hinsichtlich der bevorstehenden Konfrontation völlig verschwand.

Trixie und ihre Mutter kamen auf sie zu, lächelnd, wie verwandelt. Die Maske ständiger Unzufriedenheit, die tiefen Streßfalten, die Lucy Quentins Gesicht sonst zeichneten, waren verschwunden. Als sie Baba begrüßte, geschah dies mit so einem heiteren Lächeln, daß er davon vollkommen entwaffnet war.

»Ach, Mr. Roy, ich muß mich wirklich dafür entschuldigen, daß ich Ihnen Trixie noch in letzter Minute aufbürde. Saroj hat mir jedoch versichert, daß das durchaus in Ordnung wäre und es Sie nicht im mindesten stören würde. Offen gesagt, hatte ich einfach keine Zeit mehr, Sie vor unserem Urlaub noch anzurufen. Wir hatten keine andere Wahl, weil bis Mitte September alle Flüge nach England ausgebucht und auch auf der ›Montserrat‹ nur noch ein paar Kojen frei waren. Wir hatten also großes Glück. Ich bin sicher, Trixie wird Ihnen nicht zur Last fallen. Saroj ist so ein reifes Mädchen, und Trixie frißt ihr aus der Hand!«

Trixie und Saroj, die nach ihrer ersten überschwenglichen Begrüßung jetzt Arm in Arm dastanden, grinsten sich bei diesen Worten schelmisch an. Trixie zwinkerte ihr zu, worauf Saroj ein Kichern unterdrückte. Bei Baba gewannen seine guten Manieren über seine Vorurteile die Oberhand. Er wand sich und druckste herum und erklärte schließlich, daß es völlig in Ordnung sei. Natürlich sei es schön, daß Saroj die Kabine mit einer Freundin teilen konnte. Lucy Quentin könne ihre Tochter ruhig in seine Obhut geben.

Mas Tod hatte Baba in die Schranken verwiesen. Er war nur noch ein Schatten seiner selbst: Zum ersten Mal begriff Saroj, was diese Redensart wirklich bedeutete. Tatsächlich hatte sie sich selbst so gefühlt, bei ihr jedoch begann sich dieser Schatten bereits wieder mit Substanz zu füllen, begann neue Konturen anzunehmen, neues Leben regte sich angesichts der Aussicht auf einen Neuanfang. Sie hatte den Vorteil der Jugend auf ihrer Seite. Ihr Geist war im Gegensatz zu dem ihres Vaters noch beweglich und hatte ihn spielend überholt. Fast tat er ihr nun schon leid.

Sie verließen das Terminal und stürzten sich in das vielfarbige Gemenge aus Taxi- und Busfahrern, Gepäckträgern, Touristen, Verkäufern, Schuhputzern, Lotteriescheinverkäufern und Limbotänzern oder was auch immer diese lauten, grinsenden Männer in Karnevalsfarben waren, die mitten auf der Straße miteinander redeten und lachten.

Sie fuhren mit zwei Taxis nach Port of Spain. Trixie verbrachte die Nacht bei ihren Großeltern, Lucy Quentin bei einer alten Schulfreundin und Baba und Saroj im Hotel. Am nächsten Morgen würden sie sich alle wieder treffen – an Bord. Bevor sie sich trennten, packte Trixie Saroj am Arm, zog sie zur Seite und flüsterte ihr hastig ins Ohr:

»Ich habe ganz schreckliche, schreckliche Neuigkeiten, Saroj! Ich habe dir doch gesagt, daß mich mein Vater nicht bei sich haben will, nicht wahr? Also, es ist tatsächlich so!«

Saroj blickte sie überrascht an und sah, daß ihre Freundin den Tränen nahe war.

»Was? Was meinst du damit?«

Aber die Autos warteten schon, die Eltern waren ungeduldig und trennten die Mädchen, bevor Trixie noch mehr sagen konnte.

Trixie und Saroj teilten sich eine winzige Außenkabine, die zwar auf demselben Deck wie Babas Kabine lag, aber auf der entgegengesetzten Seite, was schon einmal gar nicht so schlecht war. Sie kabbelten sich darum, wer in welcher Koje schlafen sollte, nahmen die winzige Dusche und die Toilette in Augenschein und steckten die Nase in ein paar Schränke. Dann warfen sie ihr Gepäck in die Kojen und eilten aufs Hauptdeck, um zuzusehen, wie das Schiff aus dem Hafen lief. Als die Besucher kurz zuvor über Lautsprecher gebeten worden waren, das Schiff jetzt zu verlassen, war Lucy Quentin den Tränen nah gewesen. Trixie wollte ihr jetzt zum Abschied noch einmal zuwinken. Sie schoben sich zwischen den Passagieren hindurch, die offensichtlich alle die gleiche Idee gehabt hatten, und fanden schließlich einen Platz an der Reling, wo Trixie ihren Blick über die Menge am Kai schweifen ließ, bis sie endlich voller Erleichterung rief: »Da ist sie!« Sie winkte heftig und schrie in den Wind, der ihre Worte von den Lippen wegriß: »Mum, Mum!« Tränen liefen ihr über die Wangen. Sie bemühte sich nicht, sie zu verbergen.

Lucy Quentin, eine kleine verlorene Gestalt in einem lila Hosenanzug, winkte mit einer Hand zurück, während sie in der anderen ein Taschentuch hielt, mit dem sie sich die Augen trocknete. Sie sah so klein, so hilflos aus. Ihre Macht schien nur eine Fata Morgana zu sein, die sich vor der wüstenhaften Leere des Abschieds auflöste. Eine Mutter mit einem schmerzenden Herzen, das war alles, was sie jetzt noch war.

»Wer weiß, wann ich sie wiedersehe? Vielleicht dauert es Jahre!« schluchzte Trixie, als das Horn des Schiffes einen langen, hohlen und gequälten Ton von sich gab und die Gangway und die Taue eingeholt wurden.

Inzwischen weinte Trixie hemmungslos. »Jetzt habe ich niemanden mehr außer dir!« jammerte sie. Saroj drehte sich zu ihr um und legte ihr die Hände auf die Schultern.

»Ist ja schon gut, Trixie. Jetzt hör auf zu heulen und erzähl mir um Himmels willen, was das gestern mit deinem Dad, der dich nicht bei sich haben will, sein sollte? Du bist doch auf dem Schiff nach England, stimmt's? Was willst du denn mehr?«

»Ach, Saroj, wenn du nur wüßtest! Dad hat vor ein paar Tagen ein langes Telegramm geschickt und geschrieben, daß sie mich in ein Internat stecken wollen! Daß sie sich gerade ein Haus gekauft haben und für mich kein Zimmer frei haben, und daß es ein sehr gutes Internat in Yorkshire ist! Mummy sagt, Yorkshire ist meilenweit von London entfernt und liegt irgendwo oben im Moor! Es ist irgend so ein großkotziges Internat, auf dem auch Dads Frau gewesen ist, und sie sagt, das sei für mich die geeignete Umgebung, um meine Prüfungen zu wiederholen, weit weg von London, wo ich vielleicht zu sehr über die Stränge schlagen würde. Es sei Zeit, daß ich die Schule endlich ernst nähme und Disziplin lerne, deshalb schicken sie mich dorthin! Ach, Saroj, kannst du das glauben? Es ist, als würden sie mich ins Gefängnis stecken! Daddy will mich nicht bei sich haben, sonst würde er nämlich nicht auf dieses alte Miststück hören!«

»Ach, Trixie! Und ich habe mich so darauf gefreut, daß wir in London zusammensein können! Du und ich in der Carnaby Street! Wir hätten sogar auf dieselbe Schule gehen können!«

»Na ja, daraus wird jetzt wohl nichts. Und ich sag dir was, Saroj, wenn ich es in diesem Internat nicht aushalte, dann schneide ich mir die Pulsadern auf! Wer weiß, vielleicht springe ich sogar ins Meer, bevor wir überhaupt in England ankommen!«

Saroj griff nach ihrer Hand. »Dann werde ich dir hinterherspringen«, sagte sie.

Drei Wochen später legten sie in Southampton an. Saroj ging lammfromm hinter Baba die Gangway hinunter, Trixie folgte ihr. Sie lachten jetzt nicht mehr. Die Überfahrt nach England war für sie beide eine Atempause gewesen, während sie sich in der kleinen Welt der »Montserrat«, deren gemütliche Vertrautheit sie jetzt verlassen mußten, verloren hatten. Vor ihnen war schemenhaft England aufgetaucht, jedoch nicht das England ihrer Träume, sondern eine neue, unbekannte Welt, eine bedrohliche, feindselige Wirklichkeit.

Es war fast Mitternacht, als sie an Land gingen. Den Rest dieser Nacht verbrachten sie in einem Hotel in Southampton, wo sie sich noch ein wenig ausruhen wollten, bevor sie nach London weiterfuhren. Sie verbrachten die Nacht mit wilden Spekulationen, getragen von den hoffnungsvollen Schwingen der Phantasie, Spekulationen, von denen sie beide wußten, daß sie nichts als Hirngespinste waren.

Der Zug nach London fuhr kurz nach neun ab. Baba lernte ein bengalisches Ehepaar kennen, das gerade mit dem Schiff aus Bombay angekommen war, und begann sofort eine Unterhaltung mit dem Ehemann. Trixie hatte in einem Schreibwarenladen einen Reiseführer von London gekauft und war bereits in dessen Lektüre versunken. Saroj saß da, sah aus dem Zugfenster und beobachtete das geschäftige Treiben auf dem Bahnsteig, als er ihr auffiel.

Er war hochgewachsen und schlaksig, seine Haut hatte die satte, cremige Farbe von Kaffee, der mit viel Sahne vermischt ist. Sein schwarzes Haar war lang und fiel ihm lockig in den Nacken, eine einzelne Strähne hing ihm in die Stirn. Er hatte gerade die Hand gehoben, um sie sich hinters Ohr zu streichen. Sein Blick streifte sie, kehrte zu ihr zurück, senkte sich in ihre Augen. Die erhobene Hand erstarrte mitten in der Bewegung, verharrte über seinen Augen wie zum Gruß. So stand er auf dem Bahnsteig, bewegungslos, starrte sie einfach nur an und lächelte dabei nicht einmal.

Er trug einen *Kurta*-Pyjama-Anzug wie jene, die Baba zu Hause immer anhatte; anstatt weiß wie die von Baba war seiner jedoch hell ockerfarben. Über dem fast knielangen Hemd trug er eine dunkelbraune Baumwollweste, die seine schlanke Taillenlinie betonte. Er sah zerknittert und abgerissen aus, so als sei er gerade aufgestanden oder, was wahrscheinlicher war, eben erst an Land gegangen. Die Leinengurte seines Rucksacks zogen seine Schultern zurück und schoppten sein Hemd zusammen, während der Gurt seiner gewebten, prall gefüllten Schultertasche quer über seiner Brust lag. Ein Pfiff ertönte, der Zug machte einen Ruck und riß ihn aus seiner Versunkenheit. Er signalisierte ihr, daß er zu ihr kommen wollte, dann lief er mit federnden Schritten los. Ohne Hast, aber dennoch schnell, lief er mit der entspannten, eleganten, fast königlichen Anmut eines afghanischen Windhunds am Bahnsteig entlang zur Tür des Waggons.

Saroj drückte ihr Gesicht an die Scheibe, konnte aber nicht erkennen, ob er es noch geschafft hatte. Er hatte es nicht geschafft.

Als der Zug langsam an ihm vorbeischnaufte, zuckte er mit den Achseln und machte eine resignierte Handbewegung. Der Zug nahm Geschwindigkeit auf. Sie öffnete das Fenster und sah hinaus, zu ihm zurück. Er trottete dahin, wurde immer kleiner, kam zum Stillstand, verschwand.

Sie hätte schwören können, daß sie ihn schon einmal gesehen hatte. Irgendwo.

Zweiter Teil

45. Kapitel

Saroj

Saroj riß den Brief zuerst mittendurch und zerfetzte ihn anschließend in winzige Stückchen. Tränen der Wut brannten in ihren Augen, aber sie wollte ihnen keinen Lauf lassen. Statt dessen schritt sie in ihrem kleinen Mansardenzimmer, so weit es die Dachschräge erlaubte, auf und ab, nahm ihr Kopfkissen, knallte es gegen die Wand – so als könne das Kissen etwas dafür – und trat wütend gegen ein Tischbein. Sie riß das kleine Fenster auf und warf die Briefschnipsel in den kalten, grauen Nebel hinaus, der über den Dächern von Clapham hing. Dann setzte sie sich an den Eßtisch, der ihr auch als Schreibtisch diente, und schrieb Trixie einen Brief.

In den drei Monaten seit ihrer Ankunft in England hatte sich ihr Leben vollkommen verändert. Endlich war sie frei. Die erste angenehme Überraschung war, daß sie nicht, wie sie geglaubt hatte, mit Baba unter einem Dach leben mußte. Ihre drei Halbbrüder, James, Walter und Richie Roy, zeigten sich weniger gastfreundlich, als Deodat das erhofft hatte. Das galt insbesondere für deren Frauen, und so war nicht einer von ihnen bereit, seine Familie um zwei weitere Mitglieder zu erweitern – mit Ganesh, der zwei Monate vorher eingetroffen war, wären es sogar drei neue Familienmitglieder gewesen. Die Häuser in London waren nicht so groß wie die in Georgetown, und niemand hatte so viele Zimmer frei. Bei ihrer Ankunft waren Saroj und Baba von Walters Frau kurz und knapp darüber informiert worden, daß die drei Brüder sie bereits unter sich aufgeteilt hätten. Ganesh wohnte jetzt bei Richie, dem Zahnarzt, Deodat zog widerwillig bei Walter, dem Rechtsanwalt, ein und Saroj bei James, dem Apotheker – und so wurde das, was von Mas Familie übriggeblieben war, auseinandergerissen.

Saroj war überglücklich, um so mehr, weil zwischen ihr und James' englischer Ehefrau Colleen von Anfang an ein wortloses Einverständnis bestand. Vielleicht war Colleen enttäuscht, daß ihre eigene Tochter Angela keine anderen Ambitionen entwickelte, als Sekretärin zu werden. Jedenfalls hatte Colleens erste Anstrengung – sogar noch, bevor sie Saroj die Sehenswürdigkeiten zeigte, wie James vorgeschlagen hatte – darin bestanden, eine gute Schule für ihren neuen Schützling zu finden.

Saroj wurde als Stipendiatin von einer ausgezeichneten Schule angenommen, die eine halbe Busstunde von ihrem neuen Zuhause entfernt lag. Sie begann sofort eifrig zu lernen und heimste schon bald bei allen Lehrern Lorbeeren ein, denn ein Mädchen mit solchem Lerneifer war in den Tagen der Miniröcke und der freien Liebe eine Seltenheit, vor allem, wenn dieses Mädchen auch noch schön war. Ihre Ernsthaftigkeit brachte Saroj unter ihren Mitschülern abermals den Ruf der Prüderie ein, aber das störte sie nicht. Sie hatte ein Ziel, und die Nörgeleien einiger pickliger Jugendlicher, denen ganz offensichtlich die Trauben zu hoch hingen, machten ihr weder etwas aus, noch vermochten sie sie zu beeinflussen. Die Spitznamen, die sie ihr gaben, Eisprinzessin und Schneekönigin, perlten an ihr ab wie Wasser am Gefieder einer Ente.

London war ihr zuerst fremd gewesen: die vielen Reihen hoher, dunkler Häuser, die dicht an dicht standen, ohne Rasenflächen dazwischen, und die Straßen, die nur aus abschreckenden Treppen, Türen und Souterrainfenstern bestanden, die tiefer als der Gehsteig lagen. Das Badezimmer – die beiden Wasserhähne, kalt und warm, wobei das kalte Wasser zu kalt und das warme zu heiß war. Colleen hatte ihr gezeigt, daß man hier das Waschbecken voll Wasser laufen ließ, Seife in einen Waschlappen rieb und sich damit den Körper abrubbelte – was für eine schmutzige Art, sich zu säubern! Sie sehnte sich danach, zweimal am Tag duschen zu können. Hier hingegen mußte man zwei- oder dreimal die Woche baden, wobei man sich in seinem eigenen Dreck suhlte und dann, von einer schmierigen Schicht bedeckt, aus dem Wasser stieg. Und das fade Essen! So fad wie die Sonne, die schwach vom Himmel schien, wie gefiltert wirkte, aller Kraft und Energie beraubt. Aber Saroj hatte sich allmählich eingelebt. London war für sie das Gelobte Land: Hier würden ihr Flügel wachsen.

Und jetzt dieser Brief. Eine Rückblende in ein vergangenes Zeitalter, als Baba noch Befehlsgewalt über sie gehabt hatte. Obwohl der Brief als solcher, anders als Baba damals, über sie keinerlei Macht hatte, brachte sie die Unverschämtheit des darin enthaltenen Vorschlags dennoch zum Kochen. Es war eine absolute Frechheit, daß der Verfasser dieses Briefes überhaupt auf diese Idee gekommen war. Und, ja, er weckte bei Saroj, obwohl sie ihr Herz gepanzert hatte, auch ein schlechtes Gewissen.

Es war ein harmlos wirkender blauer Luftpostbrief gewesen, an Saroj adressiert, der neben dem Telefon auf dem Tischchen im Flur gelegen hatte. Saroj hatte in London bislang noch keinen Brief erhalten. Sie hatte auf Nachricht von Trixie gewartet, aber vergeblich. Sie selbst hatte Trixie schon zweimal geschrieben und war jetzt langsam schon ein wenig beleidigt, weil von ihr keine Antwort kam.

Sie hatte den Brief genommen, die Adresse überprüft, ihn umgedreht, um zu sehen, wer ihr da schrieb, und war dann damit nach oben gegangen. Er stammte, so stellte sie fest, von einem gewissen Gopal Iyer. Der Name sagte ihr nichts, genausowenig wie die Tatsache, daß der Brief aus Madras kam. Sie hatte den Finger in den Schlitz in der Ecke geschoben, das Kuvert aufgerissen und das dünne Papier auseinandergefaltet.

Gopal stellte sich als ältester Bruder ihrer lieben verstorbenen Mutter vor und sprach ihr zunächst sein herzlichstes Beileid aus. Da der Brief auf einer Schreibmaschine getippt war, bei der die Buchstaben e und m ganz ausgefallen waren, vom t und o die Hälfte und beim A die Spitze fehlte, während das d hochgestellt war, war er nicht einfach zu lesen. Aber Saroj verstand sehr wohl. Und noch bevor sie ihn zu Ende gelesen hatte, war sie richtig wütend. Diese Bezugnahme auf den »letzten Wunsch« ihrer Mutter, der, laut Gopal, darin bestand, Saroj gut verheiratet zu sehen!

...und jetzt, da sie uns unter solch tragischen Umständen verlassen hat, ist es Deine heilige Pflicht, liebe Sarojini, diesen Herzenswunsch zu erfüllen, damit ihre arme Seele, nachdem sie diese letzte Vollkommenheit erreicht hat, Ruhe findet. Deine Mutter schrieb mir an ebenjenem Tag, an dem sie sterben sollte. Es war, als hätte sie, vom Willen Gottes gelenkt, gehandelt, damit ich von diesem ihrem letzten Wunsch erfahren sollte und ihn vollenden kann, nachdem sie aus dieser Welt geschieden ist. Sie teilte mir mit, daß Du ein eigensinniges Mädchen bist und die Vorschläge Deines Vaters in dieser Angelegenheit zurückgewiesen hast. Auch von Deiner Schwester habe ich einen Brief erhalten, in dem sie mich über Deine Weigerung, eine passende Verbindung einzugehen, informierte. Sie gab mir Deine Adresse und

schlug mir vor, ich solle Dir schreiben und Dich überreden, Deine Meinung zu ändern.

Es war der letzte Wunsch Deiner Mutter, mit Dir nach Indien zu fliegen und hier einen passenden Ehemann für Dich zu suchen, und ich stimme in dieser Hinsicht mit ihr völlig überein. Ich bin das älteste männliche Mitglied der Familie Deiner Mutter und habe Dir gegenüber eine Verpflichtung. Ich habe es auf mich genommen, Dich in Kontakt mit einem überaus passenden jungen Mann zu bringen, mit dem Deine Mutter in hohem Grade einverstanden war. Tatsächlich ist es eben der Junge, mit dem sie Dich verheiratet zu sehen hoffte, und dies war auch der Zweck ihrer Indienreise, die sie in Deiner Begleitung zu unternehmen plante. Ich muß jetzt in aller Bescheidenheit gestehen, daß dieser Junge mein Sohn ist und somit Dein Cousin. Wie Dir Deine liebe Mutter gewiß erzählt hat, ist es bei tamilischen Familien Tradition und gilt als überaus glückverheißend, wenn der Sohn und die Tochter von Geschwistern heiraten. Und da Deine liebe Mutter und ich uns sehr nahe standen, wäre es doppelt glückverheißend.

Nun weiß ich, liebe Sarojini, daß Du ein modern eingestelltes Mädchen bist und grundsätzlich etwas gegen arrangierte Ehen hast. Auch ich war stets dagegen und bin es im Prinzip immer noch. Allerdings bin ich inzwischen zu der Überzeugung gelangt, daß das in der Tat oft der bessere Weg ist. Ich habe dies durch großes Leid selbst erfahren müssen, denn ich habe meinen Eltern nicht gehorcht und aus Liebe geheiratet, was ich inzwischen bereue. Ich habe eine sehr schöne, aber ziemlich moderne Engländerin geheiratet, eine Freundin Deiner Mutter, die ebenfalls sehr modern eingestellt und verantwortungslos war, wie Du vielleicht weißt. Deine Mutter hat mich damals in dieser Sache unterstützt.

(Ma? Verantwortungslos?)

Der Sohn aus dieser Verbindung ist ein wunderbarer junger Mann, der jetzt in London lebt. Da er zur Hälfte Engländer ist, hat er eine weizenfarbene Haut, was eine sehr ansprechende Farbe ist. Da Du nun weißt, daß diese Ehe der letzte Wunsch Deiner Mutter war, wirst Du als gehorsame Tochter ihrem Wunsch gewiß freudig nachkommen. Du weißt bestimmt, daß Deine liebe Mutter niemals in Frieden ruhen wird, wenn ihr dieser brennende Wunsch nicht erfüllt wird! Ich vertraue darauf, daß Dir bewußt ist, wie unabdingbar es ist, so zu handeln. Deine liebe Mutter sagte mir zwar, daß Du Dich in der Ver-

gangenheit gegen eine Ehe aufgelehnt hast, ich bin mir jedoch sicher, daß Du Deine Meinung, jetzt, da sie von uns gegangen ist, gewiß ändern wirst. Ich erwarte somit Deine baldmögliche Zustimmung, damit ich die Hochzeitsvorbereitungen treffen kann.

Wenn nur Trixie dagewesen wäre. Ihr hätte sie den Brief zeigen, hätte ihn ihr vorlesen können. Sie hätte vor Wut geschäumt, während Trixie verständnisvoll genickt hätte. Dann hätte Trixie sich über den Brief lustig gemacht, ihn mit übertriebenem Pathos vorgelesen und ihr auf diese Weise verdeutlicht, wie lächerlich das Ganze war. Wenn dann alles wieder in die richtige Perspektive gerückt war, hätten sie beide Tränen gelacht. Sie hätten den Brief zusammengeknüllt, in den Papierkorb geworfen und die ganze Sache vergessen. Sie vermißte Trixie mehr, als sie es je für möglich gehalten hätte.

Aber sie konnte ihr schreiben.

Weißt Du, Trixie, was mich am meisten aufregt, ist nicht die Tatsache, daß er versucht, mich zu verheiraten. Das habe ich schon einmal überstanden, und dieser Onkel besitzt nicht einen Bruchteil von Babas Autorität. Das soll heißen, daß ich damals vor Baba Angst hatte, während dieser Onkel für mich einfach nur ein dummer alter Hanswurst ist.

Nein, das ist es nicht. Es ist der Umstand, daß er bei mir Schuldgefühle hervorrufen will! Dieses ganze Gefasel von Mas letztem Wunsch und meiner Pflicht und so weiter! Du bist keine Inderin, deshalb verstehst Du wahrscheinlich nicht, was »Pflicht« in unserer Kultur bedeutet, aber PFLICHT – in Großbuchstaben bitte sehr!– ist wirklich das A und O im Leben eines Inders. Mein Onkel versucht jetzt ganz bewußt, dieses Druckmittel einzusetzen, um mich in eine Ehe zu zwängen – ich meine, das ist Nötigung der schlimmsten Art! Nur daß er mich nicht kennt und nicht wissen kann, daß ich einen feuchten Kehricht auf die PFLICHT gebe! Trotzdem bleibt, wenn Du so erzogen bist, immer ein Rest blinder Glaube, den Du nie ganz abschütteln kannst. Dazu kommen dann noch meine Schuldgefühle, weil ich mich für Mas Tod verantwortlich fühle …

Das zweite, was mich an diesem Brief aufregt, ist, daß Ma also doch keine Ruhe gegeben hat. Es kommt mir so vor, als hätte sie, um ihren Willen durchzusetzen, ständig versucht, mit anderen ein falsches Spiel zu treiben, so wie sie das mit Baba und mit uns allen durch ihre Affäre getan hat. Und jetzt das! Ich war so von ihrer Auf-

richtigkeit überzeugt. Ich habe wirklich geglaubt, sie würde versuchen, mir zu helfen, und wollte, daß ich nach England gehe, damit ich eine gute Ausbildung erhalte und von Baba fortkomme. Aber das alles war nur ein Trick, um mich mit dem Jungen ihrer Wahl zu verheiraten! Ich sage Dir, Trixie, je mehr ich über Ma weiß, desto weniger traue ich ihr. Alles, was ich von ihr je gedacht habe, stellt sich jetzt als Täuschung heraus!

Ihr Brief überschnitt sich mit einem langen Brief von Trixie, den sie am nächsten Tag erhielt:

...Du wirst es nicht glauben, es gefällt mir hier richtig gut!

Ich schlafe mit vier Mädchen in einem Zimmer, eines davon ist schon meine beste Freundin geworden. Sie heißt Alison Greer und stammt von der Halbinsel Malaya! (Aber sie ist Engländerin. Ich meine damit, sie ist weiß. Ich bin hier die einzige Schwarze, und das ist schon ein komisches Gefühl. Einige der Mädchen behandeln mich deshalb ziemlich herablassend, aber Alison steht zu mir, deshalb macht mir das nichts aus.) Wir sind im Lincoln West House untergebracht, unsere Farbe ist Hellblau, und wir sind die Besten im Lacrosse. Es gibt auch ein Lincoln East, und deren Farbe ist Dunkelblau. Insgesamt gibt es acht Häuser, aber die beiden Lincolns sind wirklich die besten!! Alison und ich haben zusammen Spanisch-Unterricht, nur wir beide! Ich bin schon richtig gut in Spanisch, wegen der »Montserrat« ist das für mich auch ein Kinderspiel! Im Dezember werde ich in den Fächern, in denen ich durchgefallen bin, die Prüfung zur mittleren Reife wiederholen. Mein Französisch hat sich um hundert Prozent verbessert, und ich bin sicher, daß ich diesmal bestehe. Sogar mit Mathe komme ich einigermaßen klar.

Aber das Wunderbarste ist die Kunstlehrerin. Sie heißt Mrs. Graham, und sie ist schon ziemlich alt. Sie sagt, daß ich wirklich Talent hätte, ein ganz besonderes Talent, und das sei auch der Hauptgrund gewesen, weshalb man mich in dieser Schule überhaupt aufgenommen hat. Sie sagte, daß ich auf mein Talent aufpassen und es pflegen soll, weil Menschen mit einem Talent eine besondere Aufgabe hätten: Sie seien auf der Erde, um das Leben anderer Menschen mit Freude und Schönheit zu erfüllen. Wenn ich mein Talent jedoch vernachlässige oder es mißbrauche, werde ich es entweder verlieren, oder aber ich verliere mich selbst.

Sie hat mich in ihr Arbeitszimmer gebeten. Dort haben wir Tee ge-

trunken und Kekse gegessen und uns lange unterhalten. Als ich ging, hätte ich fast geheult. Sie sagt, daß man sich absolut entsetzlich fühlt und dumme Dinge tut, wenn man ein Talent hat, das sich nicht entfalten kann, weil man nicht gefördert wird. Und genau das sei mein ganzes Leben lang mein Problem gewesen. Sie sagt, ich hätte zuwenig Selbstvertrauen, deshalb sähe ich das Talent, das ich habe, nicht als etwas Wunderbares. Ich würde nur meine eigene Kleinheit und Unzulänglichkeit sehen und mich nur immer mit anderen vergleichen. Sie sagt, es spielt keine Rolle, daß ich mich klein und unzulänglich fühle. Tatsächlich sei das sogar gut, denn Kunst ist etwas Göttliches und Großartiges, und ein Künstler müsse stets bescheiden und dankbar sein. Die Kreativität sitzt im Herzen, nicht im Kopf, sagt sie. Der Kopf muß sich tief verneigen und sich dem Herzen unterordnen, und er darf sich nicht einmischen. Also, ist das nicht eine tolle Neuigkeit?

Und wie geht es Dir? Es tut mir leid zu hören, daß Deine Cousine Angie so ein Biest ist. Du könntest in London wirklich eine schöne Zeit haben, wenn sie sich die Mühe machen würde, Dir ein bißchen was zu zeigen! Wenn ich wieder da bin, hauen wir beide, Du und ich, einmal kräftig auf den Putz. Eines meiner Ziele im Leben ist, einmal in eine Diskothek im West End zu gehen, vielleicht könntest Du in dieser Hinsicht schon einmal ein paar Nachforschungen anstellen. Übrigens solltest Du nicht glauben, daß ich mich nicht mehr amüsieren will, nur weil ich jetzt eine ernsthafte Künstlerin werde! Saroj, ich fürchte, Du führst ein todlangweiliges Leben. Komm schon, Mädchen, Du mußt Dich doch irgendwann einmal verlieben, aber wie sollst Du jemand Interessanten kennenlernen, wenn Du immer nur daheim sitzt und lernst? In den Schulferien werden wir uns beide einmal ernsthaft umsehen. Ach, was ich noch vergessen habe, meine Stiefmutter Elaine ist einfach absolut super… sie sagt, daß sie sich schon immer eine Tochter gewünscht hat und daß ich für sie jetzt diese Tochter bin!

Seit ich mit Mrs. Graham gesprochen habe, frage ich mich die ganze Zeit, ob Du nicht auch irgendein Talent hast und wenn ja, welches. Am Schreibtisch zu sitzen und sich den Kopf mit diesem ganzen Lernkram vollzustopfen scheint mir jedenfalls weder besonders spaßig noch schön zu sein.

Wir sehen uns in den kleinen Ferien, das ist in zwei Wochen!

Alles Liebe, Trixie

P.S.: Grüß Ganesh von mir und versuch, in den Ferien ein Treffen zu arrangieren.

Saroj konnte Trixies Gruß jedoch nicht weitergeben, da Ganesh zu dieser Zeit gar nicht mehr in London war.

Er ist mit einer Schweizerin abgereist, schrieb Saroj Trixie. *Im Augenblick arbeitet er in einem Restaurant in der Schweiz und versucht, sich das Geld für den Flug nach Indien zu verdienen, wo er Mas Asche in den Ganges streuen will. Er hat sein Studium abgebrochen und will auch nicht mehr Jurist werden. Am besten, Du vergißt ihn. Er ist jetzt Hippie geworden und läßt sich die Haare lang wachsen, kannst Du Dir das vorstellen? Höcht verantwortungslos. Ich hoffe nur, daß er keine Drogen nimmt.*

Und was die Sache angeht, von der ich Dir gestern berichtet habe (Codewort: Onkel Gopal), so habe ich das Ganze bereits wieder vergessen. Es Dir zu schreiben hat mir anscheinend gutgetan. Ich werde seinen Brief nicht beantworten (ich kann es sowieso nicht, da ich ihn zusammen mit dem Umschlag, auf dem die Adresse stand, zerrissen habe). Also weiß er, wie meine Antwort aussieht.

Den alten Deodat (ich werde ihn nie wieder Baba nennen!) sehe ich, dem Himmel sei Dank, überhaupt nicht mehr. Er wohnt bei meinem Halbbruder Walter, dem Anwalt. D. dachte, er könnte bei ihm arbeiten, aber Walter kann ihn nicht brauchen, und Walters Frau haßt ihn, und so hängt er einfach nur herum, liest Akten und hat nichts zu tun (habe ich jedenfalls gehört). Er scheint auch Probleme mit dem Herzen zu haben. Wie auch immer, ich wünsche ihm jedenfalls nichts Gutes und hoffe, er bekommt jetzt alles mit gleicher Münze heimgezahlt! Mein anderer Halbbruder James (der, bei dem ich wohne) ist Chemiker und sagt, daß ich in den Sommerferien bei ihm in der Werksapotheke arbeiten kann, und darauf freue ich mich schon. Auf diese Weise verdiene ich ein bißchen Geld – wozu? Wer weiß? Ich werde es jedenfalls sparen.

Sie klappte ihren Schreibtisch auf, ordnete die Bücher, die sich darin befanden, nahm jene heraus, die sie später brauchen würde und packte sie in den Lederranzen, den sie sich über die Schulter hängte. Sie befand sich allein im Klassenzimmer. Die anderen waren alle schon gegangen. Mädchen wie Jungen hatten in lachenden, sich neckenden Gruppen das Klassenzimmer verlassen. Kaum einer ihrer Klassenkameraden hatte einen Blick zurückgeworfen, während sie dasaß und sich noch ein paar abschließende Notizen machte. Das, was ihre Mitschüler ihr an Interesse entgegengebracht hatten, als sie in die Klasse kam, war inzwischen verpufft. Ihre indische Abstammung war ihr peinlich gewesen, und sie hatte sich irgendwie unsicher gefühlt. Sie war überzeugt gewesen, daß die anderen sie hinter ihrem Rücken anstarrten und verspotteten, deshalb hatte sie auch nur zögerlich reagiert. Ihre Befürchtungen sah sie prompt durch die beiläufigen Kommentare bestätigt, die abgegeben wurden, wenn sie sich in Hörweite befand. Saroj sei eine Streberin, der Liebling aller Lehrer, sagten sie, und ließen sie einfach stehen.

Sie verließ das Klassenzimmer, schloß die Tür hinter sich und ging dann durch den leeren Flur in den Hof hinaus, wo ihre Klassenkameraden in Grüppchen zusammenstanden. Sie spürte, daß sie sie ansahen, als sie an ihnen vorbeikam, und konnte sich ihre geflüsterten Bemerkungen vorstellen. Was kümmert mich das? Sie reckte die Nase noch ein bißchen höher in die Luft und drückte ihre Bücher noch fester an ihre Brust.

Zuerst hatte es weh getan, dieses Gefühl, ganz auf sich allein gestellt zu sein. Wie hätte sie auch sagen sollen, daß sie einfach schüchtern war und eine Freundin brauchte? Jemanden, der sie in- und auswendig kannte, dem sie ihr Herz ausschütten konnte, jemanden, der ihre Vergangenheit, Gegenwart und Zukunft kannte und sie nicht falsch beurteilen würde, der ihr kein Etikett verpassen und sie in keine Schublade stecken würde. Wie hätte sie ihnen sagen sollen, daß sie, die sie alle Londoner waren, eine Kultiviertheit, eine Weltgewandtheit und eine Sicherheit im Großstadtleben ausstrahlten, die ihr angst machten und sie veranlaßten, sich in sich selbst zurückzuziehen, ihre provinziellen Schwingen zusammenzufalten und sich hinter ihren Büchern, die ihr einziger Trost waren, zu verkriechen? Wie hätte sie ihnen sagen sollen, daß sie etwas Zeit brauchte, Geduld und Verständnis, bevor sie wirklich dazugehörte? In jenen ersten Wochen vermißte sie Trixie entsetzlich.

Wer bin ich? schrie es in ihr. Guyanerin? Inderin? Engländerin? Nein, gewiß keine Engländerin. Will ich überhaupt Engländerin werden? Gehöre ich überhaupt hierher? Hätte ich überhaupt hierher kommen sollen? Sollte ich nicht besser nach Hause zurückkehren?

Wo ist mein Zuhause? Hier oder dort? Kann ich mich mit dem *Hier* anfreunden, das *Dort* vollkommen vergessen, mich fallenlassen und mit diesen Menschen verschmelzen? Aber sie wollen mich hier nicht haben. Das haben sie mir deutlich gezeigt. Sie zeigen kein Interesse an mir. Sie sind glücklich, sind in sich selbst vollständig. Wer will sich schon eines naiven kleinen Mädchens aus der Provinz annehmen? Wen interessiert das überhaupt?

Wenn nur Trixie dagewesen wäre, oder Ganesh. Irgend jemand... Manchmal kam ihr ein Gesicht in Erinnerung, ein stilles, vertrautes Gesicht, das sie im Trubel auf einem Bahnsteig in Southampton durch ein schmieriges Zugfenster angesehen hatte. Ein Gesicht mit Augen, die sie ansahen und erkannten, genau wie sie ihn erkannt hatte. Aber dann verblaßten das Gesicht und die Erinnerung daran, und sie war abermals allein. Allein auf der Welt. Verwaist...

Aber nein. Verwaist nun auch wieder nicht. Ihre Mutter war zwar tot, aber was war mit ihrem Vater? Zum ersten Mal überlegte Saroj, wer er wohl sein mochte. Allein die Vorstellung, daß Ma Ehebruch begangen hatte, schien absurd. Deshalb war es für sie, als sie es damals herausgefunden hatte, ja auch so schwer zu akzeptieren gewesen. Ma sprach mit einem Mann niemals in vertrautem Ton, tauschte niemals Höflichkeiten aus, machte niemals Small talk, sah einem Mann niemals in die Augen. Sie hielt den Blick gesenkt, oder aber sie verließ den Raum. Wenn sie männlichen Besuch hatten, pflegte Ma still zu servieren, bevor sie wieder in der Küche verschwand. Und die Männer wiederum bemerkten Ma nicht einmal. Sie sprachen sie nicht an und behandelten sie, als wäre sie tatsächlich so unsichtbar, wie sie es zu sein vorgab. Wenn sie im Zusammenhang mit ihren häuslichen Pflichten mit einem Mann zu tun hatte – mit Mr. Gupta zum Beispiel oder mit Dr. Lachmansingh –, war sie kurz angebunden und nüchtern. Wo also hätte sie bei ihrer zurückgezogenen Lebensweise und ihrem reservierten Verhalten jedem Fremden gegenüber einen anderen Mann kennenlernen sollen? Aber war es denn überhaupt ein Fremder? Vielleicht war es ja jemand, den Saroj kannte... und in diesem Augenblick wußte sie es.

Jetzt war es offensichtlich, so offensichtlich, daß sie sich fragte, warum sie nicht schon längst darauf gekommen war. Natürlich.

Onkel Balwant. Die Ausnahme von der Regel. Der Mann, der sich nicht an Regeln hielt. Der einzige ihrer männlichen Verwandten, der

Saroj je Interesse entgegengebracht hatte, mehr noch, der sie ermutigt und mit ihr gesprochen hatte. Ja, der einzige Mann, auf den Ma einging, der Ma nicht behandelte, als wäre sie Luft. Onkel Balwant neckte jeden, das stimmte, Ma aber neckte er auf eine ganz besondere Weise, respektvoll und trotzdem irgendwie kühn, und Ma ging auf ihn ein, ja, sie ging auf ihn ein! Saroj spürte, daß sie ganz aufgeregt wurde. Sie rief sich in Erinnerung, wie Ma auf Onkel Balwants Nekkereien reagierte: Ein Lächeln unterdrückend, das Kinn angezogen, sah sie weg und warf ihm dann doch scheu wieder einen Blick zu, voll Zuneigung – und Liebe.

Jetzt war ihr alles klar, weshalb Ma nicht mit ihm zusammenkommen konnte: Er war verheiratet, glücklich, wie es nach außen hin schien, und Ma hätte eine andere Familie niemals zerstört. Weshalb Onkel Balwant sie, Saroj, so gernhatte, und weshalb sie ihn so gernhatte. Ihr Lieblingsonkel. Ihr Vater. Natürlich. Bei einem solchen Vater... oh, was für eine Schande, und dennoch: wie herrlich. Sie hätte sich keinen sympathischeren Vater wünschen können. Sie würde ihm schreiben und ihm zwischen den Zeilen mitteilen, daß sie Bescheid wußte und sich einen engeren Kontakt wünschte, daß sie aber das Geheimnis vor Tante Kamla bewahren würde.

Sie schrieb einen überschwenglichen Brief, viele Seiten lang und voller versteckter Andeutungen, die Onkel Balwant einfach verstehen mußte. Sie adressierte ihn, um sich nicht zu verraten, an Onkel Balwant und Tante Kamla und war dann tief enttäuscht, als Tante Kamla ihn in beider Namen beantwortete und am Ende nur schrieb: »Onkel Balwant schickt Dir liebe Grüße.« Saroj schrieb den beiden nie mehr wieder.

Danach war Trixie ihr einziger Trost. Briefe jagten zwischen ihnen hin und her, überschnitten sich immer wieder. In den kleinen Ferien fielen sie einander in die Arme. Saroj verbrachte einen ganzen Tag damit, mit Trixies Familie Londons Sehenswürdigkeiten zu besichtigen, und endlich gingen sie und Trixie Arm in Arm die Carnaby Street entlang. Die drei Tage vergingen jedoch wie im Flug, und bevor es ihnen recht bewußt wurde, standen sie und Trixie schon wieder auf dem Bahnsteig des King's-Cross-Bahnhofs und weinten Abschiedstränen.

Sie vermißte die freundliche Vertrautheit von Georgetown, das Gefühl, integraler Bestandteil eines Ganzen zu sein. Dennoch: Hier in

London konnte sie sich entwickeln, konnte zu jenem Wesen werden, das sie stets vermißt und nach dem sie sich gesehnt hatte – zu einem Individuum, das weder durch Regeln oder Vorschriften eingeschränkt noch durch Tradition, Kultur und eine gesetzlich sanktionierte väterliche Kontrolle eingeengt wurde.

Und so begann die neue Saroj, in sich zurückgezogen, zu wachsen. Sie schöpfte Kraft aus ihren Büchern. Das Lernen, so erkannte sie, verschaffte ihr Macht und Ansehen und versetzte sie in eine Welt, die nicht die ihrer Altersgenossen war. Sie mochte vielleicht aus einer provinziellen Kolonie stammen, aber im Wissen lag ihre Einzigartigkeit: Hier nämlich übertraf sie die anderen, sie war konzentrierter, entschlossener, hier überflügelte sie alle. Sie mochte vielleicht heimatlos sein, in ihr aber lebte ein Wesen, das jetzt frei war, das schlicht und einfach sagen konnte, *ich bin,* ohne daß irgendein Zusatz nötig gewesen wäre, ohne zu sagen, ich bin Inderin, Guyanerin, Engländerin oder was auch immer. Sie faltete ihre Schwingen schützend fester um sich, damit das Wesen in ihr ungestört wachsen konnte. Während es wuchs, wuchsen jedoch auch die Schwingen: wurden hart, undurchdringlich, bewahrten sie vor Verletzungen.

Ich habe mich noch immer nicht entschieden, ob ich Medizin oder Jura studieren soll, schrieb sie Trixie am Ende ihres ersten Jahres. *Du weißt, daß es stets mein Ziel war, Jura zu studieren, damit ich für die indischen Frauen daheim wirklich etwas tun kann. Aber werde ich jemals zurückkehren? Seit Mas Tod hat sich alles so sehr verändert. Außerdem finde ich allein die Vorstellung, in Deodats Fußstapfen zu treten, schon entsetzlich … Andererseits interessiert mich die Medizin mehr und mehr, und ich habe, wie Onkel Balwant mir zu sagen niemals müde wurde, einen mathematischen Verstand. Deshalb denke ich, es wird Medizin werden. Ich habe vor, die Beste zu sein … Colleen ermutigt mich, nach Oxford oder Cambridge zu gehen, aber das will ich nicht. Es gefällt mir hier.*

Nach London zu gehen war tatsächlich das Beste, was ich in meinem Leben getan habe.

Ich mußte mich allerdings erst ein wenig an diese Stadt gewöhnen. Die anonymen Menschenmassen, die vielen Menschen, die dich noch nie gesehen haben und denen es völlig egal ist, ob du lebst oder tot bist. Aber was für eine Erleichterung, zu ihnen zu gehören! Wirklich anonym zu sein. Wenn da niemand ist, der seine Nase in deine An-

gelegenheiten steckt. Wenn dir niemand sagt, tu dies oder das! Es ist eine splendid isolation, wenn deine Identität nicht zwischen dir und dem Rest der Welt steht. Was für ein Unterschied!

Im Verlaufe dieses Jahres erhielt Saroj noch zwei lange Briefe von Onkel Gopal, die sie, so wie den ersten, ignorierte. Auf den letzten Brief folgte langes Schweigen, und Saroj glaubte sich vor Onkel Gopals Intrigen sicher.

Sie täuschte sich.

46. Kapitel

Savitri

Gopal war gerade in Bombay, als er das Telegramm mit der tragischen Nachricht erhielt. Er fuhr auf der Stelle zu Savitri und brachte sie nach Madras zu Henry und June. Die beiden erkannten sofort, daß Savitri Witwe war, denn sie trug den weißen, bortenlosen Witwensari. June schloß sie in die Arme, um ihr Mitgefühl auszudrücken, und blickte Henry dabei erleichtert an, denn sie wußte, was für eine Ehe Savitri geführt hatte.

Dann aber sahen sie die nackte Qual, die in Savitris Augen brannte, und das intensive Feuer des schmerzlichen Verlusts, der ihre Gesichtszüge gezeichnet hatte. Nachdem Savitiri ihnen mit ruhigen, emotionslosen Worten von Ganesans Geburt und von seinem Tod berichtet hatte, schluchzte June, nahm Savitri erneut in die Arme und hielt sie schweigend fest. Gopal zupfte Henry am Arm und zog ihn beiseite. Dann sagte er zu ihm: »Es wäre sehr freundlich von euch, wenn ihr sie bei euch aufnehmen könntet. Es wäre nicht gut, wenn sie im Hause meines Bruders leben müßte, denn Amma ist jetzt tot. Savitri wäre mit ihrer Schwägerin allein, was nicht besonders angenehm für sie wäre. Bei mir kann sie nicht wohnen, da ich nach Bombay zurückkehre, wo ich gute Aussicht auf eine vielversprechende Karriere in der Filmindustrie habe.«

Henry, der immer noch sichtlich erschüttert war, nickte und sagte: »Sicher, sicher. Keine Frage.« Jetzt, da June Savitri aus ihrer Umarmung freigegeben hatte, wischte er sich eine Träne fort und umarmte die junge Frau, die er einst fast wie eine Tochter geliebt hatte, und wiegte sie langsam und tröstend hin und her.

»Sie hat nur das mitgebracht, was sie anhat«, sagte Gopal entschuldigend, »aber ich werde für sie aufkommen. Ich werde ihr Kleidung kaufen und auch für ihre Unterkunft und Verpflegung bezahlen.«

June und Henry hörten ihm gar nicht zu. Jetzt hielten sie beide Savitri in den Armen. Sie hielten sie zwischen sich, wobei sie die Arme um sie und umeinander geschlungen hatten. Keiner von ihnen dachte in diesem Moment an Geld.

Davids Gegenwart war beinahe mit Händen greifbar. Es war, als wäre der junge, unerfahrene David immer noch bei ihnen und riefe: »Ich werde auf sie warten, und ich möchte, daß auch sie auf mich wartet.«

Es war, als wäre das alles erst gestern geschehen, als hätte es zwischen damals und jetzt keine Toten gegeben, keine Hochzeiten, keine Vergewaltigungen, keine Schläge, keinen Mord, keine Tragödie, kein England, keinen Krieg. Aber sie alle wußten von diesen Dingen, diesen Ereignissen, die einen Abgrund zwischen damals und heute aufgerissen hatten, und dieses Wissen war wie ein Finger auf versiegelten Lippen.

Nach einer Woche übersprang Savitri diesen Abgrund. »Wo ist er?« fragte sie June. June wußte sofort, wer mit »er« gemeint war. Sie sahen sich in die Augen. June streckte die Hand aus, berührte Savitri an der Schulter und lächelte.

»David ist in Singapur, Sav. Er ist in der Armee.«

»In der Armee? Aber er wollte doch in Oxford studieren – er wollte doch Arzt werden!«

»Er war in Oxford, und er ist Arzt. Aber er ist dem Royal Army Medical Corps beigetreten.«

»Aber warum? Warum die Armee?«

»Nun, David hat immer gewußt, daß er in den Tropen arbeiten will – wenn nicht in Indien, dann irgendwo anders, und am Royal Army Medical College bekommt man einfach die beste Ausbildung in Tropenmedizin. Er kam als Leutnant nach Singapur. Ich nehme an, daß er inzwischen Hauptmann ist.«

»Singapur! Ausgerechnet Singapur! Warum ist er nicht nach Hause gekommen? Nach Indien?«

June zuckte die Achseln. »Ich denke, das wissen wir alle, Sav. Deinetwegen... Er konnte es nicht ertragen, zurückzukommen, da er wußte, daß du mit einem anderen Mann verheiratet bist. Das zumindest war das, was er uns angedeutet hat. Ich nehme an, Singapur war ihm genauso recht wie jeder andere Ort. Ich vermute außerdem, daß ihm seine Tamil-Kenntnisse und sein Wissen über indische Sitten dort sehr gelegen kommen.«

»Aber ich bin jetzt frei, June! Ich bin frei! Wir können heiraten!

Er kann nach Indien zurückkehren! Jetzt steht uns nichts mehr im Weg!«

June schüttelte den Kopf. Sie stand auf, um Tee zu machen. Während sie ruhig in der Küche umherging, spürte sie, wie Savitri immer begeisterter wurde, und wußte, daß sie diese Euphorie dämpfen mußte.

»Nein, Sav. Das kann er nicht.«

Ein angstvoller Ausdruck huschte über Savitris Gesicht. »Er ist doch nicht... verheiratet?«

Wie sie da am Tisch saß und mit flehentlichem Blick zu der älteren Frau hochsah, mit einem Blick, der inständig darum bat, alles wiedergutzumachen, es dadurch wiedergutzumachen, daß sie es einfach sagte, sah Savitri wie ein kleines Mädchen aus. Ein naives kleines Mädchen, das nicht wußte, wie es in der Welt zuging, und das keine Ahnung von den Realitäten in der Armee hatte. Ein kleines Mädchen, das in einer vollkommenen Welt lebte, in der allein die Liebe zählte, in der die Liebe die einzige Realität darstellte. Tiefe Zuneigung wallte in Junes Herz auf. Sie ging zu Savitri, stellte eine Tasse Tee vor ihr auf den Tisch und blieb dann, einen Arm um ihre Schulter gelegt, still neben ihr stehen. Savitri lehnte sich bei June an, drückte ihren Kopf gegen Junes Hüften und schlang einen Arm um ihre Taille.

»Ja, Sav. David ist verheiratet. Er hat, kurz bevor er zum RAMC ging, geheiratet.«

Savitris Gesicht, das sie June erwartungsvoll zugewandt hatte, verfiel regelrecht. Ihr Körper schien alle Kraft zu verlieren. Sie sagte kein Wort.

»Was hast du erwartet, Sav? Er ist der letzte der Lindsays. Ich vermute, daß man ihn dazu gezwungen hat. Es steht ein großes Vermögen auf dem Spiel, und die Familie brauchte einen Erben, weißt du? Er konnte doch nicht voraussehen, daß du schon so bald frei sein würdest.«

Savitri vergrub das Gesicht in ihren Händen, während sie immer noch an Junes Hüften lehnte. Die ältere Frau streichelte ihr sanft übers Haar.

»Ich muß ihn sehen, June. Unbedingt. Ich fahre nach Singapur.«

Bei diesen Worten kniete sich June neben Savitri hin, umschloß ihre beiden Hände und klopfte damit sanft und nachdrücklich auf Savitris Schoß.

»Savitri, Savitri. Sei vernünftig. Überstürze jetzt nichts. Gib nicht einfach einer plötzlichen Eingebung nach. Er ist verheiratet, dräng dich nicht in seine Ehe. Zerstör sein Leben nicht. Bring ihn nicht in Schwierigkeiten. Du bereitest dir damit doch nur selbst Kummer. Ich bitte dich, Savitri – fahr nicht zu ihm! Er ist ein verheirateter Mann!«

»Aber wir waren doch zuerst verheiratet!« rief Savitri. »Wir waren einander versprochen! Ich war immer sein und ... und ...« Ihre Stimme wurde zu einem Flüstern. Es war, als beuge sich der rebellische, englische Teil ihres Wesens dem akzeptierenden indischen Teil, dem geduldigen, alles ertragenden Kern ihres Selbst.

»Ich habe auch gar nicht vor, irgend etwas zu tun, June. Ich will ihn lediglich sehen. Das ist wirklich alles, was ich tun will. Ich muß ihn einfach sehen.«

June schüttelte den Kopf und versuchte dabei, ein Lächeln zu unterdrücken. »Ach, Savitri. Du bist so naiv. Glaubst du wirklich, David würde dich nur sehen wollen und mehr nicht?«

»Das ist mir gleich! Ich weiß es nicht! Ich werde ihm schreiben! Er wird kommen! Ich weiß genau, daß er mich liebt, und ich weiß, daß er kommt, sobald er ...«

»Savitri, Liebes, du bist überreizt. Das ist der viele Kummer der letzten Jahre. David jetzt aufgeben zu müssen, das ist zuviel für dich. Aber halte einen Moment inne, denk erst einmal über alles nach. Irgendwann wirst du dir dann eingestehen, daß ich recht habe.«

Savitri schüttelte den Kopf. »Niemals. Ich weiß es, June. Ich muß zu ihm fahren. Ich muß ihn einfach noch einmal sehen. Nur ein einziges Mal.«

»Was willst du denn in Singapur machen?«

»Ich werde dort arbeiten, June! Ich habe doch zwei Hände, oder? Wenn man dort Ärzte braucht, dann braucht man auch Krankenschwestern. Freiwillige, meine ich, Menschen, die wirklich helfen wollen, vor allem in diesen Kriegszeiten. Ich werde gehen, June, ich muß!«

»Und wie willst du die Überfahrt bezahlen? Hat dir dein Mann denn Geld hinterlassen?«

Savitri schüttelte den Kopf. »Geld – nein. Wir hatten zum Schluß nur noch Schulden – er hat doch soviel getrunken! Aber ich habe immer noch meinen Schmuck! Den Goldschmuck, den mir Amma zur Hochzeit geschenkt hat! Ich habe ihn an mich nehmen können, bevor ich meine Schwiegereltern verließ. Ich wußte, daß ich ihn brauchen würde. Ich werde ihn verkaufen!«

»Du würdest deinen Schmuck verkaufen? Deine Erbstücke?«

Savitri warf verächtlich den Kopf zurück. »Gold! Pah! Was nützt es, wenn es einfach nur rumliegt!«

»Sav, sei vernünftig! Du bist Witwe, du mußt von irgend etwas leben. Du mußt dir eine eigene Existenz aufbauen, ohne David. Du bist jetzt zwar von deiner Familie frei, aber du brauchst ein bißchen Geld für einen Neuanfang und ...«

Bei den Worten »ohne David« wurden Savitris Augen feucht. Bevor jedoch ihre Tränen zu fließen begannen, sah June auf die Uhr und sagte: »Ach, Sav, ich bin spät dran. Adam hat in einer halben Stunde Unterrichtsschluß, und ich habe versprochen, ihn abzuholen. Eric schläft jetzt schon seit fast zwei Stunden – wärst du so lieb und würdest ihn aufwecken und dich ein bißchen mit ihm beschäftigen, solange ich weg bin?«

Savitri nickte, trank rasch den letzten Schluck Tee aus und verließ den Raum.

47. Kapitel

Nat

Nach seiner Rückkehr nach England wurde Nat von der Gewißheit, von dem Wissen beflügelt, daß er irgendwo, bald, sehr bald, vielleicht heute schon, aufblicken und das Mädchen aus dem Zug wiedersehen würde. Die Chancen, daß das passierte, standen eins zu einer Million, aber das störte ihn nicht. Er wußte, daß irgendwo unter den Millionen von Menschen, die in London lebten, die sich aus der U-Bahn auf den Bürgersteig ergossen, die Gebäude, Restaurants, Wohnhäuser, Büros, Colleges, Geschäfte, Supermärkte, Kinos, Parks, Diskos betraten und verließen, die in Autos, Busse, Züge einstiegen, die wie Ameisen im großen Labyrinth von Straßen, Tunnels, Ladenpassagen, Terrassen, Alleen und Gärten herumwimmelten, die sich trennten, auf den Bürgersteigen entlangmarschierten und an Ampeln die Straßen überquerten, daß irgendwo unter all diesen Menschen dieses Andere war, daß es irgendwo gleich hinter der nächsten Ecke, gleich an der nächsten Haltestelle in den Bus stieg, irgendwo auf einem Bahnsteig im Untergrund wartete, hinter einer Zeitung versteckt auf einer Parkbank saß, in einer Schlange an der Wimpy Bar stand. Ein Anderes, das im Grunde genommen wie er selbst war, das nur aus dem Grund auf der Erde war, um zu vervollständigen, was unvollständig war, zu füllen, was leer war, und in den innersten Kreis seines Lebens einzudringen, um es voll, ganz und rund zu machen, ihm ein Zentrum und ein Ziel und eine ganz neue Art der Existenz zu geben.

Er hatte sie gesehen, also wußte er, daß sie existierte. Auf dem Bahnsteig in Southampton, nur durch eine schmierige Fensterscheibe und zwei Meter Luft von ihm getrennt – Raum, Vakuum, durch das er sie, wenn er die Arme ausgestreckt hätte, berühren hätte können. Er wurde sich jener Kraft bewußt, die sich von ihm ausbreitete und die vielen Millionen von Fremden durchforstete, um dieses eine Mädchen zu finden. Er spürte, hörte, fühlte, wußte, daß sich ein anderes Herz ebenfalls ausstreckte, daß sich aus der düsteren Bewußtseinsmasse, den gemischten Gedanken von Millionen von Fremden, die in jenen Tagen an diesem Ort lebten, ein Ruf erhob, der einfach gehört werden mußte. Er lauschte angestrengt auf diesen Ruf. Sein Blick war ruhelos, forschte in den Gesichtern von Passanten nach diesem einen Gesicht, sah ihnen, wie von irgendeiner plötzlichen Eingebung geleitet, über die Schulter – da! jetzt! –, er suchte jede Menschenmenge ab, stellte seine Seele darauf ein, ebenjene Signale aufzunehmen, die, wie er wußte, ausgesandt wurden. Es mußte so sein. Es konnte gar nicht anders sein. Er betete, er sehnte sich verzweifelt danach, er rief in die Stille, in der sein Gebet widerhallte: Wo bist du? Komm! Ach, komm!

Nat, der sich auf seine goldenen Hände verließ, wachte jeden Tag mit einem belebenden Gefühl auf, das ihm sagte: Heute! Heute ist der Tag! Jeden Morgen wuchs Gewißheit in ihm, zog sich nachts zurück, um in der nächsten Morgendämmerung wiedergeboren zu werden, nicht geschwächt, sondern in Geduld erprobt, stärker, reifer, lebensprühend. Wer ihn kannte, wunderte sich darüber, wie sehr er sich veränderte, denn Nat schien sich, obwohl er anderen gegenüber freundlich war und aufmerksam wie immer, in irgendeine innere Welt zurückgezogen zu haben. Er sah den anderen Menschen immer noch in die Augen, sein Blick wirkte jetzt aber, als käme er aus einer fernen, uneinnehmbaren Festung. Dort, wo früher alle inbegriffen waren, blieben sie nun ausgesperrt, auf die Peripherie beschränkt. Und Nat, der sie aus der stillen Tiefe seiner Festung heraus beobachtete, fühlte sich ihnen allen plötzlich fremd. Ihre Worte schienen ihm überflüssig wie das Geschnatter von Affen, denn er war in der Stille eines vollkommenen Gedankenaustauschs mit einer anderen Seele verbunden, die nicht anders als die seine, sondern Teil von ihm war.

Gelegentlich half er immer noch bei Bharat Catering aus, wenn eine Hochzeit oder ein anderes großes Fest anstand, bei dem zusätzliche Hilfe benötigt wurde. Nachdem er so viele Jahre seines Lebens so sinnlos verschwendet hatte, fand er es jetzt nur recht und billig, daß er etwas zu seinem Lebensunterhalt beitrug und sich nicht vollkommen auf die finanziellen Zuwendungen des Doktors verließ, denn er wußte, daß der Doktor dieses Geld für wichtigere Dinge brauchte, zum Beispiel um Medikamente zu kaufen und Dächer zu reparieren. Hinter diesen Wochenendjobs standen jedoch auch Strategie und Berechnung. Das Mädchen, das er suchte, war Inderin. Es mußte mit einem anderen Schiff als er aus Indien gekommen sein, denn er war sich sicher, daß sie nicht auf der »Eastern Princess« gewesen war. Außerdem war sie bestimmt nicht allein, sondern mit ihrer Familie gereist. Indische Familien waren groß, in London aber waren die Inder eine Minderheit. Sie feierten viel, und sie liebten gutes Essen. Es war durchaus möglich, so Nats Überlegung, daß er ihr früher oder später auf einem der Feste, die Bharat Catering belieferte, bei einer Hochzeit, dem *Diwali*-Fest oder Krishnas Geburtstag etwa, zufällig begegnete. Also zog es Nat immer mehr in die Gesellschaft von Indern.

Er schrieb sich wieder an der Universität ein und setzte sein Studium fort, wo er es abgebrochen hatte. Diesmal war er jedoch voll und ganz bei der Sache. Er arbeitete überaus konzentriert, während sein Verstand nur noch auf ein einziges Ziel gerichtet war, das ihn jetzt erfüllte und leitete.

Welch ein Meisterwerk ist der Mensch! Nat kannte seinen Shakespeare. Je tiefer er in die Welt der Medizin eintauchte, desto mehr bewegte und inspirierte sie ihn. Was ihm einst langweilig und öde vorgekommen war, löste nun Staunen und Ehrfurcht aus. Anatomie! Was für ein Wunderwerk Knochen, Blutgefäße, Organe, Muskeln, Sehnen und Gewebe waren, wie majestätisch, wie erhaben! Was hielt dies alles zusammen, was ließ es funktionieren? Welche Intelligenz steuerte das Wachstum eines Körpers von der Verschmelzung von Ei und Samenzelle bis zum letzten Atemzug, wenn ihn das Leben, das dieses Wunderwerk zusammengehalten hatte, verließ und alles, was übrigblieb, Verfall war, Auflösung, Staub zu Staub, Asche zu Asche!

Nat lernte mit zweierlei Verstand. Einem äußeren Verstand, der Fakten, Namen, Ergebnisse aufnahm, begriff und klassifizierte, logische Schlußfolgerungen zog und anwandte. Er lernte Namen auswendig, schrieb Examen und bestand sie mit Leichtigkeit. Dieser äußere Verstand befand sich an der Peripherie eines inneren Verstands und war ihm untergeordnet. Der innere Verstand war das reine Wissen. Dieser Verstand brauchte einfach nur Gesundheit und Ganzheit, zu denken – nein, nicht einmal zu denken, sondern nur zu fühlen –, um zu verstehen, und dieser innere Verstand war es, der den äußeren erhellte und ihm Macht verlieh. Wie eine Glühbirne von innen erleuchtet wird und der bloße Glaskörper ohne die eigentliche Lichtquelle ohne jede Funktion ist, so war es sein innerer Verstand, wie Nat wußte, der ihn zu dem machte, was er war und sein würde: ein wahrer Arzt. Im inneren Verstand nämlich lag die Gabe des Heilens.

48. Kapitel

Savitri

David hatte gerade im Alexandra-Armeekrankenhaus in Singapur Dienst. Er kam aus einer Station und befand sich auf dem Weg zur nächsten, als Savitri im Flur auftauchte. Es waren ihre Augen, die er zuerst sah. Eine Oase, lebenspendendes Wasser inmitten der verdorrten Wüste seines Lebens. Dann warf sie sich in seine Arme.

Anschließend wartete Savitri vor dem Krankenhaus, bis Davids Schicht vorbei war. Er führte sie in ein gemütliches malaysisches Restaurant, und da saßen sie nun, in einer Ecknische, die Köpfe einander zugeneigt, die Blicke ineinander versenkt, während ihr *Pulau Ayam* unberührt vor ihnen stand und langsam kalt wurde.

David war in den vergangenen acht Jahren gealtert. Um seine Augen hatten sich tiefe Sorgenfalten eingegraben, die Fältchen in den Augenwinkeln waren jedoch Lachfältchen. Er kostete Savitris Anblick aus, so als könnte sie verschwinden, wenn er den Blick auch nur ein einziges Mal von ihr abwandte. Seine Hand zitterte ein wenig, als er ein metallenes Zigarettenetui und ein Feuerzeug aus seiner linken Hemdtasche nahm, das Etui aufklappte, sich eine Zigarette anzündete und Etui und Feuerzeug wieder in die Tasche steckte. Er entspannte sich sichtlich.

»Du rauchst, David?«

Er nickte. »Seit ich hier bin... seit ich hier zu arbeiten anfing... es hilft...«

Er war in Gedanken jedoch nicht bei dem, was er sagte. Er war auf Savitri konzentriert, auf die Tatsache, daß sie ihm hier und jetzt gegenübersaß, so nahe, daß er sie hätte berühren können. Auf den ersten Blick schien sie sich nicht verändert zu haben. Sie besaß immer noch den klaren, goldenen Teint und die Figur einer Siebzehnjährigen. Wie bei einer kaum geöffneten Rose ging von ihr der strahlende Glanz der Jugend aus. In ihren Augen sah David jedoch die Veränderung. Das unschuldige Leuchten war aus ihnen verschwunden. An dessen Stelle war eine quälende Tiefe getreten, die zu sehen beinahe weh tat. Sie trug ein schlichtes, durchgeknöpftes Baumwollkleid mit Blumenmuster, angereihtem Rock und einem schmalen Gürtel. Es war das erste Mal, daß er sie in etwas anderem als einem Sari sah. Er spürte Bedauern in sich aufsteigen. Auch ihr Haar war anders. Sie trug es jetzt im Nacken zu einem Knoten geschlungen, eine Frisur, die viel zu matronenhaft wirkte und im Widerspruch zur Jugend und Kraft ihres Gesichts stand. Sie schien sich in einer Art Schwebezustand zwischen Mädchen und Frau zu befinden. Die Seele einer Frau steckte im Körper eines Mädchens.

»Savitri, warum bist du gekommen?«

Sie strich sich eine glänzend schwarze Haarsträhne hinters Ohr.

»Ich mußte kommen, David! Ich mußte dich wiedersehen, unbedingt! Es tut mir leid, aber ich mußte es einfach! Ich bin verwitwet, verstehst du, ich bin frei!«

»Bevor wir weiterreden ... muß ich dir sagen ...«

»Daß du verheiratet bist.«

»Dann weißt du es also!«

Sie nickte. »June hat es mir gesagt. Ist deine Frau hier?«

David schüttelte den Kopf. »Marjorie ist in England geblieben. Mutter hoffte, daß sie – daß sie schwanger wäre ...« Sie sahen sich schmerzvoll an und wandten dann den Blick ab. »Dann nämlich wäre es besser gewesen ...«

»Und ist sie – war sie – schwanger?«

»Nein.«

»Dann kommt sie also her?«

»Das würde sie gern. Sie schreibt mir ständig und fragt mich, wann sie kommen soll, aber ich halte sie schon die ganze Zeit hin. Ich weiß, daß das nicht richtig ist. Wahrscheinlich wäre sie hier sicherer, da in Europa Krieg herrscht und Deutschland so nah ist, aber irgendwie ... irgendwie habe ich so ein komisches Gefühl, was die Japaner betrifft, Sav. Möglicherweise ist sie doch sicherer, wenn sie in England bleibt. Aber ehrlich gesagt, ist das nur eine Ausrede. Ich will sie gar nicht hierhaben. Im Grunde halte ich sie nur um meinetwillen hin ... verstehst du ... Marjorie und ich waren gerade einmal ein paar Monate verheiratet, als ich England verließ. Wir hatten nie ein richtiges gemeinsames Leben, kein eigenes Heim, und, nun, ich habe das alles vor mir hergeschoben. Und jetzt, da du hier bist, will ich noch weniger, daß sie kommt. Ich komme mir wie ein absoluter Schuft vor.«

»Liebst du mich noch?«

»Ach, Sav, warum fragst du mich das? Ich habe nie aufgehört, dich zu lieben – niemals –, nicht einen einzigen Augenblick. Du bist immer bei mir gewesen, ständig, du hast in mir gelebt, die ganze Zeit! Eine lebendige Gegenwart! Wenn ich das gewußt hätte, dann hätte ich niemals geheiratet, aber ich hatte die Hoffnung aufgegeben, und Mutter war so verzweifelt. Ich bin der letzte der Lindsays, sie wünschte sich einen Erben ... ach, Savitri, wenn ich es nur gewußt hätte!«

Sie nickte, und sie sahen einander an. Sie hatte ihre Hände sinken lassen, die jetzt matt neben ihrem Teller lagen, während ihre Finger leicht zuckten. Er schob seine Hand auf dem Tisch auf die ihre zu, zog sie dann jedoch wieder zurück.

David seufzte hörbar. »Können wir das Thema wechseln? Über dich sprechen. Denn so wunderbar es ist, dich zu sehen ... eigentlich möchte ich nicht, daß du hier bist, Sav. Ich sagte eben, daß ich so ein komisches Gefühl habe ... Wie bist du überhaupt hierhergekommen? Bist du allein hier? Was machst du hier?«

»Ich bin deinetwegen hier. Ich wollte dich nur noch einmal sehen und dann gehen, falls du mich wegschickst.«

»Du verrückte, idiotische, wahnsinnige ... süße Frau! Und wie naiv du bist – wir haben Krieg! Die Japaner sind unberechenbar, sie schwärmen in Südostasien umher und sehen, wo sie Ärger machen können. Ich möchte dich zu Hause wissen. In Madras. Ich will nicht, daß du hierbleibst. Es ist viel zu gefährlich.« Sein Blick war neckisch, zärtlich, jungenhaft, alles miteinander.

Deshalb war er verblüfft, als sie in scharfem Ton sagte: »David!« Ihre Augen hatten einen ernsten, vorwurfsvollen Ausdruck angenommen und ließen ihn aufmerksam werden.

»Was ist los?«

»David, ich bin nicht verrückt, und ich bin auch nicht idiotisch. Ich weiß, was Krieg bedeutet. Aber ich bin nicht mehr dieselbe, David. Mein Leben bedeutet mir nichts mehr, rein gar nichts mehr. Außer dir habe ich nichts mehr, wofür es sich zu leben lohnt, aber ich kann dich nicht haben. Also ist da nichts mehr, David, wirklich nichts.«

Dann erzählte sie ihm von ihrer Ehe, die keine Ehe gewesen war, von ihren beiden toten Töchtern, Amrita und Shanti, und von ihren beiden toten Söhnen, jenem, der nicht geatmet hatte, und jenem, den sie innig geliebt hatte. Anand und Ganesan.

»Vielleicht verstehst du jetzt, wenn ich sage, daß ich keine Angst vor dem Tod habe«, sagte sie zu ihm. »Liebe und Tod sind die engsten Gefährten. Weil ich dich liebte, habe ich den Tod berührt, und der Tod hat mich berührt. Wenn wir Menschen lieben, öffnen wir uns der Berührung des Todes. Die Liebe macht uns verwundbar. Das ist der Preis, den wir zahlen. Ich finde keine Freude auf dieser Welt, David. Mein Körper – er ist nur ein Instrument. Ihn hat so großes Leid erfüllt, daß er fast zerbrochen wäre – aber er hat überlebt. Und wenn mein Körper überleben kann, David, was bleibt ihm dann sonst noch zu tun, als das Leid anderer zu lindern? Und wo ist das Leid größer als im Krieg? Deshalb bin ich hierher gekommen. Ich will arbeiten, David. Besorg mir irgendeine Arbeit als Krankenschwester. Ich habe zwar keine Ausbildung, keine Qualifikation, aber ich habe meine Hände.« Sie lächelte ein wenig keck, so als wollte sie ihren Worten das Pathos nehmen oder verhindern, daß sie ihn damit vielleicht verlegen machte. Nun hielt sie ihm auch endlich ihre kleinen braunen Hände hin.

Er nahm sie, umschloß sie und küßte ihre Fingerspitzen. »Qualifikation! Dich nach deiner Qualifikation als Krankenschwester zu fragen, Sav, das wäre, als würde man einer Nachtigall ihre Befähigung zum Singen absprechen. Wenn es das ist, was du tun mußt, dann werde ich eine Aufgabe für dich finden.«

Seine Worte zeigten, daß er sie ernst nahm. Also fügte Savitri hinzu: »Aber vor allem bin ich nach Singapur gekommen, um bei dir zu sein. Um an deiner Seite zu leben oder zu sterben.«

Jenseits der sichtbaren Welt des Materiellen liegt parallel dazu das Universum des Geistes; hier lebten David und Savitri. Obwohl unsichtbar, war dieses Universum für sie durchaus real, realer noch als die Rollen, die sie als Arzt und Krankenschwester spielten. David riet Savitri, sich beim Medical Auxiliary Service der britischen Streitkräfte zu melden, dort nämlich nahm man Freiwillige aller Nationalitäten und Zivilisten mit geringer oder auch ganz ohne Kenntnisse in der Krankenpflege an. Savitri wurde dem General Hospital zugeteilt. Ihr wäre das Alexandra lieber gewesen, denn dort versah David seinen Dienst.

David, der sich den Indern stets näher gefühlt hatte als den Engländern, hatte sich mit dem indischen Arzt Dr. Rabindranath angefreundet. Dieser arbeitete im Tyersall Park Hospital, in dem indische Kriegsverletzte behandelt wurden. Seine Frau, eine Anwaltssekretärin, hieß Savitri in deren bescheidenem Heim fast wie eine Tochter willkommen. Nachdem alles geregelt war, konnte endlich Savitris neues Leben beginnen.

Das Leben, das sie und David führten, gestaltete sich schwierig. Es erforderte ihre ganze Aufmerksamkeit und all ihre Kraft, außerdem waren sie die meiste Zeit voneinander getrennt. Jenseits all dessen jedoch lag das absolute Sein, und dort existierten sie, miteinander vereint, selbst wenn sie räumlich voneinander getrennt waren. Dort waren sie miteinander verbunden wie siamesische Zwillinge, aber nicht körperlich, sondern im Geiste, denn es war ein einziger Geist, der sie zusammenhielt, ein Lebensfaden, an den sie sich klammern konnten, der sie nährte wie eine Quelle den Schößling im Ödland. So wuchsen sie, obwohl sie oft getrennt waren, dennoch zusammen, während ihre Herzen sich dieser Quelle zuneigten. Und sie erfuhren Freude.

Drei- oder viermal in der Woche konnten sie ihrem Arbeitsalltag ein paar private gemeinsame Stunden abringen. Eine jede dieser Gelegenheiten war kostbar wie ein Juwel, ein so köstliches, so perfektes Zusammensein, daß sein Feuer noch lange nachwirkte. Sie waren stets von Menschen umgeben, trotzdem konnten sie ungestörte Zweisamkeit genießen, denn sie konnten sich für einen zeitlosen Augenblick in die Abgeschiedenheit des Seins davonstehlen, in eine Kapsel der Liebe, wo sie vom wachsenden Wahnsinn ihrer Umgebung durch eine Membran abgeschirmt waren, so dünn, daß sie durchsichtig war, und dennoch so fest wie kugelsicheres Glas. Sie konnten durch sie hindurch die Welt sehen, und die Welt sah sie, dennoch blieben sie unberührt und ungerührt und waren in der Vollständigkeit ihres Seins frei, um zu lieben und zu geben. Sie beherrschten die Kunst der vollkommenen Kommunikation – einer Kommunikation, die weder Berührungen noch Worte, manchmal noch nicht einmal einen Blick brauchte.

In Singapur waren jetzt große britische Truppenkontingente stationiert, dennoch wollten viele Menschen einfach nicht glauben, daß der Krieg tatsächlich die Ufer der Halbinsel erreichen würde. Sie verschlossen ihre Ohren vor den Signalen.

Singapur war schließlich eine Festung. Schwere 38-Zentimeter-Geschütze säumten die Küste – eine Invasion von der See aus erschien somit unmöglich. Was einen Angriff aus dem Norden, über Malaya, anging, so war das eine absurde Vorstellung: Undurchdringlicher Regenwald bedeckte mehr als vier Fünftel von Malaya, und eine zweitausend Meter hohe Bergkette aus Granitgestein bildete eine unüberwindliche natürliche Barriere, einen Schild zwischen der Hauptstadt und Malayas silbernen Stränden. Wie hätten es diese armseligen Japsen also wagen können, die mächtige Marinebasis von Singapur anzugreifen? Und im Hinterland warteten hunderttausend Elitesoldaten in ihren Verteidigungsstellungen.

»Es wird keinen Angriff geben«, sagten die Engländer. »Sollen die Japaner doch mit den Säbeln rasseln, wir sind Briten! Sie werden niemals in Singapur einmarschieren. Unmöglich!«

Trotzdem trafen immer mehr britische Einheiten ein, so als würden sie ihrer eigenen Überzeugung keinen Glauben schenken.

49. Kapitel

Nat

Der Mann, der da auf Nats Türschwelle stand, konnte seine Freude kaum bändigen. »Nataraj«, sagte er. »Lieber Nataraj! Ich bin ja so glücklich, dich zu sehen!« Er breitete die Arme aus, als wollte er Nat, der rasch einen Schritt rückwärts in die sichere Diele machte, umarmen. Der Mann folgte ihm in die Wohnung. Normalerweise hätte Nat, der es nicht gewöhnt war, daß ein Mann ihm mit solch plumper Vertraulichkeit begegnete, ihn wieder hinausgeschoben, aber dazu war er einfach zu verblüfft.

Der Mann hatte ihn Nataraj genannt. Niemand hier nannte ihn Nataraj. Niemand hier wußte überhaupt, daß das sein richtiger Name war, denn Nat benutzte ihn nie. Er stand lediglich in seinem Paß, und sein Paß lag sicher verwahrt in der obersten Schreibtischschublade in Notting Hill Gate.

»Sie kennen mich?«

»Ja, ja, natürlich kenne ich dich, Nataraj. Ich bin den ganzen weiten Weg aus Indien gekommen, nur um dich zu sehen. Ich bin dein Onkel Gopal, erinnerst du dich denn nicht an mich?«

Onkel Gopal... Nat durchforstete sein Gedächtnis. Der Name schien irgendeine verschwommene Erinnerung bei ihm zu wecken, die in einem dunklen Winkel vergraben war und an die er auch lieber nicht rührte.

»Onkel Gopal?«

Der Mann grinste, strich sich mit Zeigefinger und Daumen über den Schnurrbart und sah dabei auf seine Schuhe herab.

Dann griff er in die weiße Baumwolltasche, die er über der Schulter trug, holte eine Tüte Chips heraus und begann vor lauter Verlegenheit zu essen. Krümel und Salz fielen ihm auf die Brust. Er wischte sie mit der Hand weg. Das Jackett seines Anzugs war ein wenig zerknittert, und die Krawatte über dem weißen Hemd hing schief. Er machte den Eindruck, als hätte er sich für diesen Anlaß extra in Schale geworfen, sei dann aber auf dem Weg zu Nat in der U-Bahn eingeschlafen.

»Wie sollte ich dich kennen? Ich habe keine Verwandten, zumindest sind mir keine bekannt. Wir sind uns bestimmt noch nie begegnet!«

»Aber natürlich sind wir uns schon begegnet! Du hast also deinen lieben Onkel Gopal vergessen! Ich habe dich besucht, als du ein kleiner Junge warst, und dir ein hübsches Geschenk mitgebracht: ein Feuerwehrauto. Das kannst du doch unmöglich vergessen haben!«

»Das Feuerwehrauto ...« Daran erinnerte sich Nat tatsächlich.

Das Feuerwehrauto hatte ein langes Spielzeugdasein geführt. Die Dorfjungen hatten es wie einen Schatz gehütet, Nat jedoch hatte nie damit gespielt, und zwar aus einem Grund, den er sich nie einzugestehen gewagt und lieber rasch vergessen hatte, weil er ihm entsetzliche Angst machte. Das Feuerwehrauto nämlich symbolisierte für ihn die Gefahr eines großen Verlusts, deshalb hatte Nat es nicht einmal mehr eines Blickes gewürdigt. Aber wie alles, was das Bewußtsein verdrängt und dadurch nur stärkt, war das Feuerwehrauto über alle Maßen gewachsen und schwebte in Nats Kinderbewußtsein drohend wie ein übergroßer Dämon aus feuerrotem Stahl. Als Gopal dieses Feuerwehrauto jetzt also erwähnte, wußte Nat sofort, was er meinte.

»Ja, an das Feuerwehrauto erinnere ich mich«, sagte er langsam und vorsichtig. »Aber an dich kann ich mich nicht mehr erinnern. Nun, ich nehme an, wir sollten uns miteinander unterhalten.« Er sah auf seine Uhr. Er wollte diesen Mann, diesen Onkel Gopal, nicht in seine Wohnung bitten, zumindest nicht jetzt, aber sie mußten ganz offensichtlich miteinander reden. »Komm mit.«

Nat lud Onkel Gopal in ein Café in der Nähe ein. Er bestellte zwei Tassen Tee und Sandwiches. Als sie einander gegenüber an einem Tisch in der Ecke Platz genommen hatten, begann Nat: »Du bist also mein Onkel?«

»Ja, ja. Ich bin dein Onkel, und ich bin so glücklich, dich endlich wiederzusehen! Ich habe all die Jahre versucht, dich zu finden, und jetzt erfüllt sich für mich endlich ein lebenslanger Traum!«

»Aber wie kommt es, daß ich bis jetzt nichts von dir gehört habe?«

Onkel Gopal runzelte die Stirn. »Das liegt an deinem Vater. Er will nicht, daß du etwas über dich oder deine wahre Familie erfährst. Er hat sich all die Jahre geradezu verbissen bemüht, dich in Unwissenheit über deine wahre Abstammung zu lassen, und er hat mir nicht erlaubt, meinen Anspruch auf dich geltend zu machen, wie es angemessen gewesen wäre. Jetzt aber bin ich hier und kann dich über die Wahrheit in Kenntnis setzen und dir von meinem geliebten Bruder und seiner wunderschönen Frau, deiner Mutter, einer englischen Lady, erzählen und von ihrer beider tragischem Unfalltod. Aufgrund unvorhergesehener Umstände kam ihr einziges Kind, das liebe Baby, das du warst, Nataraj, in ein Waisenhaus, bevor ich, dein Onkel, dich adoptieren konnte. Du wurdest von David adoptiert, der mir nicht erlaubte...«

»Halt, halt! Das ist alles ein bißchen viel auf einmal.«

Nat beugte sich nach vorn und vergrub das Gesicht in den Händen. Überwältigt von dem Schwall an Informationen, war er zu keinem klaren Gedanken mehr fähig. Er konnte den Worten einfach nicht mehr folgen. Onkel Gopal schlürfte seinen Tee, biß in sein Sandwich und kaute heftig vor sich hin, während er darauf wartete, daß Nat sich wieder fing.

Nats Blick war von Schmerz verschleiert. Hinter diesem Schmerz jedoch lagen ein Scharfsinn, eine Klarheit und Entschlossenheit, die Gopal in seinem romantischen Eifer entgingen.

»Ach, deine lieben Eltern! Wie innig ich sie doch liebte! Was für eine tragische Geschichte! Deine Mutter war Engländerin und so schön wie Elizabeth Taylor. Wäre sie nicht verunglückt, wäre sie die größte Schauspielerin geworden, die es je gegeben hat, das ist sicher, denn sie war unvergleichlich schön und überaus begabt! Und wie sie deinen Vater, meinen jüngeren Bruder Natesan, vergöttert hat! Wie leidenschaftlich die Liebe der beiden doch war, aber sie zog den Zorn der Familie auf sich und war deshalb dem Untergang geweiht! Es war bei ihnen Liebe auf den ersten Blick gewesen, aber weder ihre noch seine Eltern wollten diese Ehe zulassen, und so flohen sie gemeinsam, um zu heiraten. Du bist der Erstgeborene und das einzige Kind dieser Liebe. Sie trotzten der Verachtung ihrer Familien und der Mißbilligung der Gesellschaft, um ihre Liebe zu leben – aber das Schicksal hatte sie zum Untergang verurteilt und forderte grausam ihr kurzes Leben. Und da weder ihre noch seine Familie das Kind, das aus dieser Verbindung hervorging und das nur zur Hälfte einer Kaste angehörte, aufnehmen wollte, gab man dich zur Adoption frei! Ich hätte dich gern adoptiert, wäre ich dazu nur in der Lage gewesen. Ich war in meiner Familie der einzige, der auf der Seite meines Bruders stand und ihn unterstützte, denn was haben schon Kaste oder Gesellschaftsschicht mit wahrer Liebe zu tun? Zu jener Zeit jedoch befand ich mich in einer unglücklichen Lage, und so…«

Gopal, der nicht bemerkte, daß Nat ihn unverwandt und mit scharfem Blick ansah, redete noch ungefähr fünf Minuten so weiter. Er machte dabei nur zum Luftholen Pause, bevor er sich in immer neue Enthüllungen stürzte. Nat hatte das Gefühl, daß das Ganze nicht real war. Er kam sich vor, als wäre er in einen indischen Film hineingeraten.

Er lügt, dachte er. Das ist alles ein Schwindel. Stoff für einen Film vielleicht. Warum rückt er nicht einfach mit der Wahrheit heraus? Der Bursche hat vor irgend etwas höllische Angst. Ich werde ihm wohl auf die Sprünge helfen müssen.

»Wie sind meine Eltern gestorben?« Nats Unterbrechung knallte wie ein Peitschenhieb mitten in Gopals Geschichte hinein.

»Was? Wie bitte? Ach, sie starben unter überaus tragischen Umständen. Sie wurden während der Unruhen im Zusammenhang mit der Teilung von moslemischen Plünderern getötet! Was für ein entsetzliches Blutbad! Glücklicherweise…«

»Wie, sagtest du, war der Name meines Vaters?«

»Das habe ich dir doch gesagt, nicht wahr? Habe ich das nicht schon erwähnt? Er hieß Natesan.«

»Und der Name meiner Mutter?«

»Deine Mutter hieß Fiona.«

»Von allem, was du in der vergangenen Stunde erzählt hast, ist das so ziemlich das einzige, was wahr ist«, sagte Nat.

»Was? Was hast du da gerade gesagt?«

»Ich sagte, daß du lügst. Bis auf den Namen meiner Mutter ist diese ganze Geschichte erstunken und erlogen. Das ist doch so, stimmt's?«

Gopal jaulte leise auf, machte mit seiner Hand eine ruckartige Bewegung und warf dabei seinen Tee um. Die Tasse fiel zu Boden und zerbrach. Tee schwappte über den Tisch, auf seinen Schoß und auf den Boden. Nat stand auf, ging zum Tresen und kam mit einem Kellner zurück. Der Kellner warf Gopal, der das Gesicht stöhnend in den Händen vergraben hatte und schwankend auf seinem Stuhl saß, einen neugierigen Blick zu, dann wischte er den Boden trocken, legte ein frisches Tischtuch auf und ging wieder.

Nat sagte ruhig: »Okay, Gopal, raus damit. Du bist Fionas Ehemann, nicht wahr?«

Gopal gab keine Antwort. Er stöhnte einfach noch lauter vor sich hin, wankte nach vorn und starrte Nat mit schreckgeweiteten Augen an.

»Gopal Iyer? Ist das richtig?«

»Du kennst die Wahrheit! David hat es dir also doch erzählt!« Gopals Fassade begann vor Nats Augen zu bröckeln. Vorbei war es mit seiner Redseligkeit, sein Selbstbewußtsein war dahin. Nat rückte mit seinem Stuhl ein Stück zurück, um den Abstand zwischen ihnen zu vergrößern.

»Nein. Er hat mir nichts erzählt. Ich habe es selbst herausgefunden. Ich habe vor Jahren einmal meine Geburtsurkunde gesehen. Dort standen die Namen meiner Eltern. Ich habe sie mir sehr gut eingeprägt: Fiona Iyer, geborene Lindsay, hieß meine Mutter. Der Name meines Vaters lautete jedoch nicht Natesan. Auf der Urkunde stand Gopal. Gopal Iyer. Du bist also mein Vater.«

Gopal hatte aufgehört zu stöhnen und schwankte jetzt auch nicht mehr auf seinem Stuhl. Er hielt den Kopf gesenkt, bedeckte sein Gesicht mit den Händen, so daß Nat seine Scham nicht sah. Er schwieg. Es war ein schweres, bedrückendes Schweigen, ein Schweigen, das eine Welt umstürzte. Das Schweigen der Kapitulation.

Gopal blickte auf. Er nahm die Hände vom Gesicht, beugte sie zu Nat vor und breitete dann weit die Arme aus, so als wollte er ihn umarmen. Seine Lippen bebten vor Rührung, Tränen schimmerten in seinen Augen.

»Ach, mein Sohn, mein Sohn! Ja, du hast recht. Du bist mein geliebter, lange verlorener Sohn. Ich habe mich jahrelang nach diesem Augenblick gesehnt, danach, daß du endlich weißt, wer ich bin, daß die Wahrheit offen vor uns liegt und ich aus deinem Munde endlich das Wort höre, das du gerade gesagt hast. Das kostbarste Wort der Welt: Vater!«

50. Kapitel

Saroj

Angie klopfte zweimal, öffnete die Tür zu Sarojs Zimmer und streckte den Kopf hinein. »Da ist irgendein Typ, der dich sprechen will, Saroj. Ich hab' ihn reingelassen.«

Als Saroj in dem schmalen Flur im Obergeschoß an ihr vorbeiging, meinte sie barsch: »Warum hast du nicht gesagt, daß ich nicht da bin?«

»Du erwartest doch nicht ernsthaft, daß ich für dich lüge, oder?« erwiderte Angie mit einem verbindlichen Lächeln.

Saroj stampfte die Treppe hinunter. In den sechs Monaten, seit sie auf die Universität ging, war dies ziemlich oft geschehen. Sie hatte ihren Ruf der Unnahbarkeit sorgfältig gepflegt und den jungen Männern, die sich für sie interessierten, immer wieder unmißverständlich klargemacht, daß sie einfach keinen Kontakt wünschte: daß sie weder daran interessiert war, in die Disko zu gehen, noch Madam Tussauds Wachsfigurenkabinett zu besuchen, daß sie weder einen Tag auf der Kunsteisbahn verbringen noch vor dem Buckhingham Palace stehen und sich die »Change of the Guardians« ansehen wollte, wie ein spanischer Student einmal schüchtern vorgeschlagen hatte. Ihr stachliges Äußere tat seinen Zweck. Saroj hatte ihren bösen Hau-ab-Blick perfektioniert, und die Wirkung war jedesmal vernichtend.

In den beinahe drei Jahren, die sie jetzt in England lebte, war sie zu einer wirklich phantastischen jungen Frau erblüht, sehr zu ihrem eigenen Verdruß allerdings, denn die Aufmerksamkeit, die sie mit ihrem Aussehen auf sich zog, war ihr nicht willkommen. Sie haßte es, angestarrt zu werden, und das offensichtliche Verlangen, das sie unfreiwillig weckte, widerte sie an, deshalb bemühte sie sich, ihr Äußeres nicht auch noch zu betonen. Sie trug niemals Make-up, aber das war auch gar nicht nötig. Ihre Haut besaß die Farbe und den satten Schimmer reinen Honigs. Große, mandelförmige Augen wurden von geschwungenen schwarzen Wimpern eingerahmt, und ein breiter, voller Mund unter einer kleinen, geraden Nase vervollständigte ein

Gesicht von perfekter Symmetrie. Ihr Haar war zwar nie wieder so lang geworden wie früher, Mas jahrelange sorgsame Pflege hatte ihm jedoch eine Fülle und einen Glanz verliehen, eine natürliche, gesunde Leuchtkraft, bei der jeder Shampoo-Hersteller vor Begeisterung weiche Knie bekam. Wenn sie es offen trug, umspielte es als dichter, glänzender Vorhang ihre Schultern.

Sie konnte diese äußeren Merkmale nicht verbergen, zumindest aber konnte sie sie ein wenig in den Hintergrund treten lassen, wenn sie ständig ein verärgertes Gesicht zur Schau trug. Die vollkommenen Lippen lächelten nie, und aus ihren Augen, die von Natur aus hätten sanft und beredt blicken sollen, blitzte pure Feindseligkeit. Das Haar hatte sie zu einem schlichten, strengen Pferdeschwanz zurückgebunden. Zu alten Jeans trug sie übergroße Herrenhemden. So gewappnet, stellte sich Saroj der Welt. Doch mit ihrem sorgsam gepflegten Stacheldrahtimage erzielte sie genau die gegenteilige Wirkung. Saroj strahlte, ohne es zu wollen, die Aura einer reinen, unverdorbenen Frucht aus: reif, saftig und gut. Auf ihrer von einem Dornendickicht geschützten und noch nie berührten Haut lag ein sanfter Schimmer. Solch eine Frucht, die in stolzer Isolation heranwächst, die unerreichbar und verboten ist, fasziniert jedoch wie unberührter Schnee. Und Saroj war faszinierend. Hätte sie aber angesichts dieser Faszination frohlockt, hätte sie ihre unbewußte Anziehungskraft kultiviert, dann wäre das ihr Verderben gewesen. Da sie dies instinktiv spürte, tat sie alles, um sich zu schützen. Sie wehrte den Mob ab und nahm nur ganz wenige Auserwählte in den engen Kreis jener auf, denen sie sich wirklich öffnete. Trixie und Ganesh im Zentrum, Colleen, James und ein paar andere als Satelliten um sie herum. Den Rest der Welt, vor allem den männlichen Teil, knurrte sie wütend an und hielt ihn sich so auf Distanz.

Es gab jedoch immer noch ein paar unerschrockene junge Männer, die bereit waren, sich jenem vernichtenden Zorn zu stellen und einfach vor ihrer Tür auftauchten und ihr – als Schutzschild – höflich lächelnd einen Blumenstrauß entgegenhielten. Es mußte sich herumgesprochen haben, daß diese Methode funktionierte: Saroj hatte bis jetzt noch keinen Bittsteller von der Tür gewiesen. Stets war eine Einladung auf eine Tasse Tee die Belohnung gewesen. Aber das war auch schon das äußerste Entgegenkommen.

Sie sah sofort, daß dieser Bursche anders war. Offensichtlich war er kein Student, dafür war er viel zu alt, und außerdem war er Inder. Untersetzt und schmuddelig, in einem gestreiften Polyesterhemd, das er sich unelegant in den zu engen Taillenbund gestopft hatte und das hinten heraushing. Er hatte ein in Stoff eingewickeltes, flaches Päckchen in der Hand, das er an seine Brust drückte. Sein fettiges Haar war zurückgekämmt. Er hatte breite, buschige Koteletten und einen drahtigen, gekräuselten Schnurrbart. Sein Lächeln war affektiert und viel zu vertraulich. Nachdem er sich sein Päckchen unter den Arm geklemmt hatte, strich er sich einmal mit Zeigefinger und Daumen über den Schnurrbart, als wollte er ihn fest andrücken, bevor er die Hände zu einem *Namaste* zusammenlegte und den Kopf leicht neigte, wobei er Saroj geziert anlächelte.

Als Saroj sein *Namaste* nicht erwiderte, sondern einfach nur drei Stufen über ihm auf der Treppe stehenblieb und ihn finster ansah, breitete der Fremde die Arme aus und sagte: »Sarojini, mein liebes Mädchen! Ich bin dein Onkel Gopal!«

Bei diesen Worten zuckte sie zusammen. Sie hatte Gopal in den achtzehn Monaten seit seinem letzten Brief fast vergessen. Im vergangenen Jahr hatte sie keine weiteren Briefe mehr erhalten. Sie hatte angenommen, daß er aufgegeben hatte. Aber da stand er nun leibhaftig im Flur vor ihr und trat nervös von einem Bein auf das andere. Saroj sah von ihrem erhöhten Standpunkt auf der Treppe zu ihm hinunter und erkannte, daß es keinen Sinn hatte, zornig zu werden. Noch nie hatte sie ein so jämmerliches Häuflein Mensch gesehen. Den Briefen nach hatte sie eine zweite Ausgabe ihres Vaters erwartet, ein aufgeblasenes Arschloch, einen arroganten Diktator, einen Patriarchen, der sich auf eine Macht berief, die er nicht besaß. Mit einem solchen Gegner hätte es Saroj sehr wohl aufnehmen können.

Gegen diesen Burschen aber, dieses übergroße Eichhörnchen, konnte sie nicht kämpfen. Sie konnte ihn nicht unter ihrem Fuß zermalmen. Sie konnte ihm keine Standpauke halten und ihn dann aus dem Haus werfen. Sie konnte nichts anderes tun als das, was sie dann auch tat.

»Am besten, du kommst erst mal rein. Wir können uns im Wohnzimmer unterhalten«, sagte sie, klapperte die restlichen Stufen hinunter und hielt ihm die Tür auf.

»Danke, danke, sehr freundlich«, sagte der Mann. Der Ausdruck in seinen Augen sagte ihr, daß er wirklich zutiefst dankbar und sie wirklich außerordentlich freundlich war. Saroj war absolut ratlos.

»Ich habe dir ein Geschenk aus Indien mitgebracht«, sagte Onkel Gopal und gab ihr das Päckchen. Als Saroj den Stoff auseinanderfaltete, sah sie, daß es sich um eine kleine Tasche handelte, auf der in englisch *Taj Mahal Silk Emporium, Mount Road, Madras* stand. Außerdem war die Tasche noch mit einer ihr unbekannten Schrift bedruckt.

»Bitte pack es aus«, sagte Gopal. »Ich habe dieses Geschenk extra für dich gekauft. Es ist ein Sari aus Kunstseide von bester Qualität, sehr elegant, aber nicht protzig. Den indischen Damen gefällt dieser Stil heutzutage sehr.«

Das glänzende Material in Kaugummirosa war sauber zusammengelegt, und Saroj, die unangenehme Erinnerungen an auseinandergefaltete Saris und den Ärger, den das brachte, im Hinterkopf hatte, ließ ihn zusammengefaltet. Sie bedankte sich bei ihrem Onkel und legte den Sari auf den Glastisch.

Sie bedeutete ihm mit einer Handbewegung, er solle in James' *Fauteuil* (so nannte James seinen Sessel) neben dem Fernseher Platz nehmen, und ging dann rasch in die Küche, um Tee und süße Brötchen zu holen. Sie mußte ihre Gedanken ordnen.

Sie kehrte mit einem Tablett zurück, das sie auf den kleinen Glastisch neben dem *Fauteuil* stellte, und schenkte ihrem Onkel, um Zeit zu gewinnen, eine Tasse Tee ein. Gopal war in ihrer Abwesenheit aufgestanden und im Zimmer umhergegangen. Jetzt stand er gerade mit dem Rücken zu ihr und musterte Colleens Sammlung von Porzellankatzen, die den Kaminsims zierte.

»Diese Stücke sind sicher sehr teuer«, begann er, nahm eine der Katzen vom Kamin und schwenkte sie in der Luft herum.

»Ja, das sind sie«, sagte Saroj, nahm ihm die Katze aus der Hand und stellte sie entschlossen wieder an ihren Platz zurück.

Von ihrer Schroffheit sichtlich eingeschüchtert, kehrte Gopal zum *Fauteuil* zurück und ließ sich in dessen schützende Polster sinken. Er streckte die Hand aus, um am Knopf des Fernsehers herumzuspielen, gewann aber im letzten Augenblick wieder die Kontrolle über sich und zog die Hand zurück.

»Ich bin gekommen, um mit dir über den letzten Brief deiner Mutter zu sprechen«, begann er. Er betonte die Worte so, daß sie sich wie

»Letzter Wille und Testament« anhörten. Seine Stimme klang dabei ängstlich und kühn zugleich. Er erweckte den Eindruck, als würde er es von sich aus niemals wagen, das Thema wieder anzusprechen, daß ihm dieser letzte Brief von Ma jetzt aber den Mut dazu verlieh.

»Ich weiß«, sagte Saroj und versuchte ihre Stimme sanft und ruhig klingen zu lassen, denn sie war zu dem Schluß gekommen, daß dies die beste Methode sei, um mit einem Eichhörnchen umzugehen. Sanft und ruhig, aber entschieden. Sie ließ sich auf das Sofa gegenüber dem *Fauteuil* sinken und schlug ihre langen, in Jeans gekleideten Beine unter. Als Gopal das sah, zog er seine Beine sofort hoch und verschränkte sie zum halben Lotussitz. Der *Fauteuil* bot dazu reichlich Platz. Er nahm sich ein süßes Brötchen und biß hinein, wobei er sich die linke Hand unters Kinn hielt, um die Krümel aufzufangen. Trotzdem fielen sie ihm aufs Hemd und unvermeidlicherweise auch auf den *Fauteuil*.

»Onkel Gopal, es tut mir leid, dich enttäuschen zu müssen, aber ich habe keinerlei Absicht zu heiraten, ganz gleich, wen du als Bräutigam für mich im Sinn hast. Ich bin mit zwei klaren Zielen nach London gekommen: einen guten Schulabschluß zu machen und dann zu studieren. Und genau das tue ich im Augenblick auch. Ich habe letztes Jahr als Beste meiner Klasse das Abitur gemacht. Das war harte Arbeit, und ich werde das nicht alles für eine Ehe wegwerfen. Jetzt studiere ich Medizin, und das verlangt von mir meine ganze Energie und meine ganze Zeit.«

»Ach wirklich? Das ist für eine Frau sehr ungewöhnlich. Trotzdem mußt du dir über diese Ehe wenigstens Gedanken machen, da dies der Wunsch deiner Mutter war. Für eine unverheiratete Frau ist es gefährlich, in einer gemischten Gesellschaft zu leben. Und ich bitte dich inständig, dir zuerst meine Geschichte anzuhören, bevor du dich für ein Leben als unverheiratete Frau entscheidest.«

»Was für eine Geschichte?«

»Die Geschichte meines Sohns, jenes Jungen, mit dem deine Mutter und ich dich gern verheiratet gesehen hätten. Und diese Geschichte erklärt auch, weshalb es unbedingt erforderlich ist, daß du der letzten Bitte deiner Mutter entsprichst.«

»Hör zu, Onkel Gopal, ich habe dir doch gesagt, daß ich kein Interesse an einer Ehe habe. Wenn ich mir deine Geschichte jetzt aber anhöre, versprichst du mir dann, daß du gehst und mich nie wieder damit belästigst und daß du auch nicht versuchen wirst, mich zu verheiraten?«

»O ja, das verspreche ich dir, denn ich bin mir sicher, daß du, wenn du die Geschichte erst einmal gehört hast, dem Wunsch deiner Mutter freudig nachkommen wirst. Also hör zu: Deine Mutter hatte eine Freundin, eine sehr liebe Freundin. Ein englisches Mädchen. Die beiden waren so miteinander.« Er hielt zwei verschlungene Finger hoch. »Sie schworen sich feierlich, daß eine der anderen stets helfen würde, wenn sie in Not geriet. Dieses Mädchen nun verliebte sich in einen indischen Jungen – und der war ich! Es war eine wirklich große Liebe, die wir wegen der Feindseligkeit unserer beider Eltern jedoch geheimhalten mußten. Nur deine Mutter wußte von unserem Geheimnis. Schließlich wollten meine Eltern mich zwingen, ein indisches Mädchen zu heiraten, das sie für mich ausgesucht hatten, während das englische Mädchen von seinen Eltern nach England geschickt werden sollte. Angesichts unserer so leidenschaftlichen Liebe blieb uns also nichts anderes übrig, als gemeinsam zu fliehen. Aber es schien, als wäre das Schicksal gegen uns, denn wir blieben mehrere Jahre kinderlos. Erst nach vielen Jahren bekamen wir einen kleinen Jungen. Bald darauf wurde meine Frau bei den Unruhen im Zusammenhang mit der Teilung getötet. Da ich vollauf damit zu tun hatte, wenigstens meinen Lebensunterhalt zu verdienen, konnte ich unseren Sohn Nataraj nicht bei mir behalten, sondern war gezwungen, ihn in die Obhut von Verwandten zu geben.

Deine Mutter war zu dieser Zeit bereits verheiratet und lebte in einem fernen Land. Sie und ich waren uns immer schon sehr nahegestanden, und das um so mehr, als ich ihre beste Freundin geheiratet hatte. Wir hielten über die Jahre hinweg Briefkontakt. Sie hat mir von der Geburt ihrer Kinder berichtet und davon, wie es ihnen ging, und sie hat mir anvertraut, welchen Kummer sie hatte, da du dich weigertest zu heiraten.

In ihrem letzten Brief vor ihrem Tod schrieb sie: ›Lieber Bruder, wäre es nicht wunderbar, wenn unsere Familien durch die Ehe meiner Tochter Sarojini und Deines Sohnes miteinander verbunden würden? Das ist allerdings nur eine Idee, aber ich könnte mir wirklich keine größere Freude vorstellen und keinen besseren Weg, meine liebe Freundin Fiona zu ehren.‹

Dies waren die letzten Worte, die sie mir in ihrem letzten Brief sehnsuchtsvoll schrieb. Bruder, schrieb sie, wenn es noch ein einziges Ziel gibt, das ich vor meinem Tod noch erreichen muß, dann ist es, meine Tochter Sarojini mit Fionas und deinem Sohn Nataraj zu verheiraten. Da du dies nun weißt, Sarojini, wirst du ihr diesen letzten Wunsch jetzt doch gewiß nicht mehr abschlagen? Bist du denn nicht zu Tränen gerührt?«

Saroj schwieg. Ihr fehlten die Worte. Da sie aber die Kunst, mit den Augen zu sprechen, perfekt beherrschte, starrte sie Onkel Gopal mit unverwandtem Blick böse an. Und er, der sie mit vor Traurigkeit feuchten Augen erwartungsvoll ansah, schauderte, denn es war, als striche ein kalter, erbarmungsloser Wind durch den Raum. Ein Wind, der alles gefrieren ließ.

Schließlich stand Saroj auf und sagte auch endlich etwas.

»Gut, Onkel Gopal. Du hast deine Geschichte erzählt. Und jetzt geh bitte, wie du es versprochen hast.«

51. Kapitel

Nat

»Ich wünsche mir von ganzem Herzen, du würdest Vater zu mir sagen!«

»Es tut mir leid, es tut mir wirklich leid, aber das kann ich einfach nicht. Du mußt verstehen, daß das alles sehr überraschend für mich kommt. Ich habe mein ganzes Leben lang einen anderen Mann Vater genannt. Für mich ist er mein Vater, und er wird es auch immer bleiben.«

»Aber du bist mein Fleisch und Blut!« Tränen sammelten sich in Gopals Augenwinkeln. Nat wandte sich ab. Die ganze letzte Stunde hatte Gopal ihn mit einem unangenehmen, klebrigen Kleister überschüttet, den er Liebe nannte. Anfangs hatte Nat noch versucht, ihn so zu lieben, wie er selbst geliebt wurde, hatte eine Spur jener Freundlichkeit, die ein Sohn gegenüber einem lange abwesenden Vater empfinden sollte, zu spüren versucht, jetzt aber sehnte er sich nur danach, einen Augenblick allein sein zu können. Dennoch gab es noch so vieles, was er unbedingt wissen mußte. Er brauchte Antworten, und die konnte ihm nur Gopal geben.

Sie hatten das Café verlassen und waren in Nats Wohnung gegangen. Dort angekommen, war Gopal an den Wänden entlanggeschlichen und hatte Nats Radio, seinen Plattenspieler, seine Platten und seine Bücher in Augenschein genommen. Er hatte gefragt, was das alles gekostet hätte, und die Antwort jeweils mit einem erstaunten Ausruf kommentiert.

Gopal, so hatte Nat bereits herausgefunden, war seit einem Monat in London und würde in zwei Tagen nach Indien zurückkehren. Er hatte seinen Auftrag erfolgreich abgeschlossen. Dieser hatte darin bestanden, eine reizende indische Schauspielerin davon zu überzeugen, daß sie die perfekte Besetzung für die Hauptrolle in seinem neuesten Film sei, und sie zu überreden, ihre Modelkarriere und ihr sündhaftes Zusammenleben mit einem englischen Popsänger aufzugeben. Wie sich herausstellte, war ihre Liebesaffäre bereits merklich abgekühlt, und ihre Karriere als Model entwickelte sich nicht so, wie sie sich das erhofft hatte.

»Sie ist aber nur bereit, die Rolle für eine astronomische Summe zu übernehmen«, sagte Gopal. »Schöne Frauen sind immer so anspruchsvoll! Und jetzt muß ich das meinen Bossen drüben beibringen.«

Er sprach das Wort »Bosse« mit hörbarem Ärger in der Stimme aus. Seine Bosse seien Halunken, erklärte er, die sich weigerten, sein Talent anzuerkennen. Nur weil der eine Film, bei dem er Regie geführt hatte, ein Flop gewesen war, hatte man ihm keine zweite Chance gegeben. Sie ließen ihn immer noch nach ihrer Pfeife tanzen, schickten ihn in der Weltgeschichte herum und versprachen ihm großartige Dinge, die sie jedoch nie einhielten. Als Grund für sein Scheitern als Regisseur führten sie »Sprachschwierigkeiten« an: Gopals Muttersprache war Tamil, sein Englisch ausgezeichnet. Sein Hindi und sein Marathi ließen jedoch viel zu wünschen übrig. Gegenüber Regisseuren mit Tamil als Muttersprache war man ganz einfach voreingenommen.

»Aber die Schauspieler, die lieben mich!« verkündete er. »Sie reagieren auf mich wie Puppen auf einen Puppenspieler! Sie tun, was auch immer ich von ihnen verlange! Schau dir dieses Mädchen in London an! Sie geht nur wegen mir nach Indien zurück! Ich kenne sie sehr gut!« Er zwinkerte Nat vielsagend zu. »Sie weiß, wieviel Talent ich als Regisseur habe. Aber was mache ich statt dessen? Drehbücher schreiben und den Hansdampf in allen Gassen spielen. Eines Tages werde ich einfach gehen, und wer bleibt ihnen dann noch? Niemand! Andere Regietalente gibt es in Bombay nämlich nicht! Ich werde wieder Romane schreiben, und sie werden mich anflehen, bei ihren Filmen die Regie zu übernehmen!«

»Wo wohnst du in London eigentlich?« fragte Nat, wenn auch nur, um das Thema zu wechseln.

»Bei den Rajkumars«, sagte Gopal, »das sind Verwandte eines Freundes. Sie leben in Wallington, und das ist so weit weg von dir, geliebter Sohn! Für mich wird es somit äußerst schwierig, dich zu besuchen! Und mir bleiben nur noch diese beiden Tage, es wäre also überaus praktisch, wenn ich –«, er machte ein Pause, so als wollte er Nat die Möglichkeit geben, ihn einzuladen.

»Aber ich habe nur ein einziges Bett!« protestierte Nat erschöpft.

»Macht nichts, macht nichts, ich kann ja auf dem Boden schlafen. Wir Inder können überall und jederzeit schlafen. Wir sind ein sehr zäher Menschenschlag. Und sieh nur deinen schönen dicken Teppich an! Wenn du mir einfach etwas zum Zudecken gibst, dann reicht mir das. Mach dir meinetwegen bitte keine Umstände, ich brauche diese schöne weiche Matratze nicht...«

»Nein, in diesem Fall schlafe ich auf dem Boden. Du kannst das Bett haben.«

Nachdem das geklärt war, begannen sie ein Gespräch, das bis weit in die Nacht dauerte. Es gab vieles, was Nat wissen wollte, und Gopal war nur allzu gern zum Reden bereit. Allerdings vermutete Nat, daß er alles ein wenig zu sehr ausschmückte. Gopal hockte sich auf einen Stuhl mit gerader Lehne, zog die Beine an und setzte sich im Schneidersitz hin. Das, so verkündete er, sei die beste Art zu sitzen.

»Die Menschen im Westen pflegen sich auf eine Art und Weise hinzusetzen, die das Verdauungssystem negativ beeinflußt«, erklärte Gopal. »Das Schlimmste aber ist, wie man hier seinen Darm entleert. Setzt du dich etwa auch auf die Toilette, um deinen Darm zu entleeren? Das solltest du nicht tun, weißt du. Ich selbst steige immer auf die Brille und gehe dann in die Hocke, wie wir das in Indien tun. Ich zeige es dir. Wenn du dich so hinsetzt«, Gopal nahm eine sitzende Position ein, »können die Exkremente den Verdauungstrakt nicht richtig passieren. Die Eingeweide werden zusammengequetscht, und man bekommt Verstopfung. Wenn du dich aber so hinhockst, befindet sich dein Verdauungstrakt in genau der richtigen Lage. Die Knie sind oben, der Anus ist unten, und die Exkremente können den Darm rasch passieren und mühelos den Körper verlassen. Allein durch die Schwerkraft werden die Fäkalien vertikal nach unten gezogen. Die Eingeweide sind wunderbar entspannt und locker. Und zum Sitzen eignet sich die halbe Lotusposition am besten. Ich würde es im Grunde vorziehen, auf dem Boden zu sitzen, aber da du nicht mehr daran gewöhnt bist und es sich nicht schickt, wenn der Ältere tiefer sitzt als der Jüngere, bin ich auch mit diesem Stuhl zufrieden.«

Nach diesen Worten nahm Gopal wieder seinen halben Lotussitz auf dem Stuhl ein und führte seine Gedanken sofort weiter.

»Obwohl deine Mutter in Indien geboren und aufgewachsen ist, behauptete sie stets, daß es sich für eine Dame nicht zieme, im halben Lotussitz zu sitzen, und weigerte sich beharrlich, ihren Darm in hockender Position zu entleeren. Dies war ein Thema, über das wir beide uns immer gestritten haben. Fiona war in solchen Dingen nämlich äußerst eigensinnig. Das traf im übrigen auch auf Ernährungsfragen zu, was zur Folge hatte, daß sie sehr oft unter Verstopfung litt. Sie wollte einfach nicht vegetarisch essen, so daß ihr Stuhl eine harte Konsistenz und eine dunkle Farbe bekam, etwas, was durch die richtige Ernährungsweise und die richtige Position beim Entleeren des Darms ohne Frage zu vermeiden gewesen wäre.«

Nat brachte das Gespräch entschlossen wieder auf seine Mutter zurück, weg von ihrem Stuhlgang.

»Da ihr Name Fiona Lindsay ist, nehme ich an, daß sie mit meinem Vater verwandt ist?«

»Mit David, deinem Adoptivvater. Ich bin dein richtiger Vater. Ja, Fiona war Davids Schwester. Ich bin von bescheidener, wenn auch hoher bramahnisch-indischer Herkunft. Mein Vater arbeitete bei den Lindsays als Koch, deshalb behandelten uns die Lindsay-Eltern nur wie niedrige Dienstboten. Fiona und ich liebten einander von klein auf. Wir waren jedoch gezwungen, unsere Liebe geheimzuhalten. Als wir dann volljährig geworden waren, sind wir gemeinsam geflohen. Von unseren Familien verachtet, war unsere Liebe dennoch stark genug, um alle Hindernisse zu überwinden. Abgesehen davon, daß wir uns über das Thema Ernährung nicht einig werden konnten, waren wir glücklich miteinander verheiratet. Unsere Ehe war die reine Glückseligkeit...«

»Was ist mit ihr? Wo ist sie jetzt?«

»Ich sagte dir doch, daß sie bei einem tragischen Autounfall ums Leben kam.«

»Aber das war doch gelogen, wie du dich vielleicht erinnerst. Du sagtest, Natesan und sie seien umgekommen, und du sagtest, es sei durch die Hand moslemischer Plünderer während der Unruhen anläßlich der Teilung geschehen.«

»Ja, ja, das ist alles wahr. Es war ein Blutbad und ein Autounfall. Es war ein brennendes Auto. Es waren die Moslems. Da lag nun meine Liebe in Trümmern, und ich stand ganz allein mit einem kleinen Baby da.«

»Das du sofort in ein Waisenhaus gesteckt hast.«

»Was hätte ich denn sonst tun sollen?« rief Gopal. »Ich konnte einfach nicht für dich sorgen! Meine Familie wollte mich mit einem

Kind, das nur zur Hälfte unserer Kaste angehörte, nicht aufnehmen, und ich hatte keine Ahnung, wie man ein kleines Kind versorgt! Also habe ich dich in ein Waisenhaus gegeben und hatte vor, dich, sobald ich wieder geheiratet hätte, sofort zu mir zu holen.«

»Und warum hast du es nicht getan?«

»Meine zweite Frau weigerte sich ebenfalls, ein Kind aufzunehmen, das nur zur Hälfte unserer Kaste angehörte. Sie war eine reinrassige Inderin und wollte unbedingt eigene Kinder haben. Aber sie war unfruchtbar. Es vergingen mehrere Jahre, bis sie die Tatsache, daß sie keine Kinder bekommen konnte, schließlich akzeptierte und sich bereit erklärte, dich bei uns aufzunehmen. Zu diesem Zeitpunkt hatte sich jedoch David bereits um das Sorgerecht für das Kind seiner lieben Schwester bemüht. Ich hatte es ihm nach Recht und Gesetz überlassen, denn ich dachte, daß das in deinem besten Interesse wäre.« Gopal schlug sich mit der Faust an die Stirn und jammerte: »Ach, was für ein Narr ich doch war! Wie bitter ich diese Entscheidung bereue!«

Was für ein Glück für mich, dachte Nat.

»Aber warum hast du nicht wenigstens Konktakt mit mir gehalten? Ich bin sicher, daß mein Vater mich gern mit dir geteilt hätte.«

»Ach, du kennst Davids wahres Gesicht nicht! Er hat mich überaus grausam behandelt. Er hat deine ganze Kindheit über verhindert, daß ich dich auch nur besuche, denn er wollte nicht, daß du erfährst, wer deine leiblichen Eltern sind. Er ist ein ganz heimtückischer Schurke.«

»Warum? Warum sollte ich denn nicht wissen, daß ich das Kind seiner Schwester bin? Das macht ihn doch zu meinem Onkel ...«

Gopal schüttelte nur den Kopf und murmelte etwas von »dunklen Geheimnissen«.

»Aber als ich erst einmal erwachsen war, hättest du mich doch besuchen können. Du hättest mir wenigstens schreiben können. Warum kommst du ausgerechnet jetzt zu mir? Warum hast du so lange gewartet?«

»Ach, mein Sohn, mein Sohn! Was weißt du schon von den Gefühlen eines Vaters? Wie sehr ich mich nach dir gesehnt habe. Ja, ich hätte früher mit dir Kontakt aufnehmen sollen. Aber wie hätte ich dir die große Schande, daß ich meine Pflicht als Vater vernachlässigt und dich in ein Waisenhaus gesteckt habe, erklären sollen! Jetzt aber, da ich dich gefunden habe, lasse ich dich nie wieder gehen. Ich bin mit einem großen Ziel in dein Leben getreten, das mir den Mut verliehen hat, mich dir zu erkennen zu geben: Es ist Zeit, mein lieber Sohn, daß du heiratest und eine Familie gründest. Und ich habe auch schon das richtige Mädchen für dich gefunden.«

»Hallo, hallo, hallo! Ich warte schon seit einer halben Stunde auf dich! Ich habe jemanden mitgebracht!«

Aus der anonymen Menge am U-Bahnhof von Notting Hill Gate tauchte ein grinsender Gopal auf und stellte sich Nat in den Weg. Er zeigte mit sichtlichem Stolz auf einen jungen Mann, der hinter ihm stand – einen hochgewachsenen, schlaksigen jungen Inder mit langem schwarzen, zum Pferdeschwanz gebundenen Haar. Der junge Mann trug ein Hippie-Stirnband, gepunktete Schlaghosen und ein ausgewaschenes T-Shirt von unbestimmter Farbe. Er lächelte liebenswürdig und grüßte Nat mit dem Peace-Zeichen.

»Ganesh«, sagte er.

»Ganesh ist mein Neffe. Ich habe ihn selbst erst heute vormittag kennengelernt. Bei den vielen Verwandten, die ich in London kennenzulernen das Vergnügen habe, geht mir vor Rührung das Herz über! Heute habe ich beschlossen, den Kontakt zu dem fraglichen Mädchen und auch mit seiner Familie herzustellen, da bin ich ihm zufällig begegnet. Er war mehrere Jahre im Ausland und ist gerade vorgestern zurückgekommen. Er ist dein Cousin, der Bruder des Mädchens!«

Ganesh verdrehte die Augen, Nat lachte. Sie sahen sich an, und Nat fühlte sich sofort mit Ganesh verbunden. Die drei machten sich auf den Weg zu Nats Wohnung.

Nat drehte sich zu Ganesh um. »Jetzt erzähl mir bloß nicht, du beteiligst dich an diesem Komplott, mich zu verheiraten!«

»Aber selbstverständlich tue ich das!« sagte Ganesh lachend. »Nichts würde mir besser gefallen, als Saroj mit einem passenden Jungen verheiratet zu sehen. Nun, einigermaßen anständig siehst du ja aus ...« Er tat so, als würde er Nat mustern, ließ seinen Blick an dem hochgewachsenen, schlanken jungen Mann, der neben ihm ging, herunterwandern. »Aber um Sarojs Ansprüchen zu genügen, mußt du nicht nur gut aussehen, sondern auch Köpfchen haben. Sie ist ein überaus intelligentes Mädchen. Nein, wirklich brillant.«

»Diesen Typ kann ich überhaupt nicht ausstehen.«

»Ach, komm schon, gib ihr eine Chance. Wenn du sie nicht heiratest, wer sollte es dann tun? Das arme Mädchen findet sonst ja nie einen Ehemann.«

»Vielen Dank für die Empfehlung!« Nat gähnte demonstrativ und trat mit dem Fuß nach einer leeren Zigarettenschachtel, die auf dem Bürgersteig lag.

»Nein, aber sie ist wirklich schön, verstehst du? Das ist es ja. Ein brillantes Mädchen, und schön. Wunderschön, genaugenommen.«

»Eine verhängnisvolle Kombination.«

»Ein überaus wunderbares Mädchen!« rief Gopal. »Ich habe in meinem ganzen Leben noch nie ein Mädchengesicht mit solch aufsehenerregenden optischen Qualitäten getroffen. Wenn sie mit mir nach Bombay käme, könnte ich sie auf der Stelle zum Filmstar machen. Ich kenne mich im Filmgeschäft aus und habe mit den schönsten Schauspielerinnen gearbeitet, aber in meinem ganzen Leben habe ich noch nie eine solche Schönheit gesehen. Sie ist einfach hinreißend.«

Nat ignorierte Gopal und wandte sich an Ganesh. »Ganesh, tu mir bitte einen Gefallen«, sagte er plötzlich ernst. »Versuch nicht, mich mit ihr zu verkuppeln, okay? Ich habe genug von Leuten, die mich mit ihren Töchtern, Nichten, Schwestern, Cousinen zweiten Grades und Freundinnen der Schwestern verheiraten wollen. In dem Moment, in dem ich höre, ›sie ist im heiratsfähigen Alter‹, beginnt in meinem Kopf eine Alarmglocke zu schrillen. Ich habe das Gopal schon letzte Nacht gesagt, und ich habe das auch so gemeint: Ich stehe nicht zur Verfügung. Absolut nicht. In einem Jahr werde ich für immer nach Indien zurückkehren. Im Augenblick gibt es in meinem Leben keinen Platz für eine Frau. Und abgesehen davon ist dieses Mädchen meine Cousine, und ...«

»Ehen zwischen Cousin und Cousine sind überaus glückverheißend!« rief Gopal dazwischen. »Überaus glückverheißend. Darüber hinaus ist dieses Mädchen ...«

Ganesh unterbrach ihn: »Mach dir keine Sorgen, Nat. Ganz abgesehen von deinen Einwänden hat Saroj nicht die geringste Absicht zu heiraten. Ich habe sie gestern erst gesehen. Gib's doch zu, Gopal, sie hat dich abblitzen lassen! Ich hätte es dir gleich sagen können! Weißt du, wie man sie in der Schule genannt hat? Eiskönigin! Und sie hat sich seitdem kein bißchen geändert. Wenn überhaupt, dann ist sie in dieser Hinsicht sogar noch schlimmer geworden.«

»Ja, sie ist ziemlich hochnäsig«, fügte Gopal hinzu und runzelte in vager Besorgnis die Stirn. »Klingt wirklich interessant«, kicherte Nat. »Ich muß schon sagen, Ganesh, als Ehevermittler taugst du nicht viel!«

»Ach. Nun, ich habe mein Bestes versucht«, seufzte Ganesh. »Aber ehrlich, Nat, wenn ich so an einige ihrer potentiellen Bräutigame denke, dann würde es mich durchaus nicht stören, dich zum Schwager zu haben.«

»Du wirst dich aber mit mir als Cousin begnügen müssen.«

Zwei Tage später flog Gopal, der angesichts seiner fehlgeschlagenen Mission zutiefst enttäuscht war, nach Indien zurück und war Vergangenheit. Nat tat es überhaupt nicht leid, ihn gehen zu sehen.

Was Saroj anging, so widmete sie sich mit doppeltem Eifer ihrem Studium.

52. KAPITEL

Savitri

Es vergingen mehrere Monate, bis David und Savitri ein freies Wochenende hatten – ein gemeinsames Wochenende. Es war wie ein Geschenk.

Freunde von David, eine englische Familie, die mit Gummi handelte, besaßen in der Nähe von Changi einen Bungalow. Die Frauen und Kinder der Familie waren nach Amerika evakuiert worden, und der Familienvater hatte kein Interesse daran, allein an den Strand zu gehen – schon gar nicht in einer Zeit wie dieser. Er gab David den Schlüssel.

Am Freitag nachmittag holte David Savitri in einem alten Morris ab, den er sich von einem Kollegen ausgeliehen hatte, und fuhr mit ihr zum Strand. Sie brauchten keine Worte. David legte ihr beim Fahren die Hand aufs Knie, auf die sie wiederum ihre schmale, langfingrige Hand legte. Ihre Finger spielten sanft miteinander. Hin und wieder sahen sie sich an, wobei sie beide wie auf ein Signal hin, das nur sie allein hörten, den Kopf wandten, sich einen Moment anblickten, lächelten und dann wieder wegsahen, David auf die Straße und Savitri durchs Seitenfenster zum Straßenrand, wo flüchtige Szenen des Lebens in Singapur vorbeihuschten.

Am Bungalow angekommen, hängte sich David ihre beiden Reisetaschen über die Schulter, nahm Savitri bei der Hand und führte sie die Holztreppe zur Veranda hinauf. Eine leichte Brise, kühl und frisch, spielte mit Savitris Rocksaum. Savitri lachte, von einer spontanen, ungetrübten Freude gepackt, aus vollem Herzen, warf die Arme in die Luft und umarmte David.

»Ach, David, David! Das ist einfach himmlisch! Ich kann es gar nicht glauben – endlich sind wir allein, in diesem Paradies, nur das Meer, der Himmel und wir!«

Auch David lachte, faßte sie um die Taille und hob sie hoch, als wäre sie leicht wie eine Feder. Er wirbelte sie herum, schneller und schneller, bis er gegen das Verandageländer taumelte und sie beide lachend auf den Boden fielen. Dann hörten sie, wie auf ein geheimes Signal hin, beide zu lachen auf. Savitri lag still da. Das Haar hatte sich aus ihrem züchtigen Knoten gelöst und breitete sich wie ein Fächer um ihr Gesicht aus. Sie sah zu ihm hoch, während er, auf die Arme gestützt, zu ihr hinunterblickte und sie mit einer so tiefen, von Freude erfüllten Liebe überschüttete, daß sie es nicht mehr ertragen konnte und die Augen schloß. Sie spürte, wie er sie auf die Augenlider küßte, sanft wie der Flügelschlag eines Schmetterlings. Und dann auf die Lippen, die Stirn, die Wange, das Kinn.

»Zwei Tage und zwei Nächte. Nur wir, das Meer und der Himmel«, murmelte David. »Ich kann es gar nicht glauben.«

Savitri lächelte, immer noch mit geschlossenen Augen.

»Aber es ist wahr.«

An jenem Morgen, an dem sie die Strandhütte wieder verließen, sagte David zu Savitri: »Ich habe eine Entscheidung getroffen, Sav. Ich habe Marjorie geschrieben und ihr von dir erzählt. Sie weiß jetzt, daß du hier bist, daß ich dich liebe und schon immer geliebt habe, und daß ich dich heiraten will. Ich habe sie um die Scheidung gebeten. Wenn dieser Krieg vorbei ist, werden wir heiraten, Sav, und deshalb möchte ich, daß du Singapur jetzt verläßt. Mir zuliebe.«

Savitris Augen füllten sich mit Tränen. Sie schwieg und schüttelte nur stumm den Kopf. »Ich kann Singapur nicht verlassen, David. Ich kann es einfach nicht. Nicht nur deinetwegen, sondern auch wegen meiner Patienten. Wie könnte ich sie einfach im Stich lassen? Das hier, das ist mein Leben«, sagte sie dann.

Sie fuhren in die Stadt zurück, ohne ein weiteres Wort zu sagen.

Als sie zurückkamen, hörten sie die Neuigkeit: Japan hatte Pearl Harbor bombardiert. Es war Krieg.

Um sie herum begann die Welt auseinanderzubrechen. Die Luftangriffe der Japaner hinterließen nichts als Zerstörung. Sowohl das General Hospital als auch das Alexandra waren mit Verwundeten überfüllt, Opfern der Luftangriffe und verletzten Soldaten, die per Zug aus Malaya herantransportiert wurden. Die Krankenwagen warteten aufgereiht am Bahnhof, damit man die Verwundeten eilig in die verschiedenen Krankenhäuser einliefern konnte.

Savitri wurde zu einer Expertin im Wechseln von Verbänden. Nacht für Nacht ging sie mit einer Taschenlampe durch die Stationen, blieb bei jedem Verwundeten stehen, beugte sich über ihn, sprach tröstende Worte und entfernte mit einer Pinzette die Maden aus den offenen Wunden, Maden, die aus den Eiern der stets präsenten Fliegen geschlüpft waren, und legte sie in eine Nierenschale. Sie wußte nicht mehr, wie viele Patienten ihr unter den Händen weggestorben waren. Wenn deren Körper zu zerstört waren, um von ihren Händen geheilt zu werden, war alles, was sie tun konnte, ihnen in ihren letzten Stunden Frieden zu bringen. Es gab zwar keine wundersamen Heilungen mehr, Savitris Gegenwart allein jedoch linderte Schmerzen und Leid. Die Wärme in ihrer Stimme, das Mitleid in ihren Augen, ihre sanfte Berührung – das war es, worauf ihre Patienten jeden Tag warteten, und das war das wahre Wunder.

Frauen und Kinder wurden aus Singapur evakuiert. Mrs. Rabindranath verließ auf Drängen ihres Mannes hin das Land. David bat Savitri noch einmal, zu gehen. Sie weigerte sich jedoch.

In ihren Augen standen Tränen. »Ich kann es nicht, David. Bitte mich nicht darum, zu gehen. Wie sollte ich dich verlassen können! Und meine Patienten!«

»Sav, hör mir zu: Du mußt gehen. Wirklich. Es ist unsere einzige Chance! Mach dir keine Sorgen um mich. Falls die Japaner Singapur erobern – nicht falls, sondern wenn –, werde ich interniert. Ich werde in Sicherheit sein – aber du als Frau, als Zivilistin, als Ausländerin wirst das nicht sein! Ausländische Frauen werden vergewaltigt und getötet. Wir haben nur eine Chance auf eine Zukunft, wenn du das Land verläßt, Sav.«

Sie antwortete ihm nicht, sondern schüttelte nur stumm den Kopf.

»Denk an unsere Zukunft, Sav. Wenn der Krieg vorbei ist, werden wir heiraten und Kinder haben. Geh zu Henry und June zurück, warte in Madras auf mich. Bitte. Ich flehe dich an! Wenn dieser Wahnsinn vorbei ist, komme ich sofort nach. Ich bin in Changi sicher – deine einzige Chance aber liegt darin, zu gehen.«

Wieder schüttelte sie wortlos den Kopf. Da begann er zu weinen, und sie weinte ebenfalls. Sie weinten, denn sie wußten beide, daß das Ende nah war. Sie wußten, daß sie trotz all ihrer Träume und Hoffnungen nichts tun konnten, daß kein Zauber das Böse bannen konnte, das überall um sie herum lauerte, das die Luft, die sie atmeten, erfüllte, das schon an der nächsten Ecke auf sie wartete.

Die Zimmer und Gänge des General Hospital waren schließlich hoffnungslos überfüllt. Bis Ende Januar 1942 waren über zehntausend Kranke und Verwundete vom malaiischen Festland evakuiert worden. Heftige Luftangriffe, die rund um die Uhr erfolgten, legten Singapur in Schutt und Asche: das drohende Sirenengeheul, gefolgt von einem endlosen, düsteren Schweigen, dann die Detonationen von Bomben, irgendwo, nahe, näher. Schreien und Rufen, das Wimmern der Sterbenden, Fußgetrappel, das Weinen eines einsamen Kindes in den Ruinen. Lärm, Feuer, Blut, Sterben, Tod. Ein Pandämonium. Um Singapur zog sich die Schlinge immer enger.

Inmitten all dessen kämpften die stillen Soldaten des Krieges weiter: die Krankenschwestern, jene, die dem Militär angehörten, genau wie auch die vielen Freiwilligen. Männer brachten ihre Ehefrauen auf dem letzten auslaufenden Schiff in Sicherheit. Viele weigerten sich, das Land zu verlassen.

»Ich bitte dich, Sav. Geh!«

»Nein.«

Anfang Februar 1942 machte ein entsetzliches Gerücht bei den zivilen Krankenschwestern im General Hospital die Runde: Die Armee sei dabei, ihr Personal zu evakuieren. Die zivilen Krankenschwestern würden aber hierbleiben müssen. Das General Hospital, das bereits mit Verwundeten überfüllt war, war schon mehrmals bombardiert worden. Savitri selbst war zweimal nur knapp dem Tode entronnen. Sie und die anderen kämpften jedoch unverdrossen weiter, ruhig und mutig, arbeiteten in Zwölf-, Dreizehn-, Vierzehnstundenschichten, schliefen auf den Gängen, Asiatinnen neben Europäerinnen, Bauerntöchter neben jungen Engländerinnen aus gutem Hause. Den Asiatinnen hatte die Anwesenheit der schlachterprobten Armeekrankenschwestern bis dahin Mut gemacht, und jetzt sollten sie einfach im Stich gelassen werden, obwohl man ihnen versprochen hatte, auch sie zu evakuieren. Die Moral sank auf einen Tiefpunkt.

Am neunten Februar berief Dr. MacGregor, der Direktor des Civilian Medical Service, eine Versammlung ein, um sein Personal zu beruhigen.

»Ich habe mit Kommandant Thomas gesprochen«, sagte er, »und der Kommandant hat Erkundigungen eingezogen. General Percival hat kategorisch erklärt, daß die Gerüchte, die besagen, daß die Armeekrankenschwestern abgezogen werden, jeglicher Grundlage entbehren. Seien Sie versichert, daß alle bleiben werden, darauf gebe ich Ihnen mein Wort. Und jetzt möchte ich von Ihnen wissen: Sind Sie bereit zu bleiben, oder wollen Sie gehen? Es steht Ihnen allen frei, zu gehen – jene, die sich dazu entschließen, werden nicht mit dem Stigma der Desertion behaftet sein. Niemand soll sich zum Bleiben gezwungen sehen.«

Die Versammlung fand in einem Vortragsraum statt, dessen Fenster während der Luftangriffe größtenteils zu Bruch gegangen waren. Savitri, die in der schwülen, drückenden Hitze des Abends schwitzte, konnte draußen Brände flackern sehen. Die Zeichen des Krieges waren überall, und es würde noch schlimmer werden.

»Ich will die Gefahren, die vor jenen von Ihnen liegen, die bleiben werden, nicht herunterspielen«, fuhr MacGregor fort, »und ich kann Sie nicht zwingen, zu bleiben. Dennoch bitte ich Sie darum. Wir brauchen Sie. Wir brauchen jede Hand. Ihre Arbeit ist von unschätzbarem Wert; eine jede Frau hier ist von unschätzbarem Wert. Und so frage ich Sie: Werden Sie bleiben?«

Beruhigt, weil das Gerücht offensichtlich nicht der Wahrheit entsprach und die militärischen Krankenschwestern an ihrer Seite weiterarbeiten würden, beschlossen sämtliche europäischen zivilen Schwestern und die MAS-Freiwilligen, zu bleiben.

Dr. MacGregor wandte sich jetzt an die Asiatinnen, denn bei ihnen lag der Fall anders. Viele von ihnen konnten ohne Schwierigkeiten in ihre sicheren Kampongs zurückkehren. Vertrauensvolle Blicke richteten sich auf ihn.

»Was ist mit Ihnen?« fragte er. »Werden Sie bleiben, oder werden Sie gehen?«

Die asiatischen Schwestern schwiegen. Savitri blickte fragend in die kohlschwarzen Augen der chinesischen Schwester neben ihr, aber dort sah sie keine Antwort, sondern nur ihre eigene Frage, ihre eigenen Zweifel, ihre eigenen Skrupel widergespiegelt. Ja, und auch ihre Angst. Ach, wenn sie nur gehen könnte, ohne ein schlechtes Gewissen zu haben. In die Sicherheit zurückkehren. Auf David warten und das winzige Leben in ihr ungestört heranwachsen lassen! Sie hatte eine Fahrkarte. David hatte darauf bestanden und ihr trotz ihrer kategorischen Weigerung eine Fahrkarte in die Freiheit gekauft, für die Passage auf einem holländischen Schiff, das nach Sumatra fuhr und am Freitag, dem dreizehnten, mit einem Konvoi ablegen sollte. Bis jetzt war sie allerdings eisern geblieben: Sie weigerte sich immer noch beharrlich, zu gehen. In ihr wuchs jetzt jedoch ein neues Wesen, und ihr Entschluß geriet ins Wanken. »Geh für uns und für unsere Kinder!« hatte David gesagt. Sie wußte, daß sie gehen mußte. Und dennoch...

Überall in dem überfüllten Raum sahen sich schwarze asiatische Augenpaare zögernd an, stellten stumm die gleiche Frage, sahen weg, sahen wieder hin, fragten wieder: Wenn die *Memsahibs* bleiben, wie können wir dann nur an unsere eigene Sicherheit denken? Sollen wir wirklich ein sinkendes Schiff verlassen?

Plötzlich meldete sich eine Stimme ganz hinten im Raum: »Was werden Sie tun, Sir? Bleiben Sie, oder gehen Sie?«

MacGregor schien über diese Frage erstaunt zu sein. »Ich bleibe natürlich.«

Und dann war es keine Frage mehr. Savitri hörte, wie sich ihre eigene Stimme dem Chor anschloß: »Dann bleiben wir auch!«

Am Abend des zwölften wartete Savitri draußen vor dem Alexandra, als ein müder David das Krankenhaus verließ. Sie fiel in seine Arme.

»Ach, David, David!« schluchzte sie. »Sie sind weg! Alle Armeekrankenschwestern sind weg! Man hat sie heimlich ausgeflogen, und jetzt müssen wir die ganze Arbeit allein machen... aber das schaffen wir nicht! Viele von uns sind nicht einmal ausgebildet. Wir sind dem Ganzen nicht gewachsen! Man hat uns versprochen, daß sie bleiben würden, und deshalb sind wir auch geblieben, und jetzt sind sie alle weg!«

»Und du bist es auch! Morgen!« David wußte, daß er gewonnen hatte. Savitri hatte kapituliert.

»Ja. Ja. Du hast recht. Ich muß gehen. Ich wäre sogar jetzt noch geblieben, aber – ach, David, ich bekomme doch ein Baby.«

Bei Davids erleichtertem Aufschrei sah sie ihm in die Augen und mußte angesichts seiner Freude lächeln. »Dem Himmel sei Dank! Oh, Gott sei Dank! Ich hatte gehofft, hatte gebetet, daß du schwanger werden würdest, denn ich wußte, daß es für dich keinen anderen Grund auf der Welt geben würde, Singapur zu verlassen! Warum hast du es mir nicht schon früher gesagt? Bist du dir sicher?«

»Das bin ich, ich kenne die Zeichen. Ich wollte es dir nicht früher sagen – ich wußte, daß du mich dann zwingen würdest, zu gehen, aber ich mußte diese Entscheidung allein treffen. Ich wäre geblieben, David, ich hatte keine andere Wahl. Ich konnte sie einfach nicht im Stich lassen, nicht einmal wegen unseres Babys. Aber als ich dann hörte, daß uns die Armee so schändlich belogen hat, bin ich einfach zusammengebrochen. Und ich wünsche mir dieses Kind, ich wünsche mir dieses Kind so sehr! Deshalb werde ich jetzt auch gehen!«

»Was für eine Schweinerei!« sagte David. »Was für ein feiger Verrat. Aber wenn das nötig war, damit du das Land verläßt, Sav, dann kann ich in aller Selbstsucht nur sagen: Gott sei Dank.«

53. Kapitel

Nat

Ganesh war der erste Mann, mit dem Nat sich nach all seinen Jahren in London anfreundete. Obwohl die beiden in ihren Zielen und ihrem Äußeren ziemlich unterschiedlich waren, bestand zwischen ihnen ein unausgesprochenes Einvernehmen, eine Verbindung und das angenehme Gefühl, in der Gegenwart des anderen man selbst sein zu können, fast so, als wären sie Brüder. Immerhin waren sie Cousins, und das erklärte es wohl.

Sie hatten einen ähnlichen Sinn für Humor, legten eine ähnliche Leichtigkeit des Seins an den Tag. Sie saßen stundenlang auf dem Stück Rasen hinter Walters Haus in Richmond, in dem Ganesh wohnte, und philosophierten über das Wesen Gottes, das Universum, Männer, Frauen, die menschliche Seele und die Engländer, während sie an ihrem Cola mit Rum nippten und *Samosas* knabberten, die Ganesh in Walters Küche gezaubert hatte. Nat erzählte Nat von seinem Vater, dem Dorf, der Arbeit, seinem Studium, seinen Träumen. Ganesh erzählte Nat von seinem Vater, seiner Mutter, seiner Schwester, seinem Zuhause. Als Nat hörte, daß Ganesh keine Arbeit und kein Geld hatte, vermittelte er ihm einen Job bei Bharat Catering. Sie wohnten jedoch zu weit voneinander entfernt, Nat in Notting Hill und Ganesh in Richmond, um sich öfter zu sehen.

Ganesh lud Nat zu seiner Geburtstagsfeier ein. Saroj weigerte sich jedoch zu kommen, weil Deodat auch eingeladen war. Ganesh müsse eben zwischen ihr und Deodat wählen, erklärte sie ihm gereizt, war dann aber beleidigt, als er sich für ihren Vater entschied.

»Er hat sich sehr verändert, Saroj! Warum kommst du nicht einfach und siehst es dir mit eigenen Augen an! Er ist einfach nur ein alter, gebrochener Mann. Er hat Probleme mit dem Herzen, und er weiß, daß ihn niemand haben will. Wenn du kommen würdest, würde ihn das bestimmt ein wenig aufheitern. Er spricht ständig von dir und fragt mich immer wieder, warum du ihn nicht besuchen kommst.«

»Tut er das? Nun, das freut mich zu hören. Aber ich werde auf keinen Fall kommen. Wenn du dich dafür entscheidest, ihn einzuladen, finde ich das in Ordnung, aber auf mich wirst du dann verzichten müssen. Es liegt mir ohnehin nicht soviel daran, Gan. Ich gehe sowieso nicht auf Partys, und ich hasse Familienfeiern. Ich verzichte also gern darauf zu kommen.«

Nat ging auf Ganeshs Party und bemerkte mit dem geübten Auge eines Kellners einen alten Mann, der ganz allein auf einem Lehnstuhl in einer Ecke saß und nichts zu essen hatte. Er ging auf den alten Mann zu, setzte sich neben ihn und stellte sich vor.

»Darf ich Ihnen etwas zu essen bringen?« bot er an und lächelte dabei sein aufrichtigstes Lächeln. Der alte Mann sah ihn an und sagte:

»Danke, danke, sehr freundlich von Ihnen. Die jungen Leute haben heutzutage einfach keine Manieren mehr und keinen Respekt vor dem Alter. Ja, bitte, ich würde gern etwas essen. Aber diese Evelyn ist keine besonders gute Köchin. Meine verstorbene Frau hat hervorragend gekocht. Wie, sagten Sie, war Ihr Name? Gehören Sie zur Verwandtschaft? Sind Sie verheiratet? Woher kommen Sie?«

Nat brachte dem alten Mann einen Teller mit kalten Speisen und stellte sich auf ein langes Gespräch ein, wonach sich der alte Mann sichtlich sehnte. Der Blick des alten Mannes erhellte sich, als er hörte, daß Nat aus Indien kam.

»Aus Tamil Nadu! Was Sie nicht sagen! Meine verstorbene Frau stammte auch von dort! Sagen Sie mir, sprechen Sie Hindi?«

Den Rest der Unterhaltung, die den ganzen Abend dauern sollte, führten sie dann auf Hindi.

Nat wurde innerlich immer stärker und äußerlich immer stiller. Er widmete seine ganze Aufmerksamkeit der Medizin und strich fast alle studienfremden Aktivitäten. Er arbeitete auch nicht mehr für Bharat Catering, denn in diesem Stadium seiner Ausbildung hatte er keine Zeit mehr dafür. Er fand jedoch immer noch die Zeit, den alten Mann zu besuchen, den er auf Ganeshs Geburtstagsparty kennengelernt hatte. Dieser alte Mann – es stellte sich heraus, daß es sich dabei um Ganeshs Vater handelte – freute sich über seine Gesellschaft, denn Freundlichkeit und Aufmerksamkeit waren Dinge, die er schmerzlich vermißte und die zu schenken Nat leichtfiel. Bis auf diesen jungen Mann, dessen Freundlichkeit und Achtung Eisberge zum Schmelzen brachten, gab es in diesen Tagen niemanden mehr, der Deodat zuhörte, und niemanden, der sich um ihn kümmerte.

Der alte Mann sprach von den Menschen, die er geliebt und die er verloren hatte: die Ehefrau an den Tod, die Tochter an den Haß. Er sprach von den schweren Fehlern, die er in seinem Leben begangen hatte, und dem brennenden Schuldgefühl, das ihn innerlich aufzehrte, von dem rachsüchtigen Gott, der ihm nicht vergeben wollte.

»Ich bin ein grausamer Mann, ein böser Mensch«, jammerte der Alte. »Ich bitte Gott täglich um Vergebung, aber er läßt sie mir nicht zuteil werden. Er hat mir zur Strafe die Menschen genommen, die ich liebte. Ich sehne mich nur noch danach zu sterben, damit ich aus diesem Tal des Kummers erlöst werde. Er hat mir eine Heilige zur Frau gegeben, aber ich habe mich schwer an ihr versündigt. Eine Frau, rein wie eine Lilie, die ich mit meiner Schlechtigkeit besudelt habe, deshalb hat Gott sie mir genommen und zu sich geholt. Ach, wenn Er mich doch auch zu sich holen würde! Aber ich habe eine ledige Tochter. Ein Vater hat die Pflicht, seine Töchter zu verheiraten. Wenn ich sterbe, bevor meine Tochter heiratet, dann habe ich meine Pflicht nicht erfüllt. Aber sie wird keinen Mann heiraten, den ich für sie aussuche.«

Und Nat hielt dem Greis die Hand, tröstete ihn, erzählte ihm von Indien, unterhielt sich auf Hindi mit ihm und brachte den alten Mann hin und wieder sogar zum Lachen. In sein altes Herz floß Heilung.

»Ihr beide kommt prima miteinander aus«, bemerkte Ganesh. »Worüber in aller Welt unterhaltet ihr euch nur?«

»Ach, über alles mögliche«, sagte Nat.

»Du bist ein guter Junge, ein sehr guter Junge«, sagte Deodat Roy zu Nat. Er nahm Nats junge braune Hand in seine alte verschrumpelte und drückte sie. »Deine Mutter kann sehr stolz auf dich sein. Sie hat dich sehr gut erzogen. Du bist wie mein Sohn Ganesh. Der einzige Sohn meiner zweiten Ehefrau. Er ist auch ein guter Junge. Ein wohlerzogener Junge. Er kommt mich besuchen und kümmert sich um mich, wie ein Sohn das tun sollte. Meine anderen Söhne sind mir gegenüber alle gleichgültig. Sie sind grausam gegenüber mir altem Mann, sie und ihre Frauen. Meine ledige Tochter besitzt überhaupt kein Pflichtgefühl. Sie hat mich im Stich gelassen. Aber ich habe das auch so verdient, oh, das habe ich wirklich. Ich bin ein gemeiner, böser Mann, und ich bete zu Gott, daß er mir in dem Augenblick, in dem ich diese Welt verlasse, vergeben möge. Das ist das einzige, worum ich bete.«

So redete Deodat Roy. Nat kam oft, um ihm zuzuhören, und so fand der alte Mann wenigstens ein gewisses Maß an Frieden.

Der Herzanfall kam dann wie aus heiterem Himmel.

54. Kapitel

Savitri

Am Freitag, dem dreizehnten Februar 1942, verließ Savitri mit dem holländischen Schiff »Vreed-en-Hoop« Singapur.

David hatte zu diesem Zeitpunkt Dienst und konnte sie nicht zum Kai begleiten.

Spät in dieser Nacht begegnete Savitri auf dem Deck zufällig einer englischen Krankenschwester. Es war Molly, eine ihrer Kolleginnen aus dem General Hospital, die mit einem der Ärzte im Alexandra verheiratet war. Molly stand unter Schock.

»Ach, Savitri, es war schrecklich, einfach schrecklich. Ich wollte heute vormittag unbedingt noch einmal ins Krankenhaus, um mich von William zu verabschieden. Ich war dort, Sav, und ... und die Japaner kamen ... eine Gruppe Japaner ...«

Savitris Augen weiteten sich. »Sie sind wirklich gekommen? Ins Krankenhaus?«

»Ja! Ich – ich konnte mich verstecken ... William hat mich in einem Schrank versteckt, und dort blieb ich, bis alles vorbei war. Aber, ach, Sav ...«

Tränen standen ihr in den Augen, und sie zitterte wie Espenlaub. Savitri legte ihr die Hände auf die Schultern, um sie zu beruhigen.

»Los, Molly. Erzähl mir alles. Was haben die Japaner getan? Haben sie alle gefangengenommen? Hat – hat es Gewalttätigkeiten gegeben?« An Mollys Gesicht und ihren Tränen, ihren bebenden Schultern sah sie jedoch, daß alles dies Wunschdenken war. Da war mehr geschehen.

»Ach, Sav! Sie haben sie alle umgebracht! Alle!«

Molly begann jetzt laut zu schluchzen. Savitri nahm sie in die Arme und hielt sie fest. O Herr. O Herr, bitte laß es nicht so sein. Bitte, laß es nicht so sein. Gleich wird sie mir sagen, daß ihm nichts passiert ist. Es darf ihm einfach nichts passiert sein. Sie zog sich hinter die Wolke aus Gedanken ins ruhige, stille Zentrum ihres Wesens zurück, errichtete eine Festung des Geistes, die sie und Molly umgab. Ein Gefühl der Kühle und der inneren Distanz erfüllte sie. Molly hörte zu schluchzen auf, begann dann aber wieder damit und stieß die Worte zwischen den Schluchzern hervor.

»An dem Schrank waren nur Vorhänge, keine Türen. Ich konnte zwischen ihnen hindurchsehen, Sav. Sie grinsten! Sie haben tatsächlich gegrinst, es hat ihnen Spaß gemacht! Ach, die Schreie! Und das viele Blut. Sie haben dabei gelacht, diese Japsen, und sie haben alle unsere Leute umgebracht ... mit dem Bajonett. Jeden einzelnen. William ist auch tot. Ich habe gesehen, wie er getötet wurde. Sie haben ihn mit einem Bajonett erstochen.«

Savitri spürte, wie ihre mühsame Beherrschung dahinschwand, weggeschwemmt wurde, ihren Körper hinunter, auf die Decksplanken, und sie mit der Wahrheit von Mollys Worten allein und ungeschützt zurückblieb.

»Und David? Dr. Lindsay? War er auch dort? Konnte er entkommen?«

Molly sah sie an. Tiefes Mitleid sprach jetzt aus ihren Augen. »Ihr wart ein Liebespaar, nicht wahr? Das habe ich mir die ganze Zeit schon gedacht. Savitri!« Sie packte Savitri an den Armen. Das Blatt hatte sich gewendet. Jetzt war es Molly, die Savitri Trost spendete, während diese sich langsam aufzulösen begann. »David ist auch tot. Ich habe ihn gesehen. Und ich habe gesehen, wie sie ihn umgebracht haben. Sie haben ein paar vom Personal im Flur zusammengetrieben, David war unter ihnen. Sie hatten die Hände gehoben, Sav! Sie hatten sich bereits ergeben! Und David ... ich habe gesehen, wie ihm ein Japse lachend sein Bajonett ins Herz gestoßen hat. Und als er niederstürzte, durchbohrte ihm ein anderer den Arm und den Fuß. Sie haben ihn getreten, aber er hat sich nicht mehr bewegt, denn da war er schon tot. Sie haben ihn umgebracht, Savitri. Sie haben alle Patienten, Ärzte und Schwestern umgebracht. Einige Schwestern haben sie noch vergewaltigt, bevor sie sie umbrachten. Der Oberschwester haben sie einfach die Kehle durchgeschnitten. Sie sind alle tot. Jeder einzelne. Die Japaner haben sie umgebracht. Ich hatte großes Glück, daß sie mich nicht entdeckt haben.«

Sie wollte sagen, daß ihr das leid tat, wollte Savitri trösten, sie umarmen. Savitri war jedoch ohnmächtig auf dem Deck zusammengesunken.

Die Route der »Vreed-en-Hoop« führte durch die Bangka Strait, wo die Japaner sie schon mit ihren Torpedos empfingen. Das Schiff sank. Mit einem Rettungsboot brachte man Savitri auf eine kleine Insel in Sicherheit. Deren Bewohner brachten sie dann nach Java. Von dort aus gelangte sie mit einem weiteren Schiff sicher nach Colombo und fuhr dann nach Madras. Bei Henry und June angekommen, sackte sie auf deren Türschwelle zusammen.

»David ist tot«, sagte sie.

55. Kapitel

Saroj

Trixie stand stirnrunzelnd vor ihrer Staffelei, trat einen Schritt zurück und legte den Kopf schief. Sie vollendete gerade ihr neuestes und bestes Gemälde, das bis zur Hochzeit fertig werden mußte. Es war ihr Geschenk für Ganesh, deshalb durfte er es auch nicht sehen, genausowenig wie die anderen Bilder, die mit der Vorderseite an der Wand aufgereiht waren wie ungezogene Kinder, die in der Ecke stehen mußten.

Fünf Minuten später breitete Trixie, nachdem sie noch einmal einen Schritt zurückgetreten war, geblinzelt und beschlossen hatte, daß es für diesen Tag genug sei, ein Tuch über die Staffelei und begann ihre Pinsel zu reinigen. Erst jetzt sah sie Ganesh an und lächelte. Manchmal kann ich es einfach noch nicht glauben, dachte sie. Ich kann nicht glauben, daß er wieder da ist, daß er jetzt mir gehört. Und das alles hatte sie Saroj zu verdanken. Saroj hatte Amor gespielt, und das war ihr ausgezeichnet gelungen. Seit Ganeshs Rückkehr aus Indien hatte sie sich bemüht, die beiden wieder zusammenzubringen. Und dann war Trixies Geburtstag gekommen, den sie mit einem Abendessen für drei in einem indischen Restaurant gefeiert hatten.

Am nächsten Tag war Ganesh mit einem Strauß sieben roter Rosen in der Hand vor Trixies Tür gestanden. Drei Jahre zuvor hatte eine Katastrophe ihre zart erblühende Liebe zerstört; die eine Nacht des Gebens, die sie miteinander geteilt hatten, war auch eine Nacht des Verlusts gewesen. Aber der Schmerz angesichts dieses Verlusts hatte die beiden so rasch und so sicher zueinanderfinden lassen, daß sie davon selbst überrascht waren. Jetzt malte Trixie, Ganesh kochte, und beide liebten sich. Es läutete an der Tür.

»Saroj!«

»Trixie! Ich habe dich ja schon eine Ewigkeit nicht mehr gesehen! Meine Güte, du hast dich vielleicht verändert. Laß dich mal in Augenschein nehmen!«

Saroj trat zurück und musterte die junge Dame, die da vor ihr stand und die sie seit einem halben Jahr nicht mehr gesehen hatte. Saroj und Trixie hatten nämlich enttäuscht feststellen müssen, daß sie, obwohl sie immer noch im selben Land und seit einigen Wochen sogar in derselben Stadt wohnten, genausogut auch an den entgegengesetzten Enden der Welt hätten leben können, denn sie sahen einander kaum noch. Das letzte Mal war dies an Weihnachten gewesen, als Trixie ihren Vater und ihre Stiefmutter für ein paar Tage besucht hatte, bevor sie zum Skiurlaub nach Österreich fuhr. Über Ostern hatte sie eine Schulfreundin in Schottland besucht, im Sommer war sie mit ihrer Familie in Südfrankreich gewesen und hatte sich dann einer Gruppe von Schulfreundinnen zu einem Campingurlaub in Irland angeschlossen. In der Zeit dazwischen war sie in Paris gewesen, wo sie mittlerweile die Kunstakademie besuchte. Trixie war gereift: Verschwunden war die unbeholfene Wildheit eines unglücklichen Schulmädchens, das sich auf der Suche nach sich selbst befand. Sie war zu einer grazilen, entspannten, selbstbewußten jungen Frau geworden, die sich, wo immer sie war, in ihrer Haut wohl fühlte.

Wie Saroj hatte sie jenen schmerzhaften Prozeß durchlebt, wenn man die eigene Kultur aufgibt und eine fremde annimmt, ohne dabei die eine ganz hinter sich lassen und die andere ganz annehmen zu können. Ein bißchen von beidem und keines ganz. Beide hatten sie eines gelernt: Es gab ein Ich, das jenseits der Grenzen eines Selbstverständnisses als Engländerin, Afrikanerin, Inderin oder Guyanerin existierte. Und beide kämpften sich auf ihre eigene Weise auf ihrem Weg voran, um dieses einzigartige Ich zu finden, das mehr als die Summe all ihrer Erfahrungen aus der Vergangenheit war, mehr als die Summe ihrer Teile, die dadurch definiert wurden, wo und unter welchen Menschen sie gelebt hatten, was sie getan und was sie bis jetzt empfunden hatten. Ganz ohne fremde Hilfe kamen sie dabei allerdings beide nicht aus.

Trixies Vater hatte keine Kosten gescheut, das Dachgeschoß seines Hauses in ein Atelier für seine Tochter umbauen zu lassen, einen offenen, lichtdurchfluteten Raum. Eine Ecke war als Arbeitsbereich abgetrennt, eine andere als Schlafbereich, in einer weiteren war eine Küche eingebaut worden. Und eben aus dieser tauchte nun Ganesh auf, der sich ein schmutziges Geschirrtuch um die Hüften geschlungen und in den Taillenbund gesteckt hatte. Er mußte den Kopf einziehen, um nicht gegen einen dicken, schwarzen Balken zu stoßen.

»Hallo, kleine Schwester!« sagte er und schloß Saroj in die Arme. »Ganz wie in alten Zeiten, hm, nur wir drei?«

Auch Ganesh hatte sich sichtlich verändert. Die Tatsache, daß er jetzt in festen Händen war, hatte nicht nur Ordnung in sein Leben gebracht, er sah jetzt auch wesentlich gepflegter aus. Sein Haar, das er zwar noch immer lang trug, war ordentlich gekämmt, seine Kleidung war sauber, auch wenn er noch immer nichts Respektableres als Jeans und ein T-Shirt trug, auf dem irgendein dummer Spruch stand. Saroj machte sich nicht einmal die Mühe, ihn zu lesen. Das alles war überraschend, war es doch Ganesh, der für die Wäsche und das Kochen zuständig war, während Trixie sich ums Putzen kümmerte, da sie nicht zuließ, daß irgend jemand ihre Farben und Malutensilien anfaßte, die den größten Teil des Raums beanspruchten. An den Wänden, am Fuß der Dachschräge, standen überall ihre ungezogenen Kinder mit dem Gesicht zur Wand. Das eine Gemälde, das sich auf der Staffelei befand, war mit einem Tuch verhüllt. Saroj ging zu ihm.

»Darf ich dein neuestes Meisterwerk sehen?« fragte sie beiläufig und war schon dabei, das Tuch abzunehmen, als Trixie losrannte, sich mit ausgebreiteten Armen vor das Bild stellte, wild vor Sarojs Gesicht herumfuchtelte und geradezu ängstlich »Nein, nein, nein!« rief.

Ganesh zog seine Schwester an sich und legte beschwichtigend und entschuldigend den Arm um sie. »Vor dem großen Tag der Enthüllung bekommt niemand Trixies Meisterwerke zu sehen«, sagte er stolz. »Und wenn sie fertig ist, wird die ganze Welt erbeben und sich fragen, was da wie eine Bombe eingeschlagen hat!«

»Sie ist wirklich gut, nicht wahr? Wer hätte das bei unserem kleinen Clown je für möglich gehalten?« meinte Saroj lachend und sah Trixie voller Zuneigung an. Trixie grinste verlegen, runzelte dann aber kritisch die Stirn, faßte Saroj an den Schultern und drehte sie herum.

»Du siehst blaß aus, Saroj. Du scheinst schon seit einer Ewigkeit nicht mehr an die frische Luft gekommen zu sein. Du lernst zuviel. Glaub mir, die Welt geht bestimmt nicht unter, wenn du den Nobelpreis nicht gewinnst. Ganesh, wie müssen uns um dieses Mädchen kümmern, sie wird so langweilig... es ist ungesund, immer nur zu arbeiten und keinen Spaß zu haben, das habe ich dir schon immer gesagt. Saroj, wir müssen uns jetzt, da du fast zur Familie gehörst...«, sie warf Ganesh, der seiner Schwester wieder den Arm um die Schulter gelegt hatte, einen raschen Blick zu und grinste ihn auf ihre unvergleichlich zärtliche Art an, »öfter sehen. Schließlich sind wir nicht nach England gekommen, um uns aus den Augen zu verlieren. Wie steht's mit deinem Liebesleben, Mädchen? Wie viele Bewerber mit gebrochenem Herzen hast du auf dem Gewissen? Ach, und da wir schon von gebrochenen Herzen sprechen, Ganesh hat Neuigkeiten für dich ...«

Saroj sah Ganesh fragend an. Er drückte sie kurz, und ein Schatten huschte über sein Gesicht.

»Ja, also, es geht um Baba«, begann er. Saroj entzog sich ihm sofort.

»Ich will nichts von Baba hören«, sagte sie, »sonst ist mir der ganze Abend verdorben.«

»Nein, Saroj, wirklich, hör zu, was er zu sagen hat«, meinte Trixie.

»Also, was ist?« Saroj wandte sich Ganesh widerwillig zu, aber sie hatte sich sichtlich versteift und tat ihr Bestes, um gelangweilt auszusehen.

»Saroj, du solltest ihn nicht hassen«, sagte Ganesh. »Schließlich ist er dein Vater und ...«

»Nein, das ist er eben nicht!« schrie Saroj.

»Was soll das heißen, das ist er eben nicht? Natürlich ist er das! Selbst wenn du ihn haßt, ist er immer noch dein Vater, und daran wirst du nichts ändern!«

»Heißt das, du hast es ihm nicht gesagt?« Saroj sah Trixie vorwurfsvoll an.

»Ihm was gesagt, um Himmels willen? Ach ... ach, das ...« Trixie warf den Kopf zurück. »Weißt du, ich bin nie auch nur auf die Idee gekommen, es ihm zu sagen. Um ehrlich zu sein: Ich habe es ganz einfach vergessen! Ganesh und ich hatten Besseres zu tun, als über die Affären deiner Mutter zu sprechen, das kannst du mir glauben. Diese ganze Sache ist doch jetzt nur noch ein Sturm im Wasserglas! Wie auch immer, es ist deine Aufgabe, es ihm zu erzählen, nicht meine. Ich für meinen Teil mische mich nie in die Familienangelegenheiten anderer Leute ein.«

»Was für eine Sache?« wollte Ganesh wissen. »Würde mir eine von euch beiden bitte endlich sagen, wovon ihr überhaupt redet?«

Er sah Saroj fragend an. Sie machte zumindest ein ernstes Gesicht, während Trixie, die nicht begriff, daß die Familienehre auf dem Spiel stand, boshaft grinste, so als handelte es sich bei der Angelegenheit um nichts weiter als ein bißchen Klatsch und Tratsch.

Saroj biß sich auf die Lippen und bereute plötzlich ihren Ausbruch. Natürlich hatte Trixie Ganesh nichts davon erzählt, und natürlich hatte sie das auch gar nicht gesollt. Ganesh sollte nichts davon wissen! Er hatte seine Mutter verehrt. Jetzt aber blieb ihr nichts anderes übrig, als ihm die Wahrheit zu sagen. Saroj selbst hatte Tragik, Trauer, Schuldgefühle und Kummer gebraucht, um mit der Tatsache fertig zu werden, daß ihre Mutter einen Geliebten gehabt hatte und Deodat nicht ihr Vater war. Ganesh würde, obwohl ihn das letzten Endes überhaupt nicht betraf, gewiß entsetzt sein, am Boden zerstört... und das ohne jeden Grund. Es wäre überhaupt nicht nötig gewesen, daß er davon erfuhr. Warum hätte er sich die Erinnerung an Ma nicht in all ihrer Reinheit als perfekte Mutter und Ehefrau bewahren sollen?

»Also?« sagte Ganesh und wartete.

»Es stimmt.« Sarojs Stimme war leise und gedämpft. »Baba ist nicht mein leiblicher Vater. Ma hatte eine Affäre, und ich bin das Ergebnis dieser Affäre. Ich wollte es dir eigentlich nicht erzählen, aber es ist mir vorhin irgendwie herausgerutscht.« Sie sah ihn mit flehendem Blick an. »Aber das spielt überhaupt keine Rolle, Ganesh, wirklich! Ich habe das vor vielen Jahren herausgefunden. Zuerst war ich schockiert und habe Ma deswegen gehaßt, vor allem, weil sie mich angelogen hatte. Nun, eigentlich hatte sie mich gar nicht angelogen, sondern einfach in dem Glauben gelassen, daß Baba mein Vater sei. Ich habe sie dafür gehaßt, daß sie einen Fremden über mein Leben hat bestimmen lassen. Jetzt aber weiß ich, daß sie gar keine andere Wahl hatte, als es uns allen zu verschweigen. Wie ich schon sagte, es spielt auch keine Rolle, es spielt überhaupt keine Rolle. Im Grunde bin ich sogar froh, daß da jemand war, den sie wirklich, aufrichtig lieben konnte, und ich bin davon überzeugt, daß sie diesen Mann von ganzem Herzen geliebt hat. Wie schön für sie!«

Es war das erste Mal, daß Saroj all das in Worte gefaßt hatte. Jetzt war sie über sich selbst erstaunt. Aber es stimmte. Wenn Ma jemanden geliebt hatte, wenn sie die wahre Liebe gekannt hatte, dann war das doch schön für sie! Und wenn sie ein Kind von diesem Jemand bekommen hatte, dann war das ebenfalls schön für sie! Und dieser jemand war Balwant gewesen – Ma hatte eine gute Wahl getroffen...

Saroj fragte sich, ob sie Ganesh sagen sollte, wer ihr leiblicher Vater war, bevor sie jedoch zu einem Entschluß kommen konnte, brach Ganesh in heftiges Gelächter aus.

»Ma soll einen heimlichen Geliebten gehabt haben?« kreischte er vor Lachen. Er lachte jetzt immer lauter, fast hysterisch. Saroj und Trixie sahen ihn an, konnten jedoch nichts anderes tun, als zu warten, daß er sich wieder beruhigte. Ganesh warf sich, immer noch lachend, auf die Couch.

»Ma soll einen Geliebten gehabt haben!« Und dann hörte das Lachen so plötzlich auf, wie es begonnen hatte. Ganesh sah zuerst Saroj und danach Trixie mit hartem Blick an und fragte dann mit einer Stimme, die so kalt und schneidend war wie die eines Mafia-Bosses: »Würdest du mir jetzt freundlicherweise erklären, wie du auf diesen Blödsinn gekommen bist? Ich meine, ich weiß zwar, daß ihr Mädchen manchmal hoffnungslose Romantikerinnen seid, aber das geht nun doch ein bißchen zu weit.«

»Aber es stimmt, Ganesh, wirklich«, rief Saroj, die Ganeshs Zweifel völlig aus der Fassung gebracht hatten. »Hör zu, ich erzähle dir, wie ich es herausgefunden habe. Es war, als ich im Krankenhaus lag…«

Dann erzählte Saroj stockend die ganze Geschichte. Sie wurde dabei von Ganesh, der sich jetzt als wahrer Meister im Kreuzverhör erwies – er hätte sein Jurastudium wirklich abschließen sollen, kam Saroj in den Sinn –, viele Male unterbrochen. Sie ließ nur einen wichtigen Punkt weg – die Identität ihres leiblichen Vaters.

Dieses wirre und sprunghafte Gespräch hatte jedoch mehrere Nebeneffekte. Die Tatsache, daß Ganesh absolut loyal hinter seiner Mutter stand und daß er das Ideal weiblicher Keuschheit, dessen Verkörperung Ma für ihn darstellte, so heftig verteidigte, verletzte Trixie tief. Sie hatte ihm nämlich, nachdem sie ihm ihre Jungfräulichkeit geschenkt und bevor sie ihn wiedergefunden hatte, gewiß nicht die Treue gehalten. Im Gegenteil: Sie war in dieser Zeit eine Handvoll flüchtiger Beziehungen eingegangen. Die Erkenntnis, daß Ganesh immer noch Inder genug war, um die Doppelmoral von männlicher Zügellosigkeit und weiblicher Keuschheit zu verteidigen, machte sie wütend, und so gab es zwischen ihnen den ersten Streit.

Der zweite Nebeneffekt bestand darin, daß Saroj sich dabei ertappte, wie sie für ihre Mutter argumentierte und für deren Liebesaffäre Verständnis zeigte. Diese war in ihren Augen nun nicht mehr verwerflich, sondern jetzt, da sie die Identität ihres Vaters kannte, vollkommen nachvollziehbar. Tatsächlich war sie inzwischen froh, froh, froh, daß sie selbst ein Kind der Liebe und nicht Deodats Tochter war. Es war nur schade, daß Ma schon gestorben war (Saroj hatte immer noch Schuldgefühle, denn sie war es gewesen, die die Tür zum Turm abgeschlossen hatte) und daß sie niemals mehr die Möglichkeit haben würde, diese Freude mit Ma und vielleicht auch mit ihrem leiblichen Vater zu teilen.

Der dritte Nebeneffekt bestand darin, daß sie zu dem Schluß kam, zwischen ihr und Deodat sei wirklich nichts, weniger als nichts. Sie hatte ihn seit Jahren nicht mehr gesehen und verspürte auch nicht den geringsten Wunsch, daran etwas zu ändern. Erst auf dem Heimweg wurde ihr klar, daß das, was Ganesh ihr über Deodat hatte sagen wollen, in der Flut von Gefühlen, die die Enthüllung von Mas Ehebruch bei ihm ausgelöst hatte, völlig untergegangen war.

Lange Zeit weigerte sich Saroj, der Tatsache ins Auge zu sehen, daß Deodat krank war. Genau das war es nämlich gewesen, was Ganesh ihr an jenem Abend, an dem sie miteinander stritten, zu sagen versucht hatte. Tags darauf rief er sie an, um sie darüber zu informieren, daß Deodat einen Herzanfall erlitten hatte und im Krankenhaus lag. Er würde bald entlassen werden und dann wieder allein in sein möbliertes Zimmer in West Norwood zurückkehren, das er vor einem Jahr bezogen hatte – nachdem ihn Priya, Walters Frau, aus dem Haus geworfen hatte. Sie brauchte, wie sie es ausdrückte, keinen mürrischen alten Mann, der ihr erklärte, wie sie in der heutigen Zeit ihre Kinder zu erziehen hätte, und der sie ständig mit seiner verstorbenen Frau verglich, die anscheinend absolut perfekt, ja eine wahre Heilige gewesen sei und jetzt als Göttin über ihnen im Himmel thronte.

Saroj versuchte ihre Stimme völlig gleichgültig klingen zu lassen. »Und was geht mich das an? Er hat doch euch alle. Ihr könnt euch doch um ihn kümmern?«

»Euch alle«, das hieß vier Söhne und, sofern sie verheiratet waren, deren Ehefrauen. Von diesen vier Söhnen war inzwischen nur noch Ganesh ledig.

»Ja, aber Priya wird uns nicht unterstützen. Und Evelyn hat schon ihre Eltern bei sich aufgenommen. Bei James kann er auch nicht einziehen, weil er kein freies Zimmer hat...«

»Und weil ich dort wohne. Wenn er einzieht, ziehe ich sofort aus.«

»Ach, hör schon auf damit, Saroj. Er hat sich verändert, weißt du. Er ist jetzt einfach nur noch ein armer alter Mann. Er tut mir leid, wie er da in einem lausigen möblierten Zimmer in West Norwood haust, mit einem Drachen von einer Wirtin im Genick. Und er fragt ständig nach dir.«

»Meinetwegen kann er fragen, bis er schwarz wird.«

»Saroj, wie kommt es nur, daß du ein so hartes Herz hast? Ich kann gar nicht glauben, daß du Mas Tochter bist.«

»Laß Ma aus dem Spiel, Ganesh! Ich meine, was könnte ich denn schon für ihn tun? Ich kann Deodat nicht zu mir nehmen, und ich werde ganz gewiß nicht zu ihm nach West Norwood ziehen! Abgesehen davon ist er nicht mein Vater, warum sollte ich mir also Gedanken um ihn machen?«

»Fang jetzt bloß nicht wieder damit an. Verdammt noch mal, er hat dich großgezogen, ob du nun wirklich seine Tochter bist oder nicht, und er ist der einzige Vater, den du je haben wirst!«

»Was sollte ich deiner Meinung nach also tun? Ihm dankbar sein und ihm für seine väterliche Liebe und liebevolle Sorge die Füße küssen? Ihm Bettpfannen unter den Hintern schieben, bis ich bucklig werde? Nein, danke.«

»Ich kann einfach nicht glauben, daß das tatsächlich du bist, die da redet, Saroj! Dein eigener Vater...«

»Er ist nicht...«

»Doch, ist er, ob es dir nun gefällt oder nicht! Ich meine, du könntest ihn doch einfach einmal besuchen! Nur ein einziges Mal! Stell dir vor, wie du dich fühlen würdest, wenn er einen zweiten Herzanfall bekäme und sterben würde, ohne dich noch einmal gesehen zu haben! Stell dir das nur einmal vor!«

»Ich würde rein gar nichts fühlen! Ich sage dir noch einmal, ich hasse diesen Mann!«

»Und du willst Ärztin werden! Du wirst in deinem Beruf zweifellos brillant sein. Aber auch kalt wie Eis. Kein Wunder, daß sie dich Eisprinzessin nannten.«

»Ich bin nicht kalt, Ganesh, das bin ich wirklich nicht! Außer vielleicht, wenn es um Deodat geht.«

»Warum kannst du ihm denn nicht vergeben? Wenn du ihn nur sehen könntest! Als ich das letzte Mal bei ihm war, hätte ich schwören können, daß er geweint hat, nur weil du ihn nicht besuchst. Bitte, Saroj. Überwinde deinen Stolz und geh einfach einmal zu ihm! Wenn du willst, komme ich auch mit.«

Aber Saroj blieb unerbittlich.

»Er ist nicht mein Vater, und ich habe ihn aus meinem Leben gestrichen. Wenn er jetzt leidet, dann hat er das auch verdient.«

»Hi, Nat, was machst du am Samstag?«

»Ganesh! Gütiger Himmel, ich wollte dich schon seit einer Ewigkeit anrufen, aber...«

»Ja, ja, erzähl mir nicht, daß du soviel zu tun hast, dein Studium, die Frauen, die ganzen bekannten Ausreden. Egal, ich möchte, daß du dir auf jeden Fall für meine Hochzeit freinimmst. Samstag nächste Woche.«

»Ganesh, ich glaub's nicht, nein! Doch nicht du! Und immer noch dasselbe Mädchen? Wie heißt sie noch, es war doch so etwas Komisches wie Trick, Trickie oder so ähnlich...«

»Trixie. Ja, nun, wie dem auch sei, wir heiraten jedenfalls, ganz bestimmt und für immer, und wir wollen dich, lieber Freund, als Trauzeugen haben. Deshalb heiraten wir auch jetzt noch schnell, bevor du dich nach Indien absetzt.«

»Ich kenne deine Braut doch noch nicht einmal, und ihr wollt mich als Trauzeugen?«

»Oh, du wirst sie schon noch kennenlernen, allerspätestens bei der Hochzeit. Wir hätten uns irgendwann einmal alle zusammensetzen sollen. Wir beide, du, Saroj... Nun, ist egal. Es liegt an dieser verrückten Stadt, daß die Leute nicht zusammenkommen, das ist es. Und jetzt bleibt dazu keine Zeit mehr.«

»He, jetzt kommt es mir erst! Wieso braucht ihr eigentlich Trauzeugen? Erzähl mir nicht, daß ihr beide christlich heiratet!«

»Na ja, das Problem ist, daß Trixie ganz verrückt nach einer Hochzeit in Weiß ist, deshalb werden wir in einer kleinen Kapelle in Yorkshire heiraten. Ich habe keine Ahnung, wie das Ganze ablaufen soll. Sie hat das alles mit irgendeinem New-Age-Pfarrer, dem es offenbar nichts ausmacht, einen Hindu und eine Christin zu trauen, abgesprochen. Mir ist das ohnehin völlig egal. Ich war nie besonders religiös, und wenn es das ist, was Trixie unbedingt will... Es wird keine große Sache werden, nur wir beide, unsere Familien und ein paar enge Freunde.«

»Wenn wir schon beim Thema Familie sind, was ist mit deinem Vater? Hat er denn nichts dagegen, daß du eine Christin heiratest?«

»Nun, das ist eine ganz andere Sache.«

»Was ist eine andere Sache?«

»Mein Vater. Er weiß nämlich noch gar nichts davon. Ich habe die ganze Zeit versucht, einen Weg zu finden, es ihm schonend beizubringen, aber ich denke, es gibt keinen.«

»Es gibt auch keinen, Ganesh. Ich kenne deinen Vater. Er wird einer Ehe mit einer Christin niemals zustimmen.«

»Ihre Religion ist das geringste meiner Probleme. Wenn er sie erst einmal sieht, kriegt er nämlich einen Schock. Sie ist schwarz, hast du das nicht mitgekriegt?«

»Ganesh, so grausam, mir all diese Neuigkeiten auf einmal zu präsentieren... Du hast mir nie erzählt, daß sie schwarz ist... Nein, hast du nicht... Nun, okay, warum hättest du es auch sollen? Das zeigt nur, daß wir uns alle schon etwas früher hätten kennenlernen sollen...«

»Wie dem auch sei, es gibt jedenfalls nichts auf dieser Welt, was mein Vater mehr haßt als Afrikaner, aber das ist eine lange Geschichte. Und dann hatte er auch noch diesen Herzanfall... Also halten wir das Ganze geheim, zumindest bis wir verheiratet sind, und versuchen, es ihm dann irgendwie schonend beizubringen. Wir dachten, wir könnten ihn vielleicht zuerst an sie gewöhnen und sie ihm erst einmal als Krankenschwester oder so vorstellen.«

»Ganesh, wenn du glaubst, du könntest eine solche Sache geheimhalten, dann würde ich mich an deiner Stelle aber auf meinen Geisteszustand untersuchen lassen. Du und deine große indische Familie! Du weißt doch, worüber die Inder am liebsten reden: Hochzeiten. Wie willst du da alle deine Schwägerinnen dazu bringen, den Mund zu halten?«

»Das ist leichter, als du denkst. Es kann ihn nämlich keine von ihnen leiden, und es besucht ihn auch keine in diesem möblierten Zimmer in West Norwood. Wir haben eine Krankenschwester engagiert, die täglich einmal nach ihm sieht. Am Wochenende schaue ich bei ihm vorbei. Abgesehen davon hat er keinen Kontakt zur Familie.

Und Trixie und ich wollen mit der Hochzeit nicht warten, bis er gestorben ist. Das kann noch Jahre dauern!«

»Und was ist mit deiner Schwester? Der brillanten, nicht heiratswilligen Schwester, mit der du mich verkuppeln wolltest? Wird sie denn nichts ausplaudern?«

»Saroj? Nein, Saroj plaudert bestimmt nichts aus, sie weigert sich ja sogar, ihn überhaupt auch nur zu sehen. Sie haßt ihn nämlich.«

»Richtig, das ist diejenige, über die er sich stets beklagt, weil sie ihm nicht gehorcht. Dann lebt dieser arme alte Mann also ganz allein, liegt schon fast auf dem Sterbebett, und nicht einmal seine eigene Tochter kümmert sich um ihn? Das ist sehr unindisch – was für eine Familie seid ihr denn? Ich meine, er ist doch einfach nur ein harmloser, zugegebenermaßen ein wenig exzentrischer alter Mann, der ein bißchen liebevolle Fürsorge braucht. Warum haßt ihn deine Schwester denn?«

»Ach, auch das ist eine lange, lange Geschichte, und ich glaube nicht, daß ich sie dir am Telefon erzählen kann. Frag Saroj einfach selbst, sie wird auch zur Hochzeit kommen. Sie ist Trixies Brautjungfer. Du kommst doch, oder?«

»Aber sicher, ich werde mir doch eure Hochzeit nicht entgehen lassen. Dann lerne ich endlich auch dieses wirklich außergewöhnliche Exemplar einer nicht heiratswilligen Schwester einmal kennen.«

56. Kapitel

Saroj

Der Bruder von Trixies Stiefmutter lebte mit seiner Familie in Four Oaks, der Villa der Familie in einem Dorf in der Nähe von Harrogate, wo die Gesellschaft der Braut übers Wochenende wohnen würde und wo auch der Hochzeitsempfang stattfinden sollte. Die Gesellschaft des Bräutigams sollte auf verschiedene Unterkünfte in der Gegend verteilt werden. Sie bestand aus Ganeshs drei Brüdern, deren Ehefrauen, einigen ihrer Kinder und Nat.

Die Hochzeit fand in einer winzigen Kapelle auf dem Besitz eines Freundes von Trixies Stiefmutter statt. Die Kapelle lag eine halbe Stunde vom Dorf entfernt. Es gab zwar keine Orgel, aber Elaine hatte für Musik vom Band gesorgt. Als dann der Hochzeitsmarsch hinter einer der hinteren Bänke ertönte, drehten sich alle um und lächelten, denn Trixie war wirklich eine wunderschöne Braut in Weiß. Nat, der neben Ganesh am Altar stand, hatte einen ausgezeichneten Blick in den Gang und sah Trixie bewundernd an, als sie in dem fließenden weißen Kleid, das sie und Saroj zwei Tage zuvor zusammen ausgesucht hatten, zum Altar schritt.

Trixie war es wie selbstverständlich gelungen, ihre romantischen und ihre künstlerisch-unkonventionellen Neigungen nahtlos miteinander zu kombinieren. Eine traditionelle Hochzeit in Weiß (in diesem Fall in gebrochenem Weiß) in einer Kirche, dieser Kindheitstraum erfüllte sich nun, und es spielte dabei für sie überhaupt keine Rolle, daß Ganesh Hindu war. Sie hatte das Kleid auf einem Antiquitätenmarkt gekauft, und es stammte aus irgendeinem vergangenen Jahrhundert. An der Filigranspitze des hochgeschlossenen Oberteils, durch das der dunkle Mahagoniton ihrer makellosen Haut hindurchschimmerte, waren aufgrund des Alters einige Fäden gerissen. Der üppige Satinrock reichte ihr bis zu den Knöcheln und fiel in lockeren Falten um sie herum, als sie langsam, für die getragene Musik allerdings immer noch ein wenig zu schnell, auf ihren Bräutigam zuging, so als könne sie es gar nicht erwarten. In der Hand hatte sie einen Strauß aus weißen und gelben Rosen, ebensolche Rosen trug sie ins Haar gesteckt. Sie hielt den Kopf beim Gehen hoch und sah geradeaus, wobei sie höchst unelegant grinste. Ihre Augen glänzten wie zwei lebendige schwarze Diamanten. Aus ihnen strahlte die große Freude und Liebe, die sie für Ganesh empfand, der neben Nat am Altar auf sie wartete.

Saroj trug lila Seide, ein Kleid von äußerster Schlichtheit, das ihre natürliche Schönheit nur um so mehr betonte. Das Haar trug sie auf dem Kopf zusammengenommen, wo es anscheinend allein von weißen Rosen gehalten wurde und dann in großen, lockeren glänzend schwarzen Locken herabfiel. Sie ging hinter Trixie und versuchte mit ihr Schritt zu halten. Sie konnte das Gesicht ihrer Freundin zwar nicht sehen, spürte aber deutlich deren Gefühlszustand und hielt den Kopf gesenkt, um die Tränen zu verbergen, die gewiß gleich fließen würden. Sie war an diesem Morgen mit einem der ersten Züge eingetroffen und hatte die Gesellschaft der Braut und Lucy Quentin, die tags zuvor angekommen war und mit einem Mietwagen vorgefahren kam, nur flüchtig begrüßen können.

Ihr Lieblingsbruder und ihre beste Freundin. Saroj gelang es trotz all ihrer Bemühungen nicht, sich an diesem Tag in den kühlen Mantel der Vernunft zu hüllen, denn sie liebte diese beiden Menschen wirklich aufrichtig und wünschte ihnen alles erdenklich Gute. Sie hoffte, daß sie miteinander glücklich würden, und ersehnte von ganzem Herzen, daß es vielleicht irgendwo, vielleicht sogar hier, so etwas wie die vollkommene, perfekte Liebe gab, so etwas wie Vollkommenheit und ein ewiges Band zwischen zwei Menschen. Die Ehe war schließlich ein Sakrament, in welchem Rahmen sie auch geschlossen werden mochte, ob nun hinduistisch oder christlich, ob indisch, schwarz, weiß oder braun. Es lag ein Segen darauf, und dieser Segen würde die Ehe erfüllen und sie stark machen, stark genug, um allen Stürmen zu trotzen. All das ersehnte sie für Braut und Bräutigam, die jetzt einander gegenüber vor dem Altar und dem Pfarrer mit dem schulterlangen blondgelockten Haar standen.

In diesem völligen Hinschmelzen der Gedanken blickte Saroj auf, mit Augen, die ein beredtes Zeugnis von der Tiefe ihrer Zärtlichkeit gaben und feucht von Tränen waren. Sie kam sich vor wie ein Haus mit gläsernen Wänden, in alle Richtungen durchsichtig, erfüllt von einer Wonne und einer Reinheit, die sich danach sehnte, jubelnd aufzusteigen und vor Freude fast zu weinen.

In diesem Augenblick bat der Pfarrer das Brautpaar, nach vorn zu treten, was die beiden auch taten, und Saroj sah sich Nat gegenüber. Ihr Blick senkte sich ein zweites Mal in seine Augen.

Dieser Augenblick hätte ein Schock sein können, aber das war er nicht. Es war, als hätten sie beide es schon lange gewußt, wären auf ihren getrennten Lebenswegen dieser Begegnung entgegengestrebt, so natürlich, wie zwei Flüsse verschiedene Berge hinunterfließen und in einem gemeinsamen Tal zusammenströmen, um, miteinander vermischt, ihren Lauf fortzuführen, untrennbar, denn wer kann Wassertropfen, die so miteinander vereint sind, wieder voneinander scheiden? Und so wie Wasser vor Freude weder Luftsprünge macht noch vor Überraschung aufschreit, sondern heiter und ruhig in einer viel größeren, volleren Ganzheit weiterfließt, wußten Saroj und Nat sofort mit einer tiefen, ruhigen Gewißheit, daß sie eins waren und daß es kein anderes Wort gab, um ihre Einheit zu beschreiben. Als der Pfarrer die Worte sprach, die Trixie und Ganesh miteinander verbinden würden, begegneten sich Saroj und Nat stumm und von der Welt unbemerkt, nur vor Gott allein, für einen kurzen Augenblick in einer einzigen, vollkommenen Einheit der Seelen.

57. Kapitel

Saroj

Als Saroj wieder zu sich kam, stand sie draußen vor der Kapelle in einem bunten Gemisch von Leuten, die redeten und gratulierten, während sie sich selbst am Rande des Wahnsinns befand: Da war Trixies Gesicht, stets gegenwärtig, stets lächelnd, Gopal, der ihre Hand packte und sie zum Fotografieren zu einer Gruppe führte, Lucy Quentin, die Hallo sagen wollte, und irgendwo im Hintergrund Nats sanfter Blick, der auf ihr ruhte. Ein Wirrwarr von Gefühlen, während die Vernunft verzweifelt darum kämpfte, wieder die Herrschaft zu übernehmen und die unbestimmbaren, gefährlichen, schwankenden Wogen des Gefühls zu durchdringen, die sie jetzt, nach der vollkommenen Ruhe der Harmonie, zu überwältigen und umzuwerfen drohten.

Ich werde das nicht zulassen. Nein.

Eine strenge innere Stimme versuchte die Emotionen, die in ihr tobten, in den Griff zu bekommen, rief sie zur Ordnung; aber es war eine Stimme ohne jede Autorität. Solange ihr Verstand nichts Vernünftiges anzubieten hatte, erhob sich das Gefühl über ihn.

Sie fand sich neben fremden Menschen auf dem Rücksitz eines Autos wieder. Der Wagen fuhr nahezu geräuschlos die Auffahrt eines luxuriösen Anwesens hinauf. An deren Ende standen bereits andere Autos vor einer imposanten, efeubewachsenen Villa geparkt. Überall stiegen Menschen aus Autos und spazierten dann auf einem smaragdgrünen Rasen umher. Ganesh und Trixie posierten vor einer hohen Pergola mit üppigen feuerroten Rosen für weitere Fotos. Dann stand sie wieder neben Nat, während noch ein Gruppenfoto gemacht wurde, sah ihn nicht einmal an, entzog sich ihm, traf andere Hochzeitsgäste, schüttelte Hände mit eingefrorenem Lächeln, eingefrorenen Gedanken. Nat, der durch die Menge hindurch immer wieder in ihre Richtung sah; diese Augen. Kellner in weißen Jacken, die mit kleinen runden Tabletts umhergingen, auf denen sie hohe Champagnergläser balancierten. Trixies Vater, in ein Gespräch mit Lucy Quentin vertieft, während seine Frau Elaine umhereilte und jeden mit jedem bekannt machte. Ganze Horden von Trixies ehemaligen Schulkameradinnen mit ihren Partnern, die sich in kichernden, schrillen Gruppen zusammenscharten, so als wäre dies der erste Tag eines neuen Schuljahrs. Dann wieder diese Augen. Gans Hippiefreunde mit Stirnbändern, Schlaghosen und fließenden Indienröcken. Alle fröhlich und vergnügt. Selbst die Sonne strahlte mit ungewöhnlicher Brillanz, und das Blau des Himmels war satter denn je. Menschen mit weißer, brauner, schwarzer und gelber Hautfarbe. Ein Tag, von lebendigem Licht und Farben erfüllt, aber sie, Saroj, sie platschte durch einen trüben, regennassen inneren Aufruhr. Und dann wieder, durch die Menge hindurch, diese Augen.

Saroj flüchtete unbeobachtet ins Haus, rannte die Treppe hinauf ins Badezimmer, sperrte hinter sich zu. Sie sank auf den Toilettensitz und vergrub das Gesicht in den Händen. Einen kurzen Moment lang, vielleicht eine Sekunde nur, in der Zeitspanne zwischen zwei Gedanken, hatte sie in der ersten Begegnung ihres Blicks vollkommenen Frieden erfahren – die Ruhe im Auge eines Zyklons. Einmal aus dieser Ruhe hinausgeschleudert, aus sich selbst herausgeworfen, war sie hilflos wie ein Blatt, das in einem Sturm umhergewirbelt wird.

Sie versuchte sich wieder in die Gewalt zu bekommen. Aber wer war sie? Wer war diese Person, die sie wieder in die Gewalt bekommen mußte? Wo begann sie, wo endete sie? Wo war ihr Wesen, ihre Identität? War sie Gedanken und Gefühle, war sie dieser Augenblick der Ruhe, dieser Sturm, dieser Umbruch, dieser wilde Strudel von Emotionen, diese gigantische Hand, die sich zu einem NEIN erhob und alles von sich wies, wenn auch vergebens?

Sie versteckte sich eine ganze Stunde lang im Badezimmer. Sie hörte Stimmen, die nach ihr riefen. Jemand klopfte an die Tür, rüttelte an der Klinke, ging schließlich wieder. Sie wartete, bis sie sich zumindest ein wenig beruhigt hatte. Dann stand sie auf, spritzte sich kaltes Wasser ins Gesicht, betrachtete sich im Spiegel, als könne sie sich dort finden, sah aber nichts anderes als ein verängstigtes kleines Mädchen. Sie rannte, ohne dabei irgend jemandem zu begegnen, die Treppe hinunter und in die Küche. Dort war Elaine.

»Saroj! Trixie sucht dich schon die ganze Zeit. Wo in aller Welt...«

»Elaine, bitte, sag ihr mir ist schlecht, ich fahre nach Hause.«

»Aber warte, warum? Du kannst dich doch oben hinlegen, warte, Saroj, geh nicht...«

Aber Saroj war bereits zur Tür hinausgerannt. Sie raffte ihre Verwirrung wie die Falten ihres langen Rocks zusammen und eilte im Laufschritt die Auffahrt hinunter.

Als sie, innerlich noch immer völlig aufgewühlt, am Bahnhof stand und auf den nächsten Zug wartete, befürchtete sie schon, daß man sie zurückholen würde. Sie lauschte angestrengt, ob da irgendwo auf der Straße vor dem Bahnhof Autotüren zugeschlagen wurden, während sie zwanghaft immer wieder ihre Tasche öffnete und wieder zuklappte. Irgendwo rief eine kleine einsame Stimme danach, einfach gepackt und davongetragen zu werden – von Nat. Aber das war nur eine einzige, winzige flehende Piepsstimme.

Später, als sie sicher auf ihrem Platz im abfahrenden Zug saß, entspannte sie sich endlich ein wenig. Sie sah an sich herunter und stellte fest, daß sie immer noch ihr lila Brautjungfernkleid trug. Ihre Reisekleidung hing ordentlich in ihrem Zimmer in Four Oaks, wo sie sich – für sie untypisch – voller froher Erwartungen nur wenige Stunden zuvor umgezogen hatte, um an Trixies absolut einmaliger Märchenhochzeit teilzunehmen.

58. Kapitel

Savitri

»Nataraj«, sagte Savitri. »Er heißt Nataraj. Herr des Tanzes.«

»Ein hübscher Name«, sagte Schwester Carmelita, obwohl ihre geschürzten Lippen ihre Worte Lügen straften. Nataraj, was für ein Name! Wie undankbar von dieser Frau! Immerhin war das Kind in einem christlichen Heim zur Welt gekommen, und Christinnen, genaugenommen Nonnen, hatten sich die ganze Zeit um Savitri gekümmert, wodurch Mutter und Kind doppelter Segen zuteil geworden war. Es war deshalb nur recht und billig, wenn das Kind einen christlichen Namen bekam! Sie hatte Savitri vor ein paar Wochen sogar ein Buch mit christlichen Namen gegeben, so daß sie reichlich Zeit gehabt hatte, einen auszusuchen. Tatsächlich hatte es Anlaß zur Hoffnung gegeben, denn Savitris Seele schien ein fruchtbarer Boden zu sein. Sie besuchte morgens und abends den Gottesdienst, am Sonntag ging sie zur Messe, und sie las in der Bibel, die auf dem Nachttisch neben ihrem Bett lag. Es war nur noch eine Frage der Zeit, bis sie und das Kind getauft würden... Aber heidnische Sitten waren einfach nicht auszumerzen, dachte Schwester Carmelita und schüttelte den Kopf. Nataraj! Was für ein Name! Savitri hatte in den Freiraum für den Namen des Babys auf dem Formular für die Geburtsurkunde mit fester Schrift »Nataraj« eingetragen. Nun, das konnte man natürlich ändern. Joseph war der Name, den sie sich persönlich für diesen Jungen ausgesucht hatte, was sie Savitri allerdings noch nicht gesagt hatte. Joseph für einen Jungen, Ruth für ein Mädchen. Wunderschöne Namen. Aber Nataraj? Schwester Carmelita schnalzte ärgerlich mit der Zunge. Dann aber fiel ihr wieder das Telefongespräch ein, das sie an diesem Tag, während Savitri in den Wehen lag, geführt hatte, und da wußte sie, daß es immer noch Hoffnung gab. Die Mutter kann machen, was sie will, dachte sie grimmig. Das hier wird jedenfalls ein christliches Kind!

Auf dem Weinberg des Herrn zu arbeiten erforderte Geduld, unendlich viel Geduld. Schwester Carmelita hatte jedoch die Samen des wahren Glaubens gelegt und betete besonders für diese Mutter und ihr Kind. Mit der Gnade des Herrn würde einer dieser Samen in Savitris Herzen zu keimen beginnen – denn das war gewiß kein steiniger Acker! Savitri war eine Sünderin, gewiß, warum hätte sie ihr Bruder sonst in großer Schande hierhergebracht? Warum war sie hier, wenn nicht, um sich vor der Welt zu verstecken? Alle Frauen, die hierherkamen, waren Sünderinnen. Aber der Herr hatte seinen Sohn gerade auch für diese Frauen auf die Erde gesandt – ein Arzt besucht schließlich nicht die Gesunden, sondern die Kranken, und was war mit Maria Magdalena? Savitri war im Grunde genommen ein liebes Mädchen. Was für eine Freude würde es sein, dieses verlorene Schaf nach Hause zu führen! Schwester Carmelita sah sich als Frauenfischerin – als Fischerin gefallener Frauen. Oder als Schäferin des Herrn – was für wunderhübsche Metaphern man in der Bibel doch fand!

»So, meine Liebe, ruhen Sie sich jetzt ein wenig aus. Ich werde Ihren Kleinen jetzt wieder mitnehmen, denn er ist auch erschöpft und braucht Ruhe! Da! Sehen Sie! Was habe ich gesagt!«

Sie und Savitri lächelten beide liebevoll, als das Baby seinen Mund zu einem herzhaften Gähnen öffnete und mit einer kleinen Faust in der Luft herumfuchtelte. Savitri schlug Nataraj in die Decke ein und gab ihn vertrauensvoll der Schwester. Sie hätte ihn gern bei sich behalten, um mit ihm in den Armen einzuschlafen, aber sie kannte die Regeln. Die Babys schliefen, von ihren Müttern durch ein ganzes Stockwerk getrennt, im Säuglingszimmer. Zur Zeit befanden sich sechs Mädchen in dem Heim, alle in verschiedenen Stadien der Schwangerschaft. Savitri war diejenige gewesen, die der Entbindung am nächsten gestanden war. Jetzt war sie Mutter. Wieder einmal. Zum fünften Mal Mutter, und diesmal würde ihre Mutterschaft Bestand haben, denn dies hier war Davids Kind.

In der Nacht brachte man Savitri das Baby zum Stillen. Sie stillte es und genoß dabei die sanfte Bewegung seines zahnlosen Gaumens an ihrer Brustwarze, genoß seine Nähe. Während sie ihren Sohn in den Armen hielt, war es, als lege sich ein kühler, tröstlicher Balsam auf ihre Seele. Das heftige Brennen, der schreckliche, stechende Schmerz, der sie nicht mehr losgelassen hatte, seit sie von Davids Tod erfahren hatte, begann endlich abzuklingen. Sie hatte die ersten Wochen nach ihrer Rückkehr bei Henry und June – wie sie sie jetzt nannte – verbracht und erfolglos versucht, sich von ihrem Kummer zu erholen. An die Zukunft hatte sie keinen Gedanken verschwendet.

»Wenn das Baby auf der Welt ist, werde ich mein Leben ordnen«, hatte sie zu June gesagt, die Savitris zukünftiges Leben gern sauber geplant und organisiert gesehen hätte und die ihr für die schwierigen Zeiten, die vor ihr lagen, Hilfe angeboten hatte.

»Du kannst so lange bei uns bleiben, wie du willst«, hatte June ihr gesagt. »Du kannst hier als Krankenschwester arbeiten. Wir werden dir eine *Ayah* besorgen, und ...«

»Wir werden über diese Brücke gehen, wenn wir dort angelangt sind«, war alles, was Savitri geantwortet hatte. Sie wußte jedoch, daß sie für die Baldwins eine erhebliche Belastung darstellte. Henry mußte an seinen Job denken, den er möglicherweise verlieren würde, wenn die Eltern der Kinder, die er unterrichtete, erfuhren, daß er eine schwangere, ledige Inderin in seinem Haus beherbergte.

Und so hatte sie Gopal schon in den ersten Monaten ihrer Schwangerschaft gebeten, sich darum zu kümmern, daß sie in diesem Heim für ledige Mütter in Pondicherri aufgenommen würde. Gopal war diese ganze Sache, wie sie wußte, ungeheuer peinlich. Savitri war eine Schande für die Familie, denn eine ledige Mutter wurde automatisch als Hure angesehen. Aber was kümmerte sie das schon? Gopal war das jedoch zuviel. Savitri als ledige Mutter in Madras! Seine eigene Schwester!

»Wenn das Baby erst einmal auf der Welt ist, werden sich die Probleme verhundertfachen«, sagte Gopal.

»In ein paar Jahren können unsere Söhne miteinander spielen«, erwiderte Savititri, die sich durch Gopals Worte nicht aus der Ruhe bringen ließ, verträumt. »Oder unsere Töchter.«

Fiona nämlich war endlich wieder schwanger. Diesmal hatte sie die kritische Grenze von sechs Monaten hinter sich gebracht, und es sah so aus, als würde sie ein gesundes Kind zur Welt bringen. Es sollte einen Monat vor Savitris Kind geboren werden, und Savitri freute sich schon auf die Zeit, wenn sie und Fiona nicht nur Schwägerinnen, sondern beide auch Mütter sein würden und ihren Kindern liebevoll beim Aufwachen zusehen konnten, Kindern, die durch beide Elternpaare miteinander verwandt und auf diese Weise doppelt miteinander verbunden waren.

»Ich bin ein moderner Mann«, sagte Gopal entschieden, »aber wir müssen für dieses Problem einstweilig eine Lösung finden.«

Die einstweilige Lösung war dann dieses katholische Heim gewesen. Und was die Zeit danach anging – darüber wollte Savitri jetzt einfach noch nicht nachdenken.

»Ich werde über diese Brücke gehen, wenn ich vor ihr stehe«, sagte sie sich immer wieder, während die Monate in Windeseile verstrichen und sie immer runder wurde. Gopals Sohn Sundaram kam zur Welt, dann Nataraj, und jetzt stand sie vor ebendieser Brücke. Unwillkürlich warf sie einen Blick zum Nachbarbett hinüber. Es war leer – die junge Frau, die dort gelegen hatte, hatte ihr Baby letzte Woche bekommen. Man hatte es ihr weggenommen, um es zur Adoption freizugeben, und sie hatte das Heim noch am selben Tag bitterlich weinend verlassen. Savitri legte ihre Arme mit einer schützenden Gebärde um ihr Kind.

Fiona blieb abrupt stehen. Im Zimmer des Obergeschosses stand ein Mann. Er stand ganz still, hatte ihr den Rücken zugekehrt und sah auf Sundaram herab, der selig auf seiner Strohmatte schlief. Als der Mann ihren unterdrückten Überraschungslaut hörte, drehte er sich um. Er lächelte, aber es war kein freundliches Lächeln. Sie begann langsam in Richtung Tür zurückzuweichen, dann aber erinnerte sie sich an Sundaram und preßte sich an die Wand, in der Hoffnung, an dem Mann vorbeizukommen und auf diese Weise das Baby in Sicherheit bringen zu können.

»Guten Morgen, Fiona«, sagte Mani. Sein Lächeln wurde noch breiter. Fiona antwortete ihm nicht.

»Nun, freust du dich nicht, mich zu sehen? Ich war schon lange nicht mehr hier. Hast du mich denn nicht vermißt?«

Immer noch sagte Fiona kein Wort.

»Warum drückst du dich denn so an die Wand? Jetzt sag bloß nicht, daß du Angst vor mir hast! Du weißt doch, daß ich dir nie weh tun würde. Abschaum wie dich würde ich nicht einmal anrühren. Du widerliches Stück Dreck. Wie konnte es mein Bruder überhaupt ertragen, dich anzufassen, eine Frau, die vor ihm schon so viele Männer gehabt hat, Männer von niedriger Geburt noch dazu? Du bist nichts anderes als ein wertloser Haufen Scheiße.« Er begann zu husten und konnte damit nicht mehr aufhören. Der Husten schüttelte seinen Körper, so daß er sich zusammenkrümmte. Schließlich zog er einen schmutzigen Fetzen Stoff aus der Taille seiner *Lungi*. Er spuckte hinein, betrachtete den Auswurf genau, steckte den Fetzen wieder ein und setzte dann seine Tirade fort.

»Du bist von Kopf bis Fuß voller Dreck. Aber mein Bruder, mein eigener Bruder, der aus einer hochgeborenen Familie stammt, hat es für richtig gehalten, dich zu einem Mitglied dieser Familie zu machen. Nun, ich sag' dir eins – weder du noch mein Bruder gehören zu meiner Familie. Ich habe keinen Bruder, der Gopal heißt. Ich habe keine Schwester. Man hat meine Familie in den Dreck gezogen, um unseren Ruf zu ruinieren. Du hast Abschaum geboren. Dieses Baby ist nichts als Abschaum. Ihr Engländer, wißt ihr, was ihr seid? Schmutziges Rattenpack! Wir Inder hassen euch mit jeder Faser unseres Herzens, und wir werden euch bis zum letzten Blutstropfen bekämpfen! Wenn ich nicht krank wäre, dann würde ich mich freiwillig zu Hitlers Armee melden – soll er euch doch allesamt ausradieren, Männer, Frauen und Kinder! Soll er doch mit seiner Armee in euer Land einfallen und euch jeden Zentimeter eures englischen Bodens wegnehmen! Aber jetzt … laß uns nach unten gehen, denn ich habe etwas mit dir zu besprechen. Du hast Angst vor mir? Also gut, ich gehe vor, und du folgst mir.«

Er ging auf sie zu, sie huschte wie ein verängstigtes Kaninchen zum Ausgang. Sie wollte, daß er dieses Zimmer verließ. Als er endlich die Treppe hinunterging, folgte sie ihm, nachdem sie den Türvorhang zugezogen hatte, damit Sundaram sicher war.

Er ging in die Küche, sie hinter ihm her. »Willst du mir keinen Tee machen? Wo ist denn deine Gastfreundschaft geblieben?«

Sie ging dorthin, wo der Tee stand, füllte den Kessel mit Wasser aus dem Tongefäß, machte Feuer und stellte den Kessel auf den Herd. Mani beobachtete sie stumm.

»Wo ist sie?«

Fiona fuhr herum und starrte ihn an. »Wer?«

Mani grinste höhnisch. »Du weißt sehr wohl, wen ich meine. Diese Hure, deren Namen ich nicht in den Mund nehme.«

»Ich weiß es nicht.«

»Lüg mich nicht an. Sag mir, wo sie ist. Wo versteckt sie sich? Los, raus damit. Ich weiß, daß sie sich irgendwo versteckt. Ich weiß, daß Gopal sie versteckt hat. Wo? Ich habe da etwas gehört, und jetzt will ich wissen, ob es stimmt. Wo ist die Hure? Du sagst es mir jetzt auf der Stelle. Wenn nicht…«

Er zog ein Messer aus dem Taillenbund seiner *Lungi.* Es war ein kleines Messer, aber es war sehr scharf. Er hielt das Messer in der rechten Hand, während er mit dem Daumen der Linken zu dem Zimmer oben an der Treppe zeigte, in dem Sundaram schlief.

59. Kapitel

Saroj

»Saroj, jetzt mach dich doch nicht lächerlich. Zum letzten Mal: Ich habe überhaupt nichts geplant! Ich hatte Gopal und sein Vorhaben, dich mit Nat zu verheiraten, völlig vergessen – glaub mir wenigstens dieses eine Mal! Und gib dem Burschen um Himmels willen eine Chance! Nat ist alles andere als einer deiner sonstigen Verehrer, die dir mit schmachtendem Blick hinterherlaufen. Wenn du auch nur eine Minute deine Waffen niederlegen würdest, dann würdest du das auch erkennen.«

»Gan, hör bitte auf, dich einzumischen. Kümmere dich zur Abwechslung einmal um deine eigenen Angelegenheiten, anstatt die Nase in Dinge zu stecken, die dich überhaupt nichts angehen.«

»Also, deinen Worten nach geht mich das aber sehr wohl etwas an. Du brauchst einfach einen Sündenbock. Du bist völlig durcheinander, und jetzt soll ich daran schuld sein. Nun, dann will ich dir mal was sagen: Zufällig kenne ich Nat um einiges besser als du, und wenn du lieber die eingeschnappte kleine Schneekönigin spielen willst, dann ist das dein Problem, nicht seins. Und ich sage dir noch was, Saroj. Schneekönigin ist noch ein Kompliment. Du wirst nämlich langsam zu einer richtigen Zicke.«

»Du – du –«

»Du bist nicht mehr so wie früher. Okay, du hattest schon immer eine scharfe Zunge, aber du hattest immer etwas grundlegend – nun, einfach etwas Gutes an dir. Das hat immer durchgeschimmert. Ja, es stimmt, ich habe tatsächlich gehofft, daß ihr beide, du und Nat, zusammenkommen würdet, denn wenn ich jemals einen Menschen mit einem Herzen aus Gold kennengelernt habe, dann ist er es, und genau so jemanden habe ich mir für dich gewünscht. Aber das war nicht der Grund, weshalb er am Samstag da war. Er war da, weil ich mir wirklich keinen besseren Trauzeugen vorstellen konnte. Ich wollte ihn für mich, für uns, Trixie und mich, nicht für dich. Vergiß nicht, das war unser Tag. Wir haben überhaupt nicht daran gedacht, daß ihr euch begegnet, und bestimmt nicht die Absicht gehabt, euch zu verkuppeln. Es dreht sich nicht immer alles nur um dich, weißt du. Warum kannst du nicht, mein Gott, einfach normal sein? So wie du früher warst!«

»Du hast dich auch verändert. Ich habe dir immer vertraut. Ich wußte immer, daß du, ganz egal, was passiert, auf meiner Seite stehst. Jetzt stehst du aus irgendeinem Grund auf seiner Seite, und nicht nur das, du beschimpfst mich, und...«

»Ich stehe immer noch auf deiner Seite. Aber das heißt nicht, daß ich dir nicht die Wahrheit über dich sagen darf. Im Gegenteil. Es würde dir guttun, wenn du dich endlich einmal so sehen würdest, wie dich andere sehen. Weißt du noch, wie du Baba früher gehaßt hast?«

»Ich hasse ihn immer noch.«

»Ja. Genau. Dann fängst du am besten an, dich selbst zu hassen. Du wirst nämlich langsam genau wie er. Die Leute gehen dir aus dem Weg, genauso wie sie früher ihm aus dem Weg gegangen sind. Denk drüber nach. Es scheint, als hättest du trotz allem seine Gene in dir!«

Saroj knallte den Hörer auf die Gabel.

Sie öffnete die Fäuste. Ihre Handflächen waren schweißnaß. Sie wischte sie sich an den Ärmeln ihres Hemdes ab, legte sie dann über Kreuz unter ihre Achseln, denn ihr war plötzlich kalt geworden – sie fror, obwohl draußen die Julisonne schien und lange, träge Spätnachmittagsstrahlen ins Wohnzimmer warf. Sie fröstelte, zog die Knie an und schlang die Arme darum, schmiegte sich in James' *Fauteuil.* Vielleicht hatte sie sich einen Bazillus eingefangen. Sie hatte das Bedürfnis, in ihr Zimmer zu gehen und sich ins Bett zu legen, sich unter der Daunendecke zusammenzurollen und in einen langen, seligen Schlaf des Vergessens zu sinken. An nichts zu denken. Nicht an ihn zu denken.

Er hatte jeden Tag angerufen, aber sie hatte sich geweigert, mit ihm zu sprechen. Einmal war sie ans Telefon gegangen und hatte, als er sich gemeldet hatte, den Hörer rasch wieder auf die Gabel geknallt, so wie sie es gerade eben bei Ganesh getan hatte. Sie schaffte es einfach nicht, mit ihm zu sprechen. Sie konnte dem, was sie sagen würde, nicht trauen. Sie konnte im Augenblick nichts und niemandem trauen. Weder Ganesh noch Trixie, noch sich selbst.

Seit der Hochzeit herrschte in ihrem Kopf das absolute Chaos. Verschwunden war die sorgsame Ordnung, die sie ihrer Welt gegeben hatte: Sie wollte Ärztin werden. Dieser Entschluß hatte sie belebt, hatte ihr eine Identität gegeben und ihr Zielstrebigkeit verliehen. Sie hatte sich ein fest umrissenes, konkretes Ziel gesetzt, auf das sie mit unerbittlicher Hingabe hinarbeitete. Diesem Ziel ordnete sie in ihrem Leben alles andere unter: Sie kanalisierte ihre Energie, duldete keinerlei Ablenkungen. Sie war zwei Jahre in die Oberstufe gegangen und hatte dabei nur ein einziges Ziel verfolgt: das beste Abitur zu machen. Drei Einsen. Nicht weniger. Das hatte sie erreicht. Sie konnte und sie würde noch mehr erreichen. Und jetzt das.

Seit Samstag, seit sie in die dunklen, tiefen, alles wissenden, alles sehenden Teiche seiner Augen geblickt hatte, spürte sie, wie die feste Struktur ihres Lebens zu zerbröckeln begann, als bestünde sie nur aus Sand und Kies. Verzweifelt bemühte sie sich, einen jeden winzigen Kieselstein an seinem Platz zu halten. Trotzdem hörte das Ganze nicht zu schwanken auf.

Es war ein Kampf des einen Willens gegen den anderen. Dabei war es jedoch nicht so, daß ihr jemand anderer seinen Willen aufzwingen wollte, nein, sie kämpfte vielmehr gegen sich selbst. Der Wille, den sie kannte, ein klar definierter Wille, den sie in eine einzige Richtung geschult, kultiviert und entwickelt hatte, kämpfte gegen diesen anderen, verschwommenen, kaum definierten, ungeschulten, unergründlichen Willen, der wie ein tiefer, unbekannter Ozean in ihr anschwoll und die Konstruktion, an die sie sich klammerte, um nicht zu ertrinken, umzureißen drohte.

Und niemand verstand das.

»Er liebt dich«, hatte ihr Trixie am Telefon gesagt. »Wirklich, Saroj. Das hat er uns gesagt. Er hat dich schon immer geliebt und wußte es schon immer: du oder keine. Es ist ein richtiges Wunder. Es ist das Schönste, was ich je gehört habe. Es ist wie im Märchen. Wenn du diese Chance nicht nutzt ... Schau, du weißt doch gar nichts von Nat. Er war lange in London, jetzt aber hat er gerade sein Studium beendet und kehrt nach Indien zurück – für immer! Du hast also nicht mehr viel Zeit. Deinetwegen hat er sogar seinen Flug verschoben. Da könntest du wenigstens einmal vernünftig mit ihm reden, anstatt ihm jedesmal gleich den Kopf abzureißen, wenn er ...«

»Denkt denn überhaupt kein Mensch an MICH?« hatte Saroj geschrien. »Ihr redet alle nur von Nat, wie Nat sich fühlt, und was Nat sich wünscht. Nat, Nat, Nat. Was ist mit meinen Wünschen? Er ist also in mich verliebt, na und? Warum sollte das für mich eine Rolle spielen? Das ist doch nichts Neues. Und ich empfinde gewiß nichts für ihn.«

»Das glaube ich dir nicht, Saroj. Dafür protestierst du mir nämlich viel zu laut!«

»In meinem Leben ist kein Platz für einen Mann!« hatte Saroj daraufhin gesagt und diesen Satz wie eines von Mas Mantras ständig wiederholt. Jetzt sagte sie es laut und zu sich selbst.

»Dann schaff diesen Platz, um Himmels willen!« hatte Trixie ihr wütend geantwortet. Sie wußte nicht, wie, konnte es nicht wissen. Ganesh wußte es nicht. Und vor allem konnte Nat es nicht wissen.

Dieser Kampf dauerte eine ganze Woche. Saroj trug ihn auf die einzige Weise aus, die sie kannte: Sie zwang ihren Verstand, vernünftig, logisch und methodisch an das Problem heranzugehen. So wie sie es sah, gab es drei sehr überzeugende Argumente, die dagegensprachen, Nat Zugang zu ihrem Leben zu gestatten.

Das erste und gewichtigste war ihr Beruf. Es war offensichtlich, daß sich die Romantik schlecht mit der Wissenschaft vereinbaren ließ – und ihre Arbeit war die Wissenschaft, die reine und unverfälschte Wissenschaft. Das mußte auch so bleiben. Wenn sie jedoch irgendwelche wirren Gedanken zuließ, dann würde es damit abrupt zu Ende sein. Es gab Menschen, die ihren Verstand aufteilen konnten, einen Teil der Arbeit und einen anderen Teil der Liebe widmeten. Auf diese Weise verringerten sie jedoch das Potential, das sie den einzelnen Bereichen zur Verfügung stellen konnten, und Saroj weigerte sich kategorisch, von ihrer Hingabe an die Arbeit auch nur einen winzigen Teil aufzugeben.

Das zweite war die Tatsache, daß Nat ihr Cousin war. Dieses kleine Detail war in den Tagen nach der Hochzeit ans Licht gekommen: daß Nat in der Tat der von Onkel Gopal angepriesene, berühmte Nataraj war. Ihr Cousin, Gopals Sohn. Das erklärte auch, warum Gopal diese Ehe jahrelang so hartnäckig hatte durchsetzen wollen – aus purem Eigeninteresse. Sein Motiv war nicht, Mas letzten Wunsch zu erfüllen – was eigentlich hatte Ma ihm wirklich geschrieben? –, sondern seinen lieben Sohn zu verheiraten.

Das dritte Argument hatte das geringste sachliche, dafür aber das größte emotionale Gewicht. Saroj beherrschte es hervorragend, ihre Begründungen aufzugliedern, zu analysieren und zu etikettieren, und sie war sich des Unterschieds durchaus bewußt: Dies hier war auch eine innere Rebellion gegen das, was nichts anderes als eine arrangierte Ehe war. Ma hatte genau wie Gopal insgeheim darauf hingearbeitet. Saroj hatte jedoch nicht Jahre ihres Lebens damit verbracht, sich gegen Deodats Bestrebungen, sie an einen Mann seiner Wahl zu verheiraten, zu wehren, nur um sich dann Mas und Gopals Plänen zu fügen, die genau das gleiche Ziel verfolgten. Verdammt noch mal, das würde sie einfach nicht tun. Sie würde sich nicht manipulieren lassen. Es war eine Frage ihrer persönlichen Integrität, daß sie sich nicht in eine solche Ehe hineinmanövrieren ließ, und da dies ein höchst subjektives, wenig rationales Argument war, mußte sie um so entschlossener jedes persönliche Gefühl bekämpfen, das sie möglicherweise – möglicherweise! – Nat in die Arme treiben könnte.

Die einzige Art zu kämpfen, die Saroj kannte, lag im Zorn. Der Zorn war ein Treibstoff, eine Kraft, die stark genug war, um gegen den Aufruhr in ihrem Inneren zu Felde zu ziehen und sich wieder unter Kontrolle zu bringen. Wenn sie ihren Zorn aufrechterhielt, würde sie nicht klein beigeben müssen. Voller Zorn und mit logischen, vernünftigen Argumenten, so gewappnet, machte sich Saroj daran, wieder Ordnung in ihr ins Wanken geratenes Leben zu bringen. Tagsüber ging sie ihrem Ferienjob nach und arbeitete in der Werksapotheke ihres Halbbruders James. Seit sie nach England gekommen war, hatte sie das jeden Sommer getan, dieses Jahr jedoch sprühte sie plötzlich vor Energie und legte ein übermäßiges Interesse an den Substanzen, die James herstellte und verkaufte, an den Tag. Sie bombardierte ihn mit Fragen, machte sich ständig Notizen und führte daneben auch noch ihre eigenen Forschungen weiter. Sie arbeitete, als stünde ihr Examen kurz bevor, was in gewisser Weise ja auch der Fall war. Nach der Arbeit ging sie in die Bibliothek und kam mit Büchern beladen zurück, die ihr für ihr Thema wichtig erschienen, um sich dann buchstäblich auf die Fakten, Details und Daten zu stürzen. Zweimal pro Woche spielte sie mit Colleen Tennis. In dieser Woche jedoch spielte sie, als wäre Tennis kein Sport, sondern ein einziger Kampf, der mit zusammengebissenen Zähnen und Gnadenlosigkeit ausgetragen werden mußte. Sie peitschte ihre Bälle wie Gewehrkugeln über das Netz.

Bis zum Ende der Woche wußte sie, daß sie die Schlacht gewonnen hatte. Ihr Verstand war wieder das vertraute, ordentliche Haus, in dem sie sich daheim fühlte. Die wogende See der Gefühle hatte sich zurückgezogen, war bezwungen. Sie fühlte sich stark und befand sich in einer merkwürdigen Hochstimmung, so als hätte sie gerade die wichtigste Prüfung ihres Lebens bestanden. Man hatte ihre Entschlossenheit getestet, und sie hatte die Probe bestanden.

Saroj war großmütig. Sie hegte keinen Groll gegen Trixie und Gan. Sie vermißte die beiden sogar und spürte, daß sie dem Thema Nat mehr Bedeutung als notwendig beimaß, wenn sie sich nicht mehr mit den beiden traf. Immerhin war sie es gewesen, die auf der Hochzeit der beiden die Flucht ergriffen hatte, und so war es nur recht und billig, daß sie den ersten Schritt zur Versöhnung tat. Am Freitag wählte sie Trixies Nummer.

»Hi, ich bin's.«

»Ja?« Trixies Stimme klang wachsam, kalt. Saroj lächelte nachsichtig in sich hinein. Trixie hatte sich mit der für sie typischen Hingabe auf eine Liebesgeschichte gestürzt, die es gar nicht gab, und jetzt war sie beleidigt, weil das Happy-End, das sie sich erträumt hatte, ausblieb. Sie brauchte jetzt Trost und eine starke Hand.

»Friede?« bot Saroj an.

»Ich weiß nicht. Was für ein Friede?«

»Zwischen uns. Mir ist gerade eingefallen, daß ich dir noch gar nicht gratuliert habe. Irgendwie ist mir diese blöde Sache dazwischengekommen. Schau, können wir die ganze Sache nicht einfach vergessen?«

»Saroj, ich glaube immer noch ...«

»Pst, Trixie. Kein Wort mehr. Ich möchte dich morgen besuchen, aber nur unter der Bedingung, daß du du-weißt-schon-wen nicht erwähnst.«

»Also ...«

»Komm schon, Trix. Ich will nicht, daß diese Sache zwischen uns steht. Du bist jetzt meine Schwägerin und immer noch meine beste Freundin. Alles andere ist albern.«

»Ist es nicht, es ist ...«

»Trix! Kein Wort mehr. Der Fall ist für mich abgeschlossen. Morgen vormittag um zehn, okay?«

»Ja, gut. Wie auch immer. Es gibt hier etwas, das ich dir wahnsinnig gern zeigen würde. Du hast mir übrigens ebenfalls gefehlt. Auch Gan hat schon nach dir gefragt. Gut, also dann morgen um zehn.«

Saroj legte auf. Ein Lächeln breitete sich auf ihrem Gesicht aus. Sie kam sich vor, als hätte sie einen Bergrücken überquert und wäre sicher im nächsten Tal angekommen, oder als hätte sie einen Ozean durchschwommen und die andere Küste erreicht.

60. Kapitel

Saroj

Ganesh und Trixie hatten nicht damit gerechnet, daß es nicht nur Schwägerinnen, Tanten, Cousinen oder Verwandte im allgemeinen waren, die gern tratschten. Auch war es nicht allein eine Lieblingsbeschäftigung der Inder, sich zu Verfechtern von Moral und Anstand aufzuschwingen. Es war vielmehr ein pensionierter englischer Colonel, der den Stein ins Rollen brachte: In dem kleinen Dörfchen R. in Yorkshire ließ irgendeine übereifrige Person, möglicherweise, wenn auch nicht notwendigerweise weiblichen Geschlechts, eine Bemerkung über die seltsame Hochzeit fallen, die in der nicht mehr genutzten Kapelle auf dem Grund und Boden von Mr. und Mrs. P-B stattgefunden hatte. Das Gerücht kam besagtem Colonel C. zu Ohren, der daraufhin einen entrüsteten Leserbrief an die *Tribune,* die dortige Lokalzeitung, schrieb und somit die skandalösen Tatsachen der ahnungslosen englischen Öffentlichkeit bekanntmachte. Die Braut sei eine afrikanische Einwanderin, der Bräutigam ein indischer Einwanderer, und es hieß, daß er, was dem Faß den Boden ausschlug, auch noch Hindu sei. Der Pfarrer, der die beiden getraut hatte, war ein Hippie – war das überhaupt ein richtiger Pfarrer? Die ganze Hochzeitsgesellschaft, die aus Afrikanern, Indern und vielleicht sogar ein paar Engländern bestanden hatte, hätte, so munkelte man, unter Drogen und/oder Alkohol gestanden, und das Ganze habe in einer gewaltigen Orgie in einem unbekannten Landhaus in der Nachbarschaft geendet. Man munkelte weiterhin, daß während der Hochzeitszeremonie verschiedene Hindu-Gesänge aus der Kapelle zu hören gewesen seien, außerdem habe der Klang afrikanischer Trommeln über die Moore von Yorkshire gehallt. Das Ganze sei ein Possenspiel, eine Komödie, ein Schlag ins Gesicht der Kirche Englands gewesen, eine Blasphemie, eine Beleidigung Gottes und der gesamten Christenheit.

Ein Exemplar der *Tribune* fiel der indischen Gemeinschaft in Bradford in die Hände, der Leserbrief wurde fotokopiert, weitergegeben und gelangte schließlich auch nach London, wo man darüber flüsternd Vermutungen anstellte. Die Inder wurden neugierig. Wer in aller Welt war dieser Hindu-Bräutigam, der da in einer christlichen Kirche eine afrikanische Braut geheiratet hatte? Es wurden Nachforschungen angestellt, von wem und wie, wurde nie ganz geklärt. Das, was die Nachforschungen zutage brachten, entsprach jedenfalls zum größten Teil den Tatsachen. Es stellte sich heraus, daß diese Hochzeit tatsächlich stattgefunden hatte, und jetzt wurden auch Namen bekannt. Der Bräutigam hieß Ganesh Roy. Er war der Bruder des bekannten Anwalts Walter Roy, ein Sohn von Deodat Roy, der in West Norwood wohnte. Auch im Mitteilungsblatt der indischen Gemeinde in London, das Deodat abonniert hatte, erschien ein kleiner Artikel über die Hochzeit. Als Deodat die bittere Nachricht las, bekam er prompt seinen zweiten Herzanfall, und dieser wäre beinahe tödlich gewesen.

Glücklicherweise war er zu diesem Zeitpunkt nicht allein in seiner Wohnung. Seine Putzhilfe, die täglich bei ihm vorbeikam, hatte ihm an diesem Samstag, dem Samstag nach der Hochzeit, die Post gebracht, ein oder zwei Rechnungen und ebenjenes Mitteilungsblatt. Deodat hatte den Artikel noch in ihrer Gegenwart gelesen und bekam seinen Herzanfall glücklicherweise, als sie noch die Spüle saubermachte.

Während Deodat diesen Herzanfall erlitt, ging Saroj gerade die Treppe zu Trixies Atelier hinauf. Sie klopfte an die Tür.

»Komm rein, es ist offen!« rief Trixie, und Saroj trat ein.

Es war, als würde sie das Innere eines sich langsam drehenden Kaleidoskops betreten. Eine Orgie von Farben, verstärkt durch das Sonnenlicht, das durch die Giebelfenster und das große Oberlicht hereinströmte, stürzte von allen Seiten auf sie ein. Eine strahlende Trixie in einem langen, weiten Kleid mit einem leuchtend bunten, wirbelnden Muster ging mit ausgebreiteten Armen auf sie zu, so als wäre sie die Kaiserin dieses psychedelischen, sonnendurchfluteten Reichs.

Saroj rieb sich die Augen. Als sie sich von ihrem ersten Schrecken erholt hatte, wurde ihr klar, was geschehen war: Trixie hatte alle ihre Bilder umgedreht. Sie standen ringsum im ganzen Atelier verteilt, ein paar auf Staffeleien, die meisten aber an die schrägen Wände gelehnt. Einige waren auch gerahmt und dort, wo sich eine ausreichend gerade Fläche bot, aufgehängt worden. Es waren lebendige kleine Welten, die danach riefen, daß man sich ihnen näherte und in sie eintauchte, während sie den freien Raum zwischen sich mit einem bunten Leuchten erfüllten, so hell und strahlend, daß es schon weh tat.

Fast in Trance ging Saroj auf den offensichtlichen Mittelpunkt dieser Welt aus Farben zu, ein noch ungerahmtes Gemälde, das mitten im Zimmer auf einer Staffelei stand. Es war ebenjenes Gemälde, das sie bei ihrem letzten Besuch nicht hatte sehen dürfen. Jetzt war es enthüllt.

»Trixie. Du hast es geschafft!« war alles, was sie sagen konnte, während sie völlig gefesselt vor dem Bild stand. Als sie es endlich fertigbrachte, den Blick davon zu lösen, sah sie, daß Ganesh auf sie zukam. Sie streckte ihm die Hand entgegen und zog ihn zu sich her, dann standen sie beide da und starrten Ma an.

Denn das war Ma, ganz unverkennbar, obwohl ihr Gesicht abgewandt und deshalb nur im Profil zu sehen war. Sie streckte gerade die Hände aus, um eine Rose von einem Strauch zu schneiden, zärtlich und mit viel Liebe, so wie Ma es zu tun pflegte, und sie dann vorsichtig in den Korb zu legen, der mit Rosen gefüllt an ihrem Arm hing. Ma im Garten der Waterloo Street, hinter ihr das Haus mit dem Turm, unversehrt und weiß, so wie es gewesen war, und nicht das schwarze Skelett, als das Saroj es zum letzten Mal gesehen hatte. Ma trug einen pinkfarbenen Sari mit einer raffiniert gearbeiteten Borte, dessen Ende sie hochgezogen hatte, um den Kopf zu bedecken, so wie sie es immer tat, wenn die Sonne vom Himmel brannte. Ma in ihrem Element. Obwohl ihr Gesicht abgewandt war, strahlte eine solche Kraft und Anmut aus dem Gemälde, daß Saroj Tränen in die Augen stiegen. Sie drehte sich zu Trixie um, die sich still neben sie gestellt hatte. Saroj nahm Trixies Hand, ließ Ganesh los und legte den Arm um sie.

»Ach, Trix!«

»Gefällt es dir?« Trixie wußte, daß sie nicht zu fragen brauchte. Bescheiden wie sie war, tat sie es trotzdem. Dabei lagen jedoch unverkennbar Freude und auch ein wenig schüchterner Stolz in ihrer Stimme, der Stolz auf eine Arbeit, die sie gut gemacht und mit Liebe ausgeführt hatte.

»Es heißt *Die Hochzeitsgirlande*«, fügte sie hinzu. »Zuerst wollte ich ein Porträt von ihr malen und habe das auch versucht. Da ich aber kein Foto von ihr habe, bin ich ihren Augen einfach nicht gerecht geworden, deshalb habe ich mir das für später, wenn ich noch besser geworden bin, aufgehoben. Das ist also das Bild, das ich als Hochzeitsgeschenk für Ganesh gemalt habe.«

Dann kicherte sie, nervös wie immer, woraufhin Saroj sie umarmte. Trixie deutete auf die Wände. »Sieh dir nur alles an!« sagte sie.

Saroj ging langsam im Atelier umher, nahm hier und da ein kleineres Gemälde in die Hand, um es unter dem Oberlicht genauer betrachten zu können, kniete sich hier und da hin, um sich eines der größeren Bilder anzusehen.

Wenn Mas Bild Trixies Meisterstück war, dachte Saroj, dann nur deshalb, weil es eine ganz eigene Kategorie darstellte. Es war das schlichteste aller Gemälde. So war es zum Beispiel das einzige Gemälde, auf dem nur eine einzige Person zu sehen war, und es strahlte etwas Zärtliches und Feines aus, das genau Mas Wesen entsprach. Es war jenes kaum wahrnehmbare Strahlen, das einem nicht gleich direkt ins Auge fiel, auf das man sich vielmehr einlassen und das man erfühlen mußte, um es zu entdecken, und genau darin lag die Brillanz dieses Bildes.

Aber Trixies Bilder waren alle brillant, zumindest jene, die sie ausgewählt hatte, um damit die Wände zu schmücken. In ihnen pulsierte das Leben, ein kraftvolles, erfrischendes Leben, das Saroj geradezu ansprang, das sie umwarf, so daß ihr die Luft wegblieb. Die Szenen, die dort dargestellt waren, luden den Betrachter ein, ins Bild hineinzusteigen, nein, sie sogen ihn regelrecht hinein. Da waren zwei dicke schwarze Frauen auf dem Bourda Market, die sich über einen Verkaufsstand hinweg, auf dem sich Ananas, Orangen und Stachelannonen türmten, miteinander stritten, während ein kleines Kind zu Füßen der Kundin kauerte und sich um diese Szene neugierige Zuschauer versammelten. Man konnte auf der Stirn der Marktfrau Schweißperlen sehen, hörte sie förmlich aus dem Bild herausschreien und spürte ihren Zorn über die Unverschämtheit ihrer Kundin, so daß man unwillkürlich einen Schritt zurückwich, aus Angst, sie würde einen auch gleich beschimpfen und einen vielleicht sogar mit dem Bambusstock schlagen, den sie in der Hand hielt und der ihr dazu diente, die kleinen Bengel, die wie Äffchen um sie herumhüpften, zu verscheuchen. Dennoch mußte man lachen, weil, nun, weil man wieder zu Hause war und diesen liebgewonnenen, vertrauten Markttag hören und riechen und den Einkaufskorb mit Mangos, Tangerinen und vollreifen, saftigen Ananas füllen konnte, falls einem die Marktfrau etwas verkaufte! Man konnte direkt hören, wie sie am Stand nebenan rief: »Stachelannonen, gnädige Frau, ich habe heute wun-der-schö-ne Stachelannonen!« Wobei sie das Wort »wunderschön« in die Länge zog, es fast schon sang, so als würde sie diese Stachelannonen tatsächlich lieben.

»Komm schon, ich zeige dir mein Lieblingsbild«, sagte Trixie ungeduldig und führte Saroj durch den Raum zu einer Staffelei in der Ecke. »Das sind *Die Goldwäscher*«, sagte Trixie. »Gefällt es dir?«

Saroj warf ihr wegen ihrer Bescheidenheit einen amüsierten Blick zu und betrachtete dann das Bild.

Die Goldwäscher zeigte eine Gruppe von Goldwäschern, die in einem seichten Flußbett standen, während das durchsichtige Wasser weiß und silbern über runde, gesprenkelte Kiesel lief. Einer von ihnen, ein kräftiger Schwarzer mit glänzender Haut und drahtigen Muskeln, stand auf einem flachen Felsen. Er trug nur zerschlissene, khakifarbene Shorts, die er mit einem zerfaserten Stück Seil gegürtet hatte und die ihm fast von den Hüften rutschten. Eine Hand an der Hüfte, lehnte er sich lachend zurück, während er in der anderen eine kleine flache Flasche XM-Rum hielt, die er den anderen zeigte. Gleich würde er die Flasche an die Lippen setzen und sie leeren. Zwei andere Männer, wie er mit freiem Oberkörper, sahen zu ihm hoch und lachten mit ihm. Der eine von ihnen hatte sich die flache runde Goldwäscherpfanne mit Kieseln, unter denen sich vielleicht ja ein winziges Nugget befand, gegen die Hüfte gestemmt und schlug sich mit dem Ballen seiner freien Hand an die hohe, glänzende Stirn. Der dritte Mann beugte sich beim Lachen vor und war gerade dabei, mit seiner Pfanne eine Ladung Kiesel aus dem Flußbett zu schaufeln. Der vierte Mann war fast noch ein Jugendlicher. Er saß mit gespreizten Beinen auf einem großen runden Felsen, beugte sich dabei nach vorn und fuchtelte mit dem Zeigefinger herum. Er war derjenige, der den Witz erzählt hatte, über den die anderen so herzhaft lachten. Es mußte ein sehr unflätiger Witz gewesen sein, bei dem man selbst auch gern mitgelacht hätte. Der fünfte Mann indessen grinste nur, während er sich, an denselben Felsen gelehnt, ausruhte. Seine Augen waren durch den Rand eines breiten Schlapphuts aus Stroh verdeckt, den er, um sich vor der Sonne zu schützen, tief ins Gesicht gezogen hatte. Er lächelte, so als könne auch er dem Witz nicht widerstehen, und seine weißen Zähne blitzten in scharfem Kontrast zu seiner violettschwarzen Haut.

»Gefällt es dir?« fragte Trixie zum dritten Mal fast ängstlich.

»Ach, Trix! Du bist albern!« Saroj umarmte sie wieder. »Du weißt doch ganz genau, wie phantastisch dieses Bild ist! Deine Bilder sind alle phantastisch! Jedes einzelne! Du bist eine wirkliche Künstlerin.«

»Das ist genau das, was ich ihr auch ständig sage«, rief Ganesh aus der Küche. »Sie will es mir nur einfach nicht glauben.«

»Miss Abrams war die erste, die das erkannt hat. Erinnerst du dich noch, Trixie? ›Patricia Macintosh, du solltest dein künstlerisches Talent sinnvoll nutzen.‹«

»Ja. Nun. Genau das habe ich wohl getan«, sagte Trixie und wandte sich ab. »Wie wär's mit etwas zu essen?« Sie deutete auf den Eßtisch.

Es ist, als hätte Nat niemals existiert, dachte Saroj, als sie zum Tisch ging und sich einen Stuhl nahm. Als wäre er nie in mein Leben getreten und hätte nie versucht, all das über den Haufen zu werfen, wofür ich so hart gearbeitet habe. Trixie und ich sind wieder Freundinnen, und jetzt gibt es außer Nat noch andere Dinge, über die wir uns unterhalten können. Sie notierte sich im Geiste die Fragen, die sie Trixie zu ihrer Malerei stellen würde, zu ihren Zukunftsplänen und …

… das Telefon klingelte. Trixie nahm ab, reichte den Hörer Ganesh, der zuhörte, ein paar Worte sagte und sich dann mit aschfahlem Gesicht zu Saroj umdrehte.

»Das war James«, sagte er. »Baba hatte wieder einen Herzanfall.«

61. Kapitel

Saroj

Wie konnte man ein hilfloses Häuflein Mensch hassen?

Auf einem Tisch neben Deodat stand der Elektrokardiograph, der seine Herztöne, sein Leben gnadenlos registrierte. Sein Herzschlag war jetzt wieder regelmäßig, die unmittelbare Gefahr schien gebannt, das Leben aber war etwas sehr Zerbrechliches, es konnte jederzeit enden.

Seit dem zweiten Herzanfall war jetzt eine Woche vergangen, und die Ärzte bezeichneten seinen Zustand als stabil. Obwohl Baba bislang noch kein Wort gesprochen hatte, war es nur allzu offensichtlich, was diesen zweiten Herzanfall ausgelöst hatte. Ganesh war, nachdem man seinen Vater auf schnellstem Wege ins Krankenhaus gebracht hatte, noch einmal in das möblierte Zimmer zurückgekehrt, um ein paar Kleidungsstücke und Toilettenartikel einzupacken. Er hatte das Mitteilungsblatt gefunden, das auf der Seite mit dem unheilvollen Artikel aufgeschlagen war, und zwei und zwei zusammengezählt. Also war Ganesh, was dieses Thema anging, ebenfalls sehr zurückhaltend. Für Erklärungen blieb noch Zeit genug, wenn Baba wieder auf den Beinen war. Falls das je der Fall sein würde.

Dies war Sarojs erster Besuch. Sie hatte Baba das letzte Mal auf der Hochzeit einer Cousine gesehen, und das war jetzt schon fast zwei Jahre her.

Nach dem Herzanfall hatte sie sich zuerst geweigert, ihn zu besuchen. Sie war bereit gewesen, Baba ohne die befreiende Wohltat der Versöhnung von dieser Welt gehen zu lassen, falls es so geschehen sollte. Wer ist er schon für mich! hatte sie sich gesagt. Ich bin nicht einmal mit ihm verwandt. Er ist nicht mein Vater, ich bin nicht seine Tochter. Sie hatte es ausgekostet, daß sie die Macht besaß, ihn zu verletzen, während sie gleichzeitig wußte, daß Baba ihre Absolution brauchte, um in Frieden gehen zu können. Sie hatte es genossen, daß sie die Macht besaß, ihm Absolution zu gewähren oder sie ihm zu verweigern, und eine Zeitlang an dieser Vorstellung festgehalten. Im

Laufe der Woche hatte sie sich dann überreden lassen und beschlossen, ihn zu besuchen und ihm endlich diese Absolution zu gewähren. »Also gut«, hatte sie, hochmütig wie eine *grande dame,* zu Gan gesagt, »aber ich gehe allein.«

Sie war vor einer halben Stunde im Krankenhaus angekommen und darauf vorbereitet, voller Verachtung auf Baba herabzusehen und ihm dann zu vergeben.

Hiermit hatte sie jedoch nicht gerechnet.

Baba war schon immer dünn gewesen, jetzt jedoch bestand er nur noch aus Haut und Knochen. Er sah aus wie ein langes, dünnes Kind. Seine Gesichtszüge waren entspannt und von einer so greifbaren Unschuld erfüllt, daß Sarojs eigene Schuld plastisch wie ein Relief herausstand. Ihre Schuld war die Schuld der Vernachlässigung, genährt und aufrechterhalten durch ihren kindlichen Haß. Baba hatte unrecht gehabt, von Anfang an. Es war nicht recht gewesen, den Rassenhaß zu schüren, und es war nicht recht, sie zu schlagen. Aber dieses Unrecht war aus nichts anderem geboren als aus seiner eigenen Ohnmacht. Er selbst hatte sich Macht verliehen, aber das war nur ein Trugbild gewesen, ein Mythos, der nur aufrechtzuerhalten war, weil andere bereit waren, diese Macht anzuerkennen und sich ihr zu beugen, so wie sie das selbst auch getan hatte. Auch sie hatte diese Macht einfach anerkannt und war auf diese Weise bezwungen worden. Wo war diese Macht nun? Wo war der Haß, wo war die ganze Vergangenheit? Verflogen.

Nie war sich Saroj ihrer eigenen Schwäche, Babas angeborener Schwäche, aller menschlichen Schwäche so absolut bewußt gewesen wie jetzt. Welchen Wert hatte Erfolg angesichts der Hilflosigkeit gegenüber der Krankheit und vor allem angesichts des einzig Unvermeidlichen, des Todes? Denn kein Mann, keine Frau konnte dem Tod befehlen. Außer der Macht des Todes über das Leben war alle andere Macht endlich und begrenzt. Was die Menschen Macht nannten, war nur ein Schatten, der der Sonne mit der Faust drohte. Sollte sich Deodat aus dem Leben stehlen, jetzt, in einer Stunde, heute nacht, morgen, so konnte sie überhaupt nichts tun, um das zu verhindern, und diese Hilflosigkeit erfüllte sie mit Angst, mit Ehrfurcht und mit tiefer Reue. Zwischen ihr und Baba stand nur der Augenblick, und dieser Augenblick war von Mitgefühl erfüllt. Sie wollte ihm das irgendwie sagen, bevor es zu spät war, dies war jetzt ihr einziger Wunsch. Sie versuchte ihn durch Willenskraft dazu zu zwingen, die Augen zu öffnen. Er weigerte sich. Hilflosigkeit fraß ihren einst zornigen Stolz auf.

Seine Hand lag jetzt in ihren beiden Händen. Sie wußte nicht, wann sie sie genommen hatte. Es war ganz unwillkürlich geschehen, genauso unwillkürlich, wie ihr jetzt Tränen in die Augen stiegen und über die Wangen zu laufen drohten.

Abermals versuchte sie ihn durch pure Willenskraft dazu zu zwingen, die Augen zu öffnen. Er blieb starrsinnig wie immer, war ihr entzogen, durch Medikamente in das Refugium des Schlafes eingesperrt. Um ihrem Willen Nachdruck zu verleihen, drückte sie sanft seine Hand, vorsichtig, denn sie fürchtete, sie könnte sie ihm brechen, so dünn, so verletzlich fühlte sich diese Hand in der ihren an. Zart wie ein neugeborener Vogel.

Laß ihn leben, laß ihn wenigstens noch so lange leben, bis ich ihm sagen kann, daß alles gut ist. O bitte.

Die jamaikanische Krankenschwester, die gerade Dienst hatte, kam eilig mit weißen Clogs hereingeklappert und sagte mit einem breiten Lächeln: »Sie müssen jetzt leider gehen. Der Doktor kommt in einer Minute.«

»Kann ich mit dem Doktor sprechen?« fragte Saroj, ließ Babas Hand los und legte sie sanft auf den weißverhüllten Hügel seines Schenkels.

»Nun, Sie können draußen warten und es versuchen«, antwortete sie in munterem Singsang, wobei ihre Stimme am Ende des Satzes in die Höhe ging.

Saroj erhob sich zum Gehen.

Eine hochgewachsene, schlaksige Gestalt, die in der Tür gestanden und zugesehen hatte, zog sich zurück und verschwand im Korridor.

Saroj kam am nächsten Tag wieder, diesmal aber war sie es, die in der Tür stehenblieb, um stumm zuzusehen, denn Baba hatte bereits Besuch. Sie konnte zwar nur den Rücken des Besuchers sehen, aber sie wußte, daß es Nat war. Sie wußte es, weil ihr Herz plötzlich zu rasen anfing und sie von Panik ergriffen wurde. Sie wollte sich umdrehen und davonlaufen, konnte es aber nicht. Sie konnte nur wie versteinert dastehen, zusehen und zuhören.

Baba lag in jenem Bett, das der Tür am nächsten war, dahinter standen zwei weitere Betten. Das mittlere war leer, das letzte wurde von einem Mann unbestimmten Alters belegt. Gestern hatte dieser Mann Besuch gehabt, wahrscheinlich von seiner Frau, jetzt schlief er. Es war, als wären Nat und Baba allein im Raum. Nat redete. Er las Baba laut etwas vor.

Arjuna sprang vorwärts, dunkel wie eine Regenwolke, leuchtend wie ein Regenbogen, der vom Blitz erhellt wird. Sein Bogen und Köcher bebten, seine Rüstung glänzte im Sonnenlicht.

Die Zuschauer stießen einen Schrei aus, der sich zum Himmel erhob und nicht enden wollte. Musik erscholl, der hohle Ton eines Muschelhorns vermischte sich mit dem klirrenden Scheppern der Becken und dem Rasseln der Kesseltrommeln. Als der Aufruhr verebbte, zeigte Arjuna all seine Herrlichkeit.

Mit der Waffe des Feuergottes Agni schuf er Feuer, mit der Waffe des Meergottes Varuna füllte er die Arena mit Wasser, mit der Parjanya-Waffe ließ er Regen vom Himmel fallen. Mit der Bhauma-Waffe drang er in die Erde ein, mit der Parvata schuf er Berge; und mit der nächsten verschwand das Universum. Arjuna stand hochgewachsen auf der Erde, dann wieder schwebte er über ihr; er rannte, stand auf seinem Wagen, sprang auf die Erde, unbeweglich wie ein Fels, schnell wie der Blitz. Der Schreckensbringer traf mit seinen schimmernden Silberspeeren alles, was er treffen wollte, und war das Ziel auch noch so klein. Seine Pfeile zuckten wie Tausende von Blitzen durch die Arena. Drona jubelte, Bhishma stand da mit stolzgeschwellter Brust, Kunti wurde vor Freude ohnmächtig.

Saroj kannte die Geschichte des *Mahabharata* natürlich. Ma hatte sie ihr als Kind so oft erzählt, daß die Worte – genauer gesagt, nicht die Worte selbst, da Ma die Geschichte mit eigenen Worten erzählt hatte, anstatt sie vorzulesen, wie Nat das jetzt tat – und die Begeisterung, der Geist Arjunas, jetzt wieder in ihr lebendig zu werden schienen. Es war, als säße sie wieder völlig gebannt in dem kleinen, matt erleuchteten *Puja*-Zimmer im Schneidersitz vor Ma, während Ganesh an Ma lehnte, so wie er das immer tat, und Indrani neben ihr mit verträumtem Blick das Kinn auf die angezogenen Knie gestützt hatte.

Sie erschrak, als sie merkte, daß Nat mit dem Vorlesen aufgehört hatte. Jetzt sprach er mit Baba in seiner normalen Alltagsstimme, und Saroj verspürte einen Stich von Eifersucht, als ihr bewußt wurde, daß Baba wach war und genau wie sie eben zugehört hatte.

»So, Pitaji, Schluß für heute. Morgen lese ich dir weiter vor.«

Pitaji nannte Nat ihn! »Väterchen« auf Hindi, ein Ausdruck, der höchsten Respekt mit tiefer Zuneigung vereinte. Deodat sah aus, als würde er dahinschmelzen und vor Zufriedenheit gleich zu schnurren anfangen. Niemand hatte ihn je so genannt. Seine Stimme jedoch klang verdrießlich wie die eines Kindes.

»Immer hörst du an der spannendsten Stelle auf«, beklagte er sich.

Nat lachte. »Nun, ist das nicht genau das, was auch der Geschichtenerzähler macht, damit seine Zuhörer am nächsten Tag wiederkommen? Du siehst, das ist ein uralter Trick, den haben nicht erst die Produzenten von Seifenopern erfunden!«

»Ja, aber jetzt betritt gleich Karna die Arena, und der Wettstreit zwischen Arjuna und Karna beginnt. Ich glaube, es wäre besser, wenn du einfach noch so lange weiterlesen würdest, bis Karna erscheint. Nur noch zwei Seiten, dann bin ich zufrieden.«

»Also gut, wenn dein Herz die Aufregung verkraften kann, dann mache ich es, aber dann ist wirklich Schluß, hörst du? Ohne Wenn und Aber?«

Das Turnier ging seinem triumphalen Ende zu, als ein ungeheuer lautes Geräusch, ein Geräusch wie ein Donnerschlag, aus dem Torweg hallte. Arjuna und Drona sahen einander in höchster Verwirrung an. Beide nämlich hatten dieses Geräusch erkannt: Es war ein mächtiger Krieger, der als Zeichen der Herausforderung die Unterarme zusammenschlug.

In dem verwirrten Schweigen, das folgte, trat der Krieger vor, ein Krieger mit langen Schritten und aufrechter Haltung. Strahlend wie Sonne, Mond und Feuer, sprang er in die Arena und stand dort wie eine goldene Palme, königlich und furchtlos wie ein Löwe. Verächtlich ließ er den Blick über die versammelten Zuschauer schweifen und heftete ihn dann auf Drona, der staunend dastand und wartete, während die fünf Pandava-Brüder ihn umringten.

Dann sprach der Fremde, und seine Stimme war wie Donnerhall, stolz und mächtig: »Arjuna! Sei nicht zu stolz auf dich. Denn alles, was du getan hast, vermag auch ich zu tun, und ich kann es sogar noch besser!«

Nat las noch zehn Minuten weiter, dann diskutierten er und Deodat über die Eigenschaften Arjunas und Karnas: Baba bevorzugte dabei den klassischen Helden Arjuna, Nat den Außenseiter Karna.

Es war eine entspannte Diskussion, bei der ein jeder seinen Standpunkt ruhig und vernünftig darlegte. Zu Sarojs Erstaunen hörte sich Baba die Argumente, die nach Nats Ansicht für Karna sprachen, tatsächlich auch an. Früher hätte Baba jeden niedergebrüllt, der es gewagt hätte, eine andere Meinung zu vertreten als er, selbst wenn es dabei um völlig unbedeutende Dinge ging. Vor zehn Jahren hätte dieses Gespräch damit begonnen und auch damit geendet, daß Baba kategorisch festgestellt hätte: Arjuna ist der Bedeutendere, denn er hat Dharma auf seiner Seite. Die Stimme, in der Nat, der für Karna argumentiert hatte, jetzt antwortete, klang jedoch sanft, liebenswürdig und interessiert.

Schlagartig wurde Saroj klar: Ganesh hat recht. Baba hat sich positiv verändert, er hat seine Lektion gelernt, und alle außer mir wußten das. Hier war der Beweis.

Sie wollte wütend sein. Wütend auf Baba, weil er sich geändert hatte und nun nicht mehr dem Bild entsprach, das sie sich bisher von ihm machte; weil er den Mut gehabt hatte, sich zu ändern und so zu einem größeren, besseren, großzügigeren Menschen geworden war. Wütend auf Nat, weil er hier war und sich auf eine Weise mit Baba unterhielt, die ihr selbst nie möglich gewesen war. Wütend auf beide, weil sie eine so unbeschwerte und vertraute Beziehung zueinander hatten und sich offensichtlich sehr nahe standen – und sie aus dieser Beziehung ausgeschlossen war.

»Entschuldigen Sie, Miss, kommen oder gehen Sie? Können Sie sich vielleicht entscheiden?«

Die ärgerliche Frage war im Grunde rein rhetorischer Natur, denn zum Gehen war kein Platz, nur zum Kommen, denn der Weg wurde ihr von einer Schwester mit einem Essenswagen versperrt. Sie hatte keine andere Wahl, als ins Zimmer zu treten, wo all der potentielle Schmerz und ein tiefer Abgrund darauf warteten, sie zu verschlingen. Es gab keinen Ausweg.

Zwei Köpfe drehten sich zu ihr herum. Schweigen. Saroj wartete. Sollte doch einer von ihnen zuerst etwas sagen.

Es dauerte eine ganze Weile, bis es Baba gelang, seinen Blick und seine Gedanken so weit zu konzentrieren, daß er sie erkannte. Dann aber war es, als hätte eine Bombe eingeschlagen, und Nat mußte Baba die Hand auf die Schulter legen, um ihn daran zu hindern, kerzengerade im Bett hochzuschießen.

»Saroj! Saroj, du bist es! Du bist endlich gekommen! Ach, meine Liebe, du bist gekommen! Komm näher, komm her zu mir, laß dich ansehen, komm, meine Liebe, setz dich zu mir ans Bett!«

Baba wandte sich an Nat und sagte mit vor Stolz und Freude zitternder Stimme: »Das ist die Tochter, von der ich dir schon so oft erzählt habe, das ist meine Saroj, mein jüngstes Kind, meine zweite Tochter!«

Dann wandte er sich wieder an Saroj: »Komm doch, meine Liebe, bleib nicht da stehen, komm her, schau, hier ist Platz für dich, komm und setz dich zu deinem alten Baba ans Bett, laß dich ansehen!«

Er klopfte neben sich aufs Bett und streckte Saroj die andere Hand entgegen. Sie hatte keine andere Wahl, als zu ihm zu gehen und vorsichtig Platz zu nehmen, den Blick abgewandt, vor allem, um Nat nicht ansehen zu müssen.

Noch nie in ihrem Leben war sie so verlegen gewesen.

»Also, ich gehe jetzt besser«, sagte Nat und war schon verschwunden, bevor die beiden überhaupt reagieren konnten.

Als Saroj eine Stunde später das Krankenhaus verließ, wurde es draußen bereits dunkel. Graue Dämmerung lag über dem grauen Parkplatz und der Straße draußen, wo sie sich in die Schlange der Leute einreihte, die auf den Bus warteten. Sie ertappte sich dabei, wie sie sich unwillkürlich umsah. Erst später, als der Bus kam, sie einstieg, sich hinsetzte und im Vorbeifahren die Fußgänger betrachtete, wurde ihr klar, daß sie nach Nat Ausschau hielt. Sie war wie selbstverständlich davon ausgegangen, daß er draußen vor dem Krankenhaus auf sie warten würde. Als sie jetzt merkte, wie tief sie enttäuscht war, weil er das nicht getan hatte, war sie schockiert.

62. Kapitel

Savitri

Als Savitri am Morgen nach ihrer Niederkunft noch vor der Morgendämmerung aufwachte, stellte sie fest, daß sich ihre Gedanken auf die Zukunft richteten, auf die Tage und Wochen, Monate und Jahre, die vor ihr lagen. Nataraj ... Sie lächelte. Bestimmt schlief er noch. Sie wollte aufstehen, zu ihm gehen, ihn durch die Glasscheibe des Säuglingszimmers betrachten, so wie sie auch andere Mütter ihre Babys hatte betrachten sehen, aber sie war immer noch sehr müde und fand es angenehm, einfach dazuliegen und vor sich hinzuträumen. Ihn anzuschauen war noch Zeit genug, wenn Nataraj aufwachte, nach ihr schrie und Schwester Carmelita oder Schwester Maria ihn zum Stillen zu ihr brachte. Sie hatten noch ein ganzes gemeinsames Leben vor sich – und jetzt, so wurde ihr plötzlich klar, hatte Nataraj David in ihr Leben zurückgebracht. David war nicht tot. Nein, er war hier, direkt in ihrem Herzen. Sie konnte ihn so deutlich fühlen, als wäre er tatsächlich bei ihr, säße an ihrem Bett, lächelte sie an, hielte ihre Hand, streichelte ihre Wange oder ihr Haar. Sie schloß die Augen. Da war er. Tränen brannten hinter ihren Lidern. Wie hätte er auch nicht da sein können ... David war Geist, und der Geist stirbt nie, kann nicht sterben – sein Geist würde immer zu ihr finden, und das war es auch, was sie jetzt gerade fühlen konnte, was sie warm und tröstlich einhüllte ... ich muß mich daran festhalten, sagte sie sich. Es mit ganzem Herzen, ganzem Verstand und ganzer Seele glauben, dann ist es auch wahr.

David blieb eine Stunde bei ihr, dann begann es am Himmel draußen langsam hell zu werden. Überall um sich herum hörte sie die Geräusche des erwachenden Heims. Bald würde Schwester Anna das Frühstück bringen, und sie würden wie immer ein wenig miteinander plaudern. Sie freute sich darauf, Schwester Anna ihr Kind zeigen zu können.

Sie stand auf, um zur Latrine zu gehen. Auf dem Rückweg kam sie an einem offenen Fenster vorbei. Sie hörte draußen im Hof Stimmen, die ihre Aufmerksamkeit weckten. Eine dieser Stimmen erschien ihr vertraut. Zu vertraut. Aber das wurde ihr erst viel zu spät klar.

Im Torweg direkt unter dem Fenster stand ein Auto, ein schwarzes Auto, dessen eine hintere Seitentür geöffnet war. Auf dem Fahrersitz saß ein Chauffeur. Ein anderer Mann, der mit Schwester Carmelita ein paar Worte wechselte, schickte sich an, ins Auto zu steigen. Sie kannte diesen Mann: Es war ihr Bruder Mani. Mani hielt ein Bündel in den Armen, und das Bündel, so wußte sie instinktiv, war Nataraj, ihr Baby, ihr Sohn, ihr geliebtes Kind, Davids Sohn, ihr Liebling, ihre Zukunft, ihr Leben.

»Mani!« schrie sie durch das offene Fenster. Mani blickte hoch, sah sie, sprang ins Auto und schlug die Tür zu, dann fuhr das Auto mit ihrem Baby so schnell davon, daß der Kies aufspritzte.

Savitri rannte die Treppe hinunter, zur Eingangstür hinaus, in den Hof, auf die Straße. Sie rannte, so weit sie konnte, bevor man sie einholte und weinend und völlig außer sich zurückbrachte.

Savitri benachrichtigte Gopal, der sie zwei Tage später abholen kam. Sie hätte das Heim schon früher verlassen und den Bus nach Madras genommen, aber sie hatte kein Geld für eine Fahrkarte, und es wollte ihr niemand etwas leihen.

»Sie werden darüber hinwegkommen«, tröstete Schwester Carmelita sie. »Das ist bei allen so. Betrachten Sie es als das Beste. Er wird schließlich ein liebevolles christliches Zuhause bekommen, wo er Mutter und Vater hat, und...«

»Wie konnten Sie nur?« war alles, was Savitri sagte, dann wandte sie sich ab.

Unverschämte kleine Kreatur, dachte Schwester Carmelita. Nun, was konnte man von einer Heidin schon anderes erwarten?

»Warum hast du das zugelassen?« fragte Savitri Gopal nach einer Weile bitter. Inzwischen war sie innerlich ganz taub vor Entsetzen. »Warum hast du ihm überhaupt von dem Baby erzählt? Warum hast du ihm gesagt, wo er mich findet? Außer dir wußte es niemand.«

»Wie kannst du mir nur so etwas vorwerfen. Ich habe es ihm nicht gesagt!« erwiderte Gopal. Er begegnete ihrem Blick und sah wieder weg, da er den Vorwurf, der darin lag, einfach nicht ertragen konnte.

»Und, wie hat er es dann erfahren?«

»Ich weiß es nicht! Glaub mir! Vielleicht ist er mir gefolgt, als ich hierher kam. Was weiß ich!«

Nur eine Woche später war Gopal genauso außer sich wie sie. Die Baldwins saßen gerade beim Abendessen, als er wie ein Wahnsinniger hereinstürmte, das Haar zerzaust, die Augen so weit aufgerissen, daß man ringsum das Weiße sah.

»Sundaram ist verschwunden! Mani hat auch Sundaram geholt!«

Savitri sprang auf. »Nein! Wie? Wann?«

Henry stand auf, legte den Arm um Gopal und führte ihn zu einem Sessel. Gopal ließ sich in den Sessel fallen und wischte sich die Stirn mit einem Zipfel seiner *Lungi.* Dann begann er heftig zu weinen. Savitri hatte das Gefühl, als müsse sie sich gleich übergeben. Nicht das. Nicht das auch noch. Nicht auch noch Sundaram! Sie ging zu Gopal und legte ihm die Hände auf die bebenden Schultern. Langsam hörte er zu schluchzen auf und begann zu sprechen.

»Ich – ich war in der Arbeit... Fiona war allein zu Hause, sie saß draußen auf der hinteren Veranda. Sie las ein Buch. Einen dieser dämlichen Liebesromane, die sie sich immer aus England schicken läßt. Ach, wie oft habe ich ihr gesagt, sie solle ihre Zeit nicht mit dieser Art Lektüre verschwenden! Aber nein, sie besteht darauf, und das ist jetzt das Ergebnis! Als sie wieder nach oben ging, war das Baby weg! Einfach weg! Verschwunden, entführt! Ich muß gleich zu ihr zurück, sie suchen noch immer verzweifelt nach ihm. Ich bin nur gekommen, um euch zu sagen, was passiert ist.«

Er versuchte aufzustehen, aber seine Knie gaben nach. Er begann wieder zu weinen.

»Mein Sohn! Mein geliebter Sohn! Mani hat ihn entführt, genau wie er deinen Sohn entführt hat, Savitri! Wie kann mir mein Bruder so etwas antun! Mein eigener Bruder!«

»Hat Fiona ihn denn gesehen?« fragte Savitri. Plötzlich war sie sehr entrüstet, und kühle Vernunft schwemmte die große Verwirrung und das emotionale Chaos weg, das sie in den letzten Tagen gelähmt hatte. »Wenn Fiona ihn gesehen hat, können wir ihn verhaften lassen. Sicher hat er die beiden Babys irgendwo versteckt! Die Polizei muß uns helfen. Wegen Nataraj konnten wir nichts unternehmen, weil Mani sich die notwendigen Papiere besorgt hat – aber hier verhält es sich anders! Wenn Sundaram entführt wurde und wir Mani bei der Polizei anzeigen, dann werden sie ihn verhaften und die Babys finden!«

Zum ersten Mal seit Natarajs Verschwinden schöpfte sie wieder Hoffnung. Wenn Mani Sundaram entführt hatte, dann würde die Polizei folgern, daß er auch Nataraj entführt hatte… Wenn sie eines der Babys zurückbekommen konnten, dann würden sie auch das andere zurückbekommen!

»Fiona war schon bei der Polizei, aber die interessiert der Fall nicht. Sie haben gesagt, wir sollen erst einmal zwei Tage warten. Fiona hat aber schon die ganze Umgebung abgesucht, sie hat alle Nachbarn gefragt. Sie hat auch den Straßenverkäufer vor unserem Haus befragt, und der hat den Entführer sogar gesehen. Aber es war nicht Mani!«

»Es war nicht Mani? Aber ich dachte…«

»Es war nicht Mani selbst, meine ich. Der Verkäufer sah, wie ein Junge von ungefähr zwölf Jahren unser Haus mit einem Korb betrat, aber er hat sich dabei weiter nichts gedacht. Fünf Minuten später kam der Junge wieder heraus, und der Korb sah schwer aus, daher wissen wir, daß Sundaram darin gelegen haben muß – Mani muß diesen Jungen geschickt haben, aber wie sollen wir das beweisen? Wie, frage ich dich?«

»Wir können es nicht«, sagte Savitri, und es verließ sie wieder der Mut. Mani war natürlich gerissen genug, um sich nicht selbst zu belasten. Er hatte sich beide Babys geholt, und er würde sie niemals zurückgeben.

»Aber warum, Gopal, warum? Warum haßt uns Mani so sehr?« Sie hatte ihn das schon einmal gefragt. Jetzt stellte sie ihm diese Frage wieder und fügte hinzu: »Und warum haßt er unsere Babys, die ihm nichts getan haben?«

»Diese Babys sind beide zur Hälfte Lindsays. Die Lindsays sind Engländer – Weiße, Fremde. Und alle Fremden sind Mani ein Greuel. Es ist ihm ein Greuel, sie in seiner Familie zu haben.«

»Aber sie sind doch unschuldig! Sie sind doch seine Blutsverwandten! Ihr Inder legt doch solchen Wert auf die Familie, auf Söhne, warum…«, rief June.

Gopal sah sie mitleidig an. »Ihr Engländer glaubt in eurer Verblendung, daß ihr uns Indern überlegen seid. Für die orthodoxen Hindus seid ihr jedoch kastenlos. Mit euch auch nur Kontakt zu haben, heißt bereits, sich zu beschmutzen. Unreines Lindsay-Blut hat das reine Iyer-Blut verdorben. So denkt Mani. Deshalb wollte ich mit Fiona auch nicht in Madras leben. Deshalb habe ich versucht, meine Ehe und die Geburt meines Sohnes vor Mani geheimzuhalten. Es ist mein Ehrgeiz, der mich in diese Stadt geführt hat, mein Beruf... Ach, wenn ich gewußt hätte...«

»Aber was wird er mit diesen armen Babys machen? Er wird sie doch nicht... er wird ihnen doch nicht irgendwie schaden?« Savitri brachte die letzten Worte kaum heraus. Sie hatte ein milderes Wort als jenen schrecklichen Begriff verwendet, der ihr durch den Kopf gegangen war und den sie niemals laut aussprechen würde. Gopal gab ihr keine Antwort. Ihre Frage hing unbeantwortet in der Luft.

Der Rücksitz im Bus nach Bangalore war bereits besetzt, aber der Mann ging geradewegs darauf zu und quetschte sich zwischen zwei andere Fahrgäste, die wortlos zur Seite rückten, um ihm Platz zu machen. Er trug ein Bündel bei sich, das oben zugebunden war und das er jetzt auf den Boden hinter seinen Füßen absetzte. Er nahm sein Übertuch von den Schultern, rollte es zu einem unordentlichen Knäuel zusammen, schob es zwischen seinen Nacken und die Holzlehne des Sitzes und machte sich zum Schlafen bereit. Es würde eine lange Fahrt werden. Sie würde die ganze Nacht dauern. Sein Auftraggeber hatte gesagt, das würde nichts ausmachen. Er hatte dem Baby irgendein Pulver verabreicht, so daß es keinen Lärm machen würde. Bis jetzt hatte es tatsächlich keine Probleme gegeben, auch im ersten Bus nicht, obwohl er einmal ein wenig beunruhigt gewesen war, weil sich das Bündel bewegt hatte, woraufhin ihn der Mann neben ihm neugierig angesehen hatte. Deshalb hatte er es diesmal auf den Boden gelegt.

Auf diese Weise sah es niemand. Aber wer würde im Dunkeln überhaupt schon etwas sehen? Das Pulver würde etwa fünf Stunden lang wirken, hatte sein Auftraggeber gesagt. Er hatte somit genug Zeit. Er würde kurz vor Morgengrauen, also wenn es noch dunkel war, das Haus erreichen. Dieses Haus war in der Stadt und nicht auf dem Land wie das andere. Es gab dort sogar eine Klappe in der Wand, durch die man, in Fällen wie diesem, das Bündel ins Gebäude legen und unerkannt wieder verschwinden konnte. Sein Auftraggeber wußte all diese Dinge. Sein Auftraggeber war ein kluger Mann, und er war äußerst gerissen. Der Mann schlief beruhigt ein.

Zwei Stunden später wachte er auf. Der Bus fuhr in tiefer Dunkelheit eine verlassene Landstraße entlang. Der Fahrer hatte nicht einmal die Scheinwerfer eingeschaltet, offensichtlich genügte ihm das silbrige Zwielicht, das der Vollmond über die Landschaft goß. Alle anderen Fahrgäste schliefen. Ihn aber hatte irgend etwas aufgeweckt, war durch den Vorhang des Schlafes gedrungen und hatte seine gespannten Nerven alarmiert. Da war es wieder – ein Wimmern, ganz leise, aber laut genug, um ihm angst zu machen. Nicht vor dem Bündel selbst, das war natürlich harmlos, sondern davor, daß man entdeckte, was er da transportierte.

Er griff hinter seinen Kopf, zog das zusammengeknüllte Tuch, das ihm als Kopfkissen gedient hatte, hervor, beugte sich herunter und drückte es auf das Bündel, um das Geräusch zu ersticken. Das Bündel wand sich, der Mann drückte fester. Fester und fester, bis es sich nicht mehr bewegte.

63. Kapitel

Saroj

Mitten in der Nacht, im Schlaf, geschah etwas mit Saroj. Es kam wie ein Ozean, stieg aus den tiefsten Tiefen ihres Wesens auf und brach den Damm der Vernunft, spülte das sorgsam konstruierte Haus der Logik davon, überschwemmte ihre gesamte Identität, überflutete sogar das Gefühl für ihr Dasein und verwandelte es, so daß da nur noch dieser Ozean war, hell und warm und von einer sprühenden, unaufhörlichen Glückseligkeit, so echt, so wahr, so greifbar, daß alles, was gewesen war, alles, was sie je gewußt oder gedacht hatte, völlig unwichtig wurde: Es war plötzlich eitel und leer und unkörperlich wie Nebel. Dennoch enthielt dieser Ozean alles, was jemals gewesen war, was gegenwärtig war und was immer sein würde. Alles Leben war darin enthalten. Es war Liebe. Reine Schönheit.

Sie schlief, es aber war wach. Es weckte sie auf und war dann immer noch da. Es war kein Traum, sondern eine lebendige Erfahrung. Ihre Wangen waren tränenüberströmt.

Saroj besuchte Baba jetzt jeden Tag. Jedesmal hoffte sie, Nat würde da sein, aber das war nie der Fall. Allen anderen begegnete sie. Walter, Richie und James und manchmal sogar ihren Frauen, aber nie ihm. Sie wollte Gan fragen, aber die Worte blieben ihr im Halse stecken. Sie war verzweifelt. Hatte er England vielleicht sogar schon verlassen? Sie zermarterte sich das Gehirn – was hatte Trixie über seine Rückkehr nach Indien gesagt? Hatte sie ein Datum genannt, einen Tag? Hatte Onkel Gopal irgendwann einmal erwähnt, wo er wohnte? Sie stellte sich vor, wie sie ihm auflauerte, auf dem Bürgersteig vor seiner Wohnung auf ihn wartete. Ihn nur kurz sehen. Nur kurz mit ihm reden. Sie hatte es zu weit getrieben, das wußte sie jetzt. Sie hätte ihm an dem Tag, an dem sie ihm an Babas Krankenbett begegnet war, etwas sagen sollen, hätte ihn wenigstens ansehen oder sogar anlächeln sollen. Statt dessen hatte sie ihn völlig ignoriert. Hatte sich von ihm sogar abgewendet. Sie konnte nicht erwarten, daß er … er würde nicht... sie hatte alles kaputtgemacht. Sie konnte nicht arbeiten, sie konnte nichts lesen, sie verschlug beim Tennis die Bälle. Sie konnte weder essen noch schlafen.

Baba befand sich auf dem Weg der Besserung. Er war jetzt außer Lebensgefahr. Er erholte sich gut. Saroj zu sehen, ihre täglichen Besuche, ihre Vergebung, hatten Wunder gewirkt.

Nat blieb verschwunden. Drei Tage vergingen. Sie würde Trixie fragen müssen. Nein, sie konnte Trixie nicht fragen. Sie mußte aber. Trixie würde Bescheid wissen. Gan würde Bescheid wissen.

Schließlich aber war es Gan, der sie anrief: »Kannst du bei uns vorbeikommen? Wir müssen miteinander reden.«

»Worüber?«

»Über Baba natürlich.«

»Oh.« Ein beklemmendes Gefühl der Enttäuschung stieg in ihr auf. Sie hatte gedacht, Gan wollte mit ihr über Nat reden. Aber Nat war weg. Das wußte sie jetzt. Er war nach Indien abgereist, für immer. Er hatte aufgegeben. Und sie war es gewesen, die ihn fortgejagt hatte.

»Früher oder später wird Baba aus dem Krankenhaus entlassen werden«, sagte Ganesh, nahm sich einen Stuhl und setzte sich neben sie an den runden, weißen Tisch unter dem Giebelfenster. »Die Frage ist: was dann?«

Saroj schenkte sich eine Tasse Tee ein, gab Milch und Zucker hinein und trank einen Schluck. Der Tee war noch zu heiß, also nahm sie sich ein Kartoffelbällchen.

»Hast du irgendeine Idee?«

»Ich habe mit Indrani telefoniert. Sie sagt, daß Baba nach Guyana kommen und bei ihr wohnen kann. Ich denke, das ist die beste Lösung. Sie hat auch die Zeit, sich um ihn zu kümmern, und sie ist immer gut mit ihm ausgekommen.«

»Baba ist gesundheitlich doch gar nicht in der Lage, eine so weite Reise zu unternehmen«, sagte Saroj.

»Ich meine natürlich, sobald er wieder auf den Beinen ist. In ein paar Wochen oder Monaten. Wann auch immer.«

»Schon möglich, aber Baba waren Flugzeuge nie ganz geheuer. Er könnte sich schon beim Start so aufregen, daß er seinen dritten Herzanfall bekommt und einfach tot umfällt.«

»Er braucht auch gar nicht zu fliegen. Er könnte doch ein Schiff nehmen. Mit einem Schiff ist er schließlich auch hierhergekommen.«

»Du bist verrückt, Gan! Er kann nicht mehr allein reisen, genausowenig, wie er allein leben kann. Er braucht jemanden, der ihn begleitet und sich um ihn kümmert.«

»Ja, nun, Trix und ich haben ohnehin vor, bald einmal nach Hause zu fahren«, sagte Ganesh. »Dann könnten wir ihn mitnehmen. Wir würden unseren Reisetermin dann einfach etwas vorverlegen und ein Schiff nehmen.«

»Ihr wollt nach Hause fahren?«

»Ja«, sagte Ganesh. »Trixie hat Heimweh. Sie möchte ein bißchen Zeit mit ihrer Mutter verbringen und außerdem Flitterwochen in Tobago machen. Wir könnten ihn also mitnehmen. Das Problem ist nur ...«

»Das Problem bin ich«, sagte Trixie. Sie zog eine Schnute. »Ich mit meiner schwarzen Haut und meinem krausen Haar. Deodat Roy haßt mich. Und ich sehe nicht ein, weshalb ich ...«

Ganesh kratzte sich am Kopf. »Also, ich glaube, mit der Zeit wird sich das schon legen. Wenn er sich erst einmal an den Gedanken gewöhnt hat, daß wir miteinander verheiratet sind. Wenn er dich besser kennenlernt. Baba hat sich wirklich sehr geändert. Es war einfach ein Schock für ihn, auf diese Weise von unserer Hochzeit zu erfahren.«

»Solange er mich haßt, werde ich ihm nicht auch noch nachlaufen, herzlichen Dank.«

»Egal. Mir gefällt diese Vorstellung sowieso nicht«, sagte Saroj. »Wie sieht es mit der medizinischen Betreuung dort drüben aus? Wenn er ein schwaches Herz hat, dann ist es besser, er bleibt hier und läßt sich hier behandeln.«

»Wir leben dort doch nicht im Busch! Babas bester Freund war, wie du weißt, Dr. Jaikaran, und der ist Herzspezialist. Baba wäre also in guten Händen. Übrigens könnte ich auch allein mit ihm fahren, und Trix könnte später nachkommen.«

»Nein, das werde ich verdammt noch mal nicht tun! Entweder wir fahren gemeinsam oder gar nicht! Du wirst jedenfalls nicht erleben, daß ich mich vor Deodat Roy verstecke, Herzanfall hin oder her. Ich hätte nicht übel Lust, ihm ordentlich die Meinung zu sagen, nur um ...«

Gan schlang liebevoll den Arm um Trixie und legte ihr die Hand auf den Mund. »Pssst. Du wirst gar nichts tun.«

»Aber Baba würde nicht in Georgetown leben wollen«, wandte Saroj ein. »Dort warten zu viele schlimme Erinnerungen auf ihn, und er hat dort zu viele Feinde. Es wäre schrecklich für ihn.«

»Nun, warum machst du dann nicht auch einmal einen Vorschlag? Eines ist jedenfalls sicher, nach West Norwood kann er nicht zurück. Keinesfalls. Nicht allein. Wenn er in England bleibt, dann wird er bei Verwandten leben müssen«, erwiderte Ganesh. Er wandte sich an Saroj. »Und die einzigen, die ihn aufnehmen würden, sind wir, Saroj. Entweder Trix und ich oder du. Und da Trixie nicht in Frage kommt …«

»Schlägst du vor, daß ich zu ihm nach West Norwood ziehen soll?«

Alle drei schwiegen. Gan und Trixie senkten den Blick, vermieden es, Saroj anzusehen. Saroj wiederum stellte schuldbewußt fest, daß sie sich innerlich mit aller Macht gegen diese Vorstellung sträubte. Es war eine Sache, sich mit Baba zu versöhnen, für seine Genesung zu beten, sich zu wünschen, daß er lebte und wieder gesund würde. Etwas ganz anderes war es jedoch, so wurde ihr jetzt bewußt, während Schuldgefühle an ihrem Gewissen zerrten, ihn bei sich aufzunehmen und bis zum Ende seiner Tage für ihn zu sorgen.

»Ich kann es nicht«, sagte sie mit einer Stimme, die nur noch ein Piepsen war.

»Nun, gut.« Ganesh zuckte mit den Achseln, erhob sich dann mit einem entschlossenen Gesichtsausdruck, nahm die leere Teekanne und verschwand damit in die Küche. »Damit wäre das geklärt. Baba wird also nach Indien gehen.« Er sprach bewußt laut, damit Saroj ihn von der Küche aus auch hören konnte.

»Indien?«

Saroj starrte Trixie an, die den Blick abwandte und an ihrem Daumen kaute. Ganesh kam mit einer Kanne frischen Tee zurück.

»Ja. Indien.«

»Gan, du hast wohl völlig den Verstand verloren. Du denkst doch nicht etwa daran, Baba zu seinen Verwandten nach Bengalen zu schicken? Dort kennt er doch keine Menschenseele!«

»Doch, das tut er sehr wohl. Er hat dort nämlich eine Schwester und zwei Brüder mit deren Kindern«, sagte Ganesh. »Ich habe sie alle kennengelernt, als ich in Indien war. Und soweit ich mich erinnern kann, war Indien schon immer die einzige Konstante in Babas Leben. Das Gelobte Land. Baba hat den größten Teil seines Lebens im Exil verbracht. Er würde alles dafür geben, seine letzten Jahre daheim zu verbringen. Aber ich dachte dabei nicht an Bengalen.«

»Aber wo denn dann? Wo?« Saroj sah zuerst Trixie an, die ihr immer noch nicht in die Augen sehen konnte, und dann Ganesh, der, die Teekanne in der Hand, ihren Blick ruhig erwiderte und dabei sogar ein wenig lächelte. Spöttisch, so kam es ihr vor.

»Nun, Nat hat angeboten, ihn zu sich zu nehmen.«

Sarojs Herz machte einen Satz und raste dann mit halsbrecherischer Geschwindigkeit los.

»Nat?«

»Sieh nicht so schockiert drein, Saroj. Du bist selbst schuld. Du willst dich mit Baba nicht belasten, Trixie und ich können ihn nicht zu uns nehmen, und du selbst sagst, daß Guyana nicht in Frage kommt. Damit bleibt als einziger noch Nat, ob dir das nun paßt oder nicht.«

»Aber ... warum? Wie will er ...«

»Nat ist Arzt, und sein Vater ebenfalls. Für den Notfall gibt es in der nächsten Stadt ein Krankenhaus, in Madras ...«

»Ist Nat denn immer noch hier? In London?«

»Ja, natürlich. Aber ...«

Saroj sprang auf, rannte zum Telefon, riß den Hörer von der Gabel und rief: »Wie ist seine Nummer?«

Es klingelte an der Tür. Trixie schoß los, um zu öffnen. Saroj kam sich so schüchtern und verlegen vor wie eine verschleierte Teenager-Braut auf einer Hindu-Hochzeit. Ihr Herz hüpfte wie ein wild ausschlagendes Füllen, ihr Magen schlug Purzelbäume, und die Zunge klebte ihr am Gaumen. Nat betrat den Raum, einen Strauß roter Rosen in der Hand. Leuchtete er von innen, oder bildete sie sich das nur ein, oder war sie selbst es, die leuchtete? Oder sie beide?

Sie konnte es nicht sagen. Sie wußte nur, daß er sie in die Arme nahm, daß sie ihr Gesicht gegen seine Schulter preßte, daß er gut roch und sich gut anfühlte und daß sie auf irgendeine undefinierbare Weise endlich zu Hause war.

64. Kapitel

Savitri

Mit Henrys Hilfe suchte Savitri nach Nataraj. Sie mußte erfahren, daß sie, ohne es zu wissen, das Sorgerecht für ihren Sohn auf Mani übertragen hatte. Sie hatte das Formular während der Niederkunft unterschrieben, ohne zu wissen, was sie da unterzeichnete, denn die Urkunde war in Tamil abgefaßt, das Savitri nur sprechen, aber weder lesen noch schreiben konnte. Dennoch hatte sie blind vertraut und keine Fragen gestellt, denn eine Frau, die in den Wehen liegt, bringt jenen, die ihr durch diese schwierigen Stunden helfen, natürlicherweise Vertrauen entgegen.

Schwester Carmelita hatte durch jahrelange Erfahrung gelernt, daß man auf diese Weise seine Nerven schonte. Der Himmel wußte schon, was aus den Babys würde, die von Vätern, Müttern und älteren Brüdern fortgebracht wurden! Zwar wurden die Mädchen stets hysterisch, wenn sie erfuhren, was für eine Unterschrift sie da geleistet hatten, aber ganz gleich, wie schmerzlich es für die Mutter auch war, es ließ sich nicht leugnen, daß es für das Kind eindeutig das Beste war. Dieses Kind, dieser Nataraj, würde in ein gutes christliches Waisenhaus kommen. Und von dort aus würde er, hellhäutig, wie er war, gewiß ein gutes christliches Zuhause finden. Schade war nur das mit seinem Namen. Sie hatte dem Onkel des Babys gerade dessen Geburtsurkunde und die anderen Papiere übergeben, als die Mutter oben am Fenster wie eine Furie zu kreischen begonnen hatte, woraufhin der Onkel, bevor sie noch etwas sagen konnte, die Flucht ergriffen hatte. So war das Kind mit dem Namen Nataraj gestraft. Wie schade. Nun, im Good Shepheard Orphanage, dem Waisenhaus, das sie dem Onkel empfohlen hatte, würde man gewiß einen passenden Namen für ihn finden.

Es war ein gutes katholisches Waisenhaus.

Henry beauftragte einen Anwalt, der zu beweisen versuchte, daß die Übertragung des Sorgerechts für das Kind nichtig war. Savitri war vor Hoffnung ganz euphorisch – jedenfalls am Anfang. Dann jedoch sahen sie sich schier unüberwindlichen bürokratischen Hürden gegenüber. Eine Unterschrift war zwar schnell geleistet, dann jedoch kaum mehr anzufechten. Dokumente wurden unterschrieben und weitergeleitet, eilten zwischen Madras und Pondicherri hin und her, gingen auf dem Weg verloren, wurden unter Stapeln anderer Dokumente begraben. Beamte gaben ihre eigene Auffassung bezüglich der rechtlichen Lage zum besten, öffneten und schlossen Akten, steckten Bestechungsgelder ein, tranken Kaffee, gingen zum Mittagessen, entschuldigten sich wortreich, bekamen einen glasigen Blick und vergaßen die ganze Angelegenheit. Sie stellten einen Antrag bei Gericht, woraufhin sie vom Gerichtspräsidenten einen höflichen Brief erhielten. Einen weiteren vom Staatssekretär des Innenministeriums. Niemand jedoch half ihnen. Die Verfahren schleppten sich dahin. Über Wochen. Über Monate. Über Jahre.

Savitri suchte Mani auf. Sie flehte ihn an, ihr zu sagen, wo sich Nataraj aufhielt. Mani lächelte jedoch nur gemein und behandelte sie als das, was sie war: eine Frau voller Sünde. »Vergiß nicht, Savitri, Indien ist ein Land mit Millionen von Einwohnern, Hunderten von Millionen. Dein Sohn könnte in Bombay, Kalkutta oder Delhi sein. Oder aber in Kanpur, Amritsar oder Bihar. Vielleicht ist er aber auch in einem Dorf ganz in der Nähe. Er könnte in einem der Tausenden von Dörfern überall in Indien sein. Möglicherweise ist er auch schon tot. Wie willst du das je herausfinden?« verhöhnte er sie. »Das wird dir nicht gelingen. Niemals.«

Er hätte sie noch weiter verspottet, bekam aber einen Hustenkrampf. Savitri ließ ihn stehen und ging.

Nach drei Jahren war Savitri klar, daß sie Nataraj niemals wiedersehen würde. Nach drei Jahren erkannte sie aber auch, daß sie kurz davor war, den Verstand zu verlieren.

Jedes männliche Kleinkind, das sie sah, verschlang sie förmlich mit den Augen. Es hätte schließlich Nataraj sein können. Sie sah ihn überall, sah ihn auf der Straße auf den Hüften fremder Frauen sitzen, sah ihn aus den Fenstern vorbeifahrender Busse schauen, sah ihn auf den Straßen, den Bürgersteigen, in Rikschas, auf den Gepäckträgern und Querstangen von Fahrrädern, in Basaren, in Geschäften, überall. Sie ertappte sich dabei, daß sie auf der Straße fremde kleine Jungen festhielt, Jungen, die im richtigen Alter waren. Sie herumdrehte, um sie herumging, ihren Nacken berührte. Sie wußte, daß sie nie wieder Frieden finden würde – jedenfalls nicht, solange sie in einer Welt oder in einem Land lebte, in dem auch Nataraj lebte, und wo jedes Kind, dem sie begegnete, ihr Sohn sein konnte, ohne daß sie das wußte.

»In diesem Land muß man Einfluß haben, um etwas zu erreichen«, sagte Henry. »Wenn wir nur jemanden kennen würden, der wirklich Einfluß hat, irgend jemanden ... «

»Vielleicht Colonel Hurst? Er hat Savitri immer sehr gern gemocht ... «, überlegte June.

»Nein, keinen Engländer! Nicht bei der gegenwärtigen politischen Stimmung! Wenn ein Engländer versuchen würde, sich einzumischen und seinen Einfluß in einer rein indischen Angelegenheit geltend zu machen, wäre das verhängnisvoll. Wie dem auch sei, der Colonel würde uns wahrscheinlich ohnehin nicht helfen, Davids Kind zu finden!«

»Aber wer kann uns dann noch helfen?« Savitris Stimme klang verzweifelt.

Und dann ... Sie holte tief Luft. Plötzlich war ihr ein Name durch den Kopf geschossen. Jetzt wußte sie, an wen sie sich wenden würde. An einen Mann, der gewiß helfen konnte, denn er hatte ein Herz aus Gold. Einen Mann, der ihr zuhören würde. Einen Mann, selbst Inder, dessen Einfluß in Indien grenzenlos war. Sie würde sich ganz nach oben wenden, an einen Mann, der in diesem Land gleich nach Gott kam.

Sie nahm ihren Schreibblock und schrieb einen Brief, zehn Seiten lang, in dem sie ihre Geschichte erzählte und ihn bat, ihr zu helfen und die Mühlen der Bürokratie in Bewegung zu setzen. Sie las den Brief noch einmal durch, faltete ihn zusammen, steckte ihn in einen Umschlag und adressierte ihn an Mahatma Gandhi. Das Herz klopfte ihr bis zum Hals, als sie die Briefmarke anfeuchtete und aufklebte. Sie ging, rannte fast zum Postamt. Ihre Hand zitterte, als sie den Umschlag durch den Schlitz schob. Er wird mir helfen. Ich weiß es. Ach, Bapu, Bapu, bitte, bitte hilf!

Sie hatte nie auch nur eine Träne vergossen. Innerlich war sie so ausgedörrt, daß sie keine Tränen mehr hatte.

Sechs Monate später war ihre Stimmung gedrückter denn je. Gandhi hatte ihren Brief nicht beantwortet. Nun begann sie sich innerlich aufzulösen. Tu etwas Nützliches, sagte sie sich. Schließlich fand sie eine Arbeitsstelle im staatlichen allgemeinen Krankenhaus von Madras, und dort schätzte man sich glücklich, daß man sie hatte. Widme dich dem Dienst an anderen Menschen, dann erscheinen dir deine eigenen Probleme nicht mehr so groß. Gib nicht auf. Nataraj ist irgendwo und wartet auf dich. Ständig an ihn zu denken, sich ständig um ihn Sorgen zu machen bringt ihn nicht zurück. Tu, was du kannst, um ihn zu finden, aber wende deinen Geist und deinen Körper einer größeren Aufgabe zu. Und so arbeitete sie weiter.

Sie hielt ein Baby in ihren Armen, das von seinem eigenen Vater, einem Bettler, geblendet und verkrüppelt worden war, um mehr Geld erbetteln zu können. Da wußte sie, daß es auf dieser Welt größeres Elend als das ihre gab. Wenn sie sich diese Tatsache nur oft genug vor Augen hielt, würde sie das davor bewahren, verrückt zu werden.

Fiona hingegen verlor langsam den Verstand. Als man Sundaram nicht finden konnte, versank sie in immer tieferer Verzweiflung. Da sie nicht mehr in der Lage war, sich selbst, geschweige denn den Haushalt zu versorgen, war sie nach Fairwinds zurückgekehrt. Schließlich gehörte ihr das Anwesen jetzt ganz allein, da ihre Eltern in London bei einem Bombenangriff ums Leben gekommen waren. Ein kleines christliches Hausmädchen kümmerte sich um sie, ein Koch kochte für sie. Gopal ertränkte seinen Kummer im Alkohol und in der Arbeit. Er ging nach Bombay zurück und kehrte dem Chaos, in welchem sein bisheriges Leben geendet hatte, den Rücken.

Allein Savitri weigerte sich, die Hoffnung aufzugeben.

Henry und June beobachteten das mit Sorge. Schließlich sagte June: »Hör zu, Savitri. Henry und ich haben beschlossen, nach Australien auszuwandern. Zum einen läuft Ende diesen Jahres Henrys Vertrag aus, und zum anderen steht der Krieg hier vor der Tür. Außerdem wird man uns Engländer sowieso schon bald aus Indien rauswerfen. Wir werden uns in Perth niederlassen, wo ich einen Bruder habe. Wir möchten, daß du mit uns kommst, damit du dort ein neues Leben beginnen kannst. Du hast immer noch soviel Kraft. Dein Leben ist noch nicht vorbei, hier aber verschwendest du es nur. Wir würden uns sehr freuen, dich bei uns zu haben. Wir helfen dir, alle nötigen Papiere zu bekommen, einen Job zu finden und bei allem anderen auch.«

Savitri schüttelte nur den Kopf.

Savitri bückte sich, um den Brief aufzuheben.

Es war ein Brief von ihm, von Bapu. Er entschuldigte sich, daß er ihr jetzt erst antwortete: Seine Frau sei in diesem Jahr gestorben, er selbst gesundheitlich schwer angeschlagen. Malaria, Ruhr und ein Hakenwurm hatten ihn aufs Krankenlager geworfen, so daß es ihm eine Zeitlang nicht möglich gewesen war, seine Post zu beantworten. Er habe, nachdem er ihren Brief gelesen hatte, zwar das Gefühl, daß er nur wenig tun könne, werde den entsprechenden Behörden aber eine persönliche Note zukommen lassen. In der Zwischenzeit sei es wichtig, daß Savitri ihren Seelenfrieden finde. Seelenfrieden, so schrieb Bapu, sei nämlich das, was man unter allen Umständen erlangen müsse. »Es gibt einen wahren Mahatma, der nicht weit von Madras entfernt lebt. Ich werde dir seine Adresse geben. Geh zu ihm«, riet er ihr. »Dort wirst du Trost finden.«

65. KAPITEL

Saroj

Im Laufe der letzten Tage hatte Nat sie sanft umschmeichelt und umworben, und sie hatte sich ihm wie eine Rosenknospe, Blütenblatt für Blütenblatt, geöffnet, zögernd zuerst, denn sie bewegte sich auf neuem, unerforschtem Terrain und kannte den Weg noch nicht. Er war jedoch sanft und stark zugleich. Seine Liebe war fest wie ein Fels. Sie war echt. Und so kam es, daß sich ihm auch die dämmrigen Bereiche ihrer Seele entgegenreckten wie freundlichem, warmem Licht. Jetzt fand sie Worte, um sich ihm mitzuteilen, und konnte auf diese Weise die Schatten in Sprache verwandeln und alles mit ihm teilen.

So wie sie sich in sich selbst zurückgezogen hatte, hatte sie London nie wirklich gesehen. Jetzt zeigte ihr Nat die Stadt. Sie sah, und dennoch sah sie nicht, denn wirklicher als alles andere war die Liebe, die sie erfüllte. Mit Nat an ihrer Seite lachte ihre Seele. Stets begegnete er ihrem Blick, lag sein Arm um ihren Schultern, hatte er sie bei der Hand genommen oder strich ihr das Haar aus dem Gesicht. Stets waren da seine warme Berührung und sein wunderschönes Lachen.

Ein solches Lachen hatte sie bislang nicht gekannt. Es verwandelte ihre bloße körperliche Schönheit und verlieh ihr einen strahlenden Glanz, denn es erleuchtete sie von innen, erfüllte sie, und sie blühte auf.

Sie trafen sich jeden Tag an Babas Krankenbett. Nat war immer schon da, wenn Saroj nach der Arbeit ins Krankenhaus kam. Sie schlich sich dann gern leise an, um ihnen heimlich bei ihrer Unterhaltung zuzuhören. Nat, so stellte sie fest, gelang es, Baba mit dessen eigenen Waffen zu schlagen. Er kam mit geheimnisvollen Übersetzungen irgendwelcher Sanskrit-Texte und brachte ihn mit deren Hilfe von Meinungen und Vorurteilen ab, die bei ihm so tief verwurzelt waren, daß sie, wie es ihr schien, den eigentlichen Kern seines Wesens bildeten. In Babas Welt hatte eine jede Kreatur ihren festgefügten, unantastbaren Platz in der Hierarchie des Daseins: von Gott so verfügt und auf ewig gültig. Diese streng strukturierte Welt hob Nat nun mit Logik, Takt und Humor aus dem Angeln.

»Schau, Pitaji, ich habe das Buch gefunden, von dem ich dir erzählt habe. Es ist ein jahrhundertealter Kommentar über die wedantischen Sutras. Ein gewisser Sri Karapatra Swami hat die wichtigsten Punkte in zwölf Kapiteln zusammengefaßt, die vor kurzem ins Englische übersetzt wurden. Das Ganze gehört zu den schönsten adwaitischen Texten. Es heißt dort, daß es keinen grundlegenden Unterschied zwischen einem Brahmanen und einem Sudra gibt.«

»Was für ein Unsinn! Ein Brahmane unterscheidet sich von einem Sudra wie eine Lotusblüte von einem Klumpen Erde! Verkauf mich nicht für dumm!«

»Ja, aber worum wettest du, wenn ich behaupte, daß ich dir das widerlegen kann? Daß du im Kern der Weden die Lehre findest, daß keinerlei Unterschiede existieren?«

»Es ist von Anbeginn der Zeit so bestimmt gewesen, daß es diese Unterschiede gibt!«

»Worum wetten wir?«

»Aha, jetzt weiß ich, was du vorhast! Du bist der böse Sakuni, der versucht, den guten Yudhisthira mit hinterhältigen Tricks zu besiegen!«

Nat lachte und drohte Baba mit dem Finger. »Nein, nein, Pitaji, hier geht es nicht um Gut gegen Böse! Deine eigenen wedischen Schriften sagen, daß es keine Unterscheidung gibt, hier steht es schwarz auf weiß. Soll ich es dir vorlesen?«

Mit einem Taschenspielertrick, so schien es Saroj, zauberte Nat, dessen Hand eben noch leer gewesen war, ein kleines gelbes Buch hervor, mit dem er Baba nun vor dem Gesicht herumwedelte.

»Gib mir das Buch!« sagte Baba und griff danach.

»Nein, ich werde es dir vorlesen. Du kannst es später dann selbst nachlesen. Hör zu.« Er schlug das Buch an einer Stelle auf, die er gekennzeichnet hatte. *In den Suta Samhita heißt es, daß...* Gehorsam hörte Baba zu, als Nat laut zu lesen begann. Er blätterte um, hielt abermals den Finger hoch und sagte: »Jetzt hör genau zu, Pitaji, hier steht es:... *es in bezug auf Kaste, Lebensphase und ähnliche Dinge absolut keinen Unterschied gibt. Sei der Suchende nun der herausragendste Gelehrte, Pandit, Analphabet, Kind, Jugendlicher, alter Mann, Junggeselle, Hausvater, Tapasvi, Sanyasi, Brahmane, Ksatriya,*

Vaisya, Sudra, ein Chandala oder eine Frau... Das ist die unbestrittene Ansicht der Weden und Sastras.

»Das kann nicht sein!« rief Baba.

Nat lachte und fuhr zu lesen fort. Es klang, als würde er Baba nachahmen: *Schüler: Das kann nicht sein. Wie können Analphabeten, Frauen und Chandalas zur Ausschließlichkeit eines Pandit, der die Sastras studiert hat, befähigt sein?*

Von Baba gelegentlich unterbrochen, las Nat weiter, dann diskutierten und stritten die beiden über die Auslegung des Textes. Fast unbemerkt schlüpfte Saroj ins Zimmer, nahm sich einen Stuhl, setzte sich hin und hörte zu. Nat und Baba warfen ihr nur einen kurzen Blick zu.

Allmählich begann sich Saroj zu langweilen. »Warum müßt ihr beide immer solchen Unsinn reden?« warf sie in einer kurzen Gesprächspause ein. »Hört jetzt endlich auf damit und laßt uns ein paar praktische Dinge besprechen.«

Nat klappte das Buch zu und drehte sich lächelnd zu ihr um. »Du kommst heute aber spät.«

Deodat streckte ihr die Hand entgegen. Sie ergriff sie, woraufhin er sie sanft zu sich herzog und dabei neben sich aufs Bett klopfte, damit sie dort Platz nahm.

»Nat erklärt mir gerade die Theorie des Adwaita. Der Nicht-Zweiheit. Er ist einfach viel zu klug für mich. Ich habe mittlerweile schon richtig Angst vor diesen Adwaitisten! Sie würden das gesamte Universum zerstören und uns alle auf ein einziges, unvermischtes Selbst ohne jeden Unterschied reduzieren.«

Nat lachte und Deodat stimmte in dieses Kichern ein.

»Dieser ganze theoretische Kram ist mir einfach zu hoch«, sagte Saroj. »Ich für meinen Teil glaube lieber an das, was ich sehen, anfassen und beweisen kann.«

»Ja, aber hör zu, Saroj: Wenn dieses ganze Universum, wie die Adwaitisten behaupten, nichts als ein geistiges Konzept ist, was gibt es dann zu beweisen, und wer wird es beweisen?« Babas Stimme klang begeistert. Er richtete sich zu einer halb sitzenden Position auf und stützte sich auf seine Ellbogen.

»Ach, laß sie doch, Pitaji. Saroj sagt, sie will mit uns über praktische Dinge sprechen, also hören wir uns an, was sie zu sagen hat.«

»Und wenn selbst diese praktischen Dinge vollkommen unwirklich sind? Hm? Was sagst du dazu? Deiner Theorie zufolge...«

»Nicht meiner Theorie zufolge. Die adwaitischen Lehren sind mehrere tausend Jahre alt.«

Saroj konnte Baba nur staunend ansehen. Es war, als läge da ein vollkommen anderer Mensch im Bett vor ihr, ein entspannter, aufgeschlossener, großzügiger, umgänglicher alter Mann, der mit Nat, der dieses Wunder bewirkt hatte, herumscherzte. Für Saroj gab es nämlich keinen Zweifel, daß es an Nat und an Nat allein lag, daß Baba Erlösung gefunden hatte. Genau wie sie selbst. Ihre Versöhnung mit Baba war nur Teil jenes anderen, größeren Wunders, sie war dessen logische Konsequenz, dessen Ergebnis und nicht dessen Ursache. Es war, als würde etwas Heilsames von Nats Händen ausgehen und alles, was er berührte, in Gold verwandeln.

»Also, was sind das für praktische Dinge, die du mit uns besprechen wolltest, Saroj?«

»Ach, nichts Spezielles. Ich wollte nur, daß ihr endlich das Thema wechselt. Für mich ist das nämlich alles viel zu abstrakt.«

»Nun, dann habe ich etwas Praktisches, worüber ich mit dir reden möchte. Warum bekomme ich keinen Besuch von Ganesh und seiner Frau?«

Sie starrten ihn an. Dann warf Nat Saroj einen strahlenden Blick zu, und ein breites Lächeln erschien auf seinem Gesicht. Als Saroj stotternd zu antworten versuchte, sagte Nat: »Pitaji, Ganesh und seine Frau werden morgen um diese Zeit hier sein. Dafür verbürge ich mich.«

»Baba, wir dachten, wir dachten …« Saroj rang sichtlich nach Worten.

»Ihr dachtet, daß ich ein sehr dummer, starrköpfiger alter Mann bin, der nicht einsehen kann, daß er einen Fehler gemacht hat. Nun, wie Nat es gerade so überzeugend erklärt hat: Es gibt absolut keinen Unterschied zwischen den verschiedenen körperlichen Erscheinungsformen, warum sich also aufregen? Selbst ein armer, unwissender Dwaitist wie ich muß sich von Zeit zu Zeit an die Worte, die Krishna auf dem Schlachtfeld von Kurukshetra sprach, erinnern, nämlich daß der Weise gleichmütig bleibt, egal, was ihm auch widerfährt. Also sie sollen kommen, und ihr alle hört endlich auf, mich wie einen senilen alten Dummkopf zu behandeln. Laßt sie kommen!«

66. Kapitel

Saroj

Deodat Roy schloß mit Ganesh und Trixie seinen Frieden. Als wäre dies die letzte Angelegenheit gewesen, die er auf dieser Erde noch zu erledigen hatte, starb er in der darauffolgenden Nacht.

Seine persönlichen Papiere, mit rotem Zwirn zusammengeschnürt, fielen fast auseinander, als Saroj sie in die Hand nahm. Sie hatte sie in einem Koffer unter Deodats Bett gefunden, dem Koffer, der seine Briefe und andere Unterlagen enthielt. Sie hatte die Papiere eins nach dem anderen durchgesehen und zwei Stapel gebildet: einen, den sie wegwerfen würde, und einen mit Dokumenten, mit denen sie sich befassen mußte und die sie aufheben würde. Der größte Teil des Bündels, das sie jetzt in der Hand hielt, gehörte mit ziemlicher Sicherheit auf den Haufen, den sie wegwerfen würde. Saroj seufzte, schnürte es aber auf, so wie sie alle anderen Bündel auch aufgeschnürt hatte.

Deodats Korrespondenz mit Indien war spärlich, aber regelmäßig gewesen. Bis jetzt hatte sie jedoch keinen der Briefe lesen können, da sie bis auf die Umschläge, die auf englisch adressiert waren, alle in Bengali abgefaßt waren. Natürlich hätten sie, wie Gan vorgeschlagen hatte, auch alles einfach komplett wegwerfen können. Saroj hatte sich jedoch geweigert, dies zu tun. Ihre akribische, methodische Natur ließ nicht zu, sich dieser Unterlagen auf so nachlässige Weise zu entledigen, und so war ihr jetzt die Aufgabe zugefallen, alles durchzusehen und die Spreu von den vielleicht wenigen Körnern Weizen zu trennen.

Was sie jetzt in den Händen hielt, war jedoch vielversprechend: vier indische Luftpostbriefe mit rotblauem Rand, auf denen die Absender auf englisch vermerkt waren. Sie drehte die Kuverts um. Drei davon trugen eine Rückadresse von verschiedenen Angehörigen der Familie Roy in Kalkutta. Der vierte Brief unterschied sich jedoch von den anderen. Die spinnenartige Handschrift war schwer zu entziffern. Als Saroj in dem trüben Licht in Deodats verwaistem Zimmer die Augen zusammenkniff, konnte sie das in Großbuchstaben geschriebene Wort »Madras« lesen. Sie zuckte zusammen. Ma stammte aus Madras, nicht Baba, ihre gesamte persönliche Korrespondenz war aber doch mit ihr verbrannt? Baba hatte auch seine Privatangelegenheiten von seinem Büro aus erledigt. Zu Hause, wo die Kinder den ganzen Tag herumtobten, sei alles viel zu chaotisch, hatte er immer behauptet. In seinem Büro hatte auch die klapprige alte Schreibmaschine gestanden, auf der er seine Briefe schrieb, die geschäftlichen wie die privaten, und dies war auch der Grund, weshalb diese Papiere jetzt überhaupt noch existierten.

Saroj faltete den Luftpostbrief, der so dünn und zart war, daß er ihr in den Händen zu zerfallen drohte, auseinander. Sie kam sich wie ein Eindringling auf verbotenem Terrain vor, als sie ihn las.

Es war schwierig und dauerte eine gewisse Zeit, denn die Worte waren mehr gekrakelt als geschrieben, durch das Alter verblaßt und so beinahe unleserlich geworden. Als sie ihn gelesen hatte, las sie ihn noch einmal und kopierte ihn dann in ein halb leeres Schulheft, das sie unter den Papieren gefunden hatte und dessen andere Hälfte mit geheimnisvollen Zahlenreihen gefüllt war, deren Bedeutung sich ihr nicht erschloß.

Sehr geehrter Herr,

mit großem Interesse hat meine Familie Ihre Anzeige in der Times of India, *die in der Anlage beigefügt ist, gelesen. Ich lege Ihnen zur Kenntnisnahme ein Foto meiner wunderschönen jüngeren Schwester bei. Sie ist Brahmanin, unglücklicherweise früh verwitwet und ohne Nachkommen, obwohl sie nachweislich in der Lage ist, gesunde Kinder zur Welt zu bringen. Der prächtige Sohn, den sie geboren hat, ist leider wie ihr Ehemann verstorben. Ich strebe an, meine Schwester wieder zu verheiraten, wobei räumliche Entfernung kein Hindernis ist. Das Foto wurde zwar noch vor ihrer Hochzeit aufgenommen, ist also nicht neu, dennoch bin ich sicher, daß Sie daraus ersehen können, daß meine Schwester eine höchst passende Party für Ihre hochgeschätzte Person wäre. Sie ist darüber hinaus wunderschön und äußerst häuslich. Sie spricht, wie von Ihnen vorausgesetzt, ausgezeichnet Englisch. Außerdem ist sie eine hervorragende Köchin und Hausfrau. Sollte diese bescheidene Bewerbung auf Ihr Interesse stoßen, senden Sie Ihre Antwort bitte an die oben genannte Adresse.*

Hochachtungsvoll

Die Unterschrift war unleserlich, auf dem Briefkopf stand jedoch ein gedruckter Name: G. P. Iyer, gefolgt von einer Adresse in Madras. Onkel Gopal also. Der ewige Wichtigtuer und Kuppler. Dies also war der Brief, der Ma zu Baba geführt hatte, die Antwort auf die kleine Anzeige, die in Onkel Balwants Familienarchiv klebte, der Brief, der dieses erste Foto einer jungen und hoffnungsvollen Ma begleitet hatte.

Saroj kopierte alles in das Schulheft. Sie war völlig verwirrt: Begeisterung, Bedauern, Neugier, Hoffnung, all das empfand sie gleichzeitig. Ein Gefühl jedoch wurde bald besonders deutlich, nämlich der Wunsch, all das mit jenen Menschen, die ihr am nächsten standen, zu teilen, mit Ganesh und Trixie, vor allem aber mit Nat.

Sie sehnte sich nach ihm, so wie sie das immer tat, wenn sie nicht zusammen waren. Jetzt jedoch beschworen diese Worte aus der Vergangenheit wieder eine gewisse Angst in ihr herauf, einen tiefen Abgrund des Nichtwissens. Ma war immer noch eine offene Wunde in ihrem Inneren, eine Wunde, die hinter der Freude und der Schönheit des gegenwärtigen Augenblicks immer noch schmerzhaft klopfte. Sie sehnte sich danach, Nat ihren Schmerz über den Verlust von Ma mitteilen zu können. Sie hätte ihm gern ein Foto von Ma gezeigt, aber bis auf jenes, das Onkel Balwant besaß – eine ironische Wendung des Schicksals, dachte Saroj –, waren alle Fotos von Ma damals dem Feuer zum Opfer gefallen. Aber Nat mußte auch über diesen Teil ihrer Vergangenheit Bescheid wissen. Er mußte über Ma Bescheid wissen. Den Schmerz berühren.

Saroj zeigte Nat ihre Wunden. Er zeigte ihr die Wunden anderer Menschen. »Ihre Wunden sind viel tiefer als die deinen, Saroj. Begleite mich nach Indien. Komm und arbeite mit mir. Du wirst sehen: Es gibt keine größere Befriedigung.«

»Aber ich habe doch gerade erst mit meinem Studium begonnen«, wandte Saroj ein. »Wie soll das denn gehen?«

»In Madras und Bangalore gibt es auch gute Universitäten. Und wenn du fertig bist, wird es in Prasad Nagar für dich viel Arbeit geben. Es gibt wirklich jede Menge zu tun. Ich denke dabei vor allem an die Frauen, Saroj! Dich hat der Himmel geschickt. Dad und ich tun zwar unser Bestes, aber die Frauen in Indien haben Scheu vor Männern, weißt du. Wir kommen nicht so an sie heran, wie du es als

Frau könntest. Wir können mit ihnen weder über Dinge wie Geburtenkontrolle und Menstruation sprechen, noch wollen sie uns bei den Geburten dabeihaben. Das alles wären dann deine Aufgaben.«

»Du sprichst von einer Berufung, Nat. Ich weiß nicht, ob ich das Zeug dazu habe.«

»Du hast doch immer nach Vollendung gestrebt, nach dem höchsten Ziel. Das ist das höchste Ziel. Glaub mir.«

Nats Begeisterung war ansteckend. Prasad Nagar, so entnahm Saroj seinen Worten, mußte gewiß der Himmel auf Erden sein. Es hörte sich bei ihm so an, als wäre es der größte Gewinn, der einem Menschen zuteil werden konnte, den Fuß auf den Boden von Prasad Nagar zu setzen, und als wäre es die höchste Ehre und das größte Privileg, das Gott einem Menschen verleihen konnte, für die Armen zu arbeiten, unentgeltlich, in primitiven Lehmhütten oder unter gleißender Sonne, ausgestattet nur mit den elementarsten Geräten und einer zufälligen Auswahl von Medikamenten, die man bei den Pharmariesen erbettelt hatte. Er hatte sie schon fast überzeugt.

»Indien kommt mir einfach so weit weg, so fremd vor«, gestand sie ihm nun.

»Aber dort sind deine Wurzeln. Und… Saroj, schau, wenn du mich liebst, wirst du auch Indien lieben. Entweder du liebst Indien oder du haßt es, und alles, was ich bin, alles, was du von mir weißt, ist durch Indien geprägt worden. Ich meine das wirkliche Indien, das Indien hinter dem Chaos und dem Dreck, dem Wahnsinn und der Häßlichkeit, das Indien des Geistes. Du wirst es spüren. Ich weiß es. Und du wirst Indien lieben. Du wirst genau wie ich davon verzaubert werden.«

»Ein Teil von mir, die alte Saroj meiner Kindheit, lehnt Indien vollkommen ab. Aber da ist noch etwas anderes. Im Augenblick ist dieses Gefühl noch irgendwie verschwommen, aber ich kann es trotzdem wahrnehmen. Eine Faszination. Ein Geheimnis, das unbedingt gelüftet werden muß. Dieser Brief und Onkel Gopal, sie sind der Schlüssel. Ich würde ihn gern wiedersehen, Nat. Ich würde gern mehr herausfinden. Ich muß wissen, wer Ma wirklich war, wie ihr Leben verlaufen ist, bevor sie den Ozean überquerte und ganz von vorn anfing. Es ist, als würde ich damit, daß ich Ma entdecke, mich selbst entdecken.«

»Das wirst du auch. Das garantiere ich dir.«

Fliegen heißt in der Stille zu schweben, dachte Saroj. Ein endloser Raum zwischen Vergangenheit und Zukunft. Alles, was war, ist zum Stillstand gekommen, Türen haben sich geschlossen, neue Türen werden sich öffnen. Dennoch: Die Türen, die sich zu meiner Zukunft öffnen, werden sich auch zu meiner Vergangenheit öffnen. Nicht nur zu meiner eigenen Vergangenheit, sondern auch einer Vergangenheit, die Jahrhunderte zurückreicht und Generationen von Männern und Frauen einschließt, die einander begegneten, heirateten, Kinder bekamen. Ich befinde mich ganz am Ende dieser Abfolge, umrunde den halben Erdball und kehre jetzt zurück. Nach Hause!

All dies erschien ihr schier unermeßlich. Sie war davon überwältigt. Daß sie nichts über ihre Wurzeln wußte, beschämte sie. Ihr ganzes Wesen strebte vorwärts. Sie war begierig, zu erfahren, zu verstehen und zu wissen, wer sie war und wo sie herkam. Nur ein kleines Stück außerhalb ihres Horizonts schien großer Reichtum auf sie zu warten. Es kam ihr so vor, als wäre sie schon immer ein Kelch gewesen, aber ein Kelch, der verkehrt herum stand und von diesem Reichtum keine Notiz nahm. Nun war anscheinend nichts anderes erforderlich, als diesen Kelch umzudrehen, ihn hochzuhalten, sich zu öffnen und all diesen Reichtum in sich hineinfließen zu lassen.

In Colombo nahmen Saroj und Nat sich ein Zimmer in einem Hotel, das eine halbe Fahrstunde vom Flughafen entfernt lag. Ihr Zimmer verfügte über einen Balkon mit Blick auf den Strand. Das Meer befand sich direkt vor ihrer Haustür, und sie hatten zwei Wochen ganz für sich allein. Sie kamen in der Nacht an, von der Reise erschöpft und zu müde, um noch etwas anderes tun zu können, als sich auf das Doppelbett, das mitten im Zimmer stand, fallen zu lassen. Er nahm sie in seine Arme. Es war ihre erste gemeinsame Nacht.

Die Morgendämmerung weckte sie mit dem leisen Plätschern des Wassers auf dem Sand und dem zaghaften Zwitschern eines Vogels auf dem Balkongeländer, und sie erwachten in dem süßen Gefühl einer Liebe, so tief und sicher, daß sie wußten, diese Liebe mußte schon lange vor ihnen dagewesen sein und nur darauf gewartet haben, daß sie sie fanden. Es war eine Liebe, die sie willkommen hieß wie das Meer, das jemanden umschließt, der früh am Morgen am Strand seine Gebete spricht. Sie verschmolzen ineinander, wie ein Salzklumpen mit dem Ozean verschmilzt. Liebe war Harmonie. In der Liebe seine Identität zu verlieren hieß nicht, sich selbst zu verlieren, sondern sich im anderen zu finden, denn die Einheit von zweien war größer und umfassender als die Summe zweier getrennter Teile. Zwei Flammen vereinigten sich zu einer größeren.

Später gingen sie schwimmen. Das Wasser war weich und warm, ihre Haut glänzte golden, ihre Augen waren klar und lachten. Tage wurden zu Nächten, Nächte zu Tagen, und es gab weder Tag noch Nacht, sondern nur sich in Wellen bewegende Zeit. Ihre Liebe, die wuchs und gedieh und die sie immer tiefer in sich hineinsog, war das Maß der Zeit, und nur der Klang ihres Lachens und ihre Fußspuren im Sand zeigten an, wie diese Zeit verstrich.

»Wäre es nicht wunderbar, wenn wir die Zeit anhalten könnten – sie in einer Kapsel aufbewahren könnten, die nur wir beide betreten können? Und wann immer wir das Bedürfnis haben, könnten wir in diese Kapsel gehen und zu dieser Zeit zurückkehren, wo alles so wie jetzt geblieben ist und sich nichts verändert hat?«

Saroj sagte das beinahe flüsternd. Sie saß mit Nat am Ufer, gerade außer Reichweite der schäumenden Wellen, die auf sie zuspülten und vergeblich versuchten, an ihren Zehen zu lecken. Es dämmerte bereits. Vor gerade einer Minute war das letzte Stückchen Sonne hinter dem Horizont versunken. Sie waren allein. Der Strand war leer. Bis auf die blinkenden Lichter eines Flugzeugs, das sich im Landeanflug auf Colombo befand, war der Himmel weit, wolkenlos und ohne jede Bewegung.

Nat drückte sie fester an sich.

»Du frierst ja«, sagte er, und dann: »Denkst du an morgen? Hast du Angst?«

»Ja, Nat. Ich wünschte, es würde nie morgen werden. Ich wünschte, das hier würde niemals enden. Ich möchte weder nach Madras fliegen noch je wieder irgendwelche anderen Menschen sehen. Ich will nur hier sein, bei dir.«

»Du wirst immer bei mir sein«, sagte Nat. »Denn wo immer du auch bist, werde auch ich sein. Jeden Augenblick eines jeden Tages und einer jeden Nacht. Selbst wenn du mich nicht sehen, hören oder spüren kannst, werde ich bei dir sein. Ich bin du, Saroj. Spürst du das nicht, weißt du das nicht? Immer und überall.«

»O ja, Nat, natürlich. Aber trotzdem. Das hier ist so… so vollkommen. Ich wünschte, es würde nie enden. Aber es wird enden.

Morgen. In dem Augenblick, in dem wir in Madras aus dem Flugzeug steigen, wird uns die Welt einholen und uns für sich vereinnahmen.«

»Und das ist es, wovor du Angst hast?«

»Nicht direkt Angst. Ich will nur nicht, daß es geschieht. Es ist alles so weit weg. Alles, was zählt, ist das Hier und Heute. Und morgen um diese Zeit wird das alles vorbei sein. Vergangenheit.«

»Nein, es wird nicht vorbei sein. Wo immer wir sind, es wird immer da sein, und zwar in uns, Saroj, direkt in uns drin! Das ist die Wirklichkeit, und nicht all das, was dort auf uns wartet.«

Er deutete über das Meer, westwärts, nach Indien. Indien, das Saroj noch vor kurzem geradezu magnetisch angezogen hatte, wirkte jetzt bedrohlich auf sie. Es kam ihr wie ein ungeschlachtes Tier vor, das sie verschlingen würde, das sie in sich aufsaugen, sich einverleiben wollte und diese tiefe Vollkommenheit, die sie mit Nat verband, zerstören würde. Vielleicht war es einfach das Wissen, daß ein solches Glück, eine solche Vollkommenheit nicht ewig dauern konnte, daß etwas so Kostbares auch sehr zerbrechlich war...

Ich habe das alles nicht verdient, dachte sie unwillkürlich. Es ist so kostbar, so unbezahlbar. Kann so leicht kaputtgehen. Sie versuchte es zu packen und festzuhalten, aber als sie danach griff, hielt sie nur Angst in ihren Händen. Es kann gar nicht von Dauer sein, sagte ihr diese Angst. Etwas Schreckliches wird passieren. All dies hier wird zerstört werden. Es war nie für mich gedacht. Ich bin unvollkommen, wie kann da solche Vollkommenheit in mir wohnen?

67. Kapitel

Savitri

Savitri kam in der sengenden Hitze der Mittagssonne im Asramam an. Bis auf den Pfau, der auf dem Dach der nächsten Hütte hockte, war kaum ein Zeichen von Leben zu entdecken. Unter einem Pipalbaum lag ein schlafender Hund, der mit zuckendem Schwanz die Fliegen vertrieb. Savitri ging zwischen den wenigen weißgekalkten, strohgedeckten Hütten hindurch, die auf dem freien Platz verstreut standen, und trat dabei vorsichtig auf den roten Sand, der so heiß war, daß er ihr die nackten Fußsohlen versengte.

Auf der Veranda einer der Hütten saß ein Mann im orangefarbenen Tuch eines *Sanyasin* und fächelte sich mit einem Fächer aus Pfauenfedern Luft zu. Er winkte sie heran und fragte, als sie näher trat: »Bist du gerade angekommen? Hast du schon etwas gegessen?«

»Nein«, sagte Savitri.

»Möchtest du erst etwas essen oder soll ich dich gleich zum Maharshi bringen?«

»Bring mich gleich zu ihm«, flüsterte Savitri.

Der *Sanyasin* erhob sich, band seine *Lungi* neu, legte sich sein Übertuch über den Kopf und verließ die schattige Veranda, um ihr den Weg zu zeigen.

»Dort drin«, sagte der *Sanyasin* mit vor Ehrfurcht gedämpfter Stimme. »Um diese Zeit ist er immer allein, aber ihm sind Besucher jederzeit willkommen. Geh hinein, geh ruhig hinein.«

Zuerst dachte Savitri, der Raum sei leer. Nach der gleißenden Helligkeit draußen wirkte das Innere der Hütte sehr dunkel. Die Hütte hatte ein niedriges Strohdach, die Jalousien an den Fenstern waren geschlossen. Die schwarzen Fliesen waren kühl, wie Savitri bemerkte, als sie eintrat. Ihre Augen mußten sich erst an die Dunkelheit gewöhnen.

Irgendwo tickte eine Uhr. Es war das einzige Geräusch in einer Stille, die so greifbar war, daß Savitri das Gefühl hatte, sie könne sie anfassen, einer Stille, die jede Faser ihres Wesens zu erfüllen schien.

In der linken Ecke des Raums stand als einziges Möbelstück eine Couch, auf der ein Mann ruhte. Im Schneidersitz auf dem Boden vor der Couch saß ein weiterer Mann, wahrscheinlich ein Diener, dösend an die Wand gelehnt. Auf einem kleinen Holzschemel brannte eine winzige Öllampe, daneben steckten drei Räucherstäbchen, von denen weiße, sich kräuselnde Ranken aus Wohlgeruch aufstiegen, sich miteinander vermischten und sich dann auflösten. In einer Messingschale lagen trocknende Rosenblätter, dazu ein unordentlicher Haufen *Vibhuti* und *Kum-kum*. Der Duft von Rosen und brennender *Ghee*, von Weihrauch und *Vibhuti* drang in ihre quälenden Gedanken ein, beruhigte und kühlte sie. Der Mann auf der Couch trug lediglich ein Lendentuch. Sein Haar war weiß. Er war alt, etwa Mitte Siebzig, vielleicht älter, vielleicht auch jünger, das war schwer zu sagen. Er lächelte ein wenig, während er seinen Blick auf ihr ruhen ließ. Sie spürte diesen Blick. Es war ein Blick aus Augen, die kühl wie der Vollmond waren. Sie sahen durch sie hindurch. Sie fühlte sich unter diesem Blick durchsichtig, so als lägen ihr ganzes Leben und all ihre Qual wie ein zerknittertes Laken zwischen ihnen ausgebreitet, völlig unverhüllt, so daß er alles sehen konnte. Sie selbst jedoch sah ihn nur verschwommen, denn Tränen verschleierten ihren Blick. Sie ging langsam auf den Mann zu und erhob dann ihre Hände zum *Namaste*. Er erwiderte ihren Gruß auf die gleiche Weise. Ihre Knie zitterten, als sie sich vor ihm verbeugte. Sie hatte plötzlich die Kontrolle über ihren Körper verloren. Sie stürzte zu Boden, und dann begann sie zu schluchzen. Das Schluchzen wogte durch ihren Körper, stieg aus geheimen, verborgenen Tiefen auf, aus fernen Winkeln ihres Inneren, die durch Schichten, Lagen und Krusten aus Kummer dem Zugriff entzogen waren, Schichten, die jetzt allesamt aufbrachen, sich auflösten und sich mit ihren Tränen vermischten. Ihr Körper hob und senkte sich, krümmte sich im Schmerz, während sie dort schluchzend auf den kühlen Fliesen lag. Sie gab heftig würgende, gurgelnde Geräusche von sich, empfand dabei aber keine Scham. Ihre Tränen würden niemals versiegen, sie flossen und flossen und würden bis in alle Ewigkeit weiterfließen, sie würde ein Meer von Tränen weinen, immer und ewig, trotzdem würde ihr Elend nicht enden, es war immerwährend, es war zu groß, zu endlos, um sich je ermessen zu lassen oder je aufzuhören.

Es schien ihr, als hätte sie eine Ewigkeit geschluchzt, da versiegten ihre Tränen plötzlich von ganz allein. Das überraschte sie. Nach einer Weile setzte sie sich auf, trocknete sich das Gesicht mit einem Zipfel ihres Saris und öffnete die Augen. Sie sah den Maharshi an. Er lächelte, und sein Blick ruhte noch immer auf ihr wie ein herrliches warmes Leuchten. Sie konnte die Augen nicht von ihm abwenden. Sie fand keine Worte, aber Worte waren auch nicht nötig. Sie sah ihn einfach nur an und ließ sich von ihm ansehen. Ihre Seele war nackt, und er blickte in jeden Winkel ihrer Seele, und das war gut.

Savitri, die so viele Menschen geheilt hatte, spürte nun selbst eine heilende Hand, nein, keine Hand, sondern etwas viel Subtileres: ein heilendes Licht. So mächtig, daß es die geisterhafte Schwärze des Schmerzes einfach in sich aufsog und Savitri sich ätherisch leicht, unbelastet und frei fühlte. Sie spürte mehr, als sie es hörte, wie sich die Tür der Hütte öffnete und jemand eintrat. Allmählich füllte sich der Raum mit Menschen, die schweigend hereinkamen und sich ebenso schweigend hinsetzten. Die Mittagspause war vorüber.

Savitri blieb sechs Wochen im Asramam. Sie sprach kein einziges Wort mit dem Maharshi, tatsächlich sagte er ohnehin fast nie etwas. Worte schienen an diesem Ort überflüssig. Sie wirkten wie unstete kleine Wellen auf einem See, der so glatt wie ein Spiegel war oder so, als würde man makelloses Kristall zerspringen lassen.

Sie blieb sechs Wochen und wäre gern für immer geblieben. Die Welt draußen hatte für sie keinen Reiz, keine Anziehungskraft mehr. Sie hatte sie abgestreift wie ein Schmetterling seinen Kokon. Die Welt draußen, das bedeutete Schmerz. Es konnte keine Rückkehr geben.

Dennoch stieg am Ende jener sechs Wochen ungebeten und wortlos das Wissen in ihr auf, daß sie zurückkehren mußte. Daß ein neues Leben auf sie wartete und daß sie dieses Leben als neuer Mensch beginnen mußte.

Es war Gopal, der die Anzeige in der *Times of India* entdeckte und sie Savitri voller Begeisterung zuschickte.

Brahmane mit englischer Erziehung, Rechtsanwalt, verwitwet, wohnhaft in einem großen, angenehmen Haus in Georgetown, Britisch-Guyana, Südamerika, ausgezeichnetes Einkommen und gesellschaftliche Position, interessiert sich für Wiederheirat mit Brahmanin im gebärfähigen Alter, die bereit ist, sich in Georgetown niederzulas-

sen und mit ihm eine Familie zu gründen. Auch Witwe. Mitgift nicht erforderlich. Bedingung: muß lesen und schreiben können und ausgezeichnet Englisch sprechen. Foto wird erbeten.

Savitri nahm ihren Kohlstift von ihrer Frisierkommode und zog einen großen schwarzen Kreis um die Anzeige. Sie schob sie June über den Frühstückstisch hinweg zu.

»Das ist es«, sagte sie entschieden.

»Südamerika! Das liegt ja am anderen Ende der Welt!« rief June.

»Ans andere Ende der Welt, genau dort will ich hin«, erwiderte Savitri.

»Aber du hast diesen Mann doch noch nie gesehen!« protestierte June.

Savitri strich sich eine Haarlocke hinters Ohr und lächelte, was nur sehr selten geschah. Es war ein wehmütiges Lächeln.

»Du vergißt, daß ich Inderin bin!« antwortete sie.

»Savitri, du bist zwar Inderin, aber von deiner ganzen Denkweise her bist du Engländerin. Du hast so lange unter uns gelebt, im Grunde dein ganzes Leben lang. Du hast einen von uns geliebt, und du warst auch bereit, aus Liebe zu heiraten. Du kennst den Unterschied, so dumm bist du doch nicht. Da kannst du doch nicht alles, was du von uns gelernt hast, einfach vergessen und dich der Tradition beugen. Das ist so passiv – so schwach!«

Savitri hatte den Kopf gesenkt. Sie lächelte. »Trotz alledem bin ich immer noch Inderin, June. Das heißt, daß ich für diesen Mann, wer immer er auch sein mag, was immer er auch sein mag, Liebe in mir wecken werde. Freilich werde ich ihn nie so lieben, wie ich David geliebt habe: Man kann im Leben nur ein einziges Mal so lieben. Diese Liebe war etwas ganz Besonderes, und sie wird auch nie aufhören, denn David ist immer bei mir, eine jede Sekunde eines jeden Tages. Was also spielt es für eine Rolle, wo ich hingehe, was ich mache oder wen ich heirate? Was kann dies alles an meiner Liebe zu David ändern?«

»Aber willst du wirklich einen Mann heiraten, den du noch nie gesehen hast?«

»Schlimmer als meine Ehe mit Ayyar kann es nicht werden, und die habe ich überlebt, nicht wahr?« Savitri hielt inne. »June, ich habe so ein Gefühl, nein, ich bin mir sogar fast sicher, daß ich noch irgendeine Aufgabe, irgendeine Pflicht zu erfüllen habe. Vielleicht muß ich noch einmal Mutter werden. Vielleicht ist das der einzige Weg, die Geister der Kinder, die ich verloren habe, zu bannen. Wer weiß? Vielleicht fühle ich mich deshalb zu diesem Mann hingezogen. Denn wer will in Indien schon eine Witwe heiraten?«

»Aber das ist doch fatalistisch! Savitri – ich kann gar nicht glauben, daß du das bist, die das sagt! Nach soviel Schmerz, so vielen Tragödien hast du ein wenig Glück und Erfolg im Leben verdient, und mit unserer Hilfe und Unterstützung … ach, jetzt, da du frei bist, steht dir doch die ganze Welt offen! Du könntest doch noch einen Beruf lernen! Schau, wir helfen dir. Geh wieder zur Schule. Qualifiziere dich. Du kannst sogar Ärztin werden. Das ist doch das, was du immer wolltest! Warum willst du riskieren, noch mehr Schmerz erfahren zu müssen!«

Savitri sah June liebevoll an und tätschelte ihr die Hände. Junes Hände waren heiß und schweißnaß, sie knetete sie aufgeregt. Savitris Hände hingegen waren kühl und ruhig.

»Ich hatte einen Beruf«, sagte sie. »Die Monate in Singapur, vor allem die letzten Wochen. Und das war genug für fünf Leben. Alles andere wäre jetzt nur noch ein fader Abklatsch.« Sie hielt inne, fuhr dann fort: »Zu dem wenigen, was mich während der Zeit meiner Ehe mit Ayyar getröstet hat, gehörten die Gedichte von Tagore. Mein Lieblingsgedicht ist jenes von der Maid, die eine Nacht mit ihrem Geliebten verbringt – kennst du es? Sie erwartet voller Angst seinen Abschied und wagt nicht, ihn um die Rosengirlande zu bitten, die er um den Hals trägt. In der Morgendämmerung, nachdem er sie verlassen hat, sucht sie im Bett nach ein paar abgefallenen Blütenblättern. Aber …

Weh mir, was finde ich da? Es ist keine Blume, kein Gewürz, keine Vase mit parfümiertem Wasser. Es ist dein mächtiges Schwert, leuchtend wie eine Flamme, schwer wie ein Donnerschlag …

Sie hielt inne, so als ließe sie jedes Wort auf sich einwirken, und ihre Stimme bebte ein wenig. June war betroffen. Sie sah Savitri mit fast ehrfürchtiger Faszination an. Savitri schien sie jedoch völlig vergessen zu haben. Ihre Augen leuchteten. Es schien, als wäre sie ganz weit weg.

Als sie June wieder ansah, waren da keine Tränen. »June! Dieser Schmerz hat mich stark gemacht. Auf dieser Welt habe ich vor nichts und niemandem mehr Angst. Und ich habe auch keine Tränen mehr.«

Bevor Savitri abreiste, suchte sie Mani noch einmal auf. Mani wohnte mit seiner Frau und seinen Kindern in einem verfallenen Ziegelgebäude, nicht weit von der Old Market Street entfernt. Savitri wollte sein Haus nicht betreten. Sie blieb auf der *Tinnai* vor dem Eingang stehen und sagte: »Du hast gewonnen, Mani. Ich verlasse Indien. Ich werde über den Namen Iyer keine Schande mehr bringen. Du bist mich für immer los.«

Sie straffte die Schultern. »Ich habe Nataraj nicht vergessen. Aber ich kenne dich und weiß, daß du ihn mir nicht zurückgeben wirst, und allein werde ich ihn niemals finden. Ich bete zu Gott, daß Er sich um ihn kümmert und ihn beschützt, und das gibt mir die Sicherheit, daß ihm nichts geschehen wird. Aber ich lasse dir meine Adresse da. Falls du jemals deine Meinung änderst und dein Herz und dein Gewissen zu dir sprechen, kannst du mir schreiben, wo ich ihn finden kann. Dann komme ich ihn holen. Ich bete auch für dich, Mani, daß deine Seele vor Gott Vergebung finden möge. Das ist alles, was ich dir zu sagen habe.«

Mani, der sie zunächst spöttisch angegrinst hatte, als er sie vor seiner Tür stehen sah, wandte jetzt den Blick ab. Es kam Savitri so vor, als hätte sie und nicht er gewonnen, denn Manis Blick verdüsterte sich. Sie wußte, daß sich die Furcht vor Gott in sein Herz geschlichen hatte. Sie sah ihn an, und er tat ihr leid, denn ihm stand der Tod schon ins Gesicht geschrieben. Sie roch den Tod bereits. Mani würde sterben und verbrannt werden, und das Geheimnis von Natarajs Verbleib würde mit ihm verbrennen. Sie sah es in seinen Augen. Und dennoch ...

Er schien angestrengt zu überlegen, schwach zu werden. Er schwieg eine Weile. Dann murmelte er, sie solle einen Augenblick warten, ging ins Haus und kam mit einem zusammengefalteten Blatt Papier wieder.

»Nataraj ist tot«, sagte er zu ihr. »Er wurde krank und starb. Das ist schon mehrere Jahre her. Du brauchst nie wieder hierher zurückzukehren. Hier ist der Beweis.«

Er gab ihr das Papier. Sie faltete es auseinander. Es war die Rechnung eines Krematoriums. Dort stand: *Gebühr für die Einäscherung eines Kindes.*

Nataraj war, dem kaum zu entziffernden Datum zufolge, das darunter stand, zehn Tage alt geworden. Savitri nickte und gab ihm das Papier zurück. Sie weinte nicht.

Savitri verließ Bombay auf dem portugiesischen Schiff »Benjamin Constant«, dessen Fahrt über Südafrika nach Brasilien und Britisch-Guyana führte.

Sie heiratete Deodat Roy. Sechs Jahre später war sie Mutter dreier gesunder Kinder: Indrani, Ganesh und Sarojini.

68. Kapitel

Saroj

Das Ungeheuer, das die Vollkommenheit ihrer Liebe zerstören würde, hatte einen Namen, und dieser Name lautete Madras. Nicht, daß die Liebe selbst zerstört wurde. Aber die Liebe sucht danach, sich widerspiegeln zu können, sich in der Welt draußen in ihrem Frieden, ihrer Schönheit und ihrer makellosen Vollkommenheit reflektiert zu sehen. Der Mantel sanfter Magie, den der Strand auf Ceylon um sie gebreitet hatte, war eine solch vollkommene Welt gewesen.

Madras war ein ungeheures Chaos, in dem noch dazu ein Höllenlärm herrschte. Es war ein einziger Wirrwarr von Tönen und Gerüchen, ein unglaubliches Durcheinander schwankender Vehikel, die Gestank, Lärm und Dreck verbreiteten. Aber Nat war bei ihr, ein Fels in diesem Wahnsinn, ruhig und wissend. Nat blieb selbst in diesem Tollhaus ganz gelassen, und Saroj klammerte sich an ihn wie an eine Rettungsleine. Welchen Nutzen hat all mein Bücherwissen jetzt, in diesem Augenblick, dachte sie erbittert. Wäre es nicht wegen Nat…

Sie nahmen am Flughafen einen Bus zur Mount Road. Dort hielt Nat eine Fahrradrikscha an und half Saroj auf den zerschlissenen, schmutzverkrusteten Sitz. Der Rikscha-Wallah war ein hochgewachsener, dünner Drawide in einer blaukarierten *Lungi*, die er hochgekrempelt hatte, so daß man seine Beine sah, die aus Haut, Knochen und sehnigen Muskeln bestanden. Er hupte laut, sprang auf sein Fahrrad und stürzte sich in den Kampf, schlängelte sich zwischen Autos, Lastern, Bussen, Fahrrädern, Lastkarren, Ochsenkarren, Fußgängern, Kühen und all den anderen Verkehrsteilnehmern auf der Mount Road hindurch, bahnte sich hupend und im Zickzack fahrend seinen Weg durch das Chaos. Saroj wandte ihren Blick vom Wahnsinn der Straße ab und sah Nat ins Gesicht. Dieses wirkte jedoch vollkommen entspannt. Nat schien das alles auch noch zu genießen und lächelte zufrieden in sich hinein. Es war ein sehnsüchtiges, zärtliches, nachsichtiges Lächeln, so wie eine Mutter ein Kleinkind anlächelt, das sich gerade von oben bis unten schmutzig gemacht hat, und ihm Absolution gewährt. Er liebt diese verrückte Stadt, dachte Saroj. Werde ich das je können?

Nat dirigierte den Rikscha-Wallah in eine Nebenstraße. Vallaba Agraharam, sagte er immer wieder, damit es der Wallah auch ja nicht vergaß. Der Wallah wandte dann jedesmal den Kopf, um sich dazu zu äußern, und achtete dabei zu Sarojs Bestürzung nicht mehr auf die Straße. Nat schien das jedoch nicht zu kümmern. Er sprach jetzt Tamil, eine Sprache, die Saroj zum ersten Mal hörte und die ihr so rauh und aggressiv vorkam wie die Stadt selbst. Bei Nat jedoch klang sie anmutig und melodisch, während es sich, wenn der Rikscha-Wallah etwas sagte, so anhörte, als würde er Nat aufs übelste beschimpfen. Als er dann aber vor dem Broadlands Lodge anhielt und ihnen ihr Gepäck gab, lächelte er freundlich und legte, als Nat ihm das Fahrgeld gab, seine gefalteten Hände dankend an die Stirn, wobei er die Münzen zwischen den Handflächen hielt. Dann knüpfte er das Geld in einen Zipfel seiner *Lungi*, steckte diesen in seinen Taillenbund und fuhr in raschem Tempo die Straße hinunter und davon.

»Komm!« sagte Nat und legte sich die Gurte ihrer beiden Reisetaschen um. Sie hatten kaum Gepäck dabei, denn Nat hatte gesagt, daß sie nicht viel brauchen würden. Er selbst hatte seine Sachen, die er in Indien trug, sowieso im Dorf gelassen, und abgesehen von Kleidung für den Flug und einen Anzug für die Stadt, war seine Tasche voller Medikamente und anderer Dinge, die sein Vater ihn mitzubringen gebeten hatte.

Saroj hatte lange überlegt, was sie in Indien anziehen sollte. Ihr Instinkt sagte ihr, daß ein Sari das geeignetste Kleidungsstück war, aber sie hatte schon seit Jahren keinen mehr getragen und sich darin sowieso immer unwohl gefühlt. Der Sari repräsentierte für sie jene Kultur, der sie so entschieden den Rücken gekehrt hatte, aber das war vor Mas Tod gewesen. In England hatte sie ohnehin nie einen Sari getragen. Nach Indien hatte sie eine lange Baumwollhose und zwei lange, fließende Röcke mitgenommen, die man dank der Hippiekultur in London jetzt überall kaufen konnte. Nat hatte ihr geraten, nur Röcke zu tragen, die mindestens bis zu den Knöcheln reichten, ein Rat, der ihr zuerst überhaupt nicht gefallen hatte. Jetzt aber, da sie hier war, erkannte sie, daß er recht gehabt hatte. In ihrer Baumwollhose fühlte sie sich unwohl und irgendwie fehl am Platz. Die Tatsache, daß sie selbst Inderin war, verstärkte ihr Unbehagen noch, dazu kam, daß sie im Augenblick völlig verwirrt, hilflos und absolut erschöpft war. Sie betrat hinter Nat die Hotelhalle.

Broadlands Lodge war ein drittklassiges Hotel. Nat aber wohnte, wie er ihr erzählt hatte, immer dort, wenn er sich in der Stadt aufhielt. Er hatte das beste Zimmer für sie reservieren lassen.

»Die Hochzeitssuite«, fügte er mit einem vielsagenden Augenzwinkern hinzu.

Die Hotelzimmer waren in drei übereinanderliegenden Galerien angeordnet und öffneten sich auf die Veranden, von denen aus man in einen zentralen Hof mit einem defekten Springbrunnen in der Mitte sehen konnte. Das Hotel war bei Reisenden aus dem Westen als Zwischenstation und Treffpunkt äußerst beliebt, und als Nat und Saroj die Veranden entlang- und die Treppe zu ihrem Zimmer hinaufgingen, wurden sie hier und da von langhaarigen Männern und Frauen in langen Röcken gegrüßt, die ihnen entgegenkamen, am Geländer lehnten und plauderten oder in den Türen saßen und *Chay* tranken.

»Kennst du all diese Leute?« fragte Saroj.

»Nein. Aber irgendwie kommen sie mir alle bekannt vor. Sie sagen einfach zu jedem, der aus dem Westen kommt, hallo.«

»Woher wissen sie denn, daß wir aus dem Westen kommen? Wir sind doch beide Inder!«

»Aber wir haben eine westliche Ausstrahlung«, meinte Nat amüsiert. »So, da sind wir. Ladies first!«

Er ließ Saroj vor ihm ins Zimmer treten. Es war das höchstgelegene Zimmer des Hotels, von den anderen herrlich abgeschieden. Man erreichte es über eine eigene Treppe. Wie ein Adlerhorst, dachte Saroj: An drei Wänden zogen sich Fenster entlang, während sich in der vierten die Türen zum Badezimmer und zur Toilette befanden. Wie unser Turm in der Waterloo Street, dachte sie weiter, unterdrückte diesen Gedanken jedoch, kaum, daß er ihr in den Sinn gekommen war. Es war ein großes, sauberes, kühles und angenehmes Zimmer, und Saroj war froh, daß sie in diesem Zimmer wohnten und nicht in einem der Kämmerchen auf den Galerien unter ihnen. Sie ließ sich auf das Doppelbett fallen, das mitten im Zimmer unter einem vor sich hinrostenden Deckenventilator stand, der sich jetzt, da Nat ihn einschaltete, langsam und quietschend in Bewegung setzte.

»Gefällt dir das Zimmer?« Nat stellte die beiden Taschen auf einen Tisch an der Wand und kam zu ihr zum Bett.

»Es ist perfekt«, sagte Saroj und streckte ihm die Hände entgegen. »Ein perfekter Zufluchtsort vor der Welt draußen. Eine Zeitkapsel.«

Später verließen Saroj und Nat ihr Hotel, um einen Spaziergang zu machen, denn Nat wollte, daß sie Madras mit all ihren Sinnen erfaßte. Es war Abend, und ein merkwürdiger Glanz, eine knisternde Aufregung lag über der Stadt.

»Ich hätte mit dir in ein piekfeines Hotel in irgendeinem schattigen, abgeschiedenen Teil der Stadt gehen können, und wir hätten uns all dem hier –« er zeigte auf einen halbnackten Bettler, der in einem Ladeneingang kauerte – »entziehen und uns in unserer Zeitkapsel verstecken können. Aber, Saroj, ich möchte, daß du siehst, fühlst, weißt, was Armut und Elend bedeuten – und das Elend in einer indischen Stadt ist schlimmer als jedes andere Elend auf der Welt. Wende dich nicht von Indien ab: Sieh ihm ins Angesicht und liebe es. All das nämlich ist ein Teil von dir, ein Teil von uns.«

Er blieb vor einem Restaurant stehen. Sie warfen einen Blick durch den Eingang. Drinnen war es dunkel. Als sich ihre Augen jedoch allmählich an die Dunkelheit gewöhnt hatten, erkannte Saroj Reihen von Tischen, an denen Einheimische saßen. Vor sich hatten sie silberfarbene Teller stehen. Alle aßen, schoben sich mit den Fingern das Essen in den Mund. Über der Tür hing ein Schild: *Arjuna Bhavan – Köstliche vegetarische Gerichte.*

Kleine Jungen huschten mit rostigen Eimern zwischen den Tischen umher, sammelten benutzte Gläser ein, andere Jungen schütteten Wasser über die Tische und wischten sie mit schmutzigen Lappen ab. Der Boden war von verschüttetem Wasser naß, überall lagen Essensreste herum.

»Das ist Indien«, sagte Nat, und sein Blick war ernst.«Das wirkliche Indien, das Indien der Straßen. Ich habe hier auch schon oft gegessen. Wollen wir hineingehen?«

Saroj konnte nichts dagegen machen, sie spürte Ekel in sich aufsteigen und wußte, daß Nat ihr das, obwohl sie verzweifelt versuchte, sich zusammenzureißen, auch deutlich ansehen konnte. Er kicherte und legte beschützend den Arm um sie.

»Aber ich sehe ein, daß das für den Anfang ein bißchen zuviel für dich ist. Komm, bevor du dich noch übergeben mußt.«

Sie gingen etwa zehn Minuten schweigend die Mount Road entlang. Auf dem Bürgersteig wimmelte es von Leuten, die sich aneinander vorbei drängten, schoben, hasteten, zwängten und sogar krochen, Menschen in Lumpen und Menschen in teurer Kleidung, in schmutzigen Hemden und in Hemden aus Seide, mit bloßem Rücken und halb nackt, in Saris gehüllt, in sauberen, weißen, fließenden *Kurtas* oder in schlecht sitzenden, knopflosen Hosen und Hemden, zerrissen und geflickt oder reich gemustert. Menschen, die aus den Wellington Talkies herausströmten, aus dem Ashoka Hot Meals, dem Parvati Mens's Suitings und Ramlal's Electrical Supplies, die bei den Straßenhändlern Kämme, Büstenhalter, Seifenschalen und Lotterielose kauften, die an Bushaltestellen warteten, aus Rikschas ausstiegen und in Rikschas einstiegen...

Über dem Chaos auf den Straßen hingen geradezu drohend riesige Reklametafeln, die sich scharf vom Nachthimmel abhoben und von Flutlichtstrahlern erhellt wurden. Auf ihnen waren pausbäckige Helden mit rosa Gesichtern zu sehen, die offensichtlich aus einer anderen, heitereren, göttlicheren Welt weit über der Realität stammten. Sie starrten mit melancholischem Blick üppige, rehäugige Schönheiten mit cremiger Haut und enganliegenden, geschlitzten Saris an.

Sie kamen an Bettlern und Krüppeln vorbei. Sie sahen einen kleinen Jungen mit einem Vogel, der wahrsagen konnte, Berge von Abfall und eine Mutter, die ein verkrüppeltes Baby hochhielt. Saroj spürte, wie Indien, Madras und der gesamte indische Mikrokosmos sie vereinnahmen wollten, kämpfte dagegen an, mußte sich schließlich fast geschlagen geben, kämpfte dann doch weiter. Das ist Indien... hatte Nat gesagt. Es ist Teil von dir... weise es nicht zurück...

Aber das ist genug, dachte sie, mehr verkrafte ich einfach nicht... Genau in diesem Augenblick kamen sie zu einem Treppenhaus, das versteckt zwischen zwei Geschäften lag. Nat zog sie hinein und die Treppe hinauf zu Buhari's Restaurant. An diesem Zufluchtsort umfing sie Stille.

»Geht es dir gut?« Er lächelte sie über seine Speisekarte und die weiße Tischdecke hinweg an. Sie glaubte zuerst, er würde sich über sie und ihre Launenhaftigkeit lustig machen, aber das war nicht der Fall. »Ich weiß, daß das alles ein Schock für dich ist, aber ich habe dich mit voller Absicht ins kalte Wasser geworfen, denn ich weiß, daß du schwimmen kannst. Du bist stark genug, um das alles hier zu verkraften. Ich kann dich nicht beschützen, Saroj, nicht vor allem und jedem. Du mußt zuerst alles sehen, auch das Schlimmste, denn das ist Indien. Es gibt keine Zeitkapsel.«

Sie schwieg. Er fuhr fort: »Ich empfehle dir wärmstens das Tandoori chicken. Und es gibt hier den besten süßen *Lassi* der Stadt.«

69. Kapitel

David

Freitag, der dreizehnte Februar, begann unter schlechten Vorzeichen. Die Wasserversorgung des Alexandra-Krankenhauses war zusammengebrochen. David und das übrige Personal arbeiteten, so gut es ging, weiter und versuchten den Höllenlärm draußen, das Geheul der Luftangriffe, die Bombenexplosionen, die Einschläge der Mörsergranaten zu ignorieren.

Der Angriff selbst kam wie aus heiterem Himmel. Plötzlich wimmelte es im Alexandra von Japanern, die durch die Korridore und in die Krankenzimmer rannten und dabei mit ihren Bajonetten herumfuchtelten. Lieutenant West rannte zum Hinterausgang des Krankenhauses, schwang die weiße Fahne und wurde dafür vom ersten Japaner, dem er begegnete, mit einem Bajonettstoß mitten ins Herz belohnt.

David bereitete gerade einen chirurgischen Eingriff im Operationssaal vor, als sie die Tür eintraten, das OP-Team am Operationstisch umstellten und unverständliche Anweisungen brüllten. David hob wie alle anderen sofort die Hände. Die Japaner brüllten weiter, zeigten mit ihren Bajonetten auf die Tür, scheuchten sie aus dem Operationssaal. Der Patient, der sich nicht bewegen konnte, wurde mit einem Bajonettstoß ins Herz erledigt.

Das Personal, das immer noch die Hände erhoben hatte, wurde im Korridor zusammengetrieben und zurückgedrängt. Captain Smiley schob sich durch die Gruppe nach vorn, deutete auf seine Armbinde mit dem Zeichen des Roten Kreuzes und rief »Hospital, Doktor!« Genausogut hätte er jedoch einem wilden Hund, der gerade ein Kaninchen in Stücke riß, »Pfui! Aus!« zurufen können.

Entsetzt mußte David mit ansehen, wie ein Japaner Lieutenant Rogers, der ein Freund von ihm war, ein Bajonett in den Hals rammte. Vor seinen Augen fielen Freunde und Kollegen blutend zu Boden, als die Japaner ihre Bajonette im Blutrausch blindlings in Herzen, Hälse, Köpfe stießen.

Dann kam David an die Reihe. Er sah das erhobene Bajonett, dahinter die Zähne des grinsenden Japaners, er sah die blutbefleckte Klinge wie in Zeitlupe auf sich zukommen, auf sein Herz zielen. Er wußte, daß sein Ende gekommen war, und sprach noch stumm ein Gebet. Dann spürte er die Klinge eindringen und fiel auf den Haufen blutender Körper.

Ich lebe, dachte er nach einer Weile und fragte sich, wie das möglich war. Dann merkte er, daß er Schmerzen im Arm hatte.

Wie kann das sein, dachte David, da erinnerte er sich an das metallene Zigarettenetui in seiner linken Hemdentasche. Das mußte ihm das Leben gerettet haben, denn es hatte das Bajonett offenbar im allerletzten Moment abgelenkt. Inzwischen hatte sich der Angreifer bereits dem nächsten Opfer zugewandt. Durch halbgeschlossene Augen beobachtete David das Massaker, hörte das blutrünstige Gebrüll der Japaner und die Schreie der Sterbenden. Irgend jemand überprüfte, ob auch alle wirklich tot waren. Er trat mit dem Fuß gegen die Körper, um zu sehen, ob sie sich noch bewegten und gab ihnen dann mit einem raschen Bajonettstoß den Rest. Also rührte David sich nicht. Er spürte einen brennenden Schmerz, als das Bajonett in seinen Fuß eindrang, und biß die Zähne zusammen, um nicht laut aufzuschreien. Er dachte an Savitri. Es gibt einen Weg, den Schmerz zu überwinden, hatte Savitri gesagt. Er versuchte sich daran zu erinnern, was sie ihm damals gesagt hatte. Bevor es ihm jedoch wieder einfiel, sank er in eine gnädige Ohnmacht.

Die nächste Gruppe Japaner war weniger blutrünstig. Als sie David fanden und feststellten, daß er noch lebte, nahmen sie ihn offiziell gefangen. Er war Arzt und damit für sie wertvoll, also amputierten sie ihm den Fuß und karrten ihn nach Changi, wo er Gefängnisarzt wurde. Er überlebte diese Hölle. Als der Krieg vorbei war, kehrte David dann, mehr tot als lebendig, nach Madras zurück, um die Scherben seines Lebens aufzusammeln.

Die erste Nachricht, die er erhielt, war vernichtend: Das Haus in London, in dem seine Eltern mit Marjorie lebten, war von einer Bombe getroffen worden. Alle drei waren tot. David weinte um die Menschen, deren Leben er zerstört hatte – denn wäre er damals nicht mit Savitri davongelaufen, wären seine Eltern während des Krieges höchstwahrscheinlich in Madras geblieben und damit in Sicherheit gewesen. Er wäre auch Marjorie, diesem unschuldigen, netten

Mädchen, das von einer romantischen Beziehung mit einem Mann träumte, der es jedoch niemals so geliebt hatte, wie es es verdiente, niemals begegnet.

Savitri war nirgends zu finden. Davids Nachforschungen ergaben, daß fast alle Frauen und Kinder, die sich in ihrem Konvoi befunden hatten, umgekommen waren, als ihr Schiff torpediert worden und gesunken war. Verzweifelt versuchte er herauszufinden, ob sie zu den wenigen Glücklichen gehörte, die gerettet wurden – aber es konnte sich niemand an sie erinnern. Wenn sie noch am Leben war, dann wäre sie doch gewiß nach Madras zurückgekehrt, um auf ihn zu warten? Und was war mit ihrem Kind?

Über seine britischen Kontakte brachte er in Erfahrung, daß Henry und June vor wenigen Monaten nach Australien ausgewandert waren.

Gopal. Wo war Gopal? Gopal und Fiona? Auch sie konnte er nicht finden. Es war, als wären alle Menschen, die David in Madras gekannt hatte, ausgelöscht worden. Schließlich kehrte er, nur um der Erinnerung willen, nach Fairwinds zurück.

»Fiona!«

Die Frau im Schaukelstuhl warf ihm einen vagen Blick zu. »Fiona, ich bin's!« wiederholte er und rannte in der Erwartung, daß sie aufspringen und ihn umarmen würde, die Stufen zur Veranda hinauf. Sie aber blieb sitzen, schaukelte nur in dem alten Rattanschaukelstuhl, der einst ihrer Mutter gehört hatte, wortlos vor und zurück.

»Fiona! Sag etwas! Was ist los?« Er stand jetzt direkt vor ihr und sah, daß sie etwas an ihre Brust drückte, etwas, das in Lumpen eingewickelt war.

»Was ist los, Fiona? Warum sagst du denn nichts? Ich bin's doch, David! Ich bin wieder da!«

Seine Worte schienen sie an etwas zu erinnern. Sie sah auf, da erkannte David, daß ihr Blick völlig leer war.

»David?« Ihre Stimme klang leise und piepsig, fast wie die eines Kindes.

»David.« Sie versuchte aufzustehen, schaffte es aber nicht. David reichte ihr die Hand und half ihr aus dem Sessel. Das schmutzige Bündel, das sie fest an die Brust gedrückt hielt, ließ sie dabei nicht los.

»David«, sagte sie zum dritten Mal. »David. David. Kennst du schon Sundaram? Das ist Sundaram. Mein Baby.«

Sie streckte ihm nun das Bündel entgegen. David wollte es nehmen, da zog sie es schnell wieder zurück. Er hatte jedoch schon genug gesehen. Es war eine Puppe, eine Puppe mit schmutzigem Gesicht.

»Fiona«, sagte er sanft. »Was ist mit dir passiert? Wo ist Gopal? Wo ist Savitri?«

»Gopal? Savitri?« Sie hielt inne, als denke sie nach. »Alle weg. Gopal. Savitri. Nataraj. Alle weg. Mani hat gewonnen. Ich bin Abschaum. Dreckiger Abschaum. Aber er hat mir Sundaram gelassen. Sundaram ist alles, was ich noch habe.«

David packte sie an den Schultern und schüttelte sie sanft. »Fiona, bitte, bitte rede mit mir, versuch dich zu erinnern. Wo ist Gopal? Wo ist Savitri? Sag es mir! Wer lebt sonst noch hier? Bist du allein? Wohnt Gopal auch hier? Wer kümmert sich um dich?«

Fiona schüttelte wieder den Kopf. »Kein Gopal. Keine Savitri. Kein Nataraj. Nur Sundaram ist noch da. Mein lieber Sundaram.« Sie sah die Puppe an, lächelte liebevoll und summte leise vor sich hin; da begriff David endgültig, daß er keine vernünftige Antwort von ihr bekommen würde.

Er sah sich um. Fairwinds war zwar verwildert, diese Seite der Veranda war jedoch sauber und gepflegt, der Bereich davor war frisch gefegt worden. Fionas Kleider waren alt, aber sauber, ihr Haar war ordentlich, und sie schien in einem guten Ernährungszustand zu sein. Irgend jemand mußte also hier bei ihr sein und sich um sie kümmern. Er machte sich auf die Suche nach diesem Jemand. In der Küche fand er eine Frau, die auf einer Matte in der Ecke schlief. Er sprach sie an, woraufhin sie aufwachte und sich die Augen rieb. Ein kurzes Gespräch auf Tamil, und er wußte, daß Gopal dafür gesorgt hatte, daß Fiona hier wieder wohnen konnte und man sich auch um sie kümmerte. Von der Frau erfuhr David auch, daß sich Gopal höchstwahrscheinlich in Bombay aufhielt. Und daß Mani für alles verantwortlich war. Für Sundarams Entführung und die des anderen Babys, Fionas Neffen, Nataraj.

Schließlich fand David Mani. Mani grinste zuerst höhnisch, dann hustete er und erklärte David, daß Savitri inzwischen verheiratet sei und in einem fernen Land lebe.

»Und was ist mit Nataraj, ihrem Sohn? Du hast ihn entführt! Das weiß ich! Was hast du mit ihm gemacht?«

Mani grinste ihn wieder höhnisch an, machte sich sogar über David lustig, während dieser ihn anflehte. Als ihm dann klarwurde, daß David alles tun würde, um Nataraj zu finden, trat ein gewisses Funkeln in Manis Augen, und er sagte: «Was gibst du mir für Natarajs Adresse?«

»Ich gebe dir Geld! Ein *Lakh* Rupien!«

»Ein *Lakh*!« Mani lachte, aber sein Lachen ging in ein heftiges Husten über, das seinen Körper schüttelte. Als der Anfall vorbei war, sagte er: »Das soll wohl ein Witz sein. Ist dir dein Sohn nicht mehr wert als ein *Lakh*?«

»Fünf *Lakh*!«

Mani schüttelte den Kopf. «Ich brauche mehr als das. Ich brauche ein Vermögen. Ich bin krank und brauche einen Arzt. Ich brauche Geld, um den besten Arzt, der für Geld zu finden ist, bezahlen zu können. Ich werde nach England gehen, nach Amerika, um mir dort einen Arzt zu suchen, und dafür brauche ich viel Geld. Zehn *Lakh* Rupien, in britischen Pfund. Ich weiß, daß das für dich gar nichts ist.«

Mani schrieb David eine Adresse auf. David brachte den kleinen Jungen nach Fairwinds und suchte Mani abermals auf.

»Ich brauche eine Geburtsurkunde«, sagte er.

»Sie wurde vernichtet, gegen einen kleinen Obolus werde ich dir aber Ersatz beschaffen«, sagte Mani. David erklärte sich müde einverstanden.

Die Geburtsurkunde war eine Fälschung. Es stand zwar Natarajs Name darauf, aber es waren die falschen Eltern eingetragen: Gopal und Fiona Iyer.

»Was soll denn das sein?« sagte David zu Mani scharf. Mani zuckte jedoch nur mit den Achseln.

»Nimm sie oder laß es bleiben. Ich lasse meine Familie nicht durch den Namen dieser Frau beschmutzen. Ich lasse den Namen Iyer nicht durch einen Bastard beflecken, der nur zur Hälfte einer Kaste angehört. Ich habe keine Schwester – sie existiert für mich nicht mehr.«

David dachte nach und zuckte dann mit den Schultern. In gewisser Weise hatte Mani recht. Nataraj war ein uneheliches Kind – und damit trug man, wenn man in Indien aufwuchs, bereits ein Stigma. Möglicherweise fanden andere heraus, daß nur Savitris Name auf der Geburtsurkunde stand, und würden dann über ihn zu reden anfangen und ihn ärgern. Es war deshalb besser, wenn Nat ehelich geboren war, sozusagen eine ehrenwerte Vorgeschichte bekam. Also war Nat nun offiziell als Nataraj Gopal Iyer geboren, der eheliche Sohn von Fiona und Gopal Iyer. Auf diese Weise würden er und die Welt niemals vom Stigma seiner Geburt erfahren.

Ich werde ihn ohnehin adoptieren, sagte sich David, und dann werde ich seinen Namen sowieso in Lindsay ändern lassen.

Eine Woche später tauchte aus heiterem Himmel Gopal bei ihm auf. Er sah den kleinen Nat und rief: »Aber Nataraj ist doch tot! Mani hat Savitri die Papiere seiner Einäscherung gezeigt, bevor sie Indien verließ!«

David schüttelte den Kopf. »Er wollte nur sichergehen, daß sie niemals nach Madras zurückkehrt. Das hier ist Nataraj, mein Sohn. Es ist dein Sohn, der tot ist, Sundaram.«

Gopal aber betrachtete den cremefarbenen kleinen Jungen und wußte, daß das sein Kind war. »Ich weiß, daß das mein Sohn Sundaram ist. Was für eine Fügung des Schicksals! Ich kann ihn nämlich nicht zu mir nehmen, weil ich im Augenblick keine Arbeit und auch keine Frau habe. Ich habe niemanden, der für ihn sorgen könnte. Du aber bist reich, David. Du wirst dem Jungen eine gute Ausbildung ermöglichen. Behalte du ihn. Du sollst ihn haben. Dafür darfst du ihn sogar Nataraj nennen. Aber ich weiß, daß das mein Sohn ist.«

70. Kapitel

Saroj

»In Südindien bestellt man Kaffee in Metern, nicht als Tasse!«

Nat deutete auf den Mann am Nachbartisch, der seinen Kaffee geschickt zwischen zwei Bechern aus rostfreiem Stahl hin- und hergoß. Der Kaffee wurde auf diese Weise zu einem langen, braunen Strahl, der von Gefäß zu Gefäß floß, zu einem dampfenden Band aus Flüssigkeit, das die kühlere Luft in Schaumkronen eingeschlossen hatte, bevor sie wieder hinausgeschleudert wurde, eingefangen und hinausgeschleudert und wieder eingefangen.

Ein grinsender junger Mann in zerschlissenen khakifarbenen Shorts und einem schmuddeligen Unterhemd kam mit ihrem Kaffee, in dem sich bereits Milch und Zucker befanden, zu ihnen an den Tisch. Beide Becher standen umgedreht in Schälchen aus rostfreiem Stahl, die breiter und niedriger als die Becher waren. Saroj nahm ihr Schälchen mit dem Becher und sah, daß sich gar kein Kaffee darin befand. Sie blickte Nat fragend an.

Nat hob seinen Becher an, und es schwappte Kaffee darunter hervor und lief in das Schälchen. Er schüttete den Kaffee aus dem Schälchen in den Becher, hob ihn einen halben Meter über seinen zurückgeneigten Kopf und goß sich den Kaffee in den Mund. Saroj versuchte es ihm nachzumachen, traf aber nicht genau, so daß ihr der Kaffee seitlich am Kinn herablief. Sie hustete und wischte sich den Mund mit dem Handrücken ab.

»Warum können sie hier nichts auf die normale Weise machen?«

»Das ist normal, meine Liebe! Hat dir deine Mutter das nicht beigebracht? Wenn du in der Öffentlichkeit etwas trinkst, lautet eine wichtige Regel, daß du ein Gefäß niemals mit den Lippen berühren darfst. Du gießt dir die Flüssigkeit einfach in den Mund. Auf diese Weise bleiben die Tassen frei von Keimen. Raffiniert, nicht wahr?«

»Ja, nun, mag sein. Wenn man bedenkt, daß sie hinterher alle im selben dreckigen Wasser gespült werden.« Sie warf einen angeekelten Blick auf die Plastikschüssel, in der der Junge jetzt eilig die Tassen abspülte. Er tauchte sie ins schmutzige Wasser und stellte sie dann zum erneuten Gebrauch auf den Tresen.

Saroj ließ ihren Blick über die anderen Tische im Kaffeehaus schweifen. Männer in *Lungis* oder langen Hosen, mit zurückgekämmtem, ölig schwarzen Haar schaufelten sich, auf ihre Ellbogen gestützt, mit den Fingern Berge von Reis in den Mund. Sie aßen hastig. Ihre Finger drehten den Reis im *Sambar*, rollten ihn zu kleinen braunen Bällchen und warfen sich diese in den Mund. Einige von ihnen schienen miteinander zu streiten. Sie und Nat aßen nichts. Sie hatten ihren Hunger schon auf der Busfahrt hierher mit Bananen gestillt.

»Warum schreien sich denn alle so an?«

»Das tun sie gar nicht. Sie unterhalten sich einfach nur.«

»Oh. Ich verstehe.« Saroj versuchte sich noch einmal Kaffee in den Mund zu gießen, und diesmal machte sie es richtig. Sie schluckte das lauwarme Gebräu mit einem hörbaren Glucksen hinunter und sagte: »Ich lerne es schon noch, Nat. Ich strenge mich an, und ich werde es lernen. Hab nur etwas Geduld mit mir.«

»Das weiß ich.« Sie spürte, wie er unter dem Tisch sein Knie an das ihre preßte, als Ersatz dafür, daß er ihre Hand nicht in der seinen halten durfte, denn das, so hatte er erklärt, tat man in der Öffentlichkeit nicht. »Ich habe dir ja gesagt: Entweder du liebst Indien, oder du haßt es. Du kannst sogar beides gleichzeitig tun. Jetzt habe ich dir den Teil gezeigt, den man leicht hassen kann. Der andere Teil kommt später.«

Nat und Saroj kamen in der Innenstadt an und tauchten auch hier wieder in einen Strudel des Wahnsinns ein, eine grelle Dissonanz, erzeugt vom Gebrüll der Rikscha-Wallahs und dem lauten Gehupe der Autos. Sie konnte nichts anderes tun, als sich an Nat festzuklammern, Augen und Ohren vor diesem Tollhaus zu verschließen. Sie konzentrierte sich auf seine ruhige Gegenwart und ließ sich von ihm durch das Getümmel führen. Am Busbahnhof stiegen sie in eine Rikscha ein, mit der sie ihre Reise durch die überfüllten Straßen fortsetzten. Nat hielt ihre Hand. Saroj drückte sie, nahm all ihre Kraft zusammen und sah ihn an. Sein Blick hielt sie fest. Sie lehnte sich an ihn. Ich kann es! Ich werde es tun! Um seinetwillen und um der Liebe willen! Das hier ist eine Prüfung, und ich werde sie bestehen!

Der Rikscha-Wallah behandelte sie, als gehörten sie zur königlichen Familie. Als sie später im Dorf ankamen, drückte er unablässig auf die Hupe, so daß die Mütter aus ihren Hütten kamen, sich an den Straßenrand stellten und winkten. Die Kinder unterbrachen ihr Spiel, und die Männer drehten ihre Köpfe und sahen ihnen hinterher.

Sie erreichten Davids Zuhause, begleitet von einer Schar halbnackter Jungen und Mädchen, die neben der Rikscha herrannten und »*Daktah Tamby, Daktah Tamby, Daktah Tamby!*« riefen.

Nat war gut gelaunt, lachte mit den Kindern, lehnte sich aus der Rikscha, um diese oder jene Hand zu ergreifen, nannte die Kinder beim Namen. Ein kleiner Junge sprang aufs Trittbrett, woraufhin Nat ihn auf seinen Schoß zog und in die Wange kniff. Der Junge warf die Arme um Nat und redete in einer seltsamen Sprache mit ihm. Nat antwortete in derselben Sprache und schloß Saroj dadurch aus.

In einem offenen Tor unter einem breiten Holzbogen, auf dem auf englisch und Tamil »Prasad Nagar« geschrieben stand, sah sie einen Weißen in einer weißen *Lungi* stehen. Der Mann ging auf die Rikscha zu, hob den kleinen Jungen herunter und umarmte Nat. Das mußte sein Vater sein, dachte Saroj. Im nächsten Augenblick jedoch war Nat schon aus der Rikscha gesprungen, half ihr beim Aussteigen und sagte: »Saroj, das ist Henry. Henry, das ist die große Überraschung, die ich dir in meinem letzten Brief angekündigt habe. Wo ist Dad?« Er nahm ihre Hand und führte sie auf ein anderes Tor zu, das dem ersten genau gegenüberlag.

»David ist in der Stadt, Nat. Er ist mit einem Patienten ins Krankenhaus gefahren. Wahrscheinlich wird er während der Operation noch dort bleiben wollen – ich erwarte ihn jedenfalls nicht vor heute nacht zurück.«

Nat wirkte sehr enttäuscht, dann aber lächelte er Saroj an, berührte sie am Ellbogen und signalisierte ihr, sie solle den sandigen Weg zwischen den hohen Spalierwänden entlanggehen. Riesige Bougainvilleas wuchsen am Gitterwerk empor. Ihre Zweige wanden sich durch das Spalier und bildeten einen Tunnel aus üppigem Blattwerk.

Die Kinder wollten ihnen nachlaufen, doch Henry scheuchte sie entschlossen davon und sperrte ihnen das Tor vor der Nase zu, ziemlich grob, wie Saroj fand. Die Kinder schien das nicht zu stören. Sie kletterten am Tor hoch und setzten sich auf die oberste Querstange, immer noch grinsend und rufend, während die Kleinsten ihre Gesichtchen gegen die Gitterstäbe drückten, in den Hof hineinspähten und zusahen, wie Henry, Nat und Saroj ihre Sandalen auszogen. Nat drehte einen Wasserhahn auf und bedeutete Saroj, sie solle sich ihre Füße waschen. Das kühle Wasser tat ihren müden, staubigen Füßen gut, und sie ließ es länger darüberlaufen, als notwendig gewesen wäre. Sie war von dem Willkommen, den man Nat bereitet hatte, überwältigt. Er ist zu Hause, dachte sie – er wird von dieser Gemeinschaft, die der Boden ist, der ihn nährte und ihn zu dem gemacht hat, was er ist, wieder aufgenommen. Ich befinde mich jedoch außerhalb davon, bin eine Fremde. Sie hörte, wie Nat und Henry miteinander scherzten, während sie warteten, bis sie ihre Füße gewaschen hatte: Nat, der Henry von ihrem Urlaub in Ceylon erzählte, Henrys Fragen, Nats Antworten. Sie hörte, ohne zuzuhören. Sie lauschte in sich hinein.

Er ist zu Hause, und ich bin eine Fremde. Wie sie ihn lieben! Er kennt sie alle, sie kennen ihn, sie gehören zu ihm. Ich werde niemals hierher gehören. Nun, hier in diesem Haus ist es zwar ruhig. Es ist wunderschön. Es ist wie zu Hause, wie Mas Garten, dieser hohe Bogen mit Bougainvilleas! Es ist hübsch, es ist sauber, das ist nicht Madras, das ist ein anderes Indien. Aber es ist Nats Indien. Ich bin hier eine Fremde. Sie werden mich nicht hierhaben wollen! Nat hat nur Augen für diesen Henry. Er ignoriert mich völlig. Was soll ich jetzt nur tun? Was mache ich überhaupt hier?

Dann trat sie zur Seite, damit auch Nat seine Füße waschen konnte. Henry bat sie die beiden Stufen zur Veranda herauf, rollte eine Matte aus und ließ sie Platz nehmen. Er fragte sie, ob sie Tee oder Kaffee wolle, drehte einen Schlüssel im Türschloß und ging ins Haus. Nat setzte sich zu ihr auf die Matte. Nat, genau derselbe Nat wie immer, lächelte sie an, wie er es in London, auf Ceylon, im Flugzeug getan hatte, und so war zumindest für den Augenblick alles gut.

Sie tranken auf der Veranda Tee und aßen Milk Bikis. Saroj hörte zu, wie die beiden Männer miteinander plauderten. Gelegentlich sahen Nat oder Henry sie an, lächelten und versuchten sie ins Gespräch zu ziehen, aber Saroj war nicht bei der Sache. Sie ließ den Blick umherschweifen, und das, was sie sah, gefiel ihr. Davids kleines Haus war durch die gleichen hohen Bougainvilleas von der Straße und vor neugierigen Blicken abgeschirmt, die auch den Gartenpfad zwischen dem Tor und dem Haus säumten. Kaskaden von leuchtend orangefarbenen, zinnoberroten und purpurroten Blütenbüscheln schufen eine blühende Zufluchtsstätte, ergossen sich üppig über Mauern, in die kleinere, bescheidenere Sträucher mit sanfteren Farben eingebettet waren – cremefarbener gelbgeränderter Roter Jasmin, rosafarbener Oleander, Hibiskus in zartem Mauve. Saroj, die mit dem Rücken zum Haus saß, stellte sich vor, zu Hause zu sein – zu Hause, das war der Garten an der Waterloo Street am anderen Ende der Welt, wo sich genau die gleichen Blüten, von Ma hervorgelockt, üppig entfaltet hatten. Die Aufregung, die von all ihren Sinnen Besitz ergriffen hatte, sobald sie am Flughafen von Madras angekommen waren, begann sich, ebenso wie ihre Zweifel an Nat, zu legen. Sie spürte, wie sich ihr Körper spontan entspannte, so als wäre ihr eine Last von den Schultern genommen. Es war, als würde sich ihr Körper nun ebenfalls zu Hause fühlen, dieses Refugium als einen sicheren Ort erkennen und das stille Willkommen der Natur begreifen.

Sie seufzte hörbar und lehnte sich gegen die saubere, weißgekalkte Wand. Ich kann es schaffen, dachte sie. Das kann ich und das werde ich. Hier werde ich Wurzeln schlagen. Hier werde ich wachsen und gedeihen. Nat ist an meiner Seite. Sie suchte seine Hand und spürte, wie sich seine Finger um die ihren schlossen. Plötzlich merkte sie, wie ihr die Lider schwer wurden, und schon fiel sie gegen Nat. Er kicherte, aber das hörte sie schon fast nicht mehr, auch, daß er sie neben sich auf die Matte legte, registrierte sie kaum noch. Ich bin zu Hause, dachte sie. Das war ihr letzter Gedanke, bevor der Schlaf, den sie in Madras die ganze Nacht nicht hatte finden können, sie schließlich überwältigte.

Als sie aufwachte, war es schon dunkel. Sie hörte Stimmen: Nats Stimme, Henrys Stimme und eine dritte, die, wie sie wußte, David gehören mußte. David war offenbar aus der Stadt zurückgekommen. Ihr zukünftiger Schwiegervater. Hastig setzte sie sich auf, fuhr sich instinktiv mit den Fingern durchs Haar, zupfte ihre Kleidung zurecht. Sie fühlte sich irgendwie schmuddelig und von der langen Busfahrt ganz staubig. Sie sehnte sich danach, sich duschen und umziehen zu können, denn dazu war sie bei ihrer Ankunft vor einigen Stunden zu müde gewesen. Vor wie vielen Stunden war das gewesen? Sie sah auf ihre Uhr, hielt sie im trüben Licht, das durch das Fenster über ihrem Kopf fiel, in die Höhe. Acht Uhr. Die Männer waren ins Haus gegangen. Sie wollte zu ihnen gehen, wurde aber von einer plötzlichen, heftigen Schüchternheit gelähmt. Wie würde David sie empfangen? Sein geliebter Sohn hatte seine Braut mit nach Hause gebracht …

Der Wasserhahn, an dem sie sich die Füße gewaschen hatte, fiel ihr wieder ein. Sie stand auf und ging zu den Stufen hinüber, die von der Veranda runterführten, kauerte sich hin und tastete in der Dunkelheit nach dem Hahn. Sie fand ihn, drehte ihn auf, ließ kühles Wasser in ihre hohlen Hände laufen und bespritzte sich das Gesicht. Köstlich. Sie benetzte ihren Nacken, die Arme und hätte sogar ihre Bluse ausgezogen und sich am ganzen Körper gewaschen, wenn nicht die Fliegengittertür des Hauses quietschend aufgegangen und Nat aufgetaucht wäre. Er kauerte sich neben sie.

»Hallo! Gut geschlafen?«

Saroj spritzte sich noch einmal eine Handvoll Wasser ins Gesicht und antwortete ihm: »Mhm! Dein Dad ist da, stimmt's?«

»Ja. Ich habe ihm schon alles von dir erzählt. Er hat bereits einen Blick auf dich geworfen, als du geschlafen hast, und jetzt ist er ganz gespannt darauf, dich kennenzulernen.«

»Aber so bin ich doch in keiner Weise vorzeigbar! Ich wünschte, ich könnte duschen, mir die Haare waschen und mich umziehen! Er wird mich für eine Landstreicherin halten, wenn er mich so sieht!«

»Nein, das wird er nicht. Aber du kannst trotzdem duschen, wenn du willst. Komm rein.«

Saroj folgte Nat ins Haus, wo sie zuerst einen kleinen, unmöblierten Raum betraten. In jeder der vier Wände befanden sich Türen. Nat öffnete eine der Türen, und Saroj stand in einem Badezimmer. Unter einem Wasserhahn in der Wand standen zwei wassergefüllte Eimer, über deren Rand metallene Schöpfer hingen.

»Hier sind Seife und ein Handtuch«, sagte Nat und drückte ihr ein Stück ayurvedische Chandrika-Seife in die Hand, bevor er wieder zu den anderen zurückkehrte.

Saroj sah voller Verzweiflung die Eimer und die Schöpfer an. Was ich jetzt brauche, dachte sie, ist eine gründliche Dusche unter einem starken Strahl heißen prickelnden Wassers. Aber das hier ist Indien, mein neues Zuhause. Kaltes Wasser, aus Eimern geschöpft, muß genügen. Für jetzt und für immer. Sie riß das Päckchen Chandrika-Seife auf.

Saroj kam mit saubergeschrubbter Haut, abgekühlt und nach der warmen Würze der Chandrika-Seife duftend, aus dem Badezimmer. Das nasse Haar hatte sie zu einem Knoten auf dem Kopf zusammengedreht. Sie trug das *Shalwar Kameez*, das sie in Madras gekauft hatte. Das Kleidungsstück mit dem Paisleymuster in Blautönen war vom Transport in ihrer Tasche zwar ein wenig zerknittert, aber sauber und frisch. Nicht ganz die elegante junge Braut, dachte sie trübselig, als sie den zentralen Raum durchquerte und auf die offene Tür zuging, hinter der, wie sie wußte, die Männer saßen und sich unterhielten.

Sie blieb im Türrahmen stehen. Drei Gesichter wandten sich ihr zu. Nats liebes, vertrautes Gesicht, Henrys joviales Gesicht mit den Segelohren und das von David.

Noch nie hatte sie ein Gesicht wie dieses gesehen. Noch nie hatte sie einen älteren Mann gesehen, den sie auch nur entfernt als schön beschrieben hätte. David aber war schön. Allerdings nicht so sehr von seinen Gesichtszügen her, die zwar ebenmäßig waren und beinahe klassisch wirkten. Seine Haut war wettergegerbt, braun und von den vielen Jahren unter der grellen tropischen Sonne ledrig geworden. Sein Gesicht wurde von ergrauendem Haar eingerahmt, das er zurückgekämmt trug, wobei ihm zwei Locken in jungenhaftem Trotz in die hohe Stirn fielen. Seine Augen waren groß und grau marmoriert. Sie standen wie bei Nat weit auseinander, und auch sie waren schön. Aber es war der Ausdruck, der in ihnen und auf dem ganzen Gesicht lag, der Sarojs Aufmerksamkeit weckte und fesselte. Sie konnte ihren Blick nicht von diesem Gesicht lösen, nicht einmal, um Nat anzusehen, obwohl sie seinen erwartungsvollen Blick auf sich ruhen spürte.

Er ist gut, dachte sie. Es gibt kein anderes Wort als schlichte, reine Güte, um diesen Mann zu beschreiben. Wohlwollen, Rechtschaffenheit, Freundlichkeit, Wohltätigkeit, Liebe, all das umfaßte diese Güte, sammelte sich zu einem Strahlen, das aus seinen Augen, aus seinem Lächeln buchstäblich von innen heraus zu leuchten schien. Es war ebenjene Güte, die sie auch in Nats Gegenwart spürte – aber es war noch mehr, viel mehr: die Erfüllung und der Gipfel dieser Güte, einer Güte, die Kraft und Mitleid in sich barg und die sie umfing, noch bevor David aufgestanden war und mit ausgestreckten Händen auf sie zukam, um sie zu begrüßen.

»Saroj! Willkommen!«

Schüchtern ergriff sie diese Hände, aber David schloß sie in die

Arme, und Saroj wurde von dieser Güte umgeben und davon erfüllt. Sie hatte das Gefühl, weinen zu müssen. Sie schloß die Augen.

Saroj öffnete die Augen wieder. Dabei fiel ihr Blick auf ein gerahmtes Foto, das hinter David an der Wand hing. Sie stutzte, dann erstarrte sie. David, der ihre Verwirrung spürte, ließ sie los. Sie trat zur Seite und ging um ihn herum auf das Foto zu. Es war das Porträt einer sanft lächelnden jungen Inderin. Sie trug das Haar in der Mitte gescheitelt und hatte einen vollkommen runden *Tika* auf der Stirn. Es gab keinen Zweifel, dieses Bild war, stark vergrößert, genau das, das auch in Onkel Balwants Familienarchiv klebte.

Saroj drehte sich wieder zum Zimmer um, ihr Gesicht strahlte vor Freude.

»Das ist Ma!« sagte sie zu David, warf wieder einen Blick auf das Porträt und wandte sich dann aufgeregt an Nat. »Das ist Ma, Nat! Das ist meine Mutter als junge Frau.«

Dann ließ sie ihren Blick rasch über Henrys Gesicht schweifen und sah schließlich David an. Gespannt wartete sie darauf, wie er auf das Wunder, daß sich hier in diesem Haus ein Foto von Ma befand, reagieren würde.

»Diese Frau ist deine Mutter?« fragte David.

»Ja, natürlich ... und wie ... ach, ja klar! Deine Schwester! Deine Schwester war mit ihrem Bruder, meinem Onkel Gopal, verheiratet. Ihr seid miteinander aufgewachsen, du, Fiona und Onkel Gopal. Mir war nicht klar, daß ...«

»Was weißt du über Fiona und Gopal?« Davids Stimme klang jetzt plötzlich scharf und ließ sie abrupt abbrechen.

Nat sagte: »Ich wollte noch warten, bevor ich es dir sage, Dad, aber jetzt ist es nun einmal heraus. Ich weiß alles über Gopal und Fiona, daß sie meine Eltern sind. Und du wirst es nicht glauben, Saroj ist die Tochter von Gopals Schwester. Es ist eine lange Geschichte, und ...«

David schnitt ihm das Wort ab. »Wie geht es ihr? Wo ist sie?«

»Also, sie ist schon lange tot. Sie ist vor ein paar Jahren bei einem Brand ums Leben gekommen.«

»Tot? Savitri ist tot?« Der Schmerz, der David jetzt ins Gesicht geschrieben stand, der gähnende Abgrund, der sich in seinen Augen auftat, ließ Saroj verstummen. Sie wußte jetzt genau wie Nat: David hatte Ma geliebt. Sarojs Mutter. Savitri hatte er sie genannt.

David wandte sich Nat zu. In seinem Blick lag nicht mehr Schmerz, sondern tiefes Mitleid. »Nat. Mein Nat. Ich hätte es dir schon früher sagen sollen. Und jetzt ist es zu spät. Ich hätte dir von Savitri erzählen sollen. Von deiner Mutter.«

Bei diesen Worten erstarrte Saroj. Nat erstarrte ebenfalls. Er ließ ihre Hand los. Henry sah weg. Die Kerze flackerte. Selbst der schrille Chor der Insekten schien in diesem Augenblick zu schweigen. Sie alle verharrten stumm vor diesem Abgrund der Stille.

Dann fing David wieder zu sprechen an. »Sie war die Tochter des Kochs…«

71. Kapitel

Nat und Saroj

David redete zwei Stunden ohne Unterbrechung. Das Entsetzen, das seine Enthüllung ausgelöst hatte, zog sich, als er zu reden begann, aus dem Zimmer zurück. Statt dessen betrat nun Savitri den Raum: Savitri, wie sie damals gewesen war, das kleine Mädchen, das er geliebt hatte, und wurde, während er von ihr erzählte, zu der Frau, die er verehrt hatte. In seiner Stimme lag ein Lächeln. Sie klang warm und wurde von den Erinnerungen beseelt, die sein Inneres zu überfluten schienen und jetzt, in Worte gefaßt, aus ihm herausströmten. Wie ein Fluß, der von einem Damm aus Zweigen aufgestaut wird, wobei dieser Damm von nur einem einzigen lebendigen Zweig, einem Zweig namens Savitri, an Ort und Stelle gehalten wurde. Dieser eine lebendige Zweig wurde nun herausgezogen, und der Damm brach. Der Fluß bahnte sich seinen Weg und riß alles mit sich. Davids Geschichte versetzte seine Zuhörer in eine andere Welt. Seine Worte waren Fenster in die Vergangenheit, und Savitris Geist wurde wieder lebendig und umhüllte sie alle wie der warme Schein einer freundlichen Flamme.

Saroj jedoch fror. Sie war betäubt von etwas, das weit schlimmer war als Furcht.

»Aber wer bin ich nun«, rief Nat, als David mit seiner Geschichte geendet hatte. »Nataraj oder Sundaram?«

Er sprang auf und ging im Zimmer auf und ab. »Wer bin ich? Welches der beiden Kinder starb? Nataraj oder Sundaram? Welches hat überlebt? Wer bin ich?« Er blieb vor Savitris Foto stehen, vergrub voller Qual sein Gesicht in den Händen und lehnte sich an die Wand.

»Du bist...«, begann Henry, aber David unterbrach ihn.

»Sundaram ist tot, Nat!« rief David. »Du bist Nataraj. Natürlich bist du das!«

»Aber woher willst du das denn so genau wissen? Das kannst du doch gar nicht! Nur Mani könnte das mit Sicherheit sagen!« Nats Stimme klang jetzt laut und erregt.

»Nat, frag mich nicht, woher ich es weiß. Ich weiß es einfach, das ist alles. Ich weiß, daß du mein Sohn bist!«

»Aber das gleiche glaubt Gopal doch auch! Er ist genau wie du fest davon überzeugt. Aber einer von euch beiden muß sich irren! Was ist, wenn du dich irrst, Dad, und Gopal recht hat?«

Nats Frage hing unbeantwortet in Sarojs Herz. Sie ertappte sich dabei, daß sie still betete. Ein leiser Hoffnungsschimmer schob sich vorsichtig durch die Kälte, die sie in ihrem Inneren spürte. Laß ihn bitte trotz allem Gopals Sohn sein. Ach, laß ihn nicht Savitris Sohn sein! Laß uns bitte keine Geschwister sein!

Laß Gopal Nats Vater sein. Laß Gopal Nats Vater sein. Die Worte formten sich wie ein Mantra in Sarojs Kopf.

Während ihres angstvollen Gebets bombardierten sich David und Nat mit Worten, ein jeder kämpfte eine Schlacht um sein Leben, und keiner von beiden duldete es, daß Henry zwischen diesen Salven etwas sagte.

»Gopal hat sich doch nur eingeredet, daß du sein Sohn bist! Als er mich besuchen kam, war ich so dumm, ihm diese Geburtsurkunde, auf der er als Vater eingetragen war, zu zeigen. Dadurch ist er überhaupt erst auf diese Idee gekommen. Eines der Babys war tot, eines lebte, soviel war und ist sicher. Er redete sich so lange ein, daß das Kind, das überlebt hatte, dasjenige, das ich adoptiert habe, sein Sohn sei, bis er es selbst glaubte. Er wollte das glauben, Nat. Er mußte das glauben! Er wurde nicht damit fertig, daß sein Sohn tot war! Und jetzt hatte ich einen der beiden Jungen gefunden – dich! Er wollte dich haben! Das war sein verzweifelter Wunsch!«

»Darf ich kurz ...«, sagte Henry und hob die Hand wie ein Schulkind im Unterricht, aber Nat brüllte ihn einfach nieder.

»Gopal ist mein Vater! Er muß es sein! Es tut mir leid, Dad, ich liebe dich mehr als ihn, aber ich will, daß Gopal mein Vater ist! Begreifst du es denn nicht? Siehst du es denn nicht! Bitte laß ihn mein Vater sein! Und Fiona meine Mutter! Wo ist Fiona jetzt überhaupt?«

»Sie ist immer noch in Fairwinds. Ich habe eine psychiatrisch ausgebildete Krankenschwester eingestellt, die bei ihr lebt und die sich um sie kümmert. Ich habe schon überlegt, ob ich sie nach England zurückschicken und in eine Klinik einweisen lassen soll, aber ich glaube, in Fairwinds ist sie mit ihrer Puppe glücklicher. Dort geht es ihr mit Sicherheit besser als in irgendeinem englischen Nervenkrankenhaus. Ich besuche sie hin und wieder. Sie erkennt mich aber nicht.«

»Sie ist meine Mutter! Ich muß zu ihr – vielleicht kann ich ihr helfen! Wenn sie weiß, daß ich lebe, vielleicht…«

Seine Stimme wurde vor Verzweiflung immer lauter, klang wie das Echo jener panischen Angst, die Saroj ergriffen hatte. Sie hob den Kopf und sah ihn an. Sie nahmen sich bei den Händen, versuchten sich gegenseitig zu beruhigen. Vielleicht konnten sie es ja durch eine gemeinsame Willensanstrengung bewirken, daß Nat Fionas Sohn war und nicht Savitris. »Hört mir mal zu, ihr zwei, ich kann –« begann Henry wieder, und wieder wurde er von David unterbrochen. »Natürlich wäre es möglich«, sagte David, und ein hoffnungsloser Zweifel trat in seine Augen. »Aber nein, das kann nicht sein, Nat. Ich habe immer…«

»Du machst es doch genau wie Gopal, Dad. Du willst, daß es so ist, und deshalb glaubst du es auch. Aber siehst du es denn wirklich nicht, ich darf einfach nicht Savitris Sohn sein!«

»Aber du bist ihr Sohn! Ich weiß es, ich spüre es! Mehr als ich spüre, daß du mein Sohn bist, spüre ich, daß du der ihre bist! Sie spricht durch dich zu mir, du bist ihr wie aus dem Gesicht geschnitten! Du hast ihren Charakter! Sie hat all ihre Gaben an dich weitergegeben. Die heilenden Hände. Die Kraft! Das alles kommt von ihr!«

»Du hast gesagt, daß das in unserer Familie liegt. Dann könnte mir das alles doch auch von Gopal vererbt worden sein, oder etwa nicht? Er ist ihr Bruder, und diese Dinge müssen nicht zwangsläufig in direkter Linie weitergegeben werden. Mein *Thatha* hatte die Gabe, dann könnte sie doch auch in Gopal, seinem Enkel, schlummern!«

David schüttelte den Kopf. »Ich fühle es, ich weiß es. Savitri lebt in dir weiter! Glaubst du denn wirklich, daß du Gopals und Fionas Sohn bist? Der Sohn dieser beiden rückgratlosen, farblosen Menschen? Weißt du denn, wenn du ganz tief in dich hineinsiehst, nicht, daß du mein und ihr Kind bist?«

Davids Stimme war sanft, als er fortfuhr: »Als Mani mir sagte, daß Savitri Indien verlassen habe, daß sie jetzt am anderen Ende der Welt leben würde, da wußte ich, daß ich endgültig verloren hatte. Ich fragte nicht einmal, wo sie war. Er hätte es mir ohnehin nicht gesagt. Fiona hätte es vielleicht gewußt, aber sie hat den Verstand verloren, und Gopal habe ich nicht einmal gefragt. Ich wußte, ich hatte verloren, es gab für uns kein Zurück mehr. Savitri hielt mich für tot. Deshalb hat sie geheiratet ... sie war Inderin und besaß die Stärke und das unverwüstliche Naturell indischer Frauen. Ich wußte, daß sie das Beste aus ihrem Leben machen würde, ganz gleich, welche Wendung es auch nehmen mochte. Ich wußte, daß sie keine andere Wahl hatte, als wieder zu heiraten – als Witwe und nach dem ganzen Skandal hier hätte sie in Indien keine Chance mehr gehabt. Welcher Inder hätte sie schon zur Frau genommen? Es war ihr Glück, daß sie ausgewandert ist und wieder geheiratet hat. Ich durfte mich da nicht mehr einmischen, so gern ich das auch getan hätte. Also ließ ich sie gehen. Als ich dann aber dich fand, Nat, da war es, als wäre sie zu mir zurückgekehrt. Es war, als wäre sie in deiner Gestalt in mein Leben getreten. Ich weiß, daß du ihr Sohn bist.«

Alle schwiegen. In Saroj stieg gallige Bitternis auf, da auch sie es spürte. Savitri – Ma – lebte in Nat weiter. Sie hatte Ma von Anfang an in ihm erkannt. Ihre gegenseitige Anziehung war, so schien es, nichts anderes als der Ruf des Blutes gewesen. »Werdet ihr mir vielleicht jetzt auch einmal zuhören?« sagte Henry plötzlich in das Schweigen hinein. »Ich hätte es euch gleich sagen können, wenn ihr mir nur zugehört hättet. Nat ist Nataraj. Ohne jeden Zweifel.«

Jetzt endlich war ihm ihre ganze Aufmerksamkeit sicher. Saroj und Nat wechselten einen letzten, gequälten Blick, sahen dann Henry an und warteten auf das, was da kommen sollte. Sie wußten jedoch bereits, daß das das Ende bedeutete.

Henry sprach ruhig und sachlich. »Savitri hat nach Nats Geburt noch zwei Jahre bei uns gewohnt«, sagte er. »Und sie hat von uns aus nach ihm gesucht. Sie hat sich, um ihn zu finden, mit den Bürokraten angelegt, aber sie hat auch persönlich nach ihm gesucht. Sie konnte einfach nicht anders. Sie sagte, es gebe etwas, woran sie Nataraj erkennen würde, und das war auch der Grund dafür, weshalb sie kleine Jungen immer untersuchte, sie in die Arme nahm, ihren Kragen zurückrollte, ihren Nacken berührte. Der Leberfleck hinter deinem rechten Ohr, Nat. Savitri hatte ihn, und du hast ihn. Das hat sie uns erzählt. Du bist Nataraj, der Junge, den sie geboren hat. Du hast diesen Leberfleck.«

Unwillkürlich griff sich Nat an den Fleck hinter seinem rechten Ohr. Er sah Saroj an, und jetzt wußten sie es beide mit Sicherheit. Dann sah er weg.

Wieder breitete sich langes Schweigen aus. In diesem Schweigen spürte Saroj, wie sich Welten verschoben. Nats Welt bewegte sich aus ihrer Reichweite und fiel in Mas Hände. Savitris Hände. Still entzog sich Nat ihr. Er hatte etwas Großes gefunden, ein Wunder, größer als sie, Saroj, es für ihn war. Sie hingegen hatte ihn verloren – an Savitri. An Ma.

72. Kapitel

Nat

»Dad, eines verstehe ich nicht: Warum hat mich Gopal all die Jahre ignoriert, bis er dann plötzlich mit dieser dummen Geschichte, daß ich Saroj heiraten soll, in London aufgetaucht ist? Und wie hat er mich in London überhaupt gefunden?«

Henry hustete demonstrativ. »Es scheint, als wäre ich jetzt an der Reihe, um die Geschichte weiterzuerzählen«, sagte er. »Ich muß euch ein Geständnis machen. Ich bin Gopal vor ein paar Jahren zufällig in Madras begegnet. Laß mich überlegen – es muß ein paar Monate, bevor du zum ersten Mal nach Hause gekommen bist, gewesen sein, in dem Jahr, als es die große Überschwemmung gab. Ich hatte mich bei Gopal erkundigt, wie es Savitri geht. June hatte die ersten Jahre noch Briefkontakt mit ihr, aber du weißt ja, wie so etwas ist – das Ganze ist dann irgendwann einmal eingeschlafen. Und als June mich dann wegen dieses Piloten verließ, hat sie Savitris Adresse mitgenommen. Gopal erzählte mir, daß sie sehr krank sei. Er sagte, sie habe Krebs.«

»Krebs!« Saroj starrte Henry an.

»Ja«, fuhr Henry fort. »Er sagte, sie habe Brustkrebs, wolle sich aber nicht operieren lassen. Sie habe das Gefühl, daß sie ihre Aufgabe im Leben erfüllt habe. Ihrer Familie habe sie zwar noch nichts gesagt, sie selbst aber habe sich mit dem Gedanken, zu sterben, bereits abgefunden. Er, Gopal, überlege sich nun, ob er zu ihr fahren und sie besuchen solle. Die beiden standen sich immer sehr nahe.«

»Davon hat sie uns nie etwas gesagt«, murmelte Saroj. Und wieder hatte Ma sie enttäuscht – diesmal nicht mit einer glatten Lüge, sondern einfach durch ihr Schweigen.

»Sie wollte es eben nicht«, sagte Henry. »Savitri hat es immer gehaßt, wenn man großes Aufhebens um sie machte. Aber ich hatte eine Idee: Was wäre, wenn man sie mit David und Nat zusammenbringen würde? Ihre Kinder in Guyana waren jetzt schon fast erwachsen, es konnte also niemandem mehr schaden. Was wäre, wenn sie sich in London behandeln ließe? Ich wußte, daß David die Behandlung bezahlen würde, falls der staatliche Gesundheitsdienst nicht dafür aufkommen würde. Allein zu wissen, daß die beiden lebten, würde in ihr den Wunsch wecken, weiterleben zu wollen. So dachte ich jedenfalls. Also – nun, der langen Rede kurzer Sinn: Bevor ich irgend jemand anderem etwas sagte, flog ich selbst nach London, um herauszufinden, welche Spezialisten in der Lage wären, sie zu behandeln. Schließlich wollte ich ihr keine falschen Hoffnungen machen. Aber ich schrieb Savitri und erzählte ihr von Nat und David, denn diesen einen Trost wollte ich ihr nicht vorenthalten! Das war übrigens damals, als ich dich in London traf, Nat, dich am Schlafittchen packte und nach Hause schleppte!«

»Dann war das der Brief, den sie vor ihrem Tod bekam – der mit den vielen guten Neuigkeiten!« sagte Saroj.

Henry nickte. »Sie hat daraufhin Gopal und mir geschrieben. Wie aufgeregt sie war! Sie schrieb, daß sie nach Indien kommen werde. Sie wollte sich zwar immer noch nicht behandeln lassen, aber sie wolle nach Indien kommen, um David und Nat wiederzusehen. Sie bat mich inständig, dir nichts davon zu sagen, David. Sie wollte dich überraschen.«

David konnte nur fassungslos den Kopf schütteln.

»Kurze Zeit später erhielt ich von Gopal einen Brief, in dem er mir mitteilte, daß Savitri tot sei – keine Einzelheiten. Er bat noch um Nats Londoner Adresse, und ich gab sie ihm. Das war alles. Seitdem habe ich nichts mehr von ihm gehört.«

»Er ist seitdem jedenfalls sehr emsig gewesen.« Nats Stimme klang bitter.

»Du darfst Gopal nichts vorwerfen, Nat. Er hat es nur gut gemeint. Und er ist wirklich fest davon überzeugt, daß du sein Sohn bist.«

Und genau das wünsche ich mir auch, dachte Saroj. Ich wünsche es mir von ganzem Herzen.

Müde versuchte sie sich an Details zu erinnern, die zu Henrys Geschichte paßten, und setzte sie zusammen. Ihr war plötzlich schlecht. Also darum war es in dem Brief gegangen, dem Brief, den Ma kurz vor ihrem Tod erhalten hatte, dem Brief, den sie Saroj zeigen wollte, der Grund, weshalb sie es so eilig hatte, nach London und dann nach Indien zu reisen. Henry hatte ihr die Wahrheit gesagt, und jetzt wollte sie nach Indien, zu ihrem wirklichen, zu ihrem wahren Leben, zu ihrer Vergangenheit zurückkehren. Sie hatte gewollt, daß Saroj »ein paar

Leute« kennenlernte – Nat natürlich und David. Eine geradezu wunderbare Wiedervereinigung.

Nur daß Saroj da nicht mit dazupaßte. In keiner Weise. Saroj hatte mit Savitris Geschichte, ihrem Leben, ihrer Vergangenheit rein gar nichts zu tun. Während sie zuhörte, zog sie sich immer mehr in den Hintergrund zurück, beobachtete die beiden Männer, die sich aufeinander zubewegten, sich immer näher kamen – sie, Saroj, war ausgeschlossen.

Sie teilten nun eine Vergangenheit miteinander, schrieben die Geschichte um, wünschten sich, daß es sie, Saroj, nicht gäbe. Angeekelt beobachtete sie, wie Nat seine Vergangenheit einforderte.

»Es tut mir leid, Dad. Wirklich. Es wäre alles ganz anders geworden, wenn sie nur gewartet hätte, bis du aus Changi zurückgekommen wärst!«

David zuckte mit den Achseln. »So etwas wie ›wenn nur‹ gibt es nicht. So jedenfalls hätte sie es gesehen. Alles was geschieht, hat einen Sinn, sagte sie immer. Sie hätte gesagt, das sei alles Gottes Wille.«

David legte seine Hand liebevoll auf die von Nat. Die beiden tauschten einen Blick von solch tiefer Liebe und Eintracht, daß Saroj von heftiger Eifersucht gepackt wurde.

»Ich hätte dir schon vor langer Zeit von Savitri erzählen sollen, Nat. Aber ich habe sie und die Erinnerung an sie mit aller Macht verdrängt. Ich hatte Angst, daß ich daran zerbrechen würde, wenn ich auch nur an sie dachte, dir ihren Namen nannte, die Vergangenheit heraufbeschwor. Ich habe mich ganz auf meine Arbeit konzentriert – das nämlich ist es, was sie gewollt hätte und was wir gemeinsam getan hätten, wenn alles einen anderen Verlauf genommen hätte. Was ich hier aufgebaut habe, Nat, habe ich für sie aufgebaut, ihr zum Gedenken. Prasad Nagar ist mein Monument für sie. Dies war meine Art, sie wieder lebendig werden zu lassen, ohne daß ich daran zerbrach. Sie war meine Inspiration.«

»Und die meine auch. Auch wenn ich sie niemals gekannt habe.«

»Sie lebt in dir, Nat. Ihre Hände sind deine Hände – goldene Hände. Sie lebt in dir. Sie handelt durch dich.«

Nat hielt die Hände hoch, die Handflächen nach oben gedreht, und betrachtete sie nickend. Im Kerzenlicht war er wunderschön, so schön und golden, daß es weh tat, ihn anzusehen.

Saroj hörte den beiden schockiert zu. Sie sprachen von ihrer Mutter, aber mit jedem Wort, das sie sagten, nahmen sie ihr ein Stück mehr von Ma weg, verwandelten sie in diese Fremde, in Savitri. David, Nat und Savitri – das wäre das richtige Ende für diese Geschichte gewesen, ein glückliches Ende. Sie, Saroj, wäre dann niemals geboren worden. Wenn Ma früher erfahren hätte, daß die beiden lebten, hätte sie Deodat verlassen, das stand für Saroj außer Zweifel. Sie hätte Deodat verlassen und wäre zu dem Mann und dem Sohn zurückgekehrt, die sie wirklich liebte, und hätte nicht einmal im Traum daran gedacht, Deodat Kinder zu gebären.

Savitri hätte niemals nach Georgetown fahren sollen, hätte Deodat niemals heiraten sollen, hätte auf ihren Geliebten, auf David, warten sollen! Sie hätte daran glauben müssen! Hätte ihr Vertrauen nicht verlieren dürfen! Das wäre dann ein wirkliches Märchen geworden! Aschenputtel hätte ihren Prinzen bekommen müssen! Es war alles nur ein Versehen, überlegte Saroj. Ich hätte niemals geboren werden sollen. Ich war immer nur ein Ersatz, ich und wir anderen Roy-Kinder. Wir sind das schale Ende in Savitris Leben!

Die Savitri, die sie kannte, ihre Ma, war eine Lügnerin, eine Heuchlerin, eine Schauspielerin, die eine Rolle spielte. Eine Frau, die versuchte, ihr wirkliches Leben zu vergessen, das Leben, das sie eigentlich hätte führen sollen. Und Nat! Er konnte sich jetzt glücklich schätzen, denn er hatte eine Mutter bekommen. Sie selbst aber hatte die ihre verloren, und sie hatte einen Geliebten verloren, ein Leben.

Dritter Teil

73. Kapitel

Mrs. D.
Saroj

Wie kann er jetzt nur schlafen? Wie kann er überhaupt noch schlafen? Saroj wollte ihn aufwecken, schütteln, ohrfeigen, anbrüllen. Wie kannst du nur schlafen, du Mistkerl, siehst du denn nicht, was geschehen ist? Wie kannst du einfach da liegen und im Schlaf glückselig vor dich hinlächeln, weil du endlich deine geliebte Mutter gefunden hast, wo du doch sehr wohl weißt, daß dies das Ende unserer Beziehung bedeutet?

Sie sah Nat an, und ihr stummer Schrei schien das ganze All mit Qual zu erfüllen. Mein Bruder! Mein Geliebter ist mein Bruder!

Nat, der neben ihr auf der Veranda lag, schlief weiter. Der einzige Mann, den sie je geliebt hatte, war ihr Bruder. Wir sind beide Savitris Kinder! Sie warf sich auf ihre Matte und vergrub das Gesicht in ihrem Kopfkissen, erstickte damit das quälende Schluchzen, biß ins Kissen. Diese Nacht noch hatte sie darüber diskutieren wollen. Sie hatte all die entsetzlichen Andeutungen überprüfen und die schreckliche Wahrheit über sie beide hinwegspülen lassen wollen, damit sie sich während der Nacht darin suhlen konnte. David aber hatte das strikt unterbunden. Es sei schon spät, hatte er gesagt, und am Morgen warte viel Arbeit auf ihn. Es sei Zeit, schlafen zu gehen, sie hätten genug geredet. Morgen hätten sie noch genug Zeit, ihre Probleme zu lösen.

Ihre Probleme zu lösen! Als ob dieses Problem jemals hätte gelöst werden können! Nat aber hatte sich rasch zusammengerissen, hatte sein Entsetzen in irgendeinem sicheren Winkel in seinem Verstand versteckt – ach, wie ich diese indische Krankheit, die Gleichmut heißt, hasse! –, hatte für sich und Saroj auf den Matten auf der Veranda ein Bett gemacht und ihr eine Decke zum Zudecken gegeben. Sie hatten sich hingelegt, und er hatte sie in die Arme genommen. Er hatte gezittert, als er sie in den Armen hielt, aber diese Umarmung war die eines Bruders gewesen. Er hatte ihre Tränen getrocknet und sie dann gebeten, zu schlafen.

»Ich liebe dich, Saroj«, waren seine letzten Worte gewesen. »Ganz egal, was auch passieren mag, vergiß das bitte nie. Ich liebe dich von ganzem Herzen. Wir werden das alles regeln. Wir werden diese Sache gemeinsam durchstehen.« Er hatte sie auf die Wange geküßt, dann war er eingeschlafen wie ein Baby und hatte sie weiter vor sich hinbrüten, ins Kissen weinen, in ihre Decke beißen und sich ruhelos hin und her werfen lassen.

Stunden waren vergangen. Sie konnte es jetzt einfach nicht mehr aushalten. Bald würde der Morgen dämmern, aber es war der Beginn eines Tages, den sie nie erleben wollte, denn ganz egal, wie sie das Ganze drehten und wendeten – Nat war nun einmal ihr Bruder.

Wenn sie jetzt wartete, um sich zu verabschieden, würde man sie zum Bleiben zu überreden versuchen. Aus reiner Höflichkeit würde man sie bitten zu bleiben und sie auffordern, von Savitri zu erzählen. Man würde darüber staunen, was aus Savitri geworden war, und ihren Tod betrauern. Saroj aber gehörte hier einfach nicht hin. Es war, deshalb besser, sie ging, und zwar sofort, dann war es für sie alle leichter.

Es war nicht schwierig, sich im Dunkeln anzuziehen, die Haare zu bürsten, sich ihre Reisetasche, die sie noch gar nicht ganz ausgepackt hatte, über die Schulter zu hängen und sich auf den Weg in die Stadt zu machen. Dort weckte sie einen Rikscha-Wallah, der in seiner Rikscha schlief, und ließ sich zum Busbahnhof fahren. Der erste Bus fuhr um vier. Sie brauchte nicht einmal nach Madras zu fahren, denn der Flughafen lag ohnehin an der Busstrecke. Also stieg sie dort aus, buchte um und wartete auf den nächsten Flug.

London, das hieß für Saroj Einsamkeit. Zwar lebten hier Millionen von Menschen, diejenigen, die Saroj am meisten liebte, waren jedoch nicht da. Noch nie in ihrem Leben hatte sie ein solches Bedürfnis nach Freundschaft und Trost gehabt wie jetzt. Nicht einmal in der Zeit nach Mas Tod. Sie war eine Fremde in einem fremden Land, heimatlos, verlassen. Sie wollte nach Hause, zu Trixie und Ganesh und den Straßen, die sie aus ihrer Kindheit kannte.

Zwei Wochen später buchte sie einen Stand-by-Flug nach Georgetown. Ganesh und Trixie holten sie am Flughafen ab. Sie stürzte in ihre Arme. Die beiden hielten sie fest, hüllten sie mit ihrer Liebe ein, noch bevor sie ihre Geschichte gehört hatten, denn der Kummer stand ihr deutlich ins Gesicht geschrieben und war auch in ihren Augen zu lesen. Ihr Bruder und ihre beste Freundin sahen das und hielten sie einfach nur fest.

Es würde eine Ewigkeit dauern, bis sie sich wieder erholte, aber hier, in den vertrauten Straßen ihrer Kindheit, in dieser gemütlichen Stadt, wo jedes Gesicht zu lächeln und sie zu Hause willkommen zu heißen schien, würde sie es schließlich schaffen.

Und hier, zu Hause, gab es auch noch jemand anderen. Ihren Vater. Jetzt, da sie alles verloren hatte, würde sie darauf aufbauen. Jetzt, da sie vollkommen verwaist war, würde Balwant – sie weigerte sich inzwischen, ihn als Onkel anzusehen – sie als seine Tochter anerkennen müssen, zumindest heimlich, ohne daß Tante Kamla etwas davon erfuhr. Vielleicht konnte sie sogar bei den beiden wohnen und von diesem hübschen, luftigen Haus, von diesem sicheren Hafen aus anfangen, ihr Leben wieder aufzubauen. Sich an der Liebe eines Vaters erwärmen. Das war zwar nur ein Trostpreis – aber es war immerhin ein Anfang.

Natürlich waren da Fragen, auf die sie jetzt niemals mehr eine Antwort erhalten würde. Wie hatte Ma, nachdem sie David so sehr geliebt hatte, sich überhaupt einem anderen Mann zuwenden können? Aber Savitri – Ma – hatte David ja für tot gehalten. Sie hatte so viele Schicksalsschläge erleiden müssen, ein völliger Neuanfang war für sie deshalb lebenswichtig geworden. Ma hatte Indien verlassen, und damit hatte sie auch ihre Vergangenheit hinter sich gelassen – vollkommen. Sie hatte die Persönlichkeit, die zu Savitri gehört hatte, ganz und gar abgelegt. Aber auch Ma war ein Mensch. Ein Mann wie Balwant mußte ihr in ihrem ansonsten so freudlosen Leben, das sie in Deodats Schatten führte, wie ein Lichtstrahl erschienen sein. Diese Antwort stellte Saroj zufrieden.

Sie zog bei Balwant ein und setzte ihre ganzen Hoffnungen auf ihn. Balwant stellte sich jedoch schon bald als Enttäuschung heraus: Auf ihre Andeutungen und Hinweise reagierte er merkwürdigerweise überhaupt nicht. Warum nur? Warum wollte er sie nicht als seine Tochter anerkennen? Balwant war ihr gegenüber so jovial wie immer, Saroj aber wünschte sich mehr, soviel mehr von ihm, mehr, als er je geben konnte. Wie hätte Balwant auch für Nat einspringen können, wie die Lücke in ihrem Leben schließen, die Nat hinterlassen hatte?

Sie konnte die Vergangenheit nicht zurückholen, sie konnte sie auch nicht neu schreiben. Ihre Zeit in England hatte sie verändert, und als die Wochen verstrichen, kam sie sich ziemlich fehl am Platze vor. Trixies und Ganeshs Glück erinnerte sie nur daran, was sie selbst verloren hatte. Egal, sie würde ohnehin nicht lange bleiben. Trixie war hier zu einer richtigen Berühmtheit geworden – ein großer Fisch in einem kleinen Teich –, aber sie vermißte das bunte Leben, das London zu bieten hatte. Ganesh, der sich ohne die Großstadt und seinen Job ruhelos fühlte und schon Pläne für einen eigenen Heimservice schmiedete, ging es ebenso. Sollte auch sie, Saroj, in den gleichgültigen Moloch London zurückkehren? Sollte sie dort versuchen, wieder von vorne zu beginnen? Sie hatte das Gefühl, sich in einer Art Schwebezustand zu befinden, weder hier noch dort zu sein, während der einzige Ort, an den sie sich sehnte, ihr verboten war.

Einen Monat später wußte sie es mit Sicherheit: Sie war schwanger. Schwanger von ihrem eigenen Bruder.

74. Kapitel

Saroj

Es war ein Déjà-vu-Erlebnis in seiner reinsten Form.

Sie und Trixie in Dr. Lachmansinghs Wartezimmer, im Geiste die Hände ringend, mit klopfendem Herzen, während sie aus dem Augenwinkel einen flüchtigen Blick auf die konzentrierten Gesichter und runden Bäuche der Inderinnen ringsum warfen. Trixie war auch jetzt wieder die einzige Person, die nicht hierher gehörte, die einzige Schwarze. Diesmal aber waren ihre Rollen vertauscht.

Das war nicht so vorgesehen gewesen, protestierte Saroj innerlich. Bis auf ihre eigenen rebellischen Gedanken, von denen sich jeder einzelne gegen eine Abtreibung auflehnte, hörte ihr jedoch niemand zu. Die Stimme der Vernunft erhob sich über diesen vielstimmigen Protest und sprach wie ein gestrenger Vater mit erhobenem Zeigefinger: Es muß sein. Es gibt keinen anderen Weg.

Und hinter all dem: Nat. Wie der Bühnenprospekt zu einer Schlachtenszene ragte er schemenhaft im Hintergrund auf und beobachtete das ganze Chaos mit ruhigem, gleichmütigem Blick, ohne auch nur einen Augenblick zu weichen. Fünf lange Wochen hatte Saroj darum gekämpft, nicht mehr an ihn zu denken, aber er war nicht einfach nur ein Gedanke, er war da, immer, war so sehr ein Teil von ihr, daß ihn aus ihrem Leben zu verbannen hieß, sich selbst zu zerstören.

Sie hatte es mit Vernunft versucht. Er ist dein Bruder, hatte sie sich gesagt. Natürlich liebst du ihn! Du liebst ihn als Bruder, so wie du auch Ganesh liebst. Du hast dich nur so sehr zu ihm hingezogen gefühlt, weil du dem Ruf des Blutes gefolgt bist. Du hast erkannt, daß Ma in ihm lebt, genau wie sie in dir selbst lebt. Du hast nur den Fehler gemacht, ihn als Geliebten zu sehen, als Mann anstatt als deinen Bruder. Trotzdem lächelte Nat sie einfach weiter an.

Sie hatte auch an eine Rückkehr gedacht. Sie hätte ihn nicht so abrupt verlassen sollen, sagte sie sich. Sie hätte in dieser Nacht nicht einfach davonlaufen dürfen. Sie hätte sich nicht selbst der Möglichkeit berauben dürfen, das Ganze auszudiskutieren. Nat und David hätten bestimmt kluge und beruhigende Worte gefunden, und Nat und sie wären dann in eine neue Art von Beziehung hineingewachsen.

Aber es hatte keinen Sinn. Sie liebte ihn, aber nicht wie einen Bruder. Sie erkannte den Unterschied sehr wohl.

Und sie würde sein Kind bekommen – das Kind ihres Bruders –, wenn sie nicht verhinderte, daß dieses Etwas in ihr heranwuchs.

»Miss Roy?« Eine Schwester rief ihren Namen. Trixie rüttelte sie am Arm, und sie wachte aus ihren Gedanken auf. Die Schwester lächelte. »Der Doktor erwartet Sie, Miss Roy. Ach, Sie kommen auch mit?« Damit hatte sie Trixie gemeint, die ebenfalls aufgestanden war und jetzt dicht hinter Saroj in dem schmalen Flur vor dem Wartezimmer stand.

»Ja, sie kommt mit«, sagte Saroj entschlossen und drückte Trixies Hand. Trixie erwiderte ihren Händedruck, und die beiden wechselten amüsiert einen verschwörerischen Blick. Genau wie damals, als sie das letzte Mal hier gestanden hatten. Damals aber war es einfach gewesen, verglichen mit dem hier – war das wirklich so? Trixie hatte Ganesh auch geliebt, fast so sehr, wie Saroj Nat liebte. Wenn Trixie damals die Wahl gehabt hätte, so hätte sie das Baby, das sie zu bekommen glaubte, behalten und Ganesh geheiratet. Nur ihr Alter und die Umstände hatten sie bewogen, es nicht zu tun. Aber nein, es war nicht dasselbe. Trixie hatte statt dessen nach England gehen wollen, hatte dort leben wollen, bevor sie Kinder bekam. Es war für sie eine Befreiung gewesen, kein traumatisches Erlebnis. Aber ihr, Saroj – ihr zerriß es das Herz.

Da war noch immer derselbe Schreibtisch, davor die beiden Sessel, dahinter Dr. Lachmansingh, derselbe Kugelschreiber, der wartend über einem Notizblock schwebte. Das gleiche Lächeln, als sie eintraten. Dr. Lachmansingh sah auf und erkannte Saroj. Er kam hinter seinem Schreibtisch hervor, um ihr die Hand zu geben. An Trixie erinnerte er sich zwar noch verschwommen, nickte ihr aber, da er ihren Namen vergessen hatte, nur flüchtig zu – Saroj wiederzusehen freute ihn jedoch offensichtlich sehr.

»Dann sind Sie also wieder im Lande! Ich dachte schon, Sie hätten uns für immer verlassen. Dieses Land hätte damit wieder einmal einen klugen Kopf verloren. Ich hoffe doch sehr, daß Sie Ihre Meinung geändert haben und sich jetzt hier niederlassen werden! Wie ein

Mensch überhaupt in diesem kalten England leben wollen kann, ist mir sowieso ein Rätsel!«

Saroj stimmte ihm lächelnd zu. Sie redeten noch eine ganze Weile über belanglose Themen, bis sie schließlich geradeheraus sagte: »Dr. Lachmansingh – ich habe ein großes Problem.«

Sofort nahmen sie alle in ihren Sesseln Platz und sahen angemessen ernsthaft drein.

»Erinnern Sie sich noch daran, daß Trixie damals eine Abtreibung vornehmen lassen wollte …«

Sein Blick wanderte zu Trixie. Offensichtlich erinnerte er sich jetzt wieder. Er öffnete den Mund. Bevor er jedoch fragen konnte, was aus dieser Schwangerschaft geworden war, forderte Saroj wieder seine ganze Aufmerksamkeit.

»Sie haben damals gesagt, daß Sie nur in ganz besonderen Fällen eine Abtreibung befürworten – in Fällen wie Inzest zum Beispiel.« Saroj schluckte heftig und zwang sich, ohne Unterbrechung fortzufahren. Sie mußte es loswerden, bevor sie der Mut verließ. »Also, ich bin schwanger und möchte eine Abtreibung vornehmen lassen, weil das Kind von meinem Bruder ist.«

Dr. Lachmansingh klappte vor Entsetzen sein Kinn mit dem ordentlichen Bart herunter. »Von … von Ganesh?«

Saroj mußte angesichts der Ironie, die in dieser Situation lag, unwillkürlich kichern: wieder Ganesh. »Nein, nein. Nicht von Ganesh – so tief bin ich nun auch nicht gesunken. Ich erzähle Ihnen am besten die ganze Geschichte von Anfang an.«

Und das tat sie dann auch.

»Komm rein und trink einen Schluck mit mir. Ich brauche jetzt jemanden zum Reden«, sagte Saroj zu Trixie, als sie zum Haus von Balwants Familie zurückkehrten. Sie gingen durch die Haustür und waren schon halb die Treppe hinaufgegangen, als ihnen Balwants Enkelin Sita entgegengeschossen kam und sie fast umgerannt hätte.

»Saroj! Saroj! Du hast Besuch. Er wartet schon eine Ewigkeit auf dich. Er ist den ganzen weiten Weg aus Indien gekommen!«

»Was?« Saroj nahm immer drei Stufen auf einmal. Oben am Treppenabsatz stand Nat. Sie warf sich in seine Arme, ohne nachzudenken, ohne alle Vorbehalte. Sie drehte sich zu Trixie um, die gerade am Treppenabsatz ankam.

»Weißt du was, Trixie? Vergiß den Drink. Gehen wir ... jetzt gleich.«

»Wohin?« fragte Nat. »He, ich warte seit drei Stunden auf dich. Ich habe dir soviel zu erzählen, und da willst du einfach wieder davonrennen?«

»Ja, aber du kommst mit!« sagte Saroj, als sie ihn zur Tür hinauszerrte.

75. Kapitel

Parvati

Die Straßen in La Penitence waren mit Schlaglöchern übersät, die Häuser waren grau und baufällig: einstöckige Holzhütten, von denen die Farbe abblätterte und deren Fensterläden zerbrochen waren. Die Rinnsteine waren schwarz und stanken, die Grasstreifen wirkten ungepflegt, überall lag Müll herum. Sie fuhren mit ihrem Wagen eine Viertelstunde lang kreuz und quer durch die Gegend, bis sie das Haus endlich gefunden hatten. Es war ein sehr kleines Haus, wenig mehr als ein Zimmer auf Stelzen, irgend jemand hatte sich jedoch bemüht, es zu verschönern, denn an allen offenen Fenstern hingen grün-rote Vorhänge. Am Zaun signalisierten schlaffe und zerfetzte bunte Fahnen, die an hohen Bambusstäben angebracht waren, daß hier ein Hindu wohnte. Auf dem trockenen Lehmboden des kleinen, quadratischen Hofs wuchs Unkraut, während eine riesige Kürbispflanze das Wrack eines rostigen grauen Ford Prefect, der hinten am Zaun stand, erobert hatte und ihre dicken grünen Ranken durch die scheibenlosen Fenster schob. Die Straße war schmal. Trixie parkte ganz nah am Rinnstein, so daß sie alle auf der Straßenseite aussteigen mußten.

Saroj sah sich das Haus an, dann studierte sie nochmals die Adresse auf dem Zettel, der von Dr. Lachmansinghs Notizblock stammte.

Sie ging die wackelige Treppe hinauf, hob den Türklopfer und ließ ihn fallen.

»Wer is da?«

Die Stimme war ganz nahe, fast neben ihr. Saroj fuhr herum. Keinen Meter von ihr entfernt, blickte eine Frau aus einem der Fenster. Sie sah alt und müde aus, aber das Gesicht war Saroj so vertraut, daß ihr Herz einen Schlag aussetzte. Als die Frau Saroj sah, zog sie nur die Augenbrauen hoch und sagte: »Oh, ich komm'.«

Der Kopf verschwand, dann öffnete sich die Tür.

»Sarojini«, sagte sie. Das war alles. Sie standen einander stumm gegenüber, keine von beiden rührte sich. Saroj konnte hören, wie ihr Herz klopfte. Ihre Hände waren schweißnaß, und sie wischte sie sich an den Hüften ab. Nat und Trixie standen dicht hinter ihr, und auch sie schwiegen. Diese Ähnlichkeit! Trotz ihres Alters, trotz der Erschöpfung und Mattigkeit in den Augen der Frau, trotz der Falten um ihren Mund, der Pockennarben auf ihrer Wange: Saroj stand sich selbst gegenüber.

»Nun, steht nich einfach da. Kommt rein. Kommt rein.«

Sie drehte sich um und ging zur Seite, um sie eintreten zu lassen. Da sah Saroj ihr Haar, das mit Kokosöl eingefettet und endlos lang war. Es reichte ihr fast bis zu den Knien. Bis zur Taille war es zu einem dicken Zopf geflochten, von dort fiel es dann lose herab. Es war rötlich, drahtig und hatte gespaltene Spitzen – aber es war lang. Als hätte sie Sarojs Gedanken gehört, drehte die Frau sich um und berührte Sarojs Haar.

»Ich seh', du hast dein Haar abgeschnitten«, stellte sie fest. »Du hattest so schönes Haar. Wie meins früher. Mistress Deodat hat gesagt, se schneid' dir dein Haar nich, damits wie meins wird. Mir zu Ehren, hat se gesagt.«

»Ich habe es mir selbst abgeschnitten«, erklärte Saroj ihr. »Ich… ich habe es abgeschnitten, kurz nachdem… ich im Krankenhaus war.« Die letzten Worte flüsterte Saroj fast, denn es dämmerte ihr, daß dies die größte Dummheit ihres Lebens gewesen war. Sie hatte sich die Haare abgeschnitten, um die Mutter zu bestrafen, die in Wirklichkeit gar nicht ihre Mutter war.

»Ich hab' dich im Krankenhaus gesehn«, sagte die Frau in angenehmem Plauderton. »Komm, Mädel, setz dich. Schau, nimmen Lehnstuhl. Ich hol' noch Stühle für deine Freunde.« Sie ging in das winzige Zimmer zurück, holte einen Stuhl, der dort an einem kleinen Eßtisch stand' und stellte ihn in der Galerie vor den großen Lehnstuhl. Sie brachte einen weiteren Stuhl herbei, den sie zu den beiden anderen stellte. Ihre Besucher nahmen Platz. Sie selbst blieb stehen.

»Ich hab' nochn Stuhl im Schlafzimma«, sagte sie lachend. »Den hol' ich gleich, aber wollt ihr nich vielleicht was trinken? Limonensaft? Kokoswasser? Oder Tee?«

»Limonensaft, bitte!« flüsterte Saroj. Nat und Trixie nickten nur. Sie warf einen raschen Blick zu Nat hinüber und wußte sofort, daß er verstand.

Die Frau sprach wieder: »Das war das letzte Mal, daß ich dich gesehn hab'. Im Krankenhaus«, sagte sie. »Als ich kommen bin, um dir Blut zu spenden.«

»Ich habe dich auch gesehen«, sagte Saroj zu ihr. »Ich habe gesehen, wie du mich angesehen hast. Bis jetzt hatte ich immer geglaubt, daß es ein Traum oder eine Halluzination war. Ich dachte, das wäre ich selbst gewesen. Du sahst mir so ähnlich! Oder besser, ich sehe dir so ähnlich!«

»Ja, Liebes.« Sie hatte einen kleinen Kühlschrank geöffnet und nahm jetzt einen Krug mit Limonensaft heraus. Sie schenkte für ihre Besucher drei Gläser ein, stellte sie auf ein Tablett und kam, um sie ihnen zu servieren.

»Das hat Mistress Deodat auch imma gesagt. Se hat gesagt, du siehst genau wie ich aus. Und se hat mir Fotos geben, weißte. Se hat mer imma Fotos gebracht. Ich hab ein ganzes Album voll. Nachdem Mr. Roy mich weggeschickt hat, hab' ich Fotos sammeln angefangn.« Sie seufzte und schwieg.

»Du – du bist Parvati, nicht wahr? Meine Nanny?«

»Du erinnerst dich an mich?«

»Nur noch ganz verschwommen, aber ich weiß noch, daß ich dir sehr nahe gestanden bin. Und dann hat Baba dich fortgeschickt ... ich war so wütend auf ihn. Ich habe ihn dafür richtig gehaßt! Es war ein so kindischer Haß, aber er war echt ...«

»Er ist nich wirklich ein schlechter Mann gewesen, weißte. Er hat das Haus hier für mich gekauft. So hatte ich wenigstens das. Aber er hat sich imma so geschämt! Er hat sich so geschämt wegen dem, was mit mir passiert is.«

»Was ist denn passiert, Parvati?«

»Das weißte nich? Dann erzähl ich's dir.«

Savitri schenkte zwei Kindern das Leben, Indrani und Ganesh, und danach geschah irgend etwas. Savitri konnte im Gesicht ihres Mannes lesen wie in einem Buch, und was sie dort las, waren Schuldgefühle und Scham. Sie wünschte, er würde ihr erzählen, was passiert war, aber das war wohl zuviel verlangt.

Schließlich jedoch sah er sich dazu gezwungen: Er erzählte ihr von der schönen jungen Parvati, arm wie eine Kirchenmaus, und deren Mutter, die vor einem Jahr Witwe geworden war und die zu ihm gekommen und ihn um Hilfe gebeten hatte.

»Wir ham nix, Mr. Roy. Gar nix«, jammerte die Frau. Deodat rieb sich die Wange und sah sie und ihre Tochter genau an.

»Wer hat Sie zu mir geschickt? Warum sind Sie ausgerechnet zu mir gekommen?«

»Mein armer verstorbener Mann hat imma von Ihnen gesprochen. Er isn Cousin dritten Grades von Sie. Er sagt, er hat imma mit Sie gespielt, als Se noch Kinder warn.«

»Wie hieß Ihr Mann denn?«

»Ram Verasamy.«

Deodat überlegte und erinnerte sich dann wieder. Dann waren das hier also sogar entfernte Verwandte von ihm. Allerdings war Verasamy schon vor vielen Jahren nach New Amsterdam gezogen, und sie hatten sich aus den Augen verloren. Ja, er hatte von dessen Tod gehört, war aber nicht zur Beerdigung gegangen. Dennoch, die Pflicht der Familie gegenüber gebot ihm, zu helfen. Er holte Mutter und Tochter nach Georgetown, brachte sie in einem gemieteten Haus unter, besorgte der Mutter eine Putzstelle, sorgte dafür, daß sie genug Geld für Essen und Kleidung hatten – und verliebte sich in die schöne Tochter. Verliebte sich Hals über Kopf und unsterblich.

Mit hängendem Kopf gestand er Savitri schließlich die ganze Sache. Sie lächelte und legte verständnisvoll ihre Hand auf die seine, während er weinte.

»Das ist schon in Ordnung so«, sagte sie. »Du bist auch nur ein Mensch, ein Mann. Und Männer sind in dieser Hinsicht schwach. Es ist schon in Ordnung.«

»Aber das ist noch nicht alles«, sagte Deodat jetzt und konnte ihr nicht mehr in die Augen sehen. »Parvati ist schwanger – von mir!«

Lange Zeit sprach keiner von beiden ein Wort. Dann sagte Deodat mit schwankender Stimme: »Es ist allein meine Schuld, und ich muß das an ihr wiedergutmachen. Ich kann nicht zulassen, daß sie ein uneheliches Kind großzieht. Man würde sie und das Kind – mein Kind! – wie Ungeziefer behandeln. Und da habe ich mich gefragt, weil ich ja immer eine große Familie und viele Kinder haben wollte, aber ...«

»Ich weiß«, sagte Savitri. Sie selbst würde keine weiteren Kinder mehr bekommen können, das war ihr seit Ganeshs Geburt klar. »Dann willst du also, daß wir das Kind adoptieren? Ist es das?«

»Es ist entsetzlich, eine Ehefrau um so etwas zu bitten! Was für eine Beleidigung das für dich sein muß!«

Savitri aber lachte nur. »Das ist doch keine Beleidigung. Ich würde das gern tun! Aber was ist mit der Mutter des Kindes? Würdest du ihr das Kind denn einfach so wegnehmen wollen? Weißt du überhaupt, wie schrecklich das für sie wäre?«

»Ich habe dir doch gesagt, daß sie ihr Kind nicht selbst aufziehen kann. Sie wird es zur Adoption freigeben müssen. Sie wäre glücklich, wenn ihr Kind ein schönes Zuhause und eine gute Mutter bekäme.«

»Aber kein Mensch darf das jemals erfahren«, sagte Savitri entschlossen. »Niemand darf wissen, daß sie ein Baby bekommen hat – daß sie eine ledige Mutter ist. Wenn das nämlich bekannt wird, findet sie nie einen Mann, der sie heiratet. Wir müssen es darum geheimhalten. Wir müssen das Kind als mein eigenes ausgeben. Wir stellen sie als Nanny ein, gehen vielleicht eine Weile ins Ausland. Laß mich überlegen. Du kannst das Ganze ruhig in meine Hände legen.«

Also fuhr Savitri mit Indrani und Ganesh nach Trinidad und nahm Parvati als Nanny mit. Als sie zurückkehrten, hatte Savitri ein kleines Töchterchen namens Saroj. Savitri, die wußte, was es für eine Frau bedeutete, ein Kind zu verlieren, teilte das Baby mit Parvati. Parvati war Sarojs geliebte Nanny, sie war wie eine zweite Mutter für sie.

Saroj wandte sich an Trixie. »Erinnerst du dich noch an das Foto, Trix? Das Foto, das an Gans zweitem Geburtstag gemacht wurde, am Strand? Ich wußte, daß auf dem Foto irgend etwas nicht stimmte. Es wurde im Juli aufgenommen, und ich bin im September geboren. Ma hätte also hochschwanger sein müssen, aber sie war es nicht. Auf diesem Foto war sie gertenschlank.«

Als Deodat seine kleine Tochter ansah, das Kind, das seinem Herzen am nächsten war, bekam er große Angst um sie, denn sie war ein Kind der Sünde und der Schuld. Er mußte diesen schlechten Einfluß, diese Frau der Sünde loswerden. Diese Parvati, die einst Macht über seine niederen Instinkte gehabt hatte, auch wenn sie ihre Macht später, als daraus Probleme entstanden waren, verloren hatte, mußte aus dem Haus. Es würde jedoch nicht leicht werden, Parvati loszuwerden, denn Saroj hing sehr an ihr, und seine Frau – mit der er keinen Streit wollte – unterstützte Parvati, wo sie nur konnte. Dann aber ließ Parvati zu, daß das Kind nackt mit den Negern von nebenan spielte. Das war eine überaus ernste Verfehlung. Ein absoluter Tabubruch. Und genau das war die Gelegenheit, auf die er gewartet hatte. Er warf Parvati aus seinem Haus.

Von diesem Tag an wachte Deodat mit Adleraugen über Saroj, denn sie trug die Saat der Unsittlichkeit in sich. Was war, wenn sie die Schönheit dieser Frau geerbt hatte? Und dazu deren lockere Moral? Er schwor sich, für seine Tochter sein Bestes zu tun. Er würde sie vor den Gefahren der streunenden Lust bewahren. Er würde sie vor den Männern verstecken, sie hegen, beschützen und behüten. Das Herz tat ihm weh, wenn er sie sah, das arme kleine Ding. Einen guten Ehemann für sie zu finden, so schwor Deodat sich, würde seine wichtigste und heiligste Pflicht sein.

Als Parvatis Mutter im Sterben lag, kümmerte sich Savitri um sie. Sie brachte ihr Medikamente, legte ihr die Hände auf und wischte ihr den Schweiß vom Gesicht. Ihrem Mann und ihren Kindern sagte sie, sie wäre im Tempel. Dies war der Beginn eines Doppellebens, eines Lebens voller Heimlichkeiten.

Bald nachdem ihre Mutter gestorben war, bekam Parvati einen bösartigen und sehr schmerzhaften Ausschlag an Händen und Armen. Sie ging ins Krankenhaus von Georgetown, wo man ihr jedoch nicht helfen konnte. Da legte Savitri ihre Hand auf den Ausschlag, und dieser heilte binnen weniger Tage ab. Parvati hatte danach nie wieder Probleme mit ihrer Haut. Parvati erzählte sämtlichen Freunden davon, und als Savitri sie das nächste Mal besuchen kam, standen die Kranken schon auf der Straße Schlange.

Savitri begann die Kranken von La Penitence zu behandeln. Zuerst nur an einem Nachmittag pro Woche, wenn alle glaubten, sie wäre im Tempel. Aber die Nachfrage wuchs, und so kam sie auch noch eine Stunde am Vormittag, wenn die Kinder in der Schule waren und Deodat im Büro saß. Sie brachte Kräuter und Tinkturen, Tees, Wurzeln und Pulver mit, besuchte die Menschen auch zu Hause und legte ihnen die Hände auf.

Parvatis Haus wurde zu einer Art Krankenhaus. Die Leute von La Penitence kamen in Scharen, denn Savitri lächelte und berührte sie auf eine ganz besondere Weise. Wenn Savitri ihnen die Hand auflegte, spürten sie, daß sie wieder gesund waren. Sie glaubten daran und wurden so geheilt.

Nachdem ihre Mutter gestorben war, kam Parvati in finanzielle Schwierigkeiten. Natürlich wollte sie jetzt niemand mehr heiraten, weil das Gerücht umging, sie sei die Geliebte eines verheirateten Mannes gewesen, auch wenn niemand genau wußte, wer dieser verheiratete Mann gewesen sein sollte. Man munkelte außerdem, daß sie ein uneheliches Kind geboren und es zur Adoption freigegeben habe. Parvati war allerdings immer noch eine sehr schöne Frau, und obwohl kein Mann bereit war, sie zu heiraten, gab es doch einige, die sie als Geliebte haben wollten. Parvati fand einen verheirateten Mann, der dafür sorgte, daß sie etwas zum Essen und zum Anziehen hatte. Danach kam ein anderer, und wieder ein anderer.

Körperliche Schönheit ist vergänglich. Auch Parvatis Schönheit verblaßte schnell. Savitri unterstützte sie mit Geldgeschenken und Essen, nach ihrem Tod brachen jedoch harte Zeiten für Parvati an. Immer mehr Männer kamen zu ihr.

»Ich bin eine schlechte Frau, eine Frau der Sünde«, sagte Parvati. »Du hättest nich kommen solln. Und jez, wo du Bescheid weißt, sollteste gehn und mich vergessn. Ich freu mich, daß du kommen bist, aber ich werd das verstehn. Geh jez und versuch mir zu vergebn. Und bete für mich.«

Aber Saroj hörte ihr kaum zu. Sie strahlte Nat triumphierend an.

»Aber das wußte ich doch alles schon. Deshalb bin ich ja hierher gekommen«, sagte Nat auf dem Heimweg. Sie saßen nebeneinander auf dem Rücksitz. Saroj schmiegte sich eng an ihn, während er die Arme um sie gelegt hatte. Als er das sagte, bog sie den Kopf zurück, um ihm in die Augen zu sehen.

»Du wußtest es? Aber wie ist das möglich?«

»Nun, nachdem du abgereist bist, war ich völlig am Boden zerstört. Die Geschichte ließ mir einfach keine Ruhe mehr. Ich mußte mehr herausfinden. Also habe ich Gopal aufgesucht. Ich sagte ihm, er solle endlich mit der Wahrheit herausrücken, und das tat er dann auch.«

»Was hat er gesagt?«

»Er hat seine Schwester geliebt. Er wollte für sie, nachdem sie gestorben war, alles in Ordnung bringen. Du weißt, daß er von Beruf Drehbuchautor ist und unglaublich viel Phantasie besitzt. Er hielt es für eine wunderbar dramatische Idee, wenn wir beide heiraten würden – ich, sein Sohn (wie er glaubte), und Savitris Tochter. Für eine Art poetische Gerechtigkeit, karmatische Balance, die alles wiedergutmachte. Eine Geschichte, wie für einen Film gemacht. Das war es, was er mir sagte. Und dann fügte er noch jene Worte hinzu, mit dem sich alles auf einen Schlag änderte – ›auch wenn sie nur adoptiert ist‹.

Mein Gott, Saroj, als er das sagte, habe ich laut aufgeschrien! Ich ließ ihn diesen Satz wiederholen, genau erklären. Er schien überrascht, daß wir das nicht gewußt hatten.

Er kannte zwar nicht alle Einzelheiten, und er wußte auch nichts von der Geschichte zwischen Parvati und deinem Dad, aber er wußte, daß Savitri nicht deine leibliche Mutter war. Und das reichte mir. Daraufhin bin ich wie der Blitz hierher gekommen.«

»Ma hätte mir bestimmt davon erzählt. Sie wollte es mir auch erzählen, Nat. Da war dieser Brief... Sie war wegen dieses Briefes ganz aufgeregt. Das war an dem Tag, an dem sie starb. Sie wollte mit mir nach Indien fliegen, damit ich ein paar besondere Menschen kennenlerne, sagte sie. Dich und David. Sie wollte mir alles erzählen. Aber dann starb sie.«

»Wie dem auch sei. Lies das.«

Er griff in seine Hemdtasche, zog einen zusammengefalteten Umschlag heraus und gab ihn Saroj.

Lieber Bruder Gopal,

ich wünschte, Du hättest mir das schon vor Jahren gesagt, aber wie kann ich mich beklagen! Das Glück, das ich angesichts der Wiederauferstehung von David und Nataraj empfinde, macht jeden Augenblick der Jahre voller Qual, in denen ich die beiden für tot hielt, mehr als wett.

Ich hatte kein einfaches Leben, Gopal, aber ich weiß, daß mein schlechtes Karma jetzt endlich erschöpft ist – Henrys Brief ist der Beweis dafür. Meine Lieben sind am Leben! Und aus der Asche der vergangenen Jahre, Bruder, ist soviel Gutes erwachsen! Was für schöne Kinder mir doch geschenkt wurden – drei weitere, als Ausgleich für die fünf, die ich verloren habe. Amrita, Shanti, Anand, Ganesan und Nataraj. Dennoch habe ich nicht fünf Kinder verloren, sondern nur vier, denn Nataraj wurde mir zurückgegeben! Und so habe ich nun wieder vier Kinder. Ich danke Gott dafür!

Gopal, ich fliege so schnell wie möglich nach London und komme dann nach Indien, und ich bringe meine jüngere Tochter Sarojini mit. Du erinnerst Dich bestimmt an sie. Sie ist das Mädchen, das wir adoptiert haben. Wir hatten einige Schwierigkeiten, einen passenden Mann für sie zu finden, da sie sehr modern eingestellt ist, und außerdem ist sie genauso eigensinnig, wie ich es früher gewesen bin.

Ich frage mich, wie sie sich mit Nataraj verstehen wird. Immerhin ist er zur Hälfte Engländer, und da er in London lebt, hat er bestimmt genauso moderne Ansichten wie sie! Sie ist sehr intelligent und dazu auch noch schön! Ich werde sie also mitbringen. Wie ich mich auf die Begegnung meiner beiden lieben Kinder freue! (Ach, wir Mütter! Manchmal denke ich, zu verkuppeln liegt uns im Blut! Dennoch werde ich meine Meinung für mich behalten und der Natur ihren Lauf lassen.)

Ich werde Sarojini sofort anrufen. Sie wird mich möglicherweise nicht nach Indien begleiten wollen, aber ich weiß, daß ich sie nicht weiter zu überreden brauche, sobald ich das Wort London erwähne…

Saroj schob den Brief wieder in den Umschlag, schmiegte sich noch enger an Nat und lächelte verträumt vor sich hin. »Savitri, Mrs. D., Ma. Wer immer sie ist, sie hat alles perfekt arrangiert, nicht wahr? Ich kann direkt sehen, wie sie da oben sitzt, die Fäden in der Hand hält und sich um jedes einzelne Detail kümmert. Dr. Lachmansingh sagte… Nat! Ach du liebe Güte, Nat, eines habe ich ganz vergessen…« Sie nahm seine Hand und legte sie auf ihren Bauch. »Das allerwichtigste Detail…«

Epilog

»Asche zu Asche…« Die Stimme des Pfarrers leierte eintönig weiter. Langweilig…

Gita zupfte Mami am Saum ihres *Shalwar Kameez*. Mami hatte den Kopf aus Respekt vor der Toten gesenkt. Jetzt drehte sie ihn ein klein wenig zur Seite, um Gita anzusehen. Die Kleine sah mit hellen Augen gespannt zu ihr hoch, brannte sichtlich darauf, ihr etwas zu sagen, denn in ihr hatten sich die Worte angestaut wie eine kleine Quelle, die gleich aus der Erde sprudeln würde. Da war kein feierlicher Ernst, wie er zu einem Begräbnis gehörte. Mami verkniff sich ein Lächeln und legte den Zeigefinger an die Lippen. »Psssst!« formte sie mit dem Mund.

Gitas Blick umwölkte sich enttäuscht. Sie rümpfte die Nase und schüttelte ihre schwarzen Locken. Dann hob sie einen ihrer nackten Füße, um sich mit den Zehennägeln an der Wade des anderen zu kratzen, schrieb dann mit dem großen Zeh ihren Namen in den Sand, piekte Oma in den Po und kicherte dabei laut, so daß sie jedermann stirnrunzelnd ansah. Jetzt hörte der Pfarrer zu reden auf, und alle gingen langsam um Tante Fionas offenes Grab herum und warfen Schaufeln mit Sand hinein und Blumen, viele, viele Blumen. Dann war es vorbei, und sie gingen alle auf das Haus zu.

Mami und Oma hatten Gita bei der Hand genommen, und sie ging hüpfend und schaukelnd zwischen ihnen. Mami sagte zu Oma, daß sie mit ihr, Gita, einen Spaziergang am Meer machen solle. Sie hatten ihr schon lange versprochen, ihr das Meer zu zeigen, und so tanzte sie, als sie das jetzt hörte, wild um Oma herum, zog sie an der Hand und rief: »Ja, ja, ja, laß uns ans Meer gehen!«

»Ich komm schon, Mädel, aber ich kann nich so schnell rennen wie du, weißte!« sagte Oma, worauf Gita sie nur um so wilder hinter sich herzog.

»Laß dir ruhig Zeit, Parvati«, sagte Mami. »Zieh ihr ihre Sachen aus und laß sie baden. Wir kommen später nach – ich will mich hier erst einmal umsehen.«

Großvater erklärte Parvati den Weg zum Meer. Er deutete die geschwungene Auffahrt hinunter, durch das Gewirr von Bougainvilleas, hinter denen sich nach einer Kurve das Tor verbarg. »Du biegst nach rechts in die Atkinson Avenue ein«, sagte er, »nach zehn Minuten kommst du zu einer Rubiazee. Dort überquerst du die Straße – dann siehst du einen kleinen Weg. Den gehst du einfach entlang, bis du zum Meer kommst. Du kannst es gar nicht verfehlen!«

Saroj und Nat sahen zu, wie Gita Parvati davonzerrte.

»Der kleine Wildfang!« sagte Saroj. Sie schüttelte den Kopf und lächelte liebevoll. »Weißt du, daß sie heute morgen versucht hat, Fionas Puppe aus dem Sarg zu nehmen, kurz bevor sie ihn zunagelten? Sie sagte, sie könne sich besser um die Puppe kümmern als Fiona unten in der Erde. Ich mußte ihr schließlich versprechen, ihr auch eine Puppe zu kaufen!«

»Nun, es wird auch Zeit, daß sie eine bekommt«, sagte David. »Ein dreijähriges Mädchen sollte mit Puppen spielen!«

»Aber nicht mit der von Fiona«, meinte Saroj entschlossen. »Die arme Fiona braucht ihre Puppe.«

»Wer weiß, vielleicht ist sie ja jetzt bei ihrem Kind. Bei Sundaram.«

David und Henry waren davongeschlendert und standen jetzt in der Rosenlaube, wo sie sich über alte Zeiten unterhielten. Natürlich waren die Rosensträucher verwildert, ein einziges Dornengestrüpp. Sie trugen keine Blüten.

»Den Rosen fehlt Savitris Pflege«, sagte Henry. »Allem hier fehlt sie.«

»Ein Gärtner ...«, sinnierte David, als Saroj und Nat näher kamen.

»Dieser Garten ist ein verwildertes Paradies«, sagte Saroj und sah sich staunend um. »Er braucht nur ein wenig liebevolle Pflege. Meine Güte, was für ein Refugium wir dann hätten! Und das mitten in Madras! Das hätte ich nie geglaubt!«

»Das ist eben Indien«, sagte Nat. »Der Himmel mitten in der Hölle.«

»Soll ich euch das Haus zeigen?« fragte David. »Natürlich wird jetzt alles schwarz vom Schimmel sein, aber vielleicht bekommt ihr ja eine Vorstellung davon, wie es früher einmal ausgesehen hat.«

Drinnen war es kühl, feucht, modrig und dunkel. David ging von Zimmer zu Zimmer, stieß die Fensterläden auf, aber selbst dann fiel keine Sonne in die Zimmer, denn das Dach der Veranda, die um das

Haus herumlief, hielt das grelle Licht ab – das war auch der Zweck. Bis auf den kleinen Dienstbotenbereich, dort, wo Fiona die letzten Jahre gelebt hatte, waren die Zimmer leer. Verlassen, vernachlässigt, angenagt vom Zahn der Zeit, schien sich das Haus unter ihrem prüfenden Blick förmlich zu winden, so als schäme es sich seiner Nacktheit, des blaugrünen Schimmels, der die Fliesen bedeckte und die einst makellosen Wände überzog.

»Das Haus ist ja riesig«, sagte Saroj. »Wie schade, daß hier niemand wohnt und sich darum kümmert. Was für eine Verschwendung!«

»Jetzt, da Fiona tot ist, sollten wir es vielleicht verkaufen oder ...«, begann David.

»Ich habe eine viel bessere Idee«, unterbrach ihn Nat. »Wir machen es gründlich sauber, bringen den Garten in Ordnung, und dann zieht Saroj hier ein, wenn sie an der Universität anfängt.«

»Ich soll hier wohnen?« rief Saroj. »Für mich allein ist es doch viel zu groß. Ich würde mich darin verlaufen!«

»Du bräuchtest ja nicht das ganze Haus zu bewohnen. Wir fangen mit dem Salon, der Veranda und der Küche an. Und du brauchst auch nicht allein hier zu wohnen. Gita und Parvati können hier auch einziehen. Bestimmt sind sie lieber in Madras und damit in deiner Nähe als draußen auf dem Land bei mir und Dad. Wenn du direkt in der Innenstadt wohnen würdest, hätte Gita bestimmt nicht soviel Spaß, aber hier ...«

»Das wäre perfekt!« Saroj wußte, was Nat meinte, und ihre Augen begannen zu leuchten, als dieser Gedanke bei ihr Wurzeln schlug. »Sie würde genau wie Savitri in einem Paradies leben – aber was ist mit der Schule?«

»Henry kann ebenfalls hier einziehen. Er muß Gita doch nicht im Dorf unterrichten, das kann er hier genauso tun. Schließlich hat er die Fairwinds-Kinder damals auch hier unterrichtet. Wie wäre es damit, Henry? Würdest du nicht gern wieder nach Fairwinds zurückkehren?«

»Nur zu gern!«

»Aber ... Savitri war damals nicht allein. Sie hatte mich als Spielgefährten«, wandte David ein. »Gita würde hier vor Einsamkeit sterben, Paradies hin oder her. Du weißt, wie sie ist. Du weißt, wie sehr sie die Gesellschaft anderer Kinder braucht!«

»Nun, warum sollten wir ihr das verwehren? Wenn Henry Gita unterrichtet, kann er hier doch auch noch andere Kinder unterrichten. Kinder aus der Nachbarschaft.«

»Eine Schule! Das ist es! Wir eröffnen eine Mädchenschule! Für Mädchen aus den ärmsten Familien, kluge kleine Mädchen, die begierig darauf sind, etwas zu lernen…«

»O ja! Ich sehe es schon direkt vor mir – die vielen Zimmer, die vielen Klassenzimmer…« Saroj rannte ins nächste Zimmer, während sie im Geiste schon kleine Mädchen an ihren Pulten sah, glänzende, dunkle Augen, die auf den Lehrer gerichtet waren. Sie hörte auch schon den Sprechchor eifriger Stimmen, das fröhliche Geschrei, wenn die Mädchen mit wehenden Zöpfen und flatternden Röcken in die Pause hinausstürmten, kleine nackte Füße, die auf der Veranda herumtrappelten. Ein Spielplatz, dachte sie. Schaukeln, eine Wippe… Jeden Tag frische Milch… Wir werden ein paar Kühe kaufen. Jemanden einstellen, der Mittagessen kocht… einen Lehrer für Tamil, Kunst, Musik, eine Turnhalle…

»Hier ist gar nicht genug Platz für alles«, sagte sie. »Schließlich brauchen wir schon das ganze Haus für die Klassenzimmer. Wir werden ein weiteres Haus bauen müssen, ein kleines, in dem ich mit Gita und Parvati wohnen kann – dort drüben –, komm Nat, ich zeig es dir, und vielleicht noch ein Gebäude, in dem Schülerinnen vom Land wohnen können, und –«

Sie nahm Nat bei der Hand und zog ihn wild gestikulierend und redend die Verandastufen in den Garten hinunter.

David und Henry folgten ihnen langsam.

»So habe ich sie ja noch nie erlebt«, staunte David. Saroj hatte sich bis jetzt als interessierte, fleißige, aber auch zurückhaltende Schwiegertochter erwiesen, die sich zwar sehr bemühte, sich zurechtzufinden, die aber nie ganz den Kontakt fand. Der Wille war zwar dagewesen, aber es hatte irgend etwas gefehlt. Ein Lebensfunke? Schwung, Elan, ein nicht faßbarer Faktor X? Ein gewisses Feuer, unnachahmlich, unbeschreiblich. Das gewisse Etwas unter der Oberfläche, jenseits der Methodik: Inspiration, Imagination. Seele. Vision. Liebe.

Als er und Henry die beiden eingeholt hatten, sagte er: »Saroj, wir haben uns gerade gefragt, ob du wirklich ganz sicher bist, daß du Gynäkologin werden willst. Könnte es nicht auch sein, daß du zur Lehrerin berufen bist?«

Saroj warf lachend den Kopf zurück. Sie legte den Arm um Nats Taille und lehnte sich an ihn. »Nein, nein, ich weiß, was ich will, und ich weiß, wo ich hingehöre. Aber es wird noch ein paar Jahre dauern, bis ich das geschafft habe, was ich will, und bis dahin sollte das hier« – sie breitete die Arme aus, um ganz Fairwinds zu umarmen – »aus den Kinderschuhen herausgewachsen sein. Wir werden die Schule nach Savitri benennen. Wir werden sie ihr widmen. Die Savitri-Iyer-Schule. Die SIS.«

David sah Nat an, und beide lächelten. »Weißt du was, Saroj?« sagte David. »Ich erkenne die Symptome. Du hast das Savitri-Fieber. Davon erholst du dich nie.«

Glossar

Adwaita – Nicht-Zweiheit; philosophische Lehre, die besagt, daß außer dem absoluten Geist nichts existiert, daß alle Formen aus dem aboluten Geist bestehen und körperliche Unterschiede nur eine Illusion sind. Der Hinduismus unterscheidet in der Hauptsache zwischen den Schulen des Adwaita und des Dwaita (Zweiheit), wobei der Adwaita sich aus dem Dwaita entwickelt hat.

Ahamkara – Ich-Empfinden, Ego

Amma – Tamil: Mutter

Anna – Münze, eine Sechzehntel-Rupie

Appa – Tamil: Vater

Arathi – langsames Schwenken einer heiligen Flamme während der Andacht

Ayah – indisches Kindermädchen

Asramam – Tamil: Aschram, geistiges Zentrum, Einsiedelei

Bhakti – geistige Liebe, Hingabe an Gott

Bidi – indische Zigarette aus einem Tabaksblatt

Brahmane – Mitglied der Priesterkaste

Chay – Tee

Channah – Kichererbsen

Chappals – Sandalen

Chappati – sehr flaches Fladenbrot aus Weizenmehl

Daktah – Arzt

Choli – Bluse, Mieder

Dhal Puri – mit Linsenbrei gefülltes Fladenbrot

Dhobi – Wäscher, Wäscherin

Dosai – knusprig gebackene Teigrollen mit Gemüsefüllung

Drawide – dunkelhäutiger Ureinwohner Südindiens

Dwaita – Zweiheit. Dwaitisten verehren einen persönlichen Gott, der vom Gläubigen getrennt ist. Siehe *Adwaita*.

Fakir – frommer Bettler

Ghee – flüssige, heiße Butter; Butterschmalz

Iddly – südindischer Reiskuchen
Jaggary – brauner Zucker in Klumpen
Kama – Erotik, sinnliches Verlangen
Kirtan – Lobpreisung
Kolam – kunstvolles Muster aus Kreide oder Pulver vor der Schwelle eines Hauses oder eines Tempels
Ksatriya – Mitglied der Kriegerkaste
Kum-kum – rotes Pulver, das auf die Stirn aufgetupft wird
Kurta Pyjamas – knielanges Hemd oder Tunika, zu Baumwollhosen getragen
Lakh – Einhunderttausend
Lingam – aufrechter Steinpfeiler, der Shiva oder das Absolute repräsentiert
Lungi – breites Tuch, das um die Hüften gewickelt wird; typische Männerkleidung Südindiens
Mala – Girlande
Mahout – Elefantenführer
Mantra – heilige Formel, die als Beschwörung verwendet wird
Memsahib – europäische verheiratete Frau
Mitthai – knusprig gebackenes, süßes Brot
Mudra – Hand- und Fingerhaltung im indischen Tanz mit jeweils spezieller Bedeutung
naligi – Tamil: morgen
Namaste – respektvoller Gruß mit Verbeugung, bei dem die Finger aneinandergelegt werden
Paan – Betel
Pal – Milch
Pallu – Borte, Saum
Patti – Tamil: Großmutter
Pradakshina – einen Tempel oder einen Schrein im Uhrzeigersinn umschreiten
Pranam – Verbeugung
Puja – rituelle Andacht
Puris – in schwimmendem Fett ausgebackenes Brot aus Weizenmehl
Rajasic – nach außen gerichtete Tendenz zur Aktivität hin; Verlangen, Aggression, Ehrgeiz
Rudrakshra-Perlen – Shiva geweihte Perlen eines Rosenkranzes, der beim Sprechen von Mantras verwendet wird.

Sadhu – Hindu-Asket, indischer Wandermönch
Sahib – feiner Herr, Anrede für Europäer
Sambar – würziges südindisches Gericht mit Reis
Samosas – gefüllte Teigtaschen
Sanyasin – jemand, der auf der Suche nach Gott seinem Zuhause, seinem Besitz, seiner Kaste und allen weltlichen Bindungen und Wünschen entsagt; trägt ein orangefarbenes Gewand
Sattvic – nach oben, zum Licht hin gerichtete Tendenz; Spiritualität, Reinheit, Glück
Shalwar Kameez – Frauengewand, aus knielangem Kleid und weiter Hose bestehend
Sharpai – einfaches Bett mit hölzernem Rahmen und einem Riemengeflecht
Shehnai – Musikinstrument, ähnlich einer Oboe, das in Nordindien oft auf Hochzeiten gespielt wird
Sruti – heiliger Text; musikalischer Begriff
Tamasic – zur Materie hin gerichtete Tendenz; Dunkelheit, Faulheit, Unwissen
Tamby – Tamil: kleiner Bruder
Tapasvi – jemand, der religiös begründete Abstinenz übt; Askese
Tika – roter Punkt auf der Stirn, als Schmuck- oder Segenszeichen
Thatha – Tamil: Großvater
Tinnai – erhöhte Plattform oder vordere Veranda eines südindischen Hauses
Upma – süßer Brei
Vadai – Linsenkrapfen mit schwarzem Pfeffer
Veena – indische Laute
Vibhuti – heilige Asche